La Musique du père

Dermot Bolger

La Musique du père

ROMAN

Traduit de l'anglais (Irlande)
par Marie-Lise Marlière

Ouvrage traduit avec le concours
du Centre National du Livre

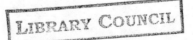

Albin Michel

« Les Grandes Traductions »

L'éditeur remercie l'ILE (Translation Fund) Dublin, Irlande, pour son concours financier.

Titre original :

FATHER'S MUSIC

22, rue Huyghens, 75014 Paris

ISBN : 2-226-10826-2
ISSN : 0755-1762

À LA MÉMOIRE DE

Johnny Doherty, violoneux itinérant du Donegal,
Seamus Ennis, Ard-Rí des cornemuseux irlandais de Finglas,
au nord de Dublin,

et de

Seosamh ó hEanaí (Joe Heaney),
chanteur de sean-nós du Connemara, dans le comté de Galway.

I

Londres

1

Mon amant glisse ses écouteurs sur mes cheveux, puis il me pénètre. Je sens ses poussées rigides au plus profond de moi. Une musique irlandaise tourbillonne dans ma tête, l'archet appuie sur l'instrument, le traverse, taquine les cordes tendues, les enveloppe de musique. Je respire plus vite ; ses mains empoignent mes fesses tandis qu'il s'arrange pour frotter son épaule contre le bouton de réglage du volume. Le son monte, je le laisse m'envahir. Je ferme les yeux pour ne plus voir Luke, je ne veux que sentir son pénis cambré qui va et vient. Le rythme change, il se fait plus rapide. J'écoute la bourrasque qui souffle sur un paysage dénudé, j'aperçois un petit groupe de toits noirs et pentus et des vaches mouillées qui rêvent d'un abri. Les battements qui occupent ma tête remontent à mon enfance, vieille chaussure qui frappe les dalles et silence des voisins rassemblés.

Luke me tire les jambes vers le haut, place un oreiller sous mon dos tendu. Je ne veux plus jamais ouvrir les yeux. La musique est si forte, si rapide qu'elle m'est une douce torture. Elle ruisselle en moi. Je vois le visage de l'homme âgé qui joue du violon, l'homme à la casquette, aux dents noircies de nicotine, aux poils gris qui lui sortent du nez. Il ferme à demi les yeux, sa respiration est difficile. Il paraît si faible que c'est à peine s'il peut traverser la pièce en traînant les pieds. Et pourtant, l'archet guidé par sa main va et vient impitoyablement.

Il arrache à l'instrument un chant sauvage, ce vieux maître au sommet de son art. À force de cajoleries, il en tire des notes qu'il distord à sa guise tandis que le vent hurle dehors, le long des pistes à moutons connues de lui seul et des renards de la montagne. C'est lui, mon père, le colporteur, le vieux loup solitaire dont ma mère ne parlait jamais et dont l'âme remuante doit être désormais enfermée dans quelque cimetière isolé.

Soudain, mon amant crie. J'ai labouré son dos jusqu'au sang, je le sais. Mais la voix de Luke se perd sous le bruit de la cassette qui tourne de plus en plus vite. Et moi aussi, je crie, sans m'inquiéter de qui peut m'entendre dans cet hôtel minable près d'Edgware Road, sans qu'il me reste la moindre parcelle de volonté. Ma voix se perd, elle aussi, dans la frénésie d'une bourrasque du Donegal qui finit par mourir parmi les rochers, derrière la maison où jadis mon père avait joué. Alors s'élève soudain mon cri, il transperce le bruit blanc qui s'empare de la cassette. J'entends mon amant jouir, je sens ses dernières poussées avant d'arracher les écouteurs et de lever les yeux. Les mêmes craquelures décorent le plafond. Une mouche se cogne contre l'abat-jour humide, elle s'accroche désespérément à la vie en cette fin novembre.

– Tu as joui ? demande Luke.

C'est mon affaire. Je lui rends son regard jusqu'à ce qu'il détourne les yeux.

– Ta femme aime que tu la baises comme ça ? Ou bien, elle est plutôt du genre country ?

Après nous restons tranquilles. Pourquoi ai-je toujours besoin de blesser Luke ? Est-ce ma façon à moi d'écarter toute velléité de tendresse ? Dans quatre semaines ce sera Noël. Son plus jeune fils le réveillera avant l'aube. Comme tous les ans, à la demande de son père, il aura reçu la veille un coup de téléphone du gérant et l'enfant demandera : « Pourquoi le Père Noël a un accent irlandais ? » Je ne suis pas jalouse. Je n'ai pas envie de faire des appels téléphoniques muets pour entendre leurs voix étonnées. Luke m'amènerait dans un meilleur hôtel si je le lui demandais. Mais celui-ci convient à des relations commencées à l'Irish Centre ringard, de l'autre côté de la rue, Luke encombré par sa famille venue de Dublin, pareils aux figurants trop bien vêtus d'un film de gangsters, et moi, la femme hétéro qui recherche la compagnie de mâles homos et se trouve, par hasard, avec un pédé noir. Le seul point sur lequel ma mère et ma grand-mère partageaient le même avis, c'est que jamais je n'épouserais un Irlandais.

J'écoute la famille asiatique hébergée par la municipalité dans la chambre voisine et je pense à la réceptionniste, une garce envieuse qui bâille devant nous tous les dimanches. La semaine dernière, je suis arrivée tôt. « Votre *ami* n'est pas encore là », m'annonce-t-elle. « Ce n'est pas mon ami. » Je la toise froidement et ajoute en haussant le ton : « C'est mon amant ! »

Luke se tourne vers moi, à moitié endormi comme chaque fois après l'amour. Il m'arrive de prétendre qu'il a prononcé le nom de sa femme en se réveillant. Il a peur d'en faire autant avec elle. Ça m'amuse de l'effrayer, d'autant qu'il ne se gêne pas pour me flanquer la frousse. Peut-être est-ce grâce à cette peur latente que nous restons ensemble, et pourtant, je sais parfaitement que notre liaison ne peut durer.

J'effleure la cicatrice sous son mamelon gauche, la seule marque qu'il ait de ses bagarres passées. Il les appelle les Guerres du canal. Je les ai cherchées un jour dans un livre sur l'histoire de l'Irlande. Il a ri quand il a su que j'avais été incapable de les trouver. Il m'a parlé des bandes rivales de Dublin, des jeunes qui se battaient pour la mainmise sur une écluse où ils pouvaient nager en caleçon parmi les roseaux et les landaus rouillés. Luke avait dix ans quand Christy, son frère aîné, l'avait envoyé surveiller l'ennemi. Une bande rivale l'avait surpris dans un chemin, dépouillé de sa chemise avant qu'un garçon roux à la main déformée ne le frappe à coups de chaîne de vélo. Il était rentré chez lui, les vêtements tachés de sang. Sa mère était restée près de lui à l'hôpital pendant qu'on lui faisait des points de suture. Des semaines plus tard, un oncle le gifla pour s'être laissé surprendre.

– Jamais plus on ne m'a pris sur le fait, avoua Luke un jour.

C'est la meilleure leçon que j'aie jamais reçue. Quinze ans plus tard, dans les cabinets d'un pub de Birmingham, j'ai reconnu cette main déformée. « Seigneur ! C'était quand même le bon vieux temps, monsieur Duggan ! » L'homme souriait, l'air embarrassé. Impossible de haïr un homme qui souriait comme ça. Alors, je lui ai tiré la veste sur le visage avant de lui casser la gueule.

J'avais aimé la façon dont il avait parlé, la gravité de sa voix. « Pourquoi en faire toute une histoire, si longtemps après ? » lui avais-je demandé. Que voulait-il prouver ? En haussant les épaules, Luke avait déclaré qu'il n'avait pas le choix. C'était le moins qu'il pouvait faire. La menace avait pesé pendant des années sur la tête du rouquin parce qu'il savait qu'un jour ou l'autre il rencontrerait un des Duggan. L'homme se serait cru offensé si Luke n'avait pas pris la peine de le tabasser.

S'ils se revoyaient maintenant, Luke affirme qu'il ne toucherait pas à un cheveu de cet homme parce qu'il a échappé à la fatalité de son nom, mais je ne sais pas si je dois ou non le croire. Je passe un doigt sur la cicatrice. Luke l'a depuis si longtemps que la trace des points de suture s'est effacée. Pourtant, sa peau donne l'impression d'être restée fragile. Il me regarde.

– Pourquoi tu la tripotes toujours ?

Je ferme les yeux. Je vois Luke plonger du haut des poutrelles pourrissantes d'une écluse de Dublin. Je vois le corps mince du garçon de onze ans qui plonge en fendant l'eau verte. Il s'enfonce, les yeux ouverts dans la clarté de plus en plus vague. Des bouteilles, des roseaux et un bidon de lait rouillé. Quelque chose lui attrape la cheville. Il s'affole et remonte péniblement à la surface pour cracher l'eau huileuse qu'il a dans la bouche. On ne laisse plus personne jouer à la guerre depuis l'accident. Sa pauvre veste coincée sous une pierre claque au vent comme le drapeau de la défaite.

– Raconte-moi encore le canal.

– Non.

– Allez, Luke.

Il se redresse sur un coude. Furieux ou effrayé ?

– Par moments, tu peux être une vraie garce.

– Seulement par moments ? Allez, parle-moi de James Kennedy.

Je sais ce qu'il va faire, et il sait que je le sais. Mais pas tout de suite. Il faut que je la lui arrache, cette histoire. Trente ans plus tard, il a encore la mémoire à vif. Il y a seize mois, je regardais ma mère mourir à Harrow, mais j'y avais été préparée ; les infirmières discrètes attendaient à l'arrière-plan et une odeur de désinfectant purifiait l'air. Sa mort avait tant tardé que je lui en avais presque voulu. Mais que pouvait bien ressentir l'enfant de onze ans qui voit se noyer son meilleur ami ?

Avant l'accident, Christy, le frère de Luke, avait été tout naturellement le chef de la bande. Mais à douze ans, Christy s'initiait aux valeurs plus fortes de l'adolescence. Les toiles d'araignées des lucarnes de l'usine, les signes transmis par des barrières muettes, les limites extensibles imposées par des filles pubères qui se laissaient entraîner dans les ruelles. James Kennedy avait comblé le vide qu'il laissait en devenant le Roi du canal, le monarque régnant menant guerres et conquêtes en compagnie de Luke qui se contentait d'être son lieutenant.

Quelque part dans la mémoire de Luke, il doit encore y avoir ce jour torride de juillet où trente jeunes d'une bande rivale furent battus et chassés de l'écluse du canal tandis que la bande de James Kennedy dansait sa joie en slips ouverts. Ils plongeaient et replongeaient du haut des portes de bois, et soulevaient un nuage d'écume tandis que les chiens se secouaient sur le chemin de halage et qu'un vieux clochard se penchait pour voir, tirant sur le mégot qu'il avait trouvé. Quelle folie avait poussé Luke à sauter d'aussi haut ? Et quel choix avait James, sinon de sauter d'encore plus haut ? Le silence se fit avant même que le corps de James eût fendu l'eau, car déjà les enfants comptaient les secondes les séparant du moment où la tête de James réapparaîtrait. Treize, quatorze, quinze secondes. Quelque chose n'allait pas, mais personne ne voulait l'admettre. Dix-neuf, vingt secondes et, soudain, les garçons qui tous, d'instinct, se jettent à l'eau.

James vivait encore quand ils le découvrirent, le pied pris dans les rayons d'une vieille roue. Les tiges luxuriantes des roseaux lui enserraient étroitement les tibias malgré leurs efforts pour les arracher. Tous durent remonter à la surface pour respirer tandis que le petit frère de James, Joe, resté sur la rive, mouillait sa culotte. Seuls, James et Luke étaient restés au fond. Le visage de James bleuissait et ses yeux, étrangement calmes, semblaient dire : « Tu es le nouveau chef, p'tit mec. À toi les responsabilités maintenant. » Quand les autres plongèrent de nouveau, ce fut pour remonter Luke vers son nouveau royaume que déchiraient les aboiements des chiens et le bruit des sirènes sous un soleil brûlant.

Luke ne va pas tarder à me répéter cette histoire sous les couvertures, d'une voix calme et indifférente. Je sens se raidir son pénis et je sais qu'une fois son récit terminé, il me retournera sur le ventre et ses mains empoigneront impitoyablement mes hanches pour me faire aller et venir à son rythme. Ensuite, je tirerai sur nous les couvertures et me noierai dans les ténèbres qui nous submergeront ; j'entendrai le halètement du désir et penserai aux battements de son cœur, rapides et forts, comme effrayés, dans le silence de l'apaisement.

J'ouvre les yeux, surprise d'avoir dormi. Les Asiatiques regardent un Star Trek. Le tapis élimé est froid sous mes pieds. Je trouve mon collant à la lumière de la rue qui filtre par les trous des stores. Après avoir hésité, je barbote le baladeur et sa cassette. Le violoneux s'appelle Sean Maguire, à ce que m'a dit Luke. Je me l'imagine dans la prison de Dublin, la seule fois où il y est allé ; il vidait les seaux hygiéniques et se ridiculisait en écoutant cette musique de chiottes, avec, pour seule protection, son nom de famille. Luke prétend avoir été un honnête homme d'affaires depuis des années, mais jamais il ne m'a dit pourquoi il avait fait de la taule. Il y a des choses sur lesquelles je sais qu'il ne faut pas l'interroger.

La chambre d'hôtel est glaciale. Je trouve ma jupe et mes chaussures. Luke a horreur que je le quitte sans le réveiller. C'est pour cette raison qu'il a caché mon slip. Il le récupérera sous le matelas dans une demi-heure et le tripotera, obscure consolation à la vision qu'il aura de moi, ballottée dans le métro en direction d'Angel, reluquée par de jeunes Noirs coiffés d'une casquette de base-ball. Les jambes croisées, je lirai les petites annonces à la recherche d'un travail de secrétariat intérimaire pendant que j'écouterai sa cassette qui réveillera une douleur fantôme, rappel de souvenirs dont je ne lui ai jamais parlé.

L'enfant que j'ai été chez mes grands-parents, dans leur maison de Harrow, n'est plus qu'une étrangère pour moi. Le jour, elle se soumet à la vie réglée, imposée par mamie, mais le soir, une fois seule, elle ferme les yeux et imagine les toits blottis à flanc de colline du Donegal et les voisins qui se réunissent pour entendre jouer son père dans les hameaux et les vallons isolés. Je la revois encore dansant pieds nus tandis que ma mère et ma grand-mère discutent en bas de son avenir. Elle se balance au rythme de la musique et tourne de plus en plus vite jusqu'à ce qu'elle tombe sur le lit, étourdie, et tire les couvertures sur sa tête, persuadée que les mains du violoneux virevoltent dans l'ombre du cerisier en fleur tout contre sa fenêtre : le père mystérieux qui joue en secret pour sa fille dont il n'a jamais daigné reconnaître l'existence.

II

2

Cet été-là, avant de faire la connaissance de Luke, j'avais eu l'impression qu'une pluie ininterrompue tombait chaque dimanche à mon réveil. Une lumière terne se répandait dans la chambre meublée et je restais au lit jusqu'à midi, échouée entre rêve et veille avant de me traîner jusqu'à la douche au fond du couloir.

Plus tard, au début de l'hiver, j'en voulus à Luke d'être devenu le centre d'intérêt de mes dimanches. Avant de le rencontrer, jamais je ne les avais laissé m'entraîner dans cette direction. J'aimais leur décontraction, le plaisir que j'éprouvais à me préparer un petit dîner tranquille que je mangeais en robe de chambre devant la télévision alors que déjà baissait la lumière du jour. Le téléphone public installé sur le palier sonnait rarement et je m'arrangeais pour que ce ne soit jamais pour moi. Je vivais ma vraie vie en dehors de cet immeuble d'Islington aux logements bon marché et je ne reconnaissais mes voisins qu'au bruit de leurs pas devant ma porte.

Depuis que j'avais emménagé ici après la mort de ma mère, j'autorisais les hommes à me baratiner environ une fois par mois, précisément le dimanche. J'aimais ces soirées et j'aimais me mettre en chasse seule. Le week-end était fini, les hommes rôdaient moins ces nuits-là et ils se montraient moins imbus d'eux-mêmes. Le lundi matin, je me réjouissais de la situation difficile dans laquelle se trouvaient ceux qui avaient eu la chance de m'avoir dans leur lit (ils étaient peu nombreux et moins encore le méritaient). Je faisais l'effort de me sortir de leurs draps à temps pour courir au boulot. Parfois, avec les plus inquiets, je me retournais, encore endormie, et les laissais mijoter dans la perspective d'un appartement saccagé à leur retour et de messages griffonnés avec du rouge à lèvres pour que les voisins puissent les lire. Une ou deux fois, j'étais même restée seule et, drapée dans leur peignoir de bain, j'avais touché du doigt les détails de leur vie après leur départ.

Je tenais à ce qu'ils aient un logement décent où aller et un travail honorable. Je préférais mes rencontres de hasard à une liaison classique. Des comptables qui bêlaient de plaisir et souriaient d'un air gêné quand je leur demandais s'ils achetaient leurs pull-overs pure laine chez Harrods ou bien si leur maman leur avait tondu la laine sur le dos. *Salope*, les entendais-je grommeler intérieurement. Mais ils avaient mordu à l'hameçon et calculaient leurs chances, craignant de tout faire rater. Ils se ruaient vers le bar pour consommer des boissons plus fortes, cherchant à attirer l'attention de leurs amis et récompensés par un clin d'œil.

Je maîtrisais mieux mes relations sexuelles avec les gens qui m'étaient totalement étrangers. Leur triste vie avait quelque chose de vraiment exotique. Les hommes rangés avalaient tous les mensonges que je leur servais. Ils décampaient quand je les y autorisais enfin, mourant d'envie de se vanter en confidence d'avoir levé une ex-nonne de Bishop's Stortford ou une zoologiste de Leamington Spa. Peut-être étais-je trop dure avec certains. Un ou deux braves types avaient sans doute pris la peine de téléphoner au numéro que je leur avais donné et n'avaient pas apprécié de se trouver au bout du fil en compagnie du répondeur du chenil de Battersea.

Mais ma vie du dimanche ne correspondait pas à celle du samedi, jour où, à l'époque, je m'éclatais en compagnie de Roxy et Honor. Nous faisions la tournée des clubs en essayant de rester ensemble au fur et à mesure que l'ecstasy s'emparait de nous ; nous nous jetions dans la vague joyeuse des corps penchés sous les lumières stroboscopiques et nous nous retrouvions quand le flot nous avait rejetées de l'autre côté. Parfois des camionnettes roulaient pendant des heures sur les autoroutes, pleines de filles mal fringuées et de garçons efflanqués avec des pellicules et des chaussettes qui auraient pu rentrer à la maison toutes seules.

Nos balades étaient généralement interrompues par nos envies de vomir. Nous profitions de ces arrêts pour discuter avec le conducteur défoncé qui jurait ses grands dieux que nous ne nous étions pas égarés. Quand nous arrivions enfin, les raves n'étaient jamais aussi exaltantes que nous l'avions espéré durant le voyage. Nous nous retrouvions à l'aube dans un champ, au milieu de l'herbe humide et des crottes de moutons piétinées. Il y avait dans le regard des danseurs une absence d'expression inquiétante, comme si leurs mouvements étaient un tic nerveux dont ils ne pouvaient se débarrasser. Et même lorsqu'ils semblaient dormir, les yeux fermés, leurs jambes continuaient à s'agiter. La musique palpitait en eux, orgasme dont ils ne parvenaient pas à se libérer, prisonniers d'un plaisir douloureux qui s'épuisait, mais n'en finissait pas. Quand les jambes fatiguées cessaient de bouger d'elles-mêmes, il nous restait une soif si violente que même le Christ dans le désert n'avait enduré pareil supplice. Quand la police locale arrivait, les camionnettes qui nous avaient transportés étaient déjà parties. Je détestais les voyages de retour dans les voitures bondées qui nous ramenaient à Londres. Une fois dans mon appartement, j'étais trop fatiguée pour ouvrir une fenêtre et chasser l'odeur de renfermé et de lait aigre qui l'avait envahi.

Mieux valait éviter ces détestables soirées. C'est pourquoi, le samedi soir, Roxy, Honor et moi quittions ces clubs avant qu'on nous fasse des propositions tentantes concernant les lieux vaguement situés sur une carte où l'on nous emmènerait. Il arrivait qu'après l'heure de fermeture, nous traînions dans les rues d'un pas mal assuré en pouffant pour des riens et que nous tombions sur un bœuf dans un sous-sol minable, véritable souricière en cas d'incendie. Si le groupe était d'une nullité inexcusable, nous nous frayions un chemin jusqu'à la scène où nous criions et dansions notre adoration pour le chanteur acnéique, quitte à l'encenser dans des postures encore plus ridicules. Nous nous jetions à ses pieds en lui criant, entre deux chansons, que nous l'attendrions toutes les trois dehors pour qu'il nous fasse partager son lit un peu plus tard. Plutôt que de nous battre pour lui, nous avions décidé de partager son corps.

Si les videurs ne nous avaient pas encore captées, nous lui désignions du geste la sortie en soufflant des baisers dans sa direction avant de gagner la rue d'un pas incertain et de nous écrouler de rire contre les vitrines. Nous l'imaginions se ruant à l'extérieur pour terminer sa soirée avec nous. Nous jouions ensuite à notre jeu favori qui consistait à faire baisser les yeux aux mannequins et à désigner par nos hurlements celui qui le premier nous avait retourné notre clin d'œil. Nous allions ensuite dans un restaurant minable manger un kebab. Là, chacune à notre tour, nous descendions dans les toilettes des dames pour nous mettre la bouche sous le robinet. Nous tentions désespérément d'obtenir un sourire des serveuses renfrognées. J'étais heureuse dans ces endroits-là, aimant mes amies autant qu'elles m'aimaient. Rien ne pouvait s'immiscer entre nous. Ma vie à Harrow n'existait plus et mon avenir devrait attendre, tant le présent me semblait parfait.

Mais finalement, une fois les chaises empilées sur les tables de formica, il nous fallait bien retrouver la rue. À l'aube nous entrions, la démarche titubante, au Tower Records où des noctambules aux lunettes à monture d'écaille feuilletaient avec sérieux des vieux magazines sur Jerry's Left Testicle ou d'autres groupes punks venus de Papouasie-Nouvelle-Guinée. Nous ne tardions pas à être jetées dehors. Il m'arrivait cependant, lorsque je commençais à dessoûler et souffrais de douleurs d'estomac, de parcourir le rayon irlandais qui foisonnait de noms étrangers imprononçables bourrés de O, de Mac, et d'accents tout de travers. Je m'attardais sur les pommettes hautes et les doigts longs et osseux des vieux cornemuseux qui ornaient les couvertures sépia. Une toute petite partie était même réservée aux chants sean-nós, plaintes indéchiffrables sans aucun accompagnement musical.

Un jour, ma mère m'avait confié que mon père, Frank Sweeney, chantait aussi bien qu'il jouait du violon. Il avait réfréné son envie de bouger assez longtemps pour assister à ma naissance avant de nous abandonner pour rejoindre l'Irlande. Voilà tout ce que je savais. Je pensais rarement à lui et ne me souciais guère qu'il fût vivant ou mort. Mais parfois, lorsque nous faisions un tour au Tower Records, j'étais contente de pouvoir me livrer à mes recherches pendant que Roxy et Honor harcelaient un pauvre type. Jamais je n'avais trouvé l'air dont ma mère m'avait confié qu'il était le préféré de mon père, *Last Night's Joy*. J'écoutais un disque choisi au hasard. Avec l'aube granuleuse s'installait un moment de répit ; la circulation se faisait plus rare et seuls des taxis noirs accéléraient pour franchir les feux de croisement. Je fermais les yeux, me laissant envahir par les vagues de cette musique impénétrable, et je songeais à ma mère qui, un an plus tôt, mourait à l'hôpital de Northwick Park. J'ignorais ce que signifiaient ces airs. Ils se ressemblaient tous, seul le rythme changeait. Le nom qu'ils portaient ne résolvait pas l'énigme : *The Frost is all Over, Jenny Picking Cockles, The Pigeon on the Gate.*

Ils auraient dû évoquer les images de champs d'orge balayés par le vent à flanc de coteau, ou de lièvres bondissant dans l'obscurité hivernale tandis que des bottes écrasent la glace des fondrières sur le chemin. Au lieu de cela, je voyais le visage de ma mère sur l'oreiller d'hôpital et pensais que je ne l'avais jamais vue écouter la musique que, à en croire grand-père, mon père avait jouée à la maison, dans la chambre de derrière. La musique de mon père, la souffrance de ma mère. Les vains regrets de leur fille après que l'oiseau se fut envolé. Quand des parasites effacèrent la musique, j'eus envie d'entendre Bessie Smith et la douleur qui résonne dans ses longs silences quand elle chante *Sometimes I feel like a motherless child.*

Maintenant, je devrais m'être remise de sa mort, mais il s'y mêlait un sentiment de culpabilité trop puissant pour me permettre de la pleurer comme il aurait fallu. J'allais entendre, aux premières notes d'une autre bande, les clameurs de deux hystériques qui s'empareraient des écouteurs et hurleraient de rire en entendant la musique. « Ça, c'est de la jungle ! » se moquerait Honor avec son accent londonien allié au nasillement jamaïcain. Que pourrais-je faire alors sinon feindre de partager leur gaieté et arpenter les rues à la recherche d'un taxi ?

C'est ainsi que le dimanche matin, je me retrouvais appuyée contre la porte de ma chambre meublée, sachant que les mêmes souvenirs allaient me prendre au piège. En proie au découragement et à la gueule de bois, j'éprouvais l'amer regret de ce que je n'avais jamais vraiment connu. Les yeux fermés, je revois les balançoires de Cunningham Park à Harrow, un matin du mois d'août dernier. Il est tôt et, pour une fois, les terrains de boules ne sont pas occupés par une foule de retraités vêtus de blanc. Mais, au moment où je passe, un groupe d'ados se presse autour d'un radiocassette, pareils à des zombis dans une mauvaise série B.

À cette époque, je n'avais même pas trouvé un endroit pour dire adieu à ma mère en privé. Jamais nous n'avions eu de lieu privilégié, elle et moi, ni un sous-bois où mère et fille auraient couru dans une débauche de fleurs printanières, ni allées recouvertes de feuilles automnales. Je ne me souvenais même pas d'avoir partagé avec elle un banc par une nuit d'été où elle aurait pu mettre des noms sur les étoiles parsemant la carte du ciel. Peut-être avais-je chassé ces souvenirs de ma mémoire ce matin-là ; sa mort m'avait comme engourdie. Mais, tout le temps qu'avait duré sa crémation, je ne m'étais souvenue que d'une balançoire grinçant dans Cunningham Park et ma voix de huit ans craignant de répéter mes questions. Avais-je eu un père ? Où était-il maintenant ? Je me rappelle encore la douleur qu'avait exprimée son visage tandis que, l'air égaré, elle me poussait plus haut qu'elle n'aurait dû, et le sentiment d'avoir été punie pour avoir dit quelque chose de mal.

Au mois d'août dernier, je n'ai plus retrouvé les balançoires quand je me suis agenouillée pour répandre ses cendres dans l'herbe. Elle avait toujours aimé cette vue qui montait à flanc de colline jusqu'au collège. La météo annonçait de fortes pluies. Je me rappelle m'être demandé si les ados avaient passé la nuit dans le parc. Ils finirent par lever la tête et me regarder, l'air indifférent, ouvrir l'urne. À quoi m'attendais-je donc ? À ce que ses cendres se dissolvent dans la rosée ou qu'un signe m'indique qu'elle avait enfin trouvé la paix ? Je me suis sentie bête d'être ainsi agenouillée. À peine relevée, j'ai regardé par terre. Je n'avais pas de Dieu à prier et je savais qu'elle ne pouvait m'entendre, mais en pensée j'ai parlé, sinon à son esprit, du moins à la souffrance qu'elle avait laissée derrière elle.

Ma mère, que le doute avait rendue infirme, avait passé sa vie enfermée dans des murs. Pas seulement ceux de la maison de grand-mère d'où elle s'était enfuie à vingt-deux ans et que ma présence dans son sein l'avait obligée à réintégrer, ni ceux, plus tard, des hôpitaux psychiatriques aux salles claires et aux portes discrètes. C'était les ambitions de grand-mère qui avaient dressé autour d'elle des murs invisibles, ses rêves tyranniques quant à notre vie et à la façon de la mener. Ma mère était leur fille unique et, après sa mort, j'avais été tout ce qui leur restait. Mais, en fait, grand-mère avait délaissé maman pour moi bien longtemps avant sa mort, probablement du jour où, enceinte, elle était rentrée à la maison. La vie qu'ils avaient imaginée pour moi se trouvait au fond d'un tiroir dans des cadres que leur propre fille avait laissés vides. Leur petite-fille en toge le jour de la remise des diplômes, leur petite-fille souriant sous son voile de mariée, leurs arrière-petits-enfants jouant dans l'allée pavée d'une maison de Gerrards Cross dont les économies de toute une vie avaient payé le premier versement.

Grand-mère, à la façon dont elle organisait tout, aurait soigneusement préparé ce qu'on allait faire des cendres de maman. Ce n'est pourtant pas par esprit de vengeance que j'avais volé l'urne ce matin-là, mais poussée par un obscur désir de rendre à ma mère sa liberté. Je n'avais ressenti qu'une froide indifférence envers grand-mère lorsque j'avais fait ma valise pendant leur sommeil. J'avais pris tout l'argent liquide que j'avais pu trouver et je les avais quittés sans même laisser un mot.

Les premiers métros allaient bientôt rouler. Je m'étais baissée pour toucher les cendres, mais je n'en avais pas eu le courage. J'avais sauté par-dessus la grille à Hindes Road. Je ne voulais pas me retourner et pourtant, je l'avais fait. Un chien reniflait les cendres, son maître à une cinquantaine de mètres quand il avait levé la patte. Je ne pouvais rien faire. Je l'avais regardé les piétiner et s'éloigner en gambadant. Je n'ai pleuré que bien des mois plus tard. Sur le moment, j'avais éprouvé un sentiment de soulagement trompeur quand j'avais glissé l'urne dans une poubelle. J'avais repris mon sac et descendu en courant Roxborough Road. Je m'étais retrouvée dans la chaleur étouffante du métro matinal qui me menait vers la chambre meublée où j'espérais commencer une vie dont je pourrais enfin dire qu'elle était mienne.

3

Qu'est-ce qui avait bien pu me pousser à accompagner Garth, le frère d'Honor, à l'Irish Centre d'Edgware Road, un dimanche soir du mois de septembre ? Je lui avais servi d'alibi, jouant à l'hétéro qui apprécie la compagnie des homos tandis qu'au-delà des bars gays d'Islington, il maraudait en territoire inconnu. Roxy et Honor s'étaient roulé quatre joints avant de partir. Elles taquinaient Garth en prétendant qu'il tentait une mission impossible, qu'il n'arriverait jamais à convertir le chanteur au visage poupin chargé de susurrer des ballades irlandaises. Mais Garth aimait qu'on le mette au défi et moi je l'aimais tant que j'aurais accepté d'aller n'importe où. À notre arrivée, l'Irish Centre était bondé. Tout en consommant au bar, je regardais le chanteur se pavaner gauchement dans son costume d'un blanc brillant qui lui moulait les fesses comme celles d'un marin miniature. Il n'était même pas doué. Il ne possédait aucune technique, à peine chantonnait-il de sa voix inexpressive d'enfant de chœur. Garth prétendait l'avoir vu à la porte d'un bar d'Islington regarder craintivement à l'intérieur comme si la clientèle allait le dévorer tout cru. J'en doutais, et pourtant Garth m'affirma avoir vu ce visage par hasard sur une affiche annonçant que Liam Darcy, « La révélation de Drogheda », allait se produire à l'Irish Centre.

Il y avait ce jour-là à Dublin une finale de foot retransmise sur grand écran dans le bar. Le centre était encore bondé d'hommes et de femmes qui mêlaient les couleurs criardes des deux équipes. Le visage du chanteur se crispait comme celui d'une poupée mécanique. Il avait l'habitude d'observer la salle dans ses moindres recoins et chaque fois qu'il s'approchait de nous, Garth attendait de croiser son regard pour lui faire un clin d'œil. Des mémés s'avançaient vers la scène pour lui réclamer des chansons. L'une d'elles lui fit cadeau d'une tarte en forme de cœur. Depuis qu'il avait remarqué la présence de Garth, il évitait l'endroit où nous étions assis et détournait la tête dès qu'il s'approchait de nous. Et pourtant, ses joues rosissaient avant qu'il ne s'éloigne de son pas saccadé.

– Tu n'as aucune chance, Garth, lui dis-je en riant. Viens, quittons ce bouge, nous serons mieux ailleurs.

Garth se contenta de rire à son tour. C'était un beau garçon, bien bâti. J'avais déjà senti le regard envieux des femmes assises au bar.

– J'ai un ticket, répondit-il. Sûr que, quand nous sommes entrés, ce gamin avait les joues pâles comme un mort. Regarde-le maintenant. Bon, prends un dessous-de-verre et va lui demander un morceau.

– Certainement pas.

– Vas-y, me taquina-t-il. Les sœurs Nolan. Est-ce qu'elles n'étaient pas à moitié irlandaises ? Glisse-toi jusqu'à la scène et dis-lui que Garth veut leur vieux succès, *Let's Pull Ourselves Together.*

En riant, je me mis à arracher l'envers d'un dessous-de-verre à bière. Je me souvins de la jalousie que j'avais éprouvée le premier soir où Honor m'avait amenée chez elle. J'avais vu Garth la taquiner pendant que leur mère grillait quelques toasts supplémentaires au cas où elle aurait eu d'autres visites. Garth regarda par-dessus mon épaule pendant que j'écrivais.

– Hé ! rappelle-toi sa dernière chanson. Il l'a dédiée à tous ceux, ici présents, qui étaient un peu irlandais. Tu lui demandes de dédier la suivante à tous ceux qui pensent l'être un peu plus.

J'étais assez ivre pour aller trouver le chanteur. En me retournant, j'aperçus, debout derrière nous, le grand Irlandais que j'avais déjà remarqué au milieu d'une réunion de famille de plus en plus bruyante. Souvent, les gens de son âge se ridiculisent en cherchant à se rajeunir, mais lui, je l'avais jugé d'après son costume beaucoup plus âgé qu'il ne l'était en réalité. De toute évidence, il était bien connu au bar dont il s'approchait toutes les vingt minutes environ pour commander une autre tournée. Il payait toutes les consommations et pourtant, il se tenait à l'écart du groupe familial autant que Garth et moi des habitués du comptoir.

– On peut en profiter ? demanda-t-il.

Je cessai aussitôt de rire.

– Qu'est-ce que ça peut vous faire ?

– J'aimerais bien rire, moi aussi.

– Pas question. C'est entre mon copain et moi.

– J'espère que le copain de votre copain ne sera pas jaloux.

Garth se leva. Ils étaient épaule contre épaule, tous deux de la même stature, environ un mètre quatre-vingts. S'il avait quarante ans, l'Irlandais ne les faisait pas. Garth était probablement de taille à lutter contre lui, mais il ne ferait pas le poids contre sa famille. J'avais peur. De toute façon, je n'aimais pas les Irlandais, j'étais marquée par mon éducation. Mais l'état conflictuel qui existait entre les deux hommes était si subtil que personne autour de nous ne semblait s'en apercevoir.

– Il est mignon, constata l'Irlandais, et Garth lança un rapide coup d'œil en direction de la scène. Et vous, vous êtes tout ce qu'une mère irlandaise peut souhaiter pour son fils, un mâle noir d'environ un mètre quatre-vingts.

Garth continuait d'observer l'Irlandais avec désinvolture. Son visage avait quelque chose d'enfantin, et pourtant je décelais dans sa physionomie une expression qui m'empêchait de lui faire confiance. Il parlait d'une voix si basse que je pouvais à peine l'entendre.

– Notre petit enfant de chœur, un vrai oiseau de nuit. Il aime bien rôder un peu partout comme quelqu'un qui ne sait pas de quel côté aller. Personnellement, je pense que c'est plutôt ce genre de tante qu'il devrait ramener chez lui. Dormir sous la tente, c'est bien, mais faire les deux à la fois, ça ne vaudrait pas mieux ?

– Jamais je n'ai entendu quelqu'un chanter avec cet accent-là, remarqua Garth.

– Du pur Drogheda. L'accent des *tinkers* *. Vous savez ce que c'est ? Des marchands ambulants... des vagabonds... des travellers. C'est comme ça qu'on doit les appeler maintenant. Dieu regarde en bas quand naît un de leurs petits et il dit : « J'ai décrété que cet enfant devait naître au bord de la route dans une roulotte glaciale que les gens du coin auront brûlée avant les fêtes de Noël. Mais à supposer qu'il survive, je lui ferai cadeau en plus de l'accent de Drogheda. »

– Et c'en est un ?

D'un signe de tête, je désignai le chanteur qui, acclamé par la foule, venait d'attaquer un air bizarre, une vieille rengaine, sans doute une danse de son pays. L'Irlandais se mit à rire et, profitant de l'occasion, posa un instant ses doigts sur mon épaule comme si j'étais une enfant.

– S'il en était un, ils ne lui laisseraient pas passer la porte. Et s'il s'y risquait, ils mettraient son verre en miettes de peur que quelqu'un d'autre l'utilise. Il vient d'une famille modeste de Drogheda. (Il fit signe au barman chargé de servir la table familiale, puis il regarda Garth.) Notre ami le chanteur se trouve généralement à l'Irish Club d'Eaton Square. Il y a une cafétéria ouverte toute la nuit en face de la station de métro de Sloane Square. Je suis tombé sur lui là-bas à trois heures du matin. N'importe qui peut en faire autant.

– J'y penserai.

Garth avait répondu d'un ton réservé. Le barman attendait d'être payé.

– Apportez-nous une montagne de crème fouettée,

* À l'origine, paysans irlandais expulsés de leurs terres *(N.d.T.)*.

commanda l'Irlandais en cherchant son portefeuille. Ce genre de petit pédé en a besoin pour se faciliter le boulot.

Il allongea une poignée de billets au barman qui se mit aussitôt à faire passer les verres. Garth s'assit. L'Irlandais ne fit plus attention à nous ; il aidait à distribuer les demis et les alcools aux mains que tendaient spontanément les membres de sa famille. Leur table était encombrée de verres empilés et de paquets de cigarettes froissés. Ils représentaient manifestement l'arrière-garde d'une réception de mariage. L'homme les rejoignit et se pencha pour parler en nous tournant le dos. Des gens rirent, d'autres nous lancèrent un coup d'œil. L'Irlandais ne se retourna pas. Je me sentais mal à l'aise. Personne ne s'adresse ainsi à des étrangers. Était-ce une façon de nous faire marcher ou de nous provoquer ? Garth, qui s'était tourné vers le bar, avait fait signe au barman de nous servir deux autres verres.

– J'espère me tromper, lui fis-je remarquer d'une voix calme, mais j'ai bien l'impression qu'on va te faire prendre la porte et te donner une bonne raclée.

– Mon cœur, répliqua-t-il, j'ai cette impression tous les matins quand je vais acheter le journal. Ça me le fait si souvent que j'ai cessé d'y faire attention depuis des années. Si tu as peur, Tracey, prends ton manteau et va-t'en.

– Ne sois pas stupide. Je ne te laisserai pas tomber.

– Je n'ai pas besoin d'une baby-sitter. Ce mec me paraît un peu bizarre mais pas dangereux. Quand même, on ne sait jamais. (Garth lança un billet de cinq livres sur le comptoir.) C'est ma tournée, mais si ça continue, je vais bientôt me retrouver sans un.

La rencontre de l'Irlandais m'avait rendue nerveuse, mais pas seulement à cause de Garth. Les mots de l'homme m'inquiétaient personnellement. S'ils apprenaient que mon père avait été un colporteur, ils ne voudraient plus jamais boire dans mon verre. Je les détestais, eux et leur musique sentimentale complètement nulle. J'étais venue m'amuser, mais je ne me sentais pas à ma place ici. Nous buvions des doubles et pourtant je demandai au barman d'ajouter une vodka dans mon verre. L'Irlandais s'écarta de sa famille. Oui, il me rendait nerveuse, mais je n'allais pas le lui montrer.

– Je m'appelle Luke. Je vous ai observée.

– Vraiment ?

– Toute la soirée, vous n'avez fait que regarder, assise au bar, plongée dans vos pensées.

– Et je pensais à quoi ?

– À la semaine des quatre jeudis.

Il vous dévisageait comme pour exiger qu'on lui rende son regard. Il avait des yeux de vendeur et je n'étais pas acheteuse.

– Ça n'existe pas.

– Si ça existait, votre copain noir prendrait vraisemblablement le premier métro pour Sloane Square et vous laisserait toute seule sur votre tabouret.

– Et ça vous ferait quoi ?

– Je vous observe depuis que vous êtes entrée. Je ne peux pas m'en empêcher. Vous détestez cet endroit au moins autant que moi.

– Alors, pourquoi êtes-vous ici ?

– Le devoir, l'habitude, un sentiment de culpabilité. (Il jeta un coup d'œil derrière lui.) Vous devez le savoir, la vie de famille n'est pas facile.

Je suivis son regard. C'était, de toute évidence, une réunion inhabituelle où les parents, malgré leur entrain, s'accommodaient difficilement les uns des autres.

– Quand a eu lieu le mariage ?

– Hier matin. Hier soir, c'était la bagarre familiale et ce soir on s'embrasse et on se réconcilie.

– Quand est-ce qu'ils se changeront ?

– Demain, quand ils seront cuits et qu'on les ramènera chez eux. Principalement à Dublin, bien que certains se soient aventurés jusqu'à Coventry et Birmingham. La blonde en bleu, c'est la mariée. Ne croyez surtout pas qu'elle va se payer un voyage de noces, pas de danger qu'elle nous fiche la paix. Elle repart mardi en Amérique où elle va se faire refaire une tête. La première fois, c'était à cause d'un accident dans une petite rue du côté de Camden Street. Espérons que la seconde fois sera la bonne.

L'allusion aux cheveux ne me servait pas à grand-chose, car apparemment, toutes les femmes de cette famille étaient des blondes oxygénées. Mais la mariée, rayonnante d'entrain et de vitamines, se distinguait des autres parce qu'elle semblait incapable de se tenir tranquille et qu'elle était inconsciente de l'irritation qu'elle provoquait autour d'elle.

– Elle vient de convoler avec un gars de Blackheath qu'elle a rencontré à Houston et il a fallu à tout prix qu'elle se marie à Londres pour présenter à sa belle-famille les vilains truands de la sienne. (À cette seule idée, il se mit à rire.) Je doute qu'elle leur ait appris avant la noce que Kevin, son grand-père, était à Dublin le chef de l'Animal Gang.

Il y avait un air de famille chez certains d'entre eux. L'homme qui dominait l'assemblée me parut être une version plus trapue de Luke, comme une ébauche, un portrait-robot de la police. À l'étroit dans son costume de cérémonie, il paraissait à la fois dangereux et comique. Il s'adressa d'un ton brusque à la mariée qui se calma aussitôt, comme paralysée. La conversation tomba, puis elle reprit quand une femme plus âgée posa sa main sur celle de la jeune femme. L'homme qui avait fait passer la plupart des verres se glissa derrière elle et lui ébouriffa les cheveux, obtenant d'elle un sourire qui rétablit la paix dans l'assistance. Il devait avoir une bonne trentaine malgré son visage poupin. Quand il passa devant nous en se rendant aux toilettes, je sus que c'était un frère de Luke. Il lui adressa un signe de tête.

– Ça va, Luke ?

– On fait aller, Shane.

L'homme s'éloigna après m'avoir jeté un coup d'œil.

– Une belle bande de renfrognés, jetai-je d'un ton sarcastique, espérant que Luke suivrait son frère.

– Et parfaitement imprévisibles. (Il négligeait l'affront.) Mais on ne peut pas échanger ses parents après les soldes de janvier. On naît dans une famille, on doit l'aimer et il faut faire avec.

Il ne semblait pourtant pas pressé de la rejoindre. Je bus une gorgée de vodka en espérant le retour de Garth. J'aimais choisir les hommes de mes dimanches soir et non l'inverse. Pourtant, cet Irlandais avait une façon de vous provoquer comme je n'en avais jamais rencontré jusqu'alors. Il donnait l'impression de vouloir se vendre à tout prix. Je révisai son âge à la baisse et lui donnai trente-huit ans. Restait à savoir s'il était sobre ou complètement ivre.

– À la façon dont vous aimez les vôtres, je m'en voudrais de vous retenir.

J'avais parlé d'un ton agressif dans l'espoir de m'en débarrasser.

– C'est pour toutes les familles comme pour la mienne, on préfère les aimer de loin.

Sa façon de s'exprimer me fit rire. Malgré sa force physique et ses vêtements de bonne coupe, son petit sourire désabusé lui donna soudain l'air du plus misérable des pauvres types jamais pris au piège. Il me rappelait Burt Lancaster dans *Le Prisonnier d'Alcatraz*. À cette seule idée, j'eus envie de me retrouver seule à la maison devant une vidéo en noir et blanc et une bouteille d'un vin quelconque. L'Irlandais, lui aussi, ne semblait pas tenir à être ici. Je lui fis part de ma réflexion et il se mit à rire. Garth, qui était revenu, faisait comme s'il ne nous voyait pas. Une femme s'approcha du chanteur qui venait de terminer son numéro et lui tendit une rose.

– Inutile d'attendre votre ami noir, fit remarquer Luke. C'est la nuit du All Ireland Final et personne ne fera attention à lui, sauf pour lui demander si sa grand-mère était irlandaise et s'il aimerait jouer au foot pour nous. Donc, vous dites qu'on vous demande, vous allez chercher votre manteau et vous sortez d'ici.

– Bien sûr que je le pourrais, mais je ne veux pas. Peut-être que, moi aussi, j'ai un faible pour le chanteur.

– Vous ne les prenez pas au berceau.

– Et vous ?

Le truc qui consistait à vieillir les hommes marchait généralement, mais lui refusa de se laisser troubler.

– Ce n'est pas mon genre, répondit-il d'une voix calme. N'empêche que j'ai passé ma soirée à me demander ce que vous diriez si je vous proposais de sortir d'ici avec moi.

J'ignore d'où me vint cette image, mais je l'imaginai calmant de la voix des animaux terrifiés pour les mener docilement à l'abattoir. J'aurais dû lui dire de ficher le camp, et pourtant j'y renonçai. Il y avait quelque chose en lui qui m'intriguait et, en même temps, je m'en voulais d'y être sensible.

– Vous allez sans doute me dire que vous habitez un somptueux appartement à deux pas ?

– Je vis dans un faubourg triste loin d'ici. Du reste, ma femme n'apprécierait pas que nous soyons trois dans le même lit. Désolé, je pensais plutôt à quelque chose comme un petit hôtel pas cher.

C'était le bouquet. Pour une fois qu'un célibataire me baratinait en prétendant qu'il était marié. Luke était peut-être bi et il espérait embarquer Garth dans cette histoire. Combien avais-je bu de vodkas ? J'éclatai de rire. Il lui fallut me désigner sa femme pour que je comprenne avec une curieuse sensation de froid qu'il était sérieux.

– Qu'est-ce qu'elle croit que vous faites en me parlant ?

– Que je vends des carreaux de faïence. C'est comme ça que je gagne ma vie. Si vous avez besoin de carrelage, je suis votre homme. Je lui ai dit : « La fille avec le pédé-cuir noir, elle possède trois clubs. J'ai l'intention de prospecter de ce côté. On peut dire tout ce qu'on veut sur les gouines, mais elles ont toujours du fric à claquer. »

Ce n'était pas drôle, mais Dieu que j'ai pu rire ! J'ai même aperçu des femmes de sa famille qui jetaient un coup d'œil dans notre direction. Je soutins le regard de l'une d'elles, une fille robuste aux cheveux noirs, environ dix-neuf ans, la seule avec la femme de Luke à ne pas être blonde. Elle détourna les yeux d'un air gêné et quand elle nous regarda de nouveau, je lui fis un clin d'œil. Je vidai mon verre. Garth offrit une autre tournée. Luke m'observait avec un demi-sourire. Au moment où je lui donnais quarante et un ans, j'eus brusquement envie de savoir à quoi il ressemblait nu.

– Foutez le camp avant que je vous lance ce verre à la figure.

Décidément, j'en avais assez de ce type.

Il m'effleura une mèche de cheveux.

– Ils seraient beaucoup mieux en blond. Vous êtes jeune, vous avez de la veine, vous avez encore le temps d'écouter les histoires que les hommes vous raconteront. Moi, je suis franc. J'ai passé ma soirée à vous observer et j'en ai conclu que je donnerais cinq ans de ma vie pour une heure avec vous. À vous de dire si vous êtes assez grande pour prendre le risque ou si vous êtes encore une petite fille. Il y a une porte à côté des boutiques, de l'autre côté de la rue. Je ne peux pas sortir avec vous, mais attendez-moi cinq minutes. J'arrive.

Il était parti avant que j'aie eu le temps de lui donner ma réponse. Je voulus partager les boissons avec Garth, mais il refusa d'un signe de tête. Il était dans tous ses états, son espoir l'emportait sur ses doutes. Je remarquai le regard que nous lança le chanteur. Il comprit le geste de Garth qui, j'en eus la certitude, se rendrait dans la cafétéria dont Luke avait parlé. Mais le chanteur y avait-il jamais mis les pieds ? Je n'en avais pas la moindre idée et je ne voyais aucune raison de croire ce que Luke racontait.

Je me demandai si j'avais déjà sciemment couché avec un homme marié. Je découvrais parfois certains signes qui menaient à des conclusions que je préférais ne pas tirer. Un sale menteur, voilà ce qu'il était, me disais-je en le regardant assis à côté de celle qu'il prétendait être sa femme pendant que la discussion de sa famille dominait le vacarme de la country. Son frère aîné était aux prises avec un problème sérieux dont Luke se désintéressait, plongé qu'il semblait être dans un monde bien à lui. Je savais qu'il avait une conscience aiguë de chacun de mes mouvements.

Mes rencontres du dimanche soir m'avaient servi les mensonges que je voulais entendre. Luke, qui m'avait dit la vérité, était-il pire ? Son désir était aussi brutal qu'intransigeant. Fallait-il incriminer les vodkas mélangées au vin et à la dope pris chez Honor ? Mais je trouvai soudain la situation excitante. Pour une fois, qu'est-ce qui allait m'empêcher de faire une chose vraiment interdite, une chose dont je savais qu'il ne fallait pas la faire ? Luke m'avait donné un rôle, libre à moi de le jouer. Et déjà, je me prenais pour cette tenancière de clubs, une femme dure, sûre d'elle. Je fusillai la fille brune du regard. Si j'avais été un homme, elle m'aurait tuée, mais au lieu de cela, je la sentis rougir, puis elle me jeta un coup d'œil chargé d'une haine froide.

J'en fus dégrisée. J'éprouvais une soudaine fatigue pour ces jeux, je ne voulais pas me laisser manipuler au point de ressentir des émotions qui n'étaient pas miennes. Il était temps de partir si je voulais prendre un métro qui ne soit pas bondé d'ivrognes au comportement pénible. C'est pour cette raison que je partais, tout le reste me semblait trop bizarre. Instinctivement, je sentis que Luke m'observait. Non seulement c'était un manipulateur, mais il était intelligent. Il savait que je ne dirais rien à sa femme qui puisse mettre Garth en danger. Un bar plein d'Irlandais ivres était un endroit idéal pour une chasse aux pédés.

Pourtant, c'était elle que je ne quittais pas des yeux. Sans raison, je la détestais, assise là, grassouillette et contente d'elle-même, avec ses cheveux permanentés et ses vêtements qui sentaient la province, démodés depuis une éternité. Elle avait une petite quarantaine mais était habillée comme si elle allait participer à un concours de grands-mères sexy. À supposer que les parents de Luke sortent leurs crans d'arrêt et commencent à s'étriper, elle se contenterait de lever son verre de Pimms et continuerait à bavarder sans faire attention à eux. Mais ma haine ne la concernait pas personnellement, j'éprouvais un malaise en présence de tous les couples heureux en ménage. Si j'imaginais un seul instant devenir comme elle, je casserais mon verre de vodka dans les toilettes et m'ouvrirais les veines.

De toute façon, qu'elle aille se faire foutre, pensai-je. Toute ma vie, j'avais traîné, rivé en moi, un avenir de ce genre, mais je ne vivais plus selon les règles établies par ma grand-mère. Pourquoi ne pas baiser un homme marié sous le nez de sa famille ? Roxy et Honor la trouveraient bien bonne ; pourtant, malgré mon ivresse, je savais que je ne leur dirais rien. Si Luke ne m'avait pas attirée, je ne l'aurais pas laissé me parler si longtemps. Et puis, son désir lui aussi m'attirait. Il contrastait avec l'attitude feinte et superficielle de la plupart des hommes. Je n'étais pas liée par des vœux dans lesquels je n'avais nullement l'intention de me laisser embarquer. D'ailleurs, malgré tout ce qu'il avait pu dire, il n'oserait pas. Ce qu'il voulait, c'était me reluquer ici. Une fois descendue de mon tabouret, je m'apercevrais qu'il avait fait comme les autres, qu'il m'avait couillonnée.

Je tapai sur l'épaule de Garth, il me tapota le bras. Je ne me retournai pas. Huit vodkas, peut-être neuf ? Quand l'air froid m'eut piqué le visage, je pus de nouveau compter normalement. Avant l'heure de la fermeture, la rue était silencieuse. Il me fallait trois minutes pour atteindre la station de métro. Je pris mentalement note des endroits dangereux. Mais je ne m'y risquai pas. Au lieu de cela, je gagnai la porte près des boutiques aux stores baissés. Je fermai mon manteau, puis l'ouvris de nouveau. Une minute passa, peut-être deux. Je ne me laisserais pas embarquer par Luke, mais j'étais curieuse de savoir s'il oserait se montrer. Dans ce cas, je pouvais toujours filer dans l'obscurité.

Quatre minutes plus tard, j'étais encore là. Je ne me reconnaissais pas. Luke s'était dégonflé. Je reboutonnai mon manteau. Je me rendis compte que j'étais excitée. Depuis combien de temps n'avais-je pas couché avec un homme ? L'air sentait la pluie. Cinq minutes s'écoulèrent, puis six, deux fois le temps que j'aurais mis pour aller au métro. Maintenant, il faudrait que je coure. Luke était un manipulateur de plus, un tricheur, un trouillard. On ne pouvait s'attendre à mieux de la part d'un Irlandais. Je me souvins de cette phrase que Mamie répétait chaque fois que les infos annonçaient l'explosion d'une bombe. Si elle m'avait vue maintenant, debout devant une porte attendant un Irlandais, comme une vulgaire putain, ses pires craintes auraient été confirmées. Quand m'abandonnerait-elle, cette haine qui me venait chaque fois que je pensais à elle ? À moins que la haine ne soit un mécanisme de défense capable d'écarter un sentiment de culpabilité ? En treize mois, je n'avais jamais téléphoné. Je pourrais écrire, mais pour quoi dire ? J'avais décidé d'oublier mon passé. En cet instant, je me sentis éloignée de tout, consumée par une vieille souffrance que ni le sexe ni l'alcool ne pourraient effacer. J'étais sortie de moi-même, j'observais cette fille manifestement ivre qui boutonnait et déboutonnait sans cesse son manteau. Pourquoi avait-elle passé dix ans à s'accrocher à des notions idiotes ? J'eus besoin de toute ma volonté pour me décider à bouger. Mais à peine avais-je fait quelques pas que Luke me prit le bras.

– C'est le problème avec vous, les gouines. Des femmes d'affaires impitoyables dont il faut toujours se méfier.

Il parlait d'une voix calme. C'est alors que je cessai de jouer la comédie. Le rôle que j'assumais, le danger d'être surprise, tout dans cette situation m'excitait terriblement. Quand ils étaient dans cet état-là, les hommes n'en faisaient pas une affaire, alors pourquoi serais-je différente ? Par chance, l'hôtel se trouvait trois portes plus loin. J'aurais pu éprouver un sentiment de honte à la réception, mais tout cela n'était qu'un jeu et rien d'autre. Le lit n'avait pas été fait, mais nous n'en avons pas eu besoin. Nous n'avons même pas allumé la lumière. Nous avons baisé deux fois. L'une pour Luke, debout, avec la sueur sur mon cou qui refroidissait contre le mur humide, et l'autre pour moi, plus lentement, lui assis sur une chaise dure. J'ai préféré la seconde fois. Je n'avais pas besoin de le regarder, seulement de me balancer d'avant en arrière sur ses genoux pendant que je cherchais à deviner la vie des gens derrière les rideaux des fenêtres, de l'autre côté de la rue. J'entendis crier « bis » à l'Irish Centre. Luke se retira vite avant de jouir, et il se finit à la main. Même avec une capote, il se montrait prudent. Je tirai ma robe entre ses genoux et mes fesses, mais elle était si trempée de sueur que je gardai l'impression de ma chair nue contre la sienne.

Le temps jouait contre nous. À l'Irish Centre, on allait fermer le bar. Pourtant, nous restions parfaitement tranquilles, comme les enfants ensorcelés d'un conte de fées. Sous la fenêtre, des gens haussaient la voix, mais la rue semblait bien loin de nous. J'entendis le bruit du préservatif qui tombait. Souvent, les hommes plaisantent, parfois ils sont tendres et silencieux. Luke ne fit rien jusqu'à ce que je sente ses mains froides caressant mes épaules.

– Parle-moi des carreaux.

– Ils sont doux. (Ses mains remontèrent vers mon cou.) Tu prends ton temps et tu les poses de façon que même les joints soient doux. Mais tout ça, à condition que tu ne fasses pas d'erreur, sinon ils se fendent.

Je ne sentais aucune violence dans ses mains et sa voix ne suggérait pas la moindre menace ; pourtant, j'eus soudain peur et il s'en rendit compte. Nous étions dans une chambre minable et mon inquiétude me rendait minable, moi aussi. Luke était fou d'avoir pris ce risque. Mais à quel point l'était-il et dans quel guêpier m'étais-je fourrée ? Il regardait fixement mon cou, je le sentais.

– Tu devrais retourner auprès de ta grosse, tu ne crois pas ?

Je voulais rompre le charme et me servir de l'insulte pour contrôler ma peur, mais la voix de Luke garda un calme méthodique :

– Il se trouve que je l'aime.

– C'est une plaisanterie ?

– Non. Mais ça ne veut pas dire que je ne trouve pas agréable de baiser d'autres filles. (Il ajouta, comme s'il s'excusait :) Tu n'es pas n'importe qui. Je ne fais pas ça souvent. Sept fois en vingt-deux ans. C'est de la fidélité à l'époque actuelle.

– C'est mon âge. J'ai vingt-deux ans. Tu dois nous aimer jeunes.

– Je n'ai eu qu'une seule fille plus jeune que toi.

– En fait, tu flirtais avec l'innocence ?

– C'était la plus terrible de toutes.

Je ne tenais pas à entendre une litanie. J'avais froid, je commençais à trembler. Demain, je me réveillerais avec la gueule de bois et je chercherais à me convaincre que tout cela n'était pas arrivé. Pourtant, je savais que j'y avais pris du plaisir.

– Ça n'a pas marché, tu sais, reprit Luke.

– Quoi ?

– Te détourner de moi. Malgré tous tes efforts pour me le cacher, je suis sûr que tu as joui les deux fois.

Je me sentais vulnérable, j'aurais voulu sortir de cette chambre. Ses doigts s'éloignèrent de mon cou pour glisser lentement le long de ma colonne vertébrale. Quand il les écarta, l'impossibilité dans laquelle je me trouvais de suivre leurs mouvements les rendit encore plus menaçants. Luke n'était pas le premier Irlandais à me toucher. Je m'étais leurrée en croyant pouvoir oublier ces souvenirs.

– Tu ne vas sans doute pas tarder à me dire que tu m'aimes.

– Non. Je n'ai pas le cœur assez grand pour en aimer une autre. Mais j'ai aimé te baiser.

Je ne sais pourquoi, sa façon de prononcer le mot lui ôtait toute vulgarité.

– Dimanche prochain, je vais m'arranger pour avoir cette chambre. Tu y as passé un bon moment, ne dis pas le contraire. Penses-y, hein ?

– Tant pis pour le champagne et les fleurs ! remarquai-je d'un ton moqueur.

– Je n'ai plus de temps à consacrer à ce genre de trucs et, franchement, tu n'en as pas envie non plus. J'ai l'impression qu'une bagarre se mijote là-bas. Il faut que j'y aille. Dimanche prochain, vers neuf heures et demie.

– Apporte un exemplaire de *Penthouse* et un mouchoir. Je ne voudrais surtout pas que tu rentres chez toi déçu.

– Neuf heures et demie, répéta Luke. Au plus tard dix heures. Je n'attendrai pas toute la nuit.

Je me levai. Mon slip se trouvait à quelques pas de là. Je ne tenais pas à le mettre devant lui. Mais au moment où je me penchais pour le ramasser, il posa le pied dessus.

– Le butin du pirate. Sois gentille et je te le rendrai la semaine prochaine.

Je trouvai inutile de discuter ou de lui dire ce qu'il pourrait faire avec mon slip pendant qu'il m'attendrait, le dimanche suivant et tous les dimanches jusqu'à la fin des temps. Comme je dessoûlais rapidement, je sus me taire. J'avais enfreint toutes les règles que je m'étais imposées afin de me protéger contre ces pulsions autodestructrices. Je voulais seulement franchir saine et sauve cette porte. Une fois que je l'eus ouverte, je jetai un coup d'œil en arrière. Luke était effondré sur la chaise, le pantalon encore roulé en boule autour de ses chevilles. Vu ainsi à la lumière du couloir, il évoquait le spectacle qui devait s'offrir aux portiers de nuit quand ils pénétraient dans une chambre pour y découvrir qu'un meurtre avait été commis. Il tourna la tête.

– Je ne peux pas m'empêcher de te regarder, avoua-t-il, comme stupéfait de se trouver là. Tu ne peux pas savoir à quel point je souhaite que tu reviennes.

Je descendis l'escalier en courant, passai devant la réception et ne m'arrêtai qu'une fois dans la foule qui sortait de l'Irish Centre. Luke avait raison, sa famille se disputait. Si sa femme me vit quitter l'hôtel, elle ne le montra pas, mais une tête ou deux se retournèrent sur mon passage. Aucune trace de Garth. La fille brune me dévisagea froidement, presque avec défi. Je me sentis nue, comme si, cette fois-ci, elle avait compris le manège de Luke. Peut-être était-ce sa fille. Tandis que je me frayais un chemin dans la cohue, je sentis son regard me suivre. Je frissonnai sous ma jupe tout en courant, mon regard fouillant l'ombre menaçante. Peu m'importaient maintenant les dingues que j'allais trouver dans le métro. J'étais soulagée de m'en être tirée à si bon compte et de savoir que plus jamais je ne reverrais Luke.

4

Je vais avoir six ans. Je m'en souviens parce que mes pensées s'envolent vers des cadeaux tandis que je sors en courant de l'école au milieu d'un groupe d'enfants. Maintenant, je marche avec ma mère, j'ai hâte d'être à la maison auprès de Mamie qui aura préparé le déjeuner. Elle s'assurera que j'ai bien bu mes deux verres de lait avant de m'autoriser à regarder le programme destiné aux enfants.

Mais ma mère suit un itinéraire sinueux, comme pour prolonger notre retour. Elle ne dit rien qui puisse me faire pénétrer dans l'univers de ses rêves, même quand je lui demande une histoire. Nous atteignons une passerelle qui enjambe des voies ferrées. D'en haut, nous avons vue sur des jardins à la végétation hivernale, derrière des maisons où des néons brillent dans les cuisines. Je tire sur sa main, mais elle ne bouge pas. Alors le train arrive, bruit et vapeur dans son sillage, et le toit sale de ses wagons. J'ai peur. Je sais que le train qui gronde sous nos pieds ne peut nous faire du mal. C'est de ma mère que j'ai peur, ou plutôt j'ai peur pour elle. Elle regarde le train d'une drôle de façon. Elle veut partir. Ça, je l'ai compris. Elle veut quitter Harrow, grand-mère et grand-papa Pete, et peut-être moi aussi.

Ou pire, peut-être veut-elle m'emmener avec elle dans ces wagons qui vont si vite, loin de mes poupées et de grand-papa Pete qui me porte sur son dos jusqu'à mon lit ; loin des livres de contes sur mon étagère et des pétales du cerisier en fleur au printemps. Il n'y aurait que ma mère et moi, voyageant seules, passant devant des villes sans nom, longeant des forêts menaçantes où rôdent des ours. Je me mets à pleurer ; au bout d'un moment, elle me regarde. Elle n'est pas comme les mères dont on parle dans les histoires, ou même celles de mes camarades de classe. Quand je me fais mal au genou, c'est vers Mamie que je cours. Pourtant, même elle me dit d'appeler ma mère, maman.

– Je veux rentrer à la maison, je veux ma Mamie !

Je tire maman par la main, je sais que si j'attends un autre train, je ne la reverrai jamais.

Je me réveillai en sueur après avoir fait ce rêve, le lendemain de ma rencontre avec Luke. Seize ans avaient passé et pourtant j'en avais encore la nausée. Instinctivement, je vérifiai l'état de mon slip ; je me souvenais de ma grand-mère changeant les draps mouillés tandis que ma mère me consolait et que je prétendais ne plus me rappeler mon rêve. Je ne l'avais pas fait depuis longtemps. Mais quand ? Certainement pas depuis la mort de ma mère, malgré les innombrables rêves qui se rapportaient à elle après mon installation dans ce logement. Son visage hantait mon armoire, errait parmi mes chemisiers, ou encore levait les yeux vers moi quand j'emplissais d'eau l'évier pour me laver les cheveux. Invariablement, elle avait le regard que j'avais remarqué lorsque je veillais à son chevet, un regard déçu qui suggérait un travail inachevé. Ma mère avait eu principalement pour armes sa faiblesse et son silence. Durant toute mon enfance, j'avais assisté à ses multiples dépressions et toutes m'avaient laissé un sentiment de culpabilité, comme si je devais la dédommager d'une naissance qui lui avait irrévocablement gâché la vie.

Ce matin-là, je passai une heure sous la douche à me frotter énergiquement la peau, mais je me sentais souillée plus encore par moi-même que par Luke. J'étais prisonnière d'émotions contradictoires, je refusais ce qui s'était passé et, en même temps, je revivais les moments d'excitation vécus à l'hôtel. J'étais tellement ivre que mes souvenirs se confondaient avec mon rêve.

Je croyais sincèrement ne plus jamais revoir Luke sinon par hasard ou sur un escalator bondé. D'ici là, il serait devenu un visage vaguement familier qui m'intriguerait jusqu'à ce que je me souvienne et me détourne. J'étais folle de m'être enivrée à ce point. Je n'en dis rien à Roxy et Honor, sachant que Garth ne raconterait pas ses aventures. Mais Honor prétendit que, depuis quelques jours, il avait l'air plus renfermé et qu'il rentrait et sortait à des heures inhabituelles.

La semaine suivante, il me revint à l'esprit des détails concernant Luke, des riens qui ne collaient pas, comme si je me rappelais deux personnalités différentes. J'étais certaine qu'il n'avait pas toujours été honnête, mais peut-être était-ce le secret de ces gens-là, ne pas se montrer trop sûrs d'eux et faire croire ensuite que vous êtes la seule à entrevoir leur vulnérabilité sous une assurance apparente. Voitures d'occasion, carrelage ou jeunes femmes, nous étions des produits que les mêmes techniques contribueraient à acheter ou à vendre. Si je ne m'étais pas retournée en quittant l'hôtel, j'aurais pu me convaincre que je voyais juste. Mais la dernière image que je gardais de Luke était trop désespérée pour que je ne conserve pas, plus forte que tout, l'intuition d'une souffrance intérieure.

Si elle existait vraiment, c'était son problème et non le mien. Le dimanche soir suivant, je restai chez moi. Je voulais chasser Luke de mon esprit. J'aurais éprouvé une satisfaction cruelle s'il m'avait attendue à l'hôtel, mais comment le savoir ? Fallait-il que Luke fût ivre plus encore que moi pour oser me suivre ? Et même, étais-je certaine de la présence de sa famille ? Je n'étais sûre de rien, sinon de son prénom. Il n'avait pas pris la peine de me demander le mien et il n'avait aucun moyen de retrouver ma trace. Plus tard dans la soirée, une fois le couloir vide, je décrochai pourtant le téléphone.

Mais le repas que je me préparai me sembla infect et le film que j'avais loué était nul. Désœuvrée, je m'approchai de la fenêtre et m'appuyai contre la vitre pour regarder la rue au bout de l'étroit jardin. M'attendait-il encore dans l'espoir de me voir enfin venir ? Je ne savais même pas si je le souhaitais. Adolescente, j'avais trop souvent descendu furtivement l'escalier pour vérifier si le téléphone marchait après avoir donné mon numéro et espéré un coup de fil pour éprouver maintenant des scrupules quant aux vies imaginaires que je m'inventais pour d'autres hommes.

Cette fois, pourtant, c'était différent. Je n'avais rien promis à Luke et il me paraissait stupide d'envisager de courir à nouveau un tel risque. J'éprouvais un sentiment de culpabilité violent et irrationnel malgré le souvenir que j'avais de ses doigts enserrant mon cou. Luke était trop vieux pour moi et je ne tenais pas à me frotter aux hommes mariés. J'avais honte d'avoir regardé sa femme comme je l'avais fait. Ce n'était pas sa faute si elle incarnait les rêves de grand-mère. Mais c'était son bonheur que j'avais eu le plus de mal à admettre, car il me rappelait le vide de mon existence.

Je n'avais pas envie de passer la soirée seule, mais la compagnie extravagante d'Honor et de Roxy ne me disait rien. Je ne savais pas ce que je voulais ; je ne l'avais jamais su et rien ne m'y forçait. Je m'étais juré que ma vie ne serait jamais ou noire ou blanche, et qu'elle ne se réduirait pas à un seul travail ou à un seul homme. Mais, tandis que je faisais quelques pas en arrière pour nous contempler, moi et ma chambre, dans la vitre, mon logement me parut misérable et la vie médiocre que je menais d'une absolue futilité. Était-ce ainsi que je voulais vraiment vivre ? Ne mangeant pas deux jours par semaine, tant que je n'avais pas reçu le chèque postal des chômeurs, acceptant des places de serveuse occasionnelle ou du travail temporaire dans des bureaux que j'avais hâte de quitter ? Vivais-je vraiment ou bien était-ce encore un jeu ? Je me rappelai le frisson d'indépendance qui m'avait parcourue chaque fois que j'avais déçu leurs espoirs. Quand j'avais quitté la maison, je n'avais pas planifié ma fugue, je n'étais qu'une gamine dégourdie voyageant seule et sans entraves. Treize miles en treize mois, il n'y avait pas de quoi être fière. L'appartement était froid. Le film loué se terminait et maintenant, avec un déclic, il commençait à se rembobiner. J'aurais pu attendre le lendemain, je le savais, mais c'était une excuse pour m'évader de cette chambre.

Je continuai à marcher après avoir rendu le film, parcourant des rues qu'en temps normal je ne prenais jamais la nuit tombée. Les pubs étaient remplis de buveurs et les fenêtres des étages diffusaient le vacarme d'une musique rock. C'était, à peu de choses près, l'heure de la fermeture. Deux fois je fus tentée d'entrer dans un bar et deux fois je m'arrêtai. D'habitude, je ne manquais pas d'assurance au point de ne pas entrer seule quelque part, mais cette nuit je me sentais incapable de porter un masque, quel qu'il fût. Un taxi passa ; il freina sec pour prendre le tournant. Les boutiques avaient baissé leur rideau de fer, à l'exception d'un restaurant indien vide. Je sentis se poser sur moi les yeux du serveur, debout dans l'encadrement de la porte éclairée. Je pressai le pas pour échapper à son regard et tournai à gauche. Je voulais rentrer chez moi en décrivant un arc de cercle, mais la rue que j'avais prise était un cul-de-sac. Le dernier réverbère, dont l'ampoule crépitait, distribuait une lumière bleuâtre intermittente. Une ruelle cernée de murs séparait la rue des tours édifiées plus loin.

J'aurais dû faire demi-tour. Je le savais, mais je ne voulais pas admettre que j'avais la frousse. J'étais à mi-chemin quand un jeune garçon sauta du mur. Il s'accroupit en atterrissant à vingt pas de moi, puis s'y adossa. La vieille peur de mes onze ans me revint si fort qu'elle me paralysa presque, cependant je continuai à marcher. Ce quartier ne m'avait jamais semblé dangereux parce que je savais, avec une sorte de connaissance instinctive des lieux, où il ne fallait pas aller. La ruelle était si étroite que j'allais effleurer le garçon en passant devant lui. Il me regardait approcher, le visage impassible. Quelques secondes plus tard, il faudrait peut-être que je me batte pour sauver ma peau. Pourtant, je n'éprouvais rien devant mon agresseur potentiel. Il était pour moi une pièce de viande anonyme comme je l'étais pour lui. En cet instant, je m'en voulus de m'être bêtement fourrée dans ce guêpier. Malgré son poing serré, j'étais incapable de dire s'il tenait ou non quelque chose. En m'approchant, je distinguai ses dents. J'avais l'impression de m'avancer vers un chien errant dont je ne connaissais pas les réactions. Je fis un effort sur moi-même pour qu'il ne sente pas ma peur.

Maintenant, j'étais devant lui. Était-il plus dangereux d'ignorer son regard ou de le fixer à mon tour ? Je m'étais arrangée pour glisser mon porte-clés autour d'un doigt afin qu'en le frappant mes clés lui déchirent la joue. Quand je passai devant lui, nos vestes se touchèrent. Je perçus l'odeur aigre de son haleine et crus même entendre battre son cœur. Pas un muscle ne bougea. Une fois l'obstacle franchi, je m'attendais encore, deux ou trois mètres plus loin, à sentir son bras me serrer le cou. Je me retins de trembler et empêchai mes jambes de courir. J'atteignis enfin le bout de la ruelle. Devant moi, personne. Plus loin, dans la grande rue, les boutiques fermaient. Je me refusais toujours à regarder en arrière. À mi-chemin, je m'autoriserais enfin à courir. Des images m'assaillaient de ce qui aurait pu arriver ; le terrain vague derrière le mur, une chaufferie à la porte défoncée, le triangle d'un ciel sans étoiles qui aurait pu être ma dernière vision avant de mourir.

Quand j'eus atteint la grande rue, je continuai à courir, réprimant une terrible envie de hurler. Le garçon n'avait pas levé le petit doigt. Il avait passivement savouré le pouvoir qu'il possédait de provoquer la terreur. Maintenant, je ne m'en voulais plus, mais j'étais furieuse après lui, ce malade qui tirait son plaisir de la peur. Pendant onze ans, j'avais fui de semblables souvenirs. Pour un peu, j'aurais voulu trouver un prétexte pour lui déchirer le visage avec mon porte-clés. Pourtant, quelques minutes après notre rencontre, je ne me souvenais même plus de ses traits. Je voyais le visage de Luke, l'homme à qui je reprochais de m'avoir obnubilée au point de faire de moi une touriste désemparée à qui il ne restait pas la moindre intuition de la rue.

Il y avait, dans les Pages Jaunes, une longue liste de magasins de carrelages. Je me persuadai que seule la curiosité me poussait à la parcourir en cherchant des noms irlandais. Je commençai, bien sûr, par les ghettos du côté de Kilburn. Je donnai une demi-douzaine de coups de fil et, chaque fois, j'attendais qu'on me dise « allô ? » avant de demander si Luke était là. Chaque fois on me répondait qu'aucun Luke ne travaillait dans l'entreprise. Je raccrochais, désappointée, mais si on m'avait dit qu'on allait le chercher, j'aurais attendu de l'entendre pour en faire autant. Je n'avais rien à lui dire et, pourtant, j'étais persuadée que de lui attribuer un nom et un lieu de travail contribuerait à me le faire oublier.

Le mardi matin, je jetai les Pages Jaunes dans une poubelle. J'avais posé un lapin à Luke et, malgré cela, depuis deux jours je ne pensais qu'à lui. C'était un signal de danger. Si je n'y prenais garde, mon obsession risquait de s'aggraver. Je téléphonai à une agence de placement où j'avais déjà trouvé des emplois de bureau. On me proposa un travail temporaire en remplacement d'une personne malade chez Wilkinson, des importateurs de produits pharmaceutiques.

J'avais déjà travaillé pour cette boîte, non loin d'Elephant and Castle, et j'avais même refusé une offre d'emploi stable. Mon penchant pour ce type de produits venait sans doute des après-midi de mon enfance passés dans la pharmacie de grand-papa Pete ; je l'écoutais articuler des noms génériques imprononçables tout en exécutant des ordonnances. Il se retirait ensuite dans son petit bureau pour y lire le *Daily Star* qu'il jetait avant de rentrer chez lui. Il avait persuadé grand-mère de retailler pour moi une de ses blouses blanches. Entre deux noms compliqués de médicaments qu'il m'apprenait, il agrafait ensemble des boîtes en carton dans lesquelles je grimpais et me gratifiait ensuite d'un commentaire détaillé sur ma descente de l'Amazone seule à bord ou sur la façon dont j'avais planté le drapeau de Harrow et Wealdstone dans le sol de Jupiter. À la maison, il se réfugiait derrière l'*Evening Standard*. C'était un homme inoffensif qui s'autorisait chaque soir à aller au pub boire deux pintes et dont, à son retour, la voix échauffée me réveillait avant que celle de grand-mère ne l'envoyât au lit.

Je commençai à travailler le mercredi. Mes collègues me parurent sympathiques et même nous prîmes un pot à la fin de la journée. Mais le jeudi et le vendredi, à l'heure du déjeuner et en rentrant à la maison, je me rendis dans des magasins de carrelages où je donnai de faux espoirs au personnel en lui faisant miroiter une commande pour les trois boîtes que je dirigeais. Quand arriva le samedi, j'étais devenue une spécialiste du carrelage mural. J'avais aussi découvert que les propriétaires de ce genre de commerce étaient parmi les mâles les plus sinistres qui aient jamais vu le jour.

Le samedi soir, Honor et Roxy sonnèrent à ma porte. Elles attendirent dehors, surprises que je ne leur ouvre pas. Quand je les entendis s'éloigner, je regrettai de m'être cachée, lumière éteinte. Je n'avais pas envie d'aller en boîte ni de rester seule à broyer du noir. Je me rendis chez Honor tout en sachant qu'elle n'y était pas. Garth s'habillait pour sortir.

– Tu as raté les filles.

– Elles sont passées chez moi. J'ai fait comme si je n'étais pas là. C'est terrible, non ?

Garth me fit un grand sourire. Je l'avais toujours préféré à Honor.

– Vous êtes des nanas plutôt bruyantes. J'adore Honor, c'est ma petite sœur. Mais on a besoin d'être en pleine forme pour la suivre. Ça te dirait de venir boire un café avec moi ?

– Et ton rendez-vous ? Tu en as un ?

– S'il vient, il arrivera tard. C'est un timide, le genre de jeune chouette qui n'ose pas se risquer dehors tant que le bois ne dort pas.

En même temps, il m'indiquait la porte. Je voulus le taquiner.

– Est-ce que cette jeune chouette ulule comme un enfant de chœur ?

– C'est son problème.

La circonspection de Garth me fit comprendre qu'il ne souhaitait pas me voir pénétrer dans son monde à lui. En fait, je ne voulais pas être indiscrète, je voulais seulement avoir la certitude que Luke disait parfois la vérité.

– Écoute, reprit Garth en descendant l'escalier. (Il me parut plus détendu.) Tout le monde se révèle un jour ou l'autre, mais il arrive que certains le fassent dix ans trop tard. Sais-tu qui le colonel Parker manageait avant de mettre la main sur Elvis ? Des poulets danseurs. Il les installait sur ce qui était en fait une plaque chauffante, mettait la musique et les faisait danser toute la nuit. Jamais je n'ai cru à la réincarnation, mais notre ami Liam qui sautille dans tous les sens a dû être, au cours d'une vie antérieure, un de ces poulets danseurs, là-bas dans le Sud.

Le bar à vin que Garth avait choisi n'avait pas encore fait le plein. Un peu plus tard, il devait y avoir un bœuf avec de vrais mordus claquant du râtelier en écoutant une impro au piano. Garth voulut absolument savoir depuis quand je n'avais pas mangé. Il appela le serveur. Je savais qu'après ma première gorgée de vin, je devrais me montrer prudente. Une fois que j'avais commencé à boire, je ne pouvais plus m'arrêter.

– Qui est-ce ? demanda Garth.

– Qui a parlé d'un homme ?

– Arrête, Tracey, je connais les symptômes, tu ne crois pas ? répondit-il avec un grand sourire.

– Je ne l'ai vu qu'une seule fois. C'était excitant, mais nous avons pris, l'un et l'autre, des risques dingues.

Je compris en buvant à quel point j'avais faim.

– Je le connais ?

– À l'Irish Centre, on s'est trompés de rôles. Tu aurais dû être mon chaperon.

Garth me remplit mon verre.

– Ce n'est pas mon type, déclara-t-il. Je n'ai jamais aimé les mecs sombres comme lui. Ils sont dangereux, surtout quand ils sont mariés.

– Justement. Ce n'est pas non plus mon type.

Garth eut un rire complice. Je songeai à l'autre aspect de sa vie. C'est si bon de parler à quelqu'un. Le pianiste se mit à jouer à peine le repas servi. Difficile à dire lequel des deux était le plus mauvais.

– La bouffe est dégueulasse, constatai-je. Apparemment, le chef joue du piano pendant que les musiciens sont enfermés dans la cuisine.

Après avoir vidé deux bouteilles de vin, nous nous risquâmes dans la rue. Il pleuvait. Garth héla un taxi.

– Monte, c'est toi, l'homme qui réussit !

Mais il m'ouvrit la porte et s'installa près de moi.

– Tu ne vas pas bien, ma vieille ! Grâce à toi, je vais sûrement rater l'occasion d'avoir une belle-mère à Drogheda, mais nous allons nous renseigner sur cet Irlandais.

Liam Darcy attendait dans un bar de Kensington qui allait fermer vingt minutes plus tard. Une nuée de corps se pressait contre le zinc. Quand il me vit avec Garth, il parut surpris, comme effrayé. Il se leva.

– Qui est-ce ? Une journaliste ?

– Ne fais pas l'idiot, Liam. Du calme.

– Je n'ai pas envie de me calmer. Je... (Il baissa la voix en voyant qu'on nous regardait.) On s'était mis d'accord.

– Assieds-toi, lui ordonna Garth. Ces gens ne sont pas là pour te faire la peau et, de toute façon, tu as intérêt à te faire voir en public avec des filles comme elle plutôt qu'avec moi.

Liam me regarda.

– Je peux être vu avec qui je veux, protesta-t-il. Ce n'est pas parce que je prends un verre avec un...

Il se troubla et laissa la phrase en suspens. Depuis bien longtemps je n'avais vu quelqu'un d'aussi nerveux. Il avait vingt-cinq ou vingt-six ans, mais il était si anxieux qu'on aurait dit un adolescent à son premier rendez-vous. Ses vêtements avaient dû être à la mode à une certaine époque. Ils l'étaient sans doute encore en Moldavie ou en Ouzbékistan. Il avait une beauté qui ne m'attirait pas.

Je dus mentir pour le mettre à l'aise :

– Jamais je n'ai rencontré un type qui fasse moins gay que vous.

– Ouais, mais ce qu'il chante est un indice qui ne trompe pas, ajouta Garth.

– Ce qui veut dire ?

Liam était de nouveau sur la défensive.

– Tes chansons sont si bêtement sentimentales que seul un homme peut les apprécier.

Il fallut un moment à Liam pour comprendre que Garth le faisait marcher. Il nous regarda, l'air penaud.

– J'ai failli dire « pédé », vous vous rendez compte ?

– J'ai entendu pire, intervint Garth. Les noms ne changent rien à l'affaire, alors fais ton choix. Je vais nous chercher un verre.

Garth se fraya un chemin à travers la foule. Je m'assis près de Liam dans un silence gêné jusqu'à ce qu'il lève les yeux vers moi.

– Vous étiez à l'Irish Centre, je me souviens de vous. Je l'ai vexé.

– Ça, c'est une affaire entre vous deux.

– J'ai paniqué. Je n'ai pas l'habitude. J'ai failli ne pas venir ce soir.

– Il est très sympa, Garth.

– Nous ne sommes pas... nous n'avons pas...

De nouveau, il me regarda.

– Est-ce que je fais vraiment gay ? Pendant des années, j'ai essayé de me persuader que non, mais on finit par en avoir marre de faire semblant.

– Pourquoi ne pas assumer votre homosexualité ? Tout compte fait, ça vaudrait mieux.

– C'est peut-être vrai ici, mais mon manager me tuerait. Il y a deux ans, je travaillais au Wavin Pipes à Balbriggan. Je n'avais pas un sou en poche. Maintenant, je fais vivre cinq personnes. Je ne peux pas laisser tomber.

– Les journaux irlandais deviendraient dingues ?

– Ils adoreraient. Je serais un héros. Mais les journaux ne

comptent pas. De toute façon, ils ridiculisent ma musique. Finis pour moi, les concerts. Les gens qu'on trouve à la tête de ce boulot sont des fossiles qui ne changeront jamais.

Garth plaisantait avec le barman tout en rassemblant nos verres. Liam l'observait.

– Ainsi, vous vivez dans le mensonge.

– Quel mal y a-t-il ? (Liam se fâcha soudain.) Les gens me croient stupide, mais je ne le suis pas. Je sais que mes chansons sont nulles, mais je les aime. J'en aime d'autres, les sean-nós, des trucs traditionnels dont vous n'avez jamais entendu parler, j'aime le blues, le rock, d'autres encore. Mon manager m'a collé une fois pour toutes une étiquette, pas question que je m'en laisse coller une autre. Le gay qui chante de la country. Les gens se foutraient bien de ce que je chante. Toutes les putains de questions qu'ils se poseraient tourneraient autour de la même chose. Je ne serais plus un chanteur, mais l'homo de service qu'on fait circuler pour son propre usage.

– Désolée. Je suis ivre. Je n'ai rien contre vous.

Garth posa les verres et s'assit. Liam but une longue gorgée de Jack Daniel's et nous sourit sans joie.

– Normalement, c'est avec moi-même que j'ai cette conversation, avoua-t-il. Mon manager prétend que dans trois ans je vaudrai autant que Philomena Begley, Daniel O'Donnell ou Big Tom. « Laisse-moi faire », me dit-il, et j'obéis. Il connaît son boulot. Il décide du moment où mes albums doivent sortir, mais c'est moi qui décide de les faire.

– C'est ton problème, fit remarquer Garth. Mais nous avons à discuter de choses plus sérieuses. Par exemple, savoir dans quelle boîte on va aller danser.

Il fallut toute notre force de persuasion pour entraîner Liam dans une boîte gay et Garth dut lui répéter à plusieurs reprises que celle qu'il avait choisie était extrêmement discrète. Une fois dans le taxi, il fit allusion à Luke. Il lui demanda s'il se souvenait d'une petite fête organisée à l'occasion d'un mariage à l'Irish Centre.

– Il y avait un monde fou, répondit Liam. J'y chante une fois par mois et je n'y connais personne.

– Tracey aimerait se renseigner sur un type en particulier, insista Garth. Il est de Dublin mais vit ici. Il s'appelle Luke et bosse dans le carrelage. Il te connaissait ou, du moins, il en savait pas mal sur ton compte.

Je m'aperçus que Garth n'avait pas révélé à Liam la raison pour laquelle il s'était trouvé dans cette cafétéria et maintenant il courait un risque pour moi.

– Qu'est-ce qu'il a prétendu savoir ? demanda Liam, une fois encore sur la défensive.

– Par exemple, l'endroit où je pourrais te trouver.

Liam baissa la vitre de sorte que l'air froid envahit le taxi. Le chauffeur antillais conduisait avec une rage froide qui nous jetait les uns contre les autres. En apprenant que quelqu'un d'autre connaissait ses déplacements, la bonne humeur de Liam avait disparu.

– Et que ça vaudrait vraiment la peine d'y aller, poursuivit Garth.

– Je ne vois personne de ce nom-là, finit par dire Liam.

Je reconnus la boîte en y arrivant. Garth m'y avait amenée une fois avec Honor et Roxy. J'ai toujours aimé les boîtes gays. On y trouve de la meilleure musique et moins de bagarres qu'ailleurs ; quant aux homos, ce sont d'excellents danseurs. L'endroit était bondé. D'entrée, Liam nous fit comprendre que j'étais avec Garth et que lui était avec Jack Daniel's. Il en descendit trois, secs. Je l'imaginai allongé dans son lit sans pouvoir dormir, obsédé par la question de savoir qui savait ou qui ne savait pas. Et maintenant, Luke devenait un nouveau nom sur sa liste, plus proche de son pays que nous, donc plus dangereux.

Garth et moi commençâmes à danser sans Liam. Ce ne fut que lorsque des hommes s'approchèrent de lui qu'il consentit à nous rejoindre. Au début, il me parut gauche, mais, au fur et à mesure qu'il se détendait, il s'appropria notre coin de piste et se livra à un numéro qui m'avait paru ringard à l'Irish Centre et qui maintenant, grâce à une musique complètement différente, exprimait un plaisir stupéfiant. Des hommes s'arrêtèrent pour le regarder, gagnés par son entrain juvénile. Pas question d'imiter Elvis dans une boîte gay, et pourtant il le fit, le jeune Elvis aux grands yeux étonnés, à la sexualité innocente, avant que les trucs du colonel Parker ne viennent à bout de lui. Je me rappelai l'histoire de Garth et me rendis compte qu'avant j'avais regardé danser un poulet. Maintenant, je voyais l'homme que Garth avait su évaluer. La musique s'arrêta et nous retournâmes consommer au bar. Liam but lentement une longue gorgée, les cheveux mouillés de sueur.

– Vous vous êtes trompé sur un point, lui dis-je, profitant de ce que Garth était allé aux toilettes. Je connais parfaitement les sean-nós.

Liam me regarda, surpris, cherchant désespérément à se rappeler son accès de colère au pub.

– Ça ressemble à quoi ?

Le bourdonnement de la voix d'un vieil homme me revint en mémoire, un chant sans accompagnement que j'avais entendu un matin à la radio.

– C'est comme un cachalot qui crève à vingt lieues sous la mer après avoir baisé.

Liam se mit à rire puis vida son verre.

– Seigneur, vous n'êtes pas loin de la vérité, acquiesça-t-il.

– Je ne l'ai entendu qu'une fois, avouai-je. Je suppose qu'on finit par aimer ça, comme le Jack Daniel's.

– Seuls les mots comptent dans les sean-nós. La voix n'est que l'instrument qui sert à les sortir. Votre ami Luke pourrait vous renseigner.

– Vous le connaissez ?

– Je l'ai vu vous parler à l'Irish Centre. On me l'avait désigné pendant des concerts traditionnels. Il boit en solitaire, mais rien ne lui échappe, pas même moi apparemment. Ce n'est pas un habitué, il ne vient que pour la musique. Autrement dit, il n'a rien de commun avec les gens qu'on rencontre généralement dans ce genre de concert.

– C'est une musique populaire en Irlande ?

– Oui et non. Elle ne disparaîtra pas, mais en Irlande, ils sont fous de country. Et puis, il y a le rock, U2, Sinead O'Connor, les Cranberries. À Dublin, si vous tapez du pied, il sort une rock-star. Mais la musique traditionnelle constitue un monde différent. C'est pour ça que Luke fait bande à part. C'est un Duggan, si vous voyez ce que je veux dire.

– Non. Qui sont les Duggan ?

Un homme en veste de cuir invita Liam qui secoua la tête, guettant le retour de Garth. Demain, Liam regretterait sans doute sa soirée, mais maintenant il était ivre et prenait du bon temps. Il voulait de nouveau danser et, cette fois, je savais que je serais de trop.

– La musique traditionnelle, c'est comme une religion dans certaines régions, le Kerry et le Donegal, reprit Liam. Mais pour les gens comme Luke, leur truc c'est plutôt James Last. Le son généreux des instruments à cordes est indispensable pour couvrir le craquement des rotules. Croyez-moi sur parole, gardez vos distances. Sacrés Duggan ! (Il se dirigea en riant vers le rythme lancinant de la piste de danse.) Vous ne vous attendez tout de même pas à assister à un bœuf en compagnie d'un membre de la plus belle bande de gangsters de Dublin et, en plus, à le voir battre la mesure avec son pied, hein ?

5

Le dimanche suivant, je pris le métro dans la soirée et traversai Londres, fixant les visages sur les quais et mon propre visage que reflétaient les vitres tandis que le train fonçait dans les entrailles de la cité. Des gens descendaient, d'autres montaient, des filles à talons hauts qui bavardaient, des hommes seuls avec le supplément du *Sunday*, tous allaient quelque part. J'aurais pu passer ma soirée sur la Circle Line à regarder les mêmes noms de stations se ruer vers moi. N'importe où ferait l'affaire plutôt que de subir un second dimanche seule dans mon logement.

À Blackfriars, la vieille femme monta. Temple, Embankment, St James's Park. Il ne me fallut pas longtemps pour comprendre qu'elle n'allait nulle part et qu'elle saurait bien vite que, moi aussi, je faisais semblant. Le wagon était vide. Je sentis qu'elle me regardait. Je crus que, dans sa solitude, elle souhaitait me parler. Au même moment, je m'aperçus qu'elle me considérait d'un air sarcastique. « À votre âge, semblait-elle me dire, j'avais des amis, une famille, un but. » Elle avait l'œil brillant d'un oiseau. Elle ressemblait aux femmes qu'on voit sur les cartes postales de Trafalgar Square, des pigeons obscurcissant l'air autour de leurs épaules pendant qu'elles leur lancent des petits morceaux de pain trempés dans du paraquat. Je la fixai à mon tour ; elle soutint mon regard comme pour m'avertir que ce wagon était son royaume réservé.

Je n'avais pas eu besoin de son air railleur pour savoir que je finirais par descendre à Edgware Road. En réalité, je m'étais efforcée de retarder cet instant en cherchant à me persuader que je ne retournais pas à l'endroit où j'avais attendu Luke quinze jours plus tôt. C'était à dix minutes de la station, mais la route me parut plus longue. En dix minutes, j'aurais pu me retrouver dans les fastes de Marylebone Road, alors que je traversais un quartier où les rues semblaient plus orientales qu'anglaises.

L'endroit avait été curieusement choisi pour y installer cet Irish Centre. Il était cerné par les senteurs épicées et la muzak des restaurants bon marché. Sur l'un d'eux, une pancarte annonçait un numéro de danse du ventre tous les week-ends. Je m'arrêtai un instant pour regarder les dîneurs à travers les vitres avant de me poster devant la porte, en face de l'Irish Centre. J'observai la sortie d'un groupe qui s'était réuni à l'étage. Certains s'éloignaient pendant que d'autres se dirigeaient vers le bar d'où jaillit soudain une musique rock. J'aurais voulu retrouver la rue tranquille de cette fameuse nuit. Je fermai les yeux, mais tout me parut différent.

Un bruit de voix traversa la rue. Je me remis à marcher si vite que j'avais dépassé l'hôtel lorsque je m'arrêtai. Le hall d'entrée était désert, la réceptionniste absente de son bureau. Une tête de cerf faisait saillie au-dessus de la cheminée éteinte, comme étranglée par les toiles d'araignées. Des voix irlandaises parvenaient jusqu'à moi. J'ouvris la porte et m'avançai. On bavardait dans un couloir proche. Si la réceptionniste revenait, je ne pourrais justifier ma présence. Je me mis à courir et atteignis le tournant de l'escalier avant d'entendre un bruit de pas en bas et le cliquetis de verres sur un plateau.

Je montai les dernières marches et pris un couloir obscur, véritable piège à odeurs. Seul le tapis dans l'escalier pouvait prétendre à une certaine classe. Depuis des années, nul pinceau ne s'était attardé sur les portes. Derrière l'une d'elles braillait une télévision. J'atteignis ce qui avait été pour si peu de temps notre chambre. Pas un bruit à l'intérieur. Je frappai. J'étais prête à m'enfuir si j'entendais des pas. Je voulais tout simplement entrer, toucher le lit que nous n'avions pas utilisé, la chaise et le papier peint humide. Je voulais apaiser les fantômes de notre nuit.

Des pas dans le couloir. Prise de peur, je tournai la poignée de la porte qui, à ma grande surprise, s'ouvrit. Luke était assis sur la même chaise, devant la fenêtre. Il me tournait le dos. Un walkman sur la tête, il s'absorbait dans la musique. Je ne voyais pas ses mains, posées en haut des cuisses. Sans doute est-ce une cassette porno, me dis-je, et il se branle. J'allais sortir quand il leva la main qui tenait un petit cigare à bout filtre. Il en tira une bouffée, puis souffla lentement la fumée.

Ce que m'avait confié Liam Darcy me revint en mémoire : la plus belle bande de gangsters de Dublin. Dans le taxi qui nous ramenait, il s'était montré plus expansif, il m'avait donné des détails sur les attaques à main armée perpétrées par Christy Duggan, le plus célèbre d'entre eux, devenu un héros national quand l'IRA eut démontré que rien n'était plus facile. Avec la multiplication des hold-up et le renforcement de la police, Christy Duggan s'était lancé dans les attaques de banques qui paralysaient les bourgs isolés. La police n'avait rien pu prouver malgré une surveillance vingt-quatre heures sur vingt-quatre depuis deux ans mais, d'après Liam, tout ce qui concernait les Duggan était de notoriété publique. Les gens savaient même quand la bande de Christy allait faire un coup parce qu'il paradait au volant de sa voiture devant le quartier général de la police. Grâce aux lois sur la diffamation, son nom n'apparaissait jamais dans les journaux qui l'avaient surnommé Ice-Man.

J'étais incapable de déterminer la part du Jack Daniel's dans les confidences de Liam ; en tout cas, il nous avait fait pleurer de rire avec les surnoms bizarres dont étaient affublés les criminels de Dublin, du moins l'affirmait-il : Wise-Cracker, Cellar-Man et le Commandant. Ces pseudos en avaient fait des personnages de comics, mais maintenant, tandis que j'observais Luke, leurs noms et leurs crimes se changeaient en chair et en sang. Il ne se doutait pas de ma présence. J'aimais le sentiment de puissance que la situation me procurait. J'avais le choix : ou continuer à le regarder, ou m'en aller. Si j'avais été sa femme, j'aurais pu lui plonger une paire de ciseaux dans la nuque. Je pouvais lui voler ses cartes de crédit ou les clés de sa voiture dans sa veste posée sur le lit. Ou encore, si j'avais un tant soit peu de bon sens, je pouvais faire demi-tour et quitter la pièce à toutes jambes en laissant la porte ouverte pour qu'il se doute d'une intrusion sans savoir de qui.

Il y eut un déclic quand la bande finit de se dérouler. Luke bougea. C'était le moment ou jamais de prendre la fuite. Mais je restai jusqu'à ce qu'il se retourne, lentement comme s'il devinait une présence. En me voyant, il ne parut ni surpris ni content. S'il éprouva une quelconque émotion, ce fut un soulagement qu'il chercha à dissimuler. Par un excès d'imagination, j'eus l'impression qu'il avait un instant cru qu'on allait l'exécuter.

– Tu as une semaine de retard, remarqua-t-il d'une voix calme en ôtant les écouteurs. (Une voix de femme, dans une langue que je ne comprenais pas, dériva le long du couloir. Elle me parut si proche qu'elle aurait dû me rassurer même si en fait je n'étais pas inquiète.) Mais tu vaux la peine qu'on attende.

Cette fois, le lit était fait. Dans le coin, un lavabo surmonté d'un miroir fêlé. J'avais connu une chambre comme celle-ci quand je m'étais enfuie avec ma mère.

– Comment savais-tu que j'allais venir ?

– Je ne le savais pas. (Il m'observa attentivement.) La semaine dernière, j'avais gardé espoir, mais cette fois-ci, je n'en avais plus du tout.

La vitre trembla au passage d'un camion. J'entendis au-dessus des pas et des voix irritées.

– Alors, qu'est-ce que tu fais ici ?

Luke se leva, mit sa veste et glissa le walkman dans sa poche, puis il haussa les épaules et s'assit sur le lit.

– Et pourquoi n'y serais-je pas ? C'est un endroit comme un autre.

– C'est interdit de rester à la maison ?

Il posa sur moi un regard appuyé que je lui retournai aussitôt. J'eus la sensation que nos deux volontés s'affrontaient.

– C'est compliqué et personnel, répondit-il.

– Pauvre petit chéri !

Je cherchais à cacher ma joie sous la raillerie sans vouloir admettre que j'avais désiré sa présence de toutes mes forces.

– Nous nous sommes mariés jeunes, poursuivit Luke avec une telle franchise que mon ironie tomba à plat. Un mariage forcé, une fausse couche et puis un enfant par-dessus le marché, sans qu'on sache où on en était. J'ai continué à grandir, pas elle. Peut-être qu'elle verrait les choses différemment, mais, d'une façon comme d'une autre, nous n'avons plus grand-chose en commun.

– Où croit-elle que tu es en ce moment ?

– Comptabilité, vérification du stock. Tout ce que je ne peux pas faire en semaine.

– Elle doit te prendre pour un important fournisseur. L'homme d'affaires qui ne s'arrête jamais.

– Il ne lui manque rien et je ferai le nécessaire pour qu'il en soit toujours ainsi.

Je sentis dans sa voix une pointe de colère. Je savais qu'il n'accepterait pas d'être ridiculisé. En fait, j'avais tout simplement cherché à gagner du temps.

– Si je ne m'étais pas pointée, tu serais venu dimanche prochain ?

– Je ne sais pas. (Luke regarda autour de lui.) La semaine dernière, je me suis aperçu que j'aimais bien cette chambre. Je m'y entends penser. Et puis, j'y ai de bons souvenirs.

Tout me paraissait minable et délabré. Des deux côtés de la pièce, on entendait hurler la télé.

– Tu penses ce que tu veux, mais pour moi, ce n'est qu'un pieu.

– Tout dépend du partenaire.

– Je ne suis pas venue pour ça.

Je lui avais répondu sèchement. J'entendis des pas dans l'escalier et reculai pour qu'on me voie dans le couloir.

– N'aie pas peur.

– Je n'ai peur de personne.

– Nous étions complètement bourrés, toi et moi. Je ne sais même pas ton nom.

– Moi, je connais le tien. Les Duggan sont célèbres.

Il ralluma son cigare après en avoir fait tomber la cendre.

– Un putain d'hôtel anonyme, soupira-t-il, résigné. J'aurais pu croire qu'ici on m'apprécierait pour moi-même.

– C'est comme ça quand on trompe sa femme, les choses finissent toujours par se savoir.

Jusqu'alors, mes sarcasmes étaient une façon de me défendre. Maintenant, je me moquais gentiment.

– J'ai entendu dire, poursuivis-je, que dans ta famille vous étiez tous pareils. Des truands avec plus de surnoms que de condamnations.

– Nous nous spécialisons dans la traite des Blanches, répliqua-t-il, impassible.

– Des vierges droguées embarquées dans des caisses de carrelage.

– Il y a un moratoire de la Communauté européenne concernant les vierges, c'est pourquoi nous nous sommes intéressés à un type plus évolué.

Il avait perdu de son assurance, mais gardait une vigilance sarcastique. J'étais surprise de constater à quel point il m'attirait pendant que nous nous taquinions. C'était comme un prélude, à cela près que je me refusais à entrer dans la chambre. Je percevais de la mélancolie jusque dans son sourire et la vision que j'avais eue de lui mort sur cette chaise me sembla prophétique. Et si j'avais été un assassin ? Luke m'aurait-il accueillie avec le même haussement d'épaules résigné ? Pourtant, il ne paraissait être qu'un homme d'affaires sans envergure, rien d'autre. Comme s'il voulait réduire son univers à deux boutiques dans les faubourgs populeux de Londres. Je me souvins de notre première rencontre et du souvenir que j'en gardais, celui d'un homme qui tranchait nettement sur sa famille.

– Je veux te montrer quelque chose.

– Quoi ?

Il se leva sans répondre et m'entraîna vers l'escalier. En bas, la réceptionniste avait à peu près mon âge. Elle leva les yeux de son magazine et nous regarda attentivement, de façon que Luke se sente plus âgé qu'il ne l'était.

– C'est ma fille, déclara-t-il, le visage inexpressif, en lui rendant la clé. Je suis incapable de dégonfler ces poupées tout seul.

Nous attendîmes d'être dans la rue avant d'éclater de rire. Une fois en voiture, je lui demandai de passer la cassette qu'il avait écoutée.

– Tu ne l'aimeras pas.

– Essaie toujours.

C'était un air irlandais joué au violon et enregistré en public ; on entendait les gens tousser ou se déplacer. Luke l'avait repiqué sur le programme d'une radio irlandaise.

– Que veulent dire les titres ? lui demandai-je. *The Rambling Pitchfork* ou *Boil the Breakfast* *. Ça n'a pas de sens.

Luke me regardait, surpris de mes connaissances.

– Pourquoi faudrait-il qu'ils en aient ? Les titres ne sont pas importants. Un air peut démarrer dans un comté et s'il plaît à un violoneux itinérant, il le ramènera chez lui sous une autre appellation. Seules les notes comptent.

– Pourquoi se ressemblent-elles toutes ?

– Elles ne se ressemblent pas. Écoute-les bien.

D'une voix calme, il m'indiqua l'endroit où chaque air se rattachait sans effort au suivant. Il montrait un enthousiasme juvénile et pourtant, avec son costume, on aurait pu le prendre pour un attaché commercial bulgare en mission. C'est ce que je lui dis. Il se mit à rire et prétendit que la plupart des gens tenaient à porter des vêtements coûteux et que c'était pour eux une bonne façon de se rendre invisible.

– Pourquoi veux-tu être invisible ?

* *La fourche baladeuse* et : *Fais chauffer le petit déjeuner* (N.d.T.).

– Par discrétion.

– Tu aimes tes secrets.

– Mes contradictions. Les secrets sont dangereux, ils s'autodétruisent. Il n'en est pas de même des contradictions. Nous naissons sous leur signe. Sans elles, nous passerions encore notre existence dans les arbres.

– Et moi, qu'est-ce que je suis ?

Il m'observa avant de monter le son.

– Toi, je t'ai en prime.

– Tu te fourres le doigt dans l'œil, Luke !

Je me moquais de lui et, pourtant, il apprécia la plaisanterie et rit avec moi. Je n'avais plus envie de parler, je voulais écouter la musique. Je n'en avais jamais entendu que des bribes, mais maintenant, elle m'emplissait d'une étrange allégresse. Elle me séduisait comme elle avait sans doute charmé ma mère quand mon père la jouait. Au point de lui faire quitter Harrow pour le sauvage Donegal.

J'étais sur le point de me confier à Luke quand je me souvins de ce qu'il avait dit sur les gens du voyage. Je piquai un fard sous l'effet d'une honte que grand-mère, elle-même, n'aurait pas comprise. Ce qui l'avait opposée à mon père était un problème de classe, mais avec Luke, c'était une question de caste. J'eus brusquement l'impression d'être une intouchable, la fille d'une sorte de romanichel irlandais.

– Tu es bien calme, observa-t-il.

J'aurais voulu lui arracher son costume coûteux et accrocher son propriétaire au portemanteau.

– Normalement, les types comme toi n'aiment pas la musique.

– C'est-à-dire ? demanda-t-il froidement.

– Ceux qui viennent des quartiers pauvres de Dublin.

– Je ne suis pas né dans un taudis. C'est ce que tu cherches ? La baise avec une espèce de bouseux nommé Paddy * ?

* Diminutif de Patrick, surnom attribué aux Irlandais *(N.d.T.)*.

Je crus qu'il allait arrêter la voiture, mais il changea de vitesse et écrasa l'accélérateur.

– Je n'avais pas l'intention d'insulter...

– Tu l'as fait. (Il prit un virage à toute vitesse avant de ralentir.) Les gens vous collent une étiquette pour toute votre vie, poursuivit-il en se dominant. C'est pour cette raison que j'ai quitté l'Irlande.

– On est plus libre à Londres ?

– Du moins, c'est différent. Tu n'es qu'un Irlandais de plus, un crétin qu'on méprise.

La cassette terminée, il la retourna. La musique reprit après un sifflement, emplissant la voiture.

– Que cherches-tu ?

– Je ne sais pas. Je voulais savoir qui tu étais. Je ne suis pas... Je ne suis pas une putain.

– Je sais.

Je regardais les rues que nous parcourions. Pourquoi n'arrêtait-il pas la voiture ? J'aurais préféré en descendre. Ce soir, nous étions sobres et j'étais consciente du fossé qui nous séparait. Je renversai les rôles.

– Et toi, que cherches-tu ?

– Je ne sais pas non plus. (Il s'exprimait avec une franchise dont je sentis qu'elle lui coûtait.) Je me brosse les dents tous les matins, mais je garde le mauvais goût dans ma bouche. Je vis, mais le type en costume n'est pas vraiment moi. Je me suis rendu insensible pour ne pas ressentir cette douleur.

– Pourquoi restes-tu ?

– Fuir ne résoudrait rien. De toute façon, il faudrait affronter le lendemain.

– Ton frère est-il un grand criminel ?

– Ice-Man ? demanda Luke en riant. Ça fait vendre les journaux, mais Christy est incapable de se débrouiller tout seul. Ce n'est pas un saint, mais si c'était un chef de bande, pourquoi serait-il toujours fauché ? Je ne le défends pas, mais, si ça peut te faire plaisir, c'est un escroc à la petite semaine tout ce qu'il y a de plus ordinaire. Personne dans le milieu ne le prend au sérieux ; mais il a une grande gueule et les journaux aiment ça. Deux de nos oncles ont été des truands célèbres. Une famille, c'est comme une région ; une fois qu'elle a acquis une réputation, elle ne peut pas s'en défaire. Les vrais criminels la jouent profil bas, c'est leur tactique. Ce qu'ils recherchent avant tout, ce sont les grosses arnaques comptables. Mais pour les journaux, ce n'est pas assez racoleur ; ils ont besoin de leurs bêtes noires affublées de surnoms nuls.

Il se tut en entendant une autre mélodie.

– *The Blackbird,* dit-il. Écoute, c'est mon morceau favori.

J'étais contente de ne plus parler. Nous avions atteint une sorte d'équilibre, une confiance prudente qui n'allait que jusqu'où nous le voulions bien. Les yeux fermés, je m'immergeai dans la mélodie. Son rythme convenait au monde nocturne que nous traversions, aux rues désertes qui, dans quelques heures, allaient être envahies par des gens de toutes races. Nous étions des étrangers, l'un et l'autre pris au piège de la musique, des applaudissements frénétiques, des pieds qui à la fin frappaient le sol. Suivit alors un autre morceau qui me transmit le sentiment terriblement brutal d'une absence. Pour la première fois, je n'avais besoin que de musique pour me griser. En lançant un coup d'œil à Luke, je sus à quel point il se sentait seul.

– Tes enfants aiment cette musique ?

– Ce n'est pas leur faute. Pour l'instant, ils sont avant tout anglais. S'ils avouaient leurs origines, leurs copains les traiteraient d'Irlandais. Mais à Dublin, on les considère à juste titre comme des Anglais.

– Je suis anglaise et ça me plaît.

– Tu ne cherches pas à le cacher.

– Quel âge ont-ils ?

– J'ai un garçon de quatre ans, les deux autres sont plus vieux. Ils ont presque ton âge, si tu veux savoir.

– À quoi ressemblent-ils ?

– Disons que c'était différent quand ils étaient plus jeunes.

– Comment s'appelle ta femme ?

– Laisse tomber ce putain d'interrogatoire. (Il appuya sur

« eject » et la cassette, en sortant, emplit la voiture de parasites.) Il y a quinze jours, j'avais envie de baiser, mais pas une assistante sociale.

Blessée, je regardai au loin. Peut-être l'avait-il fait exprès, peut-être moi aussi l'avais-je voulu. Ou, du moins, je m'étais autorisée à le vouloir. N'était-ce pas une façon de décharger ma conscience ? Mes questions ne changeraient pas le fait que j'avais couché avec un homme marié. Une façon comme une autre d'apporter une diversion à des existences sinistres. Car telle était ma vie, et les rires hystériques de nos soirées en boîte n'avaient pour mission que d'en cacher le vide. Je voulais quelque chose de plus, mais ni un travail régulier ni un copain attitré. Je voulais de la fantaisie. Je voulais que le frère de Luke soit « Ice-Man ». Je voulais baiser avec qui me plaisait. Je voulais être la seule à décider de ce qui était bien ou mal.

Luke me parut crispé quand il gara sa voiture devant une rangée de boutiques. Personne aux alentours. J'éprouvai un certain malaise. La semaine précédente, quand j'avais pris la fuite devant le garçon de la ruelle, je m'étais juré de ne plus jamais m'attirer d'ennuis. Luke descendit, sortit un trousseau de clés de sa poche et se pencha pour lever un rideau de fer. Sur l'enseigne du magasin, je lus : AAASSORTIMENT (CARRELAGES).

– Faut-il te donner une note pour l'orthographe et l'originalité ?

Il coupa l'alarme et ouvrit la porte vitrée.

– Elle est la première dans les Pages Jaunes, au cas où tu prendrais la peine d'y jeter un coup d'œil.

Une fois à l'intérieur, il baissa le rideau, mais seulement à moitié, puis il alluma la lumière de façon à laisser une partie du magasin dans l'ombre. Je marchai le long des présentoirs, effleurant les carreaux au fur et à mesure que Luke m'en indiquait la provenance. Il y avait quelque chose d'apaisant dans sa voix. J'avisai sur une étagère un carreau d'une superbe couleur jade, fabriqué en Inde. Je le mis dans ma poche.

– C'est du vol, remarqua Luke.

– Tu n'as rien à dire.

Il sourit au souvenir de mon slip. Il s'approcha du comptoir et éteignit la rampe. Sur mes gardes, je saisis le carreau, mais il se dirigea vers la porte et souleva le rideau de fer pour que je puisse le distinguer nettement à la lumière de la rue. Il se tourna vers moi.

– On ne voit que ce qu'on veut bien voir.

– Ni parrain, ni chef de bande.

– Nous ne choisissons pas notre famille, répliqua Luke, et nous sommes obligés de la garder. Ce qui ne nous empêche pas de mener des vies parallèles. Parle-moi de la tienne.

– Je n'ai pas de famille.

Il me considéra d'un air surpris, comme pour m'en faire dire plus.

– Tout le monde en a une. En fin de compte, c'est tout ce que nous avons.

– Mes parents sont morts.

– Je ne sais même pas comment tu t'appelles.

– Tracey.

– Tracey, tu ne vois que ce que tu veux bien voir. Je ne cache rien, je ne fais pas de promesses si je ne peux pas les tenir. Mais je jure que je ne te mentirai jamais. Du lundi au samedi, je travaille ici pour faire vivre ma famille. Le dimanche m'appartient. Dimanche prochain, je m'arrangerai pour avoir cette chambre. Mais je ne peux pas te forcer à venir. Je vais te déposer à une station de métro. Ne me donne pas ta réponse. Je veux seulement que tu saches que je t'attendrai pour le cas où tu te déciderais à venir.

6

La meilleure façon de cacher une chose, selon Luke, c'était qu'elle soit d'une transparence telle qu'elle fasse oublier les zones d'ombre. Entrez dans un bar en bleu de travail à l'heure de la fermeture et vous pourrez en sortir en emportant la télévision, la machine à sous et même les chaises des clients. Les gens ne voient jamais ce qui se passe sous leur nez.

Voilà pourquoi j'avais eu tort, à quatorze ans, de dissimuler les premières coupures sur mon bras. Personne ne les aurait remarquées ou j'aurais pu les faire passer pour un accident survenu à l'école. Si elles ne s'étaient pas figées dans le secret, j'en aurais perdu l'habitude et je ne serais pas devenue dépendante de cette sensation de maîtriser mon destin qu'elles me procuraient. Jamais, dans cette maison, je n'avais su ce que c'était. Grand-papa Pete lui-même acceptait les décisions de grand-mère sans mot dire. Seule ma mère discutait, mais elle le faisait sans conviction, sachant qu'en fin de compte elle céderait. Rien ne pouvait détourner Mamie de la seconde chance qui lui était offerte de réussir une éducation. À seize ans, je devrais passer mon brevet avant d'intégrer Saint-David, la meilleure terminale de Harrow. Deux ans après, quand j'entrerais à l'université, on toucherait les bons d'épargne dont chaque penny serait compté de façon que rien ne puisse me distraire de mes études. Lorsque grand-mère me demandait si je voulais faire des études scientifiques, ce n'était pas une question. Intelligente comme je l'étais, j'aurais ainsi l'occasion de rencontrer un futur époux à l'avenir prometteur.

Lorsque ma mère affirma que mes professeurs du collège de Hillside me jugeaient douée pour l'anglais, grand-mère dénigra la seule idée d'une licence ès lettres. C'était un fourre-tout pour jeunes gens sans ambition, à l'esprit confus ; d'ailleurs, qu'est-ce que ma mère en savait, elle qui avait réussi de justesse à intégrer l'IUT du nord de Londres avant de tomber enceinte ? Ce trait acéré était destiné à mettre fin à toute discussion. Maman se réfugiait dans le silence comme un chien battu et je me penchais sur mes devoirs comme si les verbes français et les équations étaient un monde bien délimité dans lequel je pouvais me perdre.

Je me demandais parfois quelle aurait été la vie de ma mère si je n'étais pas née et je me rendais compte que, même alors, elle n'aurait pu mener une existence stable. Elle était trop inquiète, elle réarrangeait les choses les plus simples jusqu'à ce qu'elles s'effritent entre ses mains. De toute façon, mon père l'aurait probablement abandonnée, mais sans le fardeau que j'avais été pour elle, elle se serait casée. Elle aurait trouvé un brave type qui lui aurait fait confiance. À l'hôpital, il lui était arrivé de se lier avec des malades comme elle, mais dès qu'on la renvoyait à la maison, grand-mère l'obligeait à rompre sous prétexte que la psychose maniaco-dépressive dont elle souffrait ne pourrait guérir si on la lui rappelait constamment.

Parfois, je discernais chez elle une sorte de je-m'en-foutisme malicieux, par exemple lorsque, partie faire des courses, elle m'entraînait au cinéma alors que nous aurions dû rentrer à la maison. Elle me prenait la main et je levais les yeux vers elle, me demandant ce que serait notre vie si elle était capable de refuser l'autorité de sa mère. Deux fois seulement, elle avait tenté de le faire. L'été précédant ma naissance, elle avait parcouru l'Irlande en auto-stop et, quand j'avais onze ans, elle avait organisé en secret ces désastreuses vacances à la suite desquelles on lui reprocha de m'avoir perdue. Je n'ai jamais parlé de ce qui s'était passé au cours de cet épisode et ma famille avait appris à ne pas me questionner, mais pendant des années, ces souvenirs, bien qu'en sommeil, demeurèrent comme une blessure dans notre mémoire.

Même sans la tension qui régnait entre nous, l'adolescence n'a jamais été un âge facile. À quatorze ans, c'est l'époque de la timidité et du doute, celle où l'on sait tout à moitié et où l'on se déteste. Je m'étais trouvé un surnom, Capote éclatée, saisissant dans son obscénité. J'étais obsédée par ma propre conception. Je me la représentais d'après les vidéos porno que j'avais vues chez des amies et les magazines du frère de Joan Pitman que nous avions découverts et qui nous faisaient hurler de rire. Je gardais à l'esprit deux torses sans visage, l'un au ventre blanc, l'autre à la toison de poils gris, et le cuir élimé, couvert de sueur, d'une voiture dans une tourbière irlandaise. Une image me visitait régulièrement, même en classe, celle d'un gros pénis sale qui entre et qui sort, et d'un préservatif qui éclate et s'enroule à la base sur les vieux poils frisés. Et pourtant, ils ne s'arrêtent pas, indifférents à mon destin, graine fugace qu'ils auraient dû jeter dans un fossé, têtard remontant le courant pour briser la vie de l'Anglaise au ventre blanc.

Je savais que ce fantasme me détruisait. Frank Sweeney avait épousé ma mère à Dublin. Je suppose donc qu'ils avaient vaguement envisagé de vivre ensemble. Il avait même fait un court séjour à Harrow. Mais ils étaient tous frappés d'une amnésie collective dès qu'il s'agissait de lui.

Cette année-là, je m'étais mise à fumer tous les jours à la sortie de l'école. Avec mes camarades de classe, nous allions dans Cunningham Park reluquer les garçons qui revenaient des balançoires. Un jour, nous nous étions mises à quatre pour boire une bouteille de vodka volée ; Clare Asworth et moi avions vomi dans un jardin de Devonshire Road. Nous avions bu du cidre dans le cimetière de Headstone avec les petites frappes de Burnt Oak, et Clare et moi avions fait un concours à celle qui se bécoterait le plus longtemps possible en public. Nous nous étions mises au défi de voler des marchandises dont nous n'avions pas besoin dans les boutiques en face de la station

Harrow-on-the-Hill. Nous séchions les cours pour aller faire la fête chez les parents de Clare, dans leur séjour aux rideaux tirés éclairé par une lumière rouge, pendant qu'ils étaient au travail. Une fois, nous nous étions échappées de chez nous, à peine vêtues, pour monter la garde par une nuit glaciale devant le studio d'enregistrement où nous pensions que se trouvait notre groupe préféré, et Clare avait dû me ramener à la maison quand j'avais piqué, sans raison apparente, une crise d'hystérie dans la ruelle aux murs couverts de graffitis.

Un samedi, nous nous étions fait percer le nez sans le consentement de nos parents. Dans le métro en rentrant chez nous, nous avions prétendu à haute voix que nous nous étions fait percer le clitoris pour faire rougir le drôle de type assis devant nous, les jambes croisées. Après son départ, nous nous étions demandé plus discrètement si le percement en question procurait bien un orgasme plus long d'une vingtaine de secondes comme le prétendait la grande sœur de Joan Pitman, à moins que cette conne ne l'ait inventé. Clare m'avait raccompagnée chez moi. Une fois les autres partis, nous avions pu nous avouer nos craintes. Toute la soirée, j'avais gardé un pansement sur le nez jusqu'à ce que grand-mère, se doutant de quelque chose, me l'ait arraché. J'avais fondu en larmes.

Hors de la maison, rien ne me retenait de lui faire honte, de quelque manière que ce fût, mais une fois à l'intérieur, je redevenais une petite fille sous les invectives de grand-mère qui me refusait le droit de déchirer mon jean ou de me faire tondre les cheveux. Elle veillait autant sur mon apparence que sur les autres aspects de ma vie. J'avais peur d'interroger ma famille sur les secrets qu'elle gardait jalousement et, de mon côté, j'avais honte de leur confier ceux que j'avais enfouis en moi.

La honte de Mamie quant à mes origines m'avait à tout jamais marquée. Je disais à mes amis que j'ignorais qui était mon père. S'ils insistaient, je leur disais que tout ce dont se souvenait ma mère, c'est qu'il était vigoureux, blanc et français... En tout cas, le vin qu'il l'avait forcée à boire, lui, l'était. En réalité, je ne possédais de lui que son nom sur mon acte de naissance et j'avais pour seule certitude que ma tête coiffée et mes premiers cris avaient fait voler en éclats ce mariage impossible. Sweeney avait cinquante-neuf ans quand il avait rencontré ma mère qui en avait vingt-deux. Il nous avait abandonnées comme l'avait prévu grand-mère quelques mois après son arrivée à Harrow. Dur, ignorant et égoïste, c'était un homme qui s'adonnait à la musique plutôt qu'aux bains-douches. Un homme qui avait filé dès qu'on avait fait allusion à ses responsabilités et qui avait laissé couler dans mes veines son sang impur comme une infection qu'il fallait constamment surveiller.

J'ai retrouvé mes quatorze ans la nuit d'insomnie où je suis devenue dépendante. Les yeux ouverts pendant des heures, l'oreille tendue vers le bourdonnement des voix qui se disputent en bas à mon sujet, j'entends ma mère quitter la pièce d'un pas qui révèle sa défaite, et refermer la porte. Déjà, je sens l'odeur de la cigarette qu'elle fume dans sa chambre, le premier de la douzaine de mégots qu'elle écrasera dans le cendrier posé sur sa table de chevet, pareils à des cartouches brûlées, son seul acte de défi. Bientôt, grand-mère montera vérifier le clignotement rassurant du détecteur de fumée sur le palier.

En proie à l'insomnie, je sens presque physiquement mon corps s'incurver en des formes nouvelles et inutiles. Tout me semble étrange, sauf l'impression d'être un pion entre leurs mains. La maison s'apaise, ses habitants restent éveillés ; ils revivent le dernier épisode du combat qu'ils livrent à mon sujet. Ils sont incapables de comprendre ce changement. Durant des années, mes bulletins ont été excellents, la parfaite bonne élève, l'esprit extraordinairement clair, sage comme une image en classe. Et maintenant, grand-mère suggère de me changer d'école, persuadée que mon comportement est dû à de mauvaises influences. On ne me dira rien, mais en comptant les mégots dans le cendrier de maman, je saurai que grand-mère a gagné.

Le radiateur se contracte avec un gémissement métallique. J'ai horriblement peur que les rideaux ne soient pas étroitement fermés et qu'en me réveillant j'aperçoive la face indiscrète de la lune, les yeux posés sur moi. Je m'en veux terriblement de cette peur stupide, mais il me suffit de regarder la lune pour que me reviennent ces souvenirs. Je fais comme si c'était arrivé à quelqu'un d'autre, mais sans résultat. Ma mémoire est trop fidèle, le toit en pente de l'église, l'odeur infecte de cette peau d'homme. Quelle conne je suis de me laisser ainsi envahir ! Je m'enfonce les ongles dans la paume. La tension que je réprime me donne la chair de poule. Demain, je dois avoir mes règles, une nouveauté dont je me serais bien passée et qui ne me sert plus d'excuse. Je me retourne, la tête enfoncée dans l'oreiller. Je crie si fort dans ma tête que j'ai peur qu'ils m'entendent. Je respire dans les ténèbres suffocantes de l'oreiller. Je lève les mains au-dessus de ma tête, mais quand je les baisse, ce ne sont pas mes cheveux qu'elles tirent. Je sais qu'elles tirent les siens, ceux de ma mère. J'ai longuement regardé ses boucles sur la photographie accrochée au mur du salon. Cette écolière des années soixante souriant sous son béret bleu, entourée de ses camarades de classe qui ont troqué plus tard leurs colliers de hippies contre des maris obèses de Northwood et de Kensington.

J'ai envie de hurler que je ne suis pas ma mère, mais je ne sais pas qui je suis. Comme une marionnette fripée, j'étouffe sous le besoin qu'ils ont tous d'une seconde chance. Il m'était déjà arrivé de me sentir désincarnée après avoir avalé les pilules que Clare avait trouvées. Mais la façon dont mon corps tangue dans le lit est bien plus effrayante. Incapable de trouver une bonne position, je tourne et retourne la tête, les yeux étroitement fermés. D'autres yeux, énormes et fixes, m'observent, surgis de l'image rémanente qui envahit confusément l'obscurité derrière mes paupières. Ceux de l'Homme de la Lune. Ils se transforment en une mouche, pattes triangulaires et membres qui s'agitent convulsivement pris dans une toile d'araignée. Je deviens folle, comme ma mère. Je veux appeler au secours, petite fille de quatorze ans, aux seins en boutons et au duvet naissant, tandis que le poids des espérances forme une peau nouvelle qui durcit sur la mienne.

Une douleur aiguë me vrille la tête quand je m'arrache une mèche de cheveux. Le visage grimaçant, je la lâche. Mes jointures s'entrelacent au-dessus de ma tête, les doigts s'agrippent aux doigts. Un ongle, en se cassant, me coupe cruellement. Il pend, déchiré, presque arraché. Je l'écrase contre mon poignet, la tête enfoncée dans l'oreiller. Trop bouleversée pour souffrir ou crier. J'éprouve une envie folle de me venger. Si seulement je pouvais leur dire que je suis un fruit gâté ! Maintenant, je souille ce clone d'écolière qu'ils ont voulu créer. Mais soudain, j'ai mal et plus je me griffe, plus ma douleur augmente. Bientôt, mon bras est couvert d'entailles.

Alors, aussi brusquement, la douleur diminue, comme si une amphète m'inondait les veines. J'éprouve une sorte d'ivresse euphorique. Bien que je leur prête mon corps, les blessures que je m'inflige sont mes propres graffitis, griffonnés à la hâte non plus sur moi-même, mais sur ce qu'ils se sont approprié. Sans préavis, l'élixir ne fait plus d'effet et la brève sensation de bien-être, si surprenante, disparaît. Restent les élancements de la douleur, une nouvelle couche étonnamment épaisse de culpabilité, la peur d'une découverte qui, le lendemain matin, me fait m'habiller porte fermée à clé. Je ne sais ce que j'ai fait ni pourquoi. J'ai peur de la réaction de grand-mère quand elle verra mes cicatrices. L'inquiétude m'empêche de manger. J'attache ma manche, le bras sous la table, avant d'enfourcher mon vélo et de m'éloigner en agitant ma main valide comme l'écolière soumise dont ils rêvent tous.

Et maintenant, je retrouve mes vingt-deux ans. Luke me baise. Nous sommes le 4 octobre, le premier de ces dimanches soir que nous passerons dans cet hôtel. Le dessus-de-lit, vieux et usé, me gratte les seins. J'enfonce mon visage dans l'oreiller. Luke m'empoigne les hanches, il les soulève pour me pénétrer plus profondément. Je ne comprends pas pourquoi, depuis qu'il s'est mis à me toucher, il me revient des souvenirs précis de mes quatorze ans, tandis que s'effacent les années intermédiaires. Je me retrouve dans ma chambre d'enfant, je lève les mains au-dessus de ma tête, comme si j'allais me frapper le cou. Mais Luke m'attrape les poignets et les immobilise. Je lui suis reconnaissante de s'être retiré dans le silence de son monde à lui. J'arrache mes mains à son étreinte et croise les doigts pour protéger mon cou de lui ou de moi. Il s'arrête soudain, il m'observe dans la lumière que dispense la fenêtre, je ne sens même plus en moi les mouvements de sa queue.

Sans doute veut-il prolonger, ne pas jouir trop tôt. Je devine pourtant qu'il a conscience du malaise qui m'habite. Comme s'il attendait que je l'autorise à continuer. L'oreiller est mouillé. Quel pieu, me dis-je, même les draps sont humides ! Je m'aperçois que je pleure. Je pousse mes hanches contre Luke, je veux qu'il bouge, je veux rompre le charme de ces souvenirs importuns. Luke a repris son va-et-vient et moi j'essaye de me concentrer sur ses mains ou sa queue. Mais c'est comme si mon enveloppe extérieure s'était déchirée ; bouleversée, je retrouve à l'intérieur le moi intact de ma jeunesse. Je me sens frustrée du personnage que je me suis soigneusement efforcée de devenir, mise à nu comme jamais plus je ne veux l'être.

Ces souvenirs refoulés m'ont submergée dès l'instant où Luke a passé mon pull par-dessus ma tête. C'est le premier homme que j'ai laissé me déshabiller. J'avais la hantise de devenir le jouet d'un autre et ce geste était trop intime pour que je l'autorise, de même que je n'avais jamais permis à quiconque de m'embrasser sur la bouche. Mais cette nuit, avec Luke, c'est moins un acte de possession qu'un émerveillement enfantin.

Ce soir, il semble moins sûr de lui, surpris de mon arrivée. Il a reçu de mauvaises nouvelles, me dit-il, mais qui ne le concernent pas. Nous nous comportons comme des étrangers qui n'ont rien à se dire, aussi maladroits que des adolescents à leur première rencontre. Nous continuons à prétendre que nous nous voyons uniquement pour le cul, même si nous soupçonnons l'un et l'autre qu'il y a plus que ça entre nous, sans pourtant savoir ce que c'est.

Tandis que Luke me déshabille, nous n'avons pas l'impression d'avoir déjà fait l'amour ensemble. La chambre est glaciale, pourtant il prend son temps. Il commence par mes chaussures et m'ôte lentement mon jean. Je soulève les hanches, me penche en avant puis en arrière, je lui rends son sourire silencieux tout en levant les bras pour lui permettre de faire glisser mon pull de laine. Un instant, il me couvre les yeux et soudain, sans y être invités, les premiers souvenirs affluent. Je ne peux même pas crier. Luke s'arrête, il laisse mon pull me couvrir à moitié la tête, troublé par la soudaine tension de mon corps.

– Qu'est-ce qui ne va pas ?

– Vite, ôte-moi ce foutu pull !

À peine l'a-t-il fait que je libère mes cheveux et m'allonge sur l'édredon, les paupières étroitement closes. Perplexe, Luke s'interrompt, ne sachant que faire. Puis il se met à déboutonner mon chemisier. Je sens ses doigts, et pourtant je n'en suis qu'à moitié consciente. Les souvenirs sont si vifs qu'en ouvrant les yeux je suis certaine de me retrouver dans la cuisine de grand-mère.

D'un coup sec, on a tiré sur mon visage le col roulé que je porte en classe. Je suis momentanément aveugle. Je suffoque parce que maman me maintient à terre pendant que grand-mère remonte les manches sur mes bras marqués de balafres. Les stores de la cuisine ont été baissés pour éviter tout regard indiscret. J'ai la chair de poule. Je me sens violée, je lutte pour dégager ma tête du col roulé. Pendant ce temps, grand-mère palpe les cicatrices. D'une secousse, je me libère de l'étreinte maternelle, mais le col roulé me serre la gorge, je ne peux pas respirer, je vais étouffer. Maman devine ma peur et s'affole à son tour. Elle tire sur le vêtement entortillé pendant que grand-mère lui hurle de l'enlever. On me dégage enfin et je ferme les yeux, assaillie par les questions qu'elles ne cessent de répéter.

Est-ce un garçon qui m'a fait ces marques ? Pourquoi les ai-je cachées ? Est-ce qu'un homme a fait quelque chose ? Un voisin, un professeur qui m'a forcée à ne pas parler ? Ai-je des ennuis ? Je sens chez grand-mère la peur que cache cet euphémisme, sa terrible crainte que le même scénario se reproduise. Ni l'une ni l'autre ne comprennent ce que j'ai besoin de leur dire. Et pour cela, je les déteste autant que je me déteste moi-même. Une nouvelle voix, celle d'un singe sans visage, me murmure à l'oreille que je devrais les punir, elles aussi.

Je cache mes bras mutilés pendant trois semaines, manquant l'école pour ne pas aller à la piscine, fermant à clé la salle de bains quand je fais ma toilette. La nuit, je ne dors qu'à moitié, je me promets de ne plus toucher à mes bras et je compte même les heures où je parviens à ne pas me gratter. Mais je sais que je n'en ai pas fini et que recommenceront les griffures et les morsures. Rien ne peut l'empêcher, ni les allées et venues silencieuses ni les prières inutiles. Derrière le radiateur, je conserve une règle en plastique cassée. Cette douleur ne s'apaise que lorsque je m'en sers pour me faire saigner et que je descends l'escalier pour me soulager avec du whisky coupé d'eau. Ma dépendance se nourrit de la peur d'être découverte. Deux fois, j'ai rêvé que ma mère devinait ma souffrance et me prenait dans ses bras. Deux fois, je me suis réveillée déçue et je me suis empressée de cacher les taches de sang, là où mes bras étaient posés sur l'oreiller.

Mais maintenant, tandis qu'elles examinent mes bras dans la cuisine, c'est moi qui soudain les provoque. Pour la première fois de ma vie, elles ont peur de moi. J'ai échappé à leur contrôle. Cette découverte m'enhardit. Je suis assise, mon uniforme de classe à moitié déchiré. Je sais que je ne peux expliquer mes blessures, mais je sais maintenant que je ne le veux pas. Je déteste maman d'être aussi faible et j'ai honte de sa maladie. Je déteste grand-mère parce que j'ai besoin d'un bouc émissaire et que, même si je le voulais de toutes mes forces, jamais je ne pourrais accomplir les rêves dont elle a chargé mes épaules.

Déjà, lorsque j'étais un bébé, ils m'avaient forcée à choisir comme si, chacun dans un coin d'une cour de récréation, ils jouaient à m'appeler, pour voir vers qui je courrais. Je me souviens de mes allées et venues chancelantes jusqu'à ce que je m'asseye par terre en larmes, les bras sur la tête. Et maintenant, je les regarde bien en face avant de plier les doigts pour me griffer le cou de mes ongles que je n'ai pas limés. Des mains me saisissent le bras ; je ne sais à qui elles appartiennent. Je pousse un cri, mais ce n'est pas de douleur, c'est un cri de liberté.

Il résonne dans cette chambre d'hôtel. J'ouvre les yeux, surprise par le bruit, comme quelqu'un qui se réveille. Luke m'a pénétrée. Il s'arrête, son regard effrayé m'interroge.

– Qu'y a-t-il ? Je t'ai fait mal ?

– Ça n'a rien à voir avec toi. Je ne t'ai pas dit d'arrêter.

– Sûr que ça va ?

– La semaine dernière, tu m'as dit que la seule chose qui t'intéressait, c'était la baise. J'ai crié, mais c'est personnel. Ma vie ne te regarde pas.

Je ferme les yeux. Luke hésite, puis il entre en moi de plus en plus loin. Je suis la proie de mes souvenirs et je sais qu'ils ne s'arrêteront pas. Je connais même la séquence qui va suivre ; les disputes avec grand-mère qui me coupe les ongles de force, et ces tristes jeux qui consistent à m'examiner le corps. Plus elles sont attentives, plus je cache mes cicatrices. Ensuite, les médecins, les spécialistes, des heures de queue pour entendre des voix professionnelles cherchant à découvrir pourquoi j'appelle au secours. Les taches d'encre et les tests stupides, les classeurs pleins d'images de la lune que j'ai dessinées dans leurs bureaux. Et les soupçons qui planent sur notre maison, les rumeurs que j'ai fait courir et qui pourrissent la vie de mes grands-parents. Les trois années suivantes, j'ai eu la mainmise sur eux. Pourtant, au plus fort de mon autorité, je n'ai pas eu le courage d'évoquer l'Homme de la Lune et rien n'a pu atteindre le centre de ma souffrance.

Il faut en finir avec cette douleur ; maintenant, j'ai vingt-deux ans, je suis un être nouveau et je mène une vie nouvelle. J'ouvre les yeux. Je suis dans une chambre d'hôtel, et c'est un Irlandais qui me baise, comme ma mère au même âge. Je ne sais pourquoi ces souvenirs me sont revenus et pourquoi ma mère me semble si proche, comme si elle nous observait. Mais quand je ferme les yeux, surgit de nouveau une image de mon adolescence. Une terre sombre et marécageuse, un cuir qui transpire, des poils gris autour d'un pénis qui entre et qui sort. J'étends les bras comme pour être soutenue. Ne voient-ils donc pas ce qui se passe ? Ne peuvent-ils faire l'effort de comprendre ?

Mais Luke ne comprend pas. Il se retire et ses bras me retournent ; le couvre-lit, vieux et usé, me gratte les seins. Luke m'empoigne les hanches, il les soulève pour me pénétrer plus profondément encore. J'enfonce mon visage dans l'oreiller. La douleur insatiable est toujours là et le gouffre qui me sépare du monde est comme une balafre qu'on peut cacher mais qui ne guérira jamais.

7

Les neuf dimanches qui suivirent, j'ai fait ce voyage. Je voyais de moins en moins Honor et Roxy et pourtant, Luke ne me prenait qu'un jour par semaine. Je lui en voulais de ce que les moments que nous passions ensemble occupaient une place de plus en plus centrale dans ma vie. Fin octobre, mon travail chez Wilkinson s'acheva et je reçus de nouveau l'aide sociale. Je détestais les soirs obscurs, la pluie qui me tenait enfermée, seule dans mon logement, et le caractère secret de notre liaison.

Je sais que c'est irrationnel, mais il m'arrivait, certains samedis, de prendre le métro à Angel et de changer à Euston au lieu de King's Cross. Je savais que personne ne me suivait, mais cette façon d'agir contribuait à créer une sorte de prélude érotique, ajoutant ainsi au caractère illicite de nos rencontres. J'avais agi de même lorsque j'avais quitté Harrow, convaincue que mes grands-parents me recherchaient.

Au début, j'étais arrivée une ou deux fois en retard, le temps de laisser Luke mijoter. Mais, depuis peu, ma crainte de ne pas le voir était devenue si vive que je m'étais mise à détester cette incertitude. Nous étions stupides de nous accrocher à cette chambre d'hôtel où Luke pouvait être repéré, mais ni lui ni moi ne souhaitions en changer. Son côté provisoire nous convenait qui écartait tout engagement ultérieur. Pourtant, cet arrangement ne pouvait durer éternellement. Tôt ou tard, l'un de nous arriverait et, ne trouvant pas l'autre, saurait d'instinct que ce ne serait pas un retard, mais une rupture.

Début décembre, nous nous sommes querellés. Mes règles n'étaient pas tout à fait terminées. Or, j'avais constaté que la réceptionniste nous observait avec une curiosité plus grande chaque semaine. Ses coups d'œil ne m'inquiétaient pas, mais je ne tenais pas à ce qu'elle découvre des draps tachés de sang après notre départ. Nos rendez-vous étaient motivés par le sexe et pourtant, malgré mon désir de voir Luke, j'avais failli ne pas venir. Peut-être avais-je peur de l'état de manque dans lequel j'allais me trouver, mais Luke m'affirma que le sexe n'était pas important, pour lui du moins, et qu'il lui serait très agréable de bavarder pour changer un peu.

Nous nous sommes donc mis au lit, lumière éteinte, et nous avons fumé et partagé une bouteille de gin. J'aurais voulu rouler un joint, mais Luke se montrait terriblement vieux jeu en ce qui concernait la dope, pourtant inoffensive. Comme toujours, Luke parlait tandis que moi, je poursuivais mes investigations. Nos conversations s'étaient changées en une lutte de nos deux volontés, moi essayant de le pousser à me révéler plus qu'il ne le souhaitait. Je ne lui dévoilais presque rien sur ma vie et, malgré son apparente franchise, je découvris bientôt qu'il avait étroitement délimité le monde qu'il avait choisi de me faire connaître.

Il me parlait surtout de son enfance à Dublin, mais le jeune Luke qu'il me décrivait me paraissait très éloigné du Luke que je connaissais. Des silences ponctuaient ses récits, bousculant l'ordre chronologique. Il ne disait rien des activités récentes de ses deux frères dont, pourtant, il me parlait souvent. Quant à la vie qu'il menait à Londres, elle aurait pu ne pas exister.

– En réalité, pourquoi es-tu venu ici ?

Nous étions allongés, la bouteille à demi vide entre nous. Curieusement, être au lit sans avoir fait l'amour avait un caractère plus intime que tout ce que nous avions connu précédemment.

– On finit par en avoir assez de vivre dans l'ombre des gens, avoua-t-il en buvant un petit coup, les yeux fixés au plafond. Ici, on n'est personne, chacun vit sa vie. Mon voisin a des putains de colonnes devant chez lui avec, tout en haut, des espèces de boules tarabiscotées. À Noël dernier, je faisais une marche arrière dans mon allée quand j'ai heurté l'une d'elles. Il est sorti en courant et, pour la première fois depuis huit ans que j'habite là, il a daigné me parler.

– Que t'a-t-il dit ?

– Comment osez-vous faire une marche arrière dans mes boules !

Luke imitait l'accent anglais à la perfection. J'éclatai de rire.

– C'est pas vrai ?

– Non, convint-il. Rien d'aussi original.

– Comment ce serait à Dublin ?

– Différent, répondit-il, toute trace d'humour disparue.

– Pourquoi ?

– C'est comme ça. Les gens pensent qu'ils savent ce que vous valez et ils font avec.

– N'empêche, y serais-tu plus heureux ?

– Heureux ? grogna-t-il. Qu'est-ce que le bonheur a à foutre là-dedans ? Je suis venu ici ce soir pour oublier toute cette merde, compris ?

À son ton, je sus que la conversation avait dérapé. Luke se tourna, fit glisser ses mains le long de mon dos, puis à l'intérieur de mon slip qu'elles explorèrent. Je savais cependant que, ce soir, le cul ne l'intéressait pas, il voulait au contraire écarter toute intimité. J'en eus honte et le repoussai.

– Nous étions d'accord, alors ne commence pas.

– Quelques gouttes de sang n'ont jamais fait de mal à personne. Et puis, il n'y a pas qu'une seule façon.

– Va te faire mettre. (Je commençai à sortir du lit, irritée par cette moquerie délibérée.) Tire-toi, tu n'auras qu'à te branler.

Je commençai à m'habiller, en colère contre moi autant que contre lui. Je m'étais ingéniée à établir ces règles, sachant que notre liaison ne survivrait pas au-delà des murs de cette chambre. Jamais je n'avais souhaité entendre des confessions sentimentales ou participer à des angoisses existentielles *post-coïtum.* En fait, je ne savais plus ce que je voulais.

– Écoute, Tracey, je n'avais pas l'intention...

Luke parlait d'un ton conciliant.

– Si, tu l'avais. Sois franc, tu ne vois en moi qu'une pute, une nana de plus.

Je lui tournai le dos. Je venais de déchirer ma jupe dans ma hâte de la passer. Je ne voulais pas qu'il me voie à moitié habillée.

– C'est vraiment ce que tu penses de toi ?

Je fis demi-tour, tenant étroitement fermé le chemisier que je n'avais pas eu le temps de boutonner. Je tremblais.

– Tu es un gros malin, ricanai-je. Tu te débrouilles toujours pour retourner les choses contre moi.

– Tu ne devrais pas te considérer comme ça.

Luke venait d'exprimer l'inquiétude d'un père, se repliant sur le personnage réservé, attentif, qu'il était parfois.

– Et toi, que penses-tu de moi ?

– Tu n'as pas besoin de le demander.

– Exact. Manifestement, tu te sers de moi. Après la baise, tu préférerais me faire disparaître d'un coup de baguette magique.

– Jamais tu n'as voulu que je te mente.

– Je veux la putain de vérité.

– La vérité c'est que je viendrai ici, pour toi, la semaine prochaine et toutes les autres semaines.

Il m'observait tandis que je m'efforçais de fermer les derniers boutons de mon chemisier. Je m'en voulais de trembler. Mais qui était-il donc, ce salaud ? Je ne lui demandais pas de quitter sa femme, ni de me consacrer plus de temps, seulement de me montrer un tout petit peu d'affection.

– Tu perds ton temps dans le carrelage, déclarai-je en attrapant mon manteau. Tu aurais dû te lancer dans le plastique. Tu te serais fait une poupée gonflable qui me ressemble.

Et j'ai claqué la porte. Je m'imaginais la réceptionniste levant la tête. Mais arrivée en bas, je me suis dit que, pour une fois, je ne pourrais pas la fixer à mon tour. J'étais bien une pute minable, une fille pour les week-ends d'un homme. Tête baissée, je sortis dans la rue et m'enfuis en courant.

Je ne revins pas les deux dimanches suivants. Occupée à ne rien faire sinon à rester assise chez moi en me roulant des clopes, je sortis pour jeter un regard vide sur les titres du club-vidéo et me payer une bouteille de vin bon marché sans même pouvoir m'enivrer. Roxy et Honor ne passaient plus me voir, persuadées sans doute que j'étais chez moi malgré la lumière éteinte. J'aurais pu les appeler ou leur rendre visite comme j'avais l'habitude de le faire, mais j'étais complètement vidée.

Il y avait partout des lumières de Noël, des achats tardifs, des fêtes au bureau. J'envisageai de téléphoner à Harrow, mais je me refusai à penser à la maison, à Noël ou à tout ce qui pouvait me ramener vers le passé. Une nuit, je rêvai du vieux singe noir et m'éveillai terrorisée, sans savoir où j'étais. C'est fini entre nous, me dis-je. J'ai besoin de vivre ma vie, et non pas celle des laissés-pour-compte d'autres femmes. Selon l'expression favorite de grand-mère, glanée au cours des années passées à fréquenter des spécialistes, je possédais une personnalité dépendante. Luke était la dernière de ces dépendances et il me fallait m'en débarrasser.

D'un autre côté, Luke était la première personne à avoir éveillé en moi une certaine émotion depuis la mort de ma mère. Tout le reste me paraissait insipide. Je me demandais si sa femme était d'accord depuis le début. Était-ce pour cette raison qu'il m'avait paru si libre à l'Irish Centre ? Mais j'étais certaine qu'elle ignorait tout parce que les épouses ne savent jamais rien et j'essayais de justifier ce qui me troublait de plus en plus. Chaque jour je me disais que c'était fini et pourtant, cette formulation me semblait trop précise pour une aventure aussi vague que la nôtre. Parfois, je décidais de garder la tête froide et de laisser Luke mijoter pendant quelque temps. Je pouvais changer d'avis quand je voulais et me servirais peut-être de lui pour rompre la solitude de Noël. Le problème, c'est que son absence me faisait prendre conscience du vide de ma vie.

Le 15 décembre, je décidai de me rendre à son magasin. Je me trouvais dans le métro et, sans réfléchir, laissai passer ma station. J'en vis défiler d'autres, ignorant toujours ce qui allait arriver. Aurais-je le courage d'entrer et, si Luke était là, quelle attitude adopter ? Peut-être voulais-je exposer notre liaison à la lumière hivernale d'un mercredi après-midi pour constater son échec ? Je savais seulement que je ne pouvais pas laisser les choses en rester là, qu'il ne m'était pas plus possible de retourner à l'hôtel que de rompre avec Luke.

Le magasin était envahi par des bricoleurs qui cherchaient avec application à embellir leur maison pour les fêtes. Des chants de Noël joués à la cornemuse s'interrompaient pour céder la place à des offres spéciales. J'éprouvai une sorte de joie vengeresse à me trouver là, à mener la danse pour une fois. Je parcourais les allées, j'observais son personnel tout en me demandant si Luke était là ou dans la boutique plus modeste située non loin. Les employés étaient jeunes et compétents, désignés par des pulls rouges marqués au nom de la société, et se signalaient par leur enthousiasme. Je les entendais répéter la même phrase rassurante : « Je n'essaie pas de vous vendre cet article mais je suis sûr qu'il vous conviendrait... »

Un chef de rayon en costume sombre pointait une liste des marchandises en stock accompagné par un représentant. Je passai deux fois près de lui avant de me retourner. C'était Luke. Je vis ses paupières ciller entre le bon de commande et les étagères. Je frissonnai. Je ne l'avais pas reconnu et maintenant je me rendais compte que je ne connaissais pas cet homme-là et que jamais je n'aurais pu coucher avec lui. Le son même de sa voix était différent. J'observais un caméléon. Luke se tourna vers moi et son regard me traversa quelques instants avant qu'il ne m'identifie. Son visage changea, mais à peine. Il n'exprima ni encouragement ni surprise. Je compris que je ne pouvais pas lui parler, que je n'avais rien à dire à cet homme. Je battis en retraite, fuyant le long d'une contre-allée.

Le dimanche suivant, je mis longtemps avant de prendre la décision de me rendre à l'hôtel. Quand le métro entra en gare après un long moment d'attente, je remarquai un groupe de trois filles près de la porte. Elles riaient comme des hystériques de leurs propres bêtises comme pour se mettre à dos tout le wagon. Après mon expédition du mercredi, je m'étais juré de ne plus remettre les pieds dans cet hôtel. Pourtant, à King's Cross, je me ruai dans les couloirs qui assuraient la correspondance de la Northern Line avec la Circle.

Je restai coincée derrière un vieil homme chargé d'une valise qui débordait sur le côté gauche de l'escalier roulant, bloquant ainsi les gens qui cherchaient à le dépasser. D'abord, ils le maudirent en silence, puis à haute voix car le vieillard feignait de ne pas voir l'embouteillage qu'il créait. Il y avait quelque chose de déconcertant dans son immobilité ; il fixait le haut de l'escalier comme si un grand destin l'attendait derrière le portillon et qu'il ne pourrait l'affronter qu'en traînant sa valise cabossée jusqu'à la sortie.

Un jour, Honor m'avait raconté qu'elle croyait aux anges depuis qu'elle en avait vu un passer devant sa fenêtre quand elle était petite. Un court instant, j'oubliai Luke en observant le vieil homme, obsédée par l'idée que c'était une âme accomplissant son dernier voyage. Peut-être le métro était-il plein de fantômes invisibles, disparaissant dans les tunnels au bout des quais déserts. Impossible de me rappeler si c'était un souvenir de lecture, mais, quand j'étais enfant, j'avais été fascinée par les pauvres vieux chargés d'une valise, tant je craignais instinctivement le retour de mon mystérieux père.

Celle-ci rebondissait sur le bord de l'escalier roulant et le vieillard vacillait dans son effort pour la retenir. Je me frayai un chemin et descendis en courant d'autres escaliers pour attraper au vol le métro qui démarrait sur la Circle. Pourtant, je fus hantée jusqu'à Edgware Road par le regret de ne pas m'être arrêtée pour aider le vieil homme.

Rien ne me garantissait que Luke fût venu ou qu'il m'ait attendue aussi tard. Mais je supposais qu'il avait interprété ma présence dans son magasin comme une envie de lui parler. S'il ne venait pas, plus jamais je ne me bercerais de l'illusion qu'un homme avait enfin besoin de moi.

Je sortis du métro à Edgware Road sous une petite pluie fine et me mis à marcher d'un pas vif. En y repensant, je me dis que si je m'étais arrêtée pour aider le vieillard, j'aurais probablement raté la correspondance et serais arrivée si tard que je serais passée en courant devant les boutiques en face de l'Irish Centre. Au lieu de cela, je ralentis de façon à marcher d'un air dégagé pour ne pas attirer l'attention. À l'exception du restaurant à la danseuse du ventre fatiguée, seul le marchand de journaux était encore ouvert, mais il avait déjà baissé l'un de ses rideaux de fer. Il allait fermer après avoir mis à l'abri de la pluie un énorme présentoir de journaux étrangers. Incongru au milieu de la presse imprimée en écriture arabe se trouvait un journal du dimanche irlandais. C'est à peine si je distinguai la photo, et j'étais déjà passée quand l'image entrevue me fit rebrousser chemin. Je m'appuyai contre la glace. Ce ne pouvait pas être Luke, me dis-je, paniquée. Le visage lui ressemblait, bien que plus grossier et le regard plus froid. L'ironie du sort voulut que je reconnaisse d'abord le costume parce que le goût vestimentaire de Christy Duggan était franchement épouvantable. De toute évidence, il s'agissait d'une photo de famille prise lors d'un mariage ou d'un baptême. Je frappai à coups redoublés sur la vitre. D'abord, je crus que le marchand ne ferait pas l'effort d'ouvrir. Le journal était plié, pourtant j'en déchiffrai le titre : Meurtre d'un gangster à Dublin.

Debout sous un réverbère, j'en lus et relus le compte rendu jusqu'à ce que la pluie eût détrempé le papier. Maintenant, je savais que Luke ne serait pas à l'hôtel. Il n'avait aucun moyen de me faire connaître la nouvelle et ne pouvait deviner que j'étais au courant. Je n'en continuai pas moins d'avancer au cas où je trouverais un message à la réception. Je souhaitais ne pas avoir affaire à la même réceptionniste, et pourtant ce fut elle qui me toisa, sentant qu'elle avait l'avantage.

– Y a-t-il une lettre pour moi ?

– Je ne suis pas chargée de faire passer ses messages. Montez et vous le lui demanderez vous-même.

Elle tourna la page de son magazine, se refusant manifestement à lever les yeux sur moi. Je grimpai l'escalier, consciente de ce que la situation avait d'imprévu. Pour avoir pris le temps de me voir ce soir, Luke m'accordait sans doute une certaine importance. Nous nous étions toujours gardés de donner à nos rencontres un tour affectif et je ne me sentais pas de taille à le consoler. Je trouvais maladroit d'intervenir dans son chagrin. Je frappai deux fois. Il m'ouvrit enfin. Son visage ne portait aucune trace de larmes. Il fit un pas en arrière pour me laisser entrer.

– Luke, je sais. Je suis désolée.

– C'est ma faute, constata-t-il avec un petit haussement d'épaules.

Même confronté à la mort, il gardait son calme. Son costume était impeccable, seul le col de sa chemise paraissait élimé. Il semblait s'excuser plutôt que pleurer la perte d'un frère.

– Ne te fais pas de reproches. Je suis seulement surprise que tu sois venu ce soir.

– Pourquoi ? Nous avons eu suffisamment de contretemps.

En le voyant tirer sur son cigare, je me dis que mes soupçons étaient justifiés. J'avais affaire à un véritable caméléon, un escroc qui ne ressentait rien pour personne. Je me souvins de ses mains sur mon cou, le premier soir. Il aurait pu me tuer de sang-froid. Luke m'observait, l'air inquiet.

– Qu'est-ce qui ne va pas, Tracey ? Je suis venu m'excuser pour la dispute. Je regrette l'incident de la boutique, mais nous avons tellement à faire avant Noël que j'étais complètement ailleurs. Quand j'ai voulu te parler, tu étais déjà partie.

Il ne s'était pas rendu compte que je lui parlais de Christy. Sans doute pensait-il que je ne savais rien.

– Putain, je ne crois pas un mot de ce que tu dis ! (J'étais exaspérée.) Même la mort ne t'empêche pas de tirer ton coup vite fait, bien fait.

Je fis un pas en arrière, prête à fuir, en voyant Luke tendre la main vers moi.

– Putain, ne me touche pas ! criai-je.

C'est alors que je lus dans ses yeux son ignorance. Les nouvelles de Dublin ne lui étaient pas parvenues.

– Où étais-tu passé ?

Ma question l'inquiéta.

– En Hollande depuis vendredi. J'ai acheté de la marchandise dans une entreprise de carrelage qui vient de fermer. J'avais pris la camionnette. Elle est là, dehors.

– Oh, mon Dieu ! (Je m'arrêtai, cherchant en vain à adoucir la nouvelle.) Luke, je suis désolée, mais on a abattu ton frère Christy à Dublin.

Il me fallut lui tendre le journal trempé pour qu'il me croie. Son visage changea aussitôt ; il me le prit des mains et se détourna. Je vis sa tête bouger tandis qu'il lisait attentivement les colonnes tachées de pluie. L'encre avait sali mes mains, les mots s'étaient imprimés à l'envers sur mes doigts. En levant les yeux, je vis que Luke ne lisait plus, il pleurait en silence. Je voulus l'entourer de mes bras, mais y renonçai, sachant qu'il tenait à laisser entre nous un vide émotionnel. Je me contentai de l'observer tant je craignais d'être repoussée si je cherchais à le consoler.

– Veux-tu que je m'en aille ?

– Non. Je t'en prie.

Il s'avança vers la fenêtre et posa les mains sur la vitre. Je voyais son reflet comme il voyait le mien.

– Vous étiez très proches, n'est-ce pas ?

– Il était capable de me flanquer une bonne trempe, mais il aurait aussi bien pu tuer celui qui se serait permis de lever la main sur moi. Il m'a fallu attendre quinze ans avant d'avoir des vêtements à moi. Il me passait tout ce qui était trop petit pour lui, tricots de corps, caleçons et même les chaussures. (Quand Luke se tourna vers moi, il me parut vieilli de dix ans.)

Même les adultes avaient peur de lui. Il se bagarrait avec des types deux fois plus grands, il avait le dessus. Et pourtant, c'est moi qui ai toujours veillé sur lui.

À la façon dont Luke se tenait, je sus qu'il avait besoin de moi. Je le pris dans mes bras ; il enfonça son visage dans mes cheveux pour que je ne le voie pas pleurer. Je me souvins d'une histoire qu'il m'avait racontée et qui se passait sur le toit d'une usine dans le quartier de Dublin appelé Rialto. Luke, qui savait que Christy et un copain plus âgé allaient faire un casse, avait jugé leur plan stupide. La pluie avait rendu les toits glissants. Il partit à leur recherche et traversa des vallées de tôle ondulée et de verre martelé. Il aperçut l'éclair de la torche d'un gardien et entendit l'aboiement étouffé d'un berger allemand. C'est alors qu'il surprit, quelque part sur le toit, un bruit discontinu de sanglots. Impossible d'appeler. Il attendit donc que reprennent les pleurs, se repéra, mais dérapa le long d'une gouttière. Un rivet desserré déchira son jean et sa peau. Ses bottes heurtèrent Christy qui oscilla d'avant en arrière. Luke, quant à lui, était plus effrayé par les larmes de son frère que par le danger d'être pris. Il fixait le verre brisé sur le sol en béton. La lumière éclairait suffisamment la scène pour faire briller les éclats et révéler à Luke une forme allongée par terre dont il sut qu'elle avait le cou brisé.

Je caressai les cheveux de Luke qui commençaient à se clairsemer et grisonnaient à la racine avec quelques traces de pellicules. Je me sentais terriblement triste, mais je ne trouvais rien à dire qui pût le consoler. J'imaginais les deux enfants, Luke s'efforçant de guider son frère en pleurs sur les toits malgré la présence du gardien et du chien qu'il avait lâché. Il savait par où s'enfuir, mais Christy était paralysé, incapable de descendre même après qu'on eut trouvé le corps. De toute évidence, on avait appelé la police. Luke resta cependant près de Christy, veillant sur lui, jusqu'à ce que les pompiers dressent leurs échelles. Pourtant, il savait qu'il allait être accusé et envoyé en maison de correction.

Il leva la tête et s'essuya les yeux.

– Tu devrais rentrer chez toi. Ta famille te cherche sûrement.

– Je ne suis pas bien chez moi. Avant de te rencontrer, je croyais que ce que je voulais n'avait pas d'importance. Je fermais ma gueule et travaillais pour ma famille. Un complet n'est pas censé abriter des sentiments. Oui, je devrais rentrer à la maison, je vais avoir de quoi m'occuper. Mais merde, Tracey, j'ai envie de rester dans cette chambre et de ne jamais en sortir.

– Tu n'as pas le choix, observai-je d'une voix calme. On a besoin de toi là-bas.

– Viens avec moi.

Je pensai aussitôt à sa femme et à ses enfants.

– Tu sais que c'est impossible, Luke. Mais je vais t'accompagner pour être sûre que tu arrives à bon port.

– Je ne parlais pas de ma maison d'ici. Mais de celle de Dublin que je déteste. Il y a des années que je n'y suis retourné. Je ne suis pas sûr de pouvoir affronter les gangsters qui feront la queue pour me serrer la main, sachant que l'un d'eux a descendu Christy. Viens à Dublin. Ça compterait tellement pour moi de te savoir là-bas. J'ai besoin de toi, Tracey. Viens avec moi. Je t'en prie.

III

Dublin

8

La femme et les enfants de Luke s'envoleraient de Londres après nous. Luke m'avait expliqué que la police de l'aéroport se montrait généralement très tatillonne. Étant donné son nom de famille, il suffisait d'un policier trop zélé. Pour cette raison, Luke avait décidé d'élever ses enfants en Angleterre et maintenant il voulait les tenir à l'écart. Je découvris que Luke avait le don de trouver des excuses pour tout, et même pour emmener sa maîtresse avec lui tandis que sa femme et ses enfants voyageaient seuls.

À l'aéroport de Dublin, la surveillance policière était inexistante. L'aérogare ressemblait à une cathédrale élevée en l'honneur du retour au pays, avec des arbres de Noël et des Pères Noël mécaniques au centre de chaque tapis roulant. Les gens récupéraient leurs bagages, puis prenaient la file bleue où personne n'était de service. On n'inquiéta pas Luke. Des groupes s'étaient rassemblés dans le hall des arrivées pour accueillir leur famille. Shane, le plus jeune frère de Luke, vint à notre rencontre. Il cherchait manifestement à me situer.

– Qui est-ce ? demanda-t-il, l'air soupçonneux, tandis que Luke posait nos sacs.

– Reste dans les parages, Shane, répondit Luke, négligeant la question. Ils sont dans le prochain avion. Nous allons prendre un taxi.

Mais Shane n'avait pas renoncé à m'observer. Son visage

ouvert exprimait une certaine naïveté. Dans la pénombre, on lui aurait donné moins de trente ans. Je me souvins de notre rencontre à l'Irish Centre, quand il avait agi en conciliateur.

– Bon sang, tu exagères, Luke !

Il venait de comprendre, plus exaspéré qu'irrité.

– Ne vous en faites pas, Luke est un coup facile. Je l'ai dragué dans l'avion.

Après mon intervention, Shane leva les yeux au ciel, puis il prit les bagages et nous mena au parking. La femme de Luke était capable de se débrouiller à Dublin. Je sentais un malaise entre les deux frères, ma présence empêchait Shane d'aborder les affaires familiales. Quant à Luke, je sus qu'il m'avait utilisée comme bouclier. Arrivé à la voiture, il demanda à conduire. Shane marmonna qu'il n'était pas couvert par l'assurance et lui tendit les clés à contrecœur.

Assis près de lui, il garda le silence tandis que Luke se dirigeait vers l'autoroute. Mais au lieu de prendre la direction de Dublin, il s'engagea sur une voie qui allait en rétrécissant jusqu'à devenir une route secondaire. Le malaise que j'avais ressenti en avion se manifesta de nouveau. Il me tourmentait depuis le moment où, à Londres, Luke m'avait conduite au coin de sa rue. Il avait fait une marche arrière le long des piliers décorés de son voisin jusqu'à la porte d'entrée de sa maison d'où plusieurs personnes s'étaient précipitées pour lui demander de revenir.

– Où allons-nous ?

– La route touristique, répondit-il sèchement.

Nous atteignîmes un petit rond-point et prîmes à gauche une route secondaire encore plus étroite et défoncée avec, sur ce qui naguère avait été un bas-côté herbeux, des tuyaux et des engins. Luke me parut vouloir rejoindre Dublin par un enchevêtrement de chemin ruraux qui s'entrecroisaient dans la campagne entre l'aéroport et la ville. Mais certaines routes étant à moitié terminées, il y avait des déviations partout. Shane gardait le silence, figé dans son rôle de plus jeune frère. Pourtant, je devinai sa satisfaction lorsqu'il devint évident que Luke s'était égaré. Je m'étais attendue à des larmes à la descente d'avion, à de la colère et des promesses de vengeance mais, au lieu de cela, je sentais que s'était tissé entre eux un voile de tension et de méfiance. Le nom de Christy n'avait pas encore été prononcé.

– Putain, mais où sommes-nous ? grommela enfin Luke, contraint et forcé.

– C'est les fonds structurels de Bruxelles, les conneries de Maastricht. On nous a achetés pour qu'on les vote il y a deux ans. Tu devrais le savoir si seulement ton gouvernement, de l'autre côté de l'eau, autorisait les gens à dire leur mot.

– Qu'est-ce que tu veux dire par *mon* gouvernement ?

– Ça veut dire que tu ne fais pas la queue pour voter ici.

– Dublin, c'est toujours ma ville et tu le sais parfaitement, répondit Luke, soudain amer.

Je pensais qu'aucun des deux n'allait céder quand Shane poursuivit d'une voix calme :

– Oui, je sais, mais si tu veux en convaincre les autres, tu aurais intérêt à revenir plus souvent que tous les cinq ans.

Luke, les yeux fixés devant lui, cherchait à se repérer.

– Moi-même, je connais mal ce chemin, ajouta Shane pour le réconforter. Le gouvernement est un accro des routes, il en construit sans arrêt.

– Comme ça, les gens peuvent émigrer plus vite, constata Luke. (Sa voix avait perdu de son aigreur à partir du moment où il avait enfin reconnu qu'il s'était perdu.) J'avais l'intention de faire une entrée discrète en passant derrière Ballymun.

– Tu en es à des lieues. Toutes les anciennes routes sont fermées. La ville entière va être cernée par une autoroute.

– Tu aurais pu le dire.

Shane haussa les épaules. Luke s'arrêta au milieu d'un alignement de pelles hydrauliques et de bulldozers garés à côté d'un toboggan en voie d'achèvement. En contrebas s'était établi un campement de gitans dont les caravanes occupaient un tronçon d'autoroute fermé à la circulation. Luke sortit de la voiture pour changer de place. Les deux frères se croisèrent devant les phares. Shane s'installa aussitôt, mais Luke resta un moment dans la lumière, les yeux fixés sur les caravanes.

Plus loin, les champs étaient jonchés de voitures renversées entre lesquelles circulaient dans le demi-jour des hommes occupés à les démanteler pour récupérer des pièces détachées. Plusieurs voitures arrivèrent dont les occupants se mirent à parlementer devant la porte d'une caravane. Des enfants vêtus de haillons jouaient à cache-cache parmi les capots écrasés et les portières rouillées. Un chien disparut dans un tas de pneus. En voyant monter de la fumée, j'eus la certitude de sentir l'odeur du caoutchouc brûlé malgré les fenêtres fermées. Je me demandai une fois de plus ce que ma vie aurait été si maman n'avait pas persuadé Frank Sweeney de venir vivre à Harrow trois mois avant ma naissance. Je ne quittai pas du regard les enfants sales qui se poursuivaient entre les voitures accidentées. Voilà ce qui m'avait été épargné. Quand j'étais plus jeune, il me venait des visions romantiques de ce qui aurait pu être, mais maintenant, c'était comme si grand-mère était présente, comme si elle assistait d'un air suffisant à la justification de tout ce qu'elle avait fait. Qu'éprouverait Luke s'il apprenait que sa maîtresse était la fille d'un colporteur irlandais ?

– Vous êtes anglaise ? me demanda Shane d'une voix calme.

– Oui.

Je me tournai vers lui, délaissant le spectacle des enfants.

– Ne venez pas à la maison mortuaire, s'il vous plaît.

Je ne sentis aucune animosité dans sa voix et je ne sais s'il me vit acquiescer, mais il fit des appels de phares destinés à Luke. Celui-ci, au lieu de monter devant, s'installa derrière près de moi. Jamais je n'avais remarqué le moindre signe d'affection, mais cette fois il me prit la main. Shane avait suivi son geste dans le rétroviseur. Il mit le moteur en marche.

– Carmel sait ? demanda-t-il un peu plus tard.

– Non, et toi non plus.

Luke avait répondu d'un ton brusque, mais la tension qui existait entre eux n'était que partiellement due à ma présence. Luke regardait fixement la pénombre de décembre et je ne pouvais qu'imaginer ses pensées. Cinq minutes plus tard, la voiture se présenta devant l'entrée d'un golf privé. Shane coupa le moteur et les deux frères observèrent la longue allée sinueuse.

– Derrière la ferme de McKenna, finit par dire Luke.

– Je me demandais si tu allais reconnaître l'endroit.

– Je ne risquais pas d'oublier la forme de cette foutue colline, hein ?

Une BMW descendit le chemin et s'éloigna rapidement. Shane attendit de voir disparaître les feux arrière.

– Je le disais à Christy la semaine avant qu'ils l'abattent. Ça ne servait à rien de laisser les choses s'envenimer pendant des années. Il aurait dû acheter la terre de McKenna et construire un terrain de golf. On reste sur son cul toute la journée et on n'a qu'à prendre l'argent de ceux qui font la queue pour vous le donner.

C'était la première fois qu'on évoquait Christy et cette brève allusion sembla dissiper la gêne qui s'était établie entre les deux frères. Peut-être leurs souvenirs communs étaient-ils si profondément enracinés qu'ils étaient incapables d'en parler. Mais, me rappelant les histoires que Luke m'avait racontées après l'amour, je commençais à comprendre son besoin de venir ici. Shane l'avait sans doute compris. Bientôt Luke serait absorbé par sa famille tout entière avec des rites à respecter et des devoirs à accomplir. Mais ici, à la nuit tombante, l'endroit semblait destiné à accepter la mort.

Au cours du vol de Londres à Dublin, j'avais pour la première fois évoqué la mort de ma mère et mes visites au Northwick Hospital où elle s'était affaiblie, puis repliée sur elle-même. Elle avait fini par ne plus rien faire d'autre que me regarder fixement. J'en étais venue à haïr ces visites et à me haïr d'interpréter son silence comme une accusation. J'avais évité d'aller la voir en présence de mes grands-parents, mais il m'arriva une fois de rencontrer à son chevet une de ses camarades de classe, Jennifer, qui me fit signe de la suivre dans le couloir.

– Elle est mourante, m'avait-elle dit, alors comment vas-tu

faire pour le contacter ? (Je l'avais regardée sans comprendre.) Ton père, avait-elle poursuivi, irritée. Je pense que cet homme a au moins le droit de savoir que sa femme va mourir.

Pour la première fois, son image de chair et de sang s'imposait à moi. Jusqu'alors, c'était une abstraction, une sorte de scandaleux père Fouettard. Frank Sweeney devait avoir quatre-vingts ans, s'il était toujours en vie. Mais comme personne n'en parlait, je le croyais mort depuis longtemps. J'avais lu dans une revue que l'espérance de vie moyenne des colporteurs irlandais était de cinquante ans. Même s'il était vivant, avais-je précisé, il me serait difficile de faire le tour de tous les campements irlandais. Il avait eu vingt ans pour nous contacter. D'ailleurs, après ce qu'il lui avait fait, il y avait peu de chances pour que ma mère veuille le revoir.

Jennifer possédait une belle maison à Belgravia, un mari qui travaillait à la City, des enfants qui avaient fait leurs études dans des écoles privées et en sortaient avec une éducation à toute épreuve. Exactement ce que ma grand-mère avait souhaité pour sa fille. Pourtant, malgré toutes les louanges dont elle accablait Jennifer, jamais celle-ci n'avait été admise chez nous. Et maintenant, elle me considérait avec colère dans ce couloir d'hôpital.

– Tu le lui as demandé ? avait-elle aboyé, soudain furieuse. Tu n'es plus une enfant, Tracey. Tu n'as causé à ta mère que du chagrin avec tous tes jeux stupides et, pourtant, tu n'as jamais cherché à découvrir quoi que ce soit.

Jennifer avait raison et je le savais. D'une certaine façon, je m'étais toujours écartée de la peine des autres pour me retirer dans mon monde intérieur. Après son départ, je revins au chevet de ma mère et ne lui demandai rien qui pût susciter une réponse maladroite. J'avais associé son silence au silence de même que, plus tard, le chagrin de grand-mère à la fuite. C'était en partie pour cette raison qu'il m'avait semblé important de venir à Dublin et, pour une fois, d'être présente quand quelqu'un avait besoin de moi.

Je pressai la main de Luke qui fixait les lumières du clubhouse. Un lac artificiel, de forme arrondie, était éclairé par des projecteurs du côté du dernier green. À en juger par le visage de Luke, que je regardai furtivement, j'étais à la fois une gêne et une nécessité. J'imaginai les trois frères, de jeunes garçons de dix, onze et douze ans, avec, entre eux, une hiérarchie établie en fonction de l'âge. Sans doute les routes étaient-elles plus petites quand ils sortaient en bande à l'aube. Une nuit, Luke avait évoqué McKenna, un solide paysan enveloppé dans le même manteau par tous les temps. Il observait les groupes de gamins avant de désigner ceux qui auraient l'honneur de remplir de fruits ses paniers et ceux qui, déçus, referaient à pied les deux miles qui les séparaient de la ville.

Je me souvins de la façon dont Luke prononçait le nom de McKenna. Il y mettait un mépris tranquille, mais je devinais pourtant un faible écho de la terreur enfantine qu'aucun autre adversaire adulte n'avait jamais suscitée. Je ne me rappelais pas cette histoire d'un bout à l'autre ; pourtant, elle m'avait permis d'entendre parler de Shane d'une façon un peu plus détaillée. Ce jour-là, pris en sandwich entre Luke et Christy au milieu de la foule d'enfants parmi lesquels McKenna faisait son choix, il avait été retenu ainsi que ses deux frères, de bons éléments, forts et durs au travail. Luke et Christy l'avaient remplacé quand son dos lui avait fait mal et que ses mains s'étaient couvertes d'ampoules durant l'interminable journée de cueillette. Pourtant, son compte de paniers avait été insuffisant. Shane s'était fait sonner les cloches et il avait éclaté en sanglots en voyant McKenna lancer par terre une poignée de pièces avant de leur cracher dessus.

– McKenna était radin ?

– Pire que la peau de mes couilles, grogna Shane.

Il me lança un coup d'œil comme pour s'excuser de sa grossièreté. Ces événements avaient eu lieu trente ans auparavant, et pourtant ils leur restaient encore sur le cœur.

– Que dois-je faire pour être à la hauteur des autres ? lui demandai-je.

– Il n'y en a pas eu d'autres, répondit-il en échangeant avec moi un regard amical.

Shane remit le moteur en marche. Je lui fis confiance et, de m'être montrée forte, je me sentis mieux. Luke resta en dehors de notre conversation. Je me demandai ce que Shane pensait de moi. Était-ce du mépris pour l'opinion de son frère ou un contrat passé entre eux qui permettait à Luke d'exposer sa maîtresse aussi ouvertement ? Le lendemain et le surlendemain, j'allais devoir rester invisible ; je me dis alors que ce voyage était peut-être le seul moyen pour Luke de reconnaître ma présence. Jamais Shane ne ferait allusion à moi, même pas devant sa femme. Je le soupçonnai de tenir enfermés dans sa tête des secrets autrement dangereux et de ne jamais les en laisser sortir grâce à son indéfectible loyauté de frère cadet.

Nous avions atteint la banlieue de la ville où les jardins, derrière les maisons pauvres, se perdaient dans des champs envahis par la végétation. On voyait des enfants au coin des rues, la tête couverte d'une capuche.

– Qu'est-il arrivé à McKenna ?

– Il est mort il y a quelques années. La dernière fois que je l'ai vu, j'avais dix ans. Il hurlait comme un fou à notre porte en prétendant que Christy avait aveuglé deux de ses vaches parce qu'il ne m'avait pas payé une journée de travail.

– Qu'est-ce que vous voulez dire par aveuglé ?

– La police a dit qu'on s'était servi de bâtons. Elle nous a innocentés, mais McKenna n'y a pas cru. Il était dingue, il menaçait notre mère qui se débrouillait pour nous élever sans un sou en poche, le temps que papa trouve du travail en Angleterre.

La seule idée d'une pareille cruauté me rendait malade. Christy avait la réputation d'être violent, mais cet acte dépassait ce que pouvait faire un enfant de douze ans.

– Est-ce qu'il l'avait fait ?

– Vous plaisantez ? (Shane éclata de rire. Arrivé à la hauteur d'un supermarché, il tourna.) Le pauvre Christy serait sorti la nuit, tout seul dans les champs, et il aurait fait des choses comme ça ? Il aimait les animaux, oui, il les aimait, aussi bien les chiens que les pigeons, mais les vaches lui flanquaient une trouille bleue. C'était un gamin de la ville. Il aurait pu faire son affaire à McKenna, mais aux vaches ? Sûrement pas. Ce n'était pas son genre.

Nous nous arrêtâmes à un feu. Des chevaux attachés par des longes se tenaient immobiles sur une place de village. À côté, dans l'obscurité, des dizaines d'arbres de Noël étaient dressés comme si une forêt était tombée du ciel. Deux gamins en duffle-coat trop grand attendaient les clients, la tête rentrée dans les épaules. Le feu passa au vert.

– C'est typique de ce que pouvait faire l'homme qui est assis près de vous, déclara Shane en démarrant. Luke avait harcelé les autres gamins en les traitant de froussards jusqu'à ce qu'ils se décident à monter dans les champs pendant que nous trois, nous restions tranquillement à la maison devant *Des agents très spéciaux*, avec un bon alibi.

Luke se mit à rire et se tourna vers moi.

– Ne crois pas un mot de ce que raconte ce type, m'affirma-t-il, l'air absent. Shane est très fort pour faire marcher les gens.

Je ris à mon tour, mais l'ennui, c'est que je croyais Shane ou, du moins, que je ne savais si je devais ou non le croire. Vraies ou fausses, deux images m'avaient frappée. L'une d'elles était celle de vaches meuglant de souffrance, la face inondée de sang, tandis qu'une bande de gosses laissaient tomber leurs bâtons et s'enfuyaient, fanfarons soudain conscients d'avoir été manipulés. La seconde image était presque aussi terrifiante, celle d'un garçon de onze ans sortant pendant la pub devant sa porte pour que les voisins, en passant, puissent le voir.

Comme s'il avait deviné mon malaise, Luke me prit la main pour la seconde fois. J'eus brusquement envie de retrouver ma vie londonienne. Je m'étais laissé avoir ; il m'avait manipulée en me faisant croire qu'il avait besoin de moi. Il me vint un soupçon que j'essayai vainement de chasser. Luke avait-il eu connaissance de la mort de Christy et était-il venu à l'hôtel uniquement pour faire l'amour, sans penser un instant que je pouvais savoir ? Avait-il tiré avantage de la situation en devinant un besoin qu'il pouvait exploiter ? À moins que ce ne soit le côté secret de ma nature qui me le fasse soupçonner ? Je n'étais pas vraiment sincère quant à mes raisons de l'accompagner à Dublin. Je ne connaissais personne ici. Il me faudrait me promener seule ou attendre dans une chambre d'hôtel que Luke ait le temps de m'y rejoindre. Son ironie involontaire me donna mauvaise conscience. Je fermai les yeux et revis l'image des bêtes aux yeux crevés. Je me demandai une fois de plus si la femme de Luke connaissait mon existence et, si elle découvrait ma présence à Dublin, quelle pourrait bien être sa vengeance.

Nous prîmes une petite rue bordée d'un haut mur derrière lequel j'aperçus les toits d'une école plongée dans l'obscurité. Une pancarte signalait la présence de chiens de garde. Pourtant, Shane franchit la porte et une grille empêchant le bétail de passer avant d'aller se garer. Ses phares éclairaient une vue panoramique des rues situées au-delà d'un terrain de sport resté dans l'ombre. Luke parut désorienté quand Shane se retourna dans l'espoir d'une réaction.

– Christy est passé dans les parages il y a environ six mois et il a failli avoir un accident.

– Ça ne m'étonne pas, constata Luke d'une voix tranquille. Il y a trente ans que je ne suis pas venu ici.

– La salle préfabriquée a été rasée l'an dernier. Ils ont fini par agrandir en dur à l'endroit où il y avait les hangars. Regarde.

Ils sortirent tous les deux, rattrapés par des souvenirs qui m'étaient étrangers, et s'avancèrent dans la lumière des phares. Je les observai tandis qu'ils parlaient, la tête penchée. Leur frère avait été l'un des criminels les plus notoires de Dublin. Je n'avais pas demandé à Luke qui l'avait tué ou ce qui allait se passer ensuite. Tant qu'il ne m'avait pas tenue au courant, je ne m'étais pas sentie impliquée. Maintenant que nous étions à Dublin, j'étais terrorisée. Je ne savais quelle part de mon angoisse était liée à Luke et quelle autre découlait d'une peur viscérale, celle de rencontrer les fantômes que j'avais passé la moitié de ma vie à fuir. Il fallait pourtant que je les chasse avant de commencer à me valoriser. C'est parce que je m'estimais si peu que je n'avais pu me fier à ceux qui me tendaient la main. Le chagrin de Luke, qui avait pleuré à l'hôtel comme jamais je n'aurais pu le faire, était sincère. Il n'aurait pas pris le risque de m'amener ici s'il n'en avait pas véritablement ressenti le besoin.

Les deux frères projetaient des ombres longues dans la lumière vive. Je sortis de la voiture pour voir ce qu'ils examinaient. Il était resté un rectangle de sol carrelé après la démolition du bâtiment préfabriqué. Je devinais la forme des classes d'après les différents carreaux. Luke, j'en étais certaine, se remémorait l'école telle qu'elle était jadis. Il grimpa sur le socle et suivit le tracé d'un couloir disparu jusqu'à l'endroit où Christy et lui avaient pour la première fois partagé un pupitre. Au-delà du faisceau lumineux, nous n'étions plus que des ombres dans l'obscurité. Si j'avais cru aux esprits, j'aurais senti la présence de Christy accompagné de ses jeunes frères, Luke et Shane, prêts à mordre dans la vie qui allait être la leur.

– Christy était plus âgé que toi. Pourquoi étiez-vous dans la même classe ? demandai-je pour casser l'ambiance.

Luke se retourna, aussitôt ramené dans le présent.

– À cause de la Sainte communion. Maman lui a fait perdre un an quand il en avait sept parce que, cette année-là, elle n'avait pas eu de quoi lui payer des vêtements.

Il s'avança vers l'endroit où se trouvait le mur de la classe et contempla les lumières des rues voisines. Le bâtiment principal se dressait dans l'obscurité sur notre droite tandis qu'à gauche un édifice ancien, aux formes élégantes, était entouré d'une horrible clôture.

– Dans le temps, c'était un sanatorium, m'expliqua Shane en me faisant signe de laisser Luke seul. Quand la famille s'est installée ici, il y avait encore dans des fauteuils roulants des vieux qui crachaient leur sang sous les arbres. Après la disparition de la tuberculose, les Frères des écoles chrétiennes ouvrirent à la place un de leurs établissements. Pas pour les métayers de la commune que nous étions, mais pour les propriétaires. Et puis, comme l'endroit était en pleine expansion, papa est revenu et il a trouvé du boulot ; il a monté le préfabriqué pour faire face à la surpopulation.

Luke, la tête penchée, s'était éloigné. Shane poursuivit :

– Je me rappelle qu'on me donnait des tartines de confiture et qu'on m'envoyait regarder papa travailler. Maman le harcelait pour qu'il demande aux Frères de nous admettre dans leur école. Ils ont pris Luke et Christy ; c'était le début de l'enseignement secondaire gratuit. Avant, ils auraient été au collège d'enseignement technique ou bien ils auraient cherché le genre de boulot qu'on peut faire à quatorze ans.

Luke se tourna vers nous. Malgré l'obscurité, je devinai qu'il avait pleuré, ou qu'il avait été sur le point de le faire, si tant est qu'il le pût en public.

– Christy, espèce de pauvre type, dit-il comme s'il se parlait à lui-même. (Et puis, il regarda Shane et ajouta :) C'est un coup monté, hein ?

– Oui, on l'a piégé.

Il répondit avec la prudence due à une présence étrangère.

– Je ne veux pas savoir qui c'est, tu comprends ? Dis-le à ton fils. Une vengeance foireuse ne ramènera pas Christy.

– Al ne s'est jamais mêlé...

– Je sais. Al est un brave garçon. Ce n'est pas le moment qu'il s'y mette. (Luke regarda autour de lui.) Je me rappelle l'époque où j'essayais de traîner Christy ici tous les matins. Ma me répétait chaque fois que c'était à moi de lui éviter des ennuis.

– Christy aimait les ennuis, affirma Shane. (Luke s'avança vers nous et Shane lui mit une main sur l'épaule.) Tu n'aurais rien pu faire.

– En route ! Je me sens vieux ici.

– Tu es vieux, plaisanta Shane, mais Luke se contenta de grogner et se dirigea vers les phares de la voiture, indifférent aux crevasses comme s'il traversait exprès des murs invisibles.

Tandis que nous le suivions, je m'adressai à Shane :

– Je ne voulais pas venir, mais j'ai pensé que je ne pouvais pas le lui refuser.

– Tout ira bien, me rassura Shane, comme s'il se parlait à lui-même.

– Combien de temps Christy est-il resté ici ?

– Dix-huit mois de bagarres jusqu'à ce qu'on le flanque à la porte et qu'il se mette à livrer du lait. Luke était différent. Les Frères le détestaient et il le leur rendait bien. L'année où on l'a envoyé à Saint-Raphaël, une école professionnelle, ils ont cru en avoir fini avec lui, mais il est revenu, ne s'est plus fait remarquer et il a obtenu la meilleure note de l'école au certificat de fin d'études. Je suis sûr qu'il a voulu les vexer.

Une fois dans la voiture, je compris qu'était terminé ce retour sur le passé. Luke, assis près de Shane, discuta avec lui des dispositions pratiques et passa une nouvelle fois en revue chaque détail concernant les obsèques. Il s'exprimait avec une froideur qui donnait le frisson, comme s'il s'agissait d'une banale cargaison de carreaux. Je me sentais de trop. Mentalement, Luke se retrouvait parmi les siens, il était différent de l'homme que j'avais connu à Londres ou même de l'homme qui avait pleuré parmi les ruines de son école quelques instants auparavant.

Il m'avait réservé une chambre pour une personne dans un hôtel de Glasnevin, au milieu d'un labyrinthe de rues bordées d'arbres. À peine la voiture arrêtée, je sus qu'il avait hâte de partir. Shane sortit ma valise du coffre. Nous restâmes tous les trois, plantés là, sans savoir que faire. Une poignée de main aurait semblé ridicule, pourtant j'étais certaine que Luke ne voulait montrer aucun signe d'affection. Ce fut Shane qui s'avança pour m'embrasser. En souriant, il ouvrit la portière de la voiture à son frère.

– Ne faites pas attention à lui. C'est la première fois que vous venez à Dublin, hein ? Alors, croyez-moi, prenez du bon temps !

9

Mais en réalité, ce n'était pas la première fois. Je me souviens d'avoir regardé un soir, à la télé, une émission sur le miracle de la migration, comment le plus petit oiseau peut d'instinct à travers mers et continents retrouver son chemin jusqu'au bouquet d'arbres anonymes où il a fendu à coups de bec sa coquille. Une caméra cachée au-dessus du nid avait montré les poussins le bec ouvert, attendant le retour de leur mère. Leur regard lumineux n'avait jamais cessé de fouiller le ciel, scrutant les constellations, enregistrant la configuration précise de la Grande Ourse, d'Orion et des Pléiades en fonction du point fixe de leur naissance afin de pouvoir chaque fois, quelle que fût la distance qui les en séparait, retrouver le lieu de leur naissance.

Il n'y avait pas d'étoiles sur le plafond de cet hôtel, près de la gare routière de Dublin, quand j'avais onze ans. À leur place, j'avais vu les fissures qui formaient des deltas et des affluents, les veines grosses comme des crayons qui se nouaient pour dessiner des yeux au regard fixe et des têtes démoniaques. J'avais eu le temps de les observer tandis que, couchée, j'entendais des pas au-dessus de moi et le grincement éloquent d'un lit. Une partie de la chambre voisine s'avançait dans la nôtre, alcôve en contreplaqué où, de temps en temps, l'eau jaillissait d'un robinet pour masquer le jet d'urine de l'homme qui pissait dans le lavabo. Le son étouffé d'un groupe de rock me parvenait des entrailles de cette bâtisse miteuse. Je savais que ma mère était là, en bas, dans le salon lugubre donnant sur une rue aux multiples dangers, pleine de clameurs, de cavalcades de bottes, des cris aigus des filles chaque soir, au moment de la fermeture. Je craignais qu'elle ne rencontre un homme, que peut-être, en ce moment même, son corps mouillé de sueur ne soit étendu sur le lit grinçant au-dessus de ma tête. Je craignais qu'elle n'ouvre la porte de l'hôtel et ne disparaisse dans la nuit de Dublin. Mais plus que tout, j'avais peur que nous soyons à court d'argent et que se produise un incident en présence des autres clients, échangeant des réflexions à voix basse, les yeux fixés sur nous.

Dans cette chambre d'hôtel, j'éprouvais une sensation de misère absolue. Une ambulance passa sous la fenêtre dans la lumière bleue de ses gyrophares. Ma mère devait avoir fini de boire les trois verres qu'elle s'autorisait. Je l'imaginais assise seule parmi les jeunes couples devant un verre de glace fondue qu'elle faisait durer pour ne pas succomber à la tentation coûteuse d'une quatrième vodka. Elle allait bientôt monter. Je fermai les yeux, mais le motif que dessinaient les minces fissures continua de m'observer, le regard fixe des yeux cherchant à capter le mien. J'avais des aigreurs d'estomac dues à une nourriture trop grasse et à mon inquiétude car, au bout de cinq jours, ces vacances secrètes avaient cessé d'être une aventure.

Elles m'avaient paru excitantes quand nous les avions préparées au cours de conversations à voix basse dans le jardin derrière la maison, près du bassin décoré que grand-papa Pete y avait installé. Des poissons sautaient ici et là entre des rochers à l'équilibre périlleux, des queues rouges gagnaient un abri dès que j'effleurais du doigt la surface de l'eau. Jamais on ne m'avait permis de posséder un animal familier. Maintenant, je passais mes soirées dans la pénombre du mois de juin, sur la balançoire faite d'un pneu suspendu au cerisier en fleur à côté du bassin, et je guettais le chat de nos voisins en espérant qu'il sauterait de la palissade où il se perchait dans une immobilité inquiétante.

Maman ne travaillait plus depuis le début du mois de mai. « Elle se reposait », voilà ce que grand-mère m'avait appris à dire à ceux qui prenaient de ses nouvelles. Au cours de la première quinzaine, nous lui avions rendu visite dans la maison de repos où les patients étaient assis comme des statues parmi les plantes tropicales ou derrière les vitres étincelantes. Maintenant, elle était à la maison. Elle allait mieux, souriait en permanence, elle nous abreuvait de paroles optimistes. Le soir, elle avait pris l'habitude de venir me pousser. J'aimais l'entendre bavarder ainsi après des mois de silence obstiné. Elle débordait d'anecdotes que je ne suivais pas, puis éclatait de rire en m'entendant raconter une blague rapportée de l'école. Elle avait un nouveau tic de langage qu'elle répétait une douzaine de fois par soirée : « Ce serait sympa si... » Au début, j'avais pensé que ces mots ne représentaient guère plus que de vagues aspirations, mais peu à peu j'avais senti une différence dans sa façon de prononcer ces automatismes. « Ce serait sympa si, pour une fois, on pouvait être ensemble, juste toi et moi. Ce serait sympa si on allait faire un tour en Irlande, toi et moi ? »

Quand le soir, en riant, elle se penchait sur mon épaule pour me pousser dans l'air bleuté, je m'aperçus qu'elle ménageait un intervalle après avoir prononcé la phrase qu'elle me destinait. Je n'avais que onze ans et pourtant, je savais qu'elle était incapable d'agir sans y être poussée.

– Alors, pourquoi on n'y va pas ?

Je l'encourageai ainsi, un soir, au crépuscule. Elle me poussa plus haut, comme pour se donner du temps. Au moment où le pneu revenait en arrière, je me retournai. Elle avait un visage d'enfant, incapable de dissimuler sa joie. Je me sentis soudain plus vieille, j'éprouvai le besoin de la protéger. Je donnai un coup de pied et fis tourner le pneu pour l'observer discrètement, de sœur à sœur.

– C'est bon, murmura-t-elle d'un ton confidentiel. Voici ce que nous allons faire.

Elle fit pivoter le pneu de façon à pouvoir me pousser de nouveau comme si elle craignait d'être observée.

La semaine suivante, nous n'avions pas discuté de notre projet dans la maison, même quand nous étions seules. Nous réservions nos secrets au jardin, aux poissons cachés sous les pierres, à la branche craquant sous le poids de la balançoire, à la lumière d'un début d'été résistant inutilement à l'obscurité. Nous étions des conspiratrices. Les plans que nous avions dressés étaient réels et pourtant, jusqu'au matin de notre départ, ils donnaient l'impression d'être un jeu d'enfant. J'avais empaqueté des vêtements de rechange dans mon sac de classe. Je pris ma bicyclette comme d'habitude, et même, je lui mis sa chaîne dans la cour de l'école. C'était ma dernière semaine à l'école primaire de Northwick. Mes camarades se rendaient en bavardant à la réunion des élèves. Je franchis les portes de l'école en résistant à mon envie de courir pour rejoindre ma mère. J'eus l'impression de jouer dans un film quand je la serrai contre moi devant le distributeur de billets. Puis nous nous mîmes à courir sur le quai de la station Harrow-on-the-Hill.

Nous prîmes à Londres le train qui assurait la correspondance avec le ferry. Le pays de Galles défila comme un éclair. Des voitures faisaient la queue pour monter à bord. Je m'attendais à tout moment à ce qu'on nous arrête. Enfin, le bateau s'éloigna du quai. Il faisait chaud dans les salons où les gens étaient assis. Des enfants couraient ici et là en criant, mais je me sentais beaucoup plus âgée qu'eux. Les vibrations de la machine gagnèrent mon estomac. Je vomis par-dessus la rambarde, exactement comme ma mère l'avait fait au cours de son premier voyage. La mer, verte de toutes parts, prenait une teinte d'un gris froid et sale quand elle clapotait contre les flancs du bateau. J'aurais voulu voir des espadons, des marsouins ou des dauphins briser l'écume. L'Irlande, enfin, déchira l'horizon, lointaine, couronnée de vert, mythique. J'eus l'impression très étrange de revenir chez moi et demandai à ma mère si j'étais irlandaise.

– Oui, tu l'es, d'une certaine façon. En tout cas, tu l'es à moitié.

Jusqu'alors, je n'y avais pas beaucoup pensé. Je testai ce portrait de moi sans être vraiment sûre de ce que j'éprouvais. Pendant que je laissais le vent salé balayer mon visage, ma mère me caressait les cheveux. Elle semblait heureuse et très calme tandis qu'approchait lentement la côte. Je l'entendis même chanter à mi-voix « Votre cœur est comme vos montagnes, dans le pays de Donegal ».

Je ne pensais pas retrouver cet hôtel minable, et pourtant il était toujours là, inchangé, du moins extérieurement. En dix ans, les tentures du salon ne semblaient pas avoir connu le pressing. Je soupçonnais même les fissures du plafond d'exister encore et je croyais entendre dégoutter dans l'évier l'eau qui avait torturé mes nuits. Je fus surprise de le trouver si vite, moi qui avais oublié que Dublin est une toute petite ville où tout est entassé dans le centre minuscule.

Les brochures proposées aux touristes dans l'hôtel que Luke avait choisi vantaient exagérément la ville, insistant particulièrement sur sa rénovation. À les en croire, il suffisait de taper du pied par terre sur la rive sud de la Liffey pour en faire sortir un artiste conceptuel ou une star du rock. Les brochures proclamaient que Dublin était maintenant la capitale européenne de la vie nocturne, que s'y rassemblait toute la jeunesse de l'Europe. Les caractères d'imprimerie eux-mêmes se pâmaient au point de se changer en fiers italiques, comme si le rédacteur publicitaire en avait éjaculé d'admiration. Seul le plan de la ville m'intéressait, j'avais donc jeté le reste. Il était si petit que j'avais mal lu le nom de la station d'autobus. La serveuse avait rectifié ; il ne s'agissait pas de Busarse, mais de Busaris. En réalité, je n'allais nulle part. Je me refusais tout simplement à attendre à l'hôtel le coup de téléphone de Luke. Une fois terminé mon petit déjeuner, je me mis en route. Je quittai Glasnevin pour le centre-ville, faisant comme si je ne voyais pas le rouquin qui me reluquait à la réception. Il était trop mignon pour paraître dangereux.

Busarse * eût mieux convenu à la gare routière, demeurée aussi laide que dans mon souvenir, pareille à un immeuble de bureaux des années cinquante rafistolé après avoir subi un léger tremblement de terre. La modernité de Dublin, vantée par les brochures, devait se manifester dans les immeubles de bureaux accumulés le long du fleuve, mais ici, près de la gare routière, les rues me semblaient aussi misérables que dans mon souvenir. Onze ans plus tôt, le commissariat de police était déjà près de la morgue, déjà un pont en fer forgé enjambait la voie ferrée dominant la ligne des toits. Aujourd'hui, les hôtels minables alignés le long de Gardiner Street avaient leurs portes ouvertes comme le soir où j'étais arrivée à Dublin avec ma mère.

Une foule d'acheteurs, l'air détendu, faisaient les courses de Noël dans Gardiner. La cohue qui se bousculait devant la Bourse du travail semblait, elle aussi, de bonne humeur en attendant les hommes qui en sortaient, ragaillardis par ce qu'ils avaient touché à l'occasion des fêtes. Je trouvai un restaurant au deuxième étage d'un immeuble de Talbot Street. Je pris un café et un scone devant la fenêtre en saillie qui donnait sur la rue. La salle était décorée des œuvres que des caricaturistes locaux exposaient en espérant les vendre. J'étais la seule cliente. Les journaux du matin étaient proposés sur un présentoir et je choisis un journal irlandais. À l'intérieur, je rencontrai le regard fixe de Christy Duggan ; à côté, on avait placé une photo de sa famille quittant le funérarium. On mentionnait même Luke sans citer son nom. « L'enlèvement de la dépouille fut retardé jusqu'à ce soir pour permettre au frère de Mr Duggan, un homme d'affaires installé à Londres, et à d'autres parents vivant aux États-Unis de rentrer au pays. »

Devant l'étal du marchand de journaux dans Edgware Road, j'avais essayé de lire le journal du dimanche, mais j'étais trop choquée pour mémoriser tous les faits. Plus tard, Luke m'avait pris le journal. Maintenant, tandis que le soleil de décembre

* *Arse :* trou du cul *(N.d.T.)*.

entrait à flots dans la pièce par les hautes fenêtres, j'avais devant moi la chronologie des affaires criminelles imputées à Christy Duggan, froidement étalée à côté de la photo de sa famille éplorée.

Quant aux délits mineurs et aux agressions, ses premières condamnations ne dataient pas d'hier. À quatorze ans, il avait fait un séjour à l'école professionnelle de Saint-Raphaël réservée aux jeunes délinquants. Ses dernières condamnations dataient, elles, d'une bonne décennie, deux ans avant la première de ses implications dans une série d'escroqueries majeures dont tout le monde le savait responsable. Le milieu laissait entendre qu'à cette époque Christy avait changé. Plus de répartition à la bonne franquette, plus de bavardages décontractés après les coups. Avant, c'était un personnage secondaire, marginal, remarqué seulement pour ses emportements passagers d'une extrême violence. Il s'était trouvé dans la mouvance de plusieurs gangs ; il arrivait qu'on fasse appel à lui pour crever des pneus dans une résidence hostile à l'emménagement d'un truand, ou encore pour repérer les commerçants récalcitrants qui ne voyaient pas l'intérêt de se faire racketter.

En fait, selon le journal, Christy était considéré comme un troisième couteau. C'est ce qui le rendait dangereux. Jugé trop bête pour mener à bien des actions importantes, on discutait souvent des détails en sa présence. À cette époque, on l'avait surnommé « le Tapissier », soit parce qu'il se murait dans un silence respectueux en présence des chefs, soit parce que son frère possédait une boutique de papiers peints sauvée *in extremis* d'un règlement judiciaire par un incendie. La pègre de Dublin hésitait entre l'une et l'autre de ces interprétations.

Elle était cependant unanime pour dire que Christy Duggan attendait son heure et qu'il étudiait les nouvelles possibilités criminelles de la ville. Son premier casse important avait été un cambriolage préparé pendant des mois par un parrain des quartiers déshérités connu sous le nom de Spiderman. Duggan, qui de temps en temps lui servait de chauffeur, s'était approprié les grandes lignes du plan, les avait modifiées afin d'en éliminer les faiblesses et avait poussé les associés d'un criminel de Coolock surnommé Bilko à faire une grève préventive la semaine précédant le moment choisi par Spiderman pour agir.

Ce casse était officiellement le second plus important hold-up dans l'histoire de l'Irlande. Le premier avait eu lieu deux jours plus tard, ce qui avait failli entraîner la démission du ministre de la Justice de l'époque. Cette fois encore, Christy Duggan en était l'auteur. Il avait débauché quatre petits truands de la bande de Spiderman pour réaliser l'attaque du wagon postal de l'express Dublin-Belfast à laquelle Bilko travaillait depuis des mois.

Christy avait préparé ces deux actions ouvertement, sachant que ni Bilko ni Spiderman ne le croyaient capable de mener à bien des opérations de cette envergure. Chacun des deux chefs de gang pensait qu'il travaillait pour l'autre. La vendetta qui s'ensuivit avait fait quatre victimes en une semaine, y compris Bilko lui-même, laissé pour mort à l'extérieur d'un sauna gay. Le bruit avait couru que Christy se cachait en Angleterre. En réalité, il se faisait passer pour un ouvrier et collait bénévolement des affiches électorales en faveur du neveu du ministre de la Justice, candidat à une élection partielle dans le comté de Mayo. En baissant son pantalon en haut d'une échelle devant le photographe d'un tabloïd du dimanche, Duggan avait ruiné la carrière du ministre, ôté toute chance au gouvernement de gagner cette élection et, en une nuit, était devenu une figure légendaire du milieu irlandais, le criminel le plus célèbre doté d'un nouveau surnom « Ice-Man ».

Duggan avait été placé en lieu sûr et interrogé dans un commissariat de police. Au cours de sa détention, Spiderman et d'autres membres des deux gangs qui, depuis ce moment, montraient des signes de paranoïa, furent arrêtés en possession d'armes à feu au cours de perquisitions effectuées au petit matin à leur domicile. Selon la rumeur, Duggan aurait indiqué à la police leurs planques, comme il avait rencardé les journaux sur l'endroit où lui-même se trouvait dans le Mayo. Toutefois, le seul homme connu pour avoir affirmé catégoriquement ces faits dans un pub des quartiers pauvres de la ville fut retrouvé mort dans un terrain vague de Blanchardstown une semaine plus tard. Quoi qu'il en soit, on avait relâché Christy Duggan sans qu'il ait été inculpé, et il en profita pour prendre une place restée vide dans les quartiers nord de Dublin, accompagné par une nouvelle génération de criminels dont beaucoup avaient été ses copains d'école à Saint-Raphaël.

Ces relations établies dans l'enfance l'avaient aidé à soutenir sa réputation de truand au cours des dernières années, alors que sa carrière perdait de son éclat et qu'il s'était recyclé dans le trafic de cigarettes. Pour toutes ces raisons, le milieu avait été surpris quand, en octobre, le bruit avait couru que Ice-Man était à l'origine de l'attaque d'un fourgon blindé qui avait rapporté les trois quarts d'un million de livres. À ce qu'on disait, ces deux célèbres hold-up avaient été au départ préparés par un jeune gang de Tallaght et de Clondalkin connu sous le nom de Bypass Bombardiers– à cause de leur façon d'utiliser le nouveau réseau d'autoroutes financé par l'Union européenne pour mener à bien les hold-up sanglants qu'ils perpétraient dans des villes désormais rendues proches de Dublin. S'il en était ainsi, affirmait le journal, c'était un mauvais calcul flagrant de celui que ni la police ni ses nombreux ennemis n'avaient pu atteindre jusqu'à samedi, jour où il avait été abattu.

Mon café avait refroidi pendant que je lisais ce compte rendu de la vie de Christy. Le restaurateur s'approcha pour m'en proposer un autre. Je refusai d'un signe de tête. Il se retira derrière son comptoir sans pour autant me quitter des yeux. J'attribuai à une crise de paranoïa le fait de sentir son regard peser sur moi ; pourtant j'étais obsédée par l'idée qu'on avait pu me remarquer à l'aéroport en compagnie de Luke. L'homme se mit à écrire sur un tableau noir une liste de desserts. Le personnel sortit des cuisines et se rassembla autour du comptoir durant l'accalmie qui précédait la bousculade du déjeuner. Ils se mirent à plaisanter sur les derniers événements. Je tournai la page du journal, ne tenant pas à ce qu'on me voie lire l'article sur Christy. Jamais Luke ne me l'avait présenté sous ce jour. Mon retour à l'hôtel m'inquiétait, mais je n'avais pas de quoi me payer un billet pour Londres, même le moins cher. Si je ne revenais pas, on appellerait la police qui fouillerait mon sac et trouverait un billet d'avion à mon nom mais acheté sur la carte de crédit de Luke. Pour la première fois, nous étions reliés par ordinateur.

Luke pouvait bien proclamer à Londres qu'il n'avait aucun lien avec Christy, mais ici, à quelques rues de l'endroit où son frère avait été descendu et peut-être plus près encore de ceux où il avait fait assassiner d'autres truands, je savais être tombée sur une vendetta dont je ne pouvais espérer démêler les raisons. Je me souvenais, après m'être enivrée en compagnie de Garth et Liam, d'avoir ri des surnoms donnés aux criminels de Dublin. Ils ne me paraissaient plus drôles du tout. J'étais dépassée par les événements, mais je devinais que le seul fait d'être associée à Luke me mettait en danger d'être flinguée ; par qui et pourquoi, je l'ignorais. Jamais un film de gangsters médiocre ne se termine sans la scène où une porte est enfoncée à coups de pied. On aperçoit vaguement le visage du criminel quand il se détourne de l'inconnue qu'il baise, mais la caméra s'attarde surtout sur les seins palpitants et symboliques de la nana, tandis que des mitraillettes criblent de balles les deux protagonistes.

De l'autre côté de la rue, dans l'hôtel minable qui occupait l'étage au-dessus d'une rangée de boutiques, on venait de remonter un store à mi-hauteur. Je ne voyais pas le visage de la jeune femme, seulement ses jambes blanches et minces en partie couvertes par un top rouge bon marché ; elle lavait un garçon dans l'évier. Je ne tenais pas à les épier et pourtant, je gardai les yeux fixés sur la fenêtre même quand ils eurent disparu. Je n'apercevais qu'un minuscule évier et le bout d'un lit défait. Je me sentis mal ; était-ce à cause de ma nervosité ou de mes souvenirs ? Les restaurants de Dublin où ma mère s'était assise, plus de dix auparavant, n'étaient pas aussi chic que celui où je me trouvais, mais la chambre en face de moi me parut être la copie exacte de celle où je l'avais attendue.

Le jeune garçon s'approcha seul de l'évier. Il était petit et maigre, vêtu d'un caleçon blanc de mauvaise qualité. Il se mit à jouer avec des reproductions en plastique de Batman et du Joker, les fit grimper sur les robinets et se battre. Parfois, le Joker tombait dans l'évier et Batman chevauchait triomphalement le robinet. L'enfant avait l'air tantôt de s'ennuyer, tantôt de s'absorber dans le jeu. La jeune femme remonta complètement le store. Elle portait maintenant un survêtement défraîchi et tenait à la main les vêtements du petit garçon. Elle paraissait fatiguée et inquiète. Elle regarda de l'autre côté de la rue, rencontra mon regard qu'elle soutint avant de baisser complètement le store d'un geste brusque. Surprise, je me sentis gênée. Derrière moi, le personnel avait regagné les cuisines. Le restaurateur installait des clients, les premiers arrivés d'un joyeux déjeuner de Noël. Il était temps de partir. Pourtant, je ne pouvais quitter des yeux le store d'en face.

Je me rappelais encore le poids de la clé en cuivre de l'hôtel, et le mal que mes mains de onze ans avaient eu à la faire tourner. Je savais que la femme de ménage avait hâte de me voir quitter la chambre pour pouvoir la nettoyer. Les clients devaient remettre leur clé à la réception, mais moi, ce simple geste me faisait peur. Au cours des cinq jours d'été passés à Dublin, cette clé avait été ma seule garantie. J'ignorais même si ma mère avait assez d'argent pour régler la note. J'aurais voulu être invisible. Je savais que nous n'aurions pas dû être là, que ni elle ni moi ne contrôlions la situation. En sortant discrètement, je passerais devant le directeur de l'hôtel dont le silence même condamnait les tristes personnages qui traversaient furtivement son hall.

Je cherchais toujours ma mère dans des snacks minables du côté de O'Connell Street. Quand je la trouvais, je savais, d'après le nombre de mégots, combien de temps elle était restée assise devant son thé et le toast qu'elle n'avait pas touché.

– Viens, maman, la suppliais-je, tu ne peux pas rester assise toute la journée. Tu m'avais promis de prendre le car ce matin pour visiter le Donegal.

Parfois, j'arrivais à la traîner jusqu'à la gare routière, mais j'étais sûre que même avant de l'atteindre elle aurait trouvé des excuses. L'un des itinéraires traversait l'Irlande du Nord qui lui faisait peur. Les autres passaient par Sligo et Ballyshannon, et rejoignaient différents coins du comté entre lesquels elle était incapable de choisir.

– Ton papa n'a pas de domicile fixe, Tracey, tu ne comprends donc pas ? S'il est encore vivant, il se promène un peu partout. On pourrait passer des mois à se faire claquer les portes au nez sans même le localiser.

Inutile de discuter ou de la supplier de rentrer à Londres. Je n'avais que onze ans et, pourtant, je savais qu'elle n'était plus capable de prendre une décision. Sa gaieté et sa confiance avaient disparu dans les profondeurs de la Liffey en même temps que les comprimés qu'elle y avait jetés, le premier soir, du haut de O'Connell Bridge. C'était à moi de veiller sur elle. Elle était de nouveau en proie à une dépression. Il fallait absolument qu'elle voie un médecin, mais elle voulait tellement se croire en bonne santé que j'avais été obligée d'entrer dans son jeu, désireuse autant qu'elle de m'en persuader. Le matin, elle passait une demi-heure à observer son visage dans le minuscule miroir comme une femme qui va à un rendez-vous. Le reste du temps, elle s'éclipsait dans les toilettes pour vérifier sa coiffure ou son rouge à lèvres. À l'hôtel, les employés s'étaient rendu compte qu'elle avait besoin d'aide. Leur pitié muette me donnait la chair de poule. Je me retournais alors pour les regarder d'un air de défi par-dessus sa tête baissée.

Trois fois durant cette semaine, j'entrai dans une cabine téléphonique et fis le numéro de Harrow. J'aurais presque pu compter les pas de grand-mère sortant précipitamment de la cuisine pour répondre. Une fois même, j'avais laissé tomber la pièce et je l'avais entendue prononcer le nom de ma mère d'une voix affaiblie par l'inquiétude. Mais je savais qu'en réalité j'étais seule responsable et que, par conséquent, tout était de ma faute.

J'avais eu si peur en entendant Mamie prononcer le nom de sa fille que j'avais coupé la communication.

Au cours de notre dernier jour ensemble, nous passâmes des heures assises dans l'église de Berkeley Road où avait été célébré son mariage durant les six semaines passées à Dublin avec Frank Sweeney. Un organiste répétait dans la tribune et sa musique, d'une merveilleuse richesse, faisait vibrer l'église. Parfois, des vieilles femmes allumaient des cierges, se signaient et s'agenouillaient, marmottant tout haut avant de se sauver. Il n'y avait pas eu de musique à son mariage et très peu de monde. C'était le seul des quelques jours passés avec mon père où elle n'avait pas entendu de musique et la première fois que Sweeney remettait les pieds à Dublin depuis la Seconde Guerre mondiale.

Malgré son âge, me raconta ma mère, il avait encore des bras assez forts pour la lancer en l'air. Il pouvait raconter une histoire pendant une heure en retenant l'attention de tout un auditoire. Au Donegal, il marchait par monts et par vaux, suivant les sentiers de montagne et les chemins où ne passaient pas de voitures. Peut-être ne tenait-il pas à ce qu'on les voie ensemble. Les gens n'avaient ni compris ni approuvé sa liaison. Et même, lorsqu'il annonça son intention d'épouser ma mère, les femmes chez qui ils logeaient firent valoir qu'il avait presque le triple de son âge et que, de toute façon, il ne supporterait pas une femme. Elle n'avait pas aimé cette habitude de loger chez les uns et les autres, sans savoir si on les considérait comme des invités ou des hôtes payants. Il ne lui restait plus rien de l'argent qu'elle avait apporté et elle avait renoncé à téléphoner à Harrow, même quand ils avaient pris le car pour Dublin et s'étaient mariés dans une église vide, comme des fugitifs. Le prêtre, lui aussi du Donegal, s'était chargé de trouver des témoins. D'après ma mère, Sweeney et lui avaient discuté en gaélique jusqu'au moment où le service religieux avait commencé.

Ma mère s'était tue et je me rappelle que, lorsque l'organiste cessa de jouer, il fallut une éternité au silence pour prendre de nouveau possession de l'église. En m'amenant ici, elle avait essayé de m'expliquer sa vie. Mais j'étais fatiguée, j'avais faim. Et je ne cherchai pas à cacher le dégoût qu'exprimait ma voix quand je lui répondis en manière de réprimande : « Mais maman, tu n'avais que vingt-deux ans ! Pourquoi as-tu épousé ce vieux vagabond répugnant ? »

Pendant des années, cette escapade fut l'arme dont ma grand-mère se servit contre maman. Celle-ci supportait sa culpabilité en silence, mais jamais je ne pus lui dire, même durant son agonie, qu'elle ne m'avait pas perdue à Dublin, que j'avais, moi, tout fait pour la perdre. Ç'avait été la seule façon de précipiter la crise. Elle avait aussi peur que moi de téléphoner à la maison. J'avais commencé à haïr Frank Sweeney pour ce que nous subissions et, dans le même temps, je m'étais aperçue que j'avais honte de ma mère. Je ne pouvais plus accepter d'en avoir la responsabilité, je voulais redevenir une enfant.

L'incident avait eu lieu dans une rue piétonne où des marchands ambulants fuyaient la police locale. Je me rappelle encore une femme à l'énorme lèvre déformée qui poussait un vieux landau plein de fruits trop mûrs. Il y avait une exposition de jouets dans la vitrine d'un grand magasin, des panoplies d'infirmière et des services à thé qui ne m'intéressaient plus depuis longtemps. Je lâchai la main de ma mère au milieu de la foule estivale et fis quelques pas derrière elle pour voir si elle s'en était aperçue. L'air égaré, elle était pitoyable. J'avais l'impression que tout le monde la regardait. Je jetai un coup d'œil sur les jouets ; je m'imaginai dans une pièce confortable, construisant des mondes miniatures avec des Lego. Debout devant la vitrine, je comptai jusqu'à cinquante avant de me retourner. Au loin, parmi la foule, ma mère avait atteint O'Connell Street. Les gens s'y engouffraient malgré les voitures qui avaient encore la priorité. Ma mère regarda autour d'elle et, affolée, tendit la main. Je me détournai. Dans le coin de la vitrine, une poupée occupait une voiture d'enfant à l'ancienne mode. La devanture d'à côté exposait un mannequin que deux étalagistes venaient de dévêtir. Le torse nu posé sur la moquette montrait des seins en plastique qui me mirent mal à l'aise. Je cherchai ma mère des yeux et ne la vis pas. Maintenant, j'étais perdue, je n'avais plus à m'occuper d'elle. Avec une sensation de vertige, je m'élançai à travers la foule en pleurant comme un bébé.

Je payai mon café, descendis l'escalier et sortis. Dans Talbot Street, je me trouvai au milieu de gens qui, l'air décidé, faisaient leurs courses pour Noël. Je les enviai, eux, leurs listes de cadeaux et leurs disputes avec les beaux-parents. J'avais fait quelques pas quand, instinctivement, je regardai autour de moi. Je reconnus aussitôt le garçon aux cheveux roux que j'avais remarqué derrière la porte d'un « Foire à 10 francs » surpeuplé, de l'autre côté de la rue. Il s'était tourné vers l'agent de sécurité comme s'ils bavardaient mais je n'avais pas été dupe. Il m'avait surveillée pendant que j'étais assise à la fenêtre du restaurant et avait attendu que j'en sorte. Impossible de ne pas identifier ses cheveux mal coupés et ses traits enfantins.

J'avais imputé à la paranoïa le malaise que m'avait causé la mort de Christy. Mais maintenant, j'avais réellement peur. Le garçon aux cheveux roux m'avait-il suivie depuis Glasnevin où je l'avais vu me reluquer à la réception ? M'avait-il filée toute la matinée ? Je marchai d'un pas vif, cherchant à me fondre dans la foule. Je me retournai une fois. Il avait quitté le magasin et, devant une vitrine, faisait comme s'il regardait l'étalage. Dans une galerie marchande, j'entrai précipitamment chez un marchand de journaux et feuilletai les magazines en surveillant la porte pour voir s'il m'avait suivie. Au bout de cinq minutes, il n'avait toujours pas réapparu. Je sortis par une autre porte, pris un passage où se trouvaient des petites boutiques et débouchai sur une place. Un aurige de pierre tenait des rênes imaginaires au centre d'une fontaine. Je descendis des marches en courant et m'élançai en direction d'une autre rue, non loin probablement de la gare routière sous le pont du chemin de fer. Je me ruai vers elle, fonçant à travers le flot de voitures au moment où les feux changeaient. J'entrai en trombe à l'intérieur, cherchant un refuge parmi les voyageurs qui faisaient la queue aux guichets.

J'avais trouvé un asile. Des enfants jouaient sur les bancs, des gens de la campagne aux doigts tachés, vêtus de lourds manteaux, parcouraient les journaux de province. Après tout, ce n'était que de la paranoïa. Le retour à Dublin m'avait bouleversée. Derrière un jeune Allemand portant un sac à dos, je lus les horaires qui s'écaillaient, surprise de me rappeler autant de noms du Donegal. Letterkenny, Milford, Rathmelton, Rathmullan, Gweedore, Dunglow. Des villes que je ne connaissais pas, mais dont les noms étaient restés gravés dans ma mémoire. Je me concentrai sur eux dans l'espoir de réprimer ma peur. C'est alors que je me rendis compte d'une présence près de mon épaule.

– Vous n'avez pas l'intention d'aller quelque part ? me demanda-t-on.

– Qu'est-ce que ça peut vous faire ?

En me retournant, je me trouvai en face du jeune homme. L'air détendu et amical, il était cependant aux aguets.

– Quelqu'un que nous connaissons tous les deux serait très déçu, Tracey.

– Je ne vous connais pas, mon vieux, et vous ne me connaissez pas non plus.

– Ne craignez rien.

– Je n'ai pas peur.

Je maudis ma voix qui m'avait trahie. Derrière moi, on poussait pour lire les horaires. Je fis un pas en arrière de sorte que je fus séparée du rouquin. De près, il me parut plus âgé qu'il ne m'avait semblé, vingt et un ou vingt-deux ans peut-être. J'aurais voulu m'enfuir, mais j'ignorais s'il était seul. Il évita les gens et sourit.

– Ne soyez pas nerveuse, Tracey. C'est sûrement parce que vous venez à Dublin pour la première fois. On peut vous agresser si vous ne savez pas où vous mettez les pieds. Il m'a demandé de vous surveiller discrètement sans vous gêner jusqu'à ce que je vous récupère.

– Qui, il ?

– Shane, mon père. Il a été vous chercher à l'aéroport hier soir.

Au même moment, un haut-parleur annonça un départ pour Limerick. Aussitôt, la foule se déplaça vers la porte d'embarquement. Il n'y eut plus personne entre nous. Le rouquin ne souriait plus, il avait l'air fatigué, comme s'il n'avait pas dormi depuis longtemps.

– Écoutez, poursuivit-il, ça ne tourne pas rond pour ma famille en ce moment. Ma voiture est garée en double file, les flics seraient contents de me choper. Vous devez en avoir assez de marcher. Tout se passe comme prévu. Alors, on peut y aller ?

Sans attendre ma réponse, il traversa la foule. Je n'avais aucune idée des dispositions qui avaient été prises et aucun moyen de savoir s'il était celui qu'il prétendait être. J'aurais pu me sauver, mais je lui fis confiance. De près, j'éprouvais de la sympathie pour lui. C'était le genre de type avec qui j'aurais aimé sortir en boîte, un garçon avec qui partager un éclat de rire et une complicité amicale. Je le suivis jusqu'à l'endroit où il avait garé sa voiture, carrément sur la chaussée. Il m'ouvrit la porte.

– Est-ce que, par hasard, on vous a donné un prénom ?

– Non, répliqua-t-il en faisant difficilement démarrer le moteur, indifférent au klaxon du bus qui attendait derrière. Nous étions beaucoup trop pauvres. Il a fallu que j'en chipe un à un marin de passage. Al.

– En souvenir d'Al Capone ?

– Non. D'Alexandre le Grand.

– Et où allons-nous, Alexandre le Grand ?

Il ralentit au coin de la rue et me regarda, surpris.

– Je vous l'ai dit. On fait ce que vous avez décidé avec oncle Luke.

– D'accord.

J'approuvai d'un signe de tête comme si j'avais compris. En posant d'autres questions, j'aurais paru idiote et c'était une façon d'admettre que j'avais perdu le contrôle de la situation. Un coup d'œil fixé sur le visage d'Al me suffirait-il pour déterminer s'il jouait franc-jeu ? Il me parut honnête. J'étais venue ici parce que, pour une fois, quelqu'un semblait avoir besoin de moi. Mais je n'étais pour Luke qu'un objet sexuel tout juste bon à être traîné d'un hôtel à l'autre.

Nous tournâmes dans une rue bordée de maisons en briques rouges où une voiture avait été incendiée. De jeunes enfants vidaient les ordures d'une benne. Une petite fille suçait une tétine, plantée au milieu de la rue en observant la scène. Elle ne bougea pas quand Al arriva à sa hauteur et il dut la contourner prudemment. Au bout de la rue, deux boutiques, celle d'un boucher et ce qui me parut être un magasin de vins et spiritueux. Les tarifs du cidre étaient inscrits grossièrement sur un morceau de contreplaqué. Al s'arrêta. Luke n'avait même pas fait les frais d'un hôtel. J'étais furieuse après lui, mais je dois dire que cette rue me rendait nerveuse. Al descendit de voiture. Les gamins, qui avaient cessé d'écraser les détritus, nous regardaient en silence. Comme je ne voulais pas rester assise seule dans la voiture, je sortis à mon tour. Au-dessus du boucher, il y avait un coiffeur ringard dont la porte se trouvait entre les deux boutiques. Une pancarte annonçait : FERMÉ LE MIDI. Al frappa trois coups sur la vitre et des pas descendirent l'escalier. Une femme d'âge moyen ouvrit, fit un signe à Al et me toisa. Je passai devant la femme qui ferma la porte et resta devant, comme si elle la gardait. Je suivis Al dans l'escalier.

L'endroit sentait la cigarette et la laque bon marché. Le papier peint fané était orné de motifs représentant des assiettes en porcelaine ancienne. Même Luke ne pouvait m'avoir amenée ici pour faire l'amour. Al se retourna et, pour la première fois, je me rendis compte qu'il ne ressemblait absolument pas à Shane. N'importe qui pouvait m'avoir entraînée dans un guet-apens. Il ouvrit la porte en haut de l'escalier et s'écarta pour me laisser passer. Je ne me trouvais pas dans une chambre à coucher, mais dans le salon de coiffure. Pas de Luke, mais un homme grisonnant tourné vers la fenêtre par laquelle, de toute évidence, il m'avait vue arriver. Il me considéra d'un air perplexe en se tapotant la paume avec de longs ciseaux brillants.

Il s'adressa au jeune homme qui prétendait être Al et bloquait la sortie.

– Elle est parfaite pour ce qu'on a dit. T'en fais pas. Même sa mère ne la reconnaîtra pas. Tu peux compter sur moi.

– Je vous en prie..., suppliai-je, mais je n'étais pas sûre qu'il m'ait entendue.

J'avais la gorge sèche et l'impression qu'aucun mot ne pouvait en sortir.

L'homme fit un pas en avant, puis s'arrêta pour étudier mon visage.

– C'est bon. Nous savons exactement ce que vous voulez. Je suis tout de même surpris que personne n'y ait pensé avant. Il prit doucement une mèche de mes cheveux entre ses doigts. Ils sont si fins ! Pour sûr qu'ils ne demandent qu'à être teints en blond.

Je ne répondis pas et m'abstins de parler pendant qu'il travaillait, même quand le salon rouvrit et que d'autres clients arrivèrent. Al, debout près de la fenêtre, surveillait sa voiture. Nerveux, le coiffeur était aux petits soins tant il tenait à faire plaisir aux Duggan.

–Vous voulez être belle pour les funérailles, murmura-t-il. Je connaissais votre père, Johnny Kavanagh. Je me rappelle le jour où il a épousé Clare Duggan. Je sais que Christy et Johnny sont fâchés depuis vingt ans, mais c'est bien que l'un de ses enfants rentre au bercail pour les obsèques.

J'acquiesçai et le laissai faire selon les instructions qu'on lui avait données. J'étais paralysée. Comme si on me violait. J'avais toujours détesté la mode des cheveux blonds, mais j'en étais réduite à subir ce qu'on me faisait puisque je ne pouvais révéler mon identité. Le coiffeur s'écarta enfin, impatient d'avoir mon approbation. En me regardant dans la glace, je me retins de crier. Non seulement j'étais blonde, mais mes traits, eux aussi, avaient changé. Je me levai pour payer le coiffeur, mais il secoua la tête et m'étreignit la main.

– Je sais que le meurtre de votre oncle vous a bouleversée. Pour sûr, quand vous êtes entrée, vous étiez comme une morte. Mais une nouvelle coiffure, c'est comme un nouveau départ, hein ? Dites aux Duggan que Smiley a fait du bon travail.

Nous descendîmes, Al et moi, sans dire un mot jusqu'à la voiture.

– Ça va ? me demanda Al, quand nous fûmes assis. C'est ce que vous vouliez ?

Il fit pivoter le rétroviseur pour me permettre de regarder une nouvelle fois la blonde étrangère qui me fixait.

– Ne vous en faites pas si Smiley croit que vous êtes la fille de Johnny Kavanagh, voulut me rassurer Al en replaçant le miroir. (Puis il fit démarrer le moteur de sa vieille bagnole.) On savait qu'il le ferait tout de suite s'il vous croyait de la famille et on pouvait difficilement lui dire qui vous étiez vraiment. Mais à partir de maintenant, si quelqu'un vous le demande, vous êtes ma copine et on s'est rencontrés dans une boîte, le Pod, OK ?

C'est à peine si je fis attention à ce qu'il me disait. J'avais les yeux fixés sur les maisons aux fenêtres bouchées et les détritus accumulés le long du trottoir. Al paraissait soucieux.

– Comprenez-moi bien. Je ne tenterai pas ma chance. De toute façon, ça me serait difficile en sachant qui vous êtes. Mais Luke n'a pas vu d'autre moyen de vous faire entrer chez Christy pour les funérailles. Avec votre nouvelle couleur, personne n'ira y regarder de trop près. Mais, bien sûr, je sais qui vous êtes.

– Qui ?

– Je vous ai vue à Londres, à l'Irish Centre, répondit Al que le ton de ma voix avait inquiété. J'essayais de baratiner une fille, mais je me suis fait avoir. Je vous ai vue parler avec lui au bar. J'ai été surpris quand oncle Luke m'a tout raconté. C'est dur pour vous, mais ça vaut sans doute mieux que tatie Carmel ne le sache pas. Du moins, pas encore. Franchement, vous vous êtes retrouvés depuis trop peu de temps. Qu'il fasse d'abord quelques allusions pour voir comment elle réagit.

– Je ne veux pas qu'elle sache. Ni elle, ni personne.

Al freina en arrivant dans la grande rue et me regarda.

– Vous avez peut-être raison. Il était sur ses gardes. Sérieusement, qu'est-ce que vous savez de lui ?

– C'est mon affaire. Il m'a demandé de venir à Dublin. Il était dans la peine. Maintenant, je ne sais pas pourquoi j'ai accepté.

Deux jeunes types qui passaient jetèrent un coup d'œil dans la voiture. C'était la première fois qu'on me regardait ainsi. J'allais connaître la vie d'une blonde. Al me tapota gentiment le genou.

– Tu as eu raison de venir. Christy était ton oncle, après tout. Ce n'est pas parce que tu es une enfant illégitime que tu ne fais pas partie de la famille. Il n'a jamais raconté sa vie, oncle Luke. Je ne savais pas qu'il avait une fille adulte.

Je me détournai. Ce qui aurait dû être le dernier outrage m'obligea à étouffer un éclat de rire hystérique. Seul, quelqu'un à l'esprit aussi tordu que Luke pouvait avoir eu l'audace de croire qu'il leur ferait avaler ça. Al semblait craindre de m'avoir insultée. Je voyais défiler des rues misérables. Sans doute m'y étais-je promenée avec ma mère, mais je ne reconnaissais rien. Je baissai la fenêtre pour me regarder dans le rétroviseur latéral et me rendis compte que je ne me reconnaissais pas moi-même.

10

Il était difficile de prendre Al pour un Duggan. D'abord, il s'habillait décontracté comme les trois copains qui louaient avec lui une maison modeste. J'y passai le début de l'après-midi, enfermée dans la salle de bains, médusée devant le miroir, les yeux fixés sur mes cheveux blonds. J'avais l'impression d'être mutilée, comme si on m'avait brûlée au fer rouge. Jamais je n'avais choisi mes vêtements pour impressionner les hommes. J'aimais les jeans, les sweat-shirts, les pulls amples qui n'attiraient pas les regards. Ces cheveux appartenaient à quelqu'un d'autre et Luke n'allait pas s'en tirer à si bon compte. Al vint frapper à la porte, inquiet ; il m'apportait du thé et des biscuits au chocolat.

– Tu n'étais pas au courant pour le coiffeur, hein ? (Sa question n'en était pas vraiment une. De nouveau, je me regardai dans la glace.) Pourtant, ça te va bien.

Il manquait tellement de conviction que, pour la première fois, il me fit rire.

La grande pièce resplendissait de décorations de Noël poussiéreuses. Voyant ma surprise devant tant de splendeur, Al m'expliqua que le locataire précédent avait fichu le camp sans payer à Noël dernier et que ses copains et lui n'avaient pas pris la peine d'enlever les serpentins quand ils avaient emménagé. La bibliothèque qui couvrait tout un mur contenait un échantillonnage complet de bouteilles vides pleines de poussière. Le mobilier se composait d'un canapé défoncé, de deux chaises, d'une vidéo et d'une sono équipée d'énormes enceintes. Pourtant, je m'y trouvais bien et, au cours de l'après-midi, j'appris lentement à me détendre en compagnie d'Al et de ses copains qui arrivèrent soit après avoir travaillé, soit après avoir piqué un petit somme. Ils acceptèrent ma présence d'un signe de tête amical, partageant avec moi leurs plaisanteries avant même d'avoir ôté leur manteau. Ils taquinèrent Al impitoyablement, voulant savoir d'où il me sortait, déclarant que mon apparition devait dater du moment où il avait frotté la bouteille vide de chianti posée sur une étagère.

Ils tombèrent d'accord pour m'emmener avec eux au funérarium. Al m'entoura l'épaule de son bras à peine fûmes-nous entrés. Il me raconta que c'était à l'origine une épicerie tenue par une femme désagréable dont l'accent gallois avait le don d'effrayer les enfants. Elle avait souvent renvoyé Christy, Luke et Shane en leur refusant de leur faire crédit quand leur père cherchait du travail en Angleterre. Christy avait cambriolé la boutique la veille du départ à la retraite de la femme et il avait arrêté sa voiture huit cents mètres plus loin pour fourrer son butin dans le tronc d'une église. D'après Al, c'était la seule fois où Christy avait agi par principe.

Je ne pus m'empêcher de trouver sympathique le père de Luke. Sans doute avait-il toujours cette expression étonnée, signe qu'il était prêt à accepter tout ce que la vie lui réservait et que, en même temps, il se demandait comment on en était arrivé là. Il allait et venait dans le funérarium pour accueillir les arrivants. Il recevait leurs condoléances au nom de la famille d'un simple hochement de tête sans jamais, me sembla-t-il, penser à son propre chagrin. Il me rappelait grand-papa Pete. Je l'imaginais faisant des sandwiches pour les voisins et remplissant leur verre afin d'être sûr que tous les participants garderaient le souvenir mélancolique de funérailles réussies. Seulement alors, quand on aurait remis de l'ordre dans la maison, il se permettrait de courber la tête et de pleurer.

Les copains d'Al continuaient tranquillement à plaisanter

entre eux. Ils avaient connu Christy suffisamment pour savoir quand il fallait s'arrêter. Six hommes aux cheveux coupés ras se tenaient à l'écart ; ils montaient la garde à la tête du cercueil, fumant en silence cigarette sur cigarette, l'œil fixé sur tous ceux qui entraient et sortaient. Personne n'avait eu besoin de m'expliquer leur présence. Pour Christy, ils avaient été une autre famille, sûre de la place qu'elle devait occuper aux funérailles. Ils allaient bientôt rejoindre des gangs rivaux. Certains tueraient, d'autres seraient tués s'il y avait vendetta, mais dans l'immédiat, ils étaient rassemblés, défiant le monde et se défiant les uns les autres. Ils étaient les seuls à ne pas avoir été accueillis par le père de Luke. Au lieu de cela, il s'était approché de nous et avait serré contre lui son petit-fils, mêlant dans son étreinte chaleur et tristesse, souriant quand Al avait embrassé son front chauve.

– Ça va comme tu veux, Al ?

– Super, papy.

– Qui est cette petite mignonne ?

– Une amie anglaise.

– Bienvenue chez nous, jeune fille. (Il m'étreignit la main tant il désirait me mettre à l'aise.) C'est pour nous un triste jour. Vous viendrez bien manger quelque chose après la cérémonie ? Je compte sur vous.

Il serrait la main des copains d'Al au moment où parurent d'autres membres de la famille proche. De nouveau, je remarquai que les cheveux blonds représentaient la norme chez les Duggan puisque même les fillettes de neuf ou dix ans avaient leurs racines décolorées. Quand Shane arriva avec sa femme, le ton des conversations baissa aussitôt. Luke entra en vêtement de deuil, un bras passé autour de Carmel et l'autre autour de sa fille qui pleurait. Il lança un regard furieux aux hommes tondus, debout près du cercueil comme s'ils revendiquaient la possession posthume de Christy. La pièce s'emplit d'une tension muette. Un moment plus tard, ils se consultèrent du regard et, avec un haussement d'épaules, reculèrent jusqu'au mur contre lequel ils s'appuyèrent, les yeux fixés sur Luke.

À peine les prières commencées, j'eus la surprise de voir les amis d'Al s'y joindre discrètement. Quant à Luke, il menait le jeu et la foule lui emboîtait le pas. J'étais hypnotisée par ces lèvres qui avaient su me rouler des pelles, me mordiller et lécher avidement les sucs de mon corps. Maintenant, elles psalmodiaient les paroles d'une prière catholique. C'était encore un autre Luke, le chef de famille. Depuis qu'il était arrivé, son père avait manifestement perdu de son importance. Luke était au centre de l'attention générale, plus encore que la veuve de Christy et ses enfants.

Luke savait que j'étais là ; pourtant, il ne regarda pas dans ma direction. Sa femme non plus, ni aucun de ceux dont je savais qu'ils se trouvaient à l'Irish Centre à l'exception de la fille brune que j'avais remarquée dans mon ivresse et qui m'avait vue sortir de l'hôtel en courant. Maintenant, à la façon dont on s'adressait à elle, je sus qu'elle était la fille de Christy. À plusieurs reprises, pendant les prières, elle me jeta un coup d'œil. Elle cherchait à me situer. Je détournai les yeux et pris la main d'Al pour me sécuriser. Il baissa les yeux vers moi et me répondit par une infime pression des doigts. Pour une fois, Luke m'avait attribué un rôle qui me convenait. Le plus étrange, c'est que, jusqu'alors, je n'avais rien ressenti pour lui, pas même de la colère. Je l'observais par pure curiosité, comme quelqu'un dont j'aurais vaguement entendu parler. Rien de ce que nous avions vécu ensemble ne semblait réel. Il me parut plus vieux, plus grisonnant quand Al me serra de nouveau la main de ses doigts doux et chauds.

Shane, la tête penchée, ne regardait pas dans ma direction. Sa femme donnait l'impression de passer le plus clair de son temps à bronzer et à se rider sous les UV. Son chapeau rappelait celui que portait Jackie Kennedy aux actualités et qui, déjà à l'époque, était démodé. La femme de Luke se tenait à côté d'elle. Elle était la seule à ne pas sembler obsédée par son poids ou par le désir de paraître ce qu'elle n'était pas. Sous la tignasse de ses cheveux noirs frisés, son corps potelé affichait une acceptation sereine de son âge. En levant les yeux, elle surprit mon regard et je dus détourner la tête. Je me sentais incapable de la détester. D'ailleurs, le seul fait de me trouver ici me culpabilisait. Peut-être était-ce une torture imaginée par Luke pour s'assurer que j'avais toujours aussi mauvaise opinion de moi-même. Tout en me sachant hypocrite, je le haïs soudain de l'avoir trompée.

Une fois les prières terminées, Luke prit le bras de la veuve et la soutint quand elle s'approcha du corps pour l'embrasser. C'était une version plus mastoc de la femme de Shane. Ses mouvements imprécis donnaient à penser qu'elle prenait des tranquillisants. Une procession de parents et d'amis suivirent l'épouse du défunt, tandis que Luke veillait à ce que les membres du gang restent à l'écart. Al fit un pas en avant. Un instant, je crus qu'il voulait m'entraîner, mais il me lâcha la main et s'approcha seul du corps pour l'embrasser. L'assistance sortit en file de la pièce avant qu'on ne visse le couvercle du cercueil. On apporta d'autres couronnes, toutes plus impressionnantes et vulgaires les unes que les autres. Les fleurs coupées avaient été disposées en forme de voitures de sport ou dessinaient les mots POTE ou PAPA.

Ce fut comme si on avait donné à l'assemblée le droit de pleurer. La douleur était brusquement mise à nu, de même que la colère. Pendant qu'on accomplissait les rites et qu'on récitait les prières, on avait pu oublier les circonstances de la mort du défunt. Maintenant, tandis que les employés des pompes funèbres patientaient avant de refermer le cercueil, les enfants de Christy, couchés sur son corps, durent être éloignés de force. Sa mère, les yeux secs d'avoir pleuré, lui caressait machinalement les cheveux. J'observai le groupe des six durs en me demandant si l'un d'eux l'avait trahi. D'après les journaux, le meurtre de Christy était le quinzième règlement de comptes survenu à Dublin cette année. L'un de ces hommes allait-il être la victime suivante ? Ils fixaient Luke avec une hostilité évidente, mais il soutint leur regard jusqu'à ce qu'enfin ils quittent la pièce. Seul l'un d'eux s'arrêta pour toucher le bord poli du cercueil. L'émotion ressentie aux obsèques de ma mère avait été aussi solennelle et contenue que celle d'un verdict. En pensant à elle, les larmes que j'aurais voulu verser seize mois plus tôt se mirent à me brouiller la vue. Carl, l'un des copains d'Al, remarqua mon chagrin et crut que je pleurais Christy. Il passa un bras autour de mon épaule.

– Tu ne le connaissais pas, murmura-t-il en désignant le cercueil d'un signe de tête. Je ne veux pas dire de mal des morts, mais saint Pierre ferait aussi bien de surveiller son larfeuille.

Ces mots n'étaient pas sans danger pour moi. Je souris et séchai mes larmes. Je dus mentir.

– Ça va bien. Tous les enterrements me font le même effet.

– Écoute-moi, poursuivit Carl à voix basse. Je ne sais pas depuis combien de temps tu connais Al, mais t'en fais pas, il ne se mêle pas de leurs affaires. Tiens le coup. Après, nous irons faire un tour en ville et nous prendrons une bonne cuite.

Al revint vers moi et me fit sortir dans la nuit. Il faisait froid et les gouttes de pluie prenaient une teinte orangée à la lueur des blocs de sécurité au-dessus des portes. Il m'avait annoncé la présence possible d'une équipe de télévision et de photographes à l'église, mais seul un photographe s'était détaché du groupe et attendait dans l'allée. Le cortège funèbre se déploya de chaque côté et entoura le corbillard avant qu'il ne reçoive le cercueil. Une voiture de police était garée dans la rue. À l'intérieur, des flics observaient la scène ; peut-être même qu'ils s'en réjouissaient, comme le fit remarquer Al avec une amertume soudaine. Le photographe se faufila plus près, de sorte qu'il se trouva au premier rang de la foule qui attendait, à l'endroit où se tenait le gang de Christy. Il me parut jeune et inexpérimenté. Je sentis la tension que sa présence provoquait. Les parents de Luke sortirent, puis Luke, soutenant cette fois la veuve de Christy et sa fille. Derrière eux, les employés des pompes funèbres amenaient le cercueil.

Le photographe fit un pas en avant et s'agenouilla en levant son appareil. Les truands formèrent un écran entre la voiture de police et lui. Un homme se retourna et, d'un coup de talon violent donné comme par hasard, il broya l'appareil arraché aux mains du photographe dont il écrasa ensuite le visage. Le jeune homme tomba en arrière ; il fut aussitôt tiré par les cheveux et frappé à coups de poing, les truands trouvant enfin le moyen de libérer une fureur trop longtemps contenue. L'appareil leur servit de ballon de football et ils en profitèrent pour piétiner le puissant objectif qui s'en était échappé.

Les portes de la voiture de police s'ouvrirent et deux policiers se lancèrent dans la mêlée, suivis par un flic en civil. Des femmes injuriaient le photographe tandis que d'autres appelaient au calme. Luke atteignit le reporter en même temps que le flic. Leurs épaules se heurtèrent quand ils s'arrêtèrent au-dessus de lui. Le jeune homme avait une vingtaine d'années. Il était agenouillé au milieu d'un espace dégagé, le visage caché par ses mains. Du sang coulait entre ses doigts. Les policiers en uniforme regardaient autour d'eux, incapables de déterminer qui avait commis l'agression. Même ceux, parmi l'assistance, qu'un tel acte avait révoltés se rapprochèrent, les empêchant de passer tandis que disparaissaient les membres du gang. Serrée jusqu'à la suffocation par les spectateurs, j'avais pourtant le sentiment étrange d'être des leurs et, comme eux, je regardais la police avec une hostilité muette. Un mouvement se produisit derrière moi au moment où quelqu'un se glissait dans la foule qui retrouva ensuite son immobilité. Luke s'accroupit près du photographe, lui tendit un mouchoir blanc amidonné et lui parla d'une voix calme :

– Nous ne sommes pas des animaux et ce n'est pas un cirque. Votre journal a contribué au meurtre de mon frère en imprimant des rumeurs que vous n'avez jamais pu prouver. Allez à l'église si votre travail l'exige, mais ici, c'est une propriété privée. Ma famille est dans la peine, alors gardez vos distances et laissez-nous pleurer en paix.

Il aida le garçon à se relever et pressa le mouchoir contre son nez rouge de sang.

– Tenez-le ainsi et appuyez fort. Il saigne, mais il n'est pas cassé.

– Laissez-le tranquille, avertit le flic en civil.

Il s'adressait à Luke qu'il repoussa comme s'il cherchait à le provoquer. Le photographe semblait surpris et furieux. Un instant, je crus qu'il allait frapper Luke qui, négligeant l'intervention du policier, ne l'avait pas quitté des yeux. Malgré l'atmosphère orageuse qui régnait autour de moi, je sus que l'assistance lui emboîtait le pas. Il poursuivit, mettant en garde le jeune homme :

– Je ne vous ai pas touché, hein ? Aucun membre de ma famille ne vous a touché. Aucune des personnes invitées par ma famille ne vous a touché. C'est comme ça, maintenant, à Dublin. On ne peut plus compter sur la flicaille pour protéger les braves gens qui s'occupent de leurs affaires. La preuve, c'est ce mort dans son cercueil.

– Ne vous laissez pas intimider par ce que dit ce salopard, intervint le flic. On vous a agressé. Et pour ça, le coupable peut faire de la taule.

Le mouchoir toujours appuyé sur le visage, le photographe continuait à fixer Luke qui fit comme s'il n'avait pas entendu.

– Non seulement vous ne pouvez pas faire confiance à la police, continua-t-il tandis que les gens alentour tendaient l'oreille, mais ils sont même capables de vous piéger. Prenez un photographe inexpérimenté. Il voit une voiture de police arrêtée devant un funérarium. Il demande si rien ne s'oppose à ce qu'il entre. Allez-y franco, répondent-ils, ça fait des années qu'on essaye de leur coller quelque chose sur le dos. Manque de pot, ils sont clean, on ne peut rien leur reprocher. Mais, s'il vous plaît, introduisez-vous dans leur chagrin. Poussez-les à vous casser un bras ou une jambe pendant que, sans nous bouger le cul, on vous regarde faire le plus gros du boulot.

– Tout ça, c'est des conneries ! s'interposa le policier en civil, furieux. Tu vas arrêter ton putain de baratin, Duggan ? Sinon, on t'embarque aussi.

Luke se baissa pour ramasser l'appareil photo broyé. Il le tendit au photographe, puis fouilla dans sa poche et en sortit un compact Kodak.

– Votre appareil est cassé. Vous l'avez laissé tomber en trébuchant dans la foule. Prenez le mien, je vous l'offre. Il ne vaut pas le vôtre, mais si vous vous placez à l'intérieur de l'église, près de la porte, vous obtiendrez toutes les photos que vous voulez. Surtout, ne vous approchez pas. Ça ne se fait pas. Autrement dit, s'il vous arrivait de mourir, et quelle que soit votre mort, nous respecterions l'intimité de votre veuve à vos funérailles.

Le ton amical et rassurant de Luke rendait la menace implicite encore plus inquiétante. Le policier écarta Luke et saisit par le bras le photographe qui se dégagea aussitôt.

– Maintenant, je sais ce que le Christ a ressenti. Pendu entre deux larrons.

Il fit comme s'il ne voyait pas l'appareil photo dans la main de Luke et s'éloigna.

– Tu es un vrai salaud, Duggan, siffla le policier.

– Vous me l'avez déjà dit, Mr Brennan, répliqua Luke d'une voix douce. Manifestement, la masturbation ne vous a pas seulement empêché de grandir, elle a aussi réduit votre vocabulaire.

Je ne voulais pas retourner chez Christy à Howth, mais Al m'affirma qu'on n'aurait pas à y rester longtemps. Il habitait un minuscule domaine composé de quinze maisons de grand standing au toit plat, serrées les unes contre les autres et dessinant une courbe qui se terminait en cul-de-sac. Les piliers massifs qui formaient une voûte à l'entrée donnaient l'impression d'avoir été volés à un décor de cinéma. Les arbres plantés dans les jardins sur le devant avaient été décorés de guirlandes électriques, mais seul un propriétaire les avait allumées. Le domaine semblait désert ; pourtant, à la fenêtre d'une chambre non éclairée, j'aperçus deux jeunes enfants qui guettaient l'arrivée des voitures. La fille de Christy sortit de la première d'entre elles, manifestement exaspérée. Elle allait se précipiter vers la maison aux guirlandes allumées quand Luke posa une main sur son épaule et demanda à Shane d'aller parler aux propriétaires. La voiture de police avait suivi le cortège et Brennan, le flic en civil, ne quitta pas Shane des yeux lorsqu'il s'avança vers la maison incriminée.

Celle de Christy était encombrée de bibelots et d'objets en cristal taillé. Les rideaux eux-mêmes semblaient sortir de la copie d'un théâtre victorien. Carl chercha à garder son sérieux quand il murmura que ça lui évoquait « la caravane d'un démolisseur de luxe ». D'après Al, la décoration avait été copiée sur la maison d'un homme politique irlandais telle qu'elle avait été présentée dans un magazine. Il prétendit que Margaret, la femme de Christy, avait punaisé ledit magazine, pages ouvertes, sur la porte de son armoire et qu'elle avait harcelé Christy jusqu'à ce qu'il lui en offre une réplique exacte.

Des enfants circulaient avec des assiettes pleines de sandwiches. Carl et les autres disparurent, bien décidés à rafler le plus de nourriture possible, et promirent de m'en rapporter. Al m'avait abandonnée un moment, forcé de s'occuper des boissons. Il était revenu me verser ce qui me parut être un triple gin quand la fille de Christy, celle qui avait des cheveux noirs, lui arracha la bouteille des mains.

– Merde alors ! Est-ce que tu veux faire croire que mon père était radin ? Ici, on a toujours fait bonne mesure.

Elle m'en versa trois fois plus avant de me regarder et de demander :

– Qui c'est celle-là ?

– Laisse-la tranquille, Christine, intervint Al. Je l'ai rencontrée au Pod, elle visite Dublin, elle est avec moi et mes copains.

Christine décocha un regard furieux à Al avant de le quitter brusquement pour continuer à servir. Mais elle se retourna vers moi, intriguée par mon visage. Ses traits me parurent plus durs que ce dont je me souvenais quand nous nous étions rencontrées à l'Irish Centre. Ses vêtements de deuil étaient élégants et elle sentait le musc.

J'associais ce parfum à des adolescentes à talons hauts et minijupes se gelant les fesses aux arrêts de bus. Il évoquait la forte odeur de renfermé que je respirais dans la chambre de grand-mère quand, petite, je m'y faufilais pour me parer d'écharpes et de chapeaux. Maintenant que les rôles se trouvaient inversés, j'essayais d'oublier cette soirée londonienne et de ne pas montrer ma peur.

– Je suis une amie d'Al, osai-je dire en soutenant le regard de Christine.

– Depuis quand ?

– Récemment.

– J'essayais de vous situer, mais c'est vrai que vous toutes, les Anglaises, vous vous ressemblez. Je déteste l'idée qu'un Duggan puisse en pincer pour une putain anglaise, mais ne te monte pas la tête, chérie, ils reviennent toujours aux filles de leur pays même si les autres leur font des trucs pas possibles au lit.

Elle alla se verser un autre verre. Al traversa la pièce, il avait l'air inquiet, mais avant qu'il ne me rejoigne, le père de Luke s'était assis. Il me tapota le bras.

– J'espère que cette petite ne vous a pas contrariée, dit-il en regardant Christine. Il vaudrait mieux qu'elle nous laisse et qu'elle aille pleurer ailleurs au lieu de tout garder pour elle. Elle a toujours été la chouchoute de son père. Son petit ami devrait être là pour la consoler, mais elle ne l'a jamais amené à la maison. Ou bien c'est un voisin, un de ces petits bêcheurs qui ne peuvent pas nous saquer, ou bien il est comme nous et ne peut pas les saquer, eux.

– Je suis désolée pour votre fils.

– Je le sais, mon enfant. (De nouveau, il me tapota doucement la main.) C'était un bon garçon, Christy, gentil avec tout le monde. Grande gueule et cœur tendre. Les chiens errants ne mouraient pas de faim quand Christy était là.

La pièce s'emplissait de parents éloignés dont les voix exprimaient une gaieté presque choquante, tandis que d'autres, ça et là, étaient assis, effondrés et silencieux.

– C'est une jolie maison, vous ne trouvez pas ? poursuivit le père de Christy. Il faisait bien les choses, mon fils, et jamais il ne vous laissait prendre le bus pour rentrer chez vous. Un taxi jusqu'à votre porte. N'empêche, je ne sais pas ce qu'elles vont faire maintenant. C'est hypothéqué un max. Il aurait pu s'acheter une belle maison dans un quartier habité par des gens comme lui. Ici, il aurait pu vivre jusqu'à cent ans sans qu'on s'arrête seulement pour lui dire bonjour. Autrement dit, ses voisins n'ont jamais apprécié Christy. Savez-vous qu'il n'y a pas eu un seul cambriolage depuis qu'il a emménagé ici ?

Une gamine de sept ans sortit de la cuisine portant une assiette de vol-au-vent. Elle s'arrêta, embarrassée à la vue de tous les gens qui avaient envahi son séjour. Finalement, une femme lui prit l'assiette des mains. Un homme lui glissa un billet de dix livres, mais elle le dévisagea sans comprendre et laissa tomber l'argent. Le père de Luke l'observait.

– Vous voyez la petite Jacinta, dit-il en désignant l'enfant. Savez-vous qu'à l'école, ils ont refusé de dire des prières pour son père comme ils le font toujours à la mort d'un parent ? Pourtant, les autres petites filles voulaient absolument le faire. Il y a plus de respect chez les gamins que chez leurs maîtres ; et tout ça à cause des bêtises qu'on a écrites dans les journaux.

Jacinta se précipita vers l'autre porte et se jeta dans les bras de son oncle qui l'étreignit sans un mot. Elle se blottit contre sa poitrine. La femme de Luke le rejoignit et Christine s'approcha à son tour. Elle caressa les cheveux de sa petite sœur, les yeux fixés sur moi avec une telle insistance que sa tante le remarqua et se mit à m'observer. Je voulais retrouver Carl, mais le père de Luke était intarissable. Il allait me raconter sa vie, j'en étais sûre, car ce torrent verbal était la seule façon d'anesthésier son chagrin.

Il me touchait la main chaque fois qu'il voulait insister sur un point particulier. Il énuméra tous les boulots qu'il avait faits, depuis le premier quand il avait quatorze ans et qu'il balayait le sol chez un coiffeur pour hommes en bas du marché. Pierrepoint, le dernier bourreau, avait l'habitude de s'y faire raser, frais débarqué du bateau qui l'amenait d'Angleterre le matin d'une exécution. On ouvrait deux heures plus tôt exprès pour lui. Le père de Luke me montra comment la main du coiffeur tremblait lorsqu'il maniait la lame ouverte ; il terminait en lissant les cheveux du bourreau avec une brillantine maison préparée avec du lait de chaux et d'autres ingrédients de récupération dans une baignoire cachée au fond de l'arrière-boutique.

Je m'aperçus que je n'avais pas besoin de parler ; il me suffisait de hocher la tête. En fait, il se racontait ces histoires dans l'espoir de comprendre, cette fois, comment, des dizaines d'années plus tard, il se retrouvait ici, avec un fils propriétaire d'une maison de riches et criblé de dettes. Je tendis vraiment l'oreille quand ses souvenirs correspondirent à ce que Luke m'avait relaté. Je m'inquiétais de ce que Christine savait ou soupçonnait, et de ce qu'elle pourrait raconter à sa tante. Elle était montée auprès de sa mère et maintenant la femme de Luke m'observait chaque fois qu'elle entrait dans la pièce.

– Parlez-moi de Luke, lui demandai-je.

Il s'arrêta, surpris.

– Je ne savais pas que vous connaissiez Luke.

– Je ne le connais pas. Mais je trouve qu'il s'est bien débrouillé au funérarium.

– Vous avez raison, acquiesça Mr Duggan d'un ton qui exprimait certaines réserves. Luke s'est toujours bien débrouillé. Pas comme ce pauvre Christy. Oui, Luke a réussi, et j'en suis fier. Mais il ne revient jamais à la maison et je n'aime pas ça. J'ai travaillé partout où j'ai pu trouver du travail, mais j'ai toujours gardé le contact. Luke mettrait la main à sa poche si vous lui demandiez la moindre chose, mais, voyez-vous, avec Christy, on n'avait pas besoin de demander. (Il se leva péniblement.) Finissez votre verre, ma mignonne. C'est pour ma femme que je me fais du souci. Christy a toujours été son tout-petit bien qu'il soit né le premier.

Il se dirigea vers la cuisine. Au même moment, la femme de Luke traversa la pièce et je sus instinctivement qu'elle allait s'asseoir près de moi. Je ne pouvais rien faire. Elle s'installa sans dire un mot, se contentant de soupirer comme si elle était heureuse de se reposer. Sans savoir la quantité d'alcool que Christine m'avait versée, je vidai mon verre en silence. Je le posai et cherchai à me lever. Comme je vacillais, elle me retint par le coude d'une poigne si forte que ses ongles s'enfoncèrent dans ma chair et me firent mal.

– Allez-y mollo, me conseilla-t-elle. Même pour une fille mince comme vous, c'est parfois difficile de se remettre debout.

– Merci. Il fait très chaud ici.

– Allez donc prendre l'air. Vous vous sentirez mieux après, poursuivit-elle. Dans le jardin derrière la maison. Je dis toujours qu'il vaut mieux changer d'air plutôt que de se reposer.

J'étais debout, bien droite, et pourtant elle ne me lâchait pas.

– Vous avez de beaux cheveux. Ils mettent votre visage en valeur. C'est joli. Profitez-en tant que vous pouvez. Mon mari m'a tarabustée pendant des années pour que je me teigne en blonde.

– C'est lequel, votre mari ? Je ne pense pas le connaître.

J'avais essayé de parler d'une voix calme.

La femme de Luke me lâcha le bras, laissant sur ma peau la marque de ses ongles. Elle sourit et me confia, sûre d'elle :

– Peu de gens le connaissent, mon chou. Très peu de gens le connaissent.

Je m'éloignai d'elle, j'aurais voulu courir. J'ouvris les portes coulissantes qui donnaient sur le patio et respirai goulûment l'air de la nuit. Je refermai derrière moi, heureuse d'être seule. Il y avait une éternité depuis que j'avais quitté mon hôtel pour me promener en ville. Sur la pelouse, j'aperçus une balançoire et un bassin dont la fontaine miniature était actionnée par une pompe électrique bruyante. Des ampoules vertes créaient un effet de lumière sous l'eau. Dans le fond, une rangée d'arbres plantés contre le mur abritaient une minuscule maison en forme de chalet suisse. Derrière le mur, j'apercevais les lumières du port. J'eus envie de sortir par la petite porte et de trouver un taxi, mais ma disparition aurait fait sensation plus encore que ne le faisait ma présence.

Depuis son arrivée, pas une fois Luke n'avait regardé dans ma direction. Durant toute cette journée, il s'était livré à une manipulation subtile. Maintenant, étourdie par la boisson, je me sentais vulnérable. J'en voulais à Luke et, pourtant, j'espérais qu'il me suivrait dans le jardin. Je savais qu'il était risqué de nous montrer ensemble, mais peut-être prenais-je goût à ce que ce jeu avait de dangereux.

Je m'avançai vers la petite maison et je m'étais déjà baissée pour entrer quand j'entendis le faible craquement d'une planche et une respiration à deux pas de moi. J'étais prise au piège dans l'obscurité du chalet miniature. Peut-être était-ce Christine qui, renseignée par sa tante, s'était tapie, à l'affût ? J'avais trop peur pour crier ou m'enfuir.

– Tracey ?

Je reconnus la voix d'Al, à peine audible, et mon cœur s'apaisa. Il tendit la main, m'effleurant la poitrine sans le faire exprès, puis il me prit par l'épaule pour me guider vers un siège, derrière lui.

– Ça va ? J'avais demandé à Carl et aux autres de ne pas te quitter des yeux dans la maison.

Je ne sais ce qui me fit lever la main vers son visage. Il avait les joues mouillées. Il me laissa les lui essuyer du bout des doigts.

– Je n'en pouvais plus. Ils sont tous plus ou moins sonnés, comme en état de choc. Les gosses, eux, n'y croient qu'à moitié. On dirait qu'ils s'attendent à ce qu'à tout moment la porte s'ouvre et laisse passer Christy.

– Tu l'aimais ?

– Oui. Je l'ai aidé à monter cette petite maison. Elle coûte une fortune. Tante Margaret l'avait vue dans un magazine, elle l'a voulue à tout prix.

– Tante Margaret adore les magazines.

– Parlons-en ! (Sa voix était amère.) Qui donc, au nom du ciel, voudrait vivre sur cette foutue colline ? Bordel ! C'est comme s'ils appartenaient à une race différente ! Inutile de dire que tante Margaret l'a poussé à acheter la maison. Cette bonne femme a toujours été plus bête que trente-six cochons. Elle a passé la moitié de sa vie à se soûler au Berkeley Court Hotel avec des alcoolos prétentieux dont le grand-père avait monté une chaîne de magasins en Angleterre. Elle était excitée comme un pou à l'idée de partager un transat avec une femme dont on avait parlé dans la rubrique des chiens écrasés uniquement parce qu'elle avait conduit en état d'ivresse. Ensuite, Margaret a dépensé une fortune à lui soûler la gueule pour qu'elle ne découvre pas qu'elle, Margaret, avait travaillé dans une usine de chips et qu'à l'époque elle se prostituait. Tout ce qu'elle a donné à ce pauvre vieux Christy, c'est une kyrielle de dettes et quelques paquets de chips au fromage et à l'oignon volés.

– Quand je pense aux affaires de ce pauvre vieux Christy, je m'aperçois que vous ne valez pas mieux les uns que les autres, lâchai-je étourdiment. (L'alcool m'avait libérée de mes inhibitions de sorte qu'il m'importait peu de savoir à qui je m'en prenais.) Tout l'argent dépensé ici a été volé. Je sais qu'il était ton oncle, mais ça ne l'empêchait pas d'être un malfrat. Les journaux irlandais sont tous d'accord pour le dire.

Al garda le silence. Je ne voyais pas son visage. Je n'avais pas d'amis ici et c'était stupide de me le mettre à dos.

– Tu ne peux pas comprendre, Trace, finit-il par dire.

– Tu veux me faire croire que les journaux racontent n'importe quoi ?

– Non, mais ils en rajoutent. Christy s'en fichait, il adorait ce qu'il lisait dans les journaux. Il lui arrivait d'acheter des tabloïds uniquement pour voir s'il était dedans. Autrement, il se contentait de comics. À douze ans, je me rappelle mon embarras quand il continuait de me parler de Batman et Robin. Il adorait Ice-Man et toutes ces conneries. Elles lui donnaient l'impression d'être plus intelligent. Il avait toujours été violent et les gens n'avaient pas tort de le craindre, mais il n'était pas intelligent. Tu imagines un criminel de génie épousant tante Margaret ?

– Alors, qui a payé tout ça ?

– Je ne sais pas exactement. (Al leva les yeux vers la maison où Luke tirait les rideaux de l'une des fenêtres.) Il faisait un coup de temps en temps et de la contrebande par-ci, par-là, mais je crois plutôt que les gros bonnets le payaient pour trinquer à leur place et leur éviter d'être condamnés. À une époque, on le considérait comme l'ennemi numéro un. La moitié de Dublin était capable de faucher tout et n'importe quoi, raflant tout ce qui n'était pas cloué parce que les forces de l'ordre restaient assises comme des singes dans les arbres en espérant forcer Christy à commettre une imprudence.

– Des maisons comme celle-ci coûtent la peau des fesses, remarquai-je.

– Christy n'a payé que le premier versement. Tout le reste est à crédit. Il a même dû emprunter à papa de quoi rembourser l'hypothèque. L'année dernière, il était complètement à sec. Tout le monde dit qu'il a fait le coup du fourgon postal que préparaient les Bypass Bombardiers, mais j'ai mon idée là-dessus. La semaine passée, il était toujours aussi fauché et même lui n'aurait pas été assez dingue pour s'attaquer à ces gars-là à moins qu'un salaud ne l'ait piégé. Si jamais je découvre...

J'entendis un bruit sur le mur, au-dessus de nous. Al s'arrêta aussitôt. La colère exprimée par sa voix m'avait effrayée. Il regardait vers la maison. Luke en était sorti, il semblait chercher quelqu'un. Il écrasa sa cigarette et se dirigea vers la petite maison. Je ne tenais pas à ce que Luke nous trouve ainsi, Al et moi. Notre attitude lui aurait paru suspecte. Al posa une main sur ma bouche au moment où un bruit de pas assourdis se fit entendre sur le toit du chalet. Un homme sauta dans l'herbe devant nous. Mon cœur battait si fort qu'il me fit peur. Même de dos, je reconnus le voyou qui avait frappé le photographe. Luke le laissa approcher. Al retira sa main tout en me faisant signe de rester tranquille.

– Je me doutais bien que tu allais refaire surface ici.

– Faut qu'on cause, répliqua le truand. Ce gros porc de Brennan est sur le pied de guerre. L'aînée de Christy est déchaînée. Elle s'est mise à hurler après le voisin qui n'avait pas éteint ses guirlandes de Noël en signe de respect. Elle ne va pas tarder à sortir avec un couteau pour lui crever ses pneus.

– Christine est un peu excitée, convint Luke. Elle encaisse mal la mort de son père.

– Est-ce qu'on n'en est pas tous là ? ricana l'autre.

Luke alluma une cigarette.

– Pas tous, McGann. Il y en a qui s'en sortiront plutôt bien.

– Comme qui ? osa demander l'homme.

– Prenons par exemple les habitants de ce domaine. (Luke désignait les toits des maisons voisines qu'on apercevait derrière les hautes haies.) Le prix de leur maison montera de dix à quinze pour cent quand la famille de Christy sera forcée de vendre. À moins, bien sûr, que l'un de ses amis ne se croie obligé de la dépanner.

– Et puis quoi encore ! s'exclama l'homme.

– Il a veillé sur toi quand il était en vie. Il aurait aussi veillé sur ta famille. Il était comme ça, Christy.

– Arrête ! Tu vas me faire pleurer. Et puis, il nous doit de l'argent.

– Pour quelle raison ?

– C'est une affaire entre Christy et nous. Fixe-moi un rendez-vous et je te dirai combien tu dois apporter si tu ne veux pas avoir d'ennuis.

– Il ne reste rien, McGann.

– Qu'est-ce qu'il en a fait ?

– Je ne sais pas. Dis-moi combien il te manque et comment tu t'es fait cet argent. Ce que Christy gagnait lui suffisait à peine pour faire bronzer le cul de sa femme. Je ne sais rien des sommes dont tu me parles et personne ici n'est au courant.

– Christy blanchissait l'argent d'un boulot qu'il nous avait fait faire. Si on avait su, jamais on ne s'en serait mêlés.

– Trouve celui qui le blanchit.

– C'est bien mon intention.

Les rideaux s'écartèrent et la porte coulissante s'ouvrit. La femme de Luke apparut dans le carré de lumière et appela son mari. Luke et McGann reculèrent dans l'ombre, près du chalet, hors de notre vue et de la sienne. Elle l'appela encore, puis referma la porte. Seule une mince planche me séparait des voix.

Je sentis la main d'Al courir le long de ma jambe et crus qu'il cherchait autre chose. Furieuse, je laissai tomber à terre la veste qui me couvrait les épaules et pris dans la main droite la fermeture éclair, prête à lui en frapper le visage. Les doigts d'Al effleurèrent le haut de mon fuseau, de toute évidence ils cherchaient quelque chose. Ils trouvèrent ma main. Je compris alors qu'Al avait peur et voulait seulement le contact de ma paume. Malgré son désir de vengeance, lui aussi était complètement dépassé.

– Si tu arrives à le trouver et s'il te rend le fric, n'oublie pas la famille de Christy, reprit Luke. Tu lui dois sa part. Voilà ce que je sais.

– Et qu'est-ce que tu sais d'autre ? insista le truand. Le nom du mec qui blanchit le fric, par exemple ?

– Je me suis toujours tenu à l'écart des affaires de mon frère, affirma Luke.

– Dis plutôt que tu as foutu le camp en Angleterre.

– C'est un chouette pays.

– Qu'est-ce que tu racontes ? C'est un grand pays, rectifia l'homme en riant. J'y suis allé dans les années quatre-vingt. En Cornouailles, ils n'avaient même pas de verre sécurit dans les banques ! C'est tout juste si ces couillons-là ne mettaient pas à notre disposition des tabourets pour qu'on puisse sauter par-dessus les comptoirs et taper dans la caisse.

– Et tu prétends avoir imaginé tout seul le coup du tabouret ? ricana Luke.

Il y eut un bruissement suivi du choc violent d'un crâne contre le mur du chalet. En entendant la voix de Luke, je compris qu'il avait pris le malfrat à la gorge.

– Il y a bien longtemps que je suis parti et je ne tiens pas à revenir, mais je le ferai s'il reste un travail à finir. Pendant des années, tu t'es bien débrouillé grâce à Christy. S'il y a de l'argent quelque part, il n'est pas ici. Mon frère n'avait que quatre-vingt-sept livres en banque.

– Les seuls retraits que Christy ait faits, c'est avec un passe-montagne.

– Fais pas le mariole, McGann. Il y a une pelle dans cette cabane. Si tu veux retourner la pelouse, c'est ton affaire. Qu'est-ce qui me dit que Christy et toi avez fait ce boulot ensemble ? Peut-être que tu essaies par la menace de me forcer à te refiler trois cacahuètes de plus au cas où il y aurait du fric dans le secteur ? Laisse tomber, il n'y en a pas. Et même s'il y en a eu et qu'il a été blanchi, Christy ne l'a pas récupéré. Celui qui l'a ne va pas se présenter à notre porte avec une enveloppe. La mort, c'est toujours un sale coup. Elle laisse derrière elle des questions en suspens comme, par exemple, lequel d'entre vous, bande de salauds, a monté un coup contre Christy ?

– C'est pas notre faute, vrai. (L'homme étouffait presque.) Il l'a bien cherché. Pitié, lâche mon cou !

La porte coulissante s'ouvrit de nouveau et la femme de Luke jeta un coup d'œil franchement inquiet.

– Luke, tu es là ? appela-t-elle. La police essaie d'arrêter Christine et elle, elle cherche à mordre l'inspecteur Brennan.

Elle fouilla l'obscurité avec méfiance, puis referma bruyamment la porte. J'entendis un nouveau bruissement. Luke avait fait un pas en arrière et le truand reprenait son souffle.

– Christy avait changé ces derniers mois, parvint-il à dire. Il nous a entraînés sur un terrain que nous ne connaissions pas et il a refusé de nous dire ce qu'il projetait ensuite. Une grosse affaire, d'après lui. Brusquement, il s'est passionné pour les bateaux et il a commencé à se renseigner sur les prix de la barrette et de la fixette dans la rue.

– La dope, c'était pas son genre, tu le sais bien.

– Je sais, mais pourquoi a-t-il brusquement insinué qu'il allait en inonder la ville ? La guerre des prix, c'est bon pour les grandes surfaces. Mais ça, c'est un putain de marché, sacrément délicat. Et merde ! Pourquoi a-t-il cherché à y entrer de force ? D'abord, il n'avait pas le droit et ensuite, il n'avait pas d'amis. Tout ce que je voulais, c'était ma part du cambriolage pour pouvoir filer. Mais non, Christy, lui, ne voulait pas lâcher un sou. Il savait que nous étions dans la merde. On voyait bien qu'il avait peur et, pourtant, il n'a pas bougé son cul. Il se sabordait et voulait nous couler avec lui.

– Tu dis des conneries, rétorqua Luke. Christy avait peur de la drogue, il détestait se mêler de tout ce à quoi l'Animal Gang n'avait pas touché dans les années quarante. Il avait un problème avec le système décimal.

– Putain ! Ça prouve bien que tu n'es pas dans le coup !

– Je sais tout de même une chose, McGann. C'est que s'il a eu de l'argent, il n'y en a plus. Comment Christy l'a dépensé, je l'ignore. Il n'avait pas d'assurance vie, rien. C'était mon grand frère et je l'aimais, mais il n'a jamais été qu'un petit escroc de merde qui s'était entouré d'une bande de pauvres types. Ses enfants sont en dehors du coup et ils le resteront, quoi qu'il arrive. Cette maison sera vendue en janvier. Je serai rentré en Angleterre, mais je veillerai à ce que des ordures de ton espèce ne s'en mêlent pas. Si Christy et toi vous êtes fait des ennemis, c'est ton affaire. Mais si jamais j'entends dire que tu rôdes encore dans le secteur, je commencerai à me poser des questions sur la façon dont mon frère a fini comme l'agneau pascal.

Luke fit un pas en arrière de sorte que j'aperçus d'abord ses pieds, puis sa personne tout entière dans le clair de lune.

– Qu'est-ce que tu vas faire ? demanda McGann qui s'avança dans l'attitude du boxeur en garde. Nous frapper avec du carrelage ? T'es qu'un p'tit mec, Duggan, même pas un mafieux minable.

– Non, je suis honnête. Mais ça ne veut pas dire que je n'ai pas d'amis dans cette ville à qui je pourrais demander un petit service.

– Comme qui ?

– Joe Kennedy, par exemple.

– Pourquoi te donnerait-il un coup de main ?

– Approche-toi, mec, si tu veux le savoir.

Je fermai les yeux et le regard sans vie de James Kennedy me fixa à travers les eaux boueuses du canal. Son histoire, racontée dans une chambre d'hôtel, prenait corps. Le petit Joe avait suivi Luke comme un chien pendant des mois après la mort de son frère. Souvent, il s'asseyait avec lui dans le sentier derrière la maison des Kennedy et se mettait à pleurer. Je rouvris les yeux en entendant un bruit de bottes sur le mur. Un autre bruit, sourd celui-là, me signala que McGann avait sauté de l'autre côté. Luke s'avança vers la maison. Nous pûmes le voir nettement se pencher pour allumer une cigarette.

– Vous allez sortir, vous deux ? demanda-t-il tranquillement. À moins que vous ne soyez en train de passer une audition pour jouer les nains dans la petite maison ?

Al abandonna aussitôt ma main.

– Et Christine ?

– Qu'elle aille se faire foutre ! Allons voir qui, de Brennan ou d'elle, mourra empoisonné le premier.

Une fois sorti, Al, debout dans l'herbe mouillée, me sembla désemparé. Je le suivis, parfaitement dégrisée.

– C'est ce salaud qui a descendu Christy ?

Luke haussa les épaules. Il semblait vidé, comme si sa solidité n'avait été qu'une façade. Il sortit une flasque, but une gorgée et la tendit à Al.

– Je ne sais pas, Al. Mais quand on joue à un prêté pour un rendu, on est sûr qu'il n'y a pas de gagnant. Le mot qu'il faut dans le pub qu'il faut, et tu trouveras un tueur à gages à deux cents livres qui te butera n'importe qui. De nos jours ça coûte à peu près aussi cher qu'un week-end à Butlins ou que de tirer un coup dans un bordel haut de gamme. Le seul problème, c'est que la veuve du mec en question claquera l'argent de l'assurance pour te rendre la pareille.

Al but un coup avant de me passer la flasque. Le brandy me brûla la gorge. Une fois le truand parti, je m'étais aperçue que mes jambes tremblaient.

– Donc, on ne fait rien, constata Al avec amertume.

– Christy s'est foutu dans la merde jusqu'au cou. Nous ne savons rien, nous ne voulons rien savoir. On laisse pisser, un point c'est tout. J'ai couché dans le lit de Christy, j'ai porté ses vêtements. Je l'aimais, comprends-tu ? Mais lui-même savait que ça finirait ainsi. Tu es un type honnête, Al, et ton papa aussi. Vous n'êtes pas taillés pour ce genre de boulot, pas assez endurcis ou pas assez stupides. Si tu veux faire quelque chose pour moi, emmène ma fille en ville et amusez-vous. Tout ce que tu peux faire pour Christy, c'est l'enterrer, filer au plus vite et souhaiter qu'il ne revienne jamais nous hanter.

11

– Il va falloir qu'on te tire d'affaire, déclara Carl, et je me mis à rire comme si c'était déjà fait.

J'entendais ma grand-mère répéter ces mêmes mots tandis que nous feuilletions des magazines dans la salle d'attente d'un médecin. Je me nichai à côté de Carl et de ses deux copains pendant qu'Al vérifiait sa monnaie et disparaissait dans les entrailles du bar en sous-sol. Il était dix heures et demie et j'avais déjà pris l'acide que Carl avait offert à tous ceux qui revenaient de Howth. D'après lui, c'était pour améliorer la façon de conduire d'Al qui pourtant, avec les contrôles de Noël, évitait de prendre des risques. La dope était bonne. La ville tout entière me parut s'engloutir dans une immense vibration musicale qui montait du labyrinthe des rues pavées. Aucun DJ n'aurait pu mixer les sons aussi bien que la cacophonie confuse qui semblait retentir à travers les murs mêmes des immeubles retapés dans ce quartier touristique.

– Salut, Lewie, ça se passe comme tu veux ?

Carl interpellait un copain accompagné de deux filles en tee-shirt malgré la nuit glaciale. L'ami se tourna et lança l'une des bouteilles d'eau qu'il transportait à Carl, qui l'attrapa.

– Tape-toi ça, Carl, et tu foutras la honte à Mick Jagger.

Al réapparut avec trois autres bouteilles d'eau et les cachetons dans la poche de sa veste.

– On est repérés, annonça Al en distribuant l'eau. Cachez-moi ça, bordel de merde, sinon nous ne pourrons entrer nulle part.

Une fois au bord du fleuve, je me retournai pour regarder l'énorme sapin de Noël qui éclairait le château au bout de la rue. Le long des quais claquaient des tas de drapeaux aux nuances éclatantes, ornés de gribouillages enfantins. La marée était basse et le fleuve puait la vase. Des projecteurs de couleur balayaient au hasard la façade des immeubles. Des gens faisaient la queue pour aller danser devant un hôtel sur l'autre rive de la Liffey. Encore plus loin, un rassemblement de grues dominait la ligne des toits, leurs cabines vides décorées de guirlandes électriques clignotantes. Ces engins me rappelaient un film en noir et blanc projeté sur le plafond d'une boîte de Londres. Il était question d'envahisseurs venus d'une autre planète qui avaient vaincu toutes les armes humaines à l'exception d'un virus banal, celui du rhume. Je me souvenais d'avoir surfé au-dessus des danseurs, les yeux fixés sur les squelettes géants abandonnés là où ils avaient naguère arpenté une ville terrorisée.

Dublin semblait obsédée par la reconstruction. Au coin, une palissade protégeait les échafaudages dressés contre la façade sans toit d'un vieil immeuble. Le ciel nocturne était visible à travers les fenêtres. Je reconnus soudain les personnages sculptés dans la pierre et sus où je me trouvais. Un homme d'une soixantaine d'années et une adolescente s'appuyaient contre la palissade, dos à dos, comme s'ils n'avaient pas conscience de la présence de l'autre. L'homme pissait sans se cacher, à l'aveuglette, arrosant son pantalon et ses chaussures autant que le trottoir. Derrière lui, la fille vomissait tout ce qu'elle avait dans l'estomac.

– On peut dire ce qu'on veut de Noël, observa Carl tandis que nous contournions le coin difficilement, mais c'est le moment où les gens se montrent sous leur meilleur jour. (Il marchait près de moi, Al et les autres nous devançaient.) J'ai remarqué que Christine t'en faisait voir de toutes les couleurs.

Laisse tomber. Al et elle étaient cul et chemise quand ils étaient petits, mais maintenant, elle vise plus haut.

Carl avait déjà roulé des joints dans la voiture en prévision de notre soirée, maudissant les cahots de la route côtière chaque fois que le tabac et le shit s'éparpillaient sur le journal qu'il avait étalé devant lui. Il en alluma un tandis que nous marchions sur le quai vers la sculpture en forme de bateau viking à moitié enterré. Les autres nous attendaient. Des lasers déchiraient le ciel par-dessus les toits, esquivant les nuages de pluie ou se faufilant à travers. Pendant ce temps, Al distribuait au compte-gouttes l'ecsta qu'il s'était procurée dans le sous-sol du bar.

Nous finîmes de rouler les joints, assis sur le bateau viking tout en discutant de l'endroit où nous allions nous rendre. Carl nous montra un hôtel proche qui appartenait à U2. Une lumière unique brillait à la fenêtre du somptueux appartement que le groupe s'était réservé sous les ardoises grises du toit. J'imaginai Bono parlant à Dieu ou, si Bono était occupé, chargeant un sous-fifre de Lui parler à sa place. Je tendis un dernier joint à Al. Il était tout à la fois présent et absent. Même lorsqu'il sortait ses blagues, je le sentais rongé par le chagrin. Ce soir, il allait délirer. Il avait décidé de prendre le Di-Antalvic qu'il avait dans sa poche pour exacerber le plaisir qu'il tirait de l'ecsta. Et pourtant, il n'y trouverait pas l'oubli qu'il cherchait.

Je savais par expérience ce qu'était cette quête. Je me rappelais Honor et Roxy appelant au secours dans les toilettes d'un endroit réputé dangereux de Hammersmith où on avait coupé l'eau. C'est là qu'elles m'avaient trouvée, trois mois après la mort de ma mère, déshydratée et tremblante. Allongée par terre, j'étais persuadée que mon corps enflait. Elles auraient pu m'abandonner, mais elles m'avaient accompagnée aux urgences et ramenée chez Honor. Je me souvenais encore du plaisir éprouvé en accueillant la sensation d'impuissance que me procurait la drogue au fur et à mesure qu'elle s'intégrait au chagrin dont je n'arrivais pas à me défaire.

Telle avait été ma vie depuis l'âge de quatorze ans, une fuite perpétuelle, la recherche d'une sensation nouvelle pour effacer le goût amer de la précédente. Mon incapacité à exprimer la blessure que j'avais en moi se dissimulait sous un malaise que les autres interprétaient comme une irascibilité voulue. Que de fois des conseillers d'orientation ou des profs de fac ont déclaré que je pouvais faire ce que je voulais ? Mais moi, je ne souhaitais que me perdre dans le rythme de la dance et ne rien ressentir que mes pulsations accordées aux siennes. Pourtant, quand j'avais été au creux de la vague et que, à dix-neuf ans, je me réveillais parmi les alcoolos de Soho Square Park, j'avais toujours réussi à m'en sortir. C'était comme si le centre de mon cerveau agissait pour son propre compte et examinait cliniquement mes délires.

J'avais passé mon année de terminale à sécher les cours et, malgré cela, j'avais obtenu les meilleures notes de ma classe aux épreuves du bac. Bien qu'ayant la possibilité de choisir un établissement d'enseignement supérieur, je m'y étais refusée. Finalement, ma grand-mère m'avait trouvé en dépannage un endroit où étudier la communication. C'était ce qu'on pourrait appeler maintenant l'université de Westminster, mais qui était alors l'IUT du nord de Londres que ma mère avait fréquenté à contrecœur. Je m'étais inscrite uniquement parce que je bénéficiais d'une chambre dans la résidence universitaire de Marylebone. Tout avait bien commencé. Pourtant, au bout de quelques semaines, j'avais été incapable de me débrouiller seule. Jamais on ne m'avait appris à être indépendante. Bien que Mamie m'ait poussée à faire mes études, il avait toujours été entendu que nous étions tous trop stupides pour nous en tirer sans elle. L'éloignement nous procurait un sentiment de libération mêlé de peur. J'avais détesté l'idée de laisser ma mère auprès d'elle et m'étais aperçue que je ne pouvais ni étudier ni affronter la vie seule. Je n'avais fait que danser et sortir avec les copains.

Mon tuteur m'avait conseillé de prendre du temps pour mettre de l'ordre dans mes idées. Aussi, alors que grand-mère me croyait en train de potasser le programme des exams de première année, je gagnais un salaire de misère en frottant les parquets du Burgerland de Tottenham Court Road. Quand grand-papa Pete m'y avait trouvée, j'étais complètement pétée et Mamie m'avait remise dans le droit chemin pendant que maman se plaignait de ce que ses vêtements devenaient trop grands. Ils devaient savoir que son cancer avait été découvert trop tard, mais ils ne m'en avaient rien dit. Je m'étais donc traînée chez mon tuteur qui m'avait autorisée à suivre les cours de marketing. Aurais-je terminé mes études si maman n'était pas morte ? Je ne le pense pas. Mes notes baissaient au fur et à mesure que je passais plus de temps à bosser au bar du Forum ou à me cacher chez les disquaires. Je savais que je n'étais pas faite pour ça. À part la musique, rien ne m'intéressait. Il fallait que je prenne des risques pour me sentir vivante.

Ce soir, j'avais eu envie de quitter la maison de Christy saine et sauve. Mais maintenant, assise avec les autres, j'étais prise de vertige en songeant aux dangers que j'avais courus : ma conversation avec la femme de Luke, ce qu'avait à moitié deviné Christine, les échanges que j'avais surpris entre Luke et McGann. Jamais jusqu'à présent, je n'avais dépassé le stade de la poussée d'adrénaline. Elle m'était nécessaire bien que je sache à quel point il était dangereux d'aller trop loin.

Une fois leur décision prise, les garçons se levèrent. J'aurais dû avoir froid sans la veste oubliée dans le chalet, chez Christy. Mais non. J'avais déjà gobé une ecsta et, en voyant Al partager le dernier cachet, je lui fis signe et ouvris la bouche pour qu'il en dépose la moitié sur ma langue.

Après avoir quitté les quais, nous remontâmes Fishamble Street. Ce nom m'avait paru si bizarre que je ne l'avais jamais oublié. Pourtant, elle était bien différente, cette rue, avec les immeubles de bureaux qui en dominaient la courbe. Il devait y avoir, sur la gauche, une ruelle crasseuse et une église délabrée de l'autre côté d'un terrain vague où étaient garés des bibliobus. C'était le seul et unique endroit de Dublin que je m'étais juré de ne pas revoir. Je priai pour que les garçons ne prennent pas ce chemin. Ils passèrent devant et continuèrent à gravir la colline. Une fois arrivée en haut, je me retournai, frissonnante. Al passa un bras autour de mes épaules.

– Ça va ?

– Donne-moi une clope.

Les autres avaient continué leur route. Al m'alluma ma cigarette. J'en aspirai une bouffée. Jamais je n'avais touché au tabac jusqu'à cette nuit de mes onze ans où j'avais dormi dans la ruelle. Je n'avais aucune expérience et ne savais pratiquement rien.

– As-tu déjà eu envie de te perdre, Al ?

– Qu'est-ce que tu racontes ?

Comme je ne lui répondais pas, il poursuivit :

– Es-tu vraiment ma « demi-cousine » ?

– Oui, ce soir.

C'était trop compliqué à expliquer. Je notai cependant sa méfiance à l'égard de Luke.

– Ta mère était irlandaise ? Où a-t-elle rencontré Luke ?

– Laisse tomber, Al. Je ne tiens pas à parler de lui. (Mon ton était plus vif que je ne l'aurais voulu. Je lui touchai le bras.) Comment te sens-tu ?

– J'ai envie de tuer quelqu'un. Jamais je n'avais éprouvé ça avant. Des choses se passent derrière les portes, mais ton père m'interdit d'entrer comme à un gamin. Je ne sais plus qui est le bon et qui est le méchant.

– Allons danser, Al. (Je m'étais mise à frissonner sous l'effet de l'ecsta mélangée à l'acide que j'avais pris avant.) Allons danser, comme si nous n'allions plus jamais nous réveiller.

Pourquoi avais-je cru que les boîtes de Dublin étaient ringardes ? La sono était aussi bonne que ce que j'avais pu entendre à Londres. Les videurs connaissaient mes copains ; un moment plus tard nous étions à l'intérieur, les yeux levés vers les frimeurs accoudés au balcon VIP, avant de disparaître à notre tour dans la mêlée. Al n'aurait pas eu besoin d'acheter les cachetons d'avance : des filles se glissaient parmi la foule pour s'assurer que personne ne manquait de rien. Des danseuses grimpaient ou bien étaient portées sur les estrades dans chaque coin de la salle, filles à peine vêtues qui tanguaient et qu'on rattrapait avant qu'elles ne s'écroulent sur la foule. Un instant plus tard, nous fûmes séparés les uns des autres. Il ne restait plus que nous deux, Al et moi, dansant ensemble ou chacun de son côté, nous perdant tandis que nous surfions au-dessus des bras levés et des têtes aux mouvements saccadés. Je tombai une fois, me meurtrissant l'épaule. Pourtant, sous l'effet de la drogue, je n'avais rien senti. Al s'était frayé un chemin jusqu'à la passerelle au-dessus de laquelle le DJ était suspendu à l'intérieur d'une bulle transparente. Quand il se pencha, je lui attrapai le bras et grimpai tant bien que mal en m'écorchant le genou. La fille qui lui massait les épaules disparut dans la foule. Il était déchaîné. Je fermai les yeux en dansant avec lui au tempo de plus en plus intense de ce set. J'eus la vision de son cœur pareil à une lampe de chantier qui clignotait de plus en plus vite et lui roussissait la peau à travers sa cage thoracique en le faisant passer du rose au rouge. J'eus peur que la chaleur ne lui brûlât la chair.

J'ouvris les yeux, il n'était plus là. Seuls restaient des bras tendus, des gens qui m'écrasaient gentiment, formant un mur de tee-shirts, de tops et de soutiens-gorge. Des bancs de moniteurs clignotaient et changeaient au-dessus de nous tandis que les lasers se projetaient comme la langue d'un serpent. Et soudain, je fus Cathy, l'héroïne des *Hauts de Hurlevent*, surprise par un orage dans la lande. Et l'extraterrestre dans la *Guerre des mondes* qui, sur le point de tomber, les dominait tous du haut de la passerelle. J'étais une feuille dans un programme télé sur la faune et la flore, mon cycle de vie filmé en accéléré par la caméra. D'abord le bouton qui enfle, puis éclate et enfin se déploie en un entrelacs de veines délicates. Mais en quelques secondes, celles-ci se froissent et prennent la couleur rousse de l'automne. Elles se changent en vers qui rongent la feuille de l'intérieur, rampent et s'enfoncent dans la cerveau de ma mère. Et je hurle plus fort que la musique, je tombe dans l'espace ;

on m'attrape par les cheveux, on me déchire mon sweat. Je m'immobilise, suspendue entre ciel et terre, et me projette de nouveau sur l'estrade sous l'œil terrifié d'Al.

– Enlève les vers ! Enlève les vers ! (Je hurle et pourtant, je sais qu'il ne peut m'entendre au milieu du martèlement impitoyable de la musique.) Ils jouent avec les battement de mon cœur. Dis-leur d'arrêter, sinon ils vont l'écraser et je vais mourir.

Des mains anonymes l'aident à me descendre de l'estrade. Carl arrive. Il porte de l'eau à mes lèvres. Elle glisse comme une anguille dans ma gorge, se love dans mon estomac. Je voulais ne jamais m'arrêter de danser. La danse n'était plus un facteur de joie, elle était devenue une nécessité. J'avais besoin de me perdre dans son rythme. Je n'avais pas besoin de leur musique pour me faire danser. Ses pulsations étaient en moi et l'avaient toujours été. Al et les autres ne me servaient à rien. C'est tout juste si je les reconnaissais maintenant. J'avais appris à ne me fier à personne. Continue à danser, continue à t'enfuir, continue à courir.

– Elle en a pris combien ? demanda quelqu'un, très loin de moi. Elle était coupée à quoi ?

– Comment je peux le savoir ? (La voix d'Al trahissait sa peur et sa méfiance.) C'est pas marqué dessus *Made in Hong Kong.*

– Je l'ai coupée au couteau.

Ce n'était pas moi qui parlais ni qui étais la seule à rire de ma plaisanterie. Ma voix était méconnaissable.

Les portes s'ouvrirent pour me laisser passer. On m'emporta dehors et mes pieds dansaient à quelques centimètres du sol. L'air de la nuit me frappa au visage. Les videurs eux-mêmes paraissaient inquiets. Le bâtiment se trouvait derrière moi, de sorte que je pus m'y appuyer, mais le trottoir se souleva et gonfla sans me laisser le temps de m'habituer à la mer. J'avais onze ans. Je voulais voir des dauphins et des espadons. Je voulais qu'on me tienne. Il fallait que je retrouve la mère que j'avais abandonnée dans la ville. J'essayais de reconnaître mon chemin sur la carte des minces fissures d'un plafond d'hôtel.

Al m'avait laissée un instant seule et j'en profitai pour sauter par-dessus bord ; mes pieds effleuraient les vagues quand j'entendis des klaxons et un bruit de freins au moment où je me heurtais à l'aile d'une voiture dont les stops clignotaient au rythme du cœur d'Al. J'avançais en titubant, sans savoir où j'allais et quel âge j'avais. Je cherchais à sentir le sol sous mes pieds, mais je n'arrivais même pas à entendre le bruit de mes chaussures sur les pavés. Mon corps ne projetait pas d'ombre. En étendant les bras, j'allais me mettre à voler. Mais ce n'était pas le moment de jouer. Je courais un terrible danger, cela, je le savais. Il fallait que je me retrouve avant d'être rattrapée par l'Homme de la Lune.

Un instant, je demeurai lucide, effrayée par moi-même, me demandant si c'était la faute de l'acide ou de ce avec quoi l'ecsta avait été coupée. Mais la logique des rêves me submergea de nouveau. Je descendis Fishamble Street en titubant, persuadée que j'allais trouver en bas de la rue la gamine que j'avais été. Je savais qui j'étais et, pourtant, j'étais aussi l'enfant que j'avais été jadis. Je me mis à courir dans l'espoir d'arriver à temps pour la sauver.

De nouveau, je me revis ce jour de juin où j'avais abandonné ma mère. J'avais traversé O'Connell Bridge et j'étais tombée sur les petits tinkers qui mendiaient le long du garde-fou. Je revécus la terreur que j'avais ressentie quand ils m'avaient entourée. Ils avaient deviné une proie facile et m'avaient repoussée, les bras libres sous les vestes qu'ils portaient devant-derrière. Ma culotte se mouilla soudain tandis qu'ils me dévisageaient de leur regard vide, me bousculant et me pinçant. Impossible de lutter contre les doigts innombrables qui me faisaient les poches. Ensuite disparurent mes boucles d'oreilles bon marché et le peigne de mes cheveux. Un garçon de douze ans se fraya un chemin parmi la masse confuse des visages. Je vis d'abord un sac en plastique qu'il écarta de sa bouche et de son nez, puis me parvint l'odeur écœurante de la colle. Ses lèvres s'avancèrent vers moi, menaçantes quand il cracha, puis il donna l'ordre de courir.

Je me retrouvai soudain seule, pleurant sur le pont. Des adultes se précipitèrent à mon secours. Certains me posèrent des questions, d'autres appelèrent un agent de police posté en face. Dès que je le vis s'approcher, je me ruai à travers la foule et courus comme l'avait ordonné le petit vagabond. Je sentais l'odeur aigre de son crachat, comme s'il avait caillé sur mon visage. Mon crâne brûlait là où les gosses m'avaient arraché des cheveux. Je courais comme un animal effrayé, sans même savoir pourquoi. Je ne voulais pas qu'on me retrouve. Mais c'était trop tôt. Ma mère n'avait pas encore signalé ma disparition et la police n'avait pas téléphoné à Harrow. Je trouvai des toilettes publiques. Sans argent pour fermer la porte, je m'accroupis pour la bloquer et vomis dans la cuvette. Je me mis le visage sous le robinet et me frottai les joues avec ma manche. Pourtant, je sentais encore le crachat du garçon. Je restai cachée dans la cabine tandis que des dames entraient et sortaient. Finalement, l'une d'elles eut un doute et poussa la porte.

– Ça va, fillette ? me demanda-t-elle en se penchant sur moi. Que fais-tu ici, toute seule ?

– Ma mère est partie, sanglotai-je. Elle a pris un car pour le Donegal.

– Tu es anglaise. Montre-moi ta figure. Quelqu'un t'a battue ?

Elle m'emmena avec elle sur le quai. La nuit tombait. Je songeai à la balançoire près du bassin, dans notre jardin. J'imaginai mon lit, ses draps propres et les posters pop sur le mur. Je me demandai si on parlait de moi à l'école. La radio des motos grésillait devant le poste de police. La femme me lâcha la main pour ouvrir les lourdes portes. Ses pas résonnaient sur le sol pavé d'un carrelage à motifs. Je fis demi-tour et m'enfuis ; je savais que ma mère allait leur dire que je m'étais échappée et que, par conséquent, j'étais coupable. Tout était ma faute. Elle était folle, comme l'avaient dit les filles de l'école en ricanant, et j'étais assez vieille pour savoir que je n'aurais pas dû partir avec elle.

Je m'étais précipitée dans des rues de plus en plus sombres jusqu'à ce que mes jambes ne puissent plus me porter. Je savais qu'elle fouillait la ville et qu'on allait bientôt la retrouver. Mon estomac vide me faisait mal. J'avançais en trébuchant le long du fleuve quand j'entendis des voix et des pas lancés à ma poursuite. Je trouvai sur ma gauche une rue misérable qui escaladait une colline escarpée où tous les bâtiments semblaient avoir été détruits. Je lus un panneau indiquant la direction de Fishamble Street. Les voix se rapprochaient. Je grimpai la rue à toute vitesse, passai devant les maisons démolies et virai brusquement à gauche dans une ruelle étroite où tout était si sombre et silencieux que je m'entendais respirer.

Une pauvre vieille église apparut soudain à gauche, à peine distincte, évoquant fantômes et souris. À droite, un terrain où étaient garés des bibliobus. De chaque côté de la porte grillagée, deux poubelles pleines de journaux et de détritus. Je me tapis entre elles et m'enveloppai dans les journaux humides. Le sol était sale et froid. J'observai la lune au-dessus de l'église. Quand j'étais petite, j'adorais voir se dessiner un visage à sa surface. Et maintenant, elle dérivait entre les nuages, puis réapparaissait, éclatante de blancheur, pour me regarder. Je distinguai les traits d'un homme, et pourtant je savais que ce n'était que canyons arides et océans desséchés. Voilà à quoi ressemble le visage de Dieu, pensai-je. Le froid m'envahit, je ne pouvais même plus pleurer. Je me persuadai que ma disparition avait rendu à ma mère toutes ses facultés. Elle allait bientôt me retrouver, elle serait calme et me pardonnerait, heureuse de m'avoir récupérée saine et sauve.

Des pas approchaient. J'étais terrorisée. Je tirai les journaux sur mon visage. Les pas s'arrêtèrent tout près de moi. Je sentis une odeur de chips chaudes, de sel et de vinaigre. On les déposa à mes pieds. Était-ce elle qui m'offrait un cadeau de réconciliation ? Mais les pas étaient lourds, comme ceux d'un homme. Mon estomac vide me faisait mal, mais j'avais trop peur pour bouger et risquer un œil. Peut-être Dieu m'avait-il entendue ? Sans doute avait-Il chargé un homme de déposer des chips dans cette ruelle dégoûtante. Mais j'entendis le bruit d'une fermeture éclair, puis celui de l'urine éclaboussant un mur. Quand il eut fini, l'homme remonta sa braguette. Des pièces tintèrent dans sa poche, il gratta une allumette et ramassa le sac de chips. J'avais l'estomac comme une caverne vide. Peut-être l'homme était-il gentil. Pourquoi ne pas lever la tête et le supplier de m'en laisser quelques-unes ? Mais j'étais trop effrayée pour bouger. Les pas s'éloignèrent, seule demeura l'odeur dérisoire du vinaigre coupé d'eau.

Plus tard survint un chien errant qui renifla les poubelles. Il gratta de la patte les journaux et grogna, attiré par les relents de ma peur. Plus tard encore, quand la lune se fut retirée derrière les nuages, un couple s'approcha. Ils parlaient à voix basse. La fille s'appuya contre la porte qui se mit à grincer en rythme, réclamant qu'on la graisse. J'entendis les respirations s'accélérer et la fille dire tout bas : « Pas dedans ». « Alors ta main », murmura le garçon comme s'il souffrait, puis il laissa échapper un souffle long et haletant et la porte cessa de grincer. Le couple s'étreignit un long moment en silence avant de s'éloigner.

Sans doute ai-je dormi, mais je ne sais pas combien de temps. Je rêvais qu'on me trouvait et qu'on me recouchait dans mon lit. Pourtant, je ne parvenais pas à me réchauffer entre les draps parce que l'Homme de la Lune m'observait par la fenêtre. Ils étaient aussi mince que du papier journal et l'homme les écartait. Son visage était gris, son air sérieux et ses yeux clignaient. Le contact de sa main me réveilla complètement.

– Tu es toute seule ?

Il se pencha entre les poubelles. Sa voix était douce.

– Non.

Je gardai les yeux baissés, sans oser le regarder.

– Si, tu es seule.

– Non.

Je répondis d'une voix si basse que je pus à peine m'entendre. Je voulais me réveiller et, pourtant, je savais que je l'étais.

– Je ne te ferai pas de mal.

– Non.

– Tu veux bien être mon amie, hein ?

– Non.

– Regarde. Mon petit homme se redresse pour mieux te voir.

– Non.

Il me souleva la tête et moi, je regardais au loin, fixant la lune froide qui venait de réapparaître au-dessus de l'église. Je voulais qu'il s'en aille, qu'il me laisse seule. Je voulais qu'on me trouve.

– Touche-le seulement, insista-t-il d'une voix câline. Je parie que tu es une curieuse.

– S'il vous plaît. Non.

– Ça ne va pas te mordre. Il aime que les petites filles jouent avec.

– Non.

– Tu vois, c'est comme un esquimau.

– Lâchez mes cheveux. Je vous en prie.

– Fais ce qu'on te demande, petite pute anglaise, ou bien ça va aller beaucoup plus mal pour toi.

– Non, non.

– Mais, bon sang ! ça ne va pas t'étouffer. Ouvre grand la bouche, fillette. Je sais que tu fais le trottoir.

Mes oreilles tintaient sous les poings qui tiraient des mèches de cheveux. Il me gifla si fort que le monde s'obscurcit. Une puanteur m'envahit, je ne pouvais plus respirer. Toute la nuit il m'avait observée et il avait attendu là-haut dans le ciel au-dessus de l'église. J'étais seule responsable de ma présence ici. Et maintenant, j'allais étouffer, j'allais me noyer. Je ne sais combien de temps se passa avant que j'entende l'homme pousser un gémissement terrifié au moment où j'enregistrai le coup sourd donné par une botte. J'écartai violemment la tête et mes dents mordirent accidentellement la chair qui se retirait brusquement. À mon retour, Mamie ne comprit pas pourquoi je me lavais les dents vingt fois par jour. Malgré cela, j'étais incapable de me débarrasser de ce goût horrible.

Maintenant, je crachais, secouée par des haut-le-cœur, pliée en deux, sans comprendre au début que c'était les petits tinkers du pont qui m'avaient suivie. Je m'étais accroupie, mais ils ne faisaient pas attention à moi, rassemblés autour de l'homme qu'ils bourraient de coups de pied. Ses bras battaient l'air, parfois il attrapait un gamin, mais il y en avait toujours d'autres pour l'encercler et attendre l'occasion de le frapper. Les filles le griffaient, lui tiraient les cheveux, cherchaient ses yeux. À leur tête, ils avaient le garçon de douze ans. Les traits déformés par la haine, il s'acharna sur l'homme étendu à terre, même quand celui-ci, le visage ensanglanté, ne bougea plus.

Le garçon finit par s'arrêter et se tourna vers moi. C'était à mon tour, il allait me tuer, mais j'étais paralysée au point de ne pouvoir crier. Il me prit par la veste et m'écarta de l'espace entre les deux poubelles où les autres enfants traînèrent aussitôt l'homme. Le petit chef renversa le contenu de l'une d'elles sur son corps de sorte que je ne pus voir s'il avait réellement le visage de l'Homme de la Lune. Mais sa braguette encore ouverte laissait passer un peu de chair molle qui saignait aux endroits où les bottes et mes dents l'avaient déchirée.

Après un dernier coup de pied, le garçon donna l'ordre de s'enfuir. Ils s'éparpillèrent comme une volée d'oiseaux effarouchés. Je n'avais plus ni faim ni froid. Je ne sentais plus rien. Le garçon se retourna.

– Cours ! me cria-t-il. Putain ! Tu vas courir ?

Ma manche remontée laissait voir un peu de peau blanche. La jambe de l'homme bougea, agitée d'un tremblement nerveux. J'aurais voulu lui donner un coup de pied, mais j'étais paralysée. En regardant mon bras, je vis une égratignure et du sang qui commençait à perler. Je ne sentais toujours rien, sauf une douleur sourde, comme si je m'étais vidée. On me prit par le bras, je trébuchai, les yeux fixés sur le garçon qui me tirait.

– Tu viens, nom de Dieu ! me pressa-t-il. Si les flics arrivent, ils vont nous cogner !

Quand mes mains s'écrasèrent sur la porte grillagée, tout me parut si drôle que j'éclatai de rire. L'église délabrée avait été transformée en ce qu'une bannière proclamait être un Centre de l'aventure viking. Des lumières brillaient dans les immeubles de bureaux nouvellement construits Fishamble Street, tandis que des clubs et des restaurants branchés éclairaient l'extrémité de la ruelle. Comment ces poubelles puantes avaient-elles survécu, plantées devant la porte, alors que tout le reste avait changé ?

Je savais maintenant qui j'étais. J'avais vingt-deux ans et j'étais sérieusement défoncée. Il fallait que je me secoue, mais la réalité continuait à m'échapper. Impossible de me resituer dans le temps. À travers mes yeux, ma mère cherchait désespérément à retrouver sa fille. Le sol tanguait, je me heurtais aux aspérités du mur. Je fis tomber les poubelles et donnai des coups de pied dans les détritus répandus. D'une démarche mal assurée, je fouillai chaque recoin. Et si ce salaud allait la reprendre ? Où était-il et pourquoi ne se montrait-il pas ?

Je frappai les poubelles, en ramassai une et la jetai violemment contre la porte grillagée. Personne n'en avait huilé les gonds. J'avais entendu ses grincements dans une centaine de rêves. Mais cette fois, je n'avais pas peur. Cette fois, j'allais l'achever et lui donner des coups de pied jusqu'à ce que cesse de battre son cœur de salaud. Je lui écraserais les dents de mes talons. Je lui reprendrais la vie qu'il m'avait volée. Jamais plus je n'aurais peur de crier. J'étais enfin prête à l'affronter si seulement ce pitoyable salopard cessait de se cacher.

– Montre-toi, bordel, espèce de lâche !

Je hurlais tout en secouant la porte si fort que mes doigts me firent mal.

J'entendis alors le bruit de ses pas lourds qui me ramenèrent à la réalité. Ils s'arrêtèrent. Al et Carl étaient là. Haletants, terrifiés.

– Je n'ai pas besoin de vous ici. Cette fois, je n'ai pas besoin de votre aide.

– Doucement, Trace, calme-toi. (Al s'approcha prudemment pendant que Carl se déplaçait sur le côté pour me bloquer.) Tu nous as foutu les boules. C'est juste un mauvais trip.

Je savais qui était Al. Je voulais retourner danser avec lui. Je m'affaissai en pleurant.

– Je déteste cet endroit !

– Tu es défoncée, Trace. Tu n'es jamais venue ici. Demain, ce ne sera plus qu'un mauvais rêve.

Il me releva. Je pensais refuser qu'il me touche, mais non. Je voulais qu'il me tienne. Je voulais qu'il me réconforte. Je passai les bras autour de son cou et m'entendis rire tandis que je me balançais à un rythme imperceptible.

– J'avais des doutes, mais maintenant, je sais que tu es une Duggan. Tu es assez cinglée pour ça. Viens, on se tire.

Sans doute ai-je regagné la voiture en zigzaguant, car je me souviens du klaxon d'un taxi et des jurons d'un conducteur au moment où Carl m'écartait de sa route. Je me parlais à voix haute. Impossible de m'arrêter et tant pis pour les secrets que j'allais révéler. D'ailleurs, j'étais si incohérente qu'Al ne pouvait rien tirer de ce que je racontais. Et puis, sans savoir comment, je me suis retrouvée chez lui. Je voulus boire de l'eau, verre sur verre, sans cesser de rire parce que les seuls qu'ils possédaient étaient des pintes volées dans les pubs.

– Sortons, dit Al en passant mon bras sur son épaule.

Il vacillait sous mon poids tandis que nous arpentions de long en large l'allée derrière la maison. Lui-même était défoncé et je compris soudain que ce petit salaud nous avait ramenés chez lui au lieu de laisser la voiture au centre-ville.

– Je veux un bain. Un long bain froid.

Carl avait disparu. Nous étions rentrés et remontions l'escalier. Des doigts me déshabillaient. Je sentis contre mon cul le froid de l'émail. Je m'allongeai, frissonnant lorsque mon dos nu le toucha à son tour. De l'eau m'éclaboussa le visage, j'ouvris la bouche pour l'avaler.

– Ne bois pas ça, m'ordonna Al d'une voix nettement moins pâteuse.

Le jet d'eau s'éloigna de ma bouche, tomba en cascade sur mon cou et mes seins. Il était froid sans être glacial. Je clignais des yeux en cherchant à fixer mon regard sur la salle de bains. Al était agenouillé, les manches retroussées, attentif à diriger le jet de la douche. J'avais la chair de poule sur tout le corps. Je me sentais à la fois vulnérable et méfiante ; une colère salutaire m'envahit. En levant la main, je me rendis compte que je portais encore mon soutien-gorge et mon slip. Je fixai mon regard sur Al qui détourna le jet. L'eau tambourina contre l'émail entre mes jambes.

– Tu m'as foutu la trouille de ma vie, déclara-t-il pour s'excuser. Je ne savais pas quoi faire. J'ai eu la frousse que tu t'endormes dans le bain. Je n'ai pas... Je ne t'ai pas touchée... (Il me regarda bien en face et poursuivit :) C'est que nous sommes à moitié cousins, pas vrai ? Et puis, de toute façon, je n'en aurais pas profité.

– Je sais. C'est OK. L'eau me fait du bien, mais fais-la couler encore plus froide.

Étendue les yeux fermés, j'eus le souffle coupé quand le jet m'atteignit. J'avais confiance en Al, chose rare vis-à-vis d'un homme. Avec lui, on savait à quoi s'en tenir. Alors, qu'est-ce que je faisais avec Luke ? Mon organisme était empoisonné. La dope courait encore dans mes veines. Je luttais contre ses effets pervers pour rentrer en possession de mon corps. J'ouvris les yeux et regardai Al.

– Et toi, comment tu te sens ?

– Pas trop bien quand je te regarde, avoua-t-il. Si ça ne te fait rien, je vais utiliser la douche après toi.

– Manque de pot, on est cousins. C'est comme ça. J'ai gâché ta nuit, hein ?

– Sûr que tu m'as empêché de penser à autre chose.

Je lui fis signe de fermer le robinet. Au moment où il posait le flexible, je lui pris la main.

– Je ne sais pas grand-chose des affaires de Christy, osai-je dire, mais c'est dangereux. Ne prends pas de risques, tu m'entends ? Laisse faire Luke.

– Pourquoi tu l'appelles toujours Luke au lieu de l'appeler papa ?

Je gardai le silence. Je m'enveloppai dans une serviette et m'assis au bord de la baignoire. Je tirai longuement sur l'une des deux cigarettes qu'il venait d'allumer. La fumée eut un double effet : je me sentis à la fois plus mal et mieux.

– Luke ne vit pas ici, poursuivit Al d'un ton aigre. Il revient chez lui et joue au dur comme s'il était au courant de tout.

– Tu as une vie à toi.

– Quand on s'appelle Duggan, on ne vous laisse pas toujours vivre. (Il essaya de former un rond de fumée, mais échoua lamentablement et sourit de sa maladresse.) Jamais je n'avais vu un mort.

– Tu ne risques rien si tu me raccompagnes à mon hôtel ?

– Tu peux rester ici, dans la chambre d'amis, bien sûr.

– Je sais. Je préfère quand même y aller.

Al se leva.

– Tu as dit des choses sacrément bizarres, avoua-t-il, hésitant.

Il attendit de voir si je souhaitais poursuivre la conversation.

– J'étais complètement défoncée. Je le suis encore, plus ou moins.

– Ouais. C'est ce que je me suis dit. Ça n'avait pas de sens. (Il désigna d'un signe de tête mes vêtements soigneusement pliés et sourit.) Si tu veux des sous-vêtements secs, il faudra que tu attendes d'être à l'hôtel. C'est un véritable scandale qu'à notre époque, parmi les cinq garçons qui vivent ensemble ici, il n'y ait pas un seul travelo !

– Ho, Al ! (Il s'arrêta à la porte et se retourna. Comme j'avais froid, je m'enveloppai plus étroitement dans la serviette.) Al, mon copain. Mon ange gardien. Merci.

12

Tant que le portier de nuit n'eut pas trouvé ma clé, Al attendit dehors. Ce fut en remarquant l'homme qui m'observait tandis que je montais en titubant l'escalier que je sus dans quel état je me trouvais encore. J'essayai de marcher droit tant qu'il me suivit des yeux. Ma chambre était obscure, éclairée seulement par la lampe du miroir à raser que j'avais sans doute oublié d'éteindre le matin. Je m'avançai d'un pas incertain et me laissai tomber en travers du lit. J'aurais pu dormir ainsi, sur le ventre et tout habillée à l'exception des sous-vêtements mouillés que je ne portais plus. Pourtant, au bout d'un moment – qui aurait pu être plus long si je m'étais évanouie –, je m'obligeai à me lever et à m'asseoir sur le tabouret devant le miroir.

Le réveil de voyage m'indiqua qu'il était un peu plus de quatre heures du matin. Mais, en réalité, j'avais l'impression que des jours et des jours avaient passé depuis mon départ de l'hôtel. Je levai les yeux et me fis peur. C'était comme dans un rêve, quand on voit quelqu'un d'autre vous regarder. J'avais oublié ma nouvelle couleur de cheveux. J'examinai ce visage étranger dans le silence d'un monde endormi. Je ne ressentais rien sinon ce que j'avais éprouvé à plusieurs reprises au Tower Records en imaginant Bessie Smith chantant au lever du jour.

Ce furent les chaussures que je distinguai les premières. Elles luisaient faiblement dans l'obscurité. Puis les jambes de pantalon au pli impeccable. Je n'avais pas peur, je me reprochai seulement de m'être laissé surprendre. Je reconnus aussitôt Luke. Depuis que j'étais entrée dans la chambre, il m'avait observée, voyeur immobile. Quelque chose de changé avait sans doute attiré son attention, car il quitta sa chaise et s'approcha de moi. Il observa mon image dans le miroir.

– J'aime bien tes cheveux.

– Va te faire foutre ! rétorquai-je, soudain amère. Comment es-tu entré ici ?

– Tracey...

Il tripotait mes mèches blondes.

– N'y touche pas ! Tu trouvais plus agréable de les regarder.

Je pris une brosse et la passai à l'endroit où ses doigts s'étaient attardés.

– Tu te trompes, Tracey. (Il s'assit sur le lit de sorte que la moitié de son visage resta dans l'ombre.) Une partie de ma famille t'avait vue avant. Tu ne pouvais pas assister à l'enterrement de Christy avec la même tête.

– Qui a dit que j'avais accepté d'assister à une levée du corps ? Tu n'en as jamais discuté avec moi. Tu imagines le nombre de mensonges que j'ai dû faire aujourd'hui ? Sois franc, Luke, tu cherchais seulement à exposer ta maîtresse anglaise devant tes potes de Dublin, ceux que tu avais mis dans le coup.

– Jamais de la vie.

Il paraissait sincèrement choqué.

– Tu ne m'as pas regardée une seule fois de toute la soirée.

On aurait dit une adolescente jalouse, mais je ne tenais pas à ce que Luke investisse mon espace privé. Je voulais dormir. Je fermai les yeux en espérant que c'était une apparition, l'ultime avatar de la drogue. Mais sa voix, bien réelle, m'obligea à rester éveillée.

– Toute la soirée, je savais que tu étais là. À ma portée et hors de portée. Et que tu prenais des risques pour moi. Tu n'imagines pas la force que m'a donnée ta présence.

– C'est du baratin. (Je m'efforçai de garder les yeux ouverts et me détournai de son image dans la glace pour le regarder en face.) Je t'ai vu en action. Froid, impassible. Tu n'avais pas besoin de moi. Je me demande si tu as jamais eu besoin de quelqu'un.

– C'est ainsi que tu me juges ?

– Ne transforme pas tout en accusation. (J'étais bien décidée à ne pas éviter le regard qui ne me quittait pas.) Aujourd'hui, tu as fait de moi ce que tu voulais, tu as même changé la couleur de mes cheveux. J'ai eu l'impression qu'on me violait. T'en rends-tu seulement compte ? Pense à ta mémère qui s'y est toujours refusée. Et puis, dis-moi ce qu'elle te refuse aussi, ou laisse-moi deviner.

– C'est toi qui déformes tout. Tu ramènes tout au sexe. (Il avait élevé la voix et paraissait blessé.) Du sexe, je peux en avoir avec n'importe qui.

– Alors, pourquoi te gêner ?

– Parce que je m'intéresse à toi. Ça me dérange que tu rentres à quatre heures du matin, titubante, complètement bourrée ou pire. C'est ça, ta vie ? Tu as passé une bonne partie de la nuit à moitié nase et tu t'es allongée tout habillée sur ce lit.

– Tu n'es pas mon père, et je me moque de la tonne de mensonges que tu vas encore inventer, répliquai-je sèchement.

– Je sais ce que je ferais si j'étais ton père.

– Essaye un peu !

J'étais furieuse. Avec Al, j'avais eu envie qu'il me prenne dans ses bras ; maintenant, je voulais être seule. Depuis l'âge de onze ans, c'était ce que j'avais souhaité. Que les gens cessent de me demander d'être le personnage que j'avais été et que je ne pouvais plus être. Je pris la brosse à cheveux et la lui lançai. Je pensai qu'il allait l'éviter, mais il la reçut juste au-dessus de l'œil. J'eus peur qu'il me rende la pareille et m'élançai vers lui, poussée par l'instinct de conservation et une rage ancienne qui n'avait rien à voir avec sa présence. Il me saisit les mains, chose dont j'avais toujours eu horreur. Au cours de notre lutte, le tabouret se renversa, ma nuque heurta le dessus-de-lit tandis que le visage de Luke se pressait contre le mien.

– Qu'est-ce qui te prend ? Pour l'amour du ciel, fillette, calme-toi.

Son étreinte se relâcha. Il me regarda fixement, puis détourna les yeux. Lequel de nous deux le mot « fillette » avait le plus choqué ? Je l'ignore, mais c'est un fait, il avait le double de mon âge. Quand ma mère s'était rendue en Irlande pour la première fois, Luke avait déjà l'âge de traîner en ville.

– De quel droit me fais-tu la leçon ?

Déjà ma colère sonnait faux. Je me sentais lasse et souillée, comme chaque fois que je sortais d'un accès de rage.

– Je ne suis pas un mauvais homme.

– Alors, qu'est-ce que tu fais ici ?

– Je n'ai pas dit que j'étais bon. (Il me lâcha les mains et s'étendit prudemment à mes côtés.) Les gens qui pensent être tout l'un ou tout l'autre sont des menteurs. On n'agit pas en n'ayant qu'une idée en tête.

– Tu veux dire que tu ne me considères pas seulement comme une fille facile ?

– Je ne suis pas venu ici pour baiser, Tracey. Je ne suis pas ici seulement pour toi, bien que je me fasse du souci à ton sujet. Je suis aussi ici pour moi. Si c'est égoïste, quel mal y a-t-il à ça ? J'en ai assez fait pour tout le monde. Ils sont tous après moi, dans cette famille. Tire-moi d'affaire, file-moi de l'argent. Et ça, depuis toujours. J'ai quarante-trois ans et ils sont encore à ma charge, et ils tirent tous sur la ficelle.

Il s'assit pour ôter son veston qu'il plia soigneusement sur une chaise et se prit la tête dans les mains, comme accablé. Dans la chambre d'hôtel à Londres, j'avais eu l'impression que nous nous trouvions à l'intérieur d'une bulle, hors du monde, mais ici, le monde semblait s'entasser dans cette petite pièce pour nous étouffer.

– L'enterrement de Christy aura lieu après la messe de dix heures. Tu ferais mieux de ne pas y aller. Je t'attends ici depuis une heure et demie. Je ne pouvais pas repartir sans au moins t'avoir vue. C'est ta présence qui m'a donné du courage aujourd'hui. J'avais seulement besoin d'un petit moment en tête à tête ave toi.

– Et ta femme, de quoi elle a besoin ?

Ça ne volait pas très haut, mais ce qu'il venait de me dire et la réponse qu'il attendait me mettaient mal à l'aise.

– Pas d'un mari à proprement parler, elle a besoin d'une chose familière, confortable, pour se pelotonner tout contre en regardant la télé. Elle est heureuse. C'est un don que je n'ai jamais eu. Elle possède tout ce qu'elle a désiré. Le problème, c'est que ça ne me suffit pas. Je me refuse à croire que la vie n'a rien d'autre à offrir. Il me faut autre chose.

– Un peu de piment en plus.

Je me redressai sur les oreillers, le dessus-de-lit nous séparait.

– Ne te moque pas de moi et ne te rabaisse pas. Cesse de fuir. Tu sais que tu vaux bien plus que ça.

– Je ne sais rien, pas même pourquoi je suis ici.

Pour une fois, j'étais franche.

– Tu es ici parce que, toi aussi, tu as besoin de moi. (Luke cherchait à atteindre ma botte. D'abord, je l'écartai, puis le laissai la poser sur ses genoux. Il en défit les lacets et me l'ôta doucement.) Tu ne serais pas venue si tu ne m'aimais pas. Tu ne te serais pas laissé teindre les cheveux et tu ne serais pas restée assise près de ma femme. J'aime ce besoin que tu as parce que je l'ai aussi. Je me plains de ce qu'on me prenne pour Mr Bricolage, celui qui répare tout, mais j'ai le dos large. Je n'ai pas assez confiance en moi pour croire qu'on ne me veut que pour ce que je suis.

– Je ne te crois pas. Tu as de l'assurance à revendre.

Il frottait doucement ma botte contre la plante de mon pied nu.

– C'est un rôle que je connais par cœur. Ça n'a jamais été facile d'être le frère cadet de Christy. Il fallait que je sois différent parce que je me savais moins fort que lui. Shane l'avait compris dès sa plus tendre enfance. Il avait choisi de faire le clown, d'être l'idiot du village sur lequel personne n'ose lever la main. Quant à moi, j'étais le cerveau. Facile quand on s'en est taillé la réputation. C'est un coup de bluff et rien d'autre. Laisse les gens croire que tu piges tout ; ils te mettront au parfum et te fileront leur argent tellement ils auront envie que tu les approuves.

Il tenait ma botte comme pour la soupeser, puis la laissa tomber.

– Toute la journée, je me suis servi de ce vieux mensonge. Pourtant, je ne suis ni une lumière ni un dur. Je suis comme une coquille que le chagrin a vidée.

Luke ôta la main qui caressait mon pied nu et le laissa se nicher entre ses jambes. C'était à moi de jouer. Je fermai les yeux. Trop souvent, les souvenirs de la ruelle avaient étouffé mes sentiments dans des moments comme celui-là. Maintenant, je me rebellai. Timidement, je frottai mes orteils contre le bras de Luke.

– Tu as été formidable. La façon dont tu as tout pris en main. J'étais fière de toi.

– J'ai l'habitude depuis des années de faire le ménage derrière Christy.

– Est-ce que Christy était vraiment fauché quand il est mort ?

– Les gangsters inventent toujours des histoires ; ils flairent l'argent qui pourrait bien être ici ou là pour essayer de se l'approprier. Si jamais il y en a, Christy a emporté son secret dans la tombe. (Luke souleva mon autre botte et en défit le lacet.) Il n'a même pas d'assurance vie.

– Comment a-t-il pu avoir cette grande maison s'il n'a rien payé comptant ? Quelle banque lui aurait consenti un prêt ?

– La maison est à mon nom. (Luke étreignit mon pied comme si j'allais le lui retirer.) Je l'ai fait passer pour une résidence secondaire. J'étais le seul à pouvoir présenter à la banque des livres de comptes correctement tenus. Margaret la voulait à tout prix. C'était le seul moyen d'y installer la famille de Christy.

– Donc, tu étais son propriétaire et tu vas les flanquer à la porte.

– Tu ne veux pas comprendre. (Luke lâcha mon pied, comme s'il me mettait au défi de le lui retirer.) Je me suis tout simplement arrangé pour qu'il me rembourse l'hypothèque comme s'il me payait un loyer. Mais même si elle n'était pas à son nom, la maison lui appartenait. Je n'en ai jamais tiré un sou. Maintenant, je n'ai plus les moyens de maintenir sa famille dans les lieux et Margaret non plus. Mais la propriété a doublé de valeur. Le bénéfice que j'en tirerai ira à sa femme et à ses enfants pour acheter une maison plus modeste.

– Qu'est-ce que tu possèdes d'autre ?

– Ce sont les banques seules qui possèdent. (Il fit tomber ma chaussure et passa un doigt sur mon mollet.) Les gens aiment se croire propriétaires.

– Qu'est-ce qui t'appartient également ?

Je voulais cette liste pour pouvoir arracher les couches de mensonges accumulés et savoir à qui j'avais vraiment à faire.

– Ma maison de Londres et les deux boutiques. À Dublin, la maison de Christy, une demi-part dans le vidéo-club de Shane et le bail d'une boutique de fleurs tenue par deux des sœurs de ma mère. C'est ça, la famille, un vrai sac de nœuds. Tu as de la veine, tu n'éprouves pas le besoin de parler de la tienne.

Sa main était immobile et sa voix calme, comme pour me donner une chance de parler. Mais, bien que physiquement nous ayons tout fait ou essayé de tout faire dans cet hôtel d'Edgware, mon passé était encore trop douloureux pour que je puisse en parler. J'avais besoin de Luke si je voulais croire encore que j'étais venue à Dublin pour lui.

– Tu es riche, remarquai-je.

C'était ma façon de ramener à lui la conversation.

– Qu'est-ce que ça veut dire ? Il y a des années, j'ai donné à mon père de l'argent pour racheter la maison familiale à la commune. C'est de là que tout est parti et notre maison est toujours le seul bien que les banques ne peuvent saisir même si mes affaires tournent mal. Tout le reste, c'est du vent.

Sa phrase me fit penser au Grand Méchant Loup. Le doigt

de Luke, comme celui d'un hypnotiseur, traçait à n'en plus finir le même dessin sur la plante de mon pied. J'aurais voulu m'étendre et dormir et, pourtant, je luttai contre cette sorte d'envoûtement.

– Il y a quelque chose qui cloche, fis-je remarquer. Les journaux prétendent que Christy a réalisé les plus gros braquages du pays.

– Les journaux ne véhiculent qu'une image tronquée, m'expliqua Luke. La vérité rendrait inconfortable la position de leurs propriétaires. En Irlande, les affaires les plus juteuses sont le fait des magnats du bétail et de leurs comptables qui possèdent des caisses noires et font ainsi disparaître des millions. Ils sont condamnés à mener grand train au nom de l'Irlande et purgent leurs peines dans les colonnes mondaines des journaux. (Sentant que je lui échappais, Luke immobilisa son doigt sur la plante de mon pied.) La belle époque, pour Christy, c'était il y a une dizaine d'années. Mais supposons que quelqu'un vole un demi-million. Il ne peut pas le faire seul. Il lui faut payer une douzaine de salopards prêts à s'en mettre plein les fouilles. Ils s'attendent à être arrosés pour leur silence et pour le temps qu'ils ont passé. Les comptables ont le pouvoir de faire réapparaître l'argent sans la moindre perte. Mais pour le menu fretin, le demi-million ne vaut pas un kopek tant qu'il n'a pas été blanchi. Ou bien le type a de la chance, ou bien il y a trop de fric sur le marché. De toute façon, il est à la merci d'un fourgue. S'il n'est pas futé – et Dieu sait si Christy l'était encore moins que les autres – non seulement le fourgue lui nettoiera son argent, mais il le nettoiera lui aussi.

– Tu connais le fourgue de Christy ?

– Ça, ça représente les trois quarts d'une question à un million de livres, me répondit-il en haussant les épaules.

Il en avait assez de parler. Déjà, il récapitulait les tâches dont il aurait à s'acquitter au moment de l'enterrement, dans quelques heures à peine. Pourtant, il poursuivit :

– Il y a des choses qu'on a du mal à encaisser quand on est gamin : savoir que tes parents baisent ou que ton petit frère est plus malin que toi. Il l'avait en travers de la gorge, Christy, et pour cette raison, il n'aimait pas trop me demander conseil. Je n'ai jamais rien voulu savoir de ses affaires, mais, de toute façon, il ne m'en aurait rien dit. Il affectionnait l'idée que son fourgue était le meilleur du monde. Quel qu'il soit, il marchait dans la combine, dorlotait l'ego de Christy tout en baisant le pauvre con. Si vraiment Christy a été assez fou pour s'attaquer à un transport de fonds, tu peux être sûr qu'un fourgue qui, lui, n'a jamais pris un seul risque de sa vie, est maintenant assis sur le tas d'oseille.

Ses doigts s'étaient immobilisés à quelques centimètres de mon pied. L'absence de contact physique était encore plus hypnotique. C'était comme un avant-goût d'une séparation. Décide-toi, semblait dire sa main, ou bien tu me prends tel que je suis, ou bien tu me laisses. J'eus soudain une terrible envie de sentir ses doigts me caresser. Les seuls souvenirs de Dublin que je voulais garder étaient ceux de Luke. Je ne pouvais supporter l'idée de la solitude sans lui.

– Tire-toi quand tu le peux encore, Luke. Tu en as assez fait pour ta famille.

Je fus surprise d'entendre ma voix exprimer à ce point ma peur.

De nouveau, il me prit le pied et me caressa doucement la jambe jusqu'où le lui permettait mon pantalon-fuseau. J'aurais voulu tout oublier sauf le contact de sa main. J'aurais voulu retrouver notre hôtel de Londres.

– Tout ce que je veux, c'est enterrer Christy et vendre sa maison, m'affirma-t-il. Après, je ne me sentirai plus concerné.

– Pas de vengeance.

– J'ai pris mes distances depuis des années. En vieillissant, on s'aperçoit que la seule chose qui ne change pas, c'est l'avenir. Il est tristement prévisible. Christy était destiné à être flingué, de même que Margaret est destinée à boire l'argent de la maison jusqu'à ce qu'elle s'étouffe dans ses vomissures. Christine cherchera à se venger, elle s'en prendra au moindre petit escroc dont la rumeur lui fera croire qu'il a descendu son père. Autant réserver mon billet pour rentrer au pays. Elle sera couchée dans un cercueil dans le même salon funéraire que son père.

J'avais mal à la gorge et ma voix était à peine audible. Je fermai les yeux. L'image rémanente de la chambre se tissait comme une toile d'araignée. La voix de Luke bourdonnait.

– Les gens disent que c'est dans le sang. Des conneries. Tout dépend de la façon dont on se laisse influencer par son nom. Ce sont les deux frères de mon père qui ont commencé. Des soi-disant marchands de bestiaux des années quarante qui terrorisaient les docks avec leurs collègues de l'Animal Gang. Leur réputation nous a suivis quand nous avons déménagé. Peu importe que mon père n'ait rien eu à faire avec eux et qu'il ait travaillé toute sa vie. Nous étions des Duggan. Que tu prennes notre nom dans un sens ou dans l'autre, de toute façon, il finira par vouloir dire « magouilles ».

– Parle-moi d'Al.

J'avais du mal à garder les yeux ouverts.

– Je ne sais pas. (Luke s'approcha de moi, sa main courut le long de mon dos pour me caresser les fesses à travers le fuseau.) Il était plus proche de Christy qu'il n'aurait fallu. Al pose un problème. Ce n'est pas un dur. Il n'a pas l'air malin et pourtant, il n'est le bouffon de personne.

– Peut-être qu'il est lui-même et personne d'autre.

– Alors, il devrait se barrer tout de suite parce que les gens de Dublin ne lui en laisseront pas le temps.

Je ne voulais plus me faire du souci pour Al ou pour quiconque. Je roulai sur le dos et sentis les mains de Luke se poser sur mes seins à travers le tee-shirt et y rester. Je me souvins du soutien-gorge mouillé dont je m'étais débarrassée. Déjà ses doigts cherchaient à se glisser sous la ceinture de mon fuseau, mais j'arrêtai sa main. Quand j'ouvris les yeux, Luke m'observait.

– Tu aimes bien Al, hein ? (Je m'efforçai en vain de trouver sur son visage la moindre trace de jalousie.) C'est bien. Ne cherche pas à le cacher. Un jour tu me lâcheras, je le sais, même si toi, tu ne le sais pas. Promets-moi seulement une chose. Tu m'inviteras à ton mariage.

Il avait un visage si sérieux que je me mis à rire.

– Est-ce que je t'ai déjà dit qu'il t'arrive de te planter complètement ?

– Je suis sérieux. Et maintenant, allons nous coucher. Je dois être parti avant sept heures.

– Je suis très fatiguée.

– Je ne t'ai jamais dit que je voulais quelque chose. Tu dors si tu peux. Moi, j'ai seulement envie de te prendre dans mes bras.

– Tu n'en resteras pas là.

– Ça dépend de toi.

J'avais commencé à me déshabiller quand je m'arrêtai en pensant que je n'avais pas de slip. Je ne voulais pas qu'il s'en aperçoive, aussi lui tournai-je le dos. J'ôtai d'abord mon haut puis mon fuseau, assise au bord du lit, les couvertures entassées derrière moi. Je m'allongeai sans me retourner. Luke, à moitié dévêtu, m'observait.

– Al va vite en besogne, constata-t-il.

– Tu te trompes, Luke. Il ne s'est rien passé.

Luke ne répondit pas. Il éteignit la lumière du miroir. Je l'entendis enlever ses chaussures, puis plier son pantalon sur la chaise. Je sentis la chaleur de son corps avant même qu'il pose la main sur mes seins. Je l'entourai de mes jambes. Il avait autant besoin de moi que moi de lui. En dépit de nos différences, nous appartenions à la même race, celle des brebis galeuses qui n'ont jamais su maîtriser les pourquoi et les comment de la vie courante. J'avais pris des risques pour lui et lui en avait pris pour moi. Je vivais le moment auquel j'avais aspiré toute la journée.

Luke me tenait tendrement contre lui, il ne me demandait rien, il m'avait laissée choisir. Je compris pourquoi je m'étais trompée en pensant que notre liaison était uniquement basée sur le sexe. Enfin, je me rendais compte de l'impact de mes souvenirs irlandais sur ma vie. Ils étaient à l'origine de cette méfiance envers les hommes que je m'étais efforcée d'utiliser pour devenir leur égale. Ma mémoire m'avait enfermée dans une solitude dont j'interdisais, par crainte, l'accès à quiconque, que ce soit à ma mère sur son lit de mort, à mes grands-parents ou aux quelques vrais amis que je m'étais faits. Mais Luke avait raison, nous n'agissons jamais pour une seule raison. J'avais toujours su que je reviendrais à Dublin pour affronter mes démons. Maintenant, je n'étais pas certaine que mon retour m'ait aidée à me guérir de ces souvenirs.

Peut-être étais-je encore sous l'effet de l'ecsta. Pourtant l'émotion que je m'autorisais à éprouver avait le goût de l'amour. Je savais que je pouvais me confier à Luke comme je ne l'avais jamais fait à personne. Mais je ne disais rien. Il me suffisait d'avoir enfin trouvé quelqu'un à qui me fier au moment où j'en éprouverais le désir et le besoin.

Je me pelotonnai contre Luke et lui fis dans le cou un gros suçon d'amour qu'il ne pourrait cacher à l'enterrement. Il fourra son nez contre mon visage, ses lèvres tout près des miennes, et me força à prendre l'initiative. Il me connaissait suffisamment pour savoir que la nuit n'en resterait pas là.

13

J'avais dormi d'un sommeil troublé, annonciateur d'un danger. Le rêve qui m'avait étreinte se prolongea pour se dissoudre enfin dans l'oubli. Je ne voulais pas me réveiller mais c'est l'instinct qui m'y força. La lumière qui filtrait sous la porte esquissait le contour de la chambre. J'entendis respirer près de moi et écoutai le rythme qui ne m'était pas familier. Je cherchai à lire l'heure sur la pendule, mais je mis un long moment à localiser les aiguilles phosphorescentes. Six heures cinq. Je n'avais dormi qu'une heure. La respiration de Luke se modifia comme s'il était conscient d'un changement. Il semblait dormir, mais comme le chien qui, une oreille dressée, monte la garde. Notre liaison avait évolué. Tout me paraissait étrange et nouveau. À Londres, nous aurions à prendre des dispositions pas toujours évidentes, mais ce n'était pas ce qui m'avait réveillée. Je me retournai sans pour autant effacer mon malaise. Je me remémorai la nuit, étape par étape jusqu'à ce qu'enfin je trouve ce qui m'avait troublée. Je sus à quel point j'avais été stupide. Pour un peu, je n'aurais rien dit à Luke, mais je me tortillais si bien sous l'effet de la peur qu'il se réveilla soudain, sans faire le moindre mouvement, et sa voix calme me parut sinistre dans l'obscurité :

– Qu'est-ce qui ne va pas ? murmura-t-il.

– Ma veste. Je l'ai laissée dans le chalet au bout du jardin de Christy.

– J'irai la chercher ce soir.

– Ce sera peut-être trop tard.

Je ne distinguais pas ses traits, seulement sa silhouette quand il s'assit.

– Ma pilule est dans la poche intérieure. Je la prends tous les matins au réveil.

Luke respira à fond et chercha sa chemise. Je tendis la main pour lui toucher l'épaule. C'était la première nuit que nous passions ensemble, les moments les plus intimes que nous ayons vécus. Je n'aurais pas voulu une fin aussi soudaine.

– Peut-être que tout ira bien, suggérai-je.

– C'est déjà assez compliqué d'avoir une famille, répliqua Luke, agacé.

– Il y a la pilule du lendemain.

– Des hormones encore plus fortes qui risquent de te détraquer. Si on s'en occupe maintenant, tu ne prends pas de risque. (Il alluma la lampe de chevet. La fatigue avait cerné ses yeux et, dessous, la chair s'était plissée. Il était presque habillé.) Continue de dormir. Je serai de retour dans quarante minutes, mais après il faudra que je te quitte.

– Attends, je vais avec toi.

Nous descendîmes ensemble. Le portier de nuit avait disparu. Dans la rue, nos pas faisaient craquer une mince couche de glace. C'était une nuit sans lune. Je jetai un coup d'œil à Luke sous la lumière orangée d'un réverbère et me souvins de l'histoire qu'il m'avait racontée sur son mariage précoce. Il allait avoir vingt et un ans quand, dans la bibliothèque où il feuilletait un livre, il avait ramassé la plaquette de pilules contraceptives à moitié utilisée qui en était tombée. La pilule étant interdite à cette époque en Irlande, Luke en voyait pour la première fois. Après avoir repéré le cycle des jours au dos de la plaquette, il l'avait mise dans sa poche sans comprendre la façon de s'en servir et sans vouloir se renseigner pour ne pas perdre la face. Le samedi suivant, il raconta à la fille avec qui il sortait qu'en prenant la pilule du samedi, ils pourraient faire l'amour sans danger ce soir-là. Cinq semaines plus tard, le jour où elle faisait officiellement ses débuts dans le monde, Carmel lui annonça qu'elle était enceinte. Ils se marièrent le jour de ses dix-huit ans et firent leur voyage de noces en Espagne, destination pour laquelle ils avaient trouvé un voyage organisé bon marché. C'était la première fois qu'ils prenaient l'avion et Carmel fit une fausse couche au cours du vol. La vie tout entière de Luke avait été déterminée par ce livre. Pas étonnant que je ne l'aie jamais vu lire.

Nous passâmes devant une église construite en retrait derrière des buissons, puis longeâmes le mur d'un couvent qui renvoyait le bruit de nos pas. Les maisons en briques rouges du dix-neuvième siècle, de l'autre côté de la rue, avaient l'air d'HLM et, au moment où nous atteignions la route de l'aéroport, un camion passa à toute vitesse. Après tout, le sort de Christy avait été bien plus pénible, me dis-je en me remémorant ce que m'avait raconté Luke, la douloureuse conception de Christine dans le pigeonnier du jardin des Duggan. Margaret, âgée de dix-sept ans, s'était précipitée en larmes dans la cuisine. Elle tenait son jean dégrafé et avait lâché inconsidérément devant la famille réunie : « Le zizi de Christy s'est coincé dans ma fermeture et je vais voir un bébé. » Quelle idée ma mère avait-elle eue de visiter un pays où deux frères pouvaient être aussi ignorants de la vie ?

Le bas-côté herbeux de la route était planté d'une rangée de vieux arbres au pied desquels avaient été disposés des boîtes et des sacs en plastique pleins de détritus destinés au ramassage. Je jetai un coup d'œil sur les cartons en m'imaginant y découvrir des enfants endormis. Luke me vit frissonner et m'entoura de son bras.

– Ça va ?

Je lui fis signe que oui, mais je n'en étais pas sûre. Un taxi passa. Luke leva la main, sans résultat. Au fond, j'aperçus deux joyeux rescapés des fêtes de Noël, pelotonnés l'un contre l'autre. Luke jura en constatant la rareté des véhicules qui circulaient dans les deux sens. Je m'appuyai contre la palissade. Je connaissais Dublin à cette heure. C'était le moment qui m'avait le plus marquée durant les quatre jours passés au milieu de la bande des jeunes mendiants, quand j'avais onze ans.

Nous avions dormi dans les ruelles et les voitures abandonnées. En réalité, je ne dormais pas, ou du moins pas plus de quelques minutes quand je sentais que j'allais tourner de l'œil. Je ne dormais pas, mais surtout, je ne parlais pas et je n'aurais pas mangé si le jeune vagabond qu'on appelait Martin ne s'était assis près de moi pour m'apprendre à ne plus avoir peur. Il m'avait montré de l'affection au point, parfois, de me nourrir lui-même. Je sentais encore l'odeur du sac en plastique qu'il me maintenait sur le visage. J'avais respiré les relents aigres de la colle, mais aussi la chaleur poisseuse de son haleine. Au début, j'avais eu des haut-le-cœur, et puis j'avais respiré la colle, de plus en plus, comme si je pouvais disparaître dans la blancheur de ce palais d'hiver où tout semblait s'éloigner et s'engourdir.

Les vapeurs de la colle avaient changé les orties d'un terrain vague en une fantastique forêt tropicale le premier matin où, la tête sur des gravats, j'avais été fascinée par une cheminée invraisemblablement accrochée au mur étayé d'une bâtisse. Je fus à peine consciente de la bagarre qui avait opposé Martin à un garçon plus âgé tandis qu'autour d'eux les autres criaient. S'il avait perdu, s'ils m'avaient abandonnée, je serais restée étendue là jusqu'à ce qu'on me retrouve ou que je subisse un sort plus tragique. Pourtant, après le combat, les autres m'acceptèrent à contrecœur. J'étais devenue la femme de Martin, mais jamais il ne m'avait touchée sauf lorsque, le soir, il lui arrivait de me prendre la main. Peut-être avait-il deviné que nous partagions le même sang, celui des tinkers.

La voix de Luke me ramena dans le présent. Je frissonnai. Il avait arrêté un taxi antédiluvien dont le vieux chauffeur fit un demi-tour laborieux. Luke m'ouvrit la portière avant de lui demander de nous emmener à Howth. L'homme avait au moins soixante-dix ans. Il portait une casquette à visière comme un paysan et parlait avec un accent que je ne comprenais pas toujours.

Il nous montra la maison devant laquelle l'avait arrêté un homme de Cork qui lui avait demandé de l'aider à déménager son appartement et de le laisser sur la quatre-voies en direction de Naas où son frère devait le prendre. Non seulement l'homme de Cork lui avait payé sa course, mais il lui avait donné une bouteille de whiskey en remerciement de son aide. Deux jours plus tard, la police l'avait interrogé ; son taxi avait été repéré sur le lieu d'un cambriolage. Un appartement avait été complètement vidé.

– Cet homme-là, conclut le chauffeur en riant, pour sûr qu'il était de Cork et que c'était un fameux escroc !

À son tour, Luke raconta l'histoire de deux frères qu'il avait connus jadis à Dublin. L'un rendait visite aux pubs de la cité, du côté du périphérique sud, avec pour objectif de vendre un téléviseur couleur pour presque rien. Quand il avait trouvé un acheteur, il livrait même à domicile. Le lendemain soir, son frère pénétrait par effraction dans l'appartement et récupérait le téléviseur. Impossible pour le locataire d'alerter la police sans avouer qu'il avait sciemment acheté un téléviseur volé. Les deux frères avaient vendu vingt fois cet appareil ; mieux encore, il leur était arrivé de réussir le coup deux fois dans la même nuit.

– Pour sûr que Dublin est une ville de crapules et d'arnaqueurs, constata le chauffeur en hochant la tête.

J'avais compris que Luke racontait une anecdote les concernant, Christy et lui. Il fit également allusion à quelqu'un qu'il avait connu dans les années soixante-dix. Le type fréquentait les bars louches ; il choisissait des touristes apparemment demeurés et leur vendait de la dope sous forme de bouillon Kub concassé. Si les touristes déclaraient en avoir déjà, il leur mettait sous le nez une carte officielle, les alignait contre le mur et prétendait être de la brigade des stupéfiants. Il leur donnait un avertissement et confisquait leur drogue avant de les laisser partir. Luke éclata de rire en révélant que la carte en question était une attestation de paiement de la redevance sur les chiens, qu'elle était périmée et imprimée en irlandais.

La voix de Luke changeait quand il s'adressait à d'autres Irlandais. Racontait-il ces anecdotes tirées de son passé pour distraire le chauffeur ou pour que je les écoute ? Il semblait y avoir des myriades de Luke, chacun mis en valeur différemment en fonction de l'éclairage. Tantôt il faisait peur, tantôt il se montrait délicieusement puéril. Le super mec de la ville était en réalité si candide qu'il ne connaissait rien au fonctionnement de la pilule contraceptive. Cette fois j'avais eu l'impression de connaître le vrai Luke. Et pourtant, presque aussitôt, il avait cherché à masquer son honnêteté sous d'autres versions de lui-même bien moins recommandables.

Le taxi atteignit la route côtière. Les lumières des terminaux pétroliers éclairaient les bâtiments du port, à l'autre bout de la baie. Je cherchai le long pont de bois qui menait à l'île déserte, le reconnus et faillis agripper l'épaule de Luke. Il me jeta un coup d'œil, puis s'intéressa de nouveau aux arches qui enjambaient la vaste étendue d'eau et de boue. Je baissai la vitre et respirai l'air glacé.

De mon séjour parmi les enfants, j'avais surtout gardé une impression de froid. Un engourdissement intérieur et, dehors, le gel. Une fois, pourtant, j'avais eu chaud, le soir où nous avions mis le feu aux ajoncs de l'île. À mon tour, je leur avais fait peur. Après avoir gardé le silence pendant des jours, je m'étais mise à hurler avec eux tandis qu'ils couraient dans tous les sens en arrachant de leurs doigts nus des brindilles qu'ils lançaient ensuite dans les buissons. Mais mon cri était différent. Il ne s'arrêtait pas. Il était aussi pénétrant que la colle dans le sac de Martin, plainte aiguë que j'essayais vainement de ravaler. Si une glace s'était trouvée devant moi, je savais qu'elle aurait volé en éclats. Ma gorge me faisait mal, mes poumons brûlaient, mais le cri ne s'arrêtait pas. Les enfants qui serraient contre eux le cidre et les victuailles qu'ils avaient achetés, sans compter tout ce que Martin m'avait appris à voler, s'étaient immobilisés. Silencieux, ils me regardaient courir entre les foyers d'incendie et tourner sur moi-même à toute vitesse en poussant des cris stridents comme si mes vêtements avaient pris feu et que mon corps était livré aux flammes dévorantes.

Dans le taxi je frissonnai à ce souvenir. Je remontai la vitre et y appuyai mes paumes. Luke m'observait exactement comme l'avaient fait les enfants, cette nuit-là. De nouveau, j'entendis ces hurlements dans ma tête et me rappelai mon impuissance à les faire cesser. Mais, de toute façon, je ne voulais pas m'arrêter. Il fallait que je continue pour évacuer ma souffrance. Martin avait fini par me rattraper. À peine ses mains m'eurent-elles saisi les poignets que je m'accrochai à lui et cherchai à le mordre. C'était le plus fort de la bande, pourtant je l'avais renversé au risque de mettre le feu à ses cheveux. Mais en me battant, je ne voyais pas Martin ; j'avais devant moi le visage de la ruelle, celui que j'allais donner plus tard à des douzaines d'hommes. Je ne sais comment Martin réussit à me mettre sur son dos. Je le revois titubant à travers les dunes tandis que je me débattais et lui donnais des coups de pied. Une fois même, il tomba à genoux, mais se releva et poursuivit sa route en trébuchant, traversa la grève jusqu'aux vagues. L'eau me frappa de plein fouet quand il me laissa tomber ; terriblement froide, elle me glaça jusqu'aux os. Je crus qu'il allait me noyer avant de comprendre qu'il essayait de me ramener à la raison.

Mes cris avaient cessé, faisant place enfin aux larmes. En levant les yeux, je vis son visage terrorisé. On entendait des sirènes sur la chaussée, les flammes ayant alerté police et pompiers. Martin trouva la force de me soulever et de m'emporter dans ses bras. J'avais beau être trempée, ce n'était pas le froid qui me faisait frissonner. Les autres arrivaient en courant, ombres émergeant des tourbillons de fumée et du crépitement des ajoncs. Il était temps de fuir, comme les lapins apeurés et le renard qui traversèrent notre chemin. Nous courûmes jusqu'au bout de l'île. Là, les filles s'emparèrent de moi après avoir chassé Martin et les garçons. Elles me dévêtirent complètement, chacune offrant l'un de ses haillons pour me tenir chaud. Quand je fus rhabillée, je leur ressemblais trait pour trait. Martin réapparut et me donna à boire du cidre qui me souleva l'estomac. Je portai le sac de colle à mes narines. Peu importait maintenant que ma mère me cherchât ou non. Nous étions venus en Irlande dans le but de retrouver mon tinker de père. Elle avait échoué. Pourtant, ici, dans l'herbe et le sable des dunes, les yeux fixés sur les phares des pompiers qui combattaient le feu, j'avais été acceptée par Martin et toute sa tribu.

Je ne dis pas un mot entre l'île et Howth. L'inspiration de Luke s'était tarie et le chauffeur se contentait de conduire en fredonnant d'une voix lasse. Une voiture s'était encastrée dans le mur d'un cimetière, en bas de la route qui montait jusqu'à Howth Head. J'aperçus du sang et du verre brisé sur la chaussée. Nous tournâmes à gauche et, à mi-côte, Luke donna l'ordre au chauffeur de s'arrêter le long du haut mur qui bordait le cul-de-sac où se trouvait la maison de Christy. Le vieil homme nous jeta un coup d'œil, manifestement inquiet.

– Elle a laissé sa veste dans le jardin, hier soir au réveillon. Je ne veux déranger personne à cette heure-ci.

– Vous n'allez pas me demander d'attendre votre frère sur la quatre-voies de Naas ? plaisanta l'homme, mais son regard sondait Luke.

Je me demandais si on l'avait souvent volé. Il me semblait trop vieux pour travailler à cette heure.

– Sûrement pas. (Luke descendit, puis, se penchant dans la voiture il ajouta :) Et ne croyez surtout pas que cette fille est votre bouteille de whiskey.

Luke longea le mur, tâtant les briques comme s'il choisissait l'endroit idéal. Il fit un pas en arrière avant de s'élancer pour trouver une prise au sommet, puis se laissa tomber dans le jardin avec une agilité surprenante. Le chauffeur l'avait suivi des yeux.

– C'est un rapide, votre papa, constata-t-il.

Je soutins son regard inquisiteur dans le rétroviseur.

– Il se défend aussi bien au lit, répliquai-je.

Le chauffeur détourna les yeux et sourit, battu à son propre jeu. Il alluma une cigarette et m'en offrit une. Nous fumâmes en silence en attendant Luke qui tardait à revenir. Comme je devinais le malaise de l'homme, je le fis parler de son métier. Il exerçait depuis quarante ans. Les gens qui font la queue à Noël s'imaginent que les taxis gagnent plein de fric, mais peu importe qu'une douzaine de clients poireautent puisque le chauffeur ne peut faire qu'une course à la fois. Pourtant, Noël était le seul moment où sa femme savait qu'il allait se mettre sérieusement au boulot et rentrer à l'aube.

– Et le reste du temps, qu'est-ce que vous faites ? lui demandai-je, l'œil fixé sur la route déserte, inquiète de ce que Luke ne réapparaissait pas.

– Pas grand-chose à mon âge, répondit le vieil homme en riant.

Je pensais que la conversation était terminée, mais il la poursuivit en me racontant que, quand les affaires allaient mal, il lui était pénible d'attendre pendant des heures un client dans une file. Sa femme n'aimait pas trop le laisser partir en voyage, mais elle acceptait qu'il ait la musique dans le sang.

Je n'arrivais pas à le suivre. Une voiture sortit d'une résidence et fit un essai de freinage en cas de verglas. Je demandai au chauffeur de quel genre de musique il jouait. Il gardait dans son coffre une vieille *uilleann pipe* *, m'avoua-t-il, et parut surpris que, malgré mon accent, je sache ce que c'était. Quand je le questionnai, il devint réticent. Pourtant, je devinais chez lui une fierté intransigeante et savais qu'il n'était pas né d'hier. Je me souvins d'un livre de photographies sur l'Irlande trouvé à la bibliothèque de Harrow, et de l'une d'elles, un vieux musicien aux doigts tachés de nicotine jouant d'une modeste flûte sur le champ d'une foire aux chevaux, le regard tourné avec méfiance vers l'appareil. J'avais passé des heures à la contempler, persuadée – tout en sachant parfaitement le contraire –

* Cornemuse irlandaise *(N.d.T.)*.

que j'avais sous les yeux le visage de mon père. Et maintenant, je regardais de la même façon le chauffeur de taxi, sachant fort bien qu'il n'était pas mon père, mais obsédée par un monde dont il fallait que je l'amène à parler.

Maintenant, ses enfants étaient élevés. L'un travaillait dans une usine de retraitement de déchets nucléaires au Canada et l'autre était médecin à Édimbourg. Il avait fallu travailler dur, mais sa maison de Whitehall était payée depuis longtemps et sa femme s'était fait des amies au club des dames. Il y a trente ans, les soirs d'été, une douzaine de musiciens se réunissaient chez lui et on roulait les tapis avant de se mettre à danser. Maintenant, on faisait de la musique dans les pubs. Ce n'était plus comme au temps jadis où les gens de Dublin s'en fichaient. À l'époque, on se moquait de ses fils quand ils revenaient du Pipers Club, et un vieux voisin qui avait servi dans l'armée britannique leur criait de lui montrer leur langue verte *. Il faisait encore le taxi pour ne pas être constamment dans les jambes de sa femme, mais avec les beaux jours, elle savait qu'il lui arriverait de faire une virée de trois ou quatre jours. Quand ses fils étaient petits, ils s'étaient souvent disputés au sujet de ses escapades, mais, ironie, du sort, maintenant qu'il en avait le temps, il manquait parfois de courage pour prendre le volant jusqu'au comté de Clare.

J'avais beau regarder par la fenêtre, je ne voyais aucun signe de Luke. Je me demandai si McGann traînait dans le secteur. Le chauffeur, moins inquiet, avait même arrêté le compteur. Il me raconta que, encore maintenant, il partait en balade plusieurs fois par an. S'il emmenait un client dans l'un des nouveaux hôtels de luxe de Kildare, au lieu de revenir, il baissait son drapeau et poursuivait sa route. Ses amis étaient plus âgés que lui et beaucoup étaient morts. Les ouvriers qui, naguère, jouaient de la cornemuse dans sa cuisine se retrouvaient à

* Allusion naïve et méchante à la couleur verte, symbole de l'Irlande *(N.d.T.)*.

Vienne dans des salles de concerts où ils clignaient des yeux sous les feux de la rampe.

De nos jours, si l'on n'y prenait garde, on se retrouvait entouré par une douzaine d'Allemands et de Danois armés de caméscopes. Non, on n'avait rien contre ces jeunes visiteurs. Ils étaient enthousiastes, terriblement bien informés et, Dieu bénisse leur innocence, ils croyaient tout ce qu'on leur racontait. S'il n'y avait eu que les Irlandais, leur musique se serait éteinte depuis longtemps malgré les inconditionnels qui, dans certaines familles, se la transmettaient à présent encore. Maintenant, les cornemuseux avaient parfois l'impression d'être des animaux traqués. Oui, ils accueillaient volontiers les étrangers, mais ils préféraient leur solitude. Les gens affluaient dans les pubs de Milltown Malbay où ils espéraient les entendre, mais, la plupart du temps, il fallait un mot de passe pour découvrir le lieu, bien souvent une cuisine, où se donnait le concert.

Mon chauffeur n'appartenait pas à la même association que ces gens-là, mais il les fréquentait depuis si longtemps qu'il n'avait pas besoin d'un laissez-passer. Une fois qu'il avait retrouvé les musiciens, il oubliait tout le reste. Il y avait de la magie dans la musique. On entrait, on apercevait des gens qu'on connaissait et d'autres qu'on n'avait pas revus depuis dix ans, tous rassemblés pour faire un bœuf. Le temps d'une blanche, les musiciens jouaient moins fort et saluaient le nouvel arrivant. Celui-ci sortait alors sa cornemuse et attendait une interruption entre les reels pour se joindre à eux. C'était la seule musique qui pouvait être jouée par cinq ou vingt-cinq interprètes. Même un médiocre cornemuseux comme lui s'intégrait au groupe sans paraître déplacé.

Pendant un moment, nous avions oublié Luke. Un bruit sourd nous le rappela. Il avait sauté du mur, ma veste à la main. Il demanda au chauffeur de me ramener à l'hôtel de Glasnevin et posa la veste sur mes genoux. Les pilules s'y trouvaient encore. Je ne voulais pas en prendre une dans le taxi. J'étreignis la main de Luke.

– Tu as mis longtemps.

Il acquiesça d'un signe de tête, me faisant ainsi comprendre que je n'obtiendrais pas d'autre information. Il n'y avait plus de poste de radio sur le tableau de bord, seulement une radio-cassette posée à côté du chauffeur. Luke gardait le silence. Je n'avais qu'une idée en tête, me coucher et ne me réveiller que lorsqu'il serait temps de prendre l'avion pour Londres. Le chauffeur, lui aussi, se taisait. Au premier feu, il chercha à tâtons une cassette qu'il introduisit dans l'appareil. Un air de cornemuse emplit la voiture, si bas qu'il dominait difficilement le bruit du moteur. L'enregistrement datait de plusieurs dizaines d'années. Produit à partir d'un matériel rudimentaire, il grésillait.

– Quand le coq chante, c'est l'aube, déclara Luke.

Je le regardai sans savoir à qui il s'adressait, puis je compris qu'il annonçait le titre de la chanson. Le chauffeur, surpris, regarda son passager dans le rétroviseur et monta le son.

– C'est Seamus Ennis, ajouta Luke.

– Exact, approuva le chauffeur.

– Seamus a toujours prétendu que son père le jouait bien mieux que lui.

– En effet, acquiesça le chauffeur. Son père avait de longs doigts pour un cornemuseux, à ce que tout le monde dit. Vous avez connu Seamus ?

– Je lui rendais visite à l'époque où il vivait dans une caravane à Naul.

– À la fin, peu de gens prenaient la peine d'aller le voir. (Le chauffeur hocha la tête, tout à ses souvenirs.) Le Grand Maître des Pipers irlandais seul face à la mort dans une caravane, quelque part au milieux d'un champ.

– C'est ce que Seamus voulait. Il n'avait plus vraiment envie de vivre. Combien de fois je l'ai trouvé à moitié mort à force d'avoir bu. Il voulait mourir.

– Des centaines de chansons sont mortes avec lui. Il ne suffit pas d'écrire des notes pour croire que les airs continuent à vivre.

Nous avions pris la route côtière en sens inverse. J'avais du mal à suivre la conversation. Je fermai les yeux et écoutai la musique tandis qu'ils évoquaient un joueur de cornemuse, en même temps conteur, mort dans la misère. Et aussi, un autre vieil homme, le plus grand chanteur de sean-nós de tous les temps qui était obligé de gagner sa vie comme chasseur dans un immeuble de New York.

Quelques heures plus tôt, j'avais cru qu'à Dublin le monde du crime ressemblait à une société secrète. Mais maintenant, le monde de la musique traditionnelle me paraissait encore plus fermé. Le chauffeur interrogeait Luke sur des noms de musiciens comme s'il se méfiait de son accent et de son milieu. Je me souvins d'une réflexion de Liam Darcy qui trouvait étrange l'intérêt de Luke pour la musique irlandaise. Pourtant, en l'écoutant parler, son itinéraire, qui allait du jeune voyou vendant des téléviseurs volés à l'homme assis parmi les intimes des musiciens au cours de leurs réunions, me parut logique. À la base de son évolution, on trouvait les deux éléments les plus chers au cœur d'un jeune homme : l'argent facile et le sexe.

Luke expliqua qu'à dix-huit ans il était tombé amoureux d'une fille dont les parents tenaient une quincaillerie. Ils détestaient Luke aussi bien que son milieu, mais la fille l'avait amené, au cours de plusieurs week-ends, dans leur maison de Laytown où des musiciens de Louth et de Cavan se rassemblaient pour jouer. Il avoua qu'au début, il avait détesté cette musique qu'il associait aux parents de la fille. Mais il y avait un vieux violoneux, Jamie O'Connor, dont il appréciait la compagnie et qui le ramenait souvent à Dublin. Depuis sa mort, on en avait fait le dieu de la musique irlandaise dans toute sa pureté. Pourtant, Luke affirmait qu'il avait gagné sa vie pendant des décennies dans des orchestres minables de jazz jusqu'au jour où il avait senti le vent tourner avec la mode des Clancy Brothers et des moutons d'Aran dont la moitié étaient tondus pour tricoter des pulls. Le chauffeur, amusé par l'anecdote, raconta à son tour qu'un jour O'Connor avait essayé de conduire son taxi, convaincu que c'était sa propre voiture.

– Ça, c'est du Jamie tout craché, convint Luke. Puisqu'une

créature aussi simple qu'un cheval savait rentrer chez elle, il ne concevait pas qu'un objet aussi complexe qu'une voiture ne puisse retrouver son chemin.

Déjà, nous rencontrions la circulation du petit matin sur une route bordée de maisons anciennes. Des guirlandes de Noël éclairaient les arbres dépouillés dans les vastes jardins. Luke racontait au chauffeur la nuit où O'Connor l'avait ramené de Laytown. Le violoneux, le visage appuyé contre le pare-brise, se plaignait de la brume qui recouvrait la route. Surpris, Luke avait admiré la merveilleuse nuit d'été et, suffisamment dessoûlé, il avait attrapé le volant, forcé O'Connor à s'arrêter et conduit jusqu'à Santry où habitait le musicien.

Une fois chez lui, O'Connor avait mené Luke dans le jardin, derrière la maison. Le sol avait été retourné des mois auparavant, pourtant rien ne semblait avoir poussé. O'Connor avait grommelé quelque chose au sujet du billet de cinq livres qu'il donnerait à Luke s'il « déterrait la récolte ». Luke avait éclaté de rire avant de se rendre compte que O'Connor était sérieux. On avait enterré quelque chose à cet endroit. Une auto-stoppeuse anglaise avait disparu quelques mois plus tôt et son corps n'avait jamais été retrouvé. Le violoneux apporta une pelle et s'assit sur le pas de la porte avec une pinte de stout. Il donna des indications à Luke qui se mit au travail avec enthousiasme.

Il ne fut pas long à découvrir la première des dix petites tombes. Dans chacune, cinq petits violons allemands de médiocre qualité dormaient, leur contreplaqué exposé aux intempéries depuis des mois. Quand O'Connor en eut secoué la poussière, il les mit dans la malle arrière de sa voiture avant d'aider Luke à enterrer les cinquante violons qu'il avait tirés d'un coffre de son séjour. Luke voulut lui réclamer ses cinq livres, mais O'Connor lui en promit davantage s'il l'accompagnait pendant le week-end. Il s'agissait, en réalité, de faire le tour des foires irlandaises. J'imaginai Luke qui, transformé pour la circonstance en petit-fils de violoneux, vantait d'un air innocent à de fervents admirateurs venus de Munich ou de Milwaukee les mérites d'un instrument que son grand-père gardait en réserve et qui avait appartenu à sa famille depuis soixante-dix ans. Vu les temps difficiles qu'il traversait, il souhaitait le vendre en secret, sans en dire mot à personne.

Luke et le chauffeur de taxi riaient encore lorsque nous arrivâmes devant l'hôtel. J'aperçus le portier de nuit qui regardait par la fenêtre la fille qu'il avait vue entrer quelques heures auparavant. Je lançai un coup d'œil à Luke, sachant parfaitement que pendant un instant il avait oublié l'enterrement et la situation difficile dans laquelle il se trouvait, accablé par les responsabilités qu'il devait assumer. Il me jeta un regard où, pour la première fois, je lus de l'envie. Pendant une demi-seconde, je crus qu'il allait donner l'ordre au chauffeur de démarrer et de nous conduire dans je ne sais quelle lointaine cuisine où l'on pourrait écouter de la musique. Mais il avait aperçu le portier de nuit et son visage avait changé. Inconscient de cette transformation, le chauffeur continuait à glousser de rire.

– Ils se seraient battus pour avoir l'un de ces maudits crincrins, poursuivit-il. Il y en avait des centaines en circulation, autant que de morceaux de la Vraie Croix. Miko Russell m'avait même dit, je m'en souviens, qu'on ne pouvait pas aller à l'étranger sans rencontrer un de ces pauvres malheureux qui grattaient leur instrument, persuadés que leur propre maladresse était responsable de sons aussi médiocres.

– C'est ça qui est bizarre, remarqua Luke. Quand O'Connor en jouait avant de les vendre, il les faisait chanter.

– Pauvre Jamie. C'était un vieux bougre inoffensif, constata le chauffeur en secouant la tête.

– Les salauds ! (La voix de Luke exprimait une colère froide.) Comment peut-on battre quelqu'un à mort et être jugé pour homicide involontaire ?

– Il n'y avait que Jamie pour venir en aide à un gamin tabassé dans le bus de Ballymun. Sûr que ces jeunes l'avaient pris pour un moins-que-rien. À la prison de Mountjoy, ils sont entrés par une porte sans se biler et sont aussitôt ressortis par l'autre.

Ils s'étaient tus et se remémoraient un événement dont je ne savais rien. Il était sept heures vingt. Luke tardait à rejoindre le monde auquel il appartenait vraiment et, pourtant, il n'avait plus de temps à me consacrer. Il en serait toujours ainsi. Une heure volée par-ci, une nuit brève par-là. Dans le lit déjà refroidi où nous avions fait l'amour, j'entourerais de mes jambes son oreiller en me persuadant que son odeur s'y accrochait encore. Luke regarda sa montre.

– En tout cas, vous n'avez pas oublié la musique, remarqua le chauffeur.

– C'est contagieux, répondit Luke en me faisant signe d'ouvrir la portière. Jamie était un vieil escroc, mais un sacrément bon violoneux. Les touristes n'y voyaient que du feu et les autres musiciens s'amusaient de l'arnaque. Les seuls qui protestaient, c'était les types du Fleadh Ceols * qui essayaient de lui faire quitter la ville, surtout par snobisme parce qu'il avait été nomade et qu'ils passaient leur temps à brûler le campement des gens du voyage pour peu qu'ils soient trop près de chez eux.

Je sus à sa façon de parler qu'il attendait que je sorte. L'ennui, c'est que, brusquement, je n'étais plus disposée à partir.

– Si je comprends bien, O'Connor était une sorte de tinker, de chemineau ?

Quelque chose dans ma voix surprit les deux hommes.

– En effet, confirma le chauffeur.

– Est-ce que tous les violoneux allaient de ville en ville ?

– Quelques-uns. Les musiciens itinérants étaient rares, même quand j'étais gamin. Mais dans certaines familles, on en trouvait de bons.

– Avez-vous entendu parler d'un tinker nommé Frank Sweeney ?

Le chauffeur secoua négativement la tête.

---

* Festival de musique traditionnelle irlandaise *(N.d.T.)*.

– Non, je ne crois pas. D'ailleurs, Sweeney n'est pas un nom de tinker.

Luke toussa, signe que son humeur changeait, mais c'était trop important. Je ne leur demandais que cinq minutes de plus.

– Frank Sweeney, répétai-je en parlant vite. Un colporteur du Donegal. Je suis sûre qu'il est mort depuis longtemps. Un beau salaud, mais il jouait bien. Vous ne l'avez jamais rencontré ?

– Allons, Tracey, cesse de nous faire marcher, je suis horriblement en retard. Je téléphonerai à l'hôtel dès que je pourrai.

Je n'avais pas l'intention de me laisser faire. J'avais l'occasion de connaître le monde de mon père et voulais en savoir plus.

– Je me suis rarement risqué dans le Donegal, poursuivit le chauffeur en faisant comme s'il n'avait pas entendu. Ils ont leur propre style, plus proche de la musique écossaise, parce que c'est en Écosse qu'ils sont allés chercher du travail.

– *Last Night's Joy.* On m'a dit que Frank Sweeney aimait particulièrement jouer cet air-là.

– C'est un morceau que jouent les hommes du Donegal.

Luke me regardait, mais différemment. Jusqu'alors, il avait cru que je tergiversais, que j'inventais des questions par dépit, pour le retarder. Mais le titre que je venais de citer l'avait désarçonné. Jusqu'alors, j'étais sa maîtresse anglaise, rangée dans le compartiment « dimanche soir » de sa vie. Maintenant, je lui révélais une partie de moi-même qu'il ignorait. Il ne s'y attendait pas, j'échappais à son contrôle.

– Qui est ce Sweeney ? demanda-t-il, méfiant. Tu ne m'as jamais parlé de lui. Tu sais que ça ira mal si je suis en retard à l'enterrement.

Avant que je puisse répondre, le chauffeur se mit à rire sans tenir compte de l'impatience de Luke. Il m'inspirait confiance et ça m'était bien égal que la famille de Luke l'attende. Je n'étais pas un jouet mécanique.

– *Last Night's Joy.* Sûr qu'il est connu pour cet air-là et aussi pour *The Black Fanad Mare.* Je n'ai jamais entendu personne l'appeler Frank Sweeney, mais je suppose que c'est son nom. Qui vous a dit que c'était un colporteur ?

– Vous savez de qui je veux parler ?

Je retins mon souffle. Luke lui-même percevait mon émotion.

– Oui. Je crois, mais je ne suis pas sûr que vous, vous le sachiez. (Il s'était tourné vers Luke.) Traduisez. Frank Sweeney, vous ne voyez pas ? Proinsías Mac Suibhne. Une fois, je l'ai entendu dire que *Last Night's Joy* était le premier reel qu'il avait appris en se souvenant de l'air que lui chantait une vieille voisine quand il était petit.

Exaspéré, Luke nous regardait tour à tour, le chauffeur et moi.

– On vous paie pour conduire, mec. Cette fille ne reconnaîtrait pas Mac Suibhne à deux mètres et en plein jour. Elle raconte des salades. C'est la première fois qu'elle met les pieds en Irlande. (Il me lança un regard furieux.) Il est sept heures et demie. Tu sais que je ne peux me permettre d'être en retard. Pourquoi me fais-tu perdre mon temps ? Tu n'as jamais entendu parler de Proinsías Mac Suibhne, hein ?

– Non. (Jamais je n'aurais pensé en arriver là.) Le type dont je parle était un tinker du Donegal. C'était un tricheur et un lâche qui jouait du violon.

– Mac Suibhne voyageait, précisa le chauffeur, mais ce n'était pas un nomade. Ceux-là ne sont jamais les bienvenus. Même quand ils réparaient les casseroles et les bouilloires, on les tolérait difficilement. Mais Mac Suibhne, c'est comme un prince, vous comprenez ? C'est un honneur de l'avoir chez soi. Il fait toujours la même tournée, des petits bourgs loin des villes. Il y passe quelques jours et les gens viennent l'écouter. Ils étaient tous comme ça dans sa famille, depuis des générations. Mais Proinsías est le meilleur. Je partirais en dansant jusqu'à Cork si je savais qu'il vient y jouer pour nous.

À la place de l'excitation que j'aurais dû ressentir, j'éprouvais une immense crainte.

– Il est sûrement mort depuis longtemps ?

– Je ne l'ai jamais entendu dire. (Le regard de l'homme allait de Luke à moi.) Vous devez vous tromper, jeune fille. Cet homme-là aurait les funérailles d'un cardinal.

Luke m'ouvrit la porte et posa une main sur mon épaule pour me pousser dehors.

– Tu sais que je devrais être parti. Rentre à l'hôtel. Tu as dit que tu n'avais jamais entendu parler de Mac Suibhne. Comment le pourrais-tu étant donné qu'il a passé sa vie caché dans les collines ? Même les gens du coin ne savent pas où il se trouve. Qu'est-ce que ça peut te faire s'il est vivant ou mort ?

La pression de la main de Luke sur mon épaule me fit craquer.

– C'est mon père.

Luke cessa de me pousser et me regarda comme si j'étais folle.

– Oui, sûrement, aboya-t-il. Arrête de déconner. J'en ai marre de tes salades.

– Laissez-la tranquille, l'avertit le chauffeur avec une hargne qui prouvait que Luke l'agaçait depuis le début. Vous ne voyez pas qu'elle pleure ?

– Elle a beaucoup bu, rétorqua Luke. Et elle a une imagination délirante. (Il baissa le ton pour s'adresser à moi comme à une enfant indocile :) Arrête de faire marcher le monsieur. Rentre dans ta chambre et tâche de dormir.

– Quel âge avez-vous ? interrogea le chauffeur sans s'occuper de Luke.

– Vingt-deux ans.

Au même moment, Luke, qui n'en pouvait plus, me sortit de force du taxi. Comme je trébuchais sur le bord du trottoir, il tendit le bras pour m'empêcher de tomber.

– Laissez-la tranquille, vous m'entendez ?

L'homme, furieux, dont je savais qu'il n'était pas de taille à lutter contre Luke, semblait vouloir se bagarrer.

– Je vous dis qu'elle est soûle et qu'elle raconte n'importe quoi, répondit sèchement Luke. C'est une minable petite pute anglaise qui fait des histoires et m'empêche d'arriver à l'heure à l'enterrement de mon frère.

– Lève la main sur la fille de Mac Suibhne, et je jure sur la Bible que je te casse la gueule !

– Vous savez très bien que Mac Suibhne n'est jamais sorti du Donegal et qu'il n'a jamais regardé une femme, à ce qu'on dit.

Luke ronchonnait comme s'il s'adressait à deux cinglés. Le portier de nuit, subodorant un problème, avait ouvert la porte. Je le devinai à travers mes larmes. Malgré tout ce qu'avait pu dire Luke et toutes mes justifications, c'étaient les mots que j'attendais depuis des mois : une minable petite pute anglaise. Je n'étais que cela pour lui et je ne serais jamais rien d'autre. C'est ce que ma mère avait été pour Sweeney, ou Mac Suibhne, quel que soit son nom. Je me sentais nue, comme si le portier pouvait voir la marque des doigts de Luke sur mes vêtements, à l'endroit de mes seins et de mon cul. J'imaginais ce qu'il pouvait penser : c'est la fille qui est arrivée il n'y a pas longtemps avec un autre type, sûrement une pute étrangère bon marché. J'avais du mal à saisir ce que disait le chauffeur de taxi.

– Tu te pointes de temps en temps à Dublin, mon pote, et c'est ce que tu as toujours fait. Tu n'as jamais entendu les rumeurs qui couraient ici il y a vingt ans. Mac Suibhne s'était caché à Dublin. Moi-même, je l'ai vu une fois en compagnie d'une fille aux cheveux longs avec un chapeau de paille. Regarde dans quel état est cette enfant. Le pire des crétins verrait qu'elle dit la vérité. Et maintenant, sors de mon taxi, putain de merde, et trouves-en un autre.

Je ne supportais pas l'idée qu'il laisse Luke en plan ici. Je ne voulais plus avoir affaire à lui, ni maintenant ni jamais.

– Je vous en prie, suppliai-je. Je ne veux pas qu'il reste. Emmenez-le.

La porte du taxi était encore ouverte. Luke, que les événements avaient rendu perplexe, nous dévisageait. Au moment où il ouvrait la bouche pour parler, le chauffeur appuya sur le champignon et la porte se referma sous l'effet de la vitesse. Le portier était descendu. Je sentis sa présence derrière moi, mais en me retournant, je ne lui trouvai pas l'air libidineux auquel je m'attendais.

– Entrez, ma mignonne, vous allez attraper la mort, me dit-il gentiment. J'ai la bouilloire sur le feu pour les premiers petits déjeuners. Tout ira bien quand vous pourrez vous mettre à table devant un œuf.

Je refusai son offre, mais cinq minutes plus tard, alors que je pleurais dans mon lit en tenant dans la main la pilule responsable de toute cette histoire, le portier arriva avec du thé, des toasts et un œuf. Il avait l'air si inquiet que je dus m'essuyer les yeux et faire l'effort de manger. Pour me changer les idées, il m'avait apporté un journal irlandais plié sur le plateau, son gros titre bien en vue : *Nouveau règlement de comptes à Dublin.*

14

Grand-papa Pete vint lui-même opérer mon sauvetage. Il fouillait Dublin depuis quarante-huit heures lorsque je fus arrêtée pour vol à l'étalage. Au début, j'avais été une petite Anglaise bien mise qui n'attirait pas l'attention et pour cause, je cachai mon butin sous mon manteau. Mais maintenant, on ne me distinguait pas du reste de la bande. Le matin, nous opérions dans Henry Street. Puis venaient les galeries de jeux et les restaurants pas chers de Talbot Street. Jamais je ne m'approchais de l'hôtel où ma mère et moi étions descendues. Martin devinait ma peur et, quand je m'enfuyais, il jurait et lançait les autres à ma poursuite.

Ils m'avaient surnommée la zinzin, et pourtant ils me suivaient. Quand bien même ils m'avaient acceptée à contrecœur, leur loyauté était comme la colle qui unissait aux autres la vie de chacun d'entre nous. Nous étions des hors-la-loi fonçant à travers le filet des vigiles armés de talkies-walkies qui veillaient à la sécurité des magasins. L'argent que nous dérobions ou celui que nous tirions des fourgues était dépensé dans la journée. Lorsque nous en avions les moyens, nous mangions dans une cafétéria, Chez Philomena, en fin de matinée avant que les autres clients ne protestent. Notre menu ne variait pas : des monceaux de pain blanc déjà beurré, du Coca ou du Fanta, et des assiettes de viande froide avec des frites. Le jeune serveur partageait ses cigarettes avec nous ; assis à la table voisine, il nous exhortait à rejoindre notre famille et à penser à l'école. Personne n'y faisait attention. Nous savions que ce n'était pas un véritable adulte et qu'il était notre ami. Martin se moquait de lui, mais s'il nous restait une livre, nous la lui laissions comme pourboire.

Il me taquinait à propos de mon silence, mais pas une fois je n'avais parlé devant lui, terrifiée à l'idée qu'il pourrait téléphoner à la police en entendant mon accent. Si j'étais arrêtée, on me renverrait à coup sûr. Les autres évoquaient maisons de correction et orphelinats. Ils se racontaient des histoires de bonnes sœurs cruelles et de frères aux lanières de cuir. La petite fille innocente qui se balançait sur un pneu dans un jardin de Harrow était désormais une étrangère. Le troisième jour, je vis sa photographie placardée par la police sur la porte d'un magasin. Les autres se rassemblèrent autour. Je me rendis compte que très peu savaient lire. Une cliente bien vêtue me remarqua. Elle arrêta son regard sur moi. Soudain, j'eus envie d'être secourue, mais je ne lus dans ses yeux que dégoût et soupçon. Elle étreignit plus fort son sac et passa devant moi en me bousculant comme si j'étais invisible.

C'était ce que j'étais devenue. Je ne pensais plus qu'à trouver de quoi manger, savoir où dormir, décider de la ruelle où je pourrais pisser en toute sécurité pendant que les autres filles monteraient la garde. Je n'avais pas le trac parce que je n'avais pas d'identité. Je volais pour eux parce que mes doigts étaient plus agiles que les mains habituées à chaparder depuis des années. Une fois, l'un des jeunes frères de Martin, qu'on avait mis à mendier devant une porte, nous suivit. Martin le renvoya en lui disant qu'il était trop petit pour se joindre à la bande. Leurs parents allaient bientôt sortir du pub pour ramasser l'argent récolté dans la boîte à chaussures. Martin y déposa quelques pièces, assez pour les empêcher de ronchonner, et donna à l'enfant deux tablettes de chocolat en insistant pour qu'il les cache tant que ses parents n'auraient pas regagné le pub. Autrement, il serait battu s'ils pensaient qu'il avait accepté de la nourriture au lieu d'argent. L'enfant se mit à pleurer quand Martin le quitta. Les autres avaient pris de l'avance. Martin garda le silence, mais, une fois dans une rue étroite près de la Pro-Cathedral, il donna un coup de pied dans toutes les voitures en stationnement munies d'une alarme de sorte que la rue entière se mit à retentir de leur bruit.

D'autres bandes d'enfants sillonnaient les rues, mais ceux-là habitaient dans des logements et cassaient les vitres des voitures arrêtées aux feux pour faucher les sacs. Ils servaient aussi à transporter la drogue. Ils gardaient leurs distances car, même dans le monde de la pègre, nous étions de la racaille, des petits salauds de tinkers. Ils nous injuriaient quand ils étaient sûrs de pouvoir s'enfuir et m'avaient repérée. Ils me traitaient de vérolée, prétendaient que Martin m'avait mise enceinte et braillaient qu'il s'était branlé sur ma jambe et qu'il avait laissé les mouches faire le reste. Nous leur courions après, en bousculant les badauds sur notre passage. Nous voulions leur peau, Martin plus que les autres.

Le quatrième jour, Martin faillit attraper un garçon resté à la traîne qui avait quatre ans de plus que lui mais qui, en voyant son expression, s'élança sur le quai, au milieu de la circulation. Après avoir évité quelques voitures, il se heurta à un camion. Martin voulut me tirer en arrière, mais j'étais incapable de bouger. La peau du garçon était intacte à l'exception d'une coupure au-dessus de l'œil, à l'endroit où sa tête s'était cognée contre le trottoir. Il avait du duvet sur le menton comme ceux qui ne se sont pas encore rasés, mais lui ne le ferait jamais. Martin me tira les cheveux d'un coup sec et la douleur rendit de l'énergie à mes jambes. À toute vitesse, nous passâmes devant une caserne, descendîmes une rue bordée de maisons en ruine et de boutiques de meubles bon marché. Je ne pouvais m'empêcher de penser qu'il est facile de mourir et pourtant, je n'en avais pas le courage.

Notre course s'arrêta une fois dans Mary Street. Les autres s'y étaient rassemblés, surveillés par les vigiles devant les portes des boutiques. Je me souviens qu'en marchant vers O'Connell Street, je m'étais regardée dans des carreaux brillants qui me renvoyèrent l'image d'une autre. Je paraissais plus sale qu'aucun des membres de la bande. Je crois bien que Martin se douta de ce que j'allais faire, mais il ne put m'empêcher d'entrer dans la boutique. Je vis le vigile lever son talkie-walkie. J'entendis, sur les quais, la sirène d'une ambulance. Les autres avaient soudain disparu. Martin eut beau siffler pour me rappeler de toute urgence, je poursuivis mon chemin. Le vigile n'allait pas me voir puisque je n'existais plus. Je me rappelle avoir passé de la soie sur mon visage, en avoir senti la douceur comme quelque chose dont je me souvenais encore vaguement.

Je ne me souciai même pas de cacher ce que j'avais dérobé. J'emplis mes poches, puis mes bras d'objets inutiles. Le vigile marchait derrière moi, accompagné par la gérante. Devant la porte, j'aperçus Martin qui me faisait signe de tout laisser tomber et de courir. Je m'avançai vers lui, parfaitement consciente de ce que je faisais, sachant qu'il n'allait pas s'enfuir. Il m'avait sauvé la vie dans la ruelle. Sans lui, j'aurais trouvé la paix comme le garçon du quai. Je ne pouvais le lui pardonner parce que j'étais aussi morte à l'intérieur qu'une montre arrêtée. Je m'avançai entre les alarmes. La rue tout entière se mit à vibrer. Quand je lui tendis mon butin, Martin ne fit pas un mouvement. Son expression changea lorsqu'il comprit que j'agissais délibérément. Les bras puissants du vigile me saisirent et me soulevèrent. Je reconnus son visage sous la casquette bien qu'il eût vingt ans de moins. Il hurla au contact de mes ongles.

Il était dix heures et demie. Allongée sur le lit de ma chambre d'hôtel, à Glasnevin, je ne quittais pas des yeux la manchette du journal et la photo de la victime. La police ne rattachait pas directement sa mort au meurtre de Christy, mais elle réservait son jugement. Je voulais dormir, mais j'en étais incapable. Laquelle de ces deux révélations me troublait le plus ? Que Luke me considère comme une pute minable ou que l'homme qui était sans doute mon père soit toujours vivant ? Le violoneux décrit par le chauffeur de taxi, celui dont je n'arrivais même pas à prononcer le nom, n'avait aucun rapport avec l'homme qui nous avait abandonnées. Pourtant, je ne pouvais chasser le malaise que provoquait en moi ce détail : il avait été vu en compagnie d'une jeune femme. Je me rappelais l'album de photos rangé dans l'armoire de ma mère. Elles avaient été prises dans notre jardin l'été où elle avait arrêté ses études. Elle semblait sûre d'elle, elle riait, elle avait des cheveux longs et un chapeau de paille, elle allait partir seule pour la première fois, entreprendre un tour d'Irlande en auto-stop.

Le chauffeur de taxi avait pu se tromper, mais les mots de Luke ne comportaient aucune équivoque. Impossible de me dissimuler leur impitoyable vérité. Cet été-là, ma mère était entrée en disgrâce. Elle était enceinte, mais d'un vieillard qui s'était accroché à elle, puis l'avait abandonnée. Quant à moi, je n'avais jamais été capable de me trouver un homme. J'avais dû me contenter des restes des autres femmes et maintenant je n'avais même plus de maison où me réfugier. Au cours de mon adolescence, j'avais torturé ma mère en m'érigeant en juge, drapée dans la supériorité de ma propre souffrance. Mais, comme elle, j'avais fait un gâchis de ma vie. Grand-mère, qui avait mis tous ses espoirs en elle, ne s'attendait pas à la voir rentrer à la maison mariée en secret. Au moment où moi-même je m'étais éclipsée, j'avais compris que Mamie n'espérait pas mieux de moi.

J'aurais voulu téléphoner à grand-papa Pete, mais c'était impossible après une absence de seize mois. En imagination, je vis à quoi ressemblait la maison. Je savais à quel endroit telle décoration allait être suspendue et je me rappelai même ce qui était écrit sur la boîte en carton où les guirlandes étaient rangées. Grand-papa Pete avait acheté le sapin samedi, il l'avait rapporté dans le coffre de sa voiture avec son support et en avait fait scier la base pour être sûr qu'il tienne droit. Il y aurait deux guirlandes électriques datant d'une dizaine d'années. L'une clignotait, l'autre pas. Grand-papa scotcherait la rallonge le long du mur pendant que Mamie s'attellerait à la liste des cartes de vœux. Par terre, près de grand-papa, la boîte des boules et des anges. Il y avait peut-être une carte pour moi sur la cheminée, avec mon nom sur l'enveloppe et un espace vierge pour l'adresse. Peu après leur café de onze heures, le facteur allait passer. Grand-papa jetterait un coup d'œil discret sur les cartes de vœux avant de les tendre à Mamie, mais aucune ne serait signée de mon nom.

Jamais je ne pourrais mettre fin à cette haine irrationnelle que j'éprouvais pour grand-mère ; quant à grand-papa Pete, il était capable de tout me pardonner. Je me souvenais du commissariat de police de Dublin, onze ans plus tôt, et des cris de Martin qu'on battait dans une autre cellule à coups de serviette mouillée. Je serrai les genoux de terreur lorsque j'entendis le bruit métallique de la serrure qu'on ouvrait. Grand-papa était là, souriant, me faisant signe d'approcher, effaçant tous mes problèmes. Aucune charge n'avait été retenue contre moi. La femme policier avait été gentille, elle m'avait offert du chocolat en nous accompagnant à l'aéroport. Grand-papa m'avait tenu la main dans l'avion et montré par le hublot des nuages en forme de canyons. Pas une fois il me m'avait interrogée. Il s'était contenté de me dire : « Maintenant, tu es en sécurité, Tracey », en me pressant la main. Ma chambre était exactement comme je l'avais laissée. Le lit de ma mère avait été replié. Il en était ainsi chaque fois qu'elle était hospitalisée. Les poissons rouges eux-mêmes s'étaient glissés hors de leur abri rocheux pour me souhaiter une bienvenue silencieuse. On ne me gronda pas parce que j'étais redevenue une enfant. J'éprouvai un contentement secret à me réveiller en pleurs, mon lit mouillé. Je m'étais alors couchée entre mes grands-parents, dans la chambre de devant, et je m'étais rappelé l'odeur des vêtements de Martin et sa façon de se pelotonner derrière moi. Jamais il ne bougeait. Pourtant, je sentais contre mon dos cette chose dure qui lui appartenait. Des mois plus tard, je les entendis par hasard évoquer son placement dans une école technique. C'était la première fois qu'on employait devant moi cette expression irlandaise pour désigner une maison de redressement. Jamais on n'avait fait allusion à l'Irlande, pas même quand ma mère était rentrée à la maison bourrée de tranquillisants et de remords. Ils ne m'avaient rien demandé et je ne leur avais rien dit. Tout ce que je gardais en moi n'attendait qu'une occasion pour suinter par des centaines de plaies et de blessures.

À onze heures, je finis par décrocher le téléphone et fis l'indicatif de Londres. Je laissai sonner trois fois avant de raccrocher. Je n'étais plus une enfant et il n'y avait plus personne à blâmer. Tel était le problème. Grand-papa Pete lui-même ne pouvait plus effacer ce gâchis et, de toute façon, je ne le lui demanderais pas car je ne possédais plus qu'une chose, mon orgueil.

Arriva l'heure du déjeuner, puis deux heures, et trois heures et demie. J'étais incapable de dormir ou de trouver la force de me lever. Luke avait réservé la chambre, mais je ne savais même pas s'il avait payé d'avance. Pour ma part, je n'avais pas de quoi régler la note. Je devais prendre l'avion à sept heures le lendemain matin. Luke m'avait prévenue qu'il n'était pas certain de pouvoir voyager avec moi. Maintenant, je ne voulais plus courir le risque de le rencontrer à l'aéroport. Je ne voulais plus le revoir. Heureusement, je ne lui avais pas donné mon adresse. Je possédais en tout trente-neuf livres. Si je me tirais de l'hôtel sans payer, j'avais de quoi rentrer à Londres en car, à condition qu'en cette période de fête il y ait encore de la place.

Personne, à la réception, ne pouvait m'entendre. Cependant, j'hésitais à me renseigner. Quatre heures et puis cinq. Je bus de l'eau au robinet. J'avais la gorge sèche et l'estomac noué. Malgré une terrible envie de café, les paroles de Luke, qui m'avaient ôté toute confiance en moi, m'empêchaient de quitter ma chambre. Par la fenêtre, je vis le jour décliner. J'avais près de moi une télécommande. Je zappai à la recherche de lumière et de compagnie. Je tombai sur les informations locales. Les sujets d'ordre général ne m'intéressaient pas, je baissai donc le son. Vint alors le reportage sur l'enterrement de Christy. Luke avait été filmé, les bras passés autour de sa femme et de sa fille. Derrière, Shane et Al avaient l'air idiot en costume. Je vis ensuite une photo que j'eus du mal à reconnaître. Le temps d'attraper la télécommande et de remonter le son, je ne pus saisir que la fin de la phrase : « Le second meurtre en vingt-quatre heures. Le corps de McGann a été trouvé cet après-midi dans la benne d'un entrepreneur en bâtiment. » Il avait beau avoir grossi, je reconnus le truand qui avait défié Luke dans le jardin de Christy.

Le téléphone posé près du lit sonna. Je sursautai et éteignis la télévision de sorte que la pièce fut plongée dans l'obscurité. Le téléphone eut beau insister, je ne répondis pas. Quand il s'arrêta, j'entendis les battements de mon cœur. J'avais l'impression d'être un animal en cage, une pute anglaise soumise. J'aurais dû m'enfuir plus tôt, quand l'occasion s'était présentée. Des pas dans le couloir, suivis d'un coup léger frappé à la porte. Je fis semblant de dormir tout en sachant que Luke ne s'y tromperait pas. Il n'était pas du genre à renoncer. On frappa de nouveau, plus fort et plus instamment.

– Ça va là-dedans ?

Il me fallut un moment pour reconnaître la voix. Je me levai, passai un pull et un jean. Je jetai un coup d'œil au miroir dans la demi-obscurité. Ce que je vis était catastrophique. Je faillis ne pas ouvrir, mais on frappait de nouveau et la voix était trop anxieuse. Le chauffeur de taxi m'apparut dans la lumière du couloir, un peu gêné. Il tenait un sac en papier.

– Je sais que vous n'êtes pas malade, mais j'ai pensé que des fleurs pourraient être mal interprétées. Je n'ai pas l'habitude de rendre visite à des jeunes dames dans leur chambre.

Dans le sac, du raisin et une étiquette en plastique où étaient écrits les mots : SANS PÉPINS. L'homme devait se demander, en voyant ma tête baissée, si je riais ou si je pleurais. Du raisin, c'était exactement ce que grand-papa Pete aurait pensé à m'apporter. Il n'avait pas la même voix et pourtant, à la seconde où j'ouvris la porte, je fus presque déçue de ne pas le voir.

– Je déteste le raisin depuis toujours, dis-je, levant enfin la tête.

– Je ne peux vous le reprocher. Moi-même, je n'en raffole pas.

Je m'essuyai les yeux avec la manche de mon pull. Non seulement cette visite me faisait plaisir, mais surtout, j'étais soulagée que ce ne fût pas Luke. Embarrassée, je ne savais que dire.

– Ce n'est pas pour me mêler de ce qui ne me regarde pas, poursuivit le vieil homme, je tenais seulement à savoir si vous alliez bien. Vous m'avez fait peur ce matin.

Il fallait que je lui demande d'entrer. Il refusa, mais j'insistai. Une fois la lumière allumée, je constatai le désordre de ma chambre. Je ramassai quelques vêtements et ouvris les rideaux. Le chauffeur s'assit sur la chaise où je me trouvais quand Luke m'avait observée et je vis son regard se poser sur le plateau du petit déjeuner et les pilules qui s'y trouvaient encore. Je les mis dans ma poche et repoussai le plateau sous le lit.

– Avez-vous mangé aujourd'hui, fillette ?

– Je ne suis plus une fillette.

– Je sais, mais je suis de la vieille école, et pour moi vous êtes toujours une enfant.

Je m'assis devant le miroir et brossai vigoureusement mes cheveux blonds emmêlés. Puis je traversai la chambre pour m'asperger le visage dans le lavabo.

– Ce ne sont pas mes affaires, ajouta-t-il. J'espère que je ne vous ai pas froissée en passant vous voir ?

Je maintins la serviette un instant sur mon visage.

– Je suis OK, je n'ai besoin de l'aide de personne.

– Sûr que je ne peux pas vous aider ! Je ne suis qu'un vieux bougre, j'ai déjà un pied dans la tombe et je pourrais être votre grand-père. Il s'arrêta au moment où je baissais la serviette et parut étudier mes traits avant d'ajouter : tout de même, je suis plus jeune que votre papa.

Ça ne le regardait pas. J'aurais voulu qu'il sorte, j'aurais voulu pouvoir m'habiller correctement. Je ne souhaitais plus sa présence. Je m'étais faite à l'idée que mon père était mort depuis des années et je tenais à en rester là. L'homme regarda autour de lui.

– Votre monsieur n'a pas refait surface, constata-t-il.

– Luke était en retard pour l'enterrement, il était terriblement stressé. Nous étions tous les deux très éprouvés. Vous savez ce que c'est dans les familles.

– Oui, acquiesça-t-il sans conviction.

J'aurais voulu hurler ma colère contre Luke et voilà que je le défendais. C'était, me semblait-il, le seul moyen de dédramatiser son insulte. Notre liaison devait rester une affaire privée. La sympathie que je lisais dans les yeux du chauffeur m'humiliait.

– C'est mon futur oncle par alliance et quand il est en colère, il prétend que je ne suis pas assez bonne pour son neveu. Et puis, dites-moi, qui ne s'est pas disputé dans un taxi ?

L'aisance avec laquelle je mentais pour me justifier me stupéfia. C'était comme si Luke lui-même me soufflait mes répliques.

– Je fais rarement attention à ce qui se passe derrière moi dans mon taxi. Mais je serais désolé, si vous étiez ma fille...

– Je ne suis pas votre fille.

– Je sais. Je veux seulement dire que si vous l'étiez et que si quelqu'un de ma connaissance vous rencontrait par hasard, j'aimerais qu'il vous ait à l'œil sinon pour vous, du moins pour moi.

C'était la première fois qu'on me considérait comme la fille de mon père. Il me semblait bizarre que cette figure abstraite se changeât soudain en un homme de chair et de sang.

– Je n'ai jamais entendu parler de ce Mac Suibhne. Même s'il se révèle être mon père, vous vous souciez de moi plus qu'il ne l'a jamais fait. Mon père est parti quand j'avais quelques mois. Je l'ai toujours cru mort. Alors, qu'il le reste. Je ne m'intéresse pas plus à lui qu'il ne s'est intéressé à moi.

– Sweeney n'est pas un nom de tinker. Si vous étiez irlandaise, je croirais que vous avez tout inventé. Mais vous n'avez pas la moindre idée de qui il est. C'est un grand musicien, votre père. Je ne l'ai entendu jouer que deux fois et je ne l'ai jamais oublié. Je me rappelle encore la première fois et pourtant, c'était il y a cinquante ans, à Dublin. Il a fait crouler l'Oireachtas * sous les applaudissements. L'homme était impressionnant mais d'une timidité maladive. Il avait joué les deux premiers airs le dos tourné au public. La foule ne voulait pas le laisser partir. Finalement, il a fallu que les organisateurs fassent baisser le rideau.

– Qu'il soit bon ou mauvais, ce n'est pas mon problème. Rien ne lui donnait le droit de quitter sa femme. Mais vous, vous êtes bien de la même espèce, non ? Vous vous baladiez et vous laissiez votre femme se débrouiller toute seule. Vous vous en êtes vanté ce matin.

L'homme acquiesça d'un signe de tête.

– Je ne le nie pas. Les temps ont changé. Oh, elle ne manquait de rien, je travaillais dur quand j'étais ici, mais... à l'époque, le père qui poussait un landau avait l'air d'un idiot. On dit que c'était un monde d'hommes et c'est vrai. Mais nous avons raté beaucoup de choses. Un jour qu'il était à la maison, mon fils me l'a avoué. De son enfance, il ne se rappelait qu'une chose, être assis dans l'obscurité des pubs, se rendre malade à force de manger des chips et de boire de la limonade en écoutant les vieux faire de la musique. (Il se leva, l'air embarrassé.) Je n'aurais pas dû venir. Je ne connais même pas votre père. Mais c'est un vieil homme. Peut-être regrette-t-il maintenant ce qu'il a fait. Votre mère...

– Elle est morte.

– Désolé. Vous a-t-elle dit que c'était un colporteur ?

– Peu importe, ça ne change rien à ce qu'il a fait.

– Il est vieux, c'est tout ce que j'ai à dire. C'est un homme solitaire qui a passé sa vie à éviter les villes, à marcher dans les collines, à traverser les marais une boîte en bois sur le dos. Des

* Parlement irlandais *(N.d.T.)*.

aiguilles et du fil, des épingles à cheveux et des broches bon marché que personne dans son bon sens ne lui aurait achetés. Et pourtant, les gens les lui achetaient pour qu'il ait dans sa poche le shilling dont il avait besoin. Entre les morceaux, ils se levaient pour lui demander ce que, le plus souvent, ils jetaient dans un fossé en rentrant chez eux. C'était leur façon à eux de lui offrir de quoi vivre car ils ne pouvaient lui mettre de l'argent dans la main. Il avait un orgueil excessif. Comme moi, il aurait dû mourir depuis longtemps si le diable n'était pas occupé ailleurs. Nous avons la peau dure. S'il y a la moindre chance qu'il soit votre père, vous devriez aller le voir, juste une fois, au moins pour lui dire que sa femme est morte.

Le chauffeur sortit un trousseau de clés. Je le voyais mal transportant les clients des clubs et des boîtes dans les banlieues dangereuses. Je savais que c'était un brave homme et, bien qu'il ait entendu Luke me traiter comme il l'avait fait, je n'avais plus honte. De putain d'un homme, il m'avait transformée en fille de musicien. Je ne pouvais concilier l'idée du violoneux dont il me parlait avec les histoires qu'on m'avait racontées dans mon enfance, mais le simple fait de voir du respect dans son regard me faisait plaisir.

– Il y a sûrement des douzaines de Frank Sweeney.

– Mais peu jouaient du violon et encore moins connaissaient à fond *Last Night's Joy.* Si vous ne voulez pas me croire sur parole, il y a un accordéoniste qui, lui, connaît bien Mac Suibhne, un nommé Jimmy McMahon. Bien que ça remonte à une vingtaine d'années, j'ai souvent entendu Jimmy parler de l'époque où il rencontrait Mac Suibhne à Dublin, dans Berkeley Road. Il se promenait avec une jeune Anglaise. Toutes sortes de rumeurs couraient à cette époque, mais je n'ai jamais entendu parler de mariage ou d'enfant. McMahon doit jouer ce soir chez Hughes, un pub du côté du marché. Peut-être bien que vous ne voudrez pas y aller. Mais que vous soyez ou non la fille de Mac Suibhne, ne gâchez pas votre vie avec de la racaille née dans les taudis de Dublin.

Il tendit les bras pour toucher le revers de ma main, geste

d'affection et de reconnaissance que je pris, sans raison, pour un moyen de vérifier la longueur de mes doigts qu'il imaginait tenant un archet.

– Merci pour le raisin.

Il s'arrêta sur le pas de la porte.

– Je m'étais toujours demandé à quoi ressemblait cet hôtel. La grande vie, hein ? Mais vous aurez beau dire, vous serez toujours une enfant à mes yeux et le monde est beaucoup plus beau dehors que dedans.

Il s'éloigna dans le corridor sans se retourner. Je ne sais pourquoi, j'éteignis la lumière. Je fermai la porte et m'habillai dans le noir. Je ne voulais pas voir mon image. Je me sentais de nouveau confiante et forte. Je ne savais pas où j'allais. En tout cas, je sortais.

Il y avait deux réceptions au rez-de-chaussée quand je quittai l'hôtel à huit heures. Des personnes d'un certain âge apportaient leur verre dans le restaurant tandis que d'autres, plus jeunes, traversaient le bar pour gagner la salle de danse où allait se dérouler la petite fête des employés d'un bureau. L'orchestre s'échauffait. Personne à la réception ne me vit sortir. Je hélai un taxi qui venait de décharger ses clients et lui demandai de m'emmener dans le centre de Dublin. Il connaissait le Hughes Pub, mais sembla surpris que je m'y rende seule. Il me demanda pourquoi je l'avais choisi et quand je lui dis que c'était pour la musique, il me suggéra d'autres pubs particulièrement destinés aux touristes. Du côté de chez Hughes, l'environnement était fruste et rudimentaire, m'expliqua-t-il, et les rues mal fréquentées à la tombée de la nuit. Je ne m'imaginais pas discutant ainsi avec un chauffeur de taxi londonien. L'intérêt qu'il me portait avait commencé à m'agacer quand il avait mis en doute mes capacités à me débrouiller toute seule.

Les alentours du pub étaient mal éclairés et plutôt déserts. Sur le quai, je distinguai une sorte de tribunal et une rangée de petites maisons victoriennes dominées par des immeubles modernes. Des camions étaient garés sur le trottoir des rues étroites qui rejoignaient les marchés aux fruits et aux légumes. Je remarquai un alignement d'entrepôts, stores baissés, des palettes cassées et une odeur de fruits gâtés. D'abord, je crus qu'il n'y aurait pas de musique dans le pub. Ni scène, ni lumière, ni micros. Il était tôt et l'endroit semblait tranquille. Des hommes âgés étaient rassemblés dans un coin de la salle, leur instrument encore dans l'étui. Peu à peu, des gens plus jeunes les rejoignirent et, parmi eux, une fille de mon âge. Je m'assis au bar et bus lentement un verre de vin blanc. Je voulais garder toute ma tête. Personne ne faisait attention à moi. Le pub s'emplissait peu à peu de voisins venus des marchés et d'amateurs de musique.

Après ce qui me parut être une éternité, les musiciens prirent leur instrument pour s'échauffer. J'essayais de savoir lequel était McMahon quand un homme aux cheveux blancs coupés court commença à tirer des notes d'un concertina. Il fit un signe de tête et murmura quelques mots aux autres. Ayant fini d'accorder leurs instruments, ils attaquèrent le premier morceau sans l'annoncer. Le silence ne se fit pas complètement, mais les voix baissèrent de façon à offrir à la musique le respect qui lui était dû sans déférence excessive. De même, les musiciens ne semblaient pas jouer pour les consommateurs réunis dans le bar, ils partageaient la musique avec eux mais, avant tout, ils jouaient pour eux-mêmes. Rares étaient les applaudissements et personne ne présentait les chansons ou les reels. Les musiciens bavardaient entre eux après chaque morceau, puis se remettaient à jouer dès que McMahon leur faisait signe.

Parfois, un homme ou une femme chantait, sans prévenir et sans être annoncé. Le silence se faisait alors, même parmi les voisines qui, réunies dans un coin, n'étaient pas venues pour le concert. En écoutant les chants *a capella*, je compris ce qu'avait voulu dire le chauffeur de taxi quand il avait évoqué ceux qui disparaissaient à la mort de leur interprète. Les paroles étaient pour la plupart en irlandais et les quelques mots anglais étaient difficiles à comprendre. Mais l'effet produit allait bien au-delà des mots. L'émotion semblait portée par le phrasé et les intervalles, pauses et silences presque imperceptibles entre et, parfois, à l'intérieur même des paroles. Les barmen cessaient de verser à boire tandis que les voix amenaient tranquillement la chanson à sa conclusion. Les applaudissements qui suivaient étaient acceptés avec modestie, comme si chanter était un acte quotidien qui ne méritait ni ne réclamait pareille reconnaissance.

Une interruption s'imposa lorsque les musiciens s'avancèrent vers le bar. On apporta des sandwiches accompagnés d'une nouvelle tournée. McMahon avait rangé soigneusement son concertina dans l'étui posé à ses pieds et en profitait pour fumer une cigarette. Je pris mon verre, bien décidée à aller le trouver sans savoir ce que je lui dirais.

– Vous jouez bien.

– Il a encore une bonne sonorité, répondit-il comme si l'instrument jouait tout seul.

– Vous êtes Jimmy McMahon ?

– Oui, confirma-t-il en écrasant sa cigarette. Pourquoi vous me demandez ça ?

– Avez-vous entendu parler d'un musicien nommé Frank Sweeney ?

– Je ne vois pas trop. D'où il serait ?

– C'est un violoneux du Donegal.

Allait-il, lui aussi, faire le lien entre les deux noms ?

– Du Donegal ? À une époque, j'en connaissais quelques-uns, les Doherty, James Byrne, Tommy Peoples et les Glackin. Mais Frank Sweeney ? À moins que ce ne soit Proinsías Mac Suibhne ?

– Est-ce qu'il utilisait parfois la version anglaise de son nom ?

– Si c'est de Proinsías dont vous parlez, il n'en avait pas besoin, expliqua McMahon. Là où il voyage, tout le monde sait qui il est.

– Supposons qu'il se présente à un étranger ?

– Mac Suibhne ne le ferait pas. C'est l'homme le plus timide que je connaisse. Tant qu'on ne lui a pas mis un violon dans les mains.

– Où pourrais-je le trouver ?

McMahon se mit à rire. Il prit un sandwich, mordit dedans et commença à mastiquer.

– Vous ne le pourriez pas. Du moins, pas facilement. Ce n'est pas une attraction pour touristes. Vous trouveriez plus vite de l'or ou des armes enterrées dans les collines. Les gens du coin veillent sur lui. Il est le dernier de son espèce depuis la mort de John, de Mickie et de Simie Doherty. Il savent que si quelqu'un cherche à l'exploiter, il ne reviendra jamais. Pas de doute qu'à l'heure où nous parlons, il joue quelque part dans le Donegal, mais je ne saurais pas vous dire où.

Il me considérait plus attentivement, trouvant mon intérêt suspect. Je n'allais pas lâcher le morceau comme dans le taxi. Je ne tenais pas à ce qu'on chante les louanges de mon père ou qu'on trouve de fallacieuses excuses à son abandon.

– Est-ce qu'il joue parfois à Dublin ?

– On m'a dit qu'il avait joué une fois avant la guerre à l'Oireachtas. Pourtant, il n'a pas gagné la médaille d'or, parce qu'à l'époque, on ne considérait pas la musique du Donegal comme de la vraie musique irlandaise. Il avait été cruellement désappointé. Jamais plus il n'a participé à un concours.

– Mais vous-même, vous l'avez vu à Dublin depuis ?

– Je ne sais pas qui vous a raconté ça, dit-il, de nouveau soupçonneux. Je ne suis ici que pour jouer quelques airs. La dernière fois que j'ai vu Proinsías, c'était il y a six ans dans un tout petit village des monts Derryveagh. Il devait jouer dans l'arrière-salle d'un pub dont s'occupait un jeune type à la place du propriétaire parti à un enterrement. Une équipe de tournage belge est entrée, l'air affairé ; bousculant le jeune gars, elle a installé ses projecteurs et ses caméras un peu partout. Quand Proinsías est arrivé, il a jeté un coup d'œil dans le pub et il est ressorti aussitôt. Ils ont voulu le poursuivre et le rattraper sur la route. Mon Dieu ! On en est presque venus aux mains pour se débarrasser d'eux. Parmi nous, certains se sont mis à sa recherche, mais nous ne savions pas quel chemin il avait pris. Il y a des sentiers dans les collines que seuls Proinsías et les moutons connaissent. Je l'ai trouvé caché dans un fossé, comme un lapin qui a échappé au collet. Tout ce qu'il veut, c'est qu'on le laisse tranquille. Il n'y a pas de mystère. S'il frappait à votre porte, vous ne sauriez pas ce qu'il représente. Mais parce qu'il se méfie des caméras, vous autres, les gens des médias, vous voulez en faire une sorte de sage, alors qu'il n'est qu'un vieil homme installé dans ses habitudes. Vous, je ne sais pas qui vous êtes ni à quelle chaîne de télévision vous appartenez, mais vous n'arriverez pas à l'enregistrer. Les seuls disques qu'il a faits, c'étaient des 33 tours dans les années cinquante, quand il jouait avec Seamus Ennis dans les bals et qu'il était en pleine possession de ses moyens. C'est à travers eux qu'il veut qu'on se souvienne de lui. Ce vieil homme orgueilleux et solitaire refusera toujours de faire partie d'un cirque et de sauter dans des cerceaux quelle que soit la personne qui le lui demande.

Les musiciens s'étaient de nouveau rassemblés autour de la table. En voyant l'expression de McMahon, je sus que je gênais.

– Je ne travaille pas pour la télévision, mais je crois que ma mère l'a connu il y a plus de vingt ans.

J'observai McMahon pendant qu'il étudiait mon visage. Les musiciens qui l'attendaient commençaient à s'impatienter.

– Où l'a-t-elle connu ? demanda-t-il, voyant que je ne lui donnais pas d'autre information.

– D'abord dans le Donegal, et puis beaucoup plus loin.

McMahon garda un moment le silence.

– Qu'a-t-elle dit de lui ?

– Rien, et moi, je n'ai jamais entendu parler de lui en bien.

Il hocha la tête et réfléchit. Cette fois, j'étais certaine d'avoir découvert l'identité de mon père. La voix de McMahon avait changé quand il reprit :

– Qui croirait que Mac Suibhne est sorti du Donegal ?

– Il y a beaucoup de choses le concernant qu'on ne croirait pas.

– Vous l'avez déjà entendu jouer ?

– Non.

– Elle a encore de longs cheveux, votre maman ?

– Elle est morte.

McMahon me regardait droit dans les yeux. Une partie de moi-même aurait voulu lui demander s'il se souvenait bien de ma mère, si elle lui avait paru heureuse et s'il l'avait vue le jour de son mariage à l'église de Berkeley Street. Mais une autre partie de moi-même ne voulait pas savoir.

– J'espère que vous le trouverez.

– J'ai demandé où je pouvais le rencontrer. Je n'ai pas dit que j'irais.

Je me levai et retournai au bar. J'entendis alors derrière moi McMahon parler à voix haute pour la première fois.

– Il y a un reel que je voudrais jouer, bien que je ne sois pas sûr que tous les musiciens le connaissent. Il m'a été donné par un violoneux du Donegal nommé Proinsías Mac Suibhne. Il l'avait appris dans sa jeunesse d'une femme qui le fredonnait. (Il baissa la voix pour s'adresser aux musiciens :) Qui connaît *Last Night's Joy* ?

Sans doute quelques-uns puisqu'il attaqua le morceau et plusieurs parmi les plus âgés se joignirent à lui. Je posai mon verre sur le comptoir. Il jouait pour moi comme Frank Sweeney avait jadis joué pour ma mère. Je connaissais la mélodie. Je me souvins d'avoir entendu ma mère la chantonner quand, dans le lit, elle se blottissait contre moi après m'avoir lu une histoire. Il y avait des années que je ne l'avais écoutée et pourtant, j'en avais conservé le souvenir. J'en voulus à McMahon de la jouer, je détestai la douce griserie qu'elle me procurait. Le pub était bondé maintenant. Je m'avançai vers la porte et sortis dans l'air nocturne sans me retourner. Je marchai aussi vite et aussi loin que je pus dans ces rues étroites qui renvoyaient le bruit de mes pas, mais rien n'y fit. Impossible de chasser cet air de ma tête. La musique de mon père et la peine de ma mère, bloquées l'une et l'autre dans mon cerveau. Et maintenant, je sentais ses bras autour de moi dans le lit. Je maudis tous les Irlandais et leurs excuses. Ni la musique ni le talent ne donnaient le droit à quiconque d'abandonner sa famille. Je l'avais toujours cru fort et insensible, mais qu'il soit aussi vulnérable que ma mère l'avait été n'en faisait pas moins un salaud. En réalité, c'était pire. Il n'était pas ce tinker bariolé que j'avais imaginé, séduisant les filles et les laissant ensuite tomber. Il avait sans doute compris la souffrance de ma mère. Il fallait qu'il sache qu'elle était morte, mais à quoi bon lui courir après ? Ma mère n'avait pas voulu se venger de ce qu'il avait fait, mais moi, je n'étais pas douée pour le pardon.

Je finis par m'arrêter dans un labyrinthe de ruelles étroites sans avoir la moindre idée de l'endroit où j'étais. Je pris une petite rue jonchée de palettes disloquées. Des boîtes en carton étaient empilées devant une boutique. Je venais de les dépasser quand mon attention fut attirée par un chuchotement. J'aurais dû poursuivre mon chemin, je le savais. Si j'avais affaire à un homme, je risquais de gros ennuis. Mais je n'avais pas reconnu une voix d'homme. Je m'approchai des boîtes tapissées de journaux et d'une couverture crasseuse. Le garçon qui me fixait, l'air agressif, me sembla plus jeune que ne l'était Martin.

D'un geste protecteur, il tenait enlacée une gamine de neuf ou dix ans.

– Putain, qu'est-ce que vous voulez ?

– Vous n'avez pas froid ?

Je m'agenouillai sur le béton.

– Qu'est-ce que ça peut vous faire ?

La fillette, apparemment gelée, s'exprimait d'une voix méfiante. Elle avait sur le bras une coupure sur le point de s'infecter.

– Vous avez de l'argent ? demanda le garçon.

J'avais dans la poche deux billets, l'un de dix livres, l'autre de vingt, ainsi qu'une poignée de pièces d'une livre. De quoi payer mon retour à Londres en car. Pourtant, je lui tendis le billet de dix livres, tout en sachant que je resterais bloquée ici.

Le gamin le considéra d'un œil soupçonneux, puis il m'observa tandis que j'examinais le bras de la fillette.

– Qu'est-ce qui vous prend ? Vous seriez pas une de ces foutues gouines, ou quelque chose comme ça ? Touchez pas à ma sœur ou je vous pète la gueule.

– Sa coupure ne me plaît pas. Il lui faudrait peut-être une piqûre antitétanique.

Le mot ne signifiait rien pour eux, mais la petite parut inquiète.

– J'ai dû me faire ça sur du barbelé.

– Les coupures peuvent être dangereuses.

– Arrêtez de lui faire peur. On est capables de se débrouiller tout seuls, putain !

Le garçon se montrait hargneux. Je crus qu'il allait me jeter l'argent à la figure. Au même moment, et malgré les efforts des deux enfants, les journaux s'agitèrent révélant une troisième tête, celle d'une petite fille de trois ou quatre ans qui, à peine réveillée, me fixait de ses grands yeux. Ce spectacle me glaça.

– C'est de la folie. Il va geler à pierre fendre. Elle ne peut pas rester dehors toute la nuit. Où sont vos parents ?

Je leur parlais d'une voix suppliante.

– P'pa bat toujours m'man, et il nous tape aussi, répondit la gamine, encouragée par son frère. M'man est en taule, elle a été prise en train de voler chez Dunnes. Nous ne retournerons pas chez p'pa et nous ne lui laisserons pas notre sœur.

Elle passa un bras autour d'elle et la repoussa sous la couverture, mais la petite sortit de nouveau la tête pour m'observer avec une évidente curiosité.

– On a froid quand on dort dans la rue.

– Putain, mais comment vous le savez ? ricana le garçon.

Inutile de leur expliquer, ils ne m'auraient pas crue. Ce fut comme une prière que j'adressai à la fillette.

– Je t'en prie. Vous ne devriez pas être dehors par ce froid, aucun de vous trois. Laisse-moi au moins nettoyer la coupure de ton bras. Je te donnerai cette veste si tu veux. Tu pourras t'en servir comme couverture pour ta petite sœur.

– Prends-la et, en échange, elle te demandera ta culotte.

Le garçon avait parlé d'un ton brutal, sentant son autorité ébranlée. Mais la fillette, qui ne quittait pas ma veste des yeux, acquiesça. Elle tendit son bras. J'avais des mouchoirs en papier dans mon sac. Je dus les mouiller avec ma salive pour faire partir la saleté en frottant. L'enfant tressaillit, mais la coupure n'était pas profonde. J'étais experte en la matière depuis que ma mère et Mamie avaient nettoyé les blessures de mon bras. Mais je n'avais ni désinfectant ni ouate, et je me sentais impuissante.

– Vous devriez rentrer chez vous. Il arrive des choses dans la rue qui peuvent vous marquer pour la vie.

– Tomo a un couteau, il nous défendra, affirma la fillette en essayant d'y croire.

Sa petite sœur, toujours silencieuse, fouilla parmi les journaux et en sortit un biberon vide, souillé de taches brunes. Elle se mit à en sucer la tétine pour se rassurer.

– Qu'est-ce qu'il y avait dans le biberon ?

– Du Coca. Elle aime ça.

Je lui pris le biberon, elle ne le retint pas, trop effrayée pour pleurer. D'un côté, son visage portait des traces de coups. À son regard, je sus qu'elle s'attendait à être giflée par les adultes. Je ne pouvais détacher mes yeux de la tétine. Jamais je n'avais éprouvé un tel désespoir. Où était Martin maintenant ? Probablement en prison, à moins qu'il ne se soit fait sauter la cervelle. Grâce à moi, il avait entrevu un monde différent, et je l'avais laissé assumer seul la responsabilité de nos actes. Ma détresse parut troubler les enfants. Le garçon me donna de petites tapes dans le dos.

– T'en fais pas, ça ira.

Je tendis le biberon vide à la petite et ôtai ma veste. La fillette l'accepta sans un mot et l'étala sur elle et sur sa petite sœur aux grands yeux étonnés qui laissa tomber le biberon vide et tendit la main. Je fouillai dans ma poche et sortis trois pièces d'une livre que je plaçai dans sa paume. L'enfant les regarda et me les rendit. Je compris qu'elle avait eu envie de quelque chose de doux et qu'elle n'avait trouvé aucun réconfort dans le contact glacé des pièces. Je me levai. Désappointée, elle serra le poing et me fixa en silence.

Je me précipitai vers une avenue où j'essayai d'arrêter un taxi. Tous étaient chargés de clients d'humeur joyeuse. J'aurais pu marcher, mais je ne savais pas où j'étais. Enfin, une voiture s'arrêta. L'endroit où je me rendais était proche et le chauffeur exprima sa mauvaise humeur en ne me parlant pas jusqu'à l'hôtel. De la musique s'échappait des voitures rangées au bord du trottoir. Je fouillai dans mes poches pour y trouver le billet de vingt livres, mais je compris aussitôt que le garçon me l'avait fauché en faisant mine de me réconforter. Le chauffeur était pressé de partir.

– Dépêchez-vous, ma petite. J'ai du boulot cette nuit.

Un homme sortit d'une voiture, cherchant à voir qui se trouvait dans le taxi. Sa silhouette me rappela celle de Luke, mais l'obscurité m'empêchait d'en être certaine. Si j'avais eu de l'argent, j'aurais demandé au chauffeur de continuer, mais j'étais prise au piège sans même avoir de quoi le payer.

– J'ai perdu mon argent, avouai-je.

– On perd sa virginité, on dépense son argent, ricana l'homme. Vous ne l'avez pas perdu ici. Vous saviez fichtrement bien que vous n'en aviez pas quand vous m'avez arrêté. Alors, à quoi vous jouez ? Avec quoi vous aviez l'intention de payer la course ?

Le chauffeur s'était penché en arrière d'un air menaçant. Dehors, la silhouette s'avança vers la portière et l'ouvrit. C'était Carl, le copain d'Al. Il regarda fixement le chauffeur avant de lui lancer :

– T'as un problème, mec ?

– Elle n'a pas de quoi payer.

Carl regarda le compteur et tira de sa poche le montant indiqué. Il le tendit au chauffeur qui l'accepta d'un geste brusque. Carl m'aida à descendre, puis se pencha vers l'homme.

– Tu veux peut-être un pourboire, mec ? Va te faire voir !

Carl claqua la portière. Un instant, je crus que le chauffeur allait descendre, mais il préféra démarrer à toute vitesse. Me voyant bouleversée, Carl passa un bras autour de mes épaules.

– Ça va ?

– Ouais. Merci.

– Je t'attendais.

– Qui t'a envoyé ? Luke ?

Je m'écartai légèrement de lui.

– Cet espèce de vieux salopard ? Il nous fait chier. (Il redevint sérieux.) J'ai eu un coup de fil d'Al. Pas particulièrement aimable. Je ne sais pas à quoi c'est dû. En tout cas, il m'a demandé de te demander de le rejoindre.

Un quart d'heure plus tard, Carl se garait dans un immense parking devant un complexe multisalles et le Pleasure Dome, une salle de jeux. Une enseigne électronique signalait que le petit déjeuner était servi vingt-quatre heures sur vingt-quatre. À l'intérieur, le bruit était assourdissant. Un bowling à huit pistes était envahi par une foule qui acclamait et applaudissait à chaque strike. Des rangées de jeux et de poker vidéo s'étendaient à perte de vue. Il était plus de minuit et pourtant, les gens s'attablaient joyeusement devant des petits déjeuners complets. La scène était sans doute la même, quelle que que soit l'heure du jour ou de la nuit.

Carl me conduisit à l'étage, un endroit où la foule s'agglutinait autour de jeux vidéo encore plus nombreux et de tables de snooker. Le rap martelait son rythme. Était-ce l'éclairage ? À voir la pâleur de leurs visages, on aurait pu croire que ces gens avaient renoncé à la lumière du jour. Carl me fit signe de monter les quelques marches métalliques qui m'amenèrent dans une salle où se déroulait un jeu de pistolet laser.

Al se trouvait parmi le groupe de ceux qui regardaient. Un moment plus tard, il se retourna, l'air traqué. Carl, lui, était resté sur le seuil de la porte. Quand Al s'approcha de moi, je levai la main pour lui toucher le visage.

– Ça va ? Qu'est-ce qui t'est arrivé ?

– Tu veux bien m'aider, Tracey ? Je suis dans la merde jusqu'au cou et tu es la seule à qui je peux demander un service.

15

En fait, j'avais si peu de vêtements à sortir subrepticement de l'hôtel que je les mis presque tous, dissimulés sous mon manteau. Je laissai sans regret le sac que j'avais emporté en quittant Harrow. Le portier de nuit avait repris son service, mais il s'intéressait davantage aux employés de bureau qui n'avaient pas l'intention de mettre fin à leur réception malgré ses regards éloquents. Il m'aperçut et me sourit sans rien dire. Hier, on m'avait teinte en blonde, aujourd'hui, j'avais pris cinq kilos.

J'ignorais tout des ennuis d'Al et des dangers qui pouvaient me menacer si je l'accompagnais. Mais à peine me l'eut-il demandé que j'acceptai. Il s'agissait de faire le voyage de Londres en me faisant passer pour sa petite amie. Au cas où la police anglaise nous poserait des questions, nous allions fêter Noël ensemble dans mon appartement. Avec la publicité faite dans les journaux autour de la mort de Christy, il pensait que son départ du pays sans destination précise semblerait suspect. Le bruit courait qu'il avait tué McGann et la police ne tarderait pas à l'apprendre. Il lui fallait disparaître le temps que l'affaire soit réglée. J'aimais bien Al et je lui faisais confiance, mais, dans mon for intérieur, je savais avoir accepté surtout parce que c'était l'occasion de ne pas devoir voyager avec Luke. Je prenais la fuite au moins autant qu'Al.

Devant l'hôtel, je traversai la rue, pris une ruelle qui menait à une vieille école, puis une venelle obscure. Je me retournai pour m'assurer que personne ne me suivait avant de me mettre à courir et de traverser le pont qui enjambait la voie ferrée et menait à un quartier d'apparence plus pauvre. Je m'arrêtai un instant, les doigts accrochés au grillage. Une fois, le père de Roxy, qui avait été conducteur de trains en Grande-Bretagne, m'avait raconté que ce qu'il y avait de pire dans son travail, c'était les suicides. Un soir, une femme avait enjambé le parapet d'un pont et elle avait atterri, bras et jambes écartés sur le pare-brise de l'express qu'il conduisait. La vitesse du train l'avait maintenue contre la vitre, comme collée, les yeux fixés sur celui qui savait qu'en ralentissant, elle allait glisser vers une mort certaine. Elle avait voulu mourir sur le coup, le destin lui avait offert un public en la personne de son bourreau sans le savoir et sans le vouloir. Le train était entré dans un tunnel et quand, peu après, il en était sorti, elle avait disparu.

J'entendis un convoi approcher ; au clair de lune, je vis de vieux wagons dont le cliquetis me poursuivit tandis que je me précipitais vers les marches, de l'autre côté du pont. Al m'avait indiqué un sentier sur la gauche, mais il n'avait pas précisé qu'il serait sombre et en forme de L. Je le parcourus d'un trait et atteignis une rangée isolée de maisons en brique rouge, dans l'ombre du talus. Deux réverbères orange, scellés dans les murs, les éclairaient. C'était l'endroit où Al devait m'attendre. Des phares s'allumèrent, éblouissants, au moment où démarrait le moteur. Je me ruai vers la voiture, priant le ciel que ce soit Al. La porte du passager s'ouvrit.

– Tu as grossi, observa-t-il en remarquant mon embonpoint.

– Foutons le camp d'ici ! rétorquai-je en claquant la portière.

Nous suivîmes une rue qui n'en finissait pas de longer une prison. Nous avions six heures à perdre avant de prendre le ferry. Al me semblait crispé et je voyais bien qu'il conduisait sans but. Chaque fois que nous nous arrêtions aux feux, il baissait la tête si une autre voiture arrivait à notre hauteur. Il me rendait encore plus nerveuse que je ne l'étais. Je lui jetai un coup d'œil, me demandant s'il avait tué McGann. Pourquoi le montrait-on du doigt ? Je me souvins de son amertume à la levée du corps de Christy et de son désir de vengeance. Sentant que je le regardais, il devina mes pensées.

– Non, ce n'est pas moi. Toute ma vie, je me suis tenu tranquille et maintenant quelqu'un fait de moi son bouc émissaire. Je ne sais ni qui ni pourquoi, mais c'est une sale histoire. Christy n'aurait pas osé provoquer les Bypass Bombardiers. McGann a peut-être fait le boulot lui-même et il en a rejeté la responsabilité sur Christy. Christine est convaincue que McGann a piégé son père pour essayer de se dédouaner, mais je jure devant Dieu que je ne l'ai pas tué. J'ai du mal à me servir d'un briquet, alors d'une arme à feu... je me serais tiré dans le pied, ou ailleurs. Mais les copains de McGann se sont mis dans la tête que je veux leur faire la peau. C'est donc à eux de me descendre avant que je ne le fasse.

– Qui a tué McGann ?

– Mais, bon sang, comment veux-tu que je le sache ? Ça peut être n'importe qui. Il y a plus d'armes à feu dans cette ville que d'amateurs de porno fourrageant dans le vidéo-club de mon père. À Dublin, tu n'es rien si tu n'en as pas un. On sent partout l'odeur du sang.

Nous avions traversé le fleuve et pris l'autoroute dont une partie avait été tracée au bulldozer à travers un réseau de petites routes. Des maisons isolées qui naguère avaient fait partie d'un village se dressaient, comme hébétées, au bord de voies amputées. La voiture d'Al avançait péniblement, son moteur prêt à faire des siennes. Nous quittâmes l'autoroute pour tourner en rond dans les rues étroites. Al regardait sans cesse dans le rétroviseur. Il s'arrêta en face d'un immeuble. Une caravane délabrée en bloquait l'entrée. Un drapeau tricolore était peint sur le côté et un énorme panneau étalé sur le trottoir disait : ICI, PAS DE DEALERS. Un groupe d'hommes se réchauffait autour d'un brasero, l'un d'eux bizarrement vêtu en Père Noël. Je remarquai un manche de pioche appuyé contre la porte ouverte de la caravane.

– Trompe-toi de route et tu auras de la veine si tu t'en tires sans te faire péter les rotules. La semaine dernière, ils ont battu à mort un camé de quarante kilos. Je ne vois pas pourquoi ils ont fait ça, c'est tout juste si le type pouvait marcher. Ils l'ont laissé sur le chemin, criant aux filles qui passaient de s'éloigner parce qu'il avait le sida. Même les gens normaux s'y mettent. Ils font la chasse aux drogués et aux petits dealers.

Les hommes s'étaient éloignés du feu pour observer la voiture d'Al. Le Père Noël avait pris le manche de pioche. Al fit une marche arrière au moment où ils allaient traverser la rue.

– Je ne leur en veux pas. Ils voient leurs mômes se droguer et en mourir. Les dealers proposent l'héroïne à la sortie des classes. Mais les groupes d'autodéfense ne font que chasser le menu fretin chez les voisins. Pas de danger qu'ils s'attaquent aux caïds planqués dans leurs maisons fortifiées.

– Comme Christy, remarquai-je.

– Christy n'a jamais touché à la drogue. Il était vieux jeu. Pour lui, être un pervers, c'était baiser en levrette. Les autres faisaient fortune dans le crack et l'héro. Mais Christy était un vestige, il vivait de sa réputation. À Dublin, si tu ne fais pas dans la drogue, tu n'es plus bon à rien.

– Peut-être Christy a-t-il voulu évoluer ? suggérai-je au moment où nous atteignions l'autoroute déserte.

Al tourna à gauche en direction de la ville.

– Franchement, je ne sais pas. J'allais déjà en classe quand je me suis rendu compte que c'était anormal d'être réveillé par la police en train de fouiller la chambre. Ils ne trouvaient jamais rien, mais ils ne se décourageaient pas. À l'école, les parents demandaient discrètement au maître de ne pas mettre leurs enfants à côté de moi. J'ai tenu le coup et je me suis fait une vie bien à moi. Maintenant, on a l'impression que les gens n'ont rien d'autre à faire que de semer de faux bruits, et brusquement tout est à recommencer.

Al écrasa le frein et s'arrêta. Il scruta les environs, les jointures blanches à force d'étreindre le volant. Nous avions plusieurs heures d'attente avant le départ du ferry. Il se tourna vers moi.

– C'est idiot, on ne va pas errer comme ça toute la nuit.

D'ailleurs, et ne le prends pas mal, je pense sincèrement que tu devrais te déshabiller un peu.

Al se gara dans une ruelle derrière le vidéo-club de son père qui occupait un sous-sol dans une vieille rue donnant sur le quai. Jugeant qu'il était trop dangereux de passer par l'entrée principale, il m'indiqua un moyen de contourner la maison en traversant un jardin envahi par les mauvaises herbes et encombré de gravats. Il me demanda de l'attendre derrière une benne pendant qu'il courait vers la petite porte. Il l'ouvrit après avoir débranché l'alarme, puis alluma et resta un moment immobile, s'offrant comme cible, avant de me faire signe de traverser le jardin. Le vidéo-club occupait deux pièces. À travers un interstice dans les volets, je remarquai les barreaux qui protégeaient les fenêtres. À côté du comptoir, une cloison en contreplaqué partageait la pièce sans atteindre le plafond. Sur la porte, une pancarte indiquait : ENTRÉE RÉSERVÉE AUX ADULTES.

Al ne voulut pas allumer les grandes lumières. Il fouilla derrière le comptoir et en sortit un sac de sport bourré de vidéos pirates. Il le vida par terre, me permettant ainsi de lire les titres gribouillés au marqueur rouge : *Filles anales 3, Sports nautiques au collège, Bizarreries à Bucarest.*

– Papa s'en procure des tas par l'intermédiaire d'un flic, une espèce de plouc qui pourchasse les moutons autour du marais d'Allen, m'expliqua-t-il d'une voix neutre. Je ne pose pas trop de questions. Ce que je veux dire, c'est que tous les petits commerçants sont obligés de se spécialiser pour lutter contre les grandes surfaces.

– Vous vivez de ces horreurs ?

J'éprouvais un profond dégoût, mais Al haussa les épaules.

– Tu connais la blague. Un type entre dans une cafète merdique et aperçoit un camarade de classe qui y travaille. « Seigneur, Joe ! dit-il d'un air hautain. Je parie que tu n'aurais jamais pensé finir dans un endroit aussi minable. » Alors Joe répond : « Possible que je bosse ici, mais moi, au moins, je n'y mange pas. » (Al ramassa les vidéos.) C'est un boulot comme un autre. De même que vendre des CD ou des clous de quinze. Je les loue, je ne les regarde pas. Ou plutôt si, *Cunnilingus à Clonakilty*. Jamais je n'aurais cru que les moutons irlandais pouvaient faire ça. »

Je me refusai à rire. Al mit en route le moniteur au-dessus de sa tête et je crus un instant qu'il allait passer l'une de ces cassettes. Mais non, il rembobinait la bande. Je levai les yeux et vis une caméra minuscule fixée au plafond et dirigée vers la partie réservée aux adultes. Al trouva le passage qu'il voulait visionner et appuya sur « lecture ». La qualité de l'image était médiocre et la date en surimpression sur l'écran. Le côté « adultes » était une sorte de boyau où deux personnes pouvaient à peine se tenir ; il était garni de chaque côté de rayonnages sommaires. Une ou deux fois, pour rigoler, j'étais descendue, avec Roxy, dans le sous-sol du Lovejoys à Tottenham Court Road pour me moquer des hommes qui, l'air honteux, regardaient les magazines, mais je n'avais jamais réellement observé cet univers masculin. Ils étaient parqués dans cet espace restreint, se frôlant sans se parler, sans reconnaître la présence des autres tandis qu'ils passaient en revue les boîtes de cassettes sur les rayons. L'aspect granuleux de la vidéo me rappela un film sur la faune et la flore qui avait surpris la vie des abeilles ouvrières à l'intérieur de la ruche. Des hommes de tous âges entraient et sortaient sans dire un mot, absorbés par leur tâche et se gardant bien de rencontrer le regard d'autrui. Deux hommes se tenaient en permanence près de la porte. Chaque fois qu'elle s'ouvrait, ils jetaient un coup d'œil dehors pour surveiller la caisse. Al arrêta la projection et me les désigna. Je m'agenouillai sur le comptoir pour mieux les voir et reconnus deux des individus qui entouraient McGann à la levée du corps de Christy.

– Je suis arrivé ici à huit heures hier soir, précisa Al, après avoir appris ce qui s'était passé aux informations. En regardant le moniteur, je les ai vus au moment même où un habitué ouvrait la porte. Je me suis jeté derrière le comptoir et je les ai observés. Manifestement ils regardaient dehors et m'attendaient. L'un pour me flinguer, l'autre pour s'emparer de la bande vidéo. Derrière le comptoir, Sheila a cru que j'étais dingue. Je lui ai fait signe de me passer le téléphone et j'ai appelé oncle Luke qui m'a parlé de la rumeur selon laquelle j'avais buté McGann.

Je me souvins de ce qu'avait prédit Luke. Selon lui, jamais personne à Dublin ne permettrait à Al d'être simplement lui-même.

– Tout ce que je veux, c'est une vie tranquille. Je passe quelques heures ici pendant la semaine et les week-ends, je glandouille. Je fais le DJ ou je mixe dans des soirées. Ça m'amuse de me défoncer à l'ecsta, mais je n'ai jamais touché à une autre de ces saloperies. (Il éteignit le moniteur.) J'ai fichu le camp d'ici dès que la porte des adultes a été fermée et je cours encore. J'ai la trouille, Tracey. Que je sois innocent ou coupable, ils me trouveront à Dublin, quelle que soit ma planque. Quand une rumeur démarre, on ne peut pas l'arrêter. C'est pourquoi j'ai une faveur encore plus grande à te demander. Tu es au courant de l'histoire qu'on va raconter à la police, comme quoi je passe Noël dans ton appart' ? Eh bien, j'ai besoin d'un endroit à Londres où crécher, loin de ma famille ou de tous ceux qu'ils pourraient retrouver. Ne te crois pas obligée de dire oui, mais si tu as un canapé, ou quelque chose comme ça, pour quelques jours, tu me sauverais la vie.

Je voulais rompre avec Luke et sa famille. Mais je savais que j'allais retrouver à Londres mon appartement sinistre, que je passerais Noël seule à panser mes blessures. Je n'avais pas envie d'être seule et de m'inventer des excuses pour me convaincre que ma solitude n'existait pas.

– Mon appart' est sombre et petit. Il n'y a qu'un lit d'une personne que je partage avec mon nounours. À trois, on va se bousculer, si tu vois ce que je veux dire.

– Tu as le cœur tendre, constata Al avec un hochement de tête.

– Oui, mais j'ai un canapé sacrément dur.

Il se mit à rire.

– Je garderai ton appartement le jour de Noël, quand tu seras avec ta famille.

– Je n'ai plus personne.

– Si, un père.

Je mis fin à la conversation. Le sac de sport vide me servirait à emporter les vêtements que j'allais quitter. Un seul endroit pour me changer, le coin des adultes. Je fermai la porte derrière moi. Sur les rayons, des visages de filles me fixaient dans la pénombre lunaire. Elles suçaient des bites en érection, les unes enchaînées, les autres avec une moue provocante en se caressant les seins pendant qu'on les prenait par-derrière. Je sentais la présence de centaines d'hommes qui m'étouffait. Comment Al pouvait-il aussi facilement vivre de ce commerce ? Mal à l'aise, je levai les yeux vers la caméra vidéo sans aucun moyen de savoir s'il l'avait allumée. Jamais je n'avais quitté un hôtel sans payer. Je sortis de mes poches les sous-vêtements propres que j'y avais fourrés. Ce déshabillage derrière la cloison en contreplaqué était comme un raccourci du temps passé avec Luke à Dublin, obligée de tout croire sur parole, jamais certaine de rien, incapable de maîtriser la situation.

Moins couverte, je me sentis mieux. Je jetai mon surplus de vêtements dans le sac et ouvris brusquement la porte dans l'espoir de prendre Al sur le fait. Il se tenait près de la fenêtre, observant la rue à travers les volets, le moniteur éteint. Luke, lui, se serait assis au comptoir sans cacher le plaisir que lui aurait procuré le spectacle projeté sur l'écran.

– Veux-tu dormir un peu ? me demanda Al.

– J'apprends à faire sans.

Je me promenai entre les rayons et choisis un vieux Spencer Tracy. Quand j'étais petite, j'avais toujours aimé voir ses films à la télé, peut-être parce que nous avions en commun la moitié de notre nom. Ils m'avaient donné une vision du monde adulte où tous les gens simples et honnêtes réussissaient leur vie. Je m'assis par terre près d'Al et nous regardâmes Tracy lutter contre les préjugés avec, pour seule arme, son intégrité et la douceur de sa voix. Al fouilla sous le comptoir et en extirpa un peu de shit ; il nous roula un pétard. Timidement, il passa son bras autour de mes épaules et je me blottis contre sa poitrine.

– Tu es ma cousine préférée, Trace, et je ne savais même pas que tu existais.

Je me souvins d'une remarque faite par Carl au sujet de Christine et d'Al. À une époque, ils auraient été intimes, ce qui ne me paraissait pas très clair. J'aurais aimé pouvoir dire la vérité. Mieux valait, cependant, être la bâtarde de Luke plutôt que sa minable petite pute anglaise. D'autant que c'était un moyen d'éviter trop de prévenances de la part d'Al. Non qu'il voulût pousser les choses plus loin. Je n'en étais pas moins persuadée qu'il n'aurait pas eu trop à se forcer. J'aurais cent fois préféré rencontrer Al à l'Irish Centre plutôt que Luke. Il possédait les qualités qu'une partie de moi-même estimait ne jamais mériter. Maintenant que j'avais décidé de rompre avec Luke, je savais que les cicatrices laissées par notre liaison seraient longues à effacer. Je me sentais blessée, déshonorée, et malgré tout ce que j'éprouvais pour Al, il me rappellerait toujours Luke.

Sans doute avais-je dormi, car soudain je m'aperçus que l'épaule d'Al n'était plus là, mais que sa veste était pliée sous ma tête. J'ouvris les yeux. Penché sur moi, il me souriait. Il tenait une tasse de café recouverte d'une soucoupe.

– Je ne voulais pas te réveiller, Trace, j'essayais de le garder au chaud.

J'étais sûre qu'il m'avait regardée dormir. La vidéo était éteinte. Je pris la tasse et il me tendit un paquet de biscuits.

– Les moins chers de tous, s'excusa-t-il à l'avance. J'espère que ça ne te fait rien.

Il était cinq heures et demie du matin. Je m'aspergeai le visage dans les minuscules W-C. J'allais tirer la chasse d'eau quand je m'arrêtai de peur de faire du bruit. Nous quittâmes les lieux par le chemin que nous avions pris pour entrer. Al tint à marcher devant au cas où nous serions attendus. De cette façon, il serait descendu avant même que j'arrive. Les rues désertes étaient couvertes d'une épaisse couche de givre. J'eus une pensée pour les enfants qui essayaient de dormir sous ma veste et frissonnai.

Nous atteignîmes Dun Laoghaire dans l'obscurité. Al suivit l'une des queues de voitures qui se répartissaient entre les chicanes avant de monter à bord. Les files serpentaient le long du quai en béton et semblaient ne jamais finir de franchir la rampe qui menait dans les entrailles du bateau. Tant que nous avions roulé, Al s'était arrangé pour me cacher sa nervosité, mais maintenant, il me paraissait terrorisé. Il regardait dans le rétroviseur chaque fois que la voiture s'arrêtait. Une moto cabossée se faufilait entre les files de voitures. Al la regardait s'approcher, conscient de ce que nous étions pris au piège sans aucun moyen de nous échapper. En passant près de nous, le motard regarda par hasard dans la voiture derrière la visière sombre d'un casque bleu taché de boue et bosselé sur le côté. Plus loin, un employé lui fit signe d'un geste rageur de prendre la queue.

On contrôla nos billets, mais personne ne nous demanda notre passeport. Une fois la voiture à bord, nous montâmes sur le pont. J'étais venue deux fois à Dublin, pensai-je, une fois par mer, retour par avion, et la seconde fois, l'inverse. Al ne se détendit qu'après le départ du bateau. Nous regardâmes s'éloigner Dublin ; je savais qu'aux yeux de tous, nous avions l'air d'un couple ordinaire. Nous prîmes le petit déjeuner au restaurant. J'en profitai pour rappeler à Al que mon logement était tout petit. Il me redemanda si je n'avais vraiment personne chez qui aller à Noël. Je lui répétai que j'étais fille unique et que tous les miens étaient morts. J'espérais couper court à ses questions, mais il poursuivit en me demandant ce que ma mère avait bien pu trouver à Luke. Elle y avait rarement fait allusion, répondis-je, elle était allée une seule fois en vacances en Irlande. C'était une fille aux longs cheveux avec un chapeau de soleil, et sa vie aurait vraisemblablement dû être bien différente.

– Une proie facile pour Luke, remarqua Al avec amertume. Il les aime jeunes et sensibles.

– Il était jeune lui aussi, à l'époque.

Je me demandai bien pourquoi je donnais toujours l'impression de le défendre.

– C'est ton père et tu te crois obligée d'être loyale envers lui, mais ce gars-là n'a jamais été jeune. Il est né adulte et tellement combatif qu'il est incapable de résister à un défi. En revanche, s'il obtient ce qu'il veut, il s'ennuie et se tire.

– Est-ce qu'on ne pourrait pas l'oublier un peu ?

Cette conversation me dérangeait. Je me demandais si Al ne cherchait pas à me mettre en garde.

– Avec plaisir, répondit-il. Il n'a causé que des ennuis depuis qu'il est revenu. J'espère seulement qu'il aura la décence de se démerder tout seul et de nous laisser tranquilles, du moins pendant la traversée.

Je posai ma fourchette. J'éprouvais la même sensation que le soir où je m'étais regardée dans le miroir de l'hôtel ; j'y avais vu Luke, les yeux fixés sur moi. Je me sentais observée.

– Tu veux dire qu'il est ici ? Sur ce bateau ?

Al parut surpris.

– Je croyais que tu le savais. Il fait la traversée avec une voiture appartenant à Christy. Il l'emmène à Londres. Il a un acheteur qui la lui paiera en liquide. En fait, c'était son idée que je me cache chez toi, si tu étais d'accord. Quand je lui ai téléphoné du magasin, il a proposé de nous envoyer les billets par coursier au Pleasure Dome. Comment aurais-je fait pour me les procurer si tard ? (Al s'arrêta, troublé par ma réaction.) Tu te sens bien ?

Je me levai de table et me précipitai dehors. Par le hublot, je vis Al laisser de l'argent et me suivre. Je ne pouvais m'enfuir. Le ciel était couvert, il faisait froid. La mer était agitée. J'étais comme une poupée qu'on déplace à sa guise. Al me trouva et me prit par l'épaule.

– Ça va, Trace ?

Je repoussai sa main et l'observai intensément. Que savait

Al ? Était-il utilisé comme moi je l'étais ? C'est le problème avec les mensonges, ils finissent par vous consumer. Comment l'accuser de duperie alors que j'étais entrée dans son jeu ? Depuis ma première escapade à Dublin, j'avais appris à manipuler la vérité aussi aisément que Luke, dissimulant mes cicatrices et me mentant à moi-même avec autant de conviction qu'aux autres. Maintenant, en regardant Al, j'étais certaine qu'il était incapable de couvrir Luke. Je savais aussi que je ne pouvais rien dire sans révéler mes mensonges et la façon dont j'avais collaboré avec son oncle.

– Je n'ai pas le pied marin, avouai-je, c'est la première fois.

– Ce n'est pas grave. (Et il ajouta en souriant :) Je suis vierge moi aussi.

– Épargne-moi les détails.

Il m'adressa un grand sourire et je lus sur son visage une telle honnêteté que j'eus honte. Il me prit le bras et me fit monter des marches qui nous amenèrent à un banc en plein vent sur le pont supérieur.

– Assieds-toi ici, tu te sentiras mieux à l'air.

Il faisait froid, pourtant il ôta sa veste et insista pour que je la mette. Même sur le bateau, il ne se sentait pas en sûreté. Quand deux hommes montèrent et nous regardèrent avec insistance, il se tut, me prit la main et la serra fortement. Malgré sa peur, il faisait tout pour me dérider. Il me chanta des pseudo-chants de Noël où il était question de bergers qui lavaient leurs chaussettes la nuit et me raconta des histoires compliquées sur ses mésaventures nocturnes et ses fâcheuses tendances au romantisme. Assise sur le banc, guettant d'un œil l'apparition de Luke, je ne pouvais m'empêcher de rire.

– Luke t'a-t-il dit où j'habite ?

– Il ne semblait pas connaître ton adresse.

– Tu dois le contacter à Londres ?

– Non, à moins d'avoir des ennuis.

– Alors, il faut que tu me promettes quelque chose. Je ne veux pas revoir Luke. Si tu viens à la maison, tu ne lui donneras pas mon adresse.

– Vous vous êtes brouillés ?

– Promets, c'est tout.

Al acquiesça avant d'ajouter :

– Quand as-tu su qu'il était ton père ?

– Je ne tiens pas à en parler, OK ?

– Tu n'as pas besoin de lui. J'ai l'impression que tu t'es bien débrouillée sans père jusqu'à présent.

– Laisse tomber, Al.

Il se tut, réduit au silence par une brusquerie que je regrettai. Il avait froid, mais n'accepta pas de reprendre sa veste. Je me levai pour regagner l'intérieur.

– Garde en réserve quelques-unes de tes histoires sinon nous n'aurons plus rien à nous dire dans l'appartement.

– D'accord, mais j'y mets une condition, à partir de maintenant, tu prendras ton bain sans moi.

Je fis semblant de le boxer et il me saisit les mains. C'était la première fois qu'un homme me faisait cela sans que j'aie envie de les lui arracher. Immobiles, nos corps l'un près de l'autre, nous nous rappelions cette douche. Je me penchai en avant, Al baissa son visage vers le mien. Nous allions nous embrasser quand nous détournâmes les yeux. Al, troublé, me parut légèrement embarrassé.

– Rentrons, dit-il de but en blanc. On se les gèle ici.

Je descendis la première les marches métalliques. Une bourrasque d'air marin me força à agripper la rampe. Je me retournai et surpris son regard fixé sur mes cheveux blonds.

– Ça ne te va pas, déclara-t-il.

Si Luke était à bord, il se garda bien d'approcher. Nous prîmes un café au bar et ne ressortîmes que lorsque apparut la côte galloise. Les passagers commencèrent à regagner leurs voitures ; nous les suivîmes. Le bateau se mit à quai et, un moment plus tard, la lumière du jour pénétra dans la cale quand les portes s'ouvrirent. Les voitures commencèrent à avancer lentement sur deux files. La police, escortée de douaniers, arrêtait les véhicules au hasard pour les contrôler. Nous étions à environ quarante voitures du point de contrôle quand la porte d'Al s'ouvrit brusquement et que Luke se pencha vers son neveu sans même me regarder.

– Écoute, la police anglaise recherche quelqu'un. Je suppose qu'ils veulent t'interroger. J'ai appelé ton père sur mon portable avant d'arriver. Les flics se sont rendus hier soir chez toi, puis chez lui où ils ont demandé après toi. Si tu gardes Tracey, on lui fera aussi subir un interrogatoire. J'aimerais qu'elle reste en dehors de cette histoire.

Luke ne m'avait toujours pas regardée. Maintenant, tout devenait clair. Il espérait me forcer à monter dans sa voiture. Je me moquais que la police me garde, rien ne me forcerait à changer de véhicule.

– Qu'est-ce que je fais ? demanda Al.

En voyant sa peur, je sus que, lui aussi, était manipulé.

– Sors de la voiture avant qu'on nous voie, lui ordonna Luke. (Je fis comme si je n'entendais pas jusqu'à ce que je comprenne qu'il s'adressait à Al.) Monte avec moi dans la voiture de Christy, j'ai l'habitude de ce genre d'enquiquinement. Mais surtout, que Tracey puisse partir tranquille.

Al me toucha le bras.

– Tu sais conduire ? (J'acquiesçai d'un signe de tête.) Je suis vraiment désolé de ce qui arrive.

– Ça ira.

Forcée de me tourner vers Al, je m'aperçus que Luke m'observait, franchement inquiet.

– Je suis désolé, Tracey. Il arrive parfois qu'on ne maîtrise plus la situation. Je te revaudrai ça, je te le promets.

Je ne répondis pas. Al prit son sac sur la banquette arrière, mais Luke l'arrêta.

– Pour une fois, Al, fais travailler ton cigare ! Tu tiens vraiment à ce qu'on te soupçonne ? Chacun reprendra ses affaires plus tard.

Les voitures commençaient à klaxonner dans l'autre file, derrière celle de Luke qui avait créé un vide. Al et lui coururent pour démarrer le plus rapidement possible. Tout s'était passé si vite. Je ne savais ni quoi dire ni quoi faire après. J'enjambai le changement de vitesse et desserrai le frein à main. La voiture fit un bond, manquant de percuter la camionnette qui roulait devant. Mes mains tremblaient. J'avais beau détester Luke, j'aurais donné n'importe quoi pour l'avoir à mes côtés. Au moins m'aurait-il expliqué ce qu'il attendait de moi. L'autre file avançait plus vite. Les policiers arrêtèrent sa voiture et firent signe à Luke de se ranger sur le côté. Ils lui demandèrent ses papiers pendant qu'on fouillait Al. L'un d'eux réclama les clés du coffre qu'il ouvrit pendant qu'un homme en bleu de travail s'allongeait par terre pour examiner le dessous du véhicule. Les deux minutes à peine que je mis à atteindre le contrôle me parurent une éternité. Pendant qu'on emmenait Al à l'intérieur, je vis Luke s'adresser calmement au policier qui examinait son passeport. Je m'attendais à être arrêtée, moi aussi. Je m'imaginai la cellule dans laquelle on allait me déshabiller. Luke ne jeta pas un seul coup d'œil dans ma direction au moment où les voitures commençaient à klaxonner derrière moi. Il fallut qu'un douanier frappe à ma vitre.

– Allez-y, madame, me pressa-t-il. Vous empêchez les autres d'avancer.

Je conduisais en suivant la voiture qui me précédait sans même être sûre de me diriger vers l'autoroute qui mène à Londres. Je m'arrêtai sur la première aire de stationnement et attendis une heure, puis deux, en fouillant du regard chaque voiture qui passait. Leur vitesse était telle qu'il m'était impossible de reconnaître Luke dans l'une d'elles mais j'espérais qu'il me verrait et s'arrêterait. Jamais je n'avais donné mon adresse à Al. Je comprenais maintenant à quel point j'avais souhaité qu'il vienne chez moi.

Je finis par reprendre la route en espérant avoir assez d'essence pour atteindre Londres. Je n'avais sur moi que quelques pièces irlandaises inutilisables. Je suivis les panneaux indicateurs, calculant la distance qui me restait à parcourir, l'œil rivé sur la jauge à essence dont le niveau baissait inexorablement.

Dans les faubourgs de Londres, il était presque à zéro. À force d'attentions, j'obtins de la voiture qu'elle poursuive son chemin. Je cherchais les raccourcis et maudissais les embouteillages de Noël. Le voyant lumineux m'avertissant que je n'avais plus d'essence se mit à clignoter sur le tableau de bord au moment où j'atteignais le bout de ma rue. Je trouvai une place à bonne distance de chez moi. Je ne tenais pas à me garer trop près.

Je sortis de la voiture d'abord mon sac de sport, puis celui d'Al. Il y avait une pile de lettres sur la table de l'entrée, surtout des cartes de Noël adressées à des locataires qui avaient quitté les lieux depuis longtemps. Deux enveloppes seulement m'étaient adressées. L'une contenait mon chèque postal, l'autre une carte de Garth. Mon logement puait le lait du carton que j'avais oublié de jeter. J'allumai mon chauffage au gaz et ouvris la fenêtre en saillie. La chambre me parut petite et miteuse. J'avais faim, et surtout envie de dormir. Je me demandai si Al s'en était bien sorti et combien de temps la police m'aurait gardée si Luke n'était pas intervenu. Je lui étais reconnaissante de m'avoir éloignée. « Je te revaudrai ça », avait-il dit. Il ne le ferait pas, mais il me fallait admettre que je m'étais trompée sur son compte au moment du débarquement. S'il s'était seulement servi de moi, il n'aurait jamais pris ma place.

Ce retour en voiture m'avait vidée. Mes jambes tremblaient. Je continuai pourtant à marcher nerveusement de long en large, prenant un objet puis le reposant, m'efforçant de reconquérir mon espace. Je verrouillai la porte de l'appartement, fermai la fenêtre et tirai les rideaux. Je m'installai dans le fauteuil, pris une couverture et l'étendis sur moi. Pourtant, il ne faisait pas froid et je n'avais pas ôté mon manteau. Il était trop tard pour toucher le chèque du chômage et je n'avais rien à manger. Je sucrai une tasse de café noir en me demandant depuis quand je n'avais pas pris un repas convenable. Je n'avais même pas gardé le petit déjeuner sur le bateau. À peine rentrée, j'avais jeté par terre le sac d'Al. Je tenais à ignorer sa présence et à ne pas prendre de décision les concernant, lui et sa voiture. Je n'avais vu la maison de Luke qu'une seule fois, d'un taxi, et je savais qu'elle se trouvait dans un labyrinthe de rues identiques appartenant à une vaste résidence. Impossible de la retrouver. Je me demandai s'il y avait un carnet d'adresses dans le sac d'Al ou un peu d'argent anglais pour m'acheter de quoi manger. Je le lui rendrais après avoir touché mon chèque le lendemain matin.

L'idée de fouiller son sac me répugnait, mais je ne voyais pas d'autre solution. En sortant ses vêtements, je compris qu'il n'aurait pas été facile pour Al de s'installer ici. Je tâtai l'étoffe de ses chemises dont j'appréciai le chic. Un tee-shirt blanc garantissait aux filles de bien boire, de bien bouffer et de bien baiser. Je découvris un assortiment de chaussettes dépareillées, sales pour la plupart, et des CD de dance entassés dans un sac plastique ainsi que quatre caleçons bien pliés. Ils étaient mignons, mais me parurent beaucoup trop petits pour lui. Je ne pus m'empêcher de rire, prenant plaisir à le connaître à travers ses vêtements. Je trouvai ensuite deux carnets remplis des paroles d'un rap plutôt nul ayant trait aux gens de Dublin ; certaines lignes étaient barrées comme par exemple : « J'suis un mec de Dublin et je viens des Cinq Lampes, j'voudrais qu'ça balance mais mes pieds ne font rien. » Sous les carnets, au fond du sac, un pull de laine me parut lourd quand je le sortis. De l'intérieur, un objet glissa quand j'essayai de le retenir avec la main. Il me frappa le poignet suffisamment fort pour me faire grimacer de douleur, puis me heurta la jambe avec un bruit métallique et tomba sur le tapis en rendant un son mat. J'étais incapable d'en détourner les yeux et mon cœur battait si violemment que j'eus peur. Ma respiration me rappelait celle d'une femme que j'avais vue en pleine crise d'asthme dans le métro. J'étais en état de choc. C'était comme si je me regardais agir, tendre la main vers l'objet puis m'arrêter. Je ne voulais pas laisser mes empreintes. Je m'entourais la main d'une chemise de nuit et seulement alors, je ramassai le revolver.

Je savais qu'il avait servi à tuer McGann. Al m'avait trompée depuis le début. Je m'étais fait avoir sur toute la ligne. Je me mis le canon dans la bouche et fermai les yeux. Tous mes souvenirs affluèrent. Une minable petite pute anglaise. Je serrai le canon entre mes dents jusqu'à ce qu'elles me fassent mal. Je sentis le froid du métal. J'aurais voulu faire mal à tous les Irlandais que j'avais connus. J'imaginais des moyens incroyables pour les faire souffrir. Je m'arrêtai soudain, je me dégoûtais. Je lançai violemment le revolver contre le mur le plus éloigné. Je serrai contre moi l'oreiller, craignant que le choc ne fasse partir l'arme. Elle tomba par terre sans autre bruit qu'un cliquetis. Je n'aurais même pas su dire si elle était chargée. Je ne pris pas la peine de me déshabiller. Je tirai la couverture sur ma tête, me roulai en boule et pleurai toutes les larmes de mon corps jusqu'à ce qu'enfin le sommeil m'envahît.

Je ne sais depuis combien de temps on sonnait à ma porte, ni quelle heure il était. J'étais si épuisée qu'il aurait dû être pratiquement impossible de me réveiller. Pourtant, au bout d'un moment, le bourdonnement envahit mon sommeil. Je me retournai lentement et finis par reprendre conscience. Je songeai aussitôt aux autres locataires que la sonnerie ininterrompue devait avoir dérangés. Encore à moitié endormie, je m'avançai d'un pas incertain dans le hall vers la porte d'entrée que j'ouvris sans même penser à mettre la chaîne ou à demander qui était là. Mes yeux me faisaient mal et, pendant quelques secondes, je ne reconnus pas Al à la lumière des réverbères. Il avait le visage meurtri et son nez pissait le sang. Penché en avant, il appuyait sa tête contre la porte, une main posée sur la sonnette. Il entra dans le vestibule en titubant et, instinctivement, je le soutins.

– Mon Dieu ! C'est les flics qui t'ont fait ça ?

– Non, répondit la voix de Luke. (En me retournant, je le vis sur la première marche.) Je l'ai amené ici pour qu'il te fasse des excuses.

Il grimpa l'escalier, attrapa Al par les cheveux et le poussa violemment dans mon appartement dont j'avais laissé la porte ouverte. Al se prit les pieds dans son sac, glissa et tomba.

J'aurais pu appeler au secours, mais je n'avais aucun moyen d'expliquer la présence d'un revolver. J'étais folle de rage.

– Comment m'as-tu trouvée ? Depuis combien de temps connais-tu mon adresse ?

Je hurlais mes questions et pourtant Luke fit comme s'il ne les entendait pas. Il donna des coups de pied à Al. Je me précipitai pour m'interposer. Mais, à peine sur le seuil, Luke me prit les mains. Je tentai vainement de me libérer. Il m'attira à lui et ferma la porte du pied.

– Tu as trouvé le revolver, hein ? Nous étions à mi-chemin de Londres quand le petit salaud m'a tout avoué. Putain ! Est-ce que cette foutue famille ne va pas cesser un jour de me mettre dans la merde ? Al prétend que ce revolver ne lui appartient pas, qu'il appartient à Christine, ce qui veut dire que Christy le cachait chez lui. Dieu seul sait ce que les experts en balistique pourraient en conclure. Pendant l'enterrement, Christine a changé. Elle se promenait en haut, complètement pétée, en brandissant le revolver. Elle disait qu'elle allait tuer McGann. Voilà ce que raconte Al. Il lui a arraché le pétard, mais des gens qui n'auraient jamais dû se trouver dans les parages l'ont vu avec. Christine lui courait après dans l'escalier. Après le meurtre de McGann, ces gens-là ont fait le rapprochement.

Al fit comme s'il voulait se lever, mais Luke l'envoya d'un coup de pied s'étaler sur le tapis.

– Espèce de lamentable petit salaud ! s'exclama Luke avec colère. (Il se tourna ensuite vers moi.) Il affirme qu'il n'a pas tué McGann, qu'il a erré pendant des heures à la recherche d'un endroit sûr où se débarrasser du revolver avant d'apprendre la nouvelle aux informations. Après, il serait retourné au vidéo-club, mais je n'en suis pas convaincu.

Luke s'agenouilla et saisit Al par les cheveux. Il le fit pivoter de façon qu'il puisse le regarder dans les yeux.

– Pourquoi n'as-tu pas été foutu de te débarrasser de ce flingue ? hurla Luke. Tu t'es servi de Tracey. Tu m'as dit que tu voulais trouver un endroit où coucher, mais elle aurait pu aller en prison si on l'avait trouvée en possession de ce joujou ! Tu sais de quoi on écope pour complicité de meurtre ? Maintenant, tu me dis la vérité. Tu as descendu McGann ?

Je poussai un cri en voyant Luke lever le poing et en frapper Al. Je lui agrippai l'épaule. Il lâcha son neveu et se tourna vers moi.

– Je t'aime. J'ai été fou de t'amener à Dublin. J'ai cru pouvoir te tenir en dehors de cette histoire, j'ai cru pouvoir tenir toute ma famille à l'abri, mais Christy a laissé un vrai gâchis derrière lui. Et ça n'a fait qu'empirer. Je suis désolé.

Au moment où il voulut me toucher le visage, j'eus un mouvement de recul.

– Tu n'oserais tout de même pas.

– J'ai fait tout ça pour toi. (Du geste, Luke désigna Al gisant sur le tapis.) J'en ferais autant à tous ceux qui te mettraient en danger, quels qu'ils soient. C'est bien la preuve de ce que j'éprouve pour toi.

– Je sais ce que tu éprouves pour moi.

Luke parut choqué. Il écarta les mains.

– Tu ne peux pas m'en vouloir de ce qui s'est passé dans le taxi. Il fallait que je te ramène à la raison d'une façon ou d'une autre. Il fallait aussi que j'aille à l'enterrement. Je m'attendais à une véritable explosion à l'église, avec toute cette bande de truands qui rôdaient autour. Je sentais venir les ennuis. Tu savais que c'était le moment de nous quitter et tu t'es mise à inventer une histoire à dormir debout à propos d'un violoneux dont tu n'as jamais entendu parler. Maintenant, je sais que je n'aurais pas dû agir ainsi, mais toi non plus. Faire des suçons, c'est une chose, mais saboter délibérément les funérailles de mon frère en est une autre. Et ne fais pas semblant de croire tout ce que je dis.

– Une minable petite pute anglaise, c'est tout ce que j'ai été pour toi. Et maintenant, fiche le camp !

– Lui aussi ?

Je me calmai. Je regardai fixement Al qui, le visage levé,

cherchait à voir avec le seul œil qu'il pouvait ouvrir. Il ne disait rien, mais il comprenait enfin que je lui avais menti.

– Regarde-le, poursuivit Luke d'une voix plus sereine. Est-ce que j'aurais fait ça à mon propre neveu pour une vulgaire pute ?

J'avais l'impression de vivre un cauchemar. Je m'agenouillai pour toucher le sang sur le visage du blessé. Médusé, il se taisait. Je me souvins des soupçons de Luke selon qui « Al ne perdait pas de temps ».

– Jamais je ne t'ai demandé de faire ça.

– Les circonstances étaient particulières là-bas, à Dublin, répliqua Luke. Et ne dis pas que tu n'en étais pas consciente. Tu ne voulais pas de moi dans le taxi. C'est pourquoi tu as inventé cette histoire. Tu voulais me retarder.

– C'est la vérité.

– Arrête ! Mac Suibhne n'a jamais quitté de sa vie le Donegal.

– Il a vécu six mois à Harrow. Je ne le connaissais pas sous ce nom. En fait, je ne le connais pas du tout. Il nous a abandonnées.

– Tu en es certaine ? me demanda Luke après un temps de réflexion.

– Oui.

Il m'observa un moment sans rien dire.

– Je suis désolé, finit-il par dire. J'ai toujours cru que tu étais anglaise. Sincèrement, je ne savais pas.

Sans tenir compte de son aveu, je regardai Al avec insistance.

– As-tu tué McGann ? (Je le vis adresser à Luke une interrogation muette. Que fallait-il répondre ?) Regarde-moi, Al, poursuivis-je. As-tu tué McGann ?

Al fit non de la tête.

– Es-tu toujours d'accord pour rester ici avec moi ?

– Ce ne sera pas nécessaire, intervint Luke, derrière mon dos.

– Ne t'en mêle pas. Regarde dans quel état tu l'as mis.

J'avais presque crié.

– C'est pour ton bien et pour le sien. Il fallait que quelqu'un lui donne une leçon. On ne fait pas passer des flingues en contrebande, surtout en Angleterre. Je connais des Irlandais qui ont fait quarante ans de taule pour avoir été au mauvais moment là où il ne fallait pas. Tu te serais fait pincer avec lui rien que pour avoir été dans sa voiture.

– Veux-tu rester ici, Al ? répétai-je. Veux-tu que je m'occupe de toi ?

Je cherchai à intercepter son regard, tout en sachant qu'il était mort de peur et attendait les instructions de Luke. Il secoua négativement la tête, mais je fus incapable d'interpréter ce que ses yeux voulaient me dire. Luke se pencha pour attraper Al par son pull-over et le relever.

– Donne-moi les clés de sa voiture.

– Comment peux-tu en conduire deux ?

– Mets-les dans ma poche.

Je les pris sur la cheminée et fis ce qu'il me disait. Luke maintenait Al contre le mur.

– Le revolver. Ramasse-le.

– Qu'est-ce que tu vas faire d'Al ?

– C'est mon neveu. Je veillerai sur lui comme je veille sur toute ma famille. Toi aussi, tu en fais partie maintenant.

– Je n'ai pas besoin qu'on veille sur moi, surtout pas toi.

– Regarde dans quel immonde foutoir tu vis. Je ne te laisserai pas vivre ainsi. Et maintenant, ramasse le revolver.

Je m'exécutai et braquai l'arme sur lui.

– Je ne t'aime pas, Luke.

Peut-être est-ce la peur qui le fit ricaner lorsque je m'approchai.

– Les filles aiment toujours leur papa.

– Tu es malade.

– Et toi, tu as l'air excitée avec ce flingue à la main. Mets-le dans ma poche.

Al nous observait, j'en étais sûre. Mes mains tremblaient si fort que si j'avais pressé sur la détente, je me demande qui j'aurais atteint. J'appuyai le canon contre l'oreille de Luke et fermai les yeux pour ne plus voir son lobe prendre le visage de l'Homme de la Lune. Pendant une demi-seconde, je crus avoir le courage de tirer, mais j'abaissai l'arme et cherchai sa poche.

– La prochaine fois que je te baise, tu vas voir ce que tu vas voir, dit Luke.

Il se pencha pour prendre le sac d'une main et, de l'autre, me fit signe d'ouvrir la porte. Il appuya Al contre son épaule et sortit dans le couloir.

– Reste chez toi. Tâche de dormir, tu as l'air fatiguée. Christine peut se faire flinguer en même temps que n'importe lequel de ceux avec qui elle sort, si ça lui chante. Mais pour nous, Dublin, c'est fini. Tu comprends ? Ce qui compte, c'est que tu sois hors de danger et qu'Al puisse commencer une nouvelle vie. Nous allons tout reprendre de zéro, Tracey. Nous ferons ce que tu voudras et, cette fois, c'est toi qui décideras, je te le promets.

Je l'entendis appuyer sur le bouton de la minuterie. La porte s'ouvrit et ils sortirent. La lumière du vestibule s'éteignit d'elle-même. J'étais comme paralysée, incapable de bouger ni même de refermer la porte. En haut, quelqu'un sortait de chez lui, un ouvrier faisant probablement partie d'une équipe matinale. Je fermai ma porte et me retournai. C'était comme si on m'avait violée. Je ne me sentais plus chez moi. Pourtant, il ne restait aucune trace de la présence de Luke à l'exception d'une minuscule tache de sang sur le tapis, près du mur.

IV

Londres

16

Je finis par m'endormir d'un sommeil sans rêves. Le lendemain matin, qui était la veille de Noël, je ne reçus aucune visite. Je pensai me rendre à Harrow, mais mon orgueil m'en empêcha. Je savais que, traditionnellement, grand-papa Pete irait chercher la dinde chez un boucher de Wandsworth où il avait grandi. Des semaines à l'avance, Mamie rouspéterait après lui sous prétexte qu'elle connaissait de meilleures boucheries à Harrow et qu'il était malsain de trimballer des volailles mortes dans le métro. En réalité, elle aurait été déçue s'il s'était rendu à ses raisons. Sans doute était-ce l'une des rares fois où il osait lui tenir tête. D'après lui, les gens n'étaient plus assez traditionalistes et Noël ne serait pas Noël s'il ne buvait pas un grand verre de scotch dans la boutique de Stan Thompson.

Pendant des années, il m'avait emmenée avec lui. Il me paraissait différent quand il était loin de grand-mère, pas vraiment bavard, mais il n'avait pas besoin de mots pour exprimer ce qu'il ressentait. Même durant les pires moments de mon adolescence, j'aimais marcher dans Wandsworth en sa compagnie. Peut-être manquait-il vraiment du vocabulaire nécessaire pour comprendre mon état. À l'époque, je m'imaginais souvent mes troubles sous la forme d'un singe femelle enfonçant ses pattes dans mon cou et me murmurant à l'oreille le dégoût que je lui inspirais. D'autres personnes l'entouraient, l'air anxieux, et elles observaient la scène de si près que la bête ne voulait plus lâcher mon cou. Mais grand-papa n'avait pas conscience de sa présence et si son stoïcisme ne pouvait la faire disparaître, du moins l'obligeait-il à desserrer son étreinte et à marcher près de nous.

Chaque Noël voyait se reproduire le même rituel. Nous allions de la station de métro à la maison où grand-papa était né, puis au pub où il avait bu sa première pinte et enfin à la boucherie de Stan Thompson, son meilleur copain d'école. Chaque année, il reconnaissait de moins en moins les boutiques et les habitants du quartier étaient de moins en moins nombreux à l'arrêter pour bavarder. Stan et les autres me gavaient de chocolats et parlaient des rues rasées par les bombes allemandes, de leurs escapades à Brighton pour voir des orchestres de jazz et des après-midi passés à écouter le Goon Show derrière le comptoir. Mais ils ne parvenaient pas à me faire imaginer grand-papa jeune. Il était toujours resté le même, solide et raisonnable, vieux et pourtant sans âge, mais irréductiblement mon ami.

Il était à peine deux heures quand, après avoir touché mon chèque et être allée au supermarché, je descendis du métro à la station Wandsworth. Sur les quais et dans la rue se pressaient les acheteurs de Noël. Je passai devant un grand magasin nouvellement installé. Je savais que bientôt, grand-papa Pete flânerait le long de ce même trottoir en mettant son ancien nom sur chaque boutique. Je n'avais aucun projet sinon celui de le rencontrer par hasard, mais je savais qu'il insisterait pour que je revienne à Harrow, du moins ce soir et demain. Je ne souhaitais pas y rester plus longtemps et pourtant, je mourais d'envie de trouver refuge dans cet endroit où Luke ne pourrait faire irruption et où personne ne le connaissait. En tombant sur grand-papa Pete, je retournerais à Harrow non pas comme une enfant perdue, mais en tant qu'invitée de grand-père. Wandsworth était un terrain neutre, peuplé de souvenirs qui interdisaient toute récrimination. Il comprendrait que j'avais fait la moitié du chemin en le rencontrant dans les rues de son enfance.

Je m'arrêtai en face de la maison où grand-papa était né. Des années plus tôt, j'avais pris l'habitude de le harceler à propos des gens qui y habitaient maintenant et de son refus de leur demander à la visiter. « Ce n'est pas nécessaire », répondait-il. La façon dont il prononçait *nécessaire* laissait supposer qu'il dominait la situation. Il y avait six ans que je ne m'étais tenue sur ce même trottoir avec lui. Je marchai jusqu'au coin et m'aperçus que le pub avait changé de nom. Je courus presque jusqu'à l'angle suivant, persuadée que la boutique de Thompson allait être transformée en supermarché antillais. Mais la boucherie était conforme au souvenir que j'en avais. J'aperçus même Stan penché dans la vitrine pour attraper une dinde. Je ne me risquai pas plus près. Je tenais à faire semblant de rencontrer grand-papa Pete par hasard.

Je retournai vers la station de métro, sachant que grand-père se trouvait peut-être à l'intérieur du pub, mais que mon plan m'interdisait d'y entrer. D'ailleurs, il boirait rapidement sa consommation simplement pour le souvenir. Devant la station, on vendait des fleurs. Je m'arrêtai pour les regarder. Peut-être allait-il venir en voiture, mais je savais que le rituel comptait énormément pour lui et que grand-mère ne le laisserait pas boire et conduire. Au cours des deux heures qui suivirent, j'imaginai les différents chemins qu'il pouvait prendre, dans l'espoir de me heurter à lui. Trois fois, je m'arrêtai devant la boucherie Thompson jusqu'à ce qu'enfin, à la nuit tombante, les néons illuminent la boutique.

Je distinguai, à travers la vitrine, les bocaux de chocolats assortis que Stan avait l'habitude de disposer sur le comptoir, la veille de Noël. La queue des clients rapetissait. Le garçon boucher commença à nettoyer les vitrines. Des habitués arrivaient encore. J'en reconnus certains, mais je reçus un choc en les voyant si vieux. Ils passaient derrière le comptoir pour boire le verre de scotch que leur versait Stan et portaient un toast, appuyés au billot, tandis que le commis enveloppait leur volaille. Je savais que grand-papa Pete aurait dû être parmi eux ; ces moments représentaient pour lui le clou des fêtes de Noël.

Mais je n'avais pas le courage de traverser pour demander de ses nouvelles. Postée dans l'embrasure d'une porte éclairée, j'observais la scène quand je me sentis repérée. Gênée, je me détournai et j'avais atteint le pub lorsque Stan me rejoignit.

– Vous êtes bien Tracey Evans ? Comment allez-vous, mon chou ?

– Bien, monsieur Thompson.

Je n'avais d'autre choix que de me tourner vers lui.

– Tu es trop timide pour entrer ? Je t'ai à peine reconnue avec tes cheveux blonds. Sa volaille est emballée et tout est prêt, mais pourquoi n'est-il pas venu lui-même ? (Ma présence le troublait.) Que se passe-t-il, Tracey ? Ton grand-père est malade ?

– Il va bien, du moins à ce que je sais. Il ne vous a pas dit que j'étais partie de chez moi depuis plus d'un an ?

– À Noël dernier, il m'a paru plus calme, mais il ne m'a rien dit. Tu sais comment ça se passe ici avec tous ces vieux qui racontent des bêtises.

– J'espérais le voir ici.

– Viens faire un tour à la boutique. Dans le temps, tu liquidais une boîte de Quality Street à toi toute seule. Ton grand-père devrait arriver avant six heures, il n'a jamais raté un Noël.

Je n'avais pas envie d'aller avec Stan. De toutes les sorties que nous avions faites dans mon enfance, celle-ci était ma préférée. Maintenant, le bonheur que je découvrais dans ces souvenirs me faisait mal. Mais Stan cherchait à m'amadouer.

– Viens, petite. Tu as vingt-deux ans, tu n'en as pas soixante-quinze ! Attends un peu d'entendre toute cette bande de drôles de vieux bonshommes geignards, sûr que ça va te faire sourire. T'en fais pas, ton grand-père ne va pas tarder.

Les vieux messieurs parurent si heureux de me voir qu'ils me donnèrent envie de pleurer. C'était à qui me raconterait des histoires sur les événements de mon enfance que j'avais oubliés. Tous m'affirmaient que grand-père allait arriver d'un moment à l'autre. À six heures, personne ne semblait vouloir m'abandonner. Ils s'interrogeaient les uns les autres pour savoir si l'un d'eux l'avait revu depuis l'année dernière. Finalement, un certain Edward Manners, dont le nom m'avait fascinée quand j'étais gamine, prit la parole :

– Je peux me tromper, mais tu sais sans doute que ma Dorothy a épousé un Irlandais. Il y a à peu près un mois, un dimanche soir, mon gendre m'a amené à l'Irish Centre, du côté d'Edgware Road. Eh bien, je ne peux pas l'affirmer, mais il avait l'air tellement déplacé dans ce pub que je me suis dit, ça ne peut pas être lui. C'était un homme qui buvait seul, en réalité il était complètement bourré ce qui ne ressemble pas à Pete, et il était vêtu pauvrement. Mais je me souviens d'avoir pensé que, de loin, il ressemblait à Pete Evans comme deux gouttes d'eau.

– Qu'est-ce qu'il faisait là ? demandai-je d'une voix dont je contrôlais difficilement l'inquiétude.

– Je ne sais même pas si c'était lui. Mais il gardait les yeux fixés sur la porte comme s'il espérait voir entrer quelqu'un.

L'assistance ne prêta pas attention à ce que Manners déclarait avoir vu. Depuis un demi-siècle, on ne lui accordait guère de crédit. De plus, ces hommes âgés avaient plus d'amis parmi les morts que parmi les vivants et seule ma présence les empêchait de s'interroger sur la santé de grand-père. Stan Thompson donna à son commis sa prime de Noël. Je finis le scotch qu'il m'avait versé et annonçai que je téléphonerais à Harrow et que je transmettrais à grand-père leur bon souvenir. Stan, qui s'était éclipsé, revint avec une grosse dinde qu'il mit dans un sac.

– Apporte ça à ce vieux gredin, même s'il m'a abandonné pour un supermarché. Ça l'obligera à revenir me payer l'année prochaine.

Je perçus l'inquiétude de Stan derrière ses plaisanteries. Je voulus régler la note, mais il refusa d'un geste. Il prit la boîte à demi pleine de Quality Street et la posa sur la volaille dans le sac que je tenais entre les bras.

– Ne me dis pas que ce ne sont pas tes préférés. Il m'accompagna à la porte. Il doit être au lit avec la grippe ou un microbe quelconque. Rien de grave. C'est un bon gars, ton grand-père.

Je sais que ta grand-mère a la dent dure, mais que ça ne t'empêche pas de passer Noël avec eux. Surtout avec ta mère. Elle venait ici les veilles de Noël, bien avant toi. Je la revois quand elle était petite, ton portrait tout craché. Dis-lui que Stan Thompson lui envoie ses amitiés.

Je ne sus que dire. Je marchai droit devant moi sans me soucier des passants qui me voyaient en larmes. D'ailleurs, ils s'en fichaient. J'eus envie de jeter la dinde dans la première poubelle venue. Grand-père n'avait même pas pris la peine de dire à Stan que ma mère était morte. Quel homme était-ce donc et de quel droit grand-mère et lui me pourchassaient-ils ? À l'Irish Centre, c'était sûrement lui. Ils avaient peut-être engagé un détective privé. Sinon, comment auraient-ils pu découvrir ma liaison avec Luke ? J'étais dans une rage folle et j'éprouvais cette vieille crainte morbide d'être observée. Même lorsqu'elle avait été adulte, ils avaient traité ma mère comme une enfant. Ils n'allaient pas en faire autant avec moi. J'ignorais ce que grand-père savait exactement, mais à la seule idée d'être filée, je me sentais sale.

Je m'assis dans le métro, cette stupide bestiole sur les genoux. J'étais partie avec le ferme espoir de rentrer à la maison en compagnie de grand-père et de tout recommencer comme des gens responsables. Mais je ne pourrais jamais rentrer à la maison. Même s'ils ne faisaient pas allusion à Luke, le seul fait de ne pas savoir ce qu'eux savaient de ma nouvelle vie me mettrait au supplice. Il n'y avait plus de place pour les mensonges et les faux-fuyants qui avaient été notre lot quotidien, nécessaire à notre survie commune. De toute façon, ils avaient déjà une dinde. Grand-père n'était pas malade. C'était plus simple d'aller dans un supermarché mieux tenu que la boutique de Stan. Comme pour tout le reste, Mamie l'avait eu à l'usure.

Au sous-sol de la maison qui se trouvait en face de la mienne, une femme séparée de son mari vivait avec ses quatre enfants. L'un des fils était atteint d'une maladie qui lui fragilisait les os. Un jour qu'il faisait du skate-board, il était tombé et elle était sortie de chez elle en courant, affolée. Nous ne nous étions jamais parlé, mais je l'avais vue ce matin au supermarché poussant un caddie alors qu'un panier eût suffi. Elle y avait mis le pain et les boissons pétillantes les moins chères, des tranches de jambonneau et deux poulets surgelés. Elle poussait son chariot les épaules voûtées, comme s'il était le plus lourd de ce magasin bondé. Je n'avais rien prévu à l'avance, mais lorsque je me trouvai devant mon immeuble, je traversai la rue et descendis les marches qui menaient au sous-sol. Je sonnai. Une fillette de huit ans m'ouvrit. Elle portait un tee-shirt sur lequel était inscrit *I'm too sexy for my shirt.*

– Donne ça à ta mère.

Je lui tendis le sac qui contenait la dinde. Elle le prit et le laissa pendre contre son jean. Elle n'avait pas l'air de comprendre. J'entendis sa mère lui demander qui était là. Je souris à l'enfant qui ne voulut pas se dérider. Je lui offris la boîte de bonbons qu'elle coinça sous son bras avec indifférence. J'allais m'éloigner quand la mère parut et regarda le sac d'un air soupçonneux.

– Quoi que vous demandiez, nous ne pouvons pas vous le fournir, dit-elle, agressive.

Je haussai les épaules et traversai la rue.

– Écoutez, je n'ai même pas un plat assez grand pour cuire cette foutue bestiole !

Sa voix me poursuivit, mais le ton avait changé. Son agressivité ressemblait davantage à un mécanisme de défense. Je sortis ma clé et ouvris la porte. Je savais que la mère et l'enfant, debout de l'autre côté de la rue, m'avaient suivie des yeux. Avais-je bien ou mal fait ? Qu'est-ce qui torturait le plus, la faim ou l'orgueil ? J'étais incapable d'en décider. Ce que je savais, c'est que même si cette femme l'avait voulu, la vie l'avait trop maltraitée pour qu'elle ait le réflexe de crier : « Merci » ou « Joyeux Noël ».

Les gens affirment généralement que, s'ils avaient le choix, ils préféreraient passer le jour de Noël seuls ; ils accompliraient leurs tâches habituelles et se tiendraient à l'écart de la débauche collective de bonne volonté. Mais Noël est aussi pénétrant que le gaz moutarde, il s'infiltre dangereusement dans les pièces les plus hermétiquement fermées. Je restai au lit le matin de ce jour, me maudissant de m'être réveillée si tôt comme pour me conformer aux matins de mon enfance. J'écoutai le silence de la rue et me rappelai ma cavalcade dans l'escalier, ma mère derrière moi dans un nuage de fumée de cigarette, riant de mon excitation en découvrant que le Père Noël n'avait pas oublié les carottes pour Rudolph. Maintenant, j'imaginais Luke faisant la même chose avec son plus jeune enfant avant d'apporter à sa femme sur le plateau du petit déjeuner un bijou dans un paquet-cadeau.

Je m'en voulais à mort de ne pouvoir le chasser de mes pensées, d'imaginer chaque minute de sa matinée. Je me persuadai qu'il lui avait fait l'amour dès son réveil, ou bien pour dissimuler son infidélité, ou parce que l'idée de ma présence l'avait excité. Je me les représentais dans les positions qu'ils avaient dû prendre et je devinais les désirs qu'il n'avait pu réaliser parce qu'elle les lui avait refusés, ceux pour lesquels il avait eu besoin de moi.

Ces images me révoltaient. Je ne voulais plus jamais le revoir. Sa dernière apparition avait tout d'un cauchemar ; seule la tache du sang d'Al sur le tapis lui donnait une certaine réalité. Mais Luke passerait peut-être aujourd'hui. Pendant qu'il jouait avec son enfant, il était parfaitement capable de calculer le temps qu'il lui faudrait pour arriver ici et pénétrer chez moi à force d'excuses et de flatteries, le temps qu'il mettrait à me persuader de faire l'amour, et de calculer enfin le nombre de fois qu'il pourrait me baiser avant de rentrer à temps pour découper la dinde. Plus tard, une fois son dernier-né couché et les aînés sortis, il aurait même la possibilité de prendre sa femme dans la cuisine ou ailleurs, pour célébrer son exploit, une main s'égarant par hasard dans sa poche pour tripoter le slip qu'il m'aurait fauché dans l'après-midi en guise de trophée.

La veille, j'avais placé le couteau à pain sous mon lit. Je

m'étais juré de l'utiliser si Luke me rendait visite. Mais, en réalité, je savais que personne ne viendrait, car Noël était un jour consacré à la famille. Toutes ces imaginations étaient nées du dégoût de moi-même que j'éprouvais depuis si longtemps et qui subsistait en partie. C'est ainsi qu'on doit me traiter, me disais-je encore, et bien que je me sois séparée de mon singe, j'avais beau courir de toutes mes forces, je le devinai encore tapi au loin, prêt à m'agripper le cou. Je me souvins d'un médecin qui m'avait posé cette question : comment pouvez-vous vous attendre à ce qu'on vous aime alors que vous ne vous aimez pas vous-même ? C'était trois ans après avoir cessé de m'entailler la chair. Depuis que je ne présentais plus de manifestations extérieures, je croyais être guérie. Mais en ce matin de Noël, je me sentis de nouveau au fond du puits qui hantait mes rêves, le regard levé vers le cercle de ciel où les gens sûrs d'eux, penchés sur la margelle, ne remarquaient même pas que je me cachais en bas.

Il m'avait semblé reconnaître chez Al cette insécurité. Je me demandais où il se trouvait et dans quel état. Peut-être n'avait-il fait qu'arracher le revolver des mains de Christine. Les paroles qu'il avait écrites et que j'avais découvertes dans le sac étaient si bêtes que je le voyais mal nuire à quiconque. Bien qu'il ait pu être la cause de mon arrestation, je ne le considérais pas moins comme fondamentalement bon. Sans doute était-ce mon problème. La plupart du temps, je pensais pis que pendre des hommes. Pourtant, il m'arrivait d'ajouter foi aux plus grossiers de leurs mensonges.

Je me levai en entendant les voix des enfants qui jouaient de l'autre côté de la rue. Je restai un long moment sous la douche, d'abord très chaude, puis glacée. Je zappai sur les différents programmes, tous plus niais les uns que les autres, puis éteignis la télévision. Alors, je ne sais pourquoi, j'eus envie de dire une prière pour ma mère. Je ne croyais pas en Dieu, ou du moins, pas complètement, mais je sentis qu'en ce matin-là, c'était ce qu'il fallait faire.

Je n'avais pas la moindre idée de l'endroit où se trouvait

l'église la plus proche. Je me dis qu'en suivant des gens âgés j'y parviendrais, mais les fidèles étaient peu nombreux à Islington. Je finis par en dégotter une sans pouvoir deviner à quel culte elle appartenait. Une femme y entra. Je la suivis sous le porche. Quand elle ouvrit la porte, j'entendis l'orgue et vis les fidèles qui, debout, chantaient avec recueillement. Les enfants eux-mêmes connaissaient les paroles. J'aurais commis une imposture si j'avais pénétré plus avant. Je revins tranquillement à la maison en comptant les arbres de Noël aux fenêtres et, dans les jardins, les pancartes en plastique sur lesquelles on lisait : PÈRE NOËL, S'IL TE PLAÎT, ARRÊTE-TOI ICI. Du coin de ma rue, j'aperçus les enfants qui jouaient devant la maison d'en face. J'attendis que leur mère les rappelle. Je comprenais son orgueil et n'aurais pas supporté qu'elle m'invite à entrer.

Je passai mon après-midi à zapper de film en film, seul moyen de me vider la tête. J'avais réussi à me procurer un peu de shit la veille, en revenant de Wandsworth. Je me roulai un pétard bien tassé qui n'eut pour effet que de me donner des aigreurs d'estomac. J'avais éteint la télé et m'étais pelotonnée dans le fauteuil quand on sonna à ma porte. Je ne sursautai pas, je ne relevai même pas la tête et pourtant, j'avais senti le singe me bondir sur le cou. Mes prévisions matinales se réalisaient, Luke avait eu l'audace de venir. D'instinct, il avait deviné à quel point j'étais vulnérable et il ne renoncerait pas. Il continuait à sonner. Il savait que je me terrais ici, comme le blaireau au bruit des chiens et des bêches. Je pris le couteau à pain caché sous le matelas tout en sachant que je n'aurais pas le courage de m'en servir. Lui aussi le savait. Jusqu'à présent, je ne m'en étais prise qu'à moi-même et les entailles que je m'étais faites l'avaient été en secret. Je posai le couteau et me rendis dans le hall. La sonnette retentit de nouveau avec force et obstination. Il n'aurait même pas pensé à m'apporter des fleurs. J'ouvris la porte d'entrée. Garth se tenait sur le seuil.

– Je savais que tu étais là, petite sœur. Tu m'as l'air plutôt nase. Est-ce que je t'ai déjà dit que les hommes n'en valent pas la peine ? Je suis bien payé pour le savoir parce que j'en suis un.

Je jetai mes bras autour de son cou. Garth riait tandis que je n'en finissais pas de l'étreindre.

– Essaye tout ce que tu veux, plaisanta-t-il, mais tu ne me feras pas virer ma cuti.

– Garth, tu es la grande sœur que je n'ai jamais eue.

– C'est la chose la plus gentille qu'on m'ait jamais dite. Rien que pour ça, je vais te laisser tricher quand tu feras péter la papillote de Noël.

Il ne voulut rien entendre. Mon couvert était déjà mis. Pendant des années, sa mère avait espéré recevoir la gentille fille qu'il lui aurait amenée. Je ne pouvais pas la laisser tomber aujourd'hui. Il me bouscula pour que je prenne plus vite mon manteau malgré mes protestations ; je n'avais rien à offrir à ses parents et je n'étais pas habillée pour sortir. Mais Garth n'admit aucun de mes arguments. D'ailleurs, je n'y tenais pas. Je n'étais sans doute pas en grande forme pour participer à une réunion de famille, mais je ne supportais plus d'être seule. Nous nous rendîmes à pied chez ses parents.

– C'est cet Irlandais, hein ? Tu sais qu'ils retournent toujours dare-dare chez leur femme ?

– C'est ton expérience personnelle qui parle ?

– Dans mon cas, c'est pire. Ils reviennent en courant chez leur mère.

– Liam n'est plus dans le coup ?

Garth hocha la tête.

– C'est pas du gâteau. Quand je rêvais d'un amour longue durée, je pensais plutôt à un chauffeur de camion genre costaud. Voilà ce que j'ai dit à Liam : à Noël, tu laisses tomber une fois pour toute ton style country. Tu retournes à Drogheda et voilà ce que tu sors à ta mère : « Maman, je suis un putain de techno-punk. Je ne peux vivre sans les vibrations d'un dub gorgé de soleil. »

Je m'étonnais de savoir encore rire. Garth faisait l'impossible pour me décoincer et il y parvenait. Il déclara que les militants en faveur des droits des animaux avaient coupé le courant pour protester contre la façon dont le Père Noël traitait son renne. Par quel miracle le Père Noël pouvait-il avoir survécu aussi longtemps ? Qui plus est, il avait sélectionné son renne sur la base d'une discrimination sexiste évidente. Il n'avait attribué d'autre rôle aux biches de son troupeau que celui de sortir dans la ville la plus proche du Pôle et d'y claquer quelques dollars.

Une fois au troisième étage, Garth ouvrit la porte. Roxy était arrivée, à moins qu'elle ne soit pas rentrée chez elle depuis la veille. Honor et elle chantaient en play-back *Mary's Boy Child*, la chanson de Boney M. que la mère de Garth avait tenu absolument à passer. Elles se mirent toutes les deux à crier en m'entourant de leurs bras et à me demander où j'avais bien pu me cacher. Elles savaient parfaitement qu'il s'agissait d'un homme et cherchaient par tous les moyens à me tirer les vers du nez. Garth les éloigna en leur donnant le surnom de « Hyènes jumelles ». Son père, Mr Adebayo, tint à me faire asseoir dans son fauteuil et me versa d'autorité une vodka-Coca. Voilà comment je comprends la vie, pensai-je : sans hypocrisie et sans hommes couverts de sang. Il y avait si longtemps que je n'avais pas mangé normalement que j'en avais presque oublié d'avoir faim. Mais après trois vodkas, j'avais l'estomac dans les talons. Les senteurs les plus délicieuses nous parvenaient de la cuisine. Je ne demandai pas à Garth à quelle heure il avait décidé de venir chez moi, mais, en me rappelant l'église que j'avais cherchée le matin, j'eus la sensation que ma mère me l'avait envoyé.

Après le dîner, Honor dégringola l'escalier pour aller faire un tour chez Roxy. Mr Adebayo me chassa de la cuisine si bien que Garth et moi sortîmes sur le balcon d'où l'on voyait les lumières du nord de Londres. Je lui racontai mon escapade à Dublin ou, du moins, ce que je pus lui en dire, et il se douta que je lui faisais un récit tronqué.

– Les familles sont faites pour se disputer, ce qui ne veut pas dire qu'elles n'ont pas du bon. Les amis ont beau faire de leur mieux, ils ne les remplacent pas complètement. Quels que soient les mots que tu aies pu avoir avec tes grands-parents, tu devrais te raccommoder avec eux parce que c'est le lendemain de Noël.

– Ils m'étouffent. Ils sont incapables de me traiter comme une adulte. Et même maintenant, ils m'espionnent et me font suivre.

Garth se mit à rire. Quand il m'eut affirmé que j'étais parano, je lui racontai qu'on avait vu grand-papa Pete à l'Irish Centre.

– Nous sommes dans un pays libre. Peut-être que ça lui plaît de boire là-bas.

– Il a ses habitudes. Il fréquente le même pub à la même heure depuis des années. Mamie ne le laisserait pas aller ailleurs. Elle le tient bien en main et il y a longtemps qu'elle lui a ôté le goût de se battre. Ils ne me laisseront pas repartir.

– Qu'est-ce que tu as l'intention de faire ?

– Changer d'adresse.

– Tu raisonnes encore comme une enfant. Pourquoi fuis-tu ? Ce n'est pas une façon pour un adulte de quitter sa maison. Ton grand-père n'a rien d'un héros de roman. C'est un type qui se fait du souci pour toi. Va le trouver et dis-lui : « Maintenant je suis une femme, je me débrouille. C'est comme ça que je veux vivre ma vie. Vous avez déjà donné. À l'avenir, vous n'êtes plus responsables ; alors, lâchez-moi les baskets. »

Garth avait raison. J'avais grandi en pensant que la vie devait être vécue en cachette. L'existence de ma mère avait été une série de fuites. Même les visites de grand-père à Wandsworth avaient un côté clandestin. Nous formions une famille au sein de laquelle rien ne pouvait être discuté ouvertement. Nos problèmes couvaient et, lorsqu'ils se révélaient, c'étaient comme des blessures cachées. Quand j'étais petite, il m'était arrivé de rêver que du sang suintait des murs comme l'humidité qui mouillait le papier peint de ma chambre. Peut-être en avait-il toujours été ainsi, même avant le mariage secret de ma mère. J'ignorais tout de la jeunesse de Mamie jusqu'à son arrivée à

Harrow. Si mon père était Proinsías Mac Suibhne, qu'aurait-il fait de nous dans une maison aussi bien tenue ?

Qu'y a-t-il d'étonnant à ce que j'aie gardé en moi la honte de ce qui s'était passé dans la ruelle puisqu'on m'avait appris à me taire ? Conditionnée comme je l'étais, j'avais été pour Luke la maîtresse idéale. J'étais morte de peur à l'idée de rencontrer grand-papa Pete, mais Garth avait raison. Même s'il était au courant pour Luke, ce n'était pas ses affaires. En buvant ma vodka, je regardais les voitures passer sous les fenêtres. L'air froid me faisait du bien. Il était temps pour moi de rebâtir ma vie. Il me fallait affronter grand-père, sinon je ne cesserais jamais de fuir. Et si je revoyais Luke, j'aurais la force de le braver, lui aussi. Il n'était plus question de me cacher dans des appartements ou d'attendre des bribes de vie dans des hôtels minables. Pourtant, le seul fait de m'aventurer seule à l'Irish Centre m'inquiétait. Je m'en ouvris à Garth.

– Et si nous inversions les rôles ? Liam chantera là-bas dimanche. Je t'accompagnerai. Ils penseront que nous sommes ensemble.

Je me mis à rire, consciente de l'ironie de la situation. Roxy et Honor qui venaient d'arriver dans la cour me faisaient signe de descendre.

– Et comment ça marche avec Liam ?

– Lentement, mais sûrement. La dernière fois qu'il est allé chez lui, il est parti faire une longue marche sur la plage. Il est revenu complètement désinhibé et, sans un moment d'hésitation, il a avoué au chien de la famille qu'il était pédé. Et ce, depuis sa petite enfance. Chassez le naturel, il revient au galop.

Je les quittai enfin vers une heure du matin. Roxy et Honor insistèrent pour m'accompagner au coin de ma rue. Il y avait de la musique dans le sous-sol en face de chez moi. Par les rideaux ouverts, j'aperçus les enfants que la mère n'avait pas encore couchés et qui faisaient des bonds joyeux autour de la pièce. Je trouvai dans le vestibule un minuscule paquet maladroitement enveloppé dans du papier de Noël déjà utilisé. On l'avait glissé dans la boîte aux lettres. Je savais que c'était un cadeau de la famille d'en face. Je le secouai et en déduisis qu'il s'agissait d'une cassette. Je me rappelai que la mère en avait acheté une au supermarché, sans doute une version instrumentale médiocre des chansons des Beatles jouée par un orchestre de Mongolie ou de tout autre pays qui s'arrange pour ne pas payer de droits. La famille ne connaissait pas mon nom, elle n'avait pas pu l'écrire sur le paquet, mais trouver chez moi ce présent offert par des étrangers en faisait le plus beau cadeau de Noël que j'aie jamais reçu.

J'ouvris la porte de mon logement, entrai et défis le papier. Il enveloppait une cassette dont l'étiquette écrite à la main portait ces mots : *Enregistrement au pied levé des mélodies jouées au violon et chantées par Proinsías Mac Suibhne dans une cuisine de Gortahork, fait par Seamus Ennis pour l'émission « Vagabondages », archives de la BBC, 1957. Inclus : The Lark on the Strand ; The Rights of Man ; The Black Fanad Mare (Nine Points of Roguery) ; The Knight on the Road (an unaccompanied song) ; George the Fourth / The Ewe with the Crooked Horn / Highland Jenny ; Last Night's Joy.*

Rien d'autre sur le paquet. Mes mains tremblaient en sortant la cassette de son boîtier. Je pris mon baladeur sur la cheminée et mis les écouteurs. Je fermai les yeux au souvenir des mains de Luke qui avaient accompli le même geste dans notre chambre d'hôtel. Mais cette fois, Luke n'était pas venu, pas même pour faire l'amour. Il devait être pratiquement impossible de retrouver cette cassette dans les locaux de la BBC une veille de Noël et de la copier. Il avait fallu intriguer et promettre des compensations. Aux putes minables, on refilait des bijoux. Le cadeau que Luke me faisait était aussi une façon d'admettre qu'il s'était trompé. C'était aussi sa façon à lui de me donner une identité, de reconnaître que j'étais plus qu'une quelconque maîtresse.

Sans doute n'avait-il pas sonné à ma porte quand il avait déposé son paquet et ne le ferait-il plus jamais. Il me laissait le soin de le contacter quand je lui pardonnerais, si tant est que j'en aie envie. Je ne voulais plus le revoir, mais ce qui se cachait derrière son cadeau me faisait plaisir. Je fermai les yeux et appuyai sur « Lecture ». D'abord, il y eut des parasites, puis le son d'un archet sur les cordes d'un violon, comme la proue d'un bateau minuscule fendant des vagues inconnues. Et cette houle enfla en même temps que la musique, et le bateau maintint le cap, percutant les vagues, poussé par la main d'un maître. Mais je ne voyais plus les vagues, ni la cuisine du temps jadis, à Gortahork. Je voyais Luke s'éloignant après avoir déposé la cassette. Luke, le plus dangereux et le plus contradictoire des hommes, lui qui avait voulu que je trouve sa cassette et que j'écoute, comme je le faisais, mon père jouer du violon et chanter avant que ne finisse la nuit de Noël.

17

J'avais du mal à croire que je n'étais entrée qu'une seule fois dans l'Irish Centre tant l'endroit me semblait familier. Sans doute était-ce parce que je m'étais si souvent faufilée devant sa porte de peur que quelqu'un ne me reconnaisse ou remarque Luke au moment où il pénétrait dans l'hôtel. Sur le point d'entrer, accompagnée par Garth, je m'arrêtai pour regarder l'hôtel de l'autre côté de la rue. Deux semaines seulement s'étaient écoulées depuis que j'avais appris à Luke la mort de Christy. Je me demandai si, en ce moment même, il m'y attendait, espérant encore ma visite. Cet homme me faisait peur. Au moment où il s'était penché sur Al, les poings serrés, j'avais perçu en lui une vigilance masquée par une apparente manifestation de rage. Cependant, une partie de moi-même éprouvait de la peine pour l'homme solitaire, enfermé dans une vie où rien ne lui donnait satisfaction. Frissonnante, je fis promettre à Garth que, quoi qu'il arrive, il veillerait à ce que je prenne un taxi qui me ramène directement chez moi.

Une fois dans l'Irish Centre, je m'arrêtai un instant, convaincue qu'on remarquait l'arrivée de la maîtresse de Luke. C'était ridicule, je le savais. Il y avait des milliers de Londoniens d'origine irlandaise parmi lesquels très peu connaissaient Luke et savaient encore moins ce qu'il faisait. Pourtant, je me sentis rougir d'embarras, comme chaque fois que je retrouvais un endroit où je m'étais soûlée à mort.

Pas de grand-papa Pete et aucun signe de sa présence. Le plafond était décoré de banderoles et de serpentins, mais les consommateurs semblaient en avoir assez de Noël. Des affiches annonçaient pour le lendemain soir le réveillon du jour de l'an. La foule qui s'était rassemblée pour entendre chanter Liam était moins nombreuse que le premier soir où j'étais venue. Pourtant, certaines femmes parmi les plus âgées avaient encore apporté des puddings et des gâteaux de Noël qu'elles voulaient lui offrir. J'en plaisantai avec Garth qui m'expliqua que, selon Liam, un chanteur nommé Daniel O'Donnell était à l'origine de cette coutume. Avant lui, les jeunes filles se brûlaient les doigts à la flamme de leur briquet et hurlaient qu'elles voulaient avoir un bébé du chanteur. Quant aux femmes d'un certain âge, elles inondaient la scène de soutiens-gorge Marks & Spencer tout neufs. Désormais, les fans de musique irlandaise semblaient vouloir intoxiquer les interprètes à force de sucre, de farine et de levure.

Garth avait téléphoné à Liam pour lui annoncer notre visite. En règle générale, il ne l'autorisait pas à assister à ses concerts, mais après avoir reçu l'assurance formelle de ma présence, Liam avait accepté à contrecœur. Au téléphone, il avait paru inquiet. Ces derniers temps, son manager s'occupait moins de lui. Sans doute parce qu'il avait acheté un hôtel de plus à Dublin et qu'il se consacrait à le réaménager dans le style 1900. Du moins Liam le pensait-il jusqu'au jour où, rentré chez lui pour y passer Noël, il avait découvert que deux tout jeunes gens venaient d'être engagés pour chanter le même répertoire que lui.

Il y avait eu moins de réservations en janvier qu'au cours de ces deux dernières années. Son manager en avait rendu responsable la baisse habituelle après les fêtes, mais Liam pressentait que l'usine à rumeurs du clan irlandais s'était mise en marche. Rien à voir avec ce que disaient les gens ou une publicité négative. Ironie de la situation, cette désaffection avait pour origine les commentaires d'une indulgence inquiétante écrits par des chroniqueurs qui d'habitude démolissaient ses disques. La veille de Noël, son manager avait lancé sur le bureau, devant Liam, un journal dont l'article était ainsi rédigé : « Liam Darcy a offert une interprétation nouvelle à la country et à la musique irlandaise. Il a délaissé les clichés rebattus et glané de nouveaux degrés de signification parmi les formules lyriques fatiguées. »

– Qu'est-ce que tu dis de ce baratin ? Je sais que ces connards sont chargés à mort la plupart du temps, mais à force de balancer cette merde, ça finit par tacher.

Quant au sens du mot merde, il s'était bien gardé de le préciser.

Pendant qu'on passait de la musique avant le concert, Liam fit son apparition dans la salle, allant de table en table et bavardant avec les clients. Sans le miracle de la scène, il se banalisait. La plupart des gens l'accueillaient d'un signe de tête amical ou bien échangeaient des plaisanteries, d'autres voulaient un baiser ou encore qu'on les prenne en photo avec lui. Mais ce soir, je me trouvais en présence d'un garçon solitaire et mal dans sa peau. Il nous évitait et même quand une femme entre deux âges qui se trouvait au bar près de Garth lui tendit un carton et chercha à attirer son attention, il fit semblant de ne pas la voir jusqu'à ce qu'un homme attablé finisse par la lui montrer du doigt. Liam traversa la salle, mais lorsqu'il arriva près d'elle, elle se montra vexée et son mari agressif. Liam la remercia pour le carton et lui promit de chanter ce qu'elle lui demandait, pourtant sa hâte de s'éloigner vers l'autre bout du comptoir, sain et sauf, était évidente. La femme prit son attitude pour une façon désobligeante de se comporter à son égard. Je murmurai à Garth que nous n'aurions pas dû venir, mais il hocha la tête comme pour me dire que les problèmes que Liam devait résoudre n'avaient rien à voir avec nous ; ils le concernaient, lui.

Chaque fois que quelqu'un entrait, je jetais un coup d'œil anxieux vers la porte. Je ne savais qui je redoutais le plus de voir, de Luke ou de mon grand-père. Ce soir, j'étais décidée à affronter l'un et l'autre si c'était nécessaire. Le calendrier accroché au mur se terminait dans deux jours. Je ne pourrais plus cocher les matins comme je le faisais depuis mercredi, jour où j'aurais dû avoir mes règles. Il était trop tôt pour m'inquiéter vraiment, ce n'était qu'un simple retard. Nous avions pris nos précautions, je ne voyais pas comment j'aurais pu tomber enceinte. Liam disparut derrière la scène. Le groupe finit de s'installer et le batteur demanda à l'assistance d'applaudir le chanteur irlandais à la mode.

Liam reparut et prit le micro. Était-ce parce que je n'avais pas bu autant ou parce que j'en savais plus sur lui, mais, bien qu'au début Liam me parût nerveux, j'éprouvai un réel plaisir à l'écouter. Il y avait quelque chose de différent en lui, une profondeur de sentiment dont lui-même semblait effrayé. Le public en était conscient, comme si son chant s'était libéré des entraves de la mesure à trois temps.

Je me souvins d'une veille de Noël, quand Edward Manners, après un double scotch, s'était mis à chanter *I'm Just a Lark in a Gilded Cage*. J'étais encore une enfant et, pourtant, j'avais pressenti une vie d'intense solitude.

Aux pieds de Liam était posé un verre de jus d'orange qu'il buvait à petites gorgées entre deux chansons. Je ne sais plus quand je compris que cette boisson était fortement alcoolisée. Sans doute m'étais-je aperçue des regards qu'échangeaient les musiciens. D'ailleurs, Liam ne communiquait plus avec eux. Chacun avait son programme et faisait son travail. Lorsque Liam chanta *A True Heart These Days is Hard to Find*, il regarda ouvertement dans la direction de Garth. La femme assise près de nous jeta un coup d'œil autour d'elle. J'étais inquiète, et je compris bientôt qu'elle commettait l'erreur de s'intéresser à moi.

À dix heures, grand-papa Pete n'était toujours pas là. J'avais apporté une vieille photo que Garth montra au barman. L'homme se mit à rire et la passa à la fille qui travaillait avec lui derrière le comptoir.

– Vous êtes de la police ? demanda le barman.

– Pourquoi ?

– Nous n'avons pas souvent de Noirs ici.

– Est-ce que j'ai l'air d'un flic ?

– Si vous étiez de la police, vous devriez savoir que ce vieux casse-couilles n'obtiendra jamais ici ce qu'il cherche.

Je me mêlai à la conversation.

– Vous n'avez rien compris. Je sais ce qu'il cherche.

– Vraiment, mam'zelle ?

À la façon dont il s'était exprimé, il se moquait manifestement de moi. Il me considéra de la tête aux pieds et je me sentis toute triste pour grand-papa Pete. Peut-être en savait-il moins que je ne l'avais cru. Ce qu'il avait dû faire rigoler les Irlandais, ce vieil homme qui buvait seul et disait chercher une jeune fille !

– C'est mon grand-père.

– Alors, vous feriez bien de le ramener à la maison et de le garder en lieu sûr, répliqua le barman. Parce qu'il n'y a pire fou qu'un vieux fou. Je ne sais pas qui lui a dit de venir ici en lui faisant croire qu'il allait trouver ce qu'il cherchait. Quelqu'un l'a sûrement fait marcher. Je reconnais qu'on en a fait autant, les gars lui ont indiqué différents endroits où aller. Mais qu'est-ce que vous croyez ? Tout ce qu'il demande, le vieux, c'est qu'on l'enferme.

– Arrêtez d'en parler comme d'un vieux cochon. C'est un brave homme, un type bien.

– C'est ce que je pensais au début, déclara la fille à qui on avait montré la photo. Ça m'a donné le frisson quand j'ai compris ce qu'il cherchait. C'est vachement raciste, hein ? Vouloir essayer les Irlandais.

– On l'a envoyé au Big Top à Cricklewood, ajouta le barman. Ils lui ont dit de traîner du côté des toilettes pour hommes et de demander après Big Tom. Lui pourrait peut-être lui dégotter un partenaire.

La fille se mit à rire, mais elle s'aperçut bien vite que nous ne trouvions pas ça drôle.

– Big Tom, répéta-t-elle. Un chanteur folk irlandais. Soixante ans et quatre-vingt-dix kilos. Un gros fermier du Monaghan. Lui, trouver un partenaire à quelqu'un ? Quelle connerie !

Elle rit de nouveau dans l'espoir de nous dérider, mais elle ne fit que m'exaspérer davantage. Jamais je n'avais entendu quelqu'un tourner grand-père en ridicule. Il n'était sûrement pas au courant de ma liaison avec Luke. On lui avait seulement dit qu'on m'avait vue ici. Je me souvins d'avoir remarqué une fille de Harrow dans un coin, le premier soir. Sa mère habitait de l'autre côté de Cunningham Park. À ma connaissance, mes grands-parents ne l'avaient jamais fréquentée, mais les nouvelles vont vite quand quelqu'un disparaît. Désormais, je ne ressentais plus sa quête comme une menace. Il m'avait toujours paru si maître de lui que la seule idée d'un être pitoyable me faisait horreur. Je savais maintenant que ce n'était pas pour me récupérer qu'il hantait ces bars, mais parce qu'il était inquiet. Je souhaitais qu'il entre, non pas pour le désavouer, mais pour m'excuser.

– Est-il venu souvent ici ? demandai-je au barman que la conversation ennuyait et commençait à inquiéter.

– Il se pointe de temps en temps, on a du mal à s'en débarrasser. Il ne parle plus beaucoup, il ne fait que boire. Peut-être qu'il aime la musique, je ne sais pas, mais tant qu'il n'embête personne, ce n'est pas mon problème. Je ne voulais pas vous offenser, personne ici n'a eu l'intention de lui manquer de respect, mais avouez tout de même qu'il y va un peu fort !

C'était l'entracte ; le groupe avait cessé de jouer et les clients se bousculaient au bar. Le barman s'éloigna pour servir des demi-pintes. Garth aperçut Liam qui se frayait un chemin vers nous. Les gens s'écartaient, surpris qu'il ne se soit pas retiré dans les coulisses avec les musiciens. Liam fit signe au barman qui abandonna un client pour lui verser un jus d'orange additionné de vodka. Un autre signe et le barman, perplexe, ajouta une seconde dose.

– Vous n'avez pas une loge pour vous relaxer, toi et tes musiciens ? demandai-je.

– Qu'ils aillent se faire foutre !

Liam but une longue gorgée. Garth lui tournait le dos, ignorant sa présence.

– Je croyais que ton manager ne t'autorisait pas à boire pendant un concert. N'est-ce pas une façon de détruire ton image de marque ?

– Qu'il aille se faire foutre, lui aussi ! insista Liam en riant sottement de l'expression involontairement à double sens. Dieu sait pourtant que c'est un sacré trou du cul ! Autant enfoncer une saucisse dans O'Connell Street.

La femme à côté de moi avait les yeux fixés sur Liam. Son mari s'était à moitié levé pour protester contre la grossièreté du chanteur. Je crus que Liam allait s'adresser à lui. Il paraissait excité, comme étourdi, le regard vitreux sous l'effet de l'alcool. Garth se tourna vers lui et posa une main sur son épaule. Tous les regards étaient fixés sur eux.

– Je crois que tu devrais prendre l'air. Sors avec ta petite amie et tâche de résoudre tes problèmes.

Jamais je n'aurais cru Garth capable de mentir à ce point. Liam écarquilla les yeux. Je me levai et lui pris la main.

– Excuse-moi pour tout à l'heure, j'ai été dure avec toi.

J'entrai dans le jeu et me penchai vers Liam pour l'embrasser. Sa joue, rasée de près, était douce. Les gens, autour de nous, excités par ce qu'ils avaient surpris de notre conversation, se détendirent. L'histoire tenait debout. Avec Liam je traversai le bar, puis l'entrée. Une fois dans la rue, nous passâmes sur le trottoir d'en face. Nous nous arrêtâmes dans l'embrasure de la porte où j'avais attendu Luke. Liam tremblait. Je me retins de le prendre dans mes bras, ne sachant pas comment il réagirait.

– Pendant le concert, j'ai rassemblé tout mon courage pour l'amour de Garth. Il n'arrête pas de me dire que je devrais le faire. Et c'est au moment où j'avais décidé de révéler mon homosexualité que ce salaud a changé d'avis et qu'il m'a laissé tomber.

– Garth a sans doute pensé que ce n'était pas l'endroit rêvé et que tu le regretterais peut-être demain.

– Bien vu. Et pourquoi crois-tu que j'aie picolé ? Je me suis réveillé mort de trouille. Mais qui oserait dire que ça ne vaudrait pas mieux que de vivre à moitié ? (Liam s'appuya contre le mur, il ne pouvait empêcher ses mains de trembler.) Le soir de Noël, j'ai marché jusque chez Wavin, la fabrique de cornemuses. J'avais été heureux là-bas. Je ne voulais pas être chanteur, du moins pas la putain de marionnette que je suis devenu. Je n'ai même pas mon mot à dire sur la façon de m'habiller. Mais bordel ! Qu'est-ce qu'il se croit, Garth, pour me laisser tomber ?

– Il est peut-être comme nous tous, il a la frousse.

– Tu n'aurais pas une clope ?

Je lui en offris une et en allumai une moi-même.

– Quand je travaillais dans cette usine, je croyais savoir ce qu'était la peur, reprit Liam après avoir tiré une taffe. Il y avait un tas de culs-de-sac parfaits pour une chasse aux pédés. Mais je n'avais pas vraiment la trouille ; je n'étais personne et je pouvais disparaître quand je voulais. Maintenant, ce n'est plus possible, je n'ai nulle part où aller. Je suis Liam Darcy, la pseudo-star. Quand tu signes un contrat, tu abandonnes ta personnalité, tu deviens celui qu'ils veulent que tu sois.

Je songeai à mon père qui fuyait les magnétophones dans les collines du Donegal. Était-ce le prix à payer pour être soi-même, ou une autre sorte de piège, sa simplicité ou – pour ce que j'en savais – sa stupidité étant prise pour du mystère ? Comment mes grands-parents auraient-ils pu le comprendre ? Mais même s'ils n'avaient pas su qui il était vraiment et si lui n'avait pas pu devenir le gendre qu'ils auraient souhaité, il n'avait pas pour autant le droit de disparaître.

– Ma vie entière est une succession de mensonges, poursuivit Liam d'une voix calme, et quand pour une fois j'essaie de dire la vérité, la seule personne en qui j'ai confiance me flanque ses mensonges à la figure.

– Nous devrions rentrer, lui conseillai-je d'une voix pressante. Le groupe va monter sur scène.

– Tu parles ! Ces connards ? (Liam se mit à rire brusquement et s'arrêta net.) Ce n'est même pas mon groupe ; mon manager fait des changements. J'ai senti trois paires d'yeux qui m'épiaient, prêts à faire leur rapport.

– Chante un air à mon intention, si tu le connais. *The Knight on the Road.*

Liam me regarda, perplexe.

– Je le connais, mais personne ne m'a demandé de le chanter. Où l'as-tu entendu ?

– Quelqu'un que ma mère connaissait me l'a chanté.

Le batteur, qui venait de sortir, nous observait. Liam écrasa sa cigarette.

– Maintenant, je suis sûr d'être viré, plaisanta Liam. Cet air-là n'est sûrement pas sur la liste.

Lorsque nous rentrâmes, le public, aux aguets, se demandait ce qui allait se passer. Garth était assis tranquillement au bar. Il m'avait commandé un autre verre. Je bus une gorgée.

– Tu l'as blessé. C'est pour toi que Liam voulait révéler son homosexualité.

– Il était bourré et ce n'est pas moi qui lui ai demandé de le faire. Avoir une attitude héroïque pour quelqu'un d'autre, ce n'est pas facile. Quand ça tourne mal, tu trouves un bouc émissaire et tu te retournes contre lui. Si Liam veut avouer qu'il est gay, qu'il le fasse pour lui parce que c'est lui qui devra assumer.

– Je ne savais pas que tu pouvais mentir.

– Nous mentons tous pour protéger ceux qu'on aime. Ce qui ne veut pas dire que nous en sommes fiers.

Il se tourna vers Liam au moment où il terminait sa première chanson. Le batteur indiqua le rythme du morceau suivant, mais Liam, immobile devant le micro, attendit qu'il n'y ait plus aucun bruit. Le groupe, surpris, le regardait sans savoir ce qu'il avait l'intention de faire. Il ferma les yeux et se mit à chanter *a capella*. Sa voix, qui avait en elle quelque chose d'inquiétant, imposa un silence total à l'auditoire.

Qu'est-ce qui t'amène ici si tard ? dit le chevalier au bord du chemin.
Je vais rencontrer Dieu, dit l'enfant qui s'est arrêté.
Il s'est arrêté, il s'est arrêté,

Et c'est bien qu'il se soit arrêté.
Je vais rencontrer Dieu, dit l'enfant qui s'est arrêté.

Comment es-tu arrivé là ? dit le chevalier au bord du chemin.
Avec un bâton dans la main, dit l'enfant qui s'est arrêté.
Il s'est arrêté, il s'est arrêté,
Et c'est bien qu'il se soit arrêté.
Avec un bâton dans la main, dit l'enfant qui s'est arrêté.

Au moment où je me tournais, j'aperçus grand-papa Pete tout au bout du bar. Sans doute était-il entré quand j'étais dehors. Il nous avait sûrement vus, mais il ne me regardait pas. Il avait les yeux fixés sur Liam, comme hypnotisé par les paroles. J'eus très peur pour lui sans trop savoir pourquoi. Il avait tellement vieilli qu'il me fallut un moment pour le reconnaître. Mr Manners avait raison, il était pauvrement vêtu. Il avait l'air d'avoir bu toute la soirée sans parvenir à oublier la souffrance qui l'entraînait à boire. Le regard qu'il posait sur Liam me déplut. Le mépris du barman me revint en mémoire. Peut-être n'était-il pas en quête d'une fille. Avait-il vécu une double vie pendant des dizaines d'années ? Était-ce possible ? Mais pourquoi venir tout spécialement ici ? Il savait sûrement qu'il existait des bars gays.

Me semble que j'entends une cloche, dit le chevalier au bord du chemin.
Elle va t'envoyer en enfer, dit l'enfant qui s'est arrêté.
Il s'est arrêté, il s'est arrêté,
Et c'est bien qu'il se soit arrêté.
Elle va t'envoyer en enfer, dit l'enfant qui s'est arrêté.

Un long silence se fit une fois la chanson terminée. Ce qu'elle signifiait, je n'en savais rien, mais jamais je n'avais entendu une mélodie convenir aussi bien à la voix de Liam. C'était lui, cet enfant grave et solitaire affrontant une présence maléfique sur une route déserte. Le bar éclata en applaudissements frénétiques. Seul le groupe paraissait à la fois irrité et déconcerté. Grand-papa perdit aussitôt tout intérêt pour Liam, c'était la chanson et non le chanteur qui l'avait fasciné. Je me demandai s'il l'avait entendue bien des années auparavant, interprétée par mon père.

Avant même la fin des applaudissements, le batteur commença l'intro de la chanson suivante. La guitare et le clavier se joignirent à lui pour être sûrs que Liam n'entamerait pas une série de solos. Il ne regarda pas ses musiciens, mais se tourna vers Garth et moi, et il nous sourit, heureux de cet instant d'indépendance. Garth lui fit un signe de tête en retour, soutenant son regard. De nouveau, j'observai grand-papa qui, cette fois, le sentit. Il jeta un coup d'œil sur le bar, mais son regard me sembla singulièrement éteint. D'abord, je crus qu'il ne me reconnaissait pas à cause de mes cheveux blonds, et puis je compris qu'il constatait le succès de sa filature avec une indifférence glacée. Je me levai et m'avançai vers lui. Garth, qui me suivait des yeux, comprit qui était ce vieux monsieur. Liam se mit à chanter ; sa voix, plus souple, plus assurée maintenant, dominait l'accompagnement du groupe. Des couples se dirigèrent vers la piste de danse. Grand-père, qui m'avait vue approcher, revint pourtant à son verre. Je m'arrêtai derrière lui, les mains posées sur le dossier de son tabouret de bar.

– Tu as fini par me retrouver. (Je ne décelai dans son regard ni triomphe ni chaleur.) Comment as-tu su que je fréquentais cet endroit ?

– Je ne le savais pas.

– Alors comment as-tu fait ?

– Tu te trompes, Tracey. C'est toi qui m'as trouvé. Pourquoi t'aurais-je cherchée ? Tu nous as fait comprendre qu'il n'y avait plus de place pour nous dans ta vie. Tu as plus de vingt et un ans, tu as fait ton choix. Fichtre ! Ça fait assez longtemps que tu te prends pour une grande personne.

– Mais tu es encore mon grand-père.

La façon dont il me parla me fit peur. Je m'étais toujours

figuré que j'étais la meneuse de jeu, que ma chambre au cerisier en fleur tapant contre la fenêtre serait éternellement prête à m'accueillir.

– Tu nous as laissé tomber, ta mère à peine morte. Tu t'en souviens ? (Il me tournait toujours le dos.) Au moment même où une famille a besoin de réconfort. Tu as volé ses cendres. Tu savais le mal que tu faisais et tu as fait du mal à ceux qui t'aimaient. C'est ainsi que tu as vécu pendant des années, emmitouflée dans ton petit monde à toi. Seule comptait ta souffrance. Mais tu n'avais pas besoin de t'enfuir comme une voleuse, personne ne t'aurait empêchée de partir. Tu as fait ton choix, fillette, alors cesse de me poursuivre.

Le barman posa le verre de scotch et prit le billet de cinq livres.

– Votre petite-fille vous a trouvé, remarqua-t-il en me regardant. Peut-être bien qu'elle pourrait vous dégotter ce que vous cherchez.

– J'en doute, rétorqua grand-père avec aigreur, sans tenir compte du ton sarcastique de l'homme.

Il mit de l'eau dans son scotch et but sans prendre la peine de lever les yeux vers moi. Le barman lui rendit la monnaie.

– Que fais-tu ici, grand-père ?

– À ton avis ? Je bois.

– Ici, on dit que tu cherches autre chose.

– Petite espionne ! (Ainsi me baptisa-t-il d'un ton railleur avant de hocher la tête comme étonné de sa propre crédulité.) Une erreur stupide... ta grand-mère pensait que dans un endroit comme celui-ci, il y en aurait des tas.

– Elle sait que tu es ici ?

Tout en lui m'effrayait. Il se mit à rire sans joie.

– Est-ce que tu ne t'es jamais souciée de ta grand-mère ?

– Elle est... ?

Impossible de dire le mot. Je l'avais toujours crue immortelle.

– Je regrette de te décevoir, mais, non, elle n'est pas encore morte.

– Jamais je...

– Allons, Tracey ! (Il se tourna vers moi, résigné à subir ma présence.) Tu as passé des années à inventer des façons toujours nouvelles de punir cette femme jusqu'à ce que tu trouves l'humiliation ultime. Tu as dû savoir qu'on t'avait vue dans Cunningham Park. Quelqu'un a même récupéré l'urne dans la poubelle et nous l'a rapportée. Je suis parti là-bas pour ramasser un peu de cendres avec une petite cuillère. Des chiens avaient pissé dessus, les gens les avaient piétinées et dispersées dans l'herbe.

– Je l'ai fait pour maman. Je voulais que son esprit...

– Son esprit ? (C'est tout juste s'il ne cracha pas le mot.) Quel esprit ? Les morts sont morts. La seule véritable souffrance est celle des vivants. Et tout le reste, c'est des conneries. Tu ne peux pas nier que tu as toujours détesté ta grand-mère.

Jamais auparavant je ne l'avais entendu parler grossièrement. Je reçus un choc plus violent que s'il m'avait frappée. Il but une autre gorgée de scotch. En venant ici, j'avais répété un laïus sur le droit de mener l'existence de son choix. Mais maintenant, je ne trouvais plus rien à dire. Il attendait que je m'en aille.

– D'accord, avouai-je enfin. C'est une femme difficile. Elle a été dure pour nous tous et pour toi en particulier. Reconnais-le toi-même, il n'est pas facile de l'aimer.

– Non, mais n'importe quel crétin est capable d'aimer une sainte. Ce n'est pas de l'amour, c'est trop facile. Ta grand-mère a fait de ma vie un enfer. Des centaines de fois, j'ai été sur le point de la quitter, mais je ne l'ai jamais fait parce qu'elle était encore plus dure avec elle-même. Je l'aime toujours comme je n'ai jamais aimé personne.

– Tu me fais peur, Papy. Pourquoi es-tu venu ici la première fois ?

Il m'observa, cherchant à discerner si j'en valais la peine. Finalement, il renifla de dégoût, comme écœuré de lui-même.

– Les préjugés, je suppose. Ta grand-mère tenait à ce que j'essaie les pubs irlandais du côté de Kilburn. Un type dans l'un d'eux m'a joué un tour. C'était encore plus bête de ma part de l'avoir cru, mais ta grand-mère en est responsable. À force de penser pis que pendre des Irlandais. Il m'a dit qu'ici, il y en avait partout et que je n'aurais qu'à donner un pourboire de cinquante livres au barman pour qu'il me désigne une table où je pourrais emprunter un revolver.

J'eus envie de rire. Grand-papa avait toujours fait preuve d'un humour très caustique. Sans doute me faisait-il marcher. Mais je ne détectai aucune trace d'humour dans son regard fixe, indifférent à ma réaction.

– De quoi parles-tu, Papy ? Pourquoi as-tu besoin d'un revolver ?

– Parce que ta grand-mère a toujours eu peur des piqûres. Jamais elle ne permettrait qu'on s'approche d'elle avec une aiguille. Autrement, ce serait facile. J'ai des amis pharmaciens qui exercent encore. Trente secondes sous un oreiller reviendraient probablement au même, mais ça me semble tellement lâche. Elle a toujours demandé un revolver.

– Tu es ivre. Regarde dans quel état est ta chemise et tu ne t'es même pas rasé. Que dit Mamie quand elle te voit dans cet état ?

– Elle ne dit rien. (Il se détourna pour boire.) Elle ne peut ni parler ni manger ni même bouger. De tout temps, ç'a été une femme fière. Je sais qu'elle ne supporte pas que les infirmières lui changent sa poche et s'occupent d'elle comme d'un légume. Il y a bien longtemps, elle m'a fait promettre d'avoir le courage nécessaire si une chose pareille lui arrivait. Voilà ce qu'elle voulait. Et elle le veut encore, je le sais. Elle me disait : « Ne me laisse pas dans un hôpital pendant des années. Va dans un bar irlandais, ils sont pleins de voyous et de gangsters. C'est peut-être la dernière chose que tu feras pour moi, Pete Evans, mais trouve un revolver et fais-moi sauter la cervelle. »

J'avais la gorge sèche. Je ne pouvais plus supporter de le voir la tête courbée. Ses cheveux avaient grisonné autour de sa tonsure. Difficile maintenant de voir les pellicules. La piste derrière nous avait été envahie par les danseurs tandis que Liam chantait

I Just Want to Dance with You. Je l'avais entendu interpréter cette chanson la première fois que j'étais venue et je me rappelais qu'il était descendu dans la salle avec le micro. Ce soir, au moment où il quitta la scène, je sus où il allait. Il ne donnait plus aucun signe de nervosité. Il savait exactement ce qu'il allait faire et pourquoi. Garth avait, lui aussi, senti la différence, il s'était levé, prêt à danser s'il le lui demandait. Les musiciens se regardèrent, ils voulaient finir le concert. Dès ce soir, on allait appeler Dublin. C'est avec une certaine indifférence que je suivis Garth des yeux lorsqu'il posa les mains sur les épaules de Liam. Tout me semblait irréel. Grand-papa Pete se tourna d'un air absent vers Liam et Garth qui s'étaient mis à danser.

– Pédé comme un phoque, ce chanteur, remarqua-t-il. C'est sûrement la raison pour laquelle toutes les femmes veulent le materner. Il chante ici à peu près une fois par mois. Savait-il seulement qu'il était gay ? Mystère. De toute façon, il est idiot de danser ainsi. Ils aiment leurs secrets, les Irlandais, mais c'est une chose de savoir et une autre de recevoir la vérité en pleine figure.

Un petit espace se dégagea autour des deux jeunes gens, mais après avoir hésité, l'assistance se remit timidement à danser. Un moment plus tard, Liam se sépara de Garth et chanta le refrain en se déplaçant parmi la foule qui s'arrêta de danser pour le regarder monter sur scène et affronter le groupe. Ma gorge se serra, j'avais la bouche sèche. Je m'humectai les lèvres avant de parler :

– Tu ne peux pas lui faire ça, murmurai-je. Tu ne le veux pas.

– Ce n'est pas ton problème.

– Tu me fais peur. Qu'a-t-elle au juste ?

18

Je fumai deux cigarettes sur le parking de l'hôpital dont j'avais finalement obtenu le nom. Grand-père me l'avait donné à contrecœur sans se préoccuper de savoir si j'allais ou non rendre visite à grand-mère. En rentrant chez moi la veille et ensuite, les yeux fixés pendant des heures sur l'obscurité au-dessus de mon lit, j'avais ressenti la blessure que m'avaient faite ses dernières paroles au moment de quitter l'Irish Centre.

–Tu lui en as assez fait comme ça.

Que je me sente coupable, passe, mais pourquoi éprouver un tel chagrin ?

J'écrasai ma deuxième cigarette et entrai. Je n'avais pas pénétré dans un hôpital depuis seize mois. Je me trouvai dans une sorte de mini-centre commercial avec des rangées de fleurs et des boutiques de cadeaux, une cafétéria et une aire de jeux aux couleurs vives. Une fillette écoutait la station de radio de l'hôpital, le casque sur les oreilles, et pianotait pour obtenir qu'on lui passe un disque. Il y avait comme un air de vacances parmi les visiteurs chargés de cartes, de fleurs et de courage en cette veille de nouvel an. Que pouvais-je apporter à Mamie ? Grand-père m'avait appris qu'après son attaque elle était restée paralysée et incontinente, et qu'elle se nourrissait grâce à une sonde nasale. Je choisis un bouquet d'œillets rouges et blancs bien qu'elle n'ait jamais consacré beaucoup de temps aux fleurs, sauf lorsqu'elle attendait du monde.

Elle occupait une chambre à plusieurs lits au deuxième étage. On faisait la queue devant les ascenseurs, mais je préférai monter à pied. J'avais gardé cette habitude du temps où j'allais rendre visite à ma mère, profitant de ces derniers instants de solitude pour rassembler mes forces et affronter la douleur que je lisais dans ses yeux. Je m'étais toujours débrouillée pour ne pas rencontrer grand-mère à son chevet, sauf le jour de sa mort où j'étais restée délibérément de l'autre côté du lit. La douleur de grand-mère ne trouvait pas d'écho en moi. Je n'avais été qu'un bouc émissaire à qui l'on reprochait d'être incapable d'exprimer son chagrin. Depuis toujours, je croyais avoir le temps de réparer mes torts envers elle, de racheter tout ce qui s'était passé entre nous, et soudain je m'apercevais que j'avais été brutalement frustrée du délai nécessaire.

Arrivée devant les portes vitrées qui menaient au couloir de grand-mère, je compris qu'une fois de plus cette chance m'avait été ravie. Souvent, tard le soir, j'avais imaginé des scénarios ayant pour sujet ma rencontre avec mes grands-parents dans quelques années. En général, je revenais de l'étranger où j'avais si bien réussi qu'ils étaient obligés de me considérer sous un nouvel angle. Parfois même, les émotions infantiles que me procuraient ces fantasmes me soutenaient moralement dans ma chambre meublée. Maintenant, je suivais les indications des salles, envahie d'appréhension. Des malades faisaient la queue dans le couloir pour acheter une télécarte. Un homme en robe de chambre marchait lentement en traînant son goutte-à-goutte. La porte de la chambre était entrouverte. J'aperçus grand-papa Pete près du lit. Il s'était rasé, mais portait la même chemise que la veille. Il était assis, silencieux comme le soldat qui monte la garde. Si je m'étais esquivée à ce moment-là, j'aurais été certaine de le retrouver dans la même position à mon retour, quelques heures plus tard.

J'aurais voulu m'enfuir mais, au lieu de cela, je poussai la porte. Mamie était sanglée de l'autre côté du lit, sur un fauteuil qui laissait voir sa poche urinaire. Elle était penchée sur la table où grand-père avait étalé un magazine à son intention. Mais je savais qu'elle était incapable de lire. Il voulait seulement que ses yeux ne fixent pas toute la journée le dessus en formica. J'aurais voulu qu'elle les lève, ces yeux, qu'elle me reconnaisse. Pourtant, c'était impossible à moins d'un miracle. Grand-père constata ma présence sans prononcer un seul mot. L'autre lit avait été défait avant d'accueillir une nouvelle patiente. J'entrai et m'assis entre mes grands-parents. Je tendis la main pour effleurer les cheveux de Mamie. J'étais bien petite lorsque je les avais touchés pour la dernière fois et que je l'avais autorisée à me serrer contre elle. Ils me parurent doux et beaux. On devait les lui avoir lavés récemment.

– C'est moi, Mamie. Tracey.

Je me penchai pour écouter ce qu'elle murmurait, mais ces sons n'étaient pas des mots, ou du moins rien de compréhensible. D'ailleurs, elle ne s'adressait pas à moi. Ils faisaient partie d'un monologue ininterrompu avec lequel elle était aux prises avant mon arrivée et, pour autant que je sache, avant même l'arrivée de grand-père. Je le regardai.

– Elle sait que je suis ici ?

Il se leva et fit le tour du lit pour s'agenouiller auprès d'elle.

– C'est Tracey, dit-il les yeux fixés sur son visage. Tracey, la fille d'Helen.

En étais-je réduite à n'être à leurs yeux que la fille de ma mère ? Pourtant, ces mots ne me parurent pas un affront délibéré destiné à me blesser. L'attention de grand-père était concentrée sur le visage de sa femme dont la peau s'affaissait d'un côté laissant pendre la lèvre. Elle grommela quelque chose, mais était-ce une réponse ? C'était plutôt une répétition des sons qu'elle avait déjà marmonnés.

– Tracey est venue te rendre visite, poursuivit grand-père. Maintenant, nous sommes tous ici près de toi.

Mamie s'était tue. Grand-père tourna les pages du magazine, un numéro de *Country Life* qui présentait un reportage en double page sur une sorte de manoir. Une femme d'âge moyen, à l'air déterminé, souriait parmi les jonquilles de sa pelouse tandis qu'un grand danois flânait docilement près d'elle.

Grand-père caressa les mains de Mamie croisées sur ses genoux et se leva pour contempler son corps voûté.

Je faisais mon possible pour ne pas regarder la sonde. Je me sentais mal. J'aurais voulu tant de choses, mais surtout, qu'elle ne se remette pas à marmonner les sons qui exprimaient toute l'étendue de sa souffrance. C'était comme un cri décomposé par des ordinateurs et passé au plus lent des ralentis. Il ne restait rien d'humain dans sa voix, du moins le pensais-je. Et puis soudain, je compris que j'avais complètement tort. Tout ce qui restait dans sa voix était essentiellement humain, mais elle avait été dépouillée du décorum dont nous la revêtions. C'était un cri de douleur dans toute sa nudité. Pendant des années, je lui avais gardé rancune. Je cherchais au tréfonds de moi-même la moindre parcelle de triomphalisme dont j'aurais pu avoir honte, mais je ne ressentais que stupeur et chagrin, et aussi une impression d'irréalité comme si je cherchais à me protéger contre ce qui se passait sous mes yeux. Si j'avais assisté à une scène comme celle-là dans une salle de cinéma, j'aurais pleuré toutes les larmes de mon corps. Grand-père avait les yeux fixés sur moi. Pas moyen d'échapper à la question qu'il allait me poser.

– Que dit-elle à ton avis ?

– Je ne sais pas.

Soudain, j'eus peur de lui.

– Écoute.

Il se pencha de nouveau vers elle, comme pour encourager les sons terribles qu'elle produisait. Je ne voulais pas écouter.

– Arrête. Je t'en prie.

– Les docteurs disent que, dans sa tête, elle comprend absolument tout ce qui se passe. S'il y a un Dieu, pourquoi n'a-t-il pas eu la décence de la rendre folle ? Dans les maisons de retraite, on trouve des femmes en parfaite santé physique qui ne savent pas si elles ont huit ans ou quatre-vingts ans. Mais le voilà qui vient terrasser ta grand-mère et à elle, il laisse un esprit aussi affûté qu'un couteau. Quel immonde salaud faut-il être pour agir ainsi ? Elle ne guérira jamais. Ils ne prennent même pas la peine de lui rééduquer la parole. Ils disent qu'il n'y a qu'à attendre. Et elle a toujours une volonté de fer. Si terrible soit sa douleur, ta grand-mère peut se refuser mentalement à guérir ou à mourir.

Soudain, Mamie poussa un gémissement et se remit à marmonner. J'aurais voulu pouvoir m'enfuir. Jamais je n'avais entendu des sons aussi terrifiants. Et ces marmonnements confus semblaient s'enchaîner non pas comme les mots d'une phrase, mais comme une litanie toujours recommencée. Il y avait de l'angoisse dans son acharnement à communiquer.

– Je ne comprends rien à ce qu'elle dit, mentis-je.

– Alors, écoute mieux !

Grand-père s'était adressé à moi d'une voix forte et brusque. Je n'étais plus une enfant. J'entendis des pas dans le couloir. Des gens jetèrent un coup d'œil dans la chambre et passèrent en hâte, cherchant à effacer cette image de leur esprit.

– C'est ma faute ? demandai-je. C'est parce que je suis partie qu'elle est comme ça ?

– Bien sûr, grogna grand-père, tu te prends pour le centre du monde. Ça n'a rien à voir avec toi. À vrai dire, elle a connu une période de tranquillité après ton départ. Il y a quatre mois, en rentrant à la maison, je l'ai trouvée allongée par terre dans ses déjections. Depuis combien de temps, je l'ignore. Elle ne peut pas le dire ou, du moins, nous ne pouvons la comprendre. Les docteurs prétendent qu'elle peut vivre ainsi pendant des années. Bientôt, elle sera confiée à une maison de retraite où des étrangers lui mettront des couches pour la nuit. Ta grand-mère a toujours été fière, fière de ta mère, fière de toi. Quand tu t'es enfuie, elle aurait voulu s'asseoir et pleurer, je l'ai bien vu. Mais toute sa vie, elle a dû être forte. Elle a élevé ses deux frères alors qu'elle était encore une enfant. Sa fripouille de père s'abrutissait à force de boire et la battait. Je me souviens de lui quand, le dimanche matin, il attendait, tremblant dans son costume taché, que le pub de Cricklewood ouvre ses portes. Il crachait comme s'il était retourné dans la merde du marécage irlandais d'où il était sorti. Un ignoble salopard. Ta grand-mère n'a pas voulu m'épouser tant qu'il était vivant. Elle ne supportait pas l'idée que ce misérable la conduise à l'autel. Quand elle le trouvait gisant dans ses vomissures, elle le soignait ; grâce à elle, il restait en vie. Qu'y a-t-il d'étonnant à ce qu'elle ait eu honte d'être à moitié irlandaise ?

Mamie se remit à gémir, d'une voix encore plus aiguë, encore plus douloureuse. J'en eus la chair de poule. Grand-père s'agenouilla pour lui prendre les mains. Jamais elle n'avait fait allusion à ses parents durant mon enfance. Jamais elle ne m'avait raconté la moindre anecdote sur son adolescence. Elle m'avait donné l'impression de ne jamais avoir été jeune, me rendant d'autant plus difficile de m'identifier à elle. Je m'aperçus que je ne connaissais même pas son nom de jeune fille. Je le lui avais sûrement demandé, à moins qu'elle ne m'ait obligée à penser qu'elle n'avait pas vécu avant nous. Nous étions sa vie, moi et ma mère avant moi, elle veillait sur notre santé et tenait impeccablement la maison. Je ne pouvais quitter des yeux sa tête penchée. Ses cheveux gris tremblaient. Son père l'avait battue. Y avait-il d'autres secrets qu'elle n'avait jamais révélés ? Qu'avait fait encore cet Irlandais qui rentrait chez lui ivre quand elle était petite ? Je n'avais pas pu lui parler de Dublin. J'étais restée muette dans les salles d'attente des médecins, tout entière plongée dans ma propre culpabilité, quand peut-être Mamie, plus que toute autre, aurait pu me comprendre. J'imaginai soudain sa silhouette se découpant dans l'encadrement de la porte, le soir où ma mère avait amené à la maison un mari irlandais, et sa crainte de voir se répéter le même cycle.

– Je ne savais pas que grand-mère était irlandaise. Maman le savait ?

– Ta grand-mère avait trente-huit ans quand elle m'a épousé, me répondit-il, et les souvenirs avaient adouci le ton de sa voix. Le jour de son mariage, elle a pris le nom d'Evans et je lui ai dit : « On ne te méprisera plus jamais, ma fille. »

– L'arrivée de mon père a dû la faire terriblement souffrir.

Grand-père se releva péniblement après lui avoir caressé les mains. Jamais je ne lui avais parlé de mon père. En fait, nous avions eu hier soir pour la première fois une conversation d'adultes. Après n'avoir été que mon grand-père, il devenait quelqu'un dont je n'étais plus sûre.

– Ton père était un vieux bonhomme inoffensif, finit-il par dire, et je me demande si ta grand-mère n'aurait pas préféré qu'il boive et soit violent. Au moins aurait-elle su contre quoi lutter. Mais personne ne comprenait exactement ce qu'il voulait et, pour ta grand-mère, toute cette affaire n'avait ni queue ni tête.

– À quoi ressemblait-il ?

Grand-père s'avança vers la fenêtre qui donnait sur le parking. Déjà le jour déclinait. Il avait les yeux fixés sur les voitures tandis que moi, je regardais les fleurs posées sur le lit. C'était une plaisanterie cruelle de les avoir apportées à grand-mère alors qu'elle ne pouvait même pas lever la tête.

– Il était vieux.

– Ce n'est pas une réponse. On m'a toujours dit que c'était un vieux salaud sans cœur.

– Elle avait ton âge, protesta-t-il, et il l'a mise enceinte. Est-ce que tu te vois coucher avec un homme assez vieux pour être ton... (Il s'arrêta, écœuré à cette seule idée et manifestement mal à l'aise.) Tu ne m'avais jamais rien demandé.

– Et maintenant ?

– Il avait presque trois fois l'âge de ta mère, me répondit-il sèchement. (Puis il jeta un coup d'œil à grand-mère avant de poursuivre :) Mais le vrai problème, ce n'était pas son âge. Au fond, ils étaient trop gentils, l'un comme l'autre. Ta mère a toujours été comme tu l'as connue, une âme en peine. Mais, tout compte fait, ton père était pire. Il passait ses soirées assis dans leur chambre à jouer de ce foutu violon. Il ne faisait que ça, et toujours le même air, encore et encore, et ta mère le prenait pour la huitième merveille du monde à cause de cet air-là. Il était plus vieux que moi et n'avait jamais travaillé sauf quand il était gamin. Il avait ramassé des patates en Écosse. C'était un colporteur, un camelot. Je le trouvais trop vieux pour moi. Pour lui, *Terry and June* c'était ce qu'il y avait de plus drôle à la télé. Norman Wisdom le faisait rire comme un fou. On avait l'impression qu'il ne l'avait jamais vu. Il n'avait sans doute jamais regardé la télévision avant d'être chez nous. Il essayait bien de s'adapter, je le reconnais, il a même été facteur. Il se levait à l'aube et commençait sa tournée. Jamais je n'ai connu un homme plus digne d'exercer ce métier, mais, vrai, il vous donnait la chair de poule. Les autres postiers ne se sont jamais foutus de lui.

Mamie se remit à gémir. Ses plaintes bouleversaient grand-père. Lui qui avait toujours paru si indépendant, il était perdu sans elle. Elle continuait à geindre, comme une lame crissant sur une autre lame. Impossible de savoir si elle suivait la conversation que j'avais esquivée pendant des années. Mais maintenant, il fallait que j'aille jusqu'au bout, qu'elle l'entende ou pas.

– Pourquoi a-t-il disparu ?

Grand-père gardait la tête penchée vers Mamie.

– Écoute-la, Tracey. Dis-moi ce qu'elle dit.

– Réponds à ma question.

– Ton père est retourné dans son pays. C'était la meilleure solution pour tout le monde.

– Et qui a décidé que c'était mieux pour tout le monde ?

– Je t'en prie, Tracey, me reprit-il sèchement, pour une fois indifférent aux plaintes de grand-mère. Sans doute ont-ils appelé ça de l'amour, mais pour moi, ce type n'était qu'un vieux dégoûtant. Je les entendais dans la chambre voisine de la nôtre, je savais qu'ils prêtaient l'oreille pour savoir si nous dormions. Ta grand-mère veillait à ce qu'ils ne soient jamais seuls. Il aurait mieux valu que ta mère se fasse boucler pour une histoire de drogue dans un bal de Hammersmith. Elle aurait pu faire des études si elle avait voulu. Elle avait la tête à ça. Nous avions formé des projets d'avenir pour elle. Ce vieux tinker a fait tellement de dégâts que, s'il avait eu un peu de tact, il aurait foutu le camp de lui-même.

– Ce n'était pas un tinker, rétorquai-je avec colère. Je sais ce qu'il était.

– Eh bien, c'est plus que nous n'en avons jamais su, répliqua grand-père, aussi irrité que moi. Et qu'est-ce qu'il était ? Avait-il un travail ou une maison ? Il avait des idées complètement idiotes. Il vous voyait arpenter le Donegal tous les trois, au plus fort de l'hiver, alors que tu n'avais que quelques mois. Que croyait-il ? Que nous allions te permettre de vivre cette vie-là ? Cet homme était dingue, il te caressait les doigts pendant des heures en disant qu'ils étaient faits pour le violon. Et les prénoms interminables qu'il voulait te donner, comme une de ces putains de gare galloise. Et ta grand-mère a dit : « Ça suffit d'être irlandais, ce n'est pas la peine d'en rajouter. » Il y avait des bombes qui explosaient un peu partout, et il voulait t'emmener vendre des aiguilles et du fil sur les routes et vivre aux crochets d'étrangers dans le trou du cul du monde.

– Et que voulait ma mère ?

– Elle voulait ce que voulait ta grand-mère. Il a fallu qu'on le lui enfonce dans la tête pour ton bien. Comme toutes les mères, elle voulait un foyer pour son enfant. Ce n'était plus une jeune écervelée, mais une mère de famille.

Il avait élevé la voix comme pour couvrir les bruits que faisaient Mamie. Ce n'était pas sa faute, elle souffrait, mais j'aurais voulu la secouer pour que cesse ce que je ne pouvais plus supporter.

– C'est grand-mère qui nous a empêchées d'aller avec lui ?

– Tu ne vois donc pas que tu la bouleverses ?

– C'est bien elle ?

– Personne n'aurait pu arrêter ta mère si elle avait décidé de le suivre. Et personne n'aurait pu l'empêcher de rester s'il l'avait décidé. Il avait tout ici, et même du travail. Ta grand-mère lui aurait fait la cuisine comme elle l'avait faite pour son père. Personne ne l'a jeté dehors. C'est lui qui est parti.

Mamie cessa soudain de gémir, mais le silence était aussi terrible que le bruit. Grand-père s'approcha d'elle et lui caressa les cheveux. Sa détresse était visible, manifestement il n'en pouvait plus.

– Il faut que Tracey le sache pendant que l'un de nous deux peut encore le lui dire.

Il posa son front sur la tête de grand-mère et l'entoura de ses bras. Pour la première fois, je le voyais au bord des larmes. Très doucement, Mamie recommença à marmonner indistinctement.

– Cesse de me le demander, reprit grand-père. Tu sais bien que je ne peux pas le faire.

Je les regardai, liés par la souffrance. Même dans mon enfance, je ne les avais jamais vus s'étreindre ainsi. Je m'approchai d'eux, incapable de tendre la main vers l'un ou vers l'autre. J'étais devenue une étrangère. Mamie continuait à gémir. Je savais qu'elle ne cesserait que lorsque les infirmières la recoucheraient et qu'il en serait de même le lendemain et les jours suivants. Un gémissement monotone, agaçant les nerfs comme un disque rayé. Je m'obligeai à m'agenouiller pour l'écouter. C'était cette femme qui avait séparé mes parents ; elle avait établi les critères et fondé les espoirs qui avaient contribué à me gâcher la vie. Impossible de savoir si je pouvais réellement déchiffrer ce qu'elle marmonnait ou si je ne faisais qu'entendre ce que grand-père prétendait avoir compris. Mais il me regardait froidement, désespérément, comme s'il me mettait au défi de nier entendre ce qu'elle gémissait : « Tu as promis de me tuer, tu as promis de me tuer. »

Je m'éloignai au moment où l'infirmière entra avec un plateau chargé de médicaments. Elle le déposa près du lit et sortit dans le couloir. Mamie s'était tue. On allait lui changer sa poche. Grand-père leva les yeux.

– C'est tous les jours la même chose. Le même bruit répété à l'infini. Je l'entends quand je dors. Elle me hante alors qu'elle n'est pas encore morte. Les docteurs ne me disent rien. Je ne peux en discuter avec personne de peur qu'on m'empêche de parler. Ce serait si facile. Regarde dans quel état elle est. Mais je ne pourrai le faire que si je trouve un revolver.

– Je te promets d'en trouver un.

Voilà ce que je m'entendis dire, sincèrement persuadée que mon offre suffirait à rompre le charme. La veille, il m'avait avoué qu'une fois il avait tenté de l'étouffer mais il n'avait pu supporter les soubresauts de son corps. En y réfléchissant bien, je me dis que celui qui l'aimait autant ne pourrait lui appuyer un revolver sur la tempe. Mais il avait passé sa vie à faire ses quatre volontés sans tenir compte de ses propres sentiments. Grand-père me regarda un moment avant le retour de l'infirmière. Il avait l'air désemparé.

– Quand as-tu tenu une promesse ? m'asséna-t-il avec mépris.

La voix méprisante de grand-père résonnait encore à mes oreilles dans le métro. Le wagon était bondé, les gens avaient l'air maussade. Combien d'entre eux allaient finir comme grand-mère, me demandai-je, et combien, s'ils connaissaient d'avance leur destin, préféreraient se jeter sous ce train ? Personne ne devrait vivre ainsi. Je me sentais mal au souvenir de la tête penchée de Mamie et des tubes dont l'un la nourrissait et l'autre la vidait. Jamais elle ne me laissait sortir dans le jardin avec mon goûter et elle regardait de travers les femmes qui fumaient dans la rue. Aucun supplice n'aurait pu être plus cruel que celui qu'elle subissait.

Il était six heures passées quand j'arrivai au magasin de Luke, mais je savais que la maison AAASSORTIMENT (CARRELAGES) serait encore ouverte. On ne se met pas en tête des Pages Jaunes si on ne fait pas des soldes monstres la veille du nouvel an. Une foule de clients à l'affût de bonnes occasions s'entassait dans le magasin. Je pris l'allée principale et aperçus Luke qui téléphonait dans le bureau aux parois vitrées. Cette fois, il me reconnut tandis que je grimpais les marches et poussais la porte. Par terre, il y avait des boîtes de carreaux et, sur son bureau, une quantité d'étiquettes et de factures. Je m'appuyai au bord et le laissai se consacrer méthodiquement à son coup de fil professionnel. J'avais pris la décision de ne jamais le revoir, mais vers qui d'autre pouvais-je me tourner ? J'avais été témoin de sa violence envers Al et, une fois mis à l'épreuve, il m'avait méprisée. Il appartenait à une famille de criminels et il trompait sa femme. Pourtant, au plus profond de moi-même, je sentais que je pouvais encore lui faire confiance. Il raccrocha enfin.

– J'ai besoin d'un revolver.

Il fallait que je le dise d'emblée, sinon je n'en aurais plus eu le courage.

Luke se mit à rire tranquillement tout en observant les allées pleines de clients.

– Comme prélude érotique, ça vaut bien « Bonjour, Luke » ou « Bonne année ».

– Ne te moque pas de moi. Je suis sérieuse. J'ai besoin d'un revolver.

– Pourquoi ?

– C'est personnel.

– Tu n'as pas besoin d'un revolver, Tracey. Les armes n'arrangent rien. Tu me dis s'il y a des gens qui t'embêtent et j'irai leur parler.

– Je ne veux pas que tu t'en mêles.

J'aurais voulu lui dire que la femme la plus forte que j'aie jamais connue chiait maintenant dans un sac plastique. J'aurais voulu qu'il voie à quel point j'étais bouleversée. J'avais besoin d'un homme vigoureux pour me serrer dans ses bras et d'une voix pour couvrir les gémissements qui me hantaient.

– J'ai seulement besoin d'un revolver, bordel de merde ! Je ne t'ai jamais rien demandé jusqu'à présent.

– Demande-moi n'importe quoi maintenant. N'importe quoi sauf ça.

La porte s'ouvrit. Une fille entra, elle portait une liasse de papiers peints. Elle s'arrêta comme pour tester l'ambiance.

– C'est important, déclara-t-elle en s'excusant.

Luke lui lança un coup d'œil et la renvoya d'un signe de tête. Elle obéit à contrecœur et referma la porte. Il s'assit près de moi sur le bureau et je le laissai me prendre la main. Le simple fait de parler à quelqu'un me faisait du bien. Tout le monde pouvait nous voir. Il en prenait le risque délibérément, comme pour m'assurer de son aide. Un camion de livraison allait partir. On chargeait des caisses à l'arrière de la boutique. Le chauffeur se présenta pour prendre les papiers. Un plan de Londres dépassait de sa poche. Il ne leva pas les yeux. Les bleus de son visage avaient foncé au point qu'il me fallut un moment avant de reconnaître Al.

– Je n'étais pas sûr de te revoir, dit Luke.

– C'est fini entre nous, Luke. (Je pris une profonde inspiration dans l'attente de sa réaction. Je m'attendais à des protestations, mais il n'avait sans doute pas encore saisi le sens de ma phrase.) Je veux que tu me fournisses un revolver et rien d'autre.

– Si je t'en donne un, ce ne sera pas en échange d'autre chose.

– Je le sais. Merci pour la cassette.

La douceur de sa voix avait calmé la mienne.

– J'ai un ami à la BBC.

Manifestement, Luke se refusait à en faire toute une histoire. Il me caressa le dos de la main.

– Est-ce que mes doigts pourraient jouer du violon ?

– Si tu es une Mac Suibhne, sûrement. Toute la famille en jouait. Le père de ton père était un véritable bourreau de travail. Personne ne jouait mieux que lui. Ses fils se partagèrent le Donegal et jamais ils ne se retrouvèrent sous le même toit après ses obsèques. Tu dois être la dernière de la famille, aucun ne s'étant marié. (Il effleura l'ongle de mon index et ajouta :) Ces doigts n'étaient pas faits pour appuyer sur une gâchette.

– Ce n'est pas moi qui vais le faire. Je t'en prie, si j'ai un peu compté pour toi, aide-moi.

– C'est vraiment fini ?

– Dublin nous a achevés.

– Dublin nous a peut-être changés. Nous traversons peut-être une crise plus vite que prévu. (Il s'arrêta, s'attendant à une réponse qui ne vint pas.) Pourquoi as-tu besoin d'un revolver ?

– Pour aider quelqu'un à tuer la personne qu'il aime.

Ce qu'il perçut dans ma voix poussa Luke à m'entourer l'épaule de son bras et à m'attirer vers lui. À Dublin, j'avais sincèrement cru que je l'aimais. Je me mis à pleurer en lui racontant l'histoire de Mamie. Il me laissa parler en me caressant les cheveux.

– Ton grand-père ne veut pas la tuer. En fait, il croit qu'il le veut.

– Tu ne l'as pas vue. Si grand-mère était un chien, on l'achèverait. Toute sa vie, il a fait ce qu'elle lui demandait de faire. Personne ne voudrait vivre comme elle. Procure-moi un flingue dont on ne puisse retrouver la trace, Luke. Je sais que tu as des contacts. Grand-père ne saura pas d'où il vient et jamais il ne me donnera à la police.

– S'il la tue, il se suicidera probablement. C'est ta seule famille. Tu veux les perdre tous les deux ?

Cette idée ne m'avait pas effleurée. J'avais seulement réagi à leurs souffrances. Pourtant, je ne pouvais effacer de mon esprit l'agonie de grand-mère et le mépris de grand-père. Il ne s'attendait pas à ce que je lui trouve une arme, sans doute même pas à ce que je me manifeste. Si je réussissais, pour la première fois je tiendrais la promesse que je leur aurais faite.

– Il faut que j'aille jusqu'au bout.

J'avais appuyé ma tête sur son bras et lorsque je la soulevai, j'aperçus Al dans l'aire de chargement qui nous regardait fixement, stupéfait. Il hochait la tête comme s'il cherchait à comprendre un point qui lui échappait. Luke en se retournant l'aperçut. Al s'éloigna pour charger les dernières caisses dans la camionnette.

– Emprunter une revolver, c'est comme coucher avec un étranger. Tu ne sais pas vers qui mène la piste si les choses tournent mal. Je ne peux pas croire que ce soit fini entre nous, mais si tu as envie de me quitter, je ne te retiendrai pas. Trouver une arme est dangereux. Pourtant, si c'est la dernière chose que tu me demandes, je le ferai parce que je t'aime.

Je m'assis dans un pub non loin de la boutique de Luke. Une bande de grunges s'y soûlaient la gueule en l'honneur du nouvel an. Ils jouaient aux machines à sous et criaient, installés dans une sorte de niche de l'autre côté du billard. J'aurais voulu être seule pour arriver à déterminer ce qui me troublait le plus du coup de téléphone que Luke avait passé pour m'obtenir un revolver dès le lendemain, ou de ses déclarations d'amour répétées.

Quand pour la dernière fois m'avait-on dit « Je t'aime » ? Ma mère et moi avions été incapables de prononcer ces mots quand elle était mourante et je n'avais jamais entendu mes grands-parents se les dire. Luke lui-même les avait évités jusqu'à ce qu'il tabasse Al chez moi. Je les avais trouvés alors dangereux et possessifs. Ce soir, il me parut si résigné à me perdre que je le crus et la confiance que je lui accordais me troubla. Pourquoi n'avait-il jamais parlé auparavant, quand j'aurais aimé me l'entendre dire ? Il y avait chez Luke des côtés effrayants et, pourtant, il était peut-être le seul à m'aimer.

L'attrait du sexe n'avait pas été la motivation unique de notre couple. J'avais fait de l'acte physique poussé à l'extrême une barrière destinée à maintenir les sentiments à l'écart. J'avais gémi, j'avais crié de peur de trop en dire dans le silence. Luke aussi, avec ses mains et sa queue, avait cherché une émotion grandissante. Nous avions eu raison d'agir ainsi parce que, à partir du moment où nos sentiments s'en étaient mêlés, notre liaison avait été vouée à l'échec. Même si je comptais pour lui, je savais qu'il nous était impossible de vivre notre aventure dans le monde réel. Luke serait obligé d'en finir avec moi comme je serais, tôt ou tard, obligée d'en finir avec lui. Mais j'ignorais encore si une vie nouvelle poussait en moi en échange d'une autre vie sur le point de finir.

Je bus mon second verre en essayant de ne pas penser à Mamie ; je refoulais mes sentiments sans pouvoir chasser l'horreur de son état. N'importe qui, me disais-je, souhaiterait mourir plutôt que de rester enfermé dans un corps infirme. Pourtant, je ne parvenais pas à croire que la tuer était bien. Au début, j'avais pensé que c'était un acte de bravoure. Maintenant, j'avais conscience qu'il faudrait encore bien plus de courage pour rester assis auprès d'elle, qu'un geste sensationnel n'était pas nécessaire, mais qu'il fallait un acte banal, le partage quotidien de ses souffrances. Si grand-père acceptait que je lui parle, peut-être pourrais-je le lui faire admettre, mais je savais qu'il considérerait ma démarche comme une nouvelle dérobade. Il ne me croirait pas capable de rendre visite à grand-mère tous les jours, d'ailleurs je n'étais pas sûre moi-même d'en avoir la volonté.

Demain, elle serait morte et grand-père aussi peut-être. Il me vint à l'esprit que j'allais hériter de tout, à moins qu'ils n'aient modifié leur testament. Mais je ne voulais pas de leur argent, pas plus que des souvenirs de leur passé que j'allais trouver dans des tiroirs ou des enveloppes cachetées. J'avais besoin de parler à quelqu'un de fort, et pourtant c'était Al que j'espérais voir entrer dans le pub après son travail.

Les grunges cherchèrent à attirer mon attention chacun à leur tour, sans résultat. Vexés, ils sortirent lentement en lançant des remarques sarcastiques sur les salopes frigides. À dix heures, j'étais toujours au pub et je buvais encore. Je ne savais absolument pas si Al avait l'habitude de venir ici après avoir garé la camionnette, mais je ne supportais pas l'idée de rentrer chez moi.

Il était onze heures et demie quand je téléphonai d'une cabine du côté de Soho Square à grand-papa Pete.

– J'ai tenu ma promesse si tu veux mettre ton projet à exécution.

Comme il gardait le silence, je crus qu'il s'était repris. Mais je l'entendis pousser un soupir de soulagement et c'est d'une voix apaisée qu'il me posa des questions sur les dispositions pratiques. Il allait exécuter son plan et que je sois capable de lui procurer une arme ne le choqua pas. Son attitude me blessa. Qui croyait-il que j'étais devenue ? Sa voix me parut si lointaine qu'il me fut impossible de discuter avec lui. Après être convenus d'un rendez-vous, nous nous tûmes. C'est alors que grand-père qui avait perçu mon malaise le prit pour l'expression d'un souci personnel et ajouta :

– Ne t'en fais pas. Je ne te mettrai pas dans le coup.

Il ne m'appela pas par mon prénom et je ne sentis aucune chaleur dans sa voix. Je l'imaginai fort bien s'exprimant de la même façon avec un criminel anonyme. Puis, comme sur un signal, ou, du moins, avec une certaine hésitation, il me demanda si j'étais financièrement à l'aise. J'acquiesçai aussitôt. Je n'aurais pas supporté qu'il me demande combien il me devait. Après un silence pénible, nous raccrochâmes. Nous avions l'un et l'autre reculé devant l'absurdité de nous souhaiter une bonne année.

Je raccrochai et lus sur les murs de la cabine des prospectus de putes proposant leurs services. Je ne la quittai que lorsque quelqu'un eut besoin du téléphone. Je ne voulais pas rentrer chez moi, mais je ne savais où aller. Je suivis la foule en direction de Trafalgar Square dont les fontaines avaient été asséchées et couvertes de planches. Des policiers à cheval ignoraient les quolibets qui leur étaient destinés. Les gens se bousculaient joyeusement tout en faisant le compte à rebours. Je me sentais en sécurité, anonyme parmi les fêtards qui ne me demandaient pas de participer à un meurtre. À minuit, dans un élan général, tous se mirent à danser. Un Danois aux cheveux en brosse me saisit la main. Je lui permis de m'embrasser. En prenant la direction des opérations, je me conduisais comme une vraie pute. Quelques mois plus tôt, je choisissais froidement les hommes. Pourquoi aurais-je dû rester fidèle à celui qui trompait sa femme et avec qui j'avais juré de ne plus jamais coucher ?

Le Danois me prit la main et la guida vers sa poche. Ayant mal interprété son geste, je la lui retirai, mais en réalité, il me montrait les ecstas qu'il dissimulait. Il me cria le nom de l'hôtel près de Charing Cross où il était descendu. Je fantasmai sur sa force primitive et son air stupide. J'aurais voulu me défoncer et baiser. Que Luke et grand-père m'attendent vainement demain ; je ne tenais pas à me changer en messagère de mort.

Je voulais faire la fête sans être accablée de responsabilités. Mais c'était impossible car chaque fois que je fermais les yeux, je revoyais grand-mère penchée sur sa table, le tube qui la nourrissait par le nez, et j'entendais ses plaintes. Avec le Danois, je m'enfonçai au cœur de la foule, un endroit dangereux. Je reçus un coup de coude dans le visage et manquai de glisser sous le martèlement des pieds. Je n'en avais pas fini avec Luke tant que je ne saurais pas si je portais son enfant. Le Danois était près de moi ; un instant plus tard, je m'étais débrouillée pour le perdre. Je m'ouvris un chemin dans la foule et trouvai un taxi, sachant pertinemment qu'après l'avoir payé il ne me resterait rien pour finir la semaine. Mais il me semblait difficile d'envisager un avenir quelconque après quatre heures et demie de l'après-midi.

19

À quatre heures dix, le jour du nouvel an, je rejoignis Luke qui m'attendait, assis sur un banc près de l'hôpital. Vingt minutes plus tard, les visites seraient terminées. Grand-père, après s'être lavé et rasé, s'était sans doute rendu au chevet de grand-mère tôt dans la matinée, vêtu de son plus beau costume. Maintenant, il devait m'attendre. Ce soir, le lit voisin allait être occupé par une femme qui avait obtenu la permission de passer les fêtes de fin d'année en famille. C'était, pour grand-papa Pete, la dernière occasion d'avoir la chambre à lui tout seul. Je me demandais s'il avait parlé à grand-mère, s'il avait retracé les événements de leur vie commune ou s'ils avaient vécu ces dernières heures en silence.

Debout devant Luke, refusant de m'asseoir près de lui, je l'avertis que grand-père m'avait demandé de ne pas trop tarder, les infirmières entrant dans la chambre avec le chariot de médicaments peu après quatre heures et demie. J'espérais qu'il avait pensé au silencieux, comme nous en étions convenus, et lui dis que j'avais transmis à grand-père ses instructions concernant l'oreiller entourant le canon placé contre la tête de grand-mère. Je parlais trop et trop fort, mais je ne pouvais m'arrêter. Je savais que si je prenais le temps de penser, jamais je ne viendrais à bout de cette épreuve.

– Donne-moi le revolver, il faut que j'y aille.

– Assieds-toi.

– Nous nous sommes mis d'accord. Maintenant, je n'ai plus le temps.

J'avais peur, si je m'asseyais, de ne plus pouvoir me relever.

– Il n'a pas changé d'avis ?

Je fis signe que non. Luke se tut jusqu'à ce qu'à regret je m'asseye près de lui. Il me prit la main.

– Il n'aurait jamais dû te mêler à ça.

– Je le lui ai proposé.

– C'est la même chose.

Dans une cour de récréation, non loin d'où nous étions, j'aperçus des enfants emmitouflés dans des manteaux et des écharpes. Luke les observa et secoua la tête.

– C'est de la folie, poursuivit-il comme pour lui-même. Ta Mamie ne veut pas mourir.

– Si.

– Personne ne le souhaite. Pas même au moment crucial. On lutte jusqu'au dernier souffle.

– Arrête, tu veux.

– Quel sorte de grand-père est-il pour oser te demander ça ? Si tu étais ma...

– Je ne le suis pas, compris ? (J'étais si tendue que j'élevai la voix et que des têtes se tournèrent dans la cour de récréation.) Tu retardes un petit peu, non ? Au moment crucial, tu m'as traitée de minable petite pute anglaise.

J'avais retrouvé en partie mon calme.

– Je n'étais pas dans mon état normal. Je refusais peut-être d'admettre mes propres sentiments. Je n'avais pas prévu de tomber amoureux.

– Désolé, Luke, mais je n'ai jamais eu besoin de la présence d'un père, pas plus maintenant qu'avant.

– Tu en as déjà un, si seulement tu te donnais la peine de le chercher.

– C'est un peu tard maintenant.

– Il n'est jamais trop tard. Ce qu'a prévu ton grand-père, c'est un sale boulot. Il n'y a pas deux façons de s'y prendre. Après, il faudra que tu quittes Londres un certain temps.

Retourne en Irlande. (Il plaisantait, du moins je le crus, et il s'en aperçut.) Je suis sérieux. Si tu es vraiment la fille de Mac Suibhne, alors trouve-le. Tu m'as bien dit que tu t'y étais prise trop tard pour te raccommoder avec ta mère. Ton père est vieux, tu n'en auras peut-être plus jamais l'occasion.

– Je ne saurais ni où le chercher ni quoi lui dire.

– Lui non plus. Ça n'a aucune importance si vous restez à vous regarder sans rien dire. Dans une heure, tu n'auras plus que lui.

Luke ouvrit son veston et j'entrevis un sac en plastique blanc dans sa poche intérieure. D'après sa forme, il contenait le revolver. Je tendis la main et sentis la chaleur de Luke à travers sa chemise. J'allais prendre le sac quand il m'arrêta.

– Il y a bien longtemps, j'ai juré en sortant de prison que je ne toucherais plus jamais une arme à feu. Et voilà que je t'aide à tuer quelqu'un de ta famille. Pour l'instant, tu n'éprouves pas de chagrin, mais il se peut qu'un jour tu le regrettes. Je voudrais te rendre les choses plus faciles en t'emmenant dans le Donegal. J'ai suffisamment de relations pour trouver ton père.

– Je t'ai dit que c'était fini.

– Pas comme ça. Après une dispute stupide dans un taxi et le sang répandu d'une vieille femme. Je ne supporterais pas que tu gardes ce souvenir de moi. J'ai toujours su que je te perdrais. Je ne demande qu'une chose, qu'au moins tu te souviennes de moi comme de l'homme qui a trouvé ton père.

– Il faut que tu t'occupes de tes boutiques et de l'affaire de Christy...

Luke m'étreignit doucement la main jusqu'à ce que je lâche le revolver qu'il remit dans sa poche. Sa chemise était mouillée de transpiration et son cœur battait au bout de mes doigts.

– Qu'ils aillent se faire voir pour une fois ! Si je tombais raide mort, il faudrait bien qu'ils se débrouillent. Alors, qu'ils commencent maintenant. Je veux faire une dernière chose pour toi.

– Il faut que j'y aille, mon grand-père m'attend, prétextai-je.

– Promets-moi.

– Je verrai.

Il était quatre heures un quart. J'aurais donné n'importe quoi pour que cette journée se termine. Je tendis la main vers le revolver, mais Luke m'empêcha de le prendre. Soudain, j'eus peur.

– Je ne vais pas te laisser entrer avec cette arme. Donne-moi le numéro de la chambre, je la remettrai moi-même à ton grand-père. Je ne veux pas que tu t'en mêles.

– Pas question, dis-je, furieuse. Tu te fous de moi.

– Les armes sont dangereuses, surtout quand on a affaire à des amateurs. Je ne veux pas risquer qu'il t'arrive quelque chose.

Un instant, j'eus envie de prendre le métro et d'écouter les informations de six heures. Mais je ne pouvais fuir. Il fallait que je sois là. De toutes mes forces, je cherchai à le convaincre sans y parvenir. Il restait seulement treize minutes lorsque je trouvai un compromis. Je marcherais devant et il me suivrait à distance avec le revolver. Je traversai en courant le parking de l'hôpital, puis me précipitai dans l'escalier en sachant que Luke était quelque part derrière moi. Déjà les choses tournaient mal. J'avais les nerfs à vif. J'espérais que l'autre malade était arrivée et que la chambre serait pleine de visiteurs.

La porte de grand-mère était fermée. J'hésitai à entrer. C'est alors que Luke apparut au bout du couloir désert. Il portait un chapeau destiné à dissimuler ses traits aux caméras de surveillance. Il avait tiré des gants de sa poche. J'avais eu l'intention de discuter, d'implorer grand-père. Maintenant, je savais que je n'en aurais pas le temps. J'ouvris brusquement la porte et entrai. Grand-père était assis tranquillement près de Mamie, ligotée sur le même fauteuil. Il me regarda, l'œil interrogateur. Jamais je ne l'avais vu en proie à une telle souffrance. La porte s'ouvrit derrière moi et Luke entra.

– Qui est-ce ? demanda grand-papa Pete avec méfiance.

– Je suis avec Tracey.

Grand-père remarqua aussitôt l'accent de Luke et son âge.

– Telle mère, telle fille, dit-il d'un ton aigre.

Mamie était silencieuse, le visage à quelques centimètres de la table. De vieilles photos de famille étaient jetées en vrac devant elle, des matins de Noël et des soirées d'été dans le jardin. Je me revoyais enfant, et ma mère enfant avant moi. Je m'agenouillai en essayant de capter le regard de Mamie pour me convaincre une fois encore que c'était ce qu'elle souhaitait et qu'il était bien de le faire. Son état était aussi effrayant aujourd'hui qu'hier. À sa place, j'aurais voulu mourir. Luke ferma la porte et regarda grand-mère, choqué par le spectacle qu'elle offrait.

– Tracey avait raison. Cette femme est un légume. La tuer serait une délivrance.

– Qu'est-ce que vous faites ici ? demanda grand-père, furieux.

– Je suis l'homme au revolver. Et maintenant, j'aimerais connaître vos intentions.

N'était-ce pas le comble de l'humour noir que d'entendre mon amant poser cette question à mon grand-père ? Celui-ci répondit d'un ton agressif.

– Que voulez-vous dire ?

– Est-ce que vous allez vous flinguer après ?

– Ça me regarde.

Grand-père me lança un regard plein de colère, il m'en voulait d'avoir amené Luke à l'hôpital.

– Mais si, mon vieux. J'ai besoin de savoir de qui j'aurai le sang sur la conscience. Les gens comme vous veulent tenir une arme après avoir fantasmé pendant des années. Ensuite, ils font comme les gosses qui bandent et fourrent leur queue dans tout ce qu'ils voient. Qu'est-ce qui me prouve que vous n'allez pas devenir violent et tirer sur tout ce qui bouge ? Je n'ai pas envie d'avoir un autre Dunblane * sur les bras.

---

* Allusion à un massacre perpétré dans cette ville *(N.d.T.)*.

– Grand-père n'est pas comme ça.

– Bien sûr, c'est un bon père de famille, ricana Luke. Le type même de celui qui devient fou furieux la première fois qu'il sniffe la puissance que procure une arme. Les gentils pères de famille ne flinguent pas leur femme.

– C'est elle qui le veut, rétorqua grand-père. Et maintenant, vous me laissez le revolver et vous partez. Je vous donnerai ce que vous demanderez.

– Vous ne savez pas ce qu'elle veut. Elle pourrait aussi bien chanter « Chitty-Chitty Bang-Bang de merde » que vous n'en sauriez rien. Si elle vous disait de sauter dans la Tamise, vous le feriez ?

– Oui.

La brièveté de la réponse fit taire Luke. Il regarda de nouveau grand-mère.

– Admettons, mais que Tracey ne soit pas mêlée à cette histoire. Vous ne voulez sûrement pas qu'elle se fasse choper comme complice. (Luke se tourna vers moi.) Tu as fourni ta part, Tracey, rentre chez toi. Il n'y a pas de caméra dans le couloir. Tu as rendu visite à ta grand-mère. Ton grand-père était seul. Il ne t'a rien dit, tu n'as rien vu. Et maintenant, va-t'en.

– Laissez le revolver et partez avec elle, ordonna grand-père.

– Je veux aller jusqu'au bout. Quand Tracey sera partie, je vous donnerai l'arme. Avec le silencieux et la radio allumée, personne ne vous entendra. Il y a deux balles. Si vous voulez tirer deux fois, c'est votre affaire. Je connais un moyen de sortir par-derrière. Il est quatre heures vingt-cinq. Décidez une fois pour toutes si vous allez la descendre ou pas.

– Vous n'avez pas à me dire ce que je dois faire de ma femme.

J'entendis la phrase de grand-père, mais je ne regardais pas les hommes. J'observais le visage de Mamie dans l'espoir d'y découvrir un signe.

– C'est un légume. Alors, vous lui flanquez une balle dans la tête ?

– Ne parlez pas d'elle comme ça, gronda grand-père.

Mamie cligna des yeux et ouvrit la bouche comme pour marmonner quelque chose, mais ses lèvres restèrent ouvertes, formant un O involontaire. Luke s'agenouilla près d'elle et lui caressa le visage.

– Elle a dû être belle. N'empêche que vous êtes sûr de faire ce qu'elle souhaite. Vous aurez les couilles pour ça ?

Grand-papa tendit le bras et Luke lui donna le sac en plastique. Pendant que j'étreignais la main de Mamie, Luke me prit par l'épaule et m'obligea à me relever.

– Tu as joué ton rôle, Tracey. Tu n'as pas besoin de voir la suite. Va-t'en maintenant, et marche, marche tant que tu peux.

– Pas question, répondis-je en m'appuyant à la porte. Je ne vais pas vous laisser tous les deux ensemble.

Grand-papa alluma la radio et la fit marcher fort, puis il sortit le revolver du sac. Il était plus petit que celui d'Al et le silencieux lui donnait un air comique.

– Écartez-vous de ma femme, monsieur.

Luke obéit à l'ordre de grand-père, recula et se tourna vers la fenêtre, laissant grand-papa Pete agir seul.

– C'est ce que tu voulais, Lily, tu me l'as toujours dit. Je ne peux plus supporter de te voir autant souffrir.

Mamie se mit soudain à marmonner la phrase qu'elle répétait à longueur de journée, mais je n'étais plus certaine de ce qu'elle voulait dire. Grand-père avait pris un oreiller qu'il posa tendrement sur les cheveux de sa femme. Ses mains tremblaient si fort que la balle aurait pu manquer son but. Luke se retourna pour observer la scène.

– Tenez fort l'oreiller, conseilla-t-il. Comme ça vous risquez moins de mettre de la cervelle partout.

– Vous allez la fermer une fois pour toutes !

Grand-père contrôla suffisamment le tremblement de ses mains pour diriger l'arme sur l'oreiller, pointée directement vers la tête de Mamie. La demie était passée de trois minutes. On pouvait entrer à tout instant. Il ferma les yeux et s'efforça d'appuyer sur la détente. En vain. Finalement, le revolver lui tomba des mains avec fracas. Sa tête s'affaissa et se posa sur l'oreiller.

– Je te demande pardon, Lily, murmura-t-il en pleurant. Je n'ai pas tenu ma promesse.

Je m'agenouillai pour récupérer le revolver et regarder grand-mère droit dans les yeux. Ils avaient la même expression impossible à déchiffrer.

– J'ai essayé, mais je n'ai pas été fichu de le faire.

Il était au supplice. Soudain, le regard de Mamie se fixa sur le mien. Combien de fois n'avais-je pas souhaité sa mort dans mon adolescence, maudissant sa façon d'humilier continuellement ma mère et sa quête de la fille parfaite qu'elle avait voulu trouver en moi ? Je cherchai à recréer ma haine et à substituer cette femme dure et redoutable à la créature brisée que j'avais sous les yeux. Pour une fois, n'allais-je pas être capable de faire quelque chose de bien ? J'essayai de ne pas me donner le temps de songer aux conséquences. Je soulevai le revolver et visai. Elle était affaissée sur la table, enchaînée comme un animal à demi mort. Ce n'était pas une vengeance, mais un acte dicté par la compassion. Personne ne devrait être forcé de végéter ainsi. Grand-père, comprenant ce qui allait se passer, fit un pas en arrière, une paume grande ouverte. J'étais incapable de déchiffrer ce qu'il tentait de me dire. Mes mains tremblaient. Je fermai les yeux sans pouvoir tirer. Je sentis les mains de Luke me prendre le revolver et j'éprouvai un immense soulagement. C'était fini.

– Les gens croient qu'ils peuvent tuer, commenta calmement Luke, mais ce n'est jamais facile. Surtout quand il s'agit de quelqu'un qu'on aime et quelles que soient les souffrances que cette personne endure. Un étranger est plus apte à accomplir l'acte qui la libérera.

Il prit l'oreiller et, après l'avoir placé sur la tête de Mamie, en visa d'une main ferme le centre. Grand-père et moi poussâmes un grand cri en même temps et nous nous jetâmes sur Luke. Nous eûmes beau l'agripper, il était trop tard pour l'empêcher de presser la détente. On entendit le déclic avant que grand-père n'envoyât Luke voler contre le mur. Il entoura grand-mère de ses bras et moi, je les étreignis tous les deux. Tremblante, je pleurai de soulagement. Mamie était sauve. Une infirmière, intriguée, ouvrit la porte. Luke s'était relevé pour bloquer le revolver.

– Tout va bien ici ?

Personne ne répondit. Elle sortit, mais laissa la porte ouverte. Luke s'agenouilla pour ouvrir le revolver. Il le fit devant grand-mère et lui montra les chambres vides, puis il caressa son visage mouillé de nos larmes.

– Vous avez beaucoup de chance, madame, lui dit-il. On a rarement l'occasion d'apprendre à quel point votre famille vous aime.

Grand-père fixait Luke sans mot dire. Je fis un pas en arrière, ne sachant pas s'ils souhaitaient que je les serre dans mes bras. Mais grand-père tendit la main derrière lui, prit la mienne et l'étreignit. Je regardai Luke, incertaine de mes sentiments, incapable de déterminer s'il s'était ou non payé ma tête. Au même moment, il tira de sa poche trois balles qu'il me montra au creux de sa main. Si nous décidions de recommencer, je savais que cette fois il chargerait le revolver. Par quel miracle parvenait-il à savoir ce que voulaient les gens quand eux-mêmes ne le savaient pas ? Partant du fait que ma famille était tout ce que je possédais, il avait évalué la situation, nous avait délibérément amenés jusqu'au point de rupture et nous avait forcés à regarder au-delà. Je ne le quittai pas des yeux.

– Le Donegal, dit-il d'une voix calme. C'est à toi de voir. Téléphone-moi quand tu seras décidée.

L'infirmière revint avec le chariot.

– Comment va Mrs Evans aujourd'hui ? demanda-t-elle, l'air enjoué.

Grand-père suivit des yeux Luke qui marchait vers la porte, nous laissant seuls.

– Elle va très bien, répondit-il, maintenant qu'elle a tous les siens.

Le lendemain, je retournai à Harrow. L'étang qui donnait sur l'hôpital de Northwick Park avait gelé. J'occupai dans la cafétéria la même place que le matin où ma mère était morte. Je me levai et m'arrêtai devant la fenêtre de l'escalier, celle par laquelle j'avais regardé, paralysée par la nouvelle de sa mort, et j'en touchai la vitre comme si je laissais enfin libre cours à mon chagrin. Je m'assis dans la chapelle de l'hôpital et versai les larmes que je n'avais pu répandre alors. Pleurer me fit du bien, je ne m'étais pas sentie aussi jeune depuis longtemps. J'avais l'impression de commencer une vie nouvelle après l'horrible scène de l'hôpital.

Mais ce n'était peut-être pas une nouvelle vie pour moi seulement. J'avais six jours de retard. Pour la centième fois, je repassai dans mon esprit les événements de cette matinée à Dublin, quand Luke m'avait fait sortir du taxi. Seule dans la chambre d'hôtel, toujours en larmes, je me souvenais d'avoir sorti la pilule de son alvéole et de l'avoir tenue dans la main au moment où le portier de nuit était arrivé avec le petit déjeuner que je n'avais pas commandé. Je n'avais pas voulu l'avaler devant lui. Je me rappelais l'avoir cachée dans le creux de ma paume tandis que l'homme s'attardait, inquiet pour ma santé. Je l'avais sûrement avalée sans m'en rendre compte après son départ mais je n'en avais aucun souvenir. Aurais-je pu la laisser tomber sur le plateau près du toast que j'étais trop contrariée pour manger ? J'avais eu tellement honte après ce que m'avait dit Luke que j'en vins à me demander si je ne m'étais pas inconsciemment vengée de lui ou de moi-même. Maintenant, j'avais peur au point de chercher dans l'annuaire les numéros des cliniques qui pratiquaient l'avortement. Mais je ne voulais pas prendre de décision avant d'avoir subi un test.

J'entrai chez mes grands-parents avec ma vieille clé. La maison était en désordre et sentait le renfermé. Pourtant, la vaisselle du petit déjeuner avait été faite et séchait. Mais le four n'avait pas servi depuis des semaines. La poussière et les toiles d'araignées avaient fini par envahir les étagères et les encoignures les plus hautes. Les pièces me semblèrent plus petites que dans mon souvenir. Je savais que grand-papa Pete ne reviendrait pas de l'hôpital avant six heures et demie et je n'étais pas vraiment sûre de ce que je voulais faire. La veille, j'étais restée après le départ de Luke, mais nous n'avions évoqué ni l'un ni l'autre ce qui avait failli se passer. Au moment où je m'étais levée pour partir, grand-père m'avait dit : « Merci, Tracey. » Je m'étais alors aperçue qu'il m'appelait pour la première fois par mon prénom depuis nos retrouvailles. Je pensai à lui préparer un repas et y renonçai aussitôt en voyant les placards presque vides. Je m'assis un long moment dans le salon avant de faire le numéro du magasin de Luke.

– Bonjour. Ici, AAASSORTIMENT – CARRELAGES, répondit une voix.

– Luke est-il là ?

– Trace ? reprit la voix après un silence.

Ce n'était plus qu'un murmure. J'eus envie de raccrocher. Al était bien la dernière personne à qui j'avais envie de parler.

– Qu'est-ce que tu fabriques ici ? Tu travailles pour lui ? Je croyais que tu voulais quitter ta famille ?

– Je n'avais pas le choix. J'étais sans un sou et je ne savais chez qui aller.

C'est tout juste s'il ne m'accusait pas. Son insinuation me rendit furieuse.

– Ce n'est pas ma faute. Je ne t'ai pas laissé seul dans une voiture avec un revolver chargé.

– Tu n'as rien compris.

– J'aurais pu aller en prison à cause de toi.

– À t'entendre parler, on croirait ton père, ricana Al.

– Je n'ai jamais cherché à te tromper. Luke a inventé un tas de mensonges et j'ai été forcée d'entrer dans son jeu.

– Pourquoi ?

– Tu as plus de vingt et un ans, Al. Trouve toi-même.

– Je ne pouvais pas le croire. (La voix du garçon était calme.) Toi et Luke. Qu'est-ce que tu as bien pu lui trouver ?

– C'est mon affaire.

– Il veut que tu t'en ailles, hein ?

– Je ne lui ai jamais dit que je partais.

– Mais tu pars ?

– C'est fini entre nous.

– Ne te fais pas d'illusions. Où t'emmène-t-il ?

– Ça ne te regarde pas. (Son ton m'avait choquée.)

– Où ? insista-t-il d'une voix rauque.

– Dans le Donegal.

– N'y va pas, Trace. Arrête les frais.

– C'est une façon d'arrêter. Et j'irai où je voudrai. En tout cas, je sais qu'il veillera sur moi, ce que toi, tu n'as pas su faire.

– Il pense qu'on a couché ensemble. C'est pour ça qu'il m'a tabassé.

– Il sait que nous n'avons pas couché ensemble. Il s'est mis en colère quand il a découvert l'arme. Tu aurais dû la flanquer dans la Liffey. Je ne peux plus te faire confiance. Je...

J'entendis un déclic au bout du fil. J'étais furieuse, je pensais qu'Al avait raccroché plutôt que d'affronter la vérité, mais un instant plus tard, je me dis que quelqu'un avait pu entrer dans le bureau. Comme je ne voulais plus semer la discorde, je résolus d'attendre un moment avant de rappeler. Al avait raison, j'étais décidée à partir, mais comment pouvait-il être au courant de ce que Luke avait projeté ? Je regardai attentivement autour de moi, consciente d'un changement que j'essayai de détecter. Quelque chose manquait. Normalement, il aurait dû y avoir un arbre de Noël et des décorations, mais ce n'était pas cela. Cinq minutes plus tard, je composai de nouveau le numéro de Luke qui me répondit.

– C'est moi.

– Comment va ton grand-père ?

– Bouleversé. Je ne l'ai pas vu aujourd'hui.

– C'est un vieil homme qui se sent abandonné et qui a peur d'avoir à se débrouiller tout seul. (Après un silence, Luke reprit :) Je lui aurais donné les balles s'il les avait voulues.

– Je sais. (J'attendis un moment avant de poursuivre :) Je ne voulais pas avoir l'air de lui demander une faveur en échange. Je partirai avec toi si tu es toujours d'accord.

– Tu n'es pas obligée.

– Je le veux.

– Alors, partons demain. Nous prendrons le vol de neuf heures à Stansted. Je sais que c'est tôt, mais moins je me fais remarquer et moins on me met des bâtons dans les roues. J'ai l'habitude d'acheter du carrelage en Europe sans faire de réservation. (Il s'arrêta, ne sachant pas si j'étais encore au bout du fil.) Tracey ?

Je n'écoutais qu'à moitié car j'avais soudain pris conscience de ce qui manquait dans la salle à manger : moi. Les photographies de mes rares succès avaient disparu. On s'était même débarrassé des pauvres médailles gagnées lors de compétitions scolaires.

– Le plus tôt sera le mieux. Je te verrai à l'aéroport.

Quand j'eus raccroché, je passai au salon où, comme ailleurs, toute trace de moi avait disparu. Seule restait mon absence, suggérée par des carrés de papier peint un peu moins passés à l'endroit naguère occupé par des cadres. J'eus l'impression d'être une intruse. Blessée, je voulus partir aussitôt. Je pris soin de ne laisser aucune trace de ma visite. Sur la cheminée, je remarquai le petit chien en porcelaine. Quand j'étais petite, j'aimais la façon dont il penchait la tête, mais je n'avais jamais eu le droit d'y toucher. Je m'en emparai et le planquai dans ma poche. Ce n'était sans doute pas pour me venger. Ou bien je voulais emporter un souvenir de la maison, ou bien j'éprouvais le besoin de créer une absence destinée à rivaliser avec ma propre disparition, une sorte de message que grand-père aurait à déchiffrer. J'avais passé mon manteau et m'apprêtais à sortir quand la porte s'ouvrit. Nous restâmes un moment à nous observer prudemment.

– Je me suis permis d'entrer. J'ai pensé que tu n'y verrais pas d'inconvénient.

– Non. (Grand-papa, les yeux fixés sur mon manteau, ajouta :) Tu pars ou tu restes ?

– Je ne sais pas. (La question de grand-père m'embarrassait

plus qu'elle ne m'agaçait.) J'avais l'intention de te préparer un petit repas, mais je n'ai pas trouvé grand-chose dans la cuisine.

– Non. La cantine de l'hôpital n'est pas mauvaise. Ta grand-mère n'a jamais voulu que je traîne dans ses jambes à la cuisine.

Nous étions sur nos gardes et doutions encore l'un de l'autre. Pourtant, je ne décelai plus la moindre trace d'hostilité dans sa voix. Je retrouvai l'homme qui m'avait élevée tout en sachant que nous avions changé, aussi bien lui que moi. Je tripotai le chien de porcelaine dans ma poche. N'avaient-ils pas eu de bonnes raisons pour faire disparaître mes photos après mon départ ?

– Je peux te faire des œufs brouillés sur toasts, proposai-je.

– J'aimerais bien, accepta-t-il d'une voix si chaleureuse que je découvris à quel point mon retour lui faisait plaisir. Mais je ne sais pas depuis combien de temps ils sont ici.

– Alors, des haricots. Les haricots blancs à la sauce tomate ne sont jamais périmés.

– Je sais. On peut leur faire faire l'aller-retour terre-lune, confirma-t-il avec un sourire.

Je me souvins des après-midi passés dans un recoin de son officine, quand nous inventions des voyages imaginaires. Je me revis, en bottes de caoutchouc jaunes, accroupie dans une boîte en carton, un panier-repas en plastique sur la tête, tandis que grand-papa comptait les secondes précédant le décollage avant l'arrivée d'un client annoncé par la sonnerie de la porte. La pharmacie avait été son royaume. Il n'aurait pas voulu la quitter si tôt, mais grand-mère l'avait poussé à prendre sa retraite au moment où une grande surface lui avait proposé de la racheter. En fait, elle avait eu raison. En cas de refus, une pharmacie concurrente se serait installée qui aurait cassé les prix, l'obligeant ainsi à fermer boutique. Il avait vendu sa clientèle en même temps que le fonds et avait touché une grosse somme. Mais il avait depuis gardé un air étonné, comme le monarque dépossédé d'un obscur petit État dont personne ne sait plus prononcer l'ancien nom.

– Je vais mettre la table, déclara-t-il en fermant la porte, comme s'il voulait la verrouiller.

D'habitude, nous mangions dans la cuisine, mais cette fois il mit la table dans la salle à manger et sortit le service normalement réservé aux invités sans pour autant vouloir me donner l'impression d'être une étrangère. C'était sa façon à lui de rendre ce repas exceptionnel. Le pain était rassis, mais mangeable une fois grillé et j'éprouvais du plaisir à cuisiner pour quelqu'un d'autre. J'aurais voulu être à la hauteur de l'événement, mais ne trouvais dans les placards qu'un gâteau roulé qui n'avait pas encore été ouvert, une boîte de thon et une de saumon. Je choisis le thon, fis du thé et apportai le tout sur un plateau.

– Thon et haricots sur toasts, annonçai-je en le servant.

Nous échangeâmes un coup d'œil et nous mîmes à rire. Cette scène avait un côté illicite qui rappelait l'enfance. Grand-mère était présente et nous nous imaginions ce qu'elle penserait si elle nous voyait ainsi, mangeant du thon et des haricots dans des assiettes en porcelaine et sur sa plus belle nappe.

– C'est délicieux, reconnut grand-père. On mange toujours mieux chez soi. (Il alla chercher dans la cuisine deux canettes de bière.) Veux-tu un verre ?

– Non.

Il me tendit une canette avant d'ouvrir la sienne. Nous riions comme des enfants.

– Nous aurions pu manger le saumon, si tu préférais.

– Ne le dis pas à ta grand-mère, mais j'ai toujours détesté le saumon en conserve, répondit-il sur le ton d'un secret partagé. Pour je ne sais quelle raison, elle a toujours cru que ça faisait chic, mais j'avais pris goût au saumon frais quand mon père travaillait sur le marché au poisson de Billingsgate. Le poisson sortait sous le nez des surveillants, enveloppé dans de vieux journaux.

– Du vrai saumon.

– Tellement frais qu'on aurait pu s'attendre à ce qu'il fasse des bonds sur la table. Mais de vrai festin, nous n'en avons fait que les deux fois où papa a apporté à la maison un turbot entier. Un poisson magnifique. Des comme ça, on en voit rarement chez le poissonnier.

– Jamais je n'avais entendu parler de ton père.

– Je ne pensais pas que ça t'intéresserait. (Il prit une bouchée.) C'est délicieux. J'avais perdu le goût. C'était comme si je mangeais de la sciure depuis que ta grand-mère...

Il s'interrompit et posa sa fourchette.

– La solitude doit te peser.

Il porta la main à son front pour masquer sa détresse, le regard ailleurs.

– Je ne sais pas ce que tu dois penser de moi, Tracey. Hier, j'ai vécu un cauchemar. Mais depuis des mois, cette situation me rendait fou...

– Arrête, je t'en prie. (Je ne supportais pas de le voir la tête baissée.) C'est fini, grand-papa.

– Je sais. Ton ami a détruit nos illusions.

Grand-père se cala sur sa chaise. Je songeai à toutes les soirées qu'il avait passées ici, seul. Il esquissa un sourire avant de poursuivre : je vais être perdu sans elle.

– Je le sais, grand-père.

– Jamais je n'aurais cru que tu me proposerais une arme. Ce que je voulais en réalité, c'était que toi ou quelqu'un d'autre m'aide à tirer les choses au clair. Mais quand tu me l'as proposée, je me suis dit qu'il n'y avait rien de mieux à faire puisque Tracey ne paraissait pas choquée.

– J'étais choquée, mais je ne voulais surtout pas te laisser tomber une deuxième fois.

– Nous sommes deux idiots, fillette. Et un vieil idiot, c'est pire que tout.

– Je n'ai jamais été utile à grand-chose.

– Tu as illuminé cette maison quand tu étais enfant. (Il se remit à manger comme pour masquer son émotion, puis releva la tête.) Ils ont des horaires souples en ce qui concerne les visites, mais j'essaye de ne pas les gêner. Elle est aujourd'hui exactement comme elle le sera le jour de sa mort. (Il but une gorgée de bière.) C'est peut-être un effet de mon imagination, mais elle semble plus contente. (Grand-père jeta un coup d'œil vers la cave à liqueurs, comme s'il était habitué à une boisson plus forte quand il était seul.) Je lui parle beaucoup. À dire vrai, c'est la première fois depuis des années que je lui parle autant. (Il but encore un petit coup, puis son regard se fixa sur la canette.) Lily n'aimerait pas nous voir boire comme ça.

– C'est meilleur dans un verre.

Pour une fois, je partageais son avis. Il parut soulagé, lui qui toute sa vie avait été pris entre deux feux.

– Tu veux bien que j'en prenne un ?

– J'en veux bien un aussi. Mais n'oublie pas que j'ai fait du thé.

De toute évidence, il avait apprécié mon observation. Il revint avec deux verres qu'il emplit de bière. Il se pencha légèrement en avant mais s'arrêta comme s'il avait été sur le point de lever son verre en disant : « Bienvenue à la maison ! » De nouveau, je sentis une réticence, nous étions sur un terrain mouvant.

– Vas-tu retourner la voir ?

– Je ne sais pas. (Je cherchai un moyen de m'exprimer en douceur.) Ce n'est pas parce que nous ne nous sommes jamais entendues. En fait, je ne sais pas si je supporterais de la revoir. Je suis tellement lâche, je suis morte de peur quand je pense à elle.

– N'aie pas honte, répondit-il d'une voix douce. Son regard fixe et cette façon qu'elle a de ne pas pouvoir répondre sont terriblement angoissants. Je vais la voir tous les jours et j'ai toujours quelque part en moi l'envie de prendre la fuite.

Nous gardâmes un moment le silence. Je lui versai du thé et il prit une tranche de gâteau roulé.

– Rappelle-toi ce que tu me disais. Les lapins les roulent au fond de leur terrier dans les Alpes.

– Je te disais ça ?

Il était manifestement ravi que je m'en souvienne.

– Pourquoi faisons-nous cette tête ? (Il cherchait à me réconforter.) Lily n'aimerait pas nous voir aussi tristes. J'ai toujours dit qu'on ne pouvait pas faire d'erreur avec un gâteau roulé.

– Moi aussi, je le disais. Et les terriers étaient si hauts qu'il n'y avait pas de routes et que les cigognes devaient transporter des sacs pleins de gâteaux dans leurs becs. Tu étais un sacré menteur, sais-tu ?

– Je le suis encore.

Il souriait et soudain, il cessa de me fixer. Je compris qu'il me regardait sourire. Depuis combien de temps n'avait-il pu le faire ? Certainement pas au cours de l'année où ma mère n'avait fait qu'entrer et sortir de l'hôpital, où j'avais commencé à manquer les cours et à traîner dans les couloirs de la fac en me gardant bien de révéler ce dont le directeur m'avait informée, à savoir que c'était ma dernière chance. Je n'avais jamais découvert depuis combien de temps ils la savaient condamnée avant de me l'apprendre. Je me souvenais des paroles de grand-mère : « Nous pensions que tu réussissais si bien dans tes études que nous avions préféré attendre la fin de tes examens. » Je ne souriais plus. Je surpris le regard de grand-père posé sur mes vêtements propres, mais fatigués.

– Que fais-tu de ta vie, Tracey ? demanda-t-il, plus embarrassé que curieux.

– J'essaye de la vivre.

Comme naguère, j'étais sur la défensive et ma voix s'en trouva changée.

– Tu poursuis tes études ou tu travailles ? (Il connut ma réponse rien qu'à me regarder.) Quel gâchis ! Toi qui avais de l'intelligence à revendre. Et pour l'argent, comment ça se passe ?

– Je me débrouille.

Il voulut dire quelque chose, mais s'arrêta. C'était un vieux routier, capable de reconnaître le moment où je baissai le rideau pour me protéger. Je jetai un coup d'œil vers les carrés de papier peint intact.

– Vous n'avez pas mis longtemps à m'oublier.

Instinctivement, j'avais tiré la première, sachant que grand-mère aurait contre-attaqué. Mais grand-père suivit mon regard et secoua la tête.

– Nous ne l'avons pas fait dans cette intention. Nous affrontons ce qui nous arrive en croyant que le temps arrangera tout. Les choses, hélas, ne se passent jamais ainsi. Nous ne l'avions pas fait dans le but de t'oublier, mais de te laisser partir. J'ai dit à ta grand-mère : « Ces photos ne sont plus celles de Tracey. Il faut que nous cessions de penser à elle comme à une petite fille ou alors nous retomberons dans les mêmes erreurs si elle revient un jour. » Nous ne les avons pas jetées, elles sont dans ton ancienne chambre. Tu n'y es pas montée ?

– Non.

– Rien n'a changé. Tu as de bons vêtements dans ton armoire que tu pourrais... (Grand-père s'arrêta. Il ne voulait pas que je les emporte. Il voulait que je reste, mais ne savait pas comment me le demander.) Est-ce que tu vis avec ton ami irlandais ?

– Non.

– Il est marié. J'en étais sûr. Es-tu sa maîtresse ?

– Ce sont mes affaires !

Grand-père se tut. Il ne me jugeait pas. Il se faisait du souci. Mais rien dans cette maison ne m'avait appris à me livrer et maintenant, ce n'était pas facile.

– Je l'ai été. Aujourd'hui, je ne sais plus.

– C'est un homme perspicace, mais insensible. Hier, il m'a ramené à la raison, mais j'avoue qu'il ne m'a pas été sympathique.

– Je choisis mes amis.

– Tu es une grande fille. Personne ne peut les choisir pour toi. Mais certaines personnes en savent trop pour leur propre bien.

– À quel sujet ?

– N'importe lequel. Je n'aurais jamais dû t'entraîner dans cette histoire, mais c'est difficile de ne pas être amer. Tout seul, je ne suis bon à rien. Je me couche tard, parce que je n'ai personne pour me dire d'aller au lit. Je me comporte comme un imbécile, je me suis même bagarré dans des pubs. Je reste éveillé avec de drôles d'idées dans la tête qui s'incrustent parce que je n'ai personne pour les chasser. (Il s'arrêta, troublé, et répéta une des phrases du début comme s'il se l'était répétée des milliers de fois dans les pièces vides :) Tout seul, je ne suis bon à rien.

Je comprenais cette solitude, j'en avais fait l'expérience douloureuse chez moi, au cours de dizaines de nuits blanches. Si j'avais eu quelqu'un à qui parler, peut-être Luke ne m'aurait-il pas obsédée à ce point. D'une certaine façon, au début j'avais fait l'amour avec lui pour ne plus être seule.

– J'ai une vie à moi maintenant, Papy, dis-je calmement.

– Je sais. (Cette conversation le gênait.) Je n'avais pas l'intention de te demander de... Je voulais seulement savoir si tu aurais envie de téléphoner de temps en temps.

– Souvent, c'est promis.

– Harrow est un coin perdu. Pas facile d'y aller pour une jeune personne.

Il faisait tout pour me faciliter la tâche.

– Je pars demain matin. Je vais dans le Donegal. Mon père vit encore, je veux le retrouver.

– C'est ton ami qui t'emmène ?

– Tu n'as pas l'air d'accord.

– Quelle différence cela ferait-il ? (Il haussa les épaules comme s'il s'autodénigrait.) J'ai su le jour même de ta naissance que tu allais ressembler à ta mère, mais aussi que tu allais être affublée de la tête de mule de ta grand-mère. Il y avait un problème entre vous que vous ignoriez toutes les deux. Vous étiez les deux côtés d'une même pièce.

L'idée me sembla si saugrenue que je me mis à rire.

– Grand-mère et moi ? Tu plaisantes !

– Une fois que vous aviez une idée dans la tête, aussi bien l'une que l'autre, personne ne pouvait plus rien vous dire.

– Alors maman devait tenir de toi.

J'aurais voulu le faire sourire, mais au lieu de cela, il s'approcha de la cave à liqueurs et en sortit une bouteille de scotch.

– Elle aurait eu du mal. (Il se versa une double dose de whisky.) Il y a une chose que tu dois savoir. Comprends-moi bien. J'ai toujours été fier de l'appeler ma fille, mais je n'ai pas pu faire d'enfant et ce n'est pas faute d'avoir essayé.

Il but une longue gorgée d'alcool. Le verre cliqueta contre le bord de l'assiette quand il le posa. Il m'observait dans l'attente d'une réaction dont il n'était pas sûr.

– Je ne vois pas ce que tu veux dire.

– Peut-être aurait-il mieux valu que tu ne comprennes pas. Est-il préférable de ne pas révéler les secrets ? Je n'en sais rien, mais je pense que ta grand-mère aurait fini par t'en parler. Ta mère n'aurait pas été capable d'assumer la vérité. De toute évidence, elle était la fille d'un autre et je le savais. Ce n'était pas un véritable problème pour moi, mais Lily mit longtemps avant de m'avouer la vérité. Nous nous trouvions dans le métro, drôle d'endroit pour une révélation. Il y avait un autre voyageur dans le wagon. Il est descendu à Gerrards Cross, nous laissant seuls. Ta mère avait deux ans, elle jouait à la poupée près de nous. Lily m'a tout raconté. Quand deux femmes sont montées à Beaconsfield, elle s'est tue et nous n'en avons plus jamais reparlé.

Il but une autre gorgée de whisky. Sa main tremblait. Cet homme n'est pas mon grand-père et je ne m'appelle pas Evans, me dis-je, et pourtant, comme il était fier de moi quand nous allions faire un tour à Wandsworth ! Grand-père se remit à parler, mais j'avais du mal à suivre ce qu'il disait. C'était comme si lui-même s'efforçait de comprendre les mots qu'il prononçait.

– Le cerveau de ce salopard a dû pourrir à force de boire. Il était vieux, mais fort comme un bœuf. Lily était la seule à s'occuper de lui. C'était une femme mûre. Depuis des années, je l'attendais, je voulais l'épouser, je lui disais de quitter son père. Elle avait le droit de vivre sa vie. Elle était ambitieuse, intelligente, elle aurait pu...

Grand-père se versa un autre verre. J'aurais voulu ne plus rien entendre, mais il n'y avait pas moyen de l'arrêter.

– Elle cachait sa paie, mais chaque fois, il trouvait la cachette. Il vendait tout ce qu'elle apportait chez eux, même ses vêtements neufs de sorte que, la moitié du temps, elle était obligée de porter de vieilles robes. Les voisins la réprimandaient. « Ton père est passé nous voir. Il a dit que tu ne lui faisais pas à manger. On lui a donné des saucisses et du bacon qu'il cuira lui-même. » Alors Lily était obligée de leur prouver qu'il n'avait rien cuit et tout jeté dans la poubelle, et qu'en réalité il avait voulu les taper. Ce salaud la dépouillait de toute sa fierté, il lui ôtait toute possibilité de marcher la tête haute. Je le haïssais, mais je n'avais pas compris qu'il était capable de s'attaquer à sa propre fille. Je savais que, parfois, il divaguait au point de ne pas savoir s'il était en Angleterre ou en Irlande. Mais même s'il était soûl comme un Polonais, un père ne viole pas délibérément sa fille. Surtout pas quand elle gâche sa vie pour lui.

– Je ne te crois pas. Je ne veux pas le croire.

Grand-papa se versa un autre scotch et me regarda, la bouteille levée. J'avais terriblement envie d'un verre, mais, tant que je n'avais pas fait le test de grossesse, je préférais ne pas boire.

– Pas étonnant que ta pauvre mère ait été un peu drôlette. Ne crois pas que je veuille la déprécier. J'aimais cette enfant. Ce n'était pas sa faute. Mais chaque fois que grand-mère la regardait, je pense que... eh bien, il se rappelait à elle par de petits détails, la forme du nez, le sourire. Elle aurait pu se faire avorter, même à une époque où c'était difficile. Mais le drame avec ta grand-mère, c'est qu'elle allait jusqu'au bout. Elle croyait qu'en travaillant, on parvenait à s'élever sans jamais regarder en arrière. Si on n'obtenait pas ce qu'on méritait, c'était au tour des enfants ou des petits-enfants d'y arriver. La façon dont elle tenait cette maison, dont elle vous poussait, ta mère et toi, ça pouvait paraître du snobisme, mais ce n'en était pas ou, du moins, pas seulement. Elle était naïve. Jamais elle n'avait mis le pied hors de l'Angleterre et, pourtant, il avait fait en sorte qu'au fond d'elle-même, elle était restée une émigrée avec des rêves d'émigrée.

Grand-père s'était tu. Par la fenêtre aux rideaux ouverts, j'apercevais les contours du jardin et, dans cette obscurité, je distinguais le visage de Mamie. Je me remémorais la façon dont, sanglée sur son fauteuil d'hôpital, elle m'avait fixée, ses secrets enfermés derrière les balbutiements de sa langue. Jamais je ne l'avais vue pleurer, même au plus fort de la maladie, même lorsque sa fille était morte. Jamais elle n'avait admis devant moi qu'elle était fatiguée, jamais elle ne s'était apitoyée le moins du monde sur elle-même. Certains jours, je crois même qu'elle ne trouvait pas le temps de s'asseoir. Elle s'était consacrée à nous faire gravir les marches de l'échelle sociale vers la terre promise du faux Tudor des maisons de Northwood et des albums de mariage en blanc.

Derrière cette résolution inébranlable, elle avait préservé ses secrets. Mais, en y repensant, je commençai à entrevoir des fissures. À neuf ans, j'avais éprouvé le besoin de la questionner sur mon père. Je n'avais obtenu que de vagues renseignements, des allusions et l'impression qu'il existait un domaine dont on ne devait pas parler. Je m'étais fait de lui l'image d'une sorte de clochard maléfique.

J'avais cherché à comprendre les deux mots qu'elle avait un jour marmonnés, « mauvais sang ». En réalité, elle faisait allusion à l'homme qui était à la fois son père et celui de ma mère. Il l'avait poussée à adopter cette attitude que j'avais prise pour du snobisme et qui n'était que souffrance, à me faire subir cette pression presque désespérée pour que je réussisse. Les rêves de grand-mère n'avaient pas abouti. Je n'avais jamais vu une photo de mariage chez nous, pas même la sienne. Grand-père haussa les épaules quand je lui demandai s'il y avait eu un photographe à l'église.

– Quelle église ? C'était un mariage civil. Ta grand-mère était enceinte de six mois. Après tout ce que lui avait fait son père, elle avait refusé de se marier jusqu'au jour où une quinte de toux l'avait étouffé.

– Excuse-moi.

– C'est de l'histoire ancienne. (Il leva les yeux vers moi.) Tu veux vraiment aller dans le Donegal ?

– Elle était encore sa femme, même s'il l'avait abandonnée. Je veux en finir, grand-père. D'une certaine façon, je ne peux pas lui en vouloir d'être parti. Sans doute n'avait-il pas compris dans quel guêpier il s'était fourré. Luke prétend que la seule chose que nous possédions est notre famille, mais il ne m'en reste guère, tu ne crois pas ?

Tout en parlant, je savais que je m'exprimais mal. J'avais blessé grand-père qui me parut soudain vieilli. Je lui pris la main. Je comprenais enfin ce qu'il lui en avait coûté de me faire ces révélations.

– Je t'ai, toi. Tu es toujours mon grand-père.

– Et toi, tu es tout ce que j'ai.

– Tu es le seul être au monde pour qui j'ai pu faire des haricots sur toasts avec autant de plaisir.

Je lui souris si bien qu'il finit par se dérider.

– Fais attention à toi quand tu seras là-bas. Transmets mon bon souvenir à ce vieux fou qui jouait du violon dans la chambre du fond. Apporte-lui de ma part une cassette de Norman Wisdom. (Son sourire s'évanouit.) On s'y est bien mal pris quand il est parti, et même après. C'est facile de s'en rendre compte en revenant sur le passé, mais à l'époque, j'ai fait ce que je pensais devoir faire. Et ta grand-mère aussi. Tu étais si petite qu'il fallait te protéger. (Il s'arrêta comme s'il craignait de me perdre à nouveau.) J'espère que tu le trouveras, poursuivit-il enfin. Nous nous sommes séparés en mauvais termes, mais j'aimerais avoir l'occasion d'offrir un verre à ce vieux fou. Il avait une très jolie voix.

Grand-père ferma les yeux et se mit à chanter :

Qu'est-ce qui t'amène ici si tard, dit le chevalier au bord du chemin.
Je vais rencontrer Dieu, dit l'enfant qui s'est arrêté.

– Je n'ai jamais compris cette chanson, grand-père.

– Ton père la chantait jadis et il disait avec le plus grand sérieux que si on rencontre le diable sur une route déserte et qu'on reste complètement immobile, le diable ne peut vous faire de mal. Il le disait comme il le pensait. (Grand-papa me regarda avant d'ajouter :) Vas-y seule.

– Tu crois que je fais la même erreur que ma mère ?

– Il n'y a pas de comparaison. Ton père était beaucoup plus vieux. Il était comme ta mère, la tête dans les nuages. Et par-dessus le marché, c'était un honnête homme.

V

Le Donegal

20

Le petit avion volait bas au-dessus des montagnes. Nous traversions de gros nuages légers, mais dans l'ensemble, je pouvais distinguer dans la froide lumière hivernale toutes les routes, les escarpements entre les petits lacs à flanc de colline et les pentes arides. Luke me montra au loin une montagne abrupte qu'il m'affirma être un lieu de pèlerinage. Chaque année, avant l'aube, des pèlerins l'escaladaient pieds nus. Je m'imaginai une foule de vieilles femmes franchissant la crête aux rochers acérés, vêtues de haillons comme des réfugiées bosniaques. Pourtant, selon Luke, des centaines de jeunes filles élégantes arrivaient de toute l'Irlande pour gravir, elles aussi, la montagne.

L'avion changea de cap. J'aperçus alors l'aéroport de Knock, une piste taillée sur le versant d'une montagne. Les passagers qui occupaient les sièges de l'autre côté du couloir se déplacèrent et nous fûmes sept à regarder l'aérogare qui semblait tombée du cosmos. Luke m'expliqua qu'un homme influent du coin avait contraint le gouvernement irlandais à l'édifier dans ce village, connu jusqu'alors pour une apparition de la Vierge qui avait prophétisé l'arrivée des maux dus au baiser profond et au wonderbra. Depuis, les pèlerins avaient afflué sur cette montagne balayée par les vents. À Lourdes, affirma Luke, on était guéri ; ici, on obtenait la guérison et, en prime, une pneumonie.

L'avion amorça sa descente. Je découvris une immense basilique flanquée de boutiques de souvenirs et de nombreux drapeaux. Avant la construction de l'aéroport commandée par l'homme important dont Luke m'avait parlé afin d'encourager les représentants des multinationales à venir avec des valises pleines de boulot, les seules industries locales consistaient en la fabrication de chapelets et de sandwiches au jambon vendus sur place, ainsi que dans l'élevage de bétail subventionné et d'enfants destinés à l'exportation. L'homme important en question était bien décidé à changer tout cela malgré l'hostilité notoire de Dublin. Les potes de Christy eux-mêmes s'étaient mis dans une violente colère à la perspective des braves contribuables qui allaient financer un aéroport éloigné de tout... alors qu'eux ne payaient pas d'impôts et qu'ils allaient travailler avec les bas de leur femme sur la tête.

L'avion atterrit en douceur sur fond de colline où paissaient des moutons. Une fois débarqués, je remarquai l'absence de douane et de dispositif de sécurité. J'eus l'impression de fouler le sol d'un aéroport fantôme jusqu'au moment où, après avoir quitté la piste, nous entrâmes dans l'aérogare qui, elle, était bondée. Ce fut comme si je traversais un mur de chagrin. D'abord, je crus à des funérailles au spectacle des familles qui s'embrassaient en pleurant.

– Nous sommes le 3 janvier, me renseigna Luke d'une voix où perçait une colère stoïque. Je pensais que les gens étaient repartis, mais apparemment, certains ont pris quelques jours de vacances supplémentaires.

Une fille de mon âge se dégagea de l'étreinte de ses parents et gagna la porte d'embarquement. Sa petite sœur en larmes courut après elle. La jeune fille la prit dans ses bras et la ramena à leur père qui garda le silence, incapable de dire adieu à son aînée une seconde fois. On annonça l'embarquement des voyageurs à destination de Londres. Tous ceux qui, dans la foule, avaient entre dix-huit et vingt-huit ans retournaient travailler en Grande-Bretagne. Ces gens qui m'étaient étrangers me donnaient pourtant envie de pleurer.

– Que sont devenus les projets de cet homme important ?

– Il a tout fait, le pauvre con, pour continuer à les imposer jusqu'à ce qu'il finisse par casser sa pipe.

Nous sortîmes dans l'air froid. Des voitures étaient garées n'importe comment, mais Luke trouva un chauffeur de taxi qui accepta de nous conduire dans une petite ville nommée Castlebar.

– Normalement, je devrais attendre que d'autres personnes montent dans mon taxi et partagent la course, mais, bordel, il faut que je me tire. J'ai passé toute la semaine à transporter des gens à l'aller et au retour. Je ne sais pas ce qu'il y a de pire, l'aller avec toute la famille ou le retour avec les parents muets de chagrin.

Il raconta à Luke les veillées « américaines » de sa jeunesse et les soirées où, dans les petites gares fermées depuis longtemps, des familles entières se rassemblaient pour dire au revoir aux jeunes émigrants. L'homme, qui semblait ne jamais avoir quitté le comté de Mayo, énumérait le nom des villes américaines où il avait passé trente ans de sa vie à travailler avant de rentrer au pays. Il nous indiqua la nationalité des propriétaires de certaines vieilles maisons, maintenant transformées en résidences secondaires.

Je le laissai bavarder avec Luke tandis que je contemplai le rude paysage hivernal en pensant à cet affreux bonhomme, mon vrai grand-père et, en même temps, mon arrière-grand-père, attendant le train sur l'un de ces quais perdus. Comment aurait-il pu concevoir ma présence ici, trois quarts de siècle plus tard, à moi qui ne parvenais pas à me le représenter et qui n'avais même pas demandé son nom à grand-père ? Je ne tenais d'ailleurs pas à le connaître. Je voulais le bannir de ma vie comme Mamie avait cherché à l'effacer de la sienne. Pourtant, il m'effrayait, et cette peur, je la sentais dans mes gènes. J'avais passé une nuit blanche à chercher dans les failles de ma vie des signes de démence. Je ne cessai de penser à grand-mère, à l'ennui qu'elle distillait, si typiquement anglais. Le discours de la Reine le jour de Noël, un sens exacerbé de la propriété, une méfiance envers tout ce qui était étranger et que, par là même, elle jugeait inférieur. En y réfléchissant, je me rendis compte qu'elle avait toujours été un peu trop british. Elle se targuait d'être anglaise avec la gaucherie de qui parle une deuxième langue.

La main de Luke me caressa le genou.

– Tu ne dis rien aujourd'hui. Tu te sens bien ?

J'acquiesçai avec un petit sourire. Le chauffeur fumait cigarette sur cigarette. J'aurais voulu lui demander d'arrêter, mais je ne tenais pas à attirer son attention. J'eus beau me dire que mes nausées étaient dues au vol agité que nous venions de faire, je savais que c'était autre chose. Jamais je n'avais eu sept jours de retard. Je ne pouvais m'empêcher de regarder Luke à la dérobée en me demandant comment se matérialiseraient ses traits chez une petite fille, peut-être son nez ou encore sa façon de sourire.

Nous atteignîmes Castlebar et je suivis Luke dans le magasin occupé par une société de location de voitures. J'en avais remarqué un, moins important, près de Knock, mais Luke ne tenait manifestement pas à utiliser ses services. Celui-ci était jumelé avec une boutique de fleurs. L'un et l'autre étaient déserts. La fille au comptoir mâchait du chewing-gum en écoutant la musique ringarde que diffusait une radio locale. La circulation bloquait la rue étroite. On sentait le mois de janvier à plein nez. La clientèle, dans la supérette de l'autre côté de la rue, semblait particulièrement léthargique. Le loueur amena la voiture devant la porte.

– C'est ce que j'ai de mieux. Où allez-vous ?

– Un peu partout, répondit sèchement Luke.

Il paya en liquide. Je ne savais pas non plus où nous allions. Nous nous arrêtâmes pour déjeuner dans un hôtel à l'ancienne mode donnant sur une pelouse entourée de grilles. Le siège des toilettes était en bois et la chaîne en cuivre. Je cherchai vainement dans mon slip une tache de sang. Un retard de sept jours me semblait irrémédiable et pourtant, j'espérais encore. C'était, d'ailleurs, à cause de cette incertitude que j'avais accepté de voyager avec Luke.

Comprenait-il que c'était notre dernière rencontre ou croyait-il pouvoir raviver nos amours ? Pour ma part, une fois rentrée à Londres, j'avais l'intention de changer d'appartement et de disparaître. Jamais je ne le mettrais au courant de ma grossesse, que j'avorte ou que je garde l'enfant. Ce qui se développait en moi m'appartenait, mais je n'étais pas sûre que Luke comprenne mon point de vue. Il n'empêche que j'avais besoin de le sentir près de moi, du moins jusqu'à ce que je sache avec certitude ce qu'il en était. Il participait ainsi à mon attente sans le savoir.

Nous quittâmes Castlebar pour Sligo. Il se mit à pleuvoir. La route était inégale, des portions d'autoroute alternant soudain avec des voies étroites et sinueuses. Luke m'apprit qu'il avait réservé une chambre dans un manoir non loin de la ville de Donegal. Je lui demandai si c'était un hôtel. Il secoua la tête.

– Non, ils sont trop snobs pour utiliser le mot « hôtel ». C'était la somptueuse résidence d'un archevêque qui a été retapée pour les Amerloques et les Yuppies.

J'eus l'intuition qu'il n'avait pas choisi cet endroit au hasard, mais bien pour compenser l'indigence de la chambre d'Edgware Road. La voiture prétentieuse ne cadrait pas avec le personnage de Luke et nous avions déjeuné dans la salle à manger de l'hôtel alors qu'un plateau-repas aurait suffi.

– Comment allons-nous faire pour retrouver mon père ?

– J'ai un ou deux contacts intéressants. Des garçons qui travaillent à bord des chalutiers de Killybegs et qui font de la musique.

– Tu n'aurais pas pu leur téléphoner de Londres ?

– Pas à ces gars-là. Ou bien ils gagnent de l'argent en mer, ou bien ils le dépensent en faisant de la musique dans un pub de la ville. De toute façon, inutile de crier cette affaire sur les toits. Les gens d'ici risquent de ne pas te croire. De plus, ils protègent ton père. Le seul moyen, c'est de dire la parole qu'il faut dans la bonne oreille au bon moment.

Je me calai au fond du siège pour contempler le paysage.

J'appréciais d'avoir quelqu'un sur qui me reposer. J'aurais suffisamment de décisions à prendre moi-même. Luke avait à cœur de trouver mon père. J'imaginai le jour où, dans vingt ou trente ans, la situation s'étant inversée, je lui présenterais, après avoir été à sa recherche, le fils dont il ignorerait l'existence.

Nous dépassâmes Sligo en longeant la côte par intermittence. Jamais je n'avais vu semblable paysage. L'étonnant point de vue de Ben Bulben et, de l'autre côté de la large baie, les premiers contours des lointaines collines du Donegal. En les apercevant, j'en oubliai presque ma nervosité à la seule idée du père que j'allais rencontrer. J'imaginais ma mère faisant de l'auto-stop sur ces routes dans la chaleur accablante de l'été. Une jeune Anglaise, du moins, c'est ce qu'elle croyait être, grisée par tant d'étrangeté. Je me demandai comment elle était tombée sur mon père et ce qu'ils s'étaient dit la première fois qu'ils s'étaient vus. Au moment où disparaissaient les collines après un virage, je fus prise d'un doute. Avais-je raison de rechercher mon père ? Il avait eu largement le temps d'écrire s'il n'avait pu nous rendre visite. Et s'il niait mon existence ? Je me sentis de nouveau nerveuse. Luke ralentit en entrant dans les faubourgs d'une autre ville. Une immense enseigne annonçait BIENVENUE À BUNDORAN. La cité tout entière semblait fermée, les chambres d'hôtes, les pubs, les galeries aux rideaux baissés, les fast-foods, ouverts seulement pendant la saison touristique. La pluie éclaboussait un trompe-l'œil grotesque représentant des palmiers et des machines à sous. On aurait dit une version albanaise de Margate.

– Quel bled ! m'exclamai-je.

– Dans le temps, c'était le paradis pour nous.

Je jetai un coup d'œil à Luke qui n'en dit pas plus. Peut-être s'était-il vexé. Pourtant, il regardait l'alignement des magasins fermés comme s'il s'étonnait de leur vulgarité. À peine eûmes-nous dépassé Bundoran que Luke ralentit, hésitant. Il tourna à gauche, prit une petite route qui se dirigeait vers la côte, puis s'arrêta à l'embranchement suivant où deux chemins étroits se croisaient. Après mûr examen, il prit à droite. Un golf était flanqué de bungalows et d'un bois. La lumière de l'après-midi dansait dans les arbres. Je compris qu'il cherchait un lieu ou une personne.

– Sommes-nous arrivés ?

– Non.

Sur la droite, il y avait un croisement encore plus discret autour d'un minuscule triangle d'herbe. Les roues dérapèrent sur le gravier quand Luke démarra. Les mauvaises herbes assiégeaient le milieu de la route, tandis que les nids-de-poule avaient été remplis de gravillons qui s'étaient à nouveau répandus. J'aperçus des parcs pour caravanes vides et des chalets de vacances délabrés.

– Qu'est-ce que nous cherchons ?

– Une pension de famille, je n'y suis pas retourné depuis trente ans.

– Combien de fois y es-tu venu ?

– Deux fois. Elle est à un mile de la plage. Je ne me rappelle rien d'autre.

Encore un croisement, et puis un second, un dédale de petites routes se ramifiant en direction de la mer. Les seules informations que je pus obtenir de Luke, je dus les lui arracher. C'est à cet endroit que sa famille avait pu s'offrir par deux fois des vacances. Il me livra ses souvenirs en vrac, mais je m'efforçai de les mémoriser en pensant qu'un jour, on pourrait me demander de les transmettre. Il évoqua des essaims d'insectes sous les arbres, près de la maison où était garée une Ford Anglia. Il se souvenait du garçon de Cork qui twistait sur un air qu'il chantait dans sa tête, du goût écœurant du tapioca et du riz au lait grumeleux. Ils avaient été forcés de partager avec une autre famille l'immense chambre d'en haut qui contenait six lits. Il se rappelait le sable répandu sur un lino orné de motifs et la chaleur du soleil quand il s'asseyait seul devant la fenêtre, une fois sa famille descendue, et qu'il écoutait les grillons dans le champ derrière la maison. Et puis le crépuscule qu'il entrevoyait à travers la porte d'entrée surchargée d'ornements tandis que Christy et Shane l'appelaient et qu'une voiture passait, illuminant de ses phares les enfants du pays qui faisaient la queue avec des seaux à la pompe, au bord de la route.

D'une certaine façon, Luke me semblait plus nu en racontant ses souvenirs que lorsque je le tenais dans mes bras. Nous étions sur le point de passer devant un petit chemin d'où on apercevait un clocher pointant à travers les arbres, quand il vira soudain et s'arrêta devant une modeste maison de deux étages. Une peinture jaune s'écaillait sur les murs, l'entrée latérale était bouchée et je remarquai la serrure rouillée du portail qui menait à une allée envahie par les mauvaises herbes. Des enfants jouaient dans un mobil-home installé en face au milieu d'un champ. Leur père bavardait avec un vieil homme appuyé à la barrière. Luke sortit, traversa le chemin et désigna la maison. Le vieux hocha la tête tandis que les enfants s'arrêtaient de jouer pour nous observer. Je sortis à mon tour de la voiture et attendis Luke devant le portail fermé.

– La maison me paraît si petite que j'ai du mal à croire que c'est la même.

– Tout paraît grand à un enfant.

– Grand et grandiose.

À la fenêtre de devant, il y avait un carreau cassé. J'imaginai les parents de Luke en train de dîner, gauches devant les assiettes de jambon, de pommes de terre et de navets qu'on leur servait. D'instinct, je sus que Luke se revoyait jouant sur le gravier bien longtemps après avoir été rappelé par sa mère qui, debout sur le pas de la porte, lui parlait à voix basse tandis qu'il rentrait à contrecœur dans le vestibule.

– La fille de la famille habite Cork et elle vient chaque été passer deux ou trois semaines ici. La maison ne sert plus qu'à ça maintenant.

– Tu veux regarder à l'intérieur ? demandai-je.

– Non.

J'avais compris au son de sa voix qu'il avait envie de partir, mais j'insistai sans savoir pourquoi.

– En souvenir du bon vieux temps. Tu as fait un si grand détour pour la revoir.

– Laisse tomber, Tracey. J'ai dit non.

Luke remonta en voiture. La curiosité ou le désir d'avoir le dernier mot me poussa à escalader le portail. Les hommes, de l'autre côté du chemin, m'observaient. Je savais que Luke allait être furieux, mais je n'en remontai pas moins l'allée pour jeter un coup d'œil par la fenêtre. Il ne s'agissait plus seulement de marquer des points. J'étais certaine de ne jamais vivre avec lui. Jamais je n'ouvrirais un tiroir pour vérifier ses chaussettes ou tomber sur de vieilles lettres ou des billets de train, vestiges de voyages oubliés. Jamais je ne me sentirais plus proche du père de mon enfant hypothétique que dans cet endroit où il n'avait pas amené sa femme.

Nous aurions pu aussi bien prendre un vol pour Belfast, mais maintenant, je savais pourquoi Luke avait choisi Knock. Je voulais le forcer à quitter sa voiture devant ces hommes, à escalader le portail et, pour une unique fois, à se rendre là où on le lui ordonnait. Cette jalousie soudaine me dérangeait. J'entendis enfin le bruit de ses pas sur le gravier.

– Tu me rends ridicule, remarqua-t-il, mais sa voix n'exprimait pas vraiment la colère.

Je me tournai vers lui.

– Je veux que tu m'embrasses.

– Tu es folle.

Mais peu m'importait l'air que nous avions. Luke m'avait rejetée quand ça l'arrangeait. Le souvenir du taxi me restait sur le cœur. J'avais juré de ne plus jamais le laisser me toucher. Nous n'avions pas pris de dispositions pour la nuit, mais je posais ici un jalon qui, quelles qu'elles soient, resterait à mon avantage. Luke jeta un coup d'œil aux spectateurs, puis il approcha ses lèvres des miennes comme je lui avais demandé. Sa langue était chaude et humide. Comme celle d'un adolescent. Je la retins dans ma bouche trente ou quarante secondes. Quand il détacha ses lèvres des miennes, il me regarda.

– Tu es heureuse, maintenant ?

– Tu devrais faire plus souvent ce qu'on te demande, Luke.

Les deux hommes, à la barrière, arboraient un large sourire. Je pris la main de Luke d'un geste possessif pour faire le tour de la maison. Les mauvaises herbes avaient envahi le jardin, derrière la bâtisse. Luke désigna la fenêtre de ce qui avait été la chambre familiale.

– Shane s'est perdu l'année de ses dix ans, se souvint-il. Mes parents ont dû se rendre à la caserne. Des motards de Derry l'ont retrouvé au pied des falaises, il allait être cerné par la marée. Il avait perdu ses sandales et les orties lui avaient piqué les pieds. Il avait pleuré pendant des heures. Je me rappelle son retour et les cinq motards qui remontaient l'allée. Ma mère ne s'est souvenue que d'une chose, la longueur de leurs cheveux. À l'heure du dîner, une voiture de police est venue s'assurer que tout allait bien. Nous n'avions rien fait de mal, mais je n'ai pas oublié notre honte en voyant s'approcher les policiers.

– C'est un tantinet ironique, cette façon dont les choses se sont arrangées. Mais déjà à cette époque, dans la famille de ton père, ce n'était pas des petits saints.

– À Dublin, c'était différent. Ici, nous étions des gens respectables une semaine par an. En fait, mon père était de tous ses frères le seul qui se pliait aux règles et c'est tout ce que ça lui a rapporté. Deux fois, des vacances merdiques dans ce trou à rat, avec une unique chambre où s'entassait la famille.

– Elles ne te paraissaient pas dégueulasses à l'époque, remarquai-je, cherchant à atténuer l'aigreur de ses souvenirs. Tu m'as même dit que c'était le paradis.

– Ça te fait plaisir, hein ? (Lui-même parut surpris de sa colère.) N'en rajoute pas avec ton accent anglais snobinard. Si nous étions trop pauvres et trop arriérés pour savoir que cette piaule était nulle, c'est encore pire. Parce que nous nous croyions les rois de ce putain de château. À Dublin, nous ne nous sommes jamais vantés de ce qu'était cette maison. On aurait eu l'air encore plus arriérés et encore plus pauvres.

Luke rebroussa chemin. Les hommes avaient disparu. J'étais aussi bouleversée que s'il m'avait frappée. Quelque chose s'était ouvert en lui que je ne comprenais pas et qui, au lieu de créer l'intimité que j'avais souhaitée, m'avait donné une conscience plus aiguë de nos différences. Il avait mis le moteur en marche quand je grimpai par-dessus le portail. Je sautai dans la voiture dont les pneus patinèrent sur les gravillons. Luke alluma les phares dans le crépuscule qui tombait.

L'hôtel était situé à une vingtaine de miles. Nous gardions l'un et l'autre le silence. J'estimais que Luke aurait dû me présenter des excuses pour son accès de colère, mais en même temps je me sentais coupable de l'avoir provoqué. J'observais le paysage du Donegal que j'avais si souvent imaginé étant petite. Nous traversâmes Ballyshannon, un nom de lieu que les horaires de car m'avaient rendu familier. Je redevins nerveuse. J'avais découvert tant de choses sur mon père au cours de ces dernières semaines et, pourtant, il me semblait plus proche du fantôme de mon enfance que d'un homme de chair et de sang. Avait-il jamais envisagé le retour de ma mère ? En tout cas, il n'avait sûrement pas imaginé que sa fille le rechercherait pour lui annoncer la mort prématurée de sa femme.

Après Donegal, nous restâmes bloqués derrière une Land Rover qui tirait un van. Une file de représentants de commerce essaya de doubler, mais Luke, plongé dans ses pensées, ne s'aperçut pas de leurs manœuvres impatientes. Quand il vit l'enseigne du Manoir de l'Évêché, il tourna à gauche. L'hôtel se trouvait un peu plus loin. Après avoir franchi un portail surchargé d'ornements, nous suivîmes les méandres d'une avenue bordée d'arbres pour aboutir enfin à l'enceinte pavée de ce qui avait été jadis les écuries où nous pûmes nous garer. Un paon grimpa sur un muret non loin de la voiture et nous observa avant de nous tourner le dos. Un chat s'avança prudemment sur les pavés, s'arrêta à mi-chemin avant de traverser à toute vitesse un passage voûté au bout duquel j'entrevis un jardin potager. Luke ouvrit le coffre et sortit nos bagages. J'eus envie de le taquiner.

– Ils ont sûrement des porteurs pour ça.

– Qu'ils aillent se faire foutre, répondit-il à voix basse en jetant les sacs sur son épaule.

Je le suivis dans le vestibule où un feu flamboyait. Deux autres chats faisaient le gros dos devant les flammes. Quand ils nous aperçurent, ils s'éloignèrent à pas feutrés et s'installèrent au fond de leur panier, dans un coin de la pièce. À côté de longs canapés, une table était encombrée de magazines et des listes d'hôtels internationaux. Luke s'était arrêté près de la réception et regardait autour de lui. Une femme sortit d'un bureau et chercha à attirer son regard en allant ici, puis là. Son sourire laissait deviner une certaine inquiétude. Elle nous accabla d'attentions excessives, nous offrant du thé et des biscuits faits maison, mais Luke se contenta de grommeler un non sec. Il l'autorisa à porter nos sacs après qu'elle eut insisté pour le faire et nous la suivîmes jusque dans notre chambre, au deuxième étage.

Notre différence d'âge me gênait plus ici qu'à Londres. Je sentis le regard que me jetait la femme à l'insu de Luke. Pourtant, elle ne dit rien et nous laissa. Luke alla se rafraîchir dans la salle de bains. La chambre était fabuleuse, bien que surchargée, comme ce que l'on peut voir l'après-midi à la télé dans l'émission « La Maison des gens riches et célèbres ». Je m'allongeai sur le lit à baldaquin pour feuilleter les brochures et les lettres de bienvenue excessives rangées dans un sous-main en cuir à côté des fruits et de l'eau minérale offerts aux arrivants. Les nouveaux propriétaires avaient composé un poème, en imitant la versification du dix-neuvième siècle, pour accueillir leurs hôtes et vanter les charmes du manoir et du domaine. Luke sortit de la salle de bains au moment où je le lisais.

– Qu'est-ce qui ne va pas ? demandai-je en voyant son air soucieux.

– Rien.

Il ouvrit la fermeture éclair de son sac qu'il fouilla pour trouver une cartouche de cigarettes hors taxes.

– Il est dit qu'ici on désapprouve l'usage de la cigarette dans les chambres parce que la fumée stagne pendant plusieurs jours et peut fortement déplaire aux hôtes suivants.

– Et moi je dis : « Qu'ils aillent se faire voir. »

Il déchira la pellicule de plastique qui enveloppait un paquet et l'ouvrit en s'avançant vers la fenêtre de la vaste chambre. Il se mit à fixer l'obscurité.

– Ils désapprouvent aussi la tenue de sport pour le dîner, ajoutai-je en me sentant complètement déplacée. Tu ne m'avais pas dit que nous allions dans un endroit aussi bêcheur. Je n'ai pris que des jeans et des pulls. Rien que je puisse porter.

– Vire-moi toute cette merde, OK ?

– Tu as peut-être l'habitude de ce genre d'endroits, moi pas, malgré mon accent anglais snobinard. Je me fiche que ce soit de la merde, je lis ce que je veux.

Luke alluma sa cigarette et se tourna pour m'observer.

– Je suis fatigué, admit-il. Nous avons fait un long trajet.

C'était bien le genre d'excuse que j'étais susceptible d'admettre. J'entrai dans la salle de bains où trônait dans le coin une baignoire ronde assez grande pour deux personnes. Sur les deux murs et au plafond, des miroirs. Cette suite n'était pas faite pour nous. Elle évoquait des gens d'âge moyen faisant mollement l'amour dans une lingerie sexy à peine moins ridicule portée par les mannequins des magazines de moitié plus jeunes qu'eux. Luke me suivit, mais s'arrêta sur le pas de la porte. Il parut deviner mes pensées et haussa les épaules.

– J'ai choisi cet endroit, je n'ai pas choisi le mobilier.

– Est-ce qu'il aurait tendance à t'exciter ?

– Que veux-tu que je te réponde ?

– Tu as parcouru un long chemin depuis Bundoran, remarquai-je pour l'agacer, contrariée par ce décor qui ne me convenait pas. Est-ce que ça te donne l'impression d'avoir enfin réussi ?

– Je suis le même qu'avant, me répondit-il, l'air renfrogné.

– Avec l'accent de Dublin que tu n'as pas perdu. C'était écrit sur le visage de la sale garce d'en bas. Quand elle ne me regardait pas bouche bée, elle te reluquait comme pour s'assurer que tu ne fourrais pas les cuillères en argent dans ta poche, malgré ta grosse voiture et ta maîtresse en guise de trophée.

Je ne savais pas exactement à quoi rimait cette provocation. Mais j'avais besoin de passer à travers cette façade tranquille derrière laquelle il s'était retiré, et d'atteindre l'homme que j'avais entrevu à Bundoran, devant la pension. Parce que, ici, seule avec lui, je me sentais crispée, j'avais l'impression que quelque chose ne tournait pas rond. Peut-être souhaitais-je une dispute que nos corps pourraient apaiser.

– Je ne t'ai pas amenée ici comme trophée.

– Je ne m'y sens pas à l'aise. Tu ne vois donc pas que je suis terrorisée à l'idée de descendre ? Je ne saurais pas de quelle fourchette me servir et je n'ai rien à me mettre sur le dos.

– Tu es avec moi, déclara-t-il avec colère. Si tu es bonne pour moi, tu es bonne pour ici. Si je le voulais, je pourrais acheter cet endroit dès demain matin, bordel de merde ! Je n'ai rien à prouver à quiconque.

Il jeta sa cigarette dans la cuvette des W-C et disparut. Je m'appuyai contre la porte et baissai mon jean. Le tampax n'était humide que de sueur. Je n'étais plus sûre de mes sentiments. Deux fois cette semaine, j'avais rêvé de mes règles et je m'étais réveillée terriblement déçue de me retrouver prisonnière de cette incertitude. J'essayai de ne plus y penser, mais ma peur se cachait derrière tout ce que je faisais. Je ne me permettais pas d'avoir de mauvaises pensées envers cet enfant. Il fallait que je l'aime, quand bien même il n'était pas désiré. Grand-mère avait aimé l'enfant de son propre père, j'apprendrais à aimer celui de Luke. Mais, pour y parvenir, il me faudrait ne plus juger son géniteur.

Je me penchai pour examiner le tampon de plus près. Des taches de sang m'auraient débarrassée de Luke. J'aurais même été tentée de prendre mon sac et de faire du stop, seule, à la recherche de ces montagnes. Mais le tampax était immaculé. J'ôtai mes baskets et mon jean. Il était froissé et je n'avais pas eu le temps de le laver avant de quitter Londres. Je ne me sentais pas à mon aise ici, quoi qu'en dise Luke. Je l'entendis allumer une autre cigarette. Je manœuvrai les robinets de la baignoire pour prendre une douche. Je restai sous le jet d'eau chaude en me demandant si le bruit attirerait Luke.

Je m'essuyai, intriguée par les différentes réflexions de mon corps dans le labyrinthe des miroirs. J'étais maigre et fatiguée. Les traces des cicatrices sur mes bras étaient presque invisibles. Si je continuais à me regarder, je risquais de perdre mon assurance. Je pris l'initiative et entrai. Luke avait réservé une chambre double, certain de mon approbation. Ou y avait-il seulement pensé ? Je ne pouvais croire que cette suite coûteuse ait été un moyen de m'acheter. Son opulence me mettait mal à l'aise, mais c'était un gage de reconnaissance. Les démons personnels qui le hantaient ne comptaient plus, je pouvais faire confiance à Luke puisqu'il m'était sincèrement attaché.

Étendu sur le lit, il fumait, les yeux au plafond. Il se tourna vers moi et me regarda approcher. J'avais la chair de poule. Je me glissai entre les draps et tirai l'édredon sur moi. Luke attendit un moment avant de se pencher pour m'embrasser. Il repoussa l'édredon. Pensant qu'il voulait me voir nue, je l'attirai sous les draps et nous recouvris. Luke écrasa sa cigarette contre le bord doré du pied de la lampe. Aussitôt, je tirai l'édredon encore plus haut, par-dessus nos têtes. Il nous submergea, nous isolant ainsi dans la bulle de notre minuscule univers. Luke fit glisser ses mains le long de mon dos, s'empara de mes fesses, les écarta et introduisit ses doigts là où j'étais déjà mouillée. Deux oiseaux se posèrent près de la fenêtre. J'entendis leurs pattes griffer les ardoises du toit. Ils s'envolèrent. Dans le couloir, le bruit d'un aspirateur et celui de pas étouffés. J'ouvris la fermeture éclair de son pantalon et le baissai assez loin pour pouvoir enfoncer mes ongles dans son cul.

Je me rappelai l'histoire de la queue de Christy coincée dans la fermeture de Margaret. Eux, au moins, avaient su quand leur enfant avait été conçu. Je m'étais pourtant juré de ne jamais tomber enceinte par inadvertance. Au moment où j'aurais envie d'un enfant, que je sois célibataire ou mariée, je tenais à savourer sa conception. Non pas le plaisir physique que procure l'amour, mais le sentiment miraculeux de porter en soi une vie à son tout début. Je voulais tricher, faire comme si mon rêve se concrétisait enfin. Et ce serait une fille. Je savais pourtant que notre liaison touchait à sa fin, même si Luke l'ignorait. Malgré tout ce qu'il éprouvait pour moi, elle était sans avenir parce que moi je ne l'aimais pas. J'avais accepté de venir ici non seulement pour trouver un père, mais aussi pour faire l'amour une dernière fois.

La respiration de Luke s'accéléra tandis qu'il prenait le bout de mon sein entre ses lèvres. Son dos se raidit et se cambra. En sentant la pression de ses dents, je sus qu'il allait jouir. Je passai mes jambes autour de ses reins et les refermai très haut sur son dos. Je voulais le sentir le plus profondément possible en moi. Plus tard, ce serait l'instant de la conception dont j'aurais choisi de me souvenir, les dents serrées, les mains avides, et le fouet du sperme qui jaillit. Pareille aux saumons qui se reproduisent dans les fleuves d'Irlande, j'avais tenu à revoir le pays où j'avais été conçue. Après une dernière poussée, plus faible, Luke s'arrêta, sa mission accomplie. Des deltas de sueur lui inondaient le dos et je devinai qu'après l'amour il était sensible à la mélancolie diffuse répandue dans la chambre. Il roula à côté de moi et posa sa tête sur l'oreiller.

– Tu étais différente, remarqua-t-il.

– En quoi ?

– Je ne sais pas. Comme la reine des abeilles. Attentive. (Luke cherchait à reprendre son souffle.) D'habitude, je rajeunissais. Cette fois, je me suis senti vieux.

– Tu es vieux, rappelle-toi.

Je le taquinai, mais en me montrant douce, presque magnanime. Je me contrôlais si bien que je me fis peur. Il me sembla que je pouvais tout lui demander.

– Vieux n'est pas le mot juste. Peut-être n'est-ce pas ta faute, mais la mienne. Je me sens coupé de tout.

– Comme quoi ?

Il chercha son paquet de cigarettes et en alluma deux. Je sentais son sperme se refroidir sur le drap, entre mes jambes.

Il repoussa l'édredon et s'avança vers la fenêtre. Il avait enlevé son pantalon mais gardé sa chemise. Il me fallut un moment avant de comprendre qu'il me faisait signe. Nue près de lui, je comptais les secondes d'obscurité qui séparaient les éclairs d'un phare clignotant en mer.

– C'est Saint John's Point. Impossible de trouver un endroit plus sauvage. Le phare est automatique maintenant, il n'y a donc plus personne sur le cap. J'y ai passé un an avec Christy.

– Dans le phare ?

– Non. L'autre bâtiment abritait la maison de correction de Saint-Raphaël. Elle n'était pas aussi importante que celle de Letterfrack ou de Daingan, mais tout aussi dure. (Curieusement, sa voix ne reflétait aucune émotion.) Il y avait un frère des Écoles chrétiennes, mais je suis incapable de dire ce qu'il était censé enseigner. Il nous alignait contre le mur et inventait des raisons toujours nouvelles de nous battre. On voyait sa bite pointer sous la robe quand il arrivait avec sa ceinture. La première chose qu'il faisait le matin, c'était de manger une orange et d'en jeter la pelure dans la poubelle. Ensuite, il envoyait la classe cracher dessus. Quand ce salaud finissait par s'en aller, il y avait une ruée d'enfants aux mains si abîmées qu'ils ne pouvaient étendre les doigts. Et pourtant, ils se disputaient des bouts de peau couverts de crachats.

– Comment as-tu fait pour survivre ?

– J'ai gardé mes distances et je me suis tu. Je l'ai évité, lui et tous ces salauds. Je me suis fait prendre pour un idiot, sans jamais me venger, sans ouvrir la bouche. Mais je notais tous les comptes que j'aurais à régler plus tard.

– Et les as-tu réglés avec le frère ?

– Je ne l'ai revu qu'une fois. Dans les toilettes publiques de Burgh Quay, un endroit où traînaient des prostitués. Il était dans la vespasienne et faisait semblant de pisser. Il était inquiet et cherchait à ne pas attirer l'attention en attendant qu'un de ces types entre. Je me suis placé à côté de lui et l'ai regardé droit dans les yeux. Un instant, il a espéré que je le drague. Ensuite, il a pris peur, bien qu'il se soit débarrassé de son faux col. J'avais rêvé un nombre incalculable de fois de le réduire en bouillie. Tous ceux qui étaient passés entre ses mains en avaient sûrement fait autant. Mais à la façon dont il m'a regardé, j'ai décidé de ne rien faire. Ce n'était pas sa peur ou... (Luke aspira une bouffée, les yeux fixés au loin sur le phare.) Il ne m'a pas reconnu. Il m'avait mis les mains à vif, pourtant, il n'aurait pas fait la différence entre moi et un pot de fleurs. J'étais un inconnu. Je suis sorti de la pissotière avec l'impression qu'il m'avait dépossédé de mes souvenirs d'un seul regard, comme s'ils appartenaient à un autre. Plus je vieillis et plus j'éprouve ce même sentiment pour tout ce que j'ai vécu.

– Tu as pris de l'âge, tu mènes une vie différente. Vois un peu où nous sommes aujourd'hui.

– Alors, pourquoi ne puis-je me débarrasser de mon ancienne vie ? (Luke tira les lourdes tentures pour masquer la vue.) Je n'arrive pas à échapper à ses relents, à la peur de me réveiller pauvre.

– Tu as bien réussi. Tu possèdes des magasins et autre chose encore.

– Rien n'y fait. Deux ou vingt boutiques ne me donneront pas le sentiment d'être en sécurité. Je ne peux me résoudre à dépenser de l'argent et, quand je le fais, je n'en tire même plus de plaisir.

Luke me parut si désemparé que j'aurais voulu le bercer dans mes bras. Il s'approcha du lit pour allumer la lampe de chevet. Il ôta sa chemise, découvrant la cicatrice que j'avais si souvent caressée à Londres. Il s'assit, se pencha en avant et se prit la tête dans les mains d'un air las.

– Parfois, je m'éveille brusquement et, pendant un instant, j'ai l'impression d'être déjà un vieillard. À moins que ce ne soit le pressentiment de ce que je serai plus tard quand mes enfants auront grandi, qu'ils seront des adultes et viendront me voir chaque fois que leur conscience les chatouillera. Tout ce que je sais, c'est que quoi que je fasse de ma vie, je finirai dans une maison de retraite minable, grabataire ou presque, seul et sans le sou.

– C'est stupide. Tu es riche, tes affaires vont bien, même moi je le sais.

– Tout l'argent du monde ne peut m'enlever le goût des peaux d'orange arrosées de crachats.

– Christy fonctionnait-il de la même façon ?

– Non, c'était différent.

– Pourquoi ?

– Parce que. (Luke leva la tête et se cala sur le lit.) Christy n'a jamais pu échapper à ce qu'il avait été, le garçon debout contre le mur, les bras meurtris. Pense à son besoin d'une grande maison à Howth, aux voitures, aux boîtes de nuit. Il vivait ses rêves d'enfant. Les copains de Saint-Raphaël ont remis ça à Dublin, du moins ceux qui ne se sont pas fait flinguer ou qui ne se sont pas fait d'overdose à l'héro. Christy aurait tué le frère et s'en serait vanté si fort qu'il aurait été pris.

– Et toi ? De quoi rêvais-tu à l'époque ?

Luke s'adossa aux oreillers et me fit signe de m'asseoir sur ses jambes.

– Parfois, certains d'entre nous étaient envoyés ici pour faire le jardin de Son Excellence. Je croyais que c'était immense, les bois, les pelouses et le potager entouré de murs. Jamais on ne nous autorisait à pénétrer dans la maison. Nous avions de la chance si quelqu'un prenait la peine de nous apporter un verre d'eau. Mais nous avions la permission de regarder les fenêtres et d'imaginer la vie à l'intérieur.

J'essayai de le faire rire.

– Ne me dis pas que tu as rêvé d'être archevêque.

– Non. (Il me prit par les hanches et m'attira sur sa poitrine, les jambes de chaque côté.) Mais j'ai toujours pensé qu'un jour il saurait ce que je savais déjà – que Dieu n'existe pas – et que je reviendrais dans sa maison en sachant ce qu'il n'aurait jamais appris.

– Quoi ?

– Le plaisir d'avoir une belle fille assise sur son visage.

Sans préavis, Luke réussit à s'enfoncer dans le lit en même temps qu'il empoignait mon cul à deux mains et le projetait en avant. Je dus m'accrocher aux barreaux de cuivre du lit pour ne pas heurter le mur. Je sentis sa langue glisser en moi, puis se retirer. Il ne s'était pas rasé et ses poils piquaient les plis écartés de ma chair, mais l'imprévu de son caprice ajoutait encore à mon excitation. Cette fois, il ne s'agissait plus d'emmagasiner des souvenirs. C'était du sexe comme j'en avais connu avec lui à Londres, frénétique, imprévisible, brutal. Pour Luke, j'aurais pu être dans ces moments-là n'importe quelle femme. Mais faire partie des fantasmes de son enfance était pour moi une façon de me libérer : je n'avais plus besoin de penser à lui. Luke me repoussa soudain, le souffle court.

– Descends, vite. Mets-moi dedans.

Il haletait. Je me détournai et rampai le long de son corps, me refusant à lui faire face tandis que je descendais sur sa queue. Je m'accrochai au pied du lit et chevauchai Luke pour mon seul plaisir, sachant qu'il s'agissait d'une course que j'étais bien décidée à ne pas perdre. Je finis avant lui, sûre qu'il n'y aurait pas de seconde fois. Je m'effondrai, épuisée. Il me prit les hanches qu'il souleva pour me faire aller et venir à grands coups. Il jouit vite et je restai allongée sur lui jusqu'à ce que je sente sa queue sortir doucement. Sa main repoussa ma hanche, signe que je devais rouler sur le côté et lui libérer les jambes. Étendue au bout du lit immense, je fixai des yeux le baldaquin. Il me chatouilla le lobe des oreilles de ses orteils.

– J'aurais dû être acteur, déclara-t-il d'un air satisfait.

– Pourquoi ?

– J'ai un sens remarquable du minutage. Regarde.

Je levai la tête et le vis repousser sa queue molle d'un côté, découvrant ainsi le buisson touffu de ses poils pubiens légèrement taché de mon sang menstruel.

21

Combien de temps suis-je restée ainsi, debout devant la fenêtre de la chambre, le regard fixé sur les feux clignotants du phare ? J'avais mis ma culotte et un tampon et, par-dessus, un pull ample. J'aurais dû être soulagée parce que la dernière des choses dont j'avais besoin, c'était bien d'un enfant. Et pourtant, j'avais été roulée. Mon corps, qui m'avait trompée, m'avait amenée ici. Luke sortit de la salle de bains, il s'était changé pour dîner.

– Tu me parais bien calme, remarqua-t-il en cherchant une cravate dans son sac.

Je crus reconnaître dans sa voix une certaine brusquerie. J'avais froid. J'aurais voulu que quelqu'un me prenne dans ses bras, mais pas lui. Ce sang qui m'avait attaquée par surprise avait rompu le lien qui nous unissait. D'ailleurs, son esprit semblait préoccupé par d'autres affaires. Je me détournai de la fenêtre et croisai les bras ; ainsi, je m'étreignais moi-même. J'aurais voulu pouvoir m'asseoir en attendant le lendemain, jour où Luke avait promis de commencer nos recherches. Mais je savais qu'il ne voudrait pas en entendre parler. Il me harcela gentiment jusqu'à ce que je m'habille. Je l'imaginai perdant patience, un samedi soir, tandis que sa femme fouillait dans sa boîte à bijoux et ses armoires pleines de robes sans parvenir à se décider. Avec moi, il était plus circonspect, mais retarder son amant était peut-être l'un des rares privilèges donnés à une maîtresse. Je n'étais plus que cela maintenant que s'était envolé le risque d'un enfant. Comment pouvait-on pleurer ce qu'on n'avait pas eu ? Pourtant, je savais que cet enfant serait devenu le centre d'intérêt qui manquait à ma vie.

Je me changeai dans la salle de bains pour m'éloigner de Luke. Non seulement je n'avais rien apporté d'assez chic, mais je ne possédais même pas ce genre de vêtements. Je savais qu'en me trouvant des excuses, je ne ferais qu'agacer Luke davantage. J'essayai des jeans et des pulls sans pouvoir me décider. Aucun ne convenait. Finalement, Luke entra, à bout de patience.

– C'est parfait, déclara-t-il sans même m'avoir regardée. En fin de compte, ici, ce sont des ploucs. Ça va les bluffer complètement.

Il me prit la main en quittant la chambre, mais nos doigts se séparèrent dans l'escalier. Luke semblait parfaitement à l'aise, comme si rien ne restait du garçon qui avait travaillé à cet endroit. Pourtant, il était impossible de déchiffrer le fond de sa pensée. La propriétaire se tenait dans le hall d'entrée pour nous accueillir. Ses vêtements criards et son maquillage outrancier évoquaient plutôt une tenancière de bordel. Les cinq autres couples étaient déjà descendus pour dîner et s'étaient rassemblés autour d'un feu de bois dans la bibliothèque. Ils sirotaient du xérès, vivement encouragés à faire connaissance tout en consultant les menus reliés en cuir.

J'aurais voulu en avoir fini avec la cérémonie du repas et ne pas être obligée de m'asseoir parmi ces gens comme un vilain petit canard. Mais un couple d'Américains âgés me sourit et se pencha pour énumérer comme un mantra la liste des lieux qu'ils allaient visiter. À côté d'eux, une riche Anglaise se mêla à la conversation quand ils citèrent le Mayo et porta aux nues les beautés de ce comté comme s'il était peuplé uniquement de lichens, de mousse et d'oiseaux migrateurs. Tous poussèrent des oh ! en parcourant le menu à l'exception d'un couple venu de Dublin, âge moyen et aspect revêche, si résolus à ne pas se laisser impressionner qu'ils en étaient ridicules. Ils échangeaient entre eux des remarques murmurées à voix haute sur la lampe de cristal de Waterford qui n'avait pas été époussetée ou sur le service de porcelaine, le même que celui dont ils se servaient tous les jours.

Luke garda le silence. C'est à peine s'il m'adressa la parole, sinon pour décoder le menu rédigé en style fleuri. Il ne semblait ni intéressé ni indifférent, mais son attitude vaguement blasée suggéra à l'assemblée une fortune considérable. La propriétaire, qui avait paru en douter un peu plus tôt, maintenant tournait autour de lui servilement, quêtant son approbation. Au cours du repas, Luke s'adapta parfaitement à ce rôle, renvoyant son canard, s'inquiétant de la température du vin ; en affichant une réserve dédaigneuse, il finit par gagner complètement son respect. Pas une seule fois, elle ne m'adressa la parole, même lorsque nous passâmes notre commande. Il lui arrivait de tourner vers moi son sourire figé, mais elle ne pouvait s'empêcher de me jeter un regard furieux, presque obsessionnel.

– Il va falloir que je sorte tout à l'heure, m'avertit Luke dès que la propriétaire se fut éloignée pour lécher les bottes à d'autres convives.

– Je ne peux pas t'accompagner ?

J'avais peur à l'idée de rester toute seule.

– Il faut que je retrouve la trace de ces gars dans Killybegs. Je boirai un petit coup avec eux. Donne-moi deux heures et j'aurai tous les renseignements dont nous avons besoin. Demain, à cette heure-ci, nous aurons localisé ton père.

– Je ne vois toujours pas pourquoi je ne peux pas venir.

– Tu serais obligée de rester dehors, Tracey. Ce sont des pubs mal fréquentés et, en hiver, il n'y a pas de touristes dans le secteur. Il me sera plus facile de délier les langues si je suis seul. D'ailleurs... (Il s'arrêta pour trouver une façon aimable de s'exprimer.) les garçons que je recherche sont des musiciens quand ils ne pêchent pas. Une fois ou deux, ils se sont produits à Londres et je leur ai procuré un lit pour la nuit. (Sa voix se fit encore plus basse :) Ils pourraient connaître ma femme, tu comprends ?

J'avais compris. Je parcourus du regard la pièce éclairée aux chandelles. C'était une sorte de cage dorée dans laquelle on pouvait m'exhiber en toute sécurité. Son luxe même me donnait l'impression d'avoir été achetée bien plus encore que la chambre d'Edgware Road, à quelques stations de métro de chez moi. Ici, j'étais prisonnière. Luke me caressa la main.

– Demain, je te le promets. Et maintenant, commande ce que tu veux, mais ne m'attends pas. Il est possible que je rentre tard.

Il partit après le dessert sans attendre le café servi dans la bibliothèque. Malgré mes efforts pour monter dans ma chambre sans me faire remarquer, la propriétaire m'aperçut.

– Il est tôt, dit-elle en me prenant le bras. Ne nous quittez pas si vite. Mes hôtes m'ont toujours dit que la conversation devant la cheminée est le clou de leur séjour. Nous tenons absolument à ce que vous soyez des nôtres. Vous êtes si spontanée. Il n'est pas donné à tout le monde de pouvoir porter ces vêtements de sport, mais vous avez créé dans cette salle à manger une ambiance si décontractée qu'on aurait dit un second chez-soi.

Je sentis ses ongles vernis s'enfoncer dans mon bras tandis qu'elle m'installait dans le grand canapé. On servit le café sur des plateaux d'argent. La discussion avait trait à l'architecture géorgienne et aux jeunes gens de mon âge qui valaient bien mieux que ce qu'on écrivait sur eux. On apporta ensuite le cognac et les cigares. Les hommes s'étaient rassemblés pour évoquer entre eux les mérites des différents remèdes contre les ulcères. Comme prévu, l'homme de Dublin avait acheté le plus cher, destiné à « l'usage quotidien ». C'était pire que d'être enfermée dans un wagon de métro avec une bande de skins de Chelsea. Mais chaque fois que je tentais de m'échapper, la propriétaire regardait mon verre vide et me proposait de le rafraîchir. J'étais cernée. Elle semblait absolument tenir à ce que je prenne part à la conversation. Je lui demandai si elle avait entendu parler d'un violoneux nommé Proinsías Mac Suibhne.

– Non, répondit-elle. Personnellement, je ne m'y connais pas, mais vous trouverez bien quelqu'un dans les cuisines pour vous renseigner.

Ses yeux m'avaient hypnotisée. Ils étaient grands et durs, en total désaccord avec son sourire tandis qu'elle me jaugeait comme elle n'aurait jamais osé jauger Luke. C'était à lui qu'appartenait la carte de crédit.

– Vous avez eu de la chance d'avoir une chambre, poursuivit-elle. Même à cette époque de l'année, nous affichons complet. (Le bout de sa langue sortit discrètement de sa bouche pour humecter son rouge à lèvres. Ce fut comme si elle avait provoqué en moi une décharge électrique. Impossible de dire si elle était due à l'envie ou à la haine. Je ne remarquai aucun signe de la présence de son mari.) Je tiens à vous le signaler au cas où quelqu'un d'autre aurait l'intention de séjourner ici.

– Je ne vois pas ce que vous voulez dire.

– Un jeune homme de Dublin a téléphoné ce matin. Il voulait savoir si vous aviez pris une chambre ici et m'a demandé de lui indiquer la route sans toutefois me donner son nom. Il ne tenait surtout pas à ce que je mentionne son appel. Sans doute avait-il l'intention de vous faire une surprise. (Elle semblait se délecter de ma gêne.) Je ne suis pas sûre qu'on apprécie les surprises dans un endroit aussi tranquille que celui-ci, où on peut enfin se libérer du train-train des préoccupations domestiques.

Elle se leva pour demander qui souhaitait boire un dernier verre. Son parfum persista de même que ses insultes. Pour être aussi bête, ce ne pouvait être qu'Al. La vieille Américaine me jeta un coup d'œil avant de murmurer à la propriétaire assez haut pour que je l'entende : « Mais où donc est parti son père ? »

Je pris mon cognac et quittai la bibliothèque. Je n'en pouvais plus. Peu importe ce qu'était Luke, du moins obtenait-il qu'on me respecte. Sans le coup de téléphone d'Al, cette femme n'aurait jamais osé me parler ainsi. Je n'avais pas à me faire de souci, mais tout ce qu'avait fait Al dans le passé n'arrangeait pas les choses. Je tentais vainement de chasser l'idée qu'il rôdait dans le coin.

J'ouvris la porte d'entrée et la laissai entrebâillée. Au milieu des buissons, des projecteurs orange éclairaient les murs tapissés de lierre. Je traversai la cour parsemée de gravier, mon verre de cognac à la main, les yeux levés vers le ciel, étonnée de la dimension et de l'éclat des étoiles. Le crissement cessa lorsque je rencontrai une pelouse réservée au jeu de croquet, craquante de gelée blanche. J'avais froid, l'obscurité avait succédé aux lumières de la maison. Les formes noires des arbres se dressaient distinctement devant moi. N'importe qui pouvait s'y cacher, guettant mon approche.

– Al !

J'appelai d'abord doucement, puis plus fort. J'entendis un bruissement, peut-être un renard ou tout ce qui peut bruire dans la campagne. Je frissonnai. De nouveau, j'appelai Al, consciente de ma sottise. J'allais m'en retourner lorsque j'entendis un bruit de pas. Je restai figée sur place. Si c'était Al, il aurait prononcé mon nom. Je me retournai. C'était bien lui, à peine distinct dans l'ombre.

– Je t'avais repérée, murmura-t-il. Difficile de te reconnaître, mais je t'avais aperçue avec lui devant la fenêtre. Il avait passé son bras sur tes épaules. Je ne peux pas croire que tu sois encore sa maîtresse.

C'était trop difficile à expliquer et rien ne m'obligeait à le faire. Al n'avait pas le droit de venir ici.

– Ce sont des choses qui arrivent, constatai-je.

– Je sais. (Al se tut un moment. Et c'est froidement qu'il poursuivit :) C'est exactement ce que je me suis dit quand j'ai découvert que Luke baisait ma mère. (Il n'avait pas l'air furieux, seulement bouleversé.) Avant ça, il avait baisé tante Margaret. Moi aussi, j'y serais passé si j'avais été une fille.

– Je ne te crois pas.

– Il nous aime tous. C'est ça le problème d'oncle Luke. Il veut s'occuper de nous. Nous sommes sa famille, que nous le voulions ou non. Christine a été la seule à lui tenir tête. Elle a pris un couteau de cuisine et l'a menacé de lui couper les couilles si jamais il essayait encore une fois d'approcher sa bite. Je ne sais pas pourquoi, je pensais que tu étais différente. Mais, va savoir, peut-être même que si tu avais été sa fille naturelle, il t'aurait baisée s'il s'était aperçu que tu ne refusais pas d'écarter les jambes pour lui.

Si je piquai ma crise, ce ne fut pas tant à cause de son insinuation perfide, mais bien parce que je me trouvais confrontée à des vérités que j'avais sues mais auxquelles je n'avais pas eu le courage de faire face. J'avais envie de blesser quelqu'un, or Luke n'était pas là. Même s'il l'avait été, j'aurais eu trop peur. Je lançai le brandy au visage d'Al. Il repoussa ma main et le verre se brisa contre le tronc d'un arbre. Je me baissai, fouillant le sol pour essayer de retrouver le pied cassé. Al avait fait tout ce chemin pour me rappeler que j'étais une pauvre fille. J'aurais voulu le poignarder ou, peut-être, me punir moi-même pour ce que j'étais devenue, une lamentable putain blonde qui se laissait manipuler. Lorsque je refermai la main sur un tesson de verre, une douleur soudaine submergea mon angoisse, comme si mes veines brûlaient. Je poussai un cri. Dans l'obscurité, Al devina ce que j'avais fait. Il desserra mes doigts et enleva précautionneusement le morceau de verre.

– Non, Tracey, je t'en prie.

Je m'étais mise à pleurer sans pouvoir m'arrêter tandis que la douleur de la coupure se calmait. Comme d'habitude, elle n'avait rien changé. Al m'éloigna du verre cassé. Je luttai si fort qu'il dut m'enfourcher pour me maintenir comme un animal effarouché. Depuis le début, deux éléments avaient attiré Luke, ma docilité et la cambrure de mes reins.

– Je croyais qu'il tenait à moi, sanglotai-je. Je ne demandais rien d'autre.

– Moi, je tiens à toi, Trace. J'ai peur pour toi.

– Pourquoi ? Tu as dit toi-même que j'étais une salope.

– Je n'ai jamais dit ça. Luke ne s'intéresse pas aux salopes. Il hypnotise les gens et ensuite les adopte. Il tisse des mensonges jusqu'à ce qu'ils ne sachent plus qui ils sont. Il en fait des êtres différents, exactement comme il l'a fait pour lui depuis si longtemps.

– Pourquoi devrais-je te croire ? Tu aurais pu m'envoyer en taule.

– Ce n'est pas moi qui ai fait mon sac. Moi aussi, j'ai été stupide. Luke m'a dit de me cacher au Pleasure Dome. Il est allé chez moi et il a préparé lui-même mon sac qu'il a confié à Carl pour qu'il me le donne. (Al relâcha son étreinte, puis il porta ma paume blessée à ses lèvres comme s'il pouvait arrêter le sang. Quand il l'eut abandonnée, il poursuivit :) Tu ne comprends donc pas, Trace ? J'ignorais tout du revolver. Il s'est servi de nous deux. Il savait que la police arrêterait la voiture de Christy à la sortie du ferry, mais que toi tu aurais l'autorisation de passer. C'est l'arme qui a tué McGann, j'en suis certain. Luke s'est servi de toi pour l'introduire sans risque en Angleterre.

Il chercha un mouchoir afin d'arrêter le sang. La coupure était superficielle, mais douloureuse. Jadis, le singe sur mon épaule m'aurait affirmé d'un ton railleur que je méritais pire.

– Qu'est-ce que tu fais de ta confession chez moi ?

– Je n'ai rien confessé. C'est Luke qui a parlé. Je savais qu'il me tuerait si j'ouvrais la bouche. Il pensait que nous avions couché ensemble, voilà pourquoi il m'a tabassé. Si tu n'avais pas trouvé l'arme, il l'aurait exhibée comme une excuse, pour te montrer ce qui arrivait à tous ceux qui le contrecarraient. Tu as mal ?

– Non, mentis-je. J'ai juste besoin d'un sparadrap.

– Il se sert encore de toi, murmura Al. Je ne sais ni pourquoi ni comment, mais ici, tu es en danger.

– Il m'aide à trouver mon père.

– Je ne le crois pas.

– Mon père est un violoneux du nom de Proinsías Mac Suibhne. Luke est à Killybegs, il le cherche.

Il fallait absolument que j'y croie, même si Luke avait d'autres raisons. Ne disait-il pas que personne n'agit dans un seul but ?

– La vieille folle a mangé le morceau, intervint Al en faisant allusion au coup de fil.

– Moi seule étais au courant, pas Luke. Comment savais-tu où nous trouver ?

– Quand tu as parlé du Donegal. À l'époque où nous étions à Londres pour le mariage, j'ai lu un article sur cet endroit. Christy et Luke ont envisagé de fouiller le jardin de l'évêque. C'est la seule fois où ils ont fait allusion à Saint-Raphaël. Luke avait plaisanté en prétendant vouloir prendre la plus belle chambre du manoir en compagnie d'une jeunesse qu'il ferait asseoir sur son visage. (Je sentis le regard en coin que me jeta Al avant de détourner les yeux.) C'est le genre de discours qu'il tenait devant Christine.

– Même devant son père ?

J'avais pris une douche après l'amour, mais maintenant, je me sentais de nouveau sale.

– Luke tenait Christy par les couilles. Comme nous tous. Tout lui appartient, même la vie de ses frères. Il leur emprunte des morceaux de leur passé et il croit dur comme fer qu'ils sont à lui. Il a passé sa vie à s'inventer. Au mariage, il s'est mis à parler de mon père, égaré sur les falaises de Bundoran. J'ai regardé papa et j'ai compris, d'après son expression, que ça ne lui était jamais arrivé.

Nous étions assis, penchés sur l'herbe, un petit espace entre nous. Je sentais le gel m'envahir les membres. Al avait fait tout ce chemin pour moi et moi seule. J'avais peur pour nous deux. J'entortillai le bas de mon pull autour de mon poignet. Comme il devait avoir froid, me dis-je alors. Il regardait les lumières du manoir.

– Tu ne pourrais pas me faire sortir en douce un sandwich au jambon ou quelque chose comme ça ?

Il avait l'air tellement triste.

– C'est un manoir de luxe, pas un buffet de gare.

– Je voulais juste savoir. (Il jeta un coup d'œil en direction des lumières du phare de Saint John's Point.) C'est seulement à la fin de sa vie que j'ai eu l'occasion de parler à Christy. Nous construisions la petite maison dans son jardin. Pour obtenir la moindre information, il me fallait lui tirer les vers du nez, comme par exemple au sujet des rochers de Bundoran. C'est Luke qu'on a retrouvé braillant de peur après avoir fait dans son froc. Ou encore au sujet de l'année qu'ils avaient passée à Saint-Raphaël. C'est la raison pour laquelle Luke a quitté l'Irlande, il n'aurait jamais pu réussir à Dublin après ça.

– Pourquoi ?

– Il y avait là-bas un certain frère Damian, la brute ordinaire, un putain de sadique en rut. Tu sais que ces salauds ont tous besoin d'un chouchou ? D'une certaine façon, on ne peut pas en blâmer Luke. Damian était un con vicieux et Luke ne faisait pas le poids. En moins de deux, Damian lui fit porter des messages, rendre de petits services, si bien qu'au bout de quelques semaines Luke ne se faisait plus jamais battre, sauf quand les autres gamins réussissaient à le coincer. Même alors, ils devaient se mettre à plusieurs contre Christy avant de dérouiller Luke. Après toutes ces années, j'ai compris que Christy ne pouvait se résoudre à croire que Luke les avait mouchardés.

– Luke et Christy s'entendaient bien.

– Ils s'entendaient comme larrons en foire, reconnut Al. Un bon point pour Luke. Il était trop malin pour se faire choper. Pour sauver Christy, il aurait pris tous les risques. (Al lança un caillou en direction de la maison. Il tremblait de froid.) C'est comment à l'intérieur ?

– Ils sont assis sans rien faire d'autre que parler de leurs ulcères.

– Ce n'est pas mon truc.

– Je ne pense pas qu'ils prennent leur pied en écoutant : « J'suis un mec de Dublin et je viens des Cinq Lampes, j'voudrais qu'ça balance mais mes pieds ne font rien. »

– Seigneur ! Tu as le chic pour frapper un homme quand il est à terre, grimaça-t-il.

Je tendis les bras et réchauffai ses mains entre les miennes.

– Tu es gelé. Où vas-tu dormir cette nuit ?

– J'ai garé la voiture de l'autre côté du bois. J'ai tapé dans la caisse de la boutique de Luke pour payer mon billet. Qu'est-ce que c'est que ce nom à la mords-moi le nœud ?

– C'est le premier dans les Pages Jaunes.

– Quel con, putain ! Il ne sait donc pas que les gens commencent par la fin ?

– Tu n'es pas taillé pour les affaires, Al.

– Luke non plus, à en juger par le peu de liquidité que j'ai trouvé. Heureusement, Carl m'a filé son sac de couchage à Dublin et l'argent qu'il avait mis de côté pour le loyer. Il a vidé le cul du renne en plastique sur la cheminée, celui qui sert de tirelire.

– C'est gentil de sa part.

– J'espère surtout que c'est ce que pensera Luke quand il s'apercevra de ce que j'ai fait. Foutons le camp, Trace. J'ai assez d'essence pour nous ramener à Dublin.

– Non.

Al me retira ses doigts.

– Je n'ai pas l'intention de rivaliser avec lui. Je n'ai pas les moyens de t'offrir des hôtels chic, mais je ne te demanderai pas de t'asseoir sur ma figure.

– Va te faire foutre. (Je rentrai dans ma coquille.) Je ne suis la putain de personne.

– Alors, qu'est-ce qui te retient ici ? (Al hurlait presque.) Tu ne peux pas l'aimer. Il se sert de toi.

– Qu'est-ce que tu fais ? (C'était à mon tour de l'accuser.) Comment savoir si tu ne te sers pas de moi pour lui rendre la monnaie de sa pièce ?

– Si Luke me trouve ici, je suis mort, répondit Al d'une voix calme. Dans une situation critique, la famille ne compte plus pour lui. Son obsession, c'est d'amasser du fric et rien ne peut l'arrêter. Il a ensorcelé les autres depuis si longtemps qu'ils sont convaincus de ne pouvoir lacer leurs chaussures sans lui. Même quand j'allais à l'école, on me disait de ne pas m'en faire pour les exams, que Luke trouverait toujours le moyen de magouiller. Mon rôle à moi, c'était profil bas et bouche cousue. Même quand Christine a trouvé ma mère en train de sucer la queue de Luke, je l'ai bouclée et je n'ai même pas demandé à mon père s'il était au courant. C'est comme ça chez nous. Nous, les Duggan, nous nous serrons les coudes parce que le monde entier est contre nous. Et il l'est parce que Luke le dit et c'est lui le cerveau qui veille sur nous. Il s'est débrouillé pour éliminer Christy. Je n'ai pas envie d'être éliminé, je veux m'en tirer. C'est pour ça que je suis allé à Londres avec toi. J'avais l'intention de partir quelque part. Mais j'ai fini par dormir chez lui, travailler pour lui, conduire sa camionnette de merde. Je ne veux pas qu'il foute aussi ta vie en l'air.

– Luke ne me fera pas de mal. Je le sais.

Al se releva péniblement en se donnant de grandes tapes sur les épaules pour se réchauffer.

– Tu n'en sais rien. La main gauche de Luke ne sait pas ce que fait sa main droite. Nous pourrions être à Dublin au lever du jour et je te mettrais dans le bateau. Je ne demande rien d'autre.

Il avait l'air comique, tapant du pied comme s'il avait une terrible envie de pisser et qu'il était trop poli pour y faire allusion. Je me souvins de cette nuit à Dublin où il m'avait douchée. Peu d'hommes n'en auraient pas profité.

– Je ne peux pas m'en aller. Je suis venue pour avoir des nouvelles de mon père. Après, je ne reverrai plus Luke. Ma décision était déjà prise.

– Je t'attendrai.

– Pas besoin. C'est toi qui es en danger. Va-t'en avant qu'il ne revienne.

Al s'assit de nouveau dans l'herbe, accablé.

– Je te remercie d'être venu.

– Ce n'est pas Luke que je cherchais. Je ne m'en fais plus pour lui maintenant.

– Je n'en vaux pas la peine, Al.

Il passa les doigts sur la coupure de ma paume.

– Mais si, affirma-t-il doucement.

– Où vas-tu dormir ? demandai-je de nouveau après un moment de silence.

– Je vais prendre la voiture et m'en aller par là. Il désignait le phare. Saint-Raphaël n'est plus qu'une ruine. Il devrait y avoir une plaque pour signaler cette école du crime. Ils y étaient tous, cheveux courts et culottes courtes, avec, la nuit, des concours de pets dans les vastes dortoirs. Quand ils en sont sortis, ils se sont partagé Dublin. Ils menaient une vie de rock-stars, obligeant les videurs des boîtes à se prosterner devant eux et à leur lécher les bottes. Tous, Wise-Cracker, Cellar-man et le Commandant.

– Et Ice-man ?

– Lui, il n'aurait pas passé Noël dans sa maison de Londres à compter ses sous, crevant de trouille à l'idée de rentrer au pays.

– Qu'est-ce que tu veux dire ?

– Tu sais très bien ce que je veux dire. Christy était un lieutenant passable, mais il était incapable de faire plus que ce qu'on lui disait. Les autres truands le toléraient parce que c'était un brave type. Il dépensait son fric dans les boîtes. Mais ils savaient qu'il servait de couverture à Luke. Christy n'a jamais eu une seule idée à lui. En revanche, une fois qu'on lui avait indiqué ce qu'il y avait à faire, il se mouillait jusqu'au cou.

– Tu veux dire que Luke organisait tout ?

– Sa maison de Londres ressemble à un Dublin miniature. Des plans de la ville, des guides des rues, même les plans municipaux des égouts et des rivières souterraines. On pourrait reconstruire la ville à partir de ce qu'il a. Il est assis comme Dieu le Père, vérifiant chaque détail, mais les petites étoiles en plastique qu'il déplace sont faites de chair et de sang, et elles saignent.

– McGann et les autres étaient sûrement au courant ?

– Peut-être, mais ils la bouclaient. Christy était un violent et il aimait parader. Il l'a payé cher. On savait qu'il achetait leur silence, racontait des conneries sur ses bénéfices alors que tout allait dans la poche de Luke. (Al leva les yeux vers moi.) Je suis désolé, j'aurais dû t'avertir, mais je croyais que tu étais sa fille. Comme il est du genre à la fourrer un peu partout...

Donc, tu venais de le retrouver et je ne savais pas comment m'y prendre. Difficile de te dire que ton père est un salaud.

Luke avait les qualités que j'avais naguère attribuées à mon père. Il était manipulateur, impitoyable, parfaitement égoïste. Les lumières lointaines d'un bateau brisèrent l'étendue sombre de la mer. Al regardait, lui aussi.

– Si on disait à Christy qu'il était riche, il le croyait, mais en réalité il possédait que dalle. Assez tout de même pour dépenser du fric dans les boîtes et faire parler de lui dans les journaux. Luke lui faisait croire qu'il lui avait placé de l'argent sur différents comptes, mais ce n'était jamais le moment d'y toucher. En fait, il lui servait de larbin, et tout le fric filait à Londres et revenait sous forme de cigarettes de contrebande que Luke achetait en gros en Hollande. Ce n'était pas con. La presse irlandaise s'acharne contre l'héroïne, mais tu peux importer autant de cigarettes que tu veux sans trop d'embêtements. Le magasin de carrelages est la couverture parfaite parce que Luke traite constamment avec les transporteurs. Ça lui rapportait gros. Pas moyen de faire un pas dans Dublin sans rencontrer des démarcheurs qui essayaient de te refiler des clopes de contrebande ou des jeunes mecs qui te proposaient autant de tabac que tu voulais. Pendant ce temps-là, les dealers avaient les flics au cul. Pourtant, il y avait un point noir, la Douane, mais Christy avait trouvé le moyen de faire pression sur elle en cas d'investigations trop poussées.

– Mets ton bras autour de moi.

Je ne pouvais m'empêcher de trembler. Un navire plus gros que l'autre surgit de derrière les rochers près du phare. Luke devait se trouver à bord du petit bateau qui s'avançait à sa rencontre. À moins qu'il ne contrôle l'opération depuis le rivage.

– Mais il y avait un problème. Le job était si lucratif que tout le monde voulait en tâter, poursuivit Al. Il faut vivre dans un pays pour savoir ce qui s'y passe. Luke croyait avoir compris Dublin. Avant, il suffisait de ne pas fourrer son nez dans les affaires des autres gangs, de filer un paquet de grosses coupures à l'IRA au moment de Noël pour le cas où ils auraient envie de vous descendre ; quant à la police, elle s'en branlait. Maintenant, ce n'est plus la même chose. Tu n'as pas idée de ce qu'on peut se faire comme fric avec la drogue. Christy ne courait pas de risques avec le Commandant et Cellar-Man. Même le gros Joe Kennedy le tolérait. Luke, lui, gardait ses distances. Le bruit courait qu'il avait laissé le frère de Joe se noyer quand ils étaient gamins. Mais maintenant, Dublin s'était étendu. Il y avait des endroits dont Luke n'avait jamais entendu parler, où les gosses n'avaient pitié de personne. Christy était un bouffon pour des types comme les Bypass Bombardiers qui cherchaient à s'imposer dans tous les domaines. Brusquement, il se trouvait privé des endroits où il avait l'habitude de vendre des clopes depuis des années. Une fois que les revendeurs s'étaient fait casser les jambes, impossible d'en trouver d'autres. Et pourtant, Luke continuait à pressurer Christy.

« C'est alors qu'en octobre, un fourgon blindé est délesté des trois quarts d'un million de livres. Il y a des années que Luke prépare un coup comme celui-là, mais il n'est jamais passé à l'acte. Il doit avoir entendu dire que les Bypass Bombardiers s'intéressent au fourgon. Il signe alors l'arrêt de mort de son frère. On ne se frotte pas à ces types-là. Jusqu'à la fin, McGann et les autres ne se doutent pas du guêpier dans lequel ils se sont fourrés. Sur ces entrefaites, l'argent disparaît. Les potes de McGann veulent se tirer, seulement ils sont sans un et réclament leur part. Ils s'en prennent à Christy. Pendant ce temps, les Bypass Bombardiers ont fait courir le bruit qu'à moins d'un demi-million, ils flinguent Christy. Jamais je n'oublierai cette scène dans le vidéo-club, Christy demandant qu'on lui prête vingt livres. Il est fauché et il sait que, quelles que soient les magouilles de Luke, il n'en tirera pas un kopeck. Christy est dans le collimateur. Le jour où il m'a invité à prendre un pot, quand nous sommes entrés dans le pub, je n'ai jamais vu autant de respect. Tous l'ont salué en gardant leurs distances. Ils honoraient un mort, tu comprends ?

La peur nous étreignit lorsque nous entendîmes une voix appeler « hou, hou ! ». On ne pouvait nous voir, malgré cela nous nous étions allongés sur le sol, l'un contre l'autre. C'était la propriétaire. Elle se tenait sur les marches, cherchant à percer l'obscurité, puis elle appela deux serveurs. Sans doute avait-elle remarqué la porte entrouverte. Elle traversa l'espace couvert de gravier sans cesser de crier : « Hou, hou ! » Elle portait quelque chose. Sa voix semblait à la fois se moquer et menacer. Al recula en direction des arbres. Je le suivis. Nous vîmes les serveurs se disperser.

– Viens, Trace, murmura-t-il. Foutons le camp.

Je cherchai à percer l'obscurité des arbres. J'avais peur de rester avec Luke, mais si je m'enfuyais, je lui faisais comprendre que je savais quelque chose. Al ne parviendrait pas à le semer, surtout s'il se doutait que nous nous dirigions vers Dublin. Même si je regagnais Londres, il saurait me retrouver.

– Vas-y, toi. Moi, j'ai besoin de retrouver mon père.

– Laisse tomber pour l'instant.

– Non. Tu as pris assez de risques. Retourne à Londres. Je t'y rejoindrai.

– Méfie-toi de lui, Trace. Je ne sais pas ce qui se trame, mais je sais que tu es en danger.

– Hou, hou !

La voix se rapprochait. Les yeux de cette femme étaient si bizarres qu'ils pouvaient fort bien voir la nuit. Du moins, je n'en aurais pas été surprise.

– Pour l'amour du ciel, va-t'en. Tu me mets en danger à force de rôder par ici. Je ne risquais pas ma peau quand j'étais une pute stupide.

– Tu ne l'as jamais été, murmura Al. Il ne se serait rien passé si Joe Kennedy ne s'était mis dans l'idée de flinguer Luke comme il l'en avait menacé en prison, il y a bien longtemps. Mais, comme d'habitude, ce sale con s'en est tiré.

– Pourquoi Luke était-il en taule ?

– Pour avoir agressé un frère des Écoles chrétiennes dans les toilettes publiques. Il a fait trois mois. Il a dû croire que ça suffirait pour que le Commandant et Cellar-Man passent l'éponge. D'après Christy, ça les a fait marrer tant que Luke est resté à Dublin. Ils disaient qu'il avait frappé le frère Damian parce qu'il lui avait offert en récompense une barre de Kit-Kat comme les autres fois.

La propriétaire s'arrêta au milieu du terrain de croquet et alluma une puissante torche électrique. Al se tapit derrière un arbre et je m'éloignai de lui, aveuglée par le faisceau éblouissant. Je levai une main pour m'abriter les yeux et tendis l'autre, paume ouverte.

– Je suis allée faire un tour. Je suis tombée et je me suis coupée, avouai-je de la voix la plus bête possible.

Un simple pansement aurait suffi, mais la propriétaire se refusait à me laisser partir. Elle lava et relava la coupure, la pressa pour en faire sortir les éclats de verre, puis la tamponna avec de la teinture d'iode. On aurait dit qu'elle ne voulait pas me lâcher la main.

– Il n'est pas donné à tout le monde de se couper avec un verre en cristal de Waterford. Vos jeunes amis seront impressionnés.

– Je suis désolée de l'avoir cassé. J'avais besoin d'air. J'ai glissé.

– Ce sont des choses qui arrivent, répliqua-t-elle en me bandant la main trop serré. Surtout quand on sort de son cadre habituel.

– Votre mari vous aide à tenir l'hôtel ?

En posant cette question, je cherchais à ne pas lui montrer qu'elle me faisait mal.

– C'est un manoir, ma chère, corrigea-t-elle. Il m'a quittée pour une femme bien moins intéressante.

– Vous m'en voyez désolée.

Ce disant, je compris que je n'étais pas douée pour exprimer la compassion.

– Parlez-vous plusieurs langues ?

– J'ai le niveau bac en allemand et en français.

– Je les parle couramment ainsi que l'italien et l'espagnol. C'est utile dans ma profession. Mais, bien entendu, elle, elle sait faire des choses avec sa bouche que n'enseigne pas la méthode Assimil.

Nous levâmes les yeux en entendant la porte s'ouvrir. Luke entra. Il s'arrêta, surpris de nous voir dans le bureau. L'attitude de la propriétaire changea aussitôt.

– Nous avons eu petit accident, mais elle se porte comme un charme. Avez-vous passé une bonne soirée ?

– Excellente, répondit Luke d'un ton cassant tandis qu'il me considérait d'un œil soupçonneux.

Je fis l'effort de ne pas me montrer différente. Pourtant, ce fut en sa présence que je compris à quel point j'étais terrorisée.

– Tu trembles, remarqua-t-il.

– J'ai eu peur. Je me suis coupée.

Luke renvoya la propriétaire d'un coup d'œil et me fit monter dans la chambre. Il examina le pansement et la traita de vieille bique en défaisant la bande et me la remettant. J'avais du mal à le regarder en face. Il jugea que j'avais besoin d'un cognac et téléphona pour qu'on en apporte deux. J'aurais voulu qu'il ne me retienne pas la main. On frappa à la porte. Il prit les verres sans un mot, puis ôta son veston et se mit à déboutonner sa chemise. Il me regarda.

– Il est tard, tu devrais te déshabiller.

– J'ai froid.

– C'est un grand lit. Viens, j'aurai vite fait de te réchauffer.

Il s'approcha de la fenêtre, écarta les rideaux et me fit signe d'approcher. J'imaginai Al dehors, tremblant dans le bois en regardant notre fenêtre. Un instant, je me demandai si Luke savait.

– Viens ici, me pressa-t-il à voix basse. Il faut que tu voies ça. C'est beau.

J'avais déjà ôté mon pull blanc. Le poignet était taché de sang. Luke se serait méfié si je l'avais remis. Il m'attendait, les yeux fixés sur moi. À contrecœur, je m'avançai vers la fenêtre en jean et soutien-gorge. Il prit les deux verres posés sur la table et m'en tendit un.

– Tu as froid, tu as la chair de poule.

Il posa la main sur mon cou et me caressa le dos. Nous étions encadrés dans ce rectangle de verre. Le bateau le plus gros était toujours là, près du phare. Combien de crack et d'héro pouvait-on acheter avec les trois quarts d'un million de livres ?

– C'est beau, tu ne trouves pas ? (La voix de Luke me parut à la fois respectueuse et intimidée.) Quelle vue !

Mais je n'y voyais guère. La chambre était si violemment éclairée que notre propre image se reflétait dans les vitres tandis que Luke m'attirait plus près de lui. Du bout des doigts, il effleura mes seins. S'il était au courant de la présence d'Al, c'était une façon de se moquer de lui, de s'afficher en tant que propriétaire. Il m'embrassa dans le cou.

– La chair de poule, dit-il en riant. Ça n'a pas le même goût. Tu sais, je ne vois pas d'inconvénient à ce que ton ami vienne te voir. (Je restai figée, incapable d'avertir Al. Luke se reprit à rire.) Je veux seulement dire que ce serait pire si tu n'avais pas eu tes règles. J'ai passé un excellent après-midi, mais nous ne sommes pas venus ici pour le sexe.

– Non.

Ma voix n'était qu'un murmure, je ne pouvais pas faire mieux.

– Tu ne me demandes rien ?

– Quoi ?

Il posa son cognac et me fit pivoter. Il put ainsi baisser les bras et glisser les mains dans mon jean. Elles se posèrent à la lisière de mes poils pubiens. Ravi, il se mit à rire et m'embrassa l'oreille.

– Tu as vraiment froid. Ôte ce jean qui rendait fous tous les hommes de la salle à manger et mets-toi au lit. Tu me demandes « Quoi ? », mais combien de cognacs as-tu bu, Tracey ? J'ai découvert où se trouve ton père, voilà quoi ! J'ai dû leur payer le coup, ça m'a coûté une fortune.

– Raconte.

– Il est tard, tu as un peu trop bu. Attendons demain matin et maintenant, au lit.

Il ôta ses mains de mon jean et m'amena vers le lit avec une petite tape possessive sur le derrière, puis il se remit à rire en fermant les rideaux. Dans la salle de bains, je changeai mon tampon. Je pris dans mon sac le plus long de mes tee-shirts en guise de chemise de nuit. J'attendis un bon moment avant de sortir. Luke avait déjà éteint la lumière. Je trouvai le lit à tâtons. Je m'étendis à l'extrême bord en m'efforçant de respirer à peine, comme si je n'étais pas vraiment là.

22

J'avais trop peur pour dormir. J'aurais voulu aller aux toilettes, mais je craignais de le réveiller. Il dormait tranquillement, la respiration calme et régulière. Le jour mit une éternité à poindre, à peine décelable à travers les lourdes tentures. J'entendis des bourrasques de pluie frapper les vitres et se changer en neige fondue. Je n'avais qu'une vague idée de la géographie de l'Irlande, mais, à chaque heure qui passait, je me demandais à quelle distance nous aurions été de Dublin si je m'étais enfuie avec Al. Je ne savais pas s'il avait passé la nuit à Saint John's Point ou si, après nous avoir entrevus une seconde fois à la fenêtre de la chambre, il avait décidé que je ne valais pas la peine de prendre de nouveaux risques.

Luke dormait sur le dos, la bouche légèrement entrouverte. Hier, j'appréhendais de rencontrer mon père, maintenant, je savais que l'enjeu était bien plus gros. L'homme qui dormait à côté de moi avait tué McGann quand il avait posé trop de questions. Et avant, il avait laissé tuer son frère. Il ne se passait pas une semaine sans qu'un petit criminel de Dublin ne se fasse buter en ouvrant sa porte. Combien Luke en avait-il piégés ? Un évêché me semblait un endroit bizarre pour y finir ma vie si les choses tournaient mal. Pourtant, c'était au Donegal qu'elle avait commencé. Sans doute aurais-je pu connaître chaque détour de ces collines si le destin en avait décidé autrement.

Luke bougea. Je me levai pour m'éloigner de lui et m'avançai vers la fenêtre. Une lumière froide filtrait à travers l'entrebâillement des rideaux. Je glissai un œil et aperçus le sentier et la pelouse du croquet avec, au fond, un rideau d'arbres. Au bout d'un moment, je remarquai une présence, non pas celle d'Al, mais celle d'un homme âgé en anorak sombre. Quand il leva les yeux, je reconnus l'inspecteur Brennan, de Dublin. Il parla dans un talkie-walkie avant de disparaître derrière les arbres. La police était sur la piste de Luke. Il me fallait rester calme et agir normalement. Si je pouvais trouver une excuse pour quitter la chambre, je n'aurais plus qu'à courir me mettre sous la protection des flics. Mais ce serait avouer que je savais ce qui se tramait. Mieux valait donc demeurer une potiche innocente et dupée.

– Quelle heure est-il ?

La voix de Luke me glaça. Je me détournai de la fenêtre.

– Je ne sais pas. Tu as une montre à côté de toi.

Luke se pencha pour voir l'heure.

– Il n'y a rien de tel que l'air de la campagne pour vous faire dormir.

Nu, il sauta du lit, se donna des claques sur la poitrine et se frotta le menton.

– Il y a de l'argent dans ma barbe. Tu connais cette chanson ?

– Non.

– Ça ne m'étonne pas. Vous autres Anglais, vous avez oublié toutes vos chansons.

Il se mit à chanter un hymne retentissant à la gloire de la cinquantaine, puis entra dans la salle de bains où je l'entendis s'arroser le visage d'eau froide et ouvrir les volets de bois. Quelque part dans ses bagages, une arme devait être cachée. Je lui servirais d'otage s'il apercevait la police. Quand il revint dans la chambre, il remarqua mon long tee-shirt.

– Je suis comme le chat qui veut se faire une jolie petite souris, dit-il en riant, admiratif. Allez, habille-toi, tu me rends dingue.

Je mis mes vêtements les plus épais et ajoutai un pull supplémentaire, comme pour me protéger. Nous descendîmes. En bas, tout était normal. Le petit déjeuner était servi dans une salle aux murs convexes. Je me précipitai pour prendre la chaise qui faisait face à la fenêtre. Luke se mit à rire.

– Elle adore avoir une belle vue le matin, expliqua-t-il à la propriétaire. Je la lui laisse bien volontiers.

Il s'assit en face de moi, le dos à la fenêtre. Je passai mon temps à éviter de regarder dehors par-dessus sa tête. Le gel avait fondu et une morne tristesse traînait entre les arbres ruisselants. Où se trouvait Al ? Était-il tombé sur Brennan ? Je le savais incapable de dénoncer Luke. Dans son enfance, il y avait eu trop de descentes de police matinales pour qu'il se fie aux flics. Carl m'avait raconté qu'un soir Al et lui avaient pris une voiture de police pour un taxi après avoir raccompagné deux filles chez elles ; on les avait tabassés et ils avaient passé la nuit au poste. Luke se pencha vers moi pour me verser du thé.

– Tu n'as pas touché à ton petit déjeuner, remarqua-t-il. Je sais que tu es nerveuse, mais tu devrais manger.

– Je n'ai pas faim. J'ai mal dormi.

Il étudiait mon visage. Quelque chose bougea dans les arbres que je ne pus m'empêcher de suivre des yeux. Luke se retourna. Un chat venait de sauter d'une branche et se secouait pour se sécher avant de foncer à travers la pelouse. Le regard de Luke se posa de nouveau sur moi.

– Tu es très pâle, constata-t-il, inquiet. J'espère avoir bien fait de t'amener ici. Nous avons de la chance que ce soit l'hiver et qu'il ait pris de l'âge. Dans les années cinquante, quand Ciaran Mac Nathuna et Breandán Breathnach essayaient de retrouver la trace de ton père, il fallait qu'ils le poursuivent dans les monts Derryveagh, parfois même tout au bout de l'Inishowen.

– Est-ce loin ?

Je cherchais à mener une conversation normale.

– Nous avons toute la journée pour y aller. Michael James Dwyer m'a dit hier soir que ton père avait joué à plusieurs reprises dans le pub de Byrne à Carrick avant Noël. On l'a aperçu à Glenties à la messe de minuit et depuis, il passe l'hiver chez la veuve de John Cunningham qui tient un pub à Glencolumbkille.

– Tu ne pourrais pas m'y amener tout de suite ? Tu me laisserais devant le pub. J'aimerais y entrer seule.

– Il est trop tôt pour débarquer chez un vieil homme. Allons faire un tour. Tu sais, Tracey, ici, c'est magique même en hiver. Le Slieve League qui domine la mer, et des douzaines de petites routes qui mènent à Glenties et que ton père a dû parcourir des milliers de fois. Je ne le défends pas, mais s'il a abandonné ta mère, essaie du moins de comprendre ce qui l'a amené à retourner au pays.

Luke paya la note en espèces comme il l'avait toujours fait jusqu'à présent. Sans doute ne voulait-il pas laisser de traces. Une fois franchi le portail du manoir, nous prîmes à gauche en direction de Killybegs. Une voiture était arrêtée un peu plus loin ; le conducteur baissait la tête, mais je reconnus son anorak. Il y avait un peu de circulation. J'utilisai mon rétroviseur pour tenter de deviner quelle voiture suivait la nôtre.

– Écoute ça, dit Luke en mettant une cassette. Johnny Doherty l'a enregistrée autour des années soixante, dans une chaumière où l'électricité était fournie par la batterie de la voiture. Le moteur avait tourné toute la nuit dans la cour. D'ailleurs, tu peux l'entendre. Doherty a souvent joué en duo avec ton père. Personne ne peut rivaliser avec le synchronisme de ces deux-là. Le seul violoneux vivant qui pourrait en faire autant s'appelle James Byrne.

Le chant du violon emplit la voiture. Luke tapotait le volant. Se souvenait-il de notre premier soir, quand il avait abaissé les écouteurs sur mes oreilles ? Nous dépassâmes un tracteur et une remorque à deux étages où s'entassaient des animaux effrayés destinés à l'abattoir. On apercevait leur tête par les trous de minuscules prises d'air. Je ne savais où Luke m'emmenait. J'espérais seulement que la police ne le suivrait pas de trop loin. Je fermai les yeux, cherchant à me concentrer sur la musique. C'était ainsi que ma mère avait été séduite. Maintenant, des années plus tard, cette même musique me menait peut-être à la mort.

Quand je rouvris les yeux, nous entrions dans le port de pêche de Killybegs. Les pubs accueillaient leurs premiers clients. Des voitures et des camions étaient garés sur le quai parallèlement à la rangée des bateaux amarrés. Hier soir, Luke avait sûrement rencontré le capitaine de l'un d'eux. Depuis combien de temps avait-il projeté ce voyage ? Même si je n'avais pas repris contact avec lui, j'étais certaine qu'il aurait trouvé le moyen de m'entraîner au Donegal. La cassette de Noël n'avait pas d'autre but. Luke traversa la ville. Peu après en être sorti, il tourna à gauche en s'écartant de la grande route. Le chemin qui suivait la côte était étroit et sinueux. Nous escaladâmes une colline qui nous coupait du monde. Rares étaient les voitures qui devaient emprunter ce sentier. Ce n'était sûrement pas la route qui menait à Glencolumbkille. Luke perçut mon inquiétude.

– N'est-ce pas magnifique ? me demanda-t-il en souriant. Regarde vers l'ouest. La première terre ferme que tu aperçois, c'est New York. Les vieilles femmes d'ici, il y a une centaine d'années, pleuraient beaucoup moins quand leurs fils choisissaient d'aller à New York plutôt qu'à Dublin. Pour elles, Dublin était une cité étrangère qu'elles ne pouvaient imaginer. En revanche, New York était droit devant elles, de l'autre côté du brouillard. (Il ralentit, regarda autour de lui et ajouta :) On dirait le bout du monde.

Ces mots me glacèrent. Passé le virage, je remarquai un Hiace bleu à la peinture écaillée et rouillée, garé près du fossé. Je jetai un coup d'œil derrière moi, la route était déserte. Deux hommes, apparemment des marins, sortirent de la camionnette. Luke s'arrêta à quelques mètres et posa la main sur mon genou.

– Attends-moi un instant. J'ai un petit travail à faire.

Il cherchait à me rassurer. Me croyait-il à ce point inconséquente, à ce point stupide que je ne puisse comprendre ce qui se passait sous mes yeux ? Toutes mes nuits de défonce me revinrent en mémoire, celles où je fumais des joints à Harrow, où je me bourrais d'ecsta et de buvards avec Honor et Roxy, et les champs à l'aube où je voyais les ravers cuver leur héro. À l'époque, je ne pensais pas à l'autre aspect du problème, l'argent gagné et les vies perdues. Je ne pouvais croire que la drogue était planquée dans cette camionnette. Luke ne prendrait pas le risque de la transporter lui-même, à moins que la mort de Christy n'ait modifié son plan. Je compris alors que mon rôle consistait vraisemblablement à la livrer à Dublin. J'avais réussi une première fois cette mission sans même m'en douter. Voilà pourquoi il m'avait amenée ici ; une fois encore, j'étais manipulée.

Le plus âgé des deux pêcheurs ouvrit la camionnette pour y prendre une longue boîte plate enveloppée dans un sac-poubelle noir. Luke sortit son portefeuille et plaisanta avec l'autre pêcheur. Un ronronnement, faible d'abord, comme étouffé par les collines, couvrit soudain les cris des oiseaux de mer tandis qu'un hélicoptère de l'armée irlandaise franchissait la crête et planait au-dessus de nous. Les pêcheurs, surpris, levèrent la tête. Au même moment, des voitures de police s'avancèrent des deux côtés de la route. Deux policiers en civil armés de mitraillettes, dissimulés derrière les ajoncs qui poussaient sur la pente, se montrèrent alors. Je voulus expliquer la situation, mais l'un d'eux m'obligea à lui tourner le dos, m'écarta les jambes d'un coup de pied et me fouilla brutalement. Il me poussa vers Luke qui, malgré l'arme braquée sur lui, l'affronta.

– Laissez-la tranquille, c'est une touriste anglaise.

Des policiers en tenue appartenant à la brigade locale sortirent des voitures. Ils restèrent à l'écart, manifestement déçus par l'attitude des hommes de Dublin. Une troisième voiture s'arrêta derrière eux. L'inspecteur Brennan en sortit. Le vieux pêcheur interrogea le policier local :

– Doux Jésus, qu'est-ce qui se passe, Seamie ?

– Putain ! T'avais bien besoin, espèce de crétin, de te foutre dans cette merde ! Tu ne peux pas nier que t'as sorti les colis de l'eau, Michael James.

– La ferme ! hurla Brennan qui voulait dominer le vrombissement de l'hélicoptère.

Il fit signe au pilote que tout allait bien et l'appareil vira en direction de la mer avant de prendre de l'altitude.

– Quels putains de colis ? demanda le pêcheur, indigné.

– On vous avait dit de vous tenir tranquilles, cria Brennan. On va vous inculper officiellement.

Sans tenir compte de ce que l'inspecteur venait de dire, le pêcheur offrit une cigarette à l'homme prénommé Seamie qui la refusa.

– Il est pas bien dans sa tête, ce connard ! Le seul colis qu'on a trouvé dans nos filets la nuit dernière, c'est un paquet de *Reader's Digest* dans un sac plastique. Dans la vie, il n'y a que trois choses inutiles : la bite du pape, le téton d'une nonne et le *Reader's Digest.*

Luke voulut me prendre la main pour me rassurer, mais je ne tenais pas à me rapprocher de lui. J'étais terrorisée et pourtant, j'éprouvais une joie vengeresse à le voir pris. Blanc de colère ou choqué, il gardait les yeux fixés sur Brennan. L'un des inspecteurs mit des gants en plastique et posa le sac-poubelle sur le capot d'une voiture de police. Il en sortit un carton épais entouré de ruban adhésif. Il prit un couteau pour l'ouvrir précautionneusement. Il trouva de la glace d'où se dégagea le corps rond et plat d'un gros poisson qui aurait glissé par terre s'il ne l'avait retenu. Luke parvint à garder son calme et pourtant, il tremblait de rage.

– Je viens de payer ce turbot. C'était une surprise pour un vieux monsieur de Londres, alors ôtez vos sales pattes de là, bordel !

L'inspecteur posa le poisson sur le capot avant d'examiner l'intérieur de la boîte vide. Il n'y trouva rien. Je ne pouvais quitter du regard la bouche ouverte et les yeux plats et vitreux du turbot. J'avais envie de vomir. J'imaginai grand-papa Pete petit garçon, émerveillé devant le poisson que son père avait posé sur la table de cuisine. J'avais raconté cette histoire à Luke dans l'avion. Seul le plus délicat des hommes pouvait avoir pensé à en acheter un pour que je le rapporte ce soir à la maison. L'inspecteur referma maladroitement la boîte isotherme. Un policier en tenue sauta de la camionnette.

– Propre comme un sou neuf. Il n'y a rien là-dedans.

– Nom d'un petit bonhomme ! s'exclama le pêcheur qui, une fois le choc initial passé, commençait à en avoir assez. J'peux bien avouer que je vais braconner une fois de temps en temps puisque tu viens avec moi, Seamie. Mais ce poisson a été pris en mer tout à fait légalement. J'ai connu cet homme quand je faisais de la musique à Londres. Nous avons bu un coup hier soir et il m'a demandé de mettre de côté un turbot. Je tiens le compte de ce que je pêche et je l'ai inscrit. Même Bruxelles ne peut rien trouver à redire.

– Je te paierai, Michael James, intervint Luke. Mais tu peux le remettre à la mer. Je ne demanderai à personne de manger un poisson que ces salauds ont tripoté.

Intentionnellement, l'inspecteur se cogna contre le carton qui éclata sur la chaussée. Je jetai un coup d'œil à Luke, ne sachant que croire. Il s'adressa aux pêcheurs :

– Ça n'a rien à voir avec vous. Cet inspecteur pense sûrement qu'il n'en a pas encore assez fait pour ma famille.

– Juste une petite séance d'échauffement, Duggan. Je sais que tu mijotes quelque chose.

– Tu n'as jamais pu épingler mon frère, Brennan. (Pour la première fois, Luke s'adressait à l'inspecteur.) Alors, tu t'es acharné sur lui pire qu'un juge, tu l'as chargé d'un vol qu'il n'avait pas commis, et tu le savais. Jusqu'à ce qu'enfin un dingue le descende. Et maintenant, c'est mon tour, hein ? J'ai quitté l'Irlande, parce que des types comme toi ne m'ont jamais donné ma chance. J'avais un maître, celui qui me flanquait une trempe tous les matins. « C'est pour ce que tu as fait, me disait-il. Et si tu n'as rien fait, c'est pour ce que tu feras sûrement. » Mon frère a à peine eu le temps de refroidir dans la tombe où tu as tout fait pour le mettre que, déjà, je ne peux même pas amener une amie en vacances sans que tu t'acharnes contre moi.

Le jeune pêcheur, un garçon à l'air malin, me regarda avec curiosité.

– C'est la fille qui pense que Mac Suibhne est son père ?

– Ça ne te regarde pas, répliqua Luke sèchement.

– La ferme, vous tous ! se fâcha Brennan. Montez dans les voitures. On vous interrogera à Killybegs.

– Cette fille n'a rien à voir là-dedans, intervint Luke.

– Putain, elle ira où on lui dit d'aller ! aboya l'inspecteur, hargneux. J'en ai marre de toi et de tous les pourris qui rôdent dans le secteur.

– Je rentre me coucher, l'interrompit Michael James. Il y a un tas de navires-usines étrangers qui vident l'océan de tout son poisson pendant que la marine irlandaise glandouille dans nos deux garde-côtes à la noix comme des mouches à viande. Et moi, je ne peux pas faire une pêche merdique sans que des mecs comme vous me cassent les couilles avec des histoires de quotas. Ce poisson a été pris légalement. Je ne sais rien d'autre.

– Vous allez rester en préventive tant qu'on n'aura pas examiné tout ce que vous avez rapporté dans vos filets.

– Ça, c'est la meilleure, merde alors ! cracha Michael James tandis que Luke et moi étions poussés dans la voiture. Je savais bien que vous autres, de la brigade spéciale, vous n'aviez pas inventé la poudre, mais, putain, je ne savais pas que vous lisiez le *Reader's Digest* !

Sur le quai de Killybegs, dont on avait interdit l'accès, était rangée une file de voitures de police. Des hommes en combinaison blanche passaient au peigne fin un bateau de pêche apparemment délabré. Un policier déposa une pile de magazines trempés par terre, dans le commissariat. Michael James leur donna un coup de pied en passant.

– La mer, ici, c'est un dépotoir, dit-il. Il y avait un gros yacht mouillé pas loin, et quelqu'un qui balançait des sacs d'ordures par-dessus bord. Un vrai nettoyage de printemps. Demandez à n'importe quel patron. On a tous repêché quelque chose.

Les pêcheurs furent conduits dans une petite salle tandis que Luke et moi étions enfermés dans une autre. Brennan, assis au bout de la table, étudiait le visage de Luke qui, indifférent, avait soigneusement choisi de fixer une tache en haut sur le mur.

– Tu as le droit de téléphoner à ton avocat.

– Je n'ai pas besoin d'un avocat. Je n'ai rien fait de mal.

Brennan voulut savoir depuis combien de temps je connaissais Luke et pourquoi j'étais venue dans le Donegal. Seamie, qui était entré, s'appuya au mur du fond. Je compris qu'il n'était pas d'accord avec ce qu'on faisait subir aux pêcheurs, mais il ne pouvait intervenir. Brennan lui demanda s'il avait entendu parler de Proinsías Mac Suibhne.

– Un bon violoneux, répondit Seamie.

– Le meilleur, rectifia Luke.

– Qu'est-ce que tu en sais ? ricana Brennan. Tu es plutôt du genre à aimer Abba.

– Moi, je suis devenu adulte, Brennan, toi, tu n'as fait que grandir. J'ai parcouru l'Irlande avec Jamie O'Connor quand tu en étais encore à appeler ta mère pour lui vanter la taille de tes étrons.

Je n'avais contre Luke que la parole d'Al. Or Luke m'avait dit un jour qu'Al était jaloux de lui. Avait-il tout inventé par dépit et même donné Luke à la police ? Pourquoi pas ?

Brennan me questionna encore sur mon père et me demanda si j'étais capable de prouver ma filiation. Il ordonna à Seamie de s'arranger pour que Mac Suibhne soit amené au commissariat afin de m'identifier. J'avais imaginé des douzaines de façons de rencontrer mon père, mais jamais dans mes pires cauchemars je n'avais inventé celle-ci.

– Je vous en prie, ne faites pas ça, suppliai-je.

Je m'effondrai et Luke passa son bras autour de mes épaules. Sa présence à mes côtés me rassurait.

– Elle n'a pas vu son père depuis vingt ans, intervint-il. Gardez-moi toute la journée si vous voulez, mais ne traînez pas cet homme ici, à son âge.

– Ne me dis pas ce que j'ai à faire ! hurla Brennan, mais je savais que Luke s'était adressé à Seamie plutôt qu'à l'inspecteur.

Le policier prit la parole :

– L'amener ici, ce ne serait pas une bonne idée. (On sentait dans sa voix une rébellion tranquille.) Je ne sais pas qui est cette demoiselle, mais ici vous ne trouverez personne pour mettre Mac Suibhne dans une voiture de police.

– La famille de cette fille vit à Londres et peut confirmer son histoire.

Luke parla à Brennan de l'attaque de Mamie. Il affirma être un ami de la famille. Je levai la tête, refroidie par le fait qu'il avait retenu le numéro de téléphone de l'hôpital. Il indiqua à Brennan le nom de la salle et déclara que mon grand-père avait l'habitude d'aller voir sa femme à peu près à cette heure-ci. Brusquement, mes grands-parents se trouvaient embringués dans cette histoire afin de fournir un alibi à Luke. De nouveau, je faisais confiance à Al. Brennan m'observait. S'il mettait ma version en doute, insista Luke, il courait le risque de me faire rencontrer mon père pour la première fois dans une cellule. Je lui assurai que grand-papa Pete confirmerait l'identité de mon père et que Luke m'emmenait à sa recherche. Je ne comprenais pas le pourquoi de tout ce qui se passait, mais Luke aurait-il mémorisé le numéro de l'hôpital s'il n'avait conçu ce scénario ? Il me prit la main quand Brennan quitta la pièce pour aller téléphoner.

– Tu ne mérites pas ça, Tracey. Mais c'est la même chose chaque fois que je reviens en Irlande.

Deux autres policiers se joignirent à Seamie pour nous surveiller.

– Vous venez de l'Évêché, ricana l'un d'eux. Il paraît qu'ils ont des lits à baldaquin très agréables.

Sans me retourner, je sentis trois paires d'yeux qui me déshabillaient. Luke lâcha la main que je lui avais abandonnée mollement et me caressa le cou d'un geste possessif qui exprimait une fierté tranquille. Manifestement les policiers l'enviaient.

– Vous avez vraiment connu Jamie O'Connor ? demanda Seamie. (Luke acquiesça.) Mon oncle a joué avec les meilleurs dans sa jeunesse. Il a même enregistré pour Decca à New York. Son fils est revenu d'Amérique il y a vingt ans et il a racheté à O'Connor un violon qui avait servi dans sa famille pendant des générations.

Luke n'esquissa pas le moindre sourire.

– Ton frère est mort tout récemment, ajouta un autre. On l'appelait Ice-Man.

– C'est le pays des cancans, constata Luke d'une voix calme. Tu pourrais cambrioler une douzaine de banques et, pour peu que tu t'appelles John Smith, personne n'y ferait attention. Mais si tu te fais un surnom, même si tu n'es qu'une contractuelle, tu deviens une gloire nationale.

– Arrête, Duggan, on ne donne par un surnom pour rien.

– Là, c'est moi le coupable. À dix-sept ans, j'ai passé en fraude un exemplaire de *Playboy* acheté en Angleterre. Il y avait un article sur les orgasmes multiples. Le meilleur truc, d'après eux, c'est de fourrer un glaçon dans le cul de sa petite amie au moment précis où elle jouit. Le pauvre Christy a toujours été influencé par ce qu'il lisait dans les magazines.

– Ça marchait ? demanda l'un des policiers.

– Pas vraiment. Les cris de la fille ont réveillé ses parents et la moitié de la rue. Elle l'a tabassé à mort ou presque. Et Christy y a gagné un surnom pour toute sa vie.

Les policiers se mirent à rire. Je regardai derrière moi. L'un d'eux vérifia que Brennan ne se montrait pas dans le couloir.

– Et depuis, ça a marché ? demanda-t-il en me lorgnant d'un œil concupiscent.

À Londres, je l'aurais obligé à détourner les yeux, confus et gêné. Ici, je me contentai de regarder la table.

– Ça suffit, les gars. (Luke s'était exprimé d'une voix calme.

Il me tapota la main et ajouta :) Ce ne sera plus long maintenant.

Je voulais qu'on trouve de la drogue sur ce yacht ou encore à l'endroit où les plongeurs fouillaient la mer. Je voulais que Luke soit pendu, roué et écartelé, mais je savais qu'on ne trouverait rien et que je ne pouvais m'en prendre à Luke parce que tout le monde avait compris que j'étais la maîtresse blonde qui ne savait rien, même pas sans doute le nom de son vrai père. J'imaginais ce qui se passait à l'hôpital, grand-papa Pete appelé dans une autre pièce. Je ne supportais pas l'idée de le revoir. Brennan revint et considéra d'un œil mauvais les deux nouveaux policiers.

– Qu'est-ce que c'est que ça ? Un peep-show ? Qu'est-ce que vous voulez, bordel ?

– Tout ce que les plongeurs ont pu récupérer, c'est un chargement de revues économiques et des romans vaguement porno à en juger par leurs couvertures, malheureusement en hollandais. Vous voulez les rapporter chez vous ?

– Putain, mais vous n'avez pas fini de faire les guignols ?

– On peut libérer les pêcheurs ? demanda Seamie. Ce sont des braves types qui ont été debout toute la nuit.

– Pourquoi vendaient-ils du poisson au bord de la route ?

– La femme de Michael James est plus serrée que le cul d'une nonne quand il s'agit d'argent. C'est elle qui reçoit le chèque de la coopérative maritime. Il n'a que ce moyen-là de se faire un peu de fric pour se payer une pinte de temps en temps.

– Attends qu'on ait fouillé le yacht, maintint Brennan.

– On a reçu un coup de fil des services de la marine. Il est propre comme un sou neuf. Ils l'ont filé un bon moment. Il n'y avait à bord que des touristes hollandais.

– Tirez-vous, bordel ! (Les policiers s'écartèrent du mur comme à regret, savourant la colère de Brennan qui nous regardait, l'œil mauvais.) Vous aussi !

– Vous devez des excuses à cette jeune fille, intervint Luke, sans quitter des yeux le point du mur situé au-dessus de la tête de l'inspecteur.

Luke savait que je voulais partir, mais ne pouvait manifestement résister à l'envie de faire le malin une fois de plus. Brennan n'en tint pas compte. Il m'observait.

– Votre grand-père a l'air d'un brave homme. Mais ce ne serait pas le premier à se faire avoir par la racaille des bas-fonds de Dublin.

Il sortit d'un pas décidé sans laisser le temps à Luke de répondre. Après quelques secondes qui me parurent une éternité, il détourna enfin son regard du point qu'il fixait sur le mur.

– Je suis désolé de ce qui est arrivé, s'excusa-t-il en me prenant la main.

Je la lui retirai aussitôt et repoussai ma chaise qui tomba bruyamment sur le sol. Je m'éloignai d'un pas vif sans regarder personne. La voiture que Luke avait louée était garée devant le commissariat. Je poussai la porte vitrée et me mis à courir.

Je ralentis et tournai d'un pas rapide dans une petite rue. Il était plus de midi. J'entendis Luke m'appeler, puis mettre son moteur en marche. Le trottoir était étroit, bordé de voitures en stationnement. J'aurais voulu courir, mais je savais que Luke aurait accéléré.

– Monte, Tracey, me cria-t-il par la fenêtre ouverte. Je comprends que tu sois perturbée, mais c'est fini maintenant.

Peut-être était-ce un effet à retardement du choc que j'avais subi mais je me remis à pleurer. Deux femmes, devant une boutique, m'observaient. Je me heurtai à un landau et faillis tomber. Je détestais cette ville aux trottoirs encombrés et à l'odeur de poisson. Des gens s'arrêtaient pour profiter du spectacle. Je passai devant un réparateur de télévisions. La boutique portait le nom de Mac Suibhne en caractère bleus plastifiés plutôt ringards. C'était la première fois que je le voyais écrit. J'aurais voulu être à Londres ou dans n'importe quelle autre ville capable de m'engloutir. Mon père refuserait de me rencontrer. Qu'est-ce qui m'avait pris de croire que je pouvais retourner là où je n'avais jamais été ? Au moment où j'arrivais au coin d'une rue, Luke s'arrêta devant moi. Sans doute allait-il bondir hors de sa voiture, mais il se contenta de m'appeler une nouvelle fois par la fenêtre.

– Monte, Tracey, je t'en prie. (Il paraissait à la fois inquiet et perplexe.) Pourquoi me fais-tu ça ? Tu n'as pas d'argent, tu ne connais personne. Encore quelques heures de route et tu feras la connaissance de ton père.

– Je n'en ai plus envie, laisse-moi tranquille.

Je tournai à droite et me mis à courir. D'abord, je crus que Luke me laissait partir, mais je compris bientôt qu'il roulait à distance respectueuse, comme l'aurait fait un adulte amusé assistant d'un œil indulgent à ma crise de colère. Il y avait un passage voûté entre deux boutiques. Je le pris en pensant que Luke ne pourrait s'y glisser. C'était vraisemblablement une impasse. Soudain, il s'approcha de moi. Il avait accéléré, il allait me tuer maintenant que je ne pouvais plus servir sa cause, quelle qu'elle fût. Je remarquai alors une étroite ruelle sur la gauche. Je m'y jetai. Au même moment, j'entendis la voiture s'arrêter et Luke jurer par la fenêtre. Il hésita à me poursuivre à pied et choisit de faire marche arrière.

Je tombai sur une autre rue, plus large cette fois et bordée de petites maisons. Une voiture traînant une remorque était garée devant moi. Je la contournai. Un enfant vêtu d'un manteau était assis sur le trottoir et jouait avec un petit bateau dans le caniveau. C'était si dangereux que j'eus envie de courir vers lui et de le relever. Des années s'étaient écoulées depuis qu'à Londres j'avais vu des enfants abandonnés à eux-mêmes. Mais la règle d'or voulait qu'on ne touche pas à l'enfant d'autrui. Je regardai autour de moi, ne sachant d'où viendrait Luke. La rue rejoignait, sur ma gauche, celle que j'avais quittée en formant un V. Je tournai à droite et m'élançai vers une voiture qui sortait d'une ruelle au coin d'un pub. C'était une Volkswagen bleue conduite par un homme âgé coiffé d'un béret. Je voulais faire du stop. En réalité, je me jetai sur la porte du passager. Le conducteur se pencha pour l'ouvrir.

– Vous avez une fichue façon de demander qu'on vous emmène, se plaignit-il.

Sans répondre, je montai dans la voiture et me tapis sur le siège du passager en m'essuyant le visage avec ma manche d'un geste puéril. Il y avait des achats sur le siège arrière.

– Où est-ce que vous allez comme ça ? demanda l'homme.

La voiture de Luke s'arrêta au carrefour. Il scruta la rue déserte et s'avança vers nous. Je me tassai sur mon siège.

– Pouvez-vous me faire sortir de Killybegs ?

– Si cette foutue bagnole tient le coup. Je ne l'ai jamais donnée à réviser.

Il desserra le frein à main au moment où Luke passait. Impossible de savoir s'il m'avait vue. Mon chauffeur démarra et adopta une vitesse régulière, me jetant de temps en temps un regard qui trahissait son inquiétude quant à mon état mental. Jamais je n'avais rencontré homme plus grincheux. Les gens du supermarché étaient de fieffés voleurs, le pharmacien ferait tourner le lait, le soleil ne brillerait plus si on lui flanquait de la dynamite dans le cul. Il maudissait tous ceux qu'il avait rencontrés en ville et se délectait de leurs défauts. Si j'avais été une auto-stoppeuse souriante et pleine de santé, il en aurait eu le cœur brisé. Par bonheur, j'étais triste et silencieuse, lui fournissant ainsi matière à se plaindre pendant des heures.

– Je vais à Glenmalin. Vous saurez vous débrouiller avec ces satanés voleurs de Carrick si je vous y dépose ?

– Laissez-moi plutôt là où vous allez.

Je voulais m'éloigner le plus possible de Killybegs. L'homme leva les yeux au ciel. En me retournant, je vis la voiture de Luke qui nous suivait.

– C'est loin ?

– Nous y arriverons quand nous y arriverons, à moins que cette foutue route n'ait été balayée par la mer pour obliger ces foutus conseillers régionaux à la réparer.

S'il ne nous avait pas suivis, jamais Luke n'aurait conduit aussi lentement. Je ne pouvais rien faire. Je me sentirais en sécurité tant que je serais dans cette voiture. Quel que soit le village où me conduisait mon vieux chauffeur, il me faudrait trouver un pub assez fréquenté pour que Luke ne puisse m'y récupérer. Je comptai mentalement ce qu'il me restait d'argent, sachant fort bien que je n'aurais pas assez pour le billet de retour. Peut-être trouverais-je un voyage bon marché en car. J'aurais dû partir avec Al la veille. Je me demandais s'il s'en était tiré.

Nous dépassâmes un hameau qui n'était en réalité qu'une large courbe de la route. Nous nous éloignâmes de la côte pour pénétrer à l'intérieur des terres. Les panneaux indiquaient la direction de Carrick. Mon père y avait joué avant Noël au Byrne's Pub. J'essayai de m'imaginer l'homme solitaire arpentant ces routes de nuit. Parfois, la voiture de Luke disparaissait, comme s'il jouait au chat et à la souris. Il m'incitait à demander au conducteur de s'arrêter pour me permettre de quitter la voiture et de me cacher. Je savais qu'il accélérait par moments, et qu'il scrutait les fossés et les buissons devant lesquels il passait. Il n'avait pas eu l'intention de me tuer dans la ruelle de Killybegs. J'ignorais encore tout de lui et j'étais simplement perturbée par mon séjour au commissariat de police. J'aurais été plus avisée de rester avec lui jusqu'à Londres, mais même là-bas, il n'aurait pas renoncé à moi. Il aurait tissé dans ma vie une toile de mensonges et de compromis jusqu'à ce que je devienne complètement dépendante. Si je changeais d'adresse, il me filerait. Je trouverais sa voiture devant ma porte et apprendrais à reconnaître ses silences, la nuit au téléphone.

C'était en m'enfuyant que je me mettais en danger. Quel que soit le jeu auquel il jouait, il n'autoriserait personne à sortir de son rôle. Je continuai à surveiller la route avec une inquiétude dont le conducteur était de plus en plus conscient. Il se doutait que j'avais quelque chose en tête. Nous avions atteint Carrick sans qu'il trouve à se plaindre depuis un bon moment. Je lui demandai de me montrer le Byrne's Pub, ce qu'il fit. Il me proposa alors de descendre. Manifestement, il voulait se débarrasser de moi, mais la rue semblait déserte et la voiture de Luke avait déjà traversé le pont derrière nous.

– Je vais où vous allez, répétai-je.

Le vieux monsieur poursuivit sa route à contrecœur.

– Est-il vrai qu'on y fait de la musique ? lui demandai-je après être passée devant le petit pub qui occupait le rez-de-chaussée d'une maison d'habitation.

– Pas souvent ces derniers temps, répondit-il d'une voix geignarde, avec ces foutues lois sur la conduite en état d'ivresse. Et puis, il y a des hommes qui vivent là-haut dans la montagne et qui ont peur de descendre par crainte d'apprendre que leurs voisins ont claqué. Ils vivent dans la solitude et l'hiver, sûr que ça leur faisait du bien, à ces pauvres diables, de pouvoir bavarder et faire de la musique. Autrement, ils ne voient âme qui vive de toute la journée. Moi-même, je suis allé chez Byrne avant Noël pour écouter un vieux type, mais la moitié des gens buvaient de la limonade pendant que ces salopards de la police municipale faisaient le guet dehors. C'est pas une vie pour des adultes, mais chaque fois qu'il y a des nouvelles lois, le résultat est le même. Je ne sais pas combien d'argent on en a tiré, mais nous n'aurions sûrement pas dû nous vendre à Bruxelles.

À Dublin, les gens avaient parlé de mon père comme d'un génie. Ici, ce n'était qu'un vieil homme, un miracle banal. Il n'en était que plus humain, ce qui me rapprochait de lui. Au bout d'un moment, mon chauffeur abandonna la direction de Glencolumbkille pour prendre à gauche une route trouée de nids-de-poule où deux voitures pouvaient difficilement se croiser. J'étais désappointée et en même temps soulagée. Luke, qui était resté en arrière, ne nous avait pas vus tourner. J'étais libre. Nous roulâmes un moment en silence. La route sinueuse m'empêchait de voir derrière nous. Elle était dominée à gauche par une haute montagne dont la masse abrupte était sombre et presque sinistre. Un lac miroitait au loin. Il alimentait un cours d'eau en crue qui dévalait la pente. Nous plongeâmes vers la vallée en traversant un labyrinthe de haies et de saules. Jamais je n'avais vu un endroit aussi beau. J'en oubliai de surveiller la route et c'était maintenant au conducteur de m'observer. Lorsqu'il ralentit, je me sentis mal à l'aise. Luke n'était plus mon problème. L'homme avait au moins soixante-dix ans, mais il semblait en pleine forme et je ne voyais pas une seule maison alentour. C'était l'endroit rêvé pour qu'un corps y dorme paisiblement pendant des années. À gauche se trouvait un chemin envahi par une végétation qui le rendait presque impraticable. L'homme s'arrêta à l'entrée et me regarda de haut en bas. Sa lèvre était mouchetée de givre.

– Glenmalin, annonça-t-il. C'est un vallon fichtrement désolé en hiver, mais au moins, vous êtes habillée pour.

– Alors, c'est ici ?

Il soupira, exaspéré.

– Je vous ai proposé deux fois de vous laisser à Carrick.

– Qu'est-ce qu'il y a au bout du chemin ?

– Ma maison et celle d'un autre célibataire.

À sa façon de s'exprimer, j'eus l'impression qu'il me considérait comme dangereuse. Je me souvins de ce que m'avait raconté Luke à propos d'un cambrioleur qui parcourait les routes désertes en tirant un van dans lequel se trouvait une pute. Il dévalisait les maisons des célibataires pendant qu'ils s'activaient avec la fille. Le vieil homme m'avait amenée à destination, maintenant il voulait que je descende de voiture.

– Et si je continue ?

– Vous trouverez la grande route à environ trois kilomètres. Tournez à droite pour vous rendre à Glencolumbkille ou, si vous êtes assez bête pour aller à Malinbeg, tournez à gauche. Mais c'est le bout du monde et faudrait être un foutu dingue pour y mettre les pieds un jour comme aujourd'hui.

Un tracteur tirant une remorque chargée de foin s'approcha de nous. Nous bloquions la route. Je descendis de voiture et regardai mon vieux chauffeur s'éloigner dans le chemin, son pare-brise fouetté par les branches. Je me reculai alors pour laisser passer le tracteur. Le conducteur me salua d'un geste désinvolte en levant un doigt. Entre la remorque et la moto couverte de boue d'un gars du coin, il y avait la voiture de Luke. Le tracteur avançait lentement, accrochant du foin aux haies. Impossible de fuir. Luke, qui m'avait vue, entra dans le chemin. La moto fit un écart et poursuivit sa route. À mon grand soulagement, le tracteur et la moto s'arrêtèrent non loin devant un portail. Apparemment, le moteur de la moto ne tournait pas rond. L'homme coupa les gaz, descendit de sa machine et s'agenouilla pour chercher la panne. Le conducteur du tracteur lui adressa la parole, puis se tourna vers moi. Il souleva un sac d'aliments pour moutons qu'il lança par-dessus la grille dans un champ où s'étaient rassemblés les bêtes affamées qui poussaient des bêlements frénétiques. La présence de ces hommes me rassura. Luke sortit de la voiture et me regarda comme si j'étais une enfant désobéissante.

– Qu'est-ce que je vais faire de toi, Tracey ? Crois-tu que j'aie le temps de te courir après dans la moitié du Donegal ? Je suis venu ici pour toi. Te rends-tu compte du merdier dans lequel je me trouve chaque fois que je rentre au pays ? Eh bien, j'ai promis de te faire connaître ton père, même si c'est la dernière chose que nous faisons ensemble, et je tiendrai ma promesse.

– Ne t'approche pas de moi. Il y a des gens qui nous regardent.

Je fis un pas en arrière. Luke jeta un coup d'œil au tracteur garé au bord de la route. Son moteur tournait, mais le fermier avait disparu dans le champ. Le gars du coin fit démarrer au pied sa moto ; elle se remit à tousser.

– Qu'est-ce qui te prend, Tracey ? (La voix de Luke exprimait sa perplexité.) On dirait que tu as peur de moi. Tu sais que je ne toucherais pas à un seul de tes cheveux.

– Alors, laisse-moi tranquille, s'il te plaît.

– Ici, au milieu de nulle part ? Monte. Je suis responsable de toi. Qu'est-ce que ton grand-père...

– Laisse-le en dehors de tout ça ! Cesse de le mêler à tes combines.

– Quelles combines ?

Je sentis chez Luke un vague agacement. J'aurais dû rester calme, mais je ne pus mettre un frein à ma colère.

– Par quel miracle connais-tu le numéro de l'hôpital ?

– Un de mes amis y est gardien. Je lui téléphone souvent. Quelle importance ?

– Tu as monté toute cette affaire. La police, tout. Tu t'es servi de moi comme alibi.

Luke me parut à la fois déconcerté et sur ses gardes.

– Un alibi pour quoi ? (Il s'avança vers moi, m'obligeant à reculer dans le chemin.) Depuis le début, je savais que tu étais fragile. La police irlandaise haïssait Christy. Comme elle n'a rien pu prouver contre lui, maintenant elle s'en prend à moi.

– Ne t'approche pas. Je sais sur toi...

– Tu ne sais rien. (Luke parlait d'un ton plus assuré tout en s'avançant vers moi.) Pour qui te prends-tu maintenant ? Il y a trois mois, tu étais une rien-du-tout vivant une existence de merde. Jusqu'à ce que je m'occupe de toi. Tu ne savais même pas sucer correctement une bite. Il a fallu que je te montre.

– Tu as eu la chance d'avoir un bon maître, le frère Damian !

Luke s'arrêta net. C'était le genre d'erreur qu'habituellement il n'aurait pas commise. Ses traits m'apparurent différents de ceux que je connaissais jusqu'alors. Voilà le vrai Luke, me dis-je. Il s'avança vers moi, exagérément calme. Je m'enfonçai dans le sentier, cachée par les hautes herbes. Avec le bruit du tracteur et de la moto qui toussait par moments, personne ne m'entendrait crier. Nous avions parcouru une vingtaine de mètres quand je m'arrêtai. J'avais si peur de Luke que je ne voulais pas prendre le risque de m'aventurer plus loin.

– Je n'ai jamais cité le nom du frère Damian. (Sa voix était calme.) Tu as de la chance que je t'aime parce que tu es franchement surprenante. Brusquement, tu t'imagines savoir un tas de choses.

– Laisse-moi partir, Luke. Je ne dirai rien à personne.

– Je ne te retiens pas. C'est toi qui continues à reculer dans ce chemin. Le frère Damian, hein ? Qu'est-ce que tu crois savoir d'autre ?

– Rien. Je t'en prie.

– Se pourrait-il que notre ami Al ait parlé ? Je pensais vous avoir éloignés l'un de l'autre à Londres, mais j'ai dû me tromper. J'ai eu tort aussi de croire que tu me voulais, moi, alors qu'en réalité tu n'avais qu'une hâte, ôter ta petite culotte pour un Irlandais.

– Je n'ai jamais été comme ça, Luke.

Il s'avança encore. Le fossé à côté de nous était profond et rempli de sacs d'ordures. Le bruit du tracteur indiquait qu'il faisait une marche arrière difficile dans le champ. Luke tendit les mains, paumes ouvertes.

– Qu'est-ce qu'Al t'a raconté d'autre ? Qu'il a raté sa vie ? Que j'ai été obligé de l'amener à Londres pour le viriliser un peu ?

– Il ne voulait peut-être pas y aller.

– Personne, dans ma famille, n'a jamais rien voulu faire. T'a-t-il parlé de Shane qui a grandi sans porter un seul vêtement que je n'aie déjà porté, et Christy avant moi ? De nous trois, pelant de froid dans le même lit en hiver ? T'a-t-il dit ce qu'était la faim ? Il ne te l'a pas dit parce qu'il ne la connaît pas. T'a-t-il raconté les visites des sœurs de Saint-Vincent-de-Paul et de la saloperie de bons qu'elles nous filaient par charité pendant que nos deux oncles levaient des filles chez Dolly Fossett ? Ou encore, ce que c'était d'avoir un père qui travaillait en Angleterre, trop orgueilleux pour accepter l'argent de ses frères ? Est-ce qu'il t'a dit que la famille serait encore pauvre comme Job si je ne m'en étais pas mêlé ? Que j'ai été obligé d'arranger toutes les bagarres et toutes les merdes dans lesquelles ils avaient trempé ? Et que je me suis embourbé dans ce putain de marécage uniquement pour essayer de les en sortir ?

– Je t'en prie, Luke. Je ne sais rien.

Je ne l'avais jamais vu véritablement en colère. Quand il avait tabassé Al, il se contrôlait parfaitement. Maintenant, c'était différent, comme s'il souffrait. Aussitôt après, il retrouva ce calme presque surnaturel.

– De toute façon, ce qu'a dit Al n'a aucune importance. (Luke fit un pas de plus, m'obligeant à m'approcher du fossé.) Ce sont des rumeurs et des insinuations qui ne tiennent pas la route en face d'un bon avocat. Je suis désolé, Tracey, mais tu es encore une quantité négligeable. Ce que tu sais n'existe pas si tu ne peux pas le prouver. En revanche, ce qui est réel, c'est la force de ce que nous avons vécu et tu ne peux pas honnêtement croire que tout est fini. Rappelle-toi les soirs où tu mouillais ta petite culotte simplement parce que tu entrais dans notre chambre d'hôtel.

Le tracteur vrombit de toute sa puissance en même temps qu'il sortait du champ et s'approchait de l'entrée du chemin. Je souhaitais de toutes mes forces qu'il cherche à le remonter en contournant la voiture de Luke, mais il se contenta de passer. Je tremblais si fort que j'agrippai une branche pour ne pas tomber dans le fossé.

– C'est fini entre nous, Luke. Laisse-moi partir.

Désespéré soudain, il secoua la tête.

– Non, c'est impossible. Tu fais partie de ma vie. Je ne pourrais pas le supporter.

– Tu savais pourtant que ça ne durerait pas toujours. Laisse-moi partir, je t'en prie. (Luke s'approcha de moi, j'étais folle de peur.) Grand-père signalera ma disparition. La police sait que je suis ici avec toi.

– Tu ne te rends donc pas compte que j'ai tout fait pour que l'Irlande entière sache que tu es ici avec moi ? avoua-t-il en souriant. Nous aurions passé ensemble quelques jours paisibles si tu ne m'avais trompé avec Al. Tu avais besoin d'une leçon. Mais n'en parlons plus. L'important, c'est que nous trouvions ton père. (En le voyant avancer la main vers ma joue, je tressaillis.) Tu es en sécurité, le Donegal fourmille de flics. Ils ont même trouvé un prétexte pour faire patrouiller la marine irlandaise le long des côtes.

Je trouvai une réponse dans l'orgueil que révélait sa voix. Toute cette histoire n'était qu'un leurre, le yacht poursuivi en mer, Luke atterrissant discrètement à Knock, un aéroport isolé. Qui ne savait que les trois quarts d'un million de livres avaient disparu ? Depuis l'enterrement de Christy, tous les regards étaient braqués sur lui.

– Au fait, où vas-tu débarquer la drogue ?

– Je n'ai rien à voir là-dedans. En réalité, je ne fais que débrouiller un autre gâchis familial. Mais l'un des charmes de l'Irlande, ce sont ces centaines de miles de baies isolées et si peu d'autochtones pour poser des questions. Quelle marine serait capable de surveiller une telle longueur de côtes, particulièrement lorsqu'elle est ancrée au large du Donegal ? Mais tout cela n'a rien à voir avec toi et moi. Je me contente de vendre du carrelage et de tenir mes gosses éloignés de Dublin. Cette ville est devenue infernale avec ses petits branleurs qui se la jouent parce qu'ils ont un Armalite à la main et une capote pleine d'héroïne dans le cul. Les Duggan n'ont jamais fait dans la drogue. Nous avons gagné le respect de tous à la force du poignet jusqu'à ce que Christy pète les plombs et signe son propre arrêt de mort en prenant avec lui ces jeunes voyous.

Luke avait déjà remanié l'histoire du vol de façon à s'absoudre de tout péché. Il se considérait vraiment comme celui qui recolle les morceaux quand les autres les ont brisés. Je croyais avoir eu un aperçu de tous les aspects de sa personnalité, mais je comprenais maintenant que seul un homme à moitié dérangé pouvait m'avoir levée comme il l'avait fait à l'Irish Centre.

– Si à Dublin ils veulent de l'héro, alors ils ont ce qu'ils méritent. On la vend si bon marché que bientôt les bébés vont sortir de leur landau pour faire la queue. Mais je ne veux pas en être. La ville s'autodétruira quand les gangs s'entretueront. Mais attends un peu. Avant longtemps certains utiliseront des muscles de l'extérieur, les Triades ou la mafia russe. Les étrangers s'engouffreront dans la brèche pour faire place nette. Tout État digne de ce nom aurait mis ces truands en taule depuis des années. Et maintenant, trouvons ton père et foutons le camp d'ici.

J'avais fermé les yeux. Je ne supportais plus de regarder le visage de Luke. Il croyait encore sincèrement que nous avions un avenir commun. Je les rouvris en entendant démarrer la moto. Le gars du coin avait enfin réussi à la remettre en route.

Luke se retourna, surpris. Il avait oublié l'homme à la moto. Je réussis à me faufiler devant lui et me précipitai vers la route en hurlant au motard de s'arrêter. Arrivé à ma hauteur, il tourna dans le chemin. Je m'immobilisai. Je l'avais reconnu, non pas à sa moto qui était différente, mais au casque bleu bosselé d'un côté. La visière était baissée. Je ne sais pourquoi, la chanson de mon père me revint en mémoire.

Qu'est-ce qui t'amène ici si tard ? dit le chevalier au bord du chemin.
Je vais rencontrer Dieu, dit l'enfant qui s'est arrêté.
Il s'est arrêté, il s'est arrêté,
Et c'est bien qu'il se soit arrêté.
Je vais rencontrer Dieu, dit l'enfant qui s'est arrêté.

Je restai parfaitement immobile comme les paroles de la chanson me l'avait suggéré. Luke était arrivé à ma hauteur. Il s'arrêta, l'air surpris, puis recula et se mit à courir, me laissant face à la moto qui approchait sans se presser. Le motard se tourna vers moi pour me dévisager, mais lui n'avait pas de visage. Seuls les buissons se reflétaient dans le verre fumé de la visière. Je compris enfin qui il cherchait lorsqu'il s'était faufilé entre les voitures à l'embarcadère de Dublin. Il passa devant moi sans rien dire et je me tournai vers Luke qui s'enfuyait. Il trébucha sur un nid-de-poule et s'effondra. C'était ridicule, mais j'aurais voulu lui dire que s'il restait tranquille, le diable ne pourrait le toucher. La moto stoppa. Luke leva les yeux, puis me regarda.

– Cette fille n'est qu'une petite pute. Elle ne sait rien.

Il détourna les yeux, se releva et commença à s'éloigner. Cette fois, il ne courait plus. Je compris qu'il ne l'avait fait que pour attirer le motard dans sa direction et me permettre de fuir. Mais j'étais figée sur place, stupéfaite de voir comme il était facile de mourir. Luke tomba en avant quand la première balle l'atteignit en plein dos, pourtant, il parvint à s'asseoir et regarda fixement le motard qui dirigeait lentement l'arme vers son aine. L'expression de Luke changea.

– Non. (Il tourna la tête vers moi.) Je t'en prie.

Il suppliait, mais pour quoi ? En tout cas, pas pour avoir la vie sauve. Sans se préoccuper du revolver, il réussit à se relever et fit quelques pas en avant. Le motard leva son arme et visa la base du cou. Luke tomba dans le fossé et disparut. La moto tourna lentement et revint vers moi. Je continuais à chanter :

Me semble que j'entends une cloche, dit le chevalier au bord du chemin.
Elle va t'envoyer en enfer, dit l'enfant qui s'est arrêté.
Il s'est arrêté, il s'est arrêté,
Et c'est bien qu'il se soit arrêté.
Elle va t'envoyer en enfer, dit l'enfant qui s'est arrêté.

La moto me parut immobile quand elle passa près de moi. J'étais figée sur place. J'observais le motard qui levait son arme presque au ralenti. J'eus l'impression qu'elle m'effleurait la joue imperceptiblement. Je sentis la chaleur du canon et l'odeur des vapeurs d'essence se mêla au parfum des après-midi de mon enfance perdue. L'homme eut un instant d'hésitation et puis, presque à son corps défendant, il s'éloigna. Le vrombissement du moteur se perdit dans le lointain. Luke gisait dans les buissons. L'idée qu'il était peut-être encore vivant me traversa l'esprit, mais j'avais trop peur pour aller voir. Je ne sais combien de temps je restai ainsi. Finalement, je me mis à courir et passai devant sa voiture dans un silence total, à l'exception du cri dont je ne pouvais débarrasser ma tête.

23

J'avais perdu toute notion de l'heure. Je ne sais combien de temps je mis à atteindre la grande route qui menait à Glencolumbkille. Un calme absolu régnait en cette fin d'après-midi. La brise elle-même avait cessé de faire trembler les feuilles. Pas un bruit, sinon l'écho des coups de feu dans ma tête. Je marchai d'un pas égal, résistant à mon envie de courir vers nulle part. Je me répétais que si le motard avait voulu me tuer, il l'aurait fait dans le chemin. Mais j'avais la certitude qu'il pouvait changer d'avis et me retrouver.

De temps en temps, je m'arrêtais pour donner une tape sur une grille ou sur un poteau télégraphique afin de m'assurer que je n'étais pas devenue sourde. J'étais en état de choc, je le savais, pourtant, j'avais peur de me retourner de crainte qu'il ne fût là. Je me demandais qui trouverait Luke et combien de temps il resterait dans le fossé. Tout ce qui m'entourait prenait une intensité nouvelle. Les nuages gris et immobiles étaient peut-être les derniers que je verrais et leurs formes me fascinaient. Jamais je n'avais observé si attentivement la mousse poussant sur un mur de pierre ou l'herbe d'hiver dans les champs détrempés, jamais je n'avais écouté comme je le faisais le murmure de l'eau des ruisseaux qui coulaient à flanc de colline. J'aurais tout donné pour me promener, ne fût-ce qu'une seule fois, avec ma mère dans ce paysage. Ainsi, j'aurais eu le souvenir de ces lieux où j'aurais pu répandre ses cendres. Je pensais aussi à Mamie et me rappelai avoir joué dans sa chambre un après-midi de mon enfance.

Les deux seules voitures qui passèrent sur la route m'éclaboussèrent de l'eau des flaques. Je choisis la direction de Glencolumbkille sans presque y penser. Un peu plus loin, après un virage, la mer s'étendait soudain sur ma gauche jusqu'à un promontoire imposant qui se dessinait de l'autre côté de la baie. En contrebas de la route, après un nouveau tournant, j'aperçus une petite jetée et plusieurs bateaux remontés sur la cale. L'ensemble donnait l'impression d'une île que fortifiaient des montagnes abruptes et l'immensité de l'Atlantique. Je poursuivis mon chemin jusqu'à ce qu'enfin je découvre avec indifférence les quelques toits épars d'un village. Il me fallut marcher encore longtemps avant qu'ils se rapprochent et puis soudain, je me trouvai devant la première bâtisse, une école dont la plaque indiquait qu'elle datait de 1912.

Une fillette de huit ou neuf ans était assise sur les marches. Elle était chaussée de bottes en caoutchouc bleues trop grandes pour elle. Je m'arrêtai devant la porte non sans me retourner pour voir si la moto me suivait. J'avais tant de choses à dire à cette enfant que je ne parvenais pas à mettre de l'ordre dans mes idées. Je n'étais même pas sûre d'avoir encore le don de la parole. La fillette m'observa un moment avant de se tourner vers la maison et d'appeler : « Mémé, il y a encore une touriste qui s'est égarée et qui ne parle pas un mot d'anglais. »

Une femme d'un certain âge, en tablier bleu, sortit de la maison. Elle réprimanda gentiment l'enfant d'avoir mis les bottes de son frère. La fillette me montra du doigt. La femme s'approcha alors de moi et me parla d'un ton un peu trop empressé :

– Que se passe-t-il ? Nous sommes fermés en hiver.

J'avais la gorge sèche. J'avais si mal que je ne pouvais avaler. La femme m'observa de plus près, comprenant que quelque chose n'allait pas.

– Pourquoi êtes-vous ici en janvier ? (Sa voix exprimait une certaine méfiance.) Cherchez-vous à vous loger ? Avez-vous perdu vos bagages ?

– Je vous en prie, parvins-je à marmonner.

L'enfant s'était levée pour s'approcher du portail. Elle me regardait fixement.

– Je croyais qu'elle était sourde et muette, déclara-t-elle, mais sa grand-mère la fit taire.

– Chut, petite, tu ne vois pas qu'elle est anglaise ? (La femme m'examina, inquiète, cette fois.) Vous avez des ennuis ? D'où venez-vous ? Voulez-vous rester ici ? (Instinctivement, je fis oui de la tête.) Ici, c'est une auberge de jeunesse. Faites-vous partie de la Fédération irlandaise ?

Je fis non de la tête et m'accrochai à la barrière. Je sentais mes jambes fléchir et, pourtant, je ne voulais pas m'évanouir devant la petite fille.

– Vous en avez sûrement fait partie un jour ou l'autre ? s'obstina la femme.

Je secouai la tête pour la troisième fois. La femme s'essuya les mains à son tablier.

– Vous n'avez jamais entendu parler de pieux mensonges ? me gronda-t-elle. Vous avez peut-être eu envie un jour ou l'autre d'en faire partie ou peut-être avez-vous connu un membre de cette fédération ?

L'enfant tira le tablier de sa grand-mère.

– Laisse-la entrer, Mémé.

– Nous sommes fermés. Officiellement, je ne peux prendre aucun pensionnaire, ce qui veut dire que je ne suis même pas fichue de vous garder, que vous soyez membre ou non. (Elle ouvrit la porte et dut me détacher la main du barreau.) Regardez dans quel état vous êtes.

Maintenant, elle était vraiment inquiète. Elle donna l'ordre à l'enfant d'enlever les vêtements qui séchaient dans la baignoire.

Une fois ses soupçons disparus, ce fut comme si la femme et la petite Molly m'avaient adoptée. Elles me firent asseoir dans la cuisine pendant que coulait un bain. L'enfant revint avec une tasse et des scones qu'elle posa devant moi. La femme emplit la théière. La radio était allumée mais le speaker s'exprimait en irlandais. J'essayai de soulever la théière, ma main tremblait trop fort. Le thé se répandit sur la toile cirée. La femme finit par m'aider à emplir ma tasse. Elle reposa la théière et prit ma main entre les siennes avant de s'asseoir près de moi. La fillette s'attardait sur le pas de la porte, sachant qu'on la renverrait si elle pénétrait plus avant.

– Vous pleurez et vous ne semblez même pas vous en apercevoir. Qu'est-ce que vous avez ? Vous a-t-on dévalisée dans la colline ou bien quelqu'un vous a-t-il fait du mal ? Il y a une cabine dans l'entrée si vous voulez téléphoner chez vous.

Je secouai tristement la tête. Par la fenêtre, j'aperçus une voiture de police qui escaladait la colline à toute allure. La femme suivit mon regard.

– Ce brigadier, se moqua-t-elle, la seule fois où il se dépêche, c'est quand il rentre chez lui boire son thé. (Elle me pressa de nouveau la main.) Voulez-vous que je téléphone pour vous ? Que j'appelle quelqu'un, un docteur ou la police ?

– Il y a un homme... là, dehors...

Mais je ne pus continuer. Je baissai la tête. Le visage de Luke me regardait fixement, le crâne éclaté là-bas dans le fossé. Après tout ce que nos corps avaient partagé, je l'avais abandonné. Luke n'avait jamais prétendu être bon ou mauvais, personne, disait-il, n'agit que pour une seule raison. Même s'il m'avait manipulée, je n'avais pas été uniquement un appât. Le temps qui lui était imparti tirait à sa fin et tout le monde savait qu'il devait débarquer cette drogue quelque part. Mais il aurait pu choisir n'importe quel coin d'Irlande, il savait que la police était après lui. Une partie de lui-même avait voulu me mener à mon père, cette partie qui était en perpétuel conflit avec celle qui m'avait exploitée. Cependant, le mot conflit ne me paraissait pas juste. Avait-il jamais remarqué avec quelle facilité il acquérait des personnalités différentes selon les besoins du moment ? J'en doutais.

Déjà, je ne me souvenais plus de lui que sous la forme d'une douzaine de portraits-robots qui ne collaient jamais parfaitement. Que dire à cette femme ? Lequel de ces Luke était celui qui gisait dans le fossé ? Quelque part sur la côte irlandaise, un petit bateau venait d'accoster, mais je ne possédais aucune preuve et je ne savais pas où. Sans doute Luke était-il resté éveillé, l'esprit occupé par ce mirifique jour de paie, le dernier, celui sur lequel il avait tout misé, même la vie de son frère. Pourtant, si hauts qu'aient été les enjeux, ils n'auraient jamais suffi à réprimer cette terrible crainte de la pauvreté que j'avais détectée en lui.

La femme m'étreignit de nouveau la main, cherchant à me faire parler à force de gentillesse.

– Quel homme ? Votre petit ami ? Vous vous êtes disputés ? C'est lui qui vous a déposée devant ma porte sans bagages, sans rien ? (Elle m'examinait les bras et le visage, cherchant à savoir si j'avais été battue.) C'est un homme d'ici ? Est-ce qu'on vous a... ? (Elle dit quelques mots en irlandais à la fillette qui s'éloigna.) Vous comprenez ce que je veux dire ? On ne vous a pas fait de mal ?

Je fis non de la tête, lentement. Chaque fois que je fermais les yeux, je revoyais la nuque de Luke se creuser tandis qu'il disparaissait dans le fossé. La femme me lâcha la main et se leva. Elle me caressa les cheveux, ne sachant que faire de moi.

– J'ai fait couler un bain. Vous vous sentirez mieux après pour me parler.

Elle me conduisit le long d'un couloir jusqu'à une porte qui donnait dans l'hôtel. Il devait y avoir des douches, mais elle m'amena dans sa petite salle de bains personnelle, construite sur l'arrière de la maison. Elle avait mis des sels parfumés dans l'eau où flottaient des bulles de mousse. À côté de la baignoire, je remarquai un canard et un petit bateau en plastique ainsi que des coquillages qui portaient encore des traces de sable. J'avais un besoin urgent d'un tampon que je dus demander à mon hôtesse.

– Je ne m'en sers plus depuis longtemps et la mère de

l'enfant travaille en Écosse pendant l'hiver. Je vais envoyer Molly au village.

Je restai étendue dans la baignoire en attendant le retour de la petite fille, la tête baissée de façon à ne plus avoir que la bouche et le nez hors de l'eau. On allait bientôt trouver la voiture de Luke et son corps. La police de Killybegs se mettrait à ma recherche, mais que lui dirais-je ? Luke s'était éloigné de moi délibérément et ses derniers mots m'avaient renvoyée au rôle de petite pute. J'étais une moins-que-rien, trop stupide pour savoir quoi que ce soit. Luke avait compris que n'être au courant de rien m'assurait la sécurité et m'avait offert la meilleure chance de survie. Il n'avait ni demandé, ni trouvé grâce et il avait si bien appréhendé la nature humaine que même l'assassin sans visage avait agi selon sa volonté. Sans doute avait-il compris que le sort de Christy allait être le sien. En quittant l'hôtel le premier soir, je m'étais retournée et j'avais emporté, gravée en moi, l'image d'un homme mort. Pour une fois, Luke avait mal calculé ses chances. Il devait savoir que les Bypass Bombardiers se rapprochaient de lui. Il avait la mort aux trousses même quand il cherchait à me faire connaître mon père. Et maintenant, elle l'avait rejoint dans un chemin de campagne comme celui où jadis il avait, avec ses frères, volé des fruits au point du jour.

Je me glissai complètement sous l'eau et ouvris les yeux. La mousse verte que j'avais écartée se rejoignit au-dessus de moi. Je ne ressentais rien, pas même le besoin de continuer à respirer. La porte s'était ouverte sans que je l'aie entendue. Le visage de l'enfant se pencha au-dessus de la baignoire, déformé par les bulles. Elle me regarda intensément jusqu'à ce que je remonte à la surface.

– Je t'ai pris ça, me dit-elle en me tendant la boîte.

Elle avait échangé les bottes de son frère contre des tennis plus féminines. J'attendais qu'elle parte, mais elle resta, les yeux fixés sur mon corps.

– Qu'est-ce que tu faisais sous l'eau ?

– Apporte-moi des ciseaux ou une lame de rasoir.

– Je peux le dire à Mémé ?

Je plongeai mon visage sous l'eau et fermai les yeux pour voir le cerveau de Luke exploser. Je les rouvris vite et refis surface, mais l'enfant était partie. Je me séchai et mis les seuls vêtements que je possédais. Je trouvai le chemin du dortoir, une pièce spartiate encombrée de lits superposés à trois étages, aux matelas de crin sur des cadres métalliques. Trois hautes fenêtres laissaient pénétrer le jour dans ce qui avait dû être une salle de classe. L'air froid sentait le moisi. La femme avait préparé des draps et deux couvertures supplémentaires. Je m'étendis sur la couchette du bas et regardai disparaître les derniers rais de lumière. Les dortoirs de Saint-Raphaël devaient être plus vastes pour abriter les quatre-vingts garçons qui rêvaient de voitures, de vengeance et de femmes. Seulement, les rêves de Luke n'avaient jamais pu se réaliser. Une partie de lui-même n'avait pas grandi et c'était peut-être ce qui nous avait rapprochés. Mais le moment était venu de mûrir ou de mourir.

Maintenant, le fossé devait être plongé dans l'obscurité. Il y gisait encore à moins qu'on n'ait trouvé la voiture. Au printemps, des fleurs et des baies pousseraient sur les haies tandis que des auto-stoppeurs passeraient à côté avec leurs lourdes bottes et leur accent étranger. Jamais on ne parlerait de lui. Nulle plaque ne marquerait le lieu de sa mort où personne ne déposerait la moindre fleur. C'était un pays touristique et les gens d'ailleurs n'y laissaient pas de trace. Or Luke n'était pas plus d'ici que je ne l'étais moi-même. Seuls les vieux messieurs qui passaient par là jetteraient de temps en temps un coup d'œil vers le fossé dans lequel il était tombé.

Sans doute étais-je entrée dans une phase nouvelle du choc que j'avais reçu. Mes mains avaient cessé de trembler et j'étais étrangement calme. Je voulais pleurer Luke, mais je ne savais quel homme pleurer. À ses obsèques, chaque participant se remémorerait un personnage différent. S'était-il seulement permis d'être lui-même quand il était seul ? Je fermai les yeux et le vis se relever après le premier coup de feu, puis s'avancer en titubant. Alors sa tête avait éclaté et je l'avais regardé tomber une dernière fois. Il me sembla ne plus pouvoir me rappeler son visage. À sa place, une grande tache noire devant mes yeux. Lorsque je les rouvris, la petite fille se tenait près de mon lit, elle me tendait une longue paire de ciseaux pointus.

– Qu'est-ce que tu vas faire ?

– Va-t'en.

L'enfant me regarda fixement, puis se détourna et quitta la pièce. Elle était trop jeune pour savoir ce qu'était un secret entre filles. Sans doute avait-elle été chercher sa grand-mère car, quelques minutes plus tard, la porte s'ouvrit et je l'entendis entrer en courant. La femme me trouva accroupie en boule sous les hautes fenêtres. Elle m'arracha les ciseaux, mais elle arrivait trop tard. Je remarquai deux taches de sang sur les lames brillantes au moment où elle les fit tomber dans la poche de son tablier.

– Vos beaux cheveux ! Qu'est-ce que vous leur avez fait ?

Je levai la main. Je n'avais rien senti lorsque les ciseaux avaient écorché mon cuir chevelu. Des mèches de longs cheveux blonds, avec une touche de noir à la racine, jonchaient le sol. La femme m'entoura de ses bras et me laissa pleurer en me berçant d'avant en arrière sans dire un mot. Elle avait probablement parlé à la petite fille qui s'était éclipsée et, beaucoup plus tard – combien de temps, je n'aurais su le dire –, revint accompagnée d'une femme de trente ans environ qui s'agenouilla pour examiner mon crâne.

– Un vrai massacre, constata-t-elle. J'ai un salon un peu plus loin. Voulez-vous que je vous rase complètement ?

J'acceptai d'un signe de tête. Elles me ramenèrent dans la cuisine et mirent une serviette sur mes épaules. La femme adressa quelques mots en irlandais au garçon d'une douzaine d'années qui se trouvait là et qui partit aussitôt. La fillette, qui avait ramassé mes cheveux dans le dortoir, les rapporta.

– Tu avais de si beaux cheveux, me dit-elle au bord des larmes. Je donnerais tout pour avoir des cheveux blonds comme ça.

La coiffeuse travaillait sans se presser. Elle me rasait et, en même temps, cherchait à m'apaiser et m'incitait à parler.

– Maire m'a dit que c'était un homme. Vous a-t-il fait quelque chose ? Ici, les policiers sont tous des hommes, mais je connais une femme policier à Donegal. Voulez-vous que je lui téléphone ou que j'appelle un docteur ? Nous nous faisons du souci pour vous.

– Je voulais seulement me débarrasser de ces cheveux. (Le calme de ma voix me surprit.) Depuis quinze jours, je ne pouvais plus les supporter.

– Vous savez ici, les hommes sortent du pub et s'en vont danser, à moitié soûls pour se donner du courage. Ils nous reluquent comme si nous étions des génisses au marché. Alors on se dit, si seulement on pouvait être ailleurs, dans n'importe quel bled un peu plus reluisant. Mais ils sont tous pareils, où que vous alliez. Leurs vêtements ou leur coupe de cheveux peuvent être différents, certains ont l'art de cacher ce qu'ils pensent, mais pour eux, vous n'êtes tout de même qu'une génisse au marché.

Molly nous avait oubliées, elle était redevenue une enfant et s'amusait à un jeu de son invention avec les mèches coupées. La bouilloire se mit à chanter et la femme versa une bonne rasade de whiskey et du sucre dans un verre qu'elle avait rempli d'eau bouillante. Elle y ajouta des clous de girofle et insista pour que je le prenne.

– Buvez, ça va vous réchauffer. Je vais préparer le dîner. Les clients de l'auberge font leur cuisine eux-mêmes, mais à cette époque de l'année nous sommes contents d'avoir de la compagnie. Tous les jeunes s'en vont, même ma fille qui me laisse ses deux enfants. Après le dîner, allez vous coucher et dormez. Croyez-moi, le sommeil guérit tous les maux.

Le whiskey me brûla la gorge. Je bus trop vite en portant de nouveau le verre à mes lèvres. La coiffeuse me tendit un miroir. Je ne me reconnus pas, mais c'était une sensation qui m'était déjà familière. Cependant, mes traits avaient retrouvé un peu de leur aspect habituel. La nouvelle venait d'être diffusée, à peine audible, mais j'avais entendu le nom de Duggan. Je demandai alors qu'on monte le son. La coiffeuse écouta et me fit la traduction avec un haussement d'épaules dédaigneux.

– Encore un gangster de Dublin abattu. Il paraît que son frère avait été flingué peu de temps avant.

Malgré toute sa soif de respectabilité, c'était donc ainsi qu'avait fini Luke, comme un gangster de plus qui méritait tout juste quelques secondes à la radio irlandaise. La police n'allait pas tarder à arriver. Si j'avais un tant soit peu de bon sens, j'irais la trouver.

– Quand ont-ils trouvé le corps ?

– Vers midi.

– Mais il n'était pas...

Je m'arrêtai. La coiffeuse paraissait ne rien avoir remarqué. Elle s'essuyait les mains.

– Il conduisait une camionnette du côté de Waterford. Ils l'ont forcé à se dérouter, ont vidé tout ce qu'il y avait à l'arrière et l'ont descendu. C'est devenu pire qu'à New York ici, de vraies bêtes.

Le garçon se montra à la porte de la cuisine et appela sa sœur. Elle leva les yeux vers lui, hésitant à abandonner les mèches blondes avec lesquelles elle jouait. Il l'appela une seconde fois. Elle renonça alors aux cheveux avec l'obéissance aveugle des cadets.

Sept heures, puis huit. J'étais encore étendue sur la couchette, sans m'être déshabillée, roulée en boule, les couvertures étroitement serrées autour de moi. J'avais cessé de revivre la mort de Luke ou même d'être hantée par le moment où je l'avais vu mourir, mon visage terrorisé et les buissons verts reflétés dans la visière, la sensation d'un revolver effleurant ma joue. Ce qui m'intriguait, c'était le souvenir de ce parfum discret, presque entièrement effacé par les vapeurs d'essence, qui me rappelait pourtant Mamie. Je ne sais depuis combien de temps l'enfant se tenait au pied du lit quand je m'aperçus de sa présence. Elle portait une longue écharpe qui manifestement appartenait à sa grand-mère. Je fermai les yeux et retrouvai soudain la trace de ce parfum. Je me revis à l'âge de la fillette, me glissant dans la chambre de Mamie pour essayer des vêtements devant le miroir. Je respirais alors les relents de musc qui avait toujours imprégné son armoire.

– Il est ici. Je sais qu'il vient te chercher.

Une image me traversa l'esprit, celle de Luke, toujours vivant, indestructible. Mais ce ne pouvait être lui, descendant d'un pas heurté le flanc de la colline, pareil au monstre de Frankenstein. L'enfant me fit signe de la suivre. Y avait-il une moto garée devant le portail ? Son moteur tourne et un chevalier sans visage attend pour rompre le charme. Mais, cette fois, le chevalier n'était pas un inconnu. Nous avions été floués, aussi bien Luke que moi.

Le gravier devant l'auberge était éclairé par la lumière venant de la fenêtre de la cuisine où le jeune garçon faisait ses devoirs. Al, debout près du portail, fixait ma tête rasée. Il semblait bouleversé, mais je ne savais pas s'il avait appris la mort de son père. Je m'avançai vers le portail et ne l'ouvris pas. Tout avait changé depuis la nuit dernière, quand nous nous cachions parmi les arbres. La vie aurait pu être tellement différente si je l'avais suivi à Dublin.

– Dieu merci, tu es saine et sauve, Trace. J'ai eu si peur pour toi.

J'aurais dû lui parler aussitôt, mais certains détails m'échappaient encore. La fillette s'était arrêtée sur le seuil de la porte.

– Est-ce que tu as vraiment vu Luke coucher avec ta mère ?

Al parut surpris par ma question.

– Christine l'a vu, elle me l'a raconté.

– Que t'a-t-elle dit d'autre ?

– Je ne vois pas ce que tu veux dire. Comment lui as-tu échappé ?

J'étudiai soigneusement son visage. Je savais qu'il avait pris d'énormes risques pour moi, pourtant je ne pouvais désormais me fier à personne.

– Pourquoi le copain de Christine n'était-il pas à l'enterrement ?

– Quel rapport ?

– Réponds à ma question.

– Je ne sais pas pourquoi. Elle ne l'amène jamais à la maison. Carl l'a vue une fois en ville avec un type sur une moto. Ces temps-ci, Christine fréquente une bande que je préfère ne pas connaître.

– Comment as-tu fait pour me retrouver ?

– Ton violoneux est drôlement connu. Tout le monde dans le Donegal sait qu'il habite à Glencolumbkille en janvier et qu'ensuite il est hébergé à l'hôpital de Letterkenny jusqu'au printemps.

– Luke m'a dit que personne ne savait où il allait.

– Demande l'heure à Luke et il te fera croire qu'il est le seul homme sur la planète à pouvoir te la donner. J'ai essayé de te suivre ce matin, mais tu connais ma bagnole. Il s'arrêta, l'air piteux. Je suis tombé en panne d'essence.

– Pour l'amour du ciel, Al !

– Oui, je sais. Je ne suis même pas foutu de saisir ma chance.

Il voulut me prendre la main, mais je fis un pas en arrière.

– Al, j'ai de mauvaises nouvelles, mais je ne sais pas comment te les apprendre.

– Luke est mort, c'est ça ? J'ai vu une ambulance et deux voitures de police sortir à toute vitesse de Killybegs et je les ai suivies au fin fond d'une gorge. On avait mis les scellés sur sa voiture. Comme je n'ai pas vu de trace d'accident, j'ai pensé qu'on l'avait descendu. En revanche, je n'ai pas pu voir combien de corps on emmenait. Quel soulagement quand tu es sortie saine et sauve de cette maison !

– Ils ont tiré en pleine tête, je l'ai vu.

– Impossible, ils t'auraient tuée, toi aussi.

– J'y étais.

– Quelqu'un d'autre t'a repérée ?

– Pas au moment où ça s'est passé.

– Tant que la police ne t'aura rien dit, tu ne sais rien, Trace.

Tu t'es battue avec Luke et tu t'es enfuie. C'est important. Ils ne laissent pas de témoins.

Les conseils d'Al me réconfortèrent. Je lui pris la main.

– Ce n'est pas tout, Al. Je regrette d'avoir à te le dire, mais ton père a été tué vers midi au volant d'une camionnette à Waterford.

Al garda le silence. Je ne remarquai aucun changement d'expression. Il était comme paralysé. J'ajoutai alors :

– Cette balade dans le Donegal n'était qu'un leurre.

– Mon père n'avait rien à se reprocher. Il fraudait uniquement sur la TVA. Il est toujours resté en dehors de leurs trafics et a tout fait pour que je le reste aussi. C'était leur petit frère, ils veillaient sur lui. Il n'y a qu'une chose pour laquelle Christy aurait tué Luke, c'est si...

Al s'arrêta. Ses cheveux roux étaient si différents de ceux de Shane que je remarquai seulement maintenant la similitude de leurs traits.

– Ils ont pris tout ce qu'il y avait dans la camionnette.

– Ils n'avaient pas besoin de le tuer, remarqua Al comme s'il se parlait à lui-même. Il n'était sûrement pas armé. P'pa était un amateur. Tout le monde le savait. (Il se tut un instant.) Ils ont tiré combien de fois sur Luke ?

– Deux fois. Dans le dos et dans la tête.

– Une fois pour chaque frère. Il méritait plus, dit-il d'un ton amer en abandonnant ma main. Pour ton bien, ne dis rien à la police. Ils savent que tu étais sa... que tu n'étais pas dans le coup. (Il fit une pause avant de reprendre :) Pourquoi m'as-tu parlé de Christine ?

J'étais terrifiée. J'avais choisi ce moment pour mettre Al à l'épreuve. Peut-être savait-il tout, peut-être était-il même le complice de Christine. Carl m'avait laissé entendre qu'ils n'étaient pas seulement cousins. Le comportement de Luke avait-il eu une influence sur lui ou bien avait-il cherché à venger la mort de Christy ? La veille, il avait fait tout son possible pour m'éloigner de Luke. Étais-je l'enjeu sur lequel il avait compté ?

– Et pourquoi, reprit-il, m'as-tu parlé de ma mère et de ce salaud ?

Al tremblait. Je percevais la douleur qu'il essayait de cacher. J'eus la certitude qu'il était innocent. Il s'était mis à ma recherche pour moi seule et il en savait encore moins que moi sur ce qui se passait. Mais maintenant, si je voulais le protéger, je devais lui cacher la vérité.

À coup sûr, Luke était un gangster comme le proclamait Al. Sans doute avait-il organisé des escroqueries majeures dans le passé. Avec Christy, il avait monté un trafic de cigarettes. Mais, dans cette même affaire, je le soupçonnais d'avoir chapeauté son frère dont il savait qu'il était incapable de se débrouiller tout seul. Il y aurait sans doute eu un compte à l'étranger destiné à Christy si Luke avait pu mettre un terme à son obsession d'épargner l'argent que Margaret s'empressait ouvertement de dépenser. Mais il n'aurait jamais manigancé l'attaque du fourgon blindé. Le véritable joueur ne parie que si la chance est de son côté. D'autre part, Luke n'avait sans doute pas les contacts nécessaires pour voler les plans des Bypass Bombardiers. J'ignorais si le copain de Christine faisait partie de cette bande et travaillait en solo ou s'il n'était qu'un petit truand rôdant aux frontières du crime. Mais pour une fois, Christy n'avait pas écouté Luke. Il s'était fié à sa fille.

Au moment où je levais les yeux vers les montagnes obscures, je compris que Luke n'avait pas menti. Cette opération n'avait vraiment rien à voir avec lui. Il tentait une fois de plus de tirer d'affaire sa famille en organisant l'expédition de la marchandise par bateau, ce que Christine n'avait pas réussi à faire. Sa nièce s'était servie de lui comme elle s'était servie de son père. Avait-elle aussi préparé le meurtre de Shane, ou bien avait-elle été doublée par son copain ? À moins que les Bypass Bombardiers ne les aient pris de vitesse tous les deux. Elle était la fille de Christy, elle avait son intelligence et une réputation dont il fallait se montrer digne. Et maintenant, elle gisait peut-être, elle aussi, dans un fossé. De toute façon, Luke avait eu raison quand il avait estimé qu'on ne tarderait pas à lui faire la toilette des morts dans le même funérarium que son père.

– Pourquoi ne me réponds-tu pas ? me cria presque Al.

Au même moment, nous nous aperçûmes de la présence de l'enfant sur le pas de la porte.

– Est-ce que Christine se parfume toujours avec White Musk ?

– Mon père est mort et tu me parles de parfum ?

Al était furieux. La nouvelle de la mort de son père commençait seulement à lui entrer dans la tête. Il paraissait si dépassé que j'aurais voulu le prendre dans mes bras. Mon copain Al. L'ami que j'aurais tellement voulu avoir un jour. Mais maintenant, il fallait que je me retienne. Allait-il être assez fort pour résister au piège que lui tendait son nom ? Quant à moi, je refusais de me laisser détruire à ses côtés dans le monde de la pègre.

J'aurais dû mourir et je ne savais toujours pas pourquoi Christine m'avait épargnée quand elle m'avait observée derrière la visière de son casque. Je me souvins alors de ce que Luke m'avait avoué ; il n'avait couché qu'une seule fois avec une fille plus jeune que moi, la plus expérimentée de toutes, qui l'avait séduit sans qu'il puisse lui échapper. Peut-être même Christine estimait-elle lui devoir une faveur. À moins qu'elle n'ait suivi les instructions de son copain. La mort de Luke ne ferait pas plus de bruit que les morts banales des jeunes drogués en manque dans les ghettos de Dublin. Mais le meurtre d'une touriste ameuterait la police, les politiciens et les journalistes. Aucun mafioso, ou prétendu tel, ne tenait à attirer l'attention.

– Ta mère n'a jamais trompé ton père.

– Qu'est-ce que tu en sais ?

– Crois-moi. Je le sais.

– Elle est toute seule à Dublin. J'ai des affaires à régler là-bas. Tu vas t'en sortir ?

– Ne te mêle pas de tout ça, Al. Ils vont te démolir.

– Rien que des affaires légales, rétorqua-t-il d'un ton agressif. Les obsèques, les assurances, la boutique.

– Vends-la. Ne fais pas courir à ta mère le risque de suivre un autre cercueil dans six mois.

– Qu'est-ce que tu veux dire ? Que je suis une poule mouillée, comme ils le disent tous ? Mon père est mort et je n'ai plus qu'à tirer un trait dessus.

– Tu sais qui l'a tué. Luke s'est servi de nous tous, même de ses propres frères.

Je mentais. Al était venu dans le Donegal pour me sauver la vie, maintenant, je voulais en faire autant pour lui.

– Luke est mort, poursuivis-je. Enterre ton père et retourne à Londres. Tu trouveras où coucher chez mon grand-père si tu te décides rapidement.

Al réfléchissait.

– Qu'est-ce que j'y ferais ?

– Trouver du boulot.

– Mais je suis un Duggan, répondit-il, presque terrifié. je ne saurais pas comment. Je n'ai aucune qualification, rien. Luke s'est toujours occupé de tout.

– Je reprends mes études au printemps. Tu pourrais peut-être en faire autant quelque part.

– Tu crois ? (Sa voix exprimait un doute profond.) Je voudrais tout de même régler un certain nombre de choses avant de partir. Ça prendra sûrement du temps. Est-ce que je pourrai t'appeler chez toi ?

– Je n'y serai plus à partir de la semaine prochaine.

– Où pourrais-je te trouver ?

Je ne répondis pas. Luke aurait su me récupérer, lui non. Je ne resterais pas toujours à Harrow, mais peut-être qu'avec grand-père et moi à la maison, Mamie pourrait y passer le week-end. C'était comme si la mort de Luke m'avait encouragée à vivre. Je ne savais pas encore ce que j'allais faire de ma vie, mais c'était le moment où jamais d'y penser.

– Je ne peux pas te dire combien de temps il va falloir que je reste à Dublin, reprit Al. Mais bon, je vais essayer.

Il se pencha par-dessus le portail pour me prendre dans ses bras. La dernière personne qui m'avait embrassée était morte.

Je n'avais aucun moyen de savoir si Al, lui aussi, risquait sa vie. Il fit un pas en arrière.

– Si tu dois partir, vas-y.

Al hocha la tête. Il n'avait pas envie de me quitter.

– Alors, chez toi.

– Je ne passerai pas ma vie à t'attendre.

Il monta en voiture et mit le moteur en marche. La fillette sortit de l'auberge de jeunesse pour voir les phares disparaître.

– C'est ton copain ?

– À ton avis, Molly ? Tu crois que je devrais le prendre comme copain ?

L'obscurité avait de nouveau envahi la route, mais les feux réapparurent plus haut dans la colline.

– Je crois que c'est un type bien. Mais tu ne préférerais pas un garçon plus costaud ?

– Je ne sais pas.

– Mon père était costaud, rien ne lui faisait peur. On dit qu'il s'est noyé. Des morceaux du bateau et deux corps ont été rejetés sur le rivage, mais je sais qu'il est là-bas.

Je regardai l'enfant. Elle fixait les vagues, l'air sérieux.

– Il y avait toutes sortes de bateaux étrangers qui n'ont même pas de téléphone. Avec un gilet de sauvetage, on flotte pendant des jours. Quand on est assez fort, on peut tenir le coup même par une grosse tempête, hein ?

Je ne répondis pas. D'ailleurs, elle ne tenait pas à ce que je le fasse. Je lui pris la main et regagnai la maison.

24

Il était neuf heures quand j'arrivai au Cunningham's Pub. Si la police avait retrouvé ma trace et voulait m'interroger, je préférais qu'elle intervienne ici plutôt que devant Molly. Je n'aurais pas aimé que la petite fille me voie monter dans un car de police sous la fenêtre de sa chambre. Le pub ressemblait à toutes les autres vieilles maisons de la rue, sauf qu'il était un peu plus grand et portait l'inscription CUNNINGHAM sur la pierre grise au-dessus de la porte. Naguère, il devait se trouver aux confins de la ville, mais aujourd'hui, j'apercevais au-delà du dernier réverbère les contours des petites maisons modernes qui éclairaient l'obscurité. Une voiture passa et la rue retrouva aussitôt son silence. J'entrai dans le pub sans être sûre que le violoneux allait y jouer. Rien ne l'indiquait, pas même une affichette.

Autour du bar s'étaient rassemblés moins d'une vingtaine de clients. La plupart étaient des hommes âgés en vêtements sombres, indéfinissables. Je repérai parmi eux les conducteurs de voiture qui buvaient à contrecœur de la limonade. Seuls deux ou trois me saluèrent, mais ma présence n'avait échappé à personne. À l'une des extrémités du bar, un groupe d'hommes discutait l'achat de terres ou de bétail tandis qu'un vieux du pays en casquette de tweed à visière était assis à l'écart, quelques tabourets plus loin, buvant lentement un whiskey. Deux couples mariés bavardaient avec la femme derrière le comptoir, sans doute Mrs Cunningham. Elle les quitta pour s'approcher de moi au moment où je prenais un tabouret à côté du vieil homme. Elle examina mon visage et mon crâne rasé si attentivement que je craignis d'être expulsée.

– Vous êtes la fille de l'auberge. Noeleen, la coiffeuse, m'a parlé de vous quand elle est venue ici tout à l'heure.

Je commandai une vodka tonic qu'elle alla préparer. Une chaise à haut dossier avait été installée au bout de la salle, un peu écartée du mur. Elle me rappela celle sur laquelle s'était assis Luke lors de notre première rencontre à Londres. Malgré l'absence de projecteurs et de micros, je sus pourquoi elle était là.

– Il va y avoir de la musique ? demandai-je au vieux monsieur assis près de moi.

– Oui. Un peu plus tard.

Il m'avait répondu d'une voix douce et pourtant, elle aurait fait pleurer les pierres. Il était facile de repérer les célibataires qui, comme lui, se trouvaient dans la salle et restaient isolés. Je devinais leur vie solitaire dans les montagnes environnantes, à l'écoute des moutons, du vent et des voix dans leur tête. Mrs Cunningham revint avec mon verre et parut sur le point de me parler. Elle se contenta pourtant de rejoindre les couples mariés qui n'avaient cessé de m'examiner d'un œil aussi soupçonneux que le premier regard de la femme de l'auberge.

Je m'étais assise dans un coin pour les éviter tous et attendre la police. Sans doute allait-on bientôt étendre Luke sur la table d'autopsie. Je revoyais chaque détail de son corps, sa cicatrice, les poils argentés de la barbe qui continuaient à pousser après la mort, ses genoux légèrement torses. Ce n'était cependant pas Luke qui m'obsédait tandis que s'emplissait le pub, mais ma mère comme je ne l'avais jamais connue, la fille aux longs cheveux et au chapeau de soleil d'une mauvaise photo. Depuis des années, l'endroit où je me trouvais n'avait pas changé. Elle s'était assise dans un pub semblable, vaguement curieuse de la musique qu'on allait entendre sans penser un instant que sa vie allait irrémédiablement basculer.

En l'espace de dix minutes, une foule s'était rassemblée, une quarantaine de clients dont on percevait l'impatience tranquille. Mrs Cunningham traversa la salle et se dirigea vers la porte entrouverte qui donnait dans la cuisine. Je m'attendais à ce qu'elle l'ouvre toute grande en annonçant l'arrivée du musicien, mais au lieu de cela, elle la ferma complètement de façon à isoler une télévision allumée. Elle décrocha un violon suspendu derrière le bar et le tendit au vieux monsieur assis au comptoir à qui je m'étais adressée. Il s'assit sur la chaise préparée à son intention et fit courir l'archet sur les cordes pour une petite mise au point.

– T'aurais besoin de superglu, Proinsías, pour qu'il reste accordé, lança une voix, soulevant de petits rires à ce qui était de toute évidence une vieille plaisanterie.

J'observais mon père avec une certaine tristesse. Je m'étais imaginé notre rencontre comme un moment d'éblouissante perception. Mais j'étais en sa présence depuis vingt minutes, nous avions même parlé, et rien ne s'était passé. Jamais, pensai-je soudain, jamais je n'aurais dû entreprendre ce voyage désastreux. Oui, je voulais lui faire part de la mort de sa femme, mais j'aurais pu aussi bien contacter, de Londres, la police irlandaise. J'étais anéantie. Je songeais à la famille que j'avais eue et que j'avais fait souffrir.

Par le minuscule espace entre ses chaussettes et son pantalon, j'apercevais un caleçon long défraîchi. Il paraissait si vieux que me revint le dégoût de mon enfance à l'idée que ma mère ait pu s'accoupler avec lui. J'étais le résultat de cette union contre nature et j'avais envie de m'en aller parce que je savais que nous n'aurions rien à nous dire. Au même moment, il se mit à chanter :

Un soir que j'avais bu un peu trop du whiskey
Qui gaiement emplissait les verres à la ronde,
Chacun portant un toast à la santé de l'autre,
Terry prit son violon et se mit à jouer...

Il leva son violon et, dès les premières notes, la salle fit silence. Seuls ses yeux et son menton restaient immobiles. Il semblait impossible qu'un vieillard puisse jouer aussi vite et fort. Je sentais les yeux de tous rivés sur l'archet et la main qui tirait de l'instrument des notes d'agrément dont il ornait les plus minuscules intervalles. Les sons étaient si riches qu'ils créaient l'illusion de plusieurs violons jouant ensemble par la simultanéité de trois ou quatre notes. Jamais je n'avais entendu jouer ainsi, pas même sur la cassette grinçante que Luke m'avait offerte. Les applaudissements éclatèrent, mais avec une certaine retenue, comme par respect. Le violoneux pencha la tête d'un côté et ferma les yeux. Tous les muscles de son visage semblèrent s'animer. Si je m'étais absentée un instant, je n'aurais pas reconnu l'homme à qui je m'étais adressée. Son pied frappait le sol suivant un rythme que lui seul entendait jusqu'au moment où il se remit à chanter.

À la bonne vôtre, vous tous, à l'exception du chat
Qui, assis dans son coin, flaire l'odeur du rat.
Faites taire vos amies et tenez vous tranquilles
Car, sauf votre respect, je me mets à chanter.

Il avait ouvert les yeux et me regardait fixement, sans aucune trace de la timidité qu'il avait montrée au bar.

Je viens de la contrée où poussent les jolies filles,
Où les garçons bien faits dansent une folle gigue,
Où le cœur s'enflamme pour les jeunes beautés
Dans nos chères collines, non loin de Tandragee.

Certains, parmi les plus vieux, reprirent en chœur le refrain.

Buvons à la santé de tous ces joyeux drilles
Qui chantent et folâtrent le soir avec les filles,
Fringants et vifs, heureux et libres,
Nous sommes les gais lurons non loin de Tandragee.

J'imaginais ma mère dans un pub comme celui-ci, savourant la désinvolture de ces chansons après l'austérité de la maison de Harrow. Maintenant, le chanteur a la voix cassée, il a pris de l'âge, mais il possède toujours le rythme qui peut encore entraîner jeunes et vieux. Il passa directement de la chanson à une suite de mélodies qu'il interpréta au violon avec plus de force encore, et plus de fureur. Je me souvins d'une anecdote le concernant que Luke m'avait racontée dans l'avion.

Mac Suibhne avait décidé d'aller rendre visite à son père qui se mourait à l'hôpital. Il pensait que la musique adoucirait sa fin. On raconte qu'il joua son air favori mieux qu'il ne l'avait jamais joué. Pourtant, le vieil homme se redressa et lui arracha l'instrument des mains tant il était contrarié, puis il se mit à jouer avec une frénésie que Mac Suibhne ne lui avait jamais connue. Lorsque son père eut terminé, il tendit le violon à son fils, se renversa en arrière et mourut. Au même moment, dans la maison familiale, un violon se décrocha du clou auquel il était suspendu, tomba et se brisa en mille morceaux. Avant de le rencontrer, je ne pouvais croire à la véracité de cette histoire, mais, en l'observant, je n'aurais pas été surprise de voir son violon prendre feu entre ses mains.

Quand il eut fini, il tint son archet immobile, comme si les applaudissements l'importunaient, avant de commencer une autre mélodie, plus lente, empreinte d'une douleur presque insoutenable. Je jetai un coup d'œil sur les visages attentifs qui m'entouraient. Qu'entendaient-ils ? Peut-être connaissaient-ils les airs et ce qu'ils signifiaient, peut-être aussi les notes se faisaient-elles l'écho de la perte d'un être cher. Luke aurait adoré cette complainte. Je pensai à la police, à l'ambulance là-haut dans la colline, au corps de Luke enfermé dans un sac à fermeture éclair. Je revis la photo de ma mère, rieuse sous son chapeau de soleil. Je revis grand-mère attachée sur son lit d'hôpital et droguée pour la nuit. Et grand-père seul à Harrow, attendant le coup de téléphone de l'hôpital qu'il finirait bien par avoir. Ce ne fut qu'en portant les mains à mon visage que je sentis mes larmes. Je pleurais sur toutes les vies prisonnières des notes de cette mélodie. Personne ne semblait s'en rendre compte. Le violoneux s'arrêta enfin et il y eut un silence de dix ou quinze secondes avant que n'éclatent les applaudissements. L'auditoire en profita pour s'approcher du bar et commander une boisson à voix basse.

– Raconte-nous une histoire, Proinsías, réclama un homme à peu près de son âge.

Mais le violoneux leva son archet comme s'il ne l'avait pas entendu. Il joua quelques mesures, les triturant pour masquer les notes avant de demander si quelqu'un reconnaissait cet air.

– *Casadh an tSúgáin* proposa une vieille femme assise près de moi.

Le violoneux acquiesça d'un signe de tête et baissa son archet.

– « La torsion de la corde. » C'est ce que ça veut dire en anglais.

Il posa l'instrument sur son genou et, le dos bien droit appuyé au dossier de la chaise, il regarda autour de lui.

– Et cet air a été écrit pas loin d'ici par un musicien itinérant, un soir où le temps était aussi mauvais qu'aujourd'hui, poursuivit-il.

Il s'interrompit en entendant le bruit du tiroir-caisse que Mrs Cunningham empêcha de s'ouvrir trop brusquement. Quelqu'un posa son verre, puis ce fut le silence.

– Un jour, un violoneux traversait ces collines à la nuit tombante après avoir joué chez des gens au fond d'un vallon, commença le vieillard. Personne aux alentours et l'orage menaçait. L'homme, effrayé, ne voulait plus poursuivre sa route. Une seule lumière brillait et, quand il s'approcha d'elle, il vit une fille qui rentrait ses bêtes avant la tempête. Il lui dit alors qu'il aurait le courage de continuer son chemin le lendemain matin s'il pouvait trouver quelque part de la paille où dormir. Elle lui promit d'en parler à sa mère, car elle avait deviné le violon sous le long manteau et, depuis toujours, elle aimait la musique.

Les yeux du violoneux parcouraient la salle, mais sans cesse ils revenaient se poser sur moi.

– La pensée de la musique la mettait si fort en joie qu'elle en oublia les craintes de sa mère concernant les bavardages des voisins. Parce qu'à l'époque les femmes vivaient seules, leur mari travaillant en Écosse. Quand sa mère la vit conduire le violoneux jusqu'à sa maison, qu'elle remarqua son âge et la coupe de ses vêtements, elle faillit le repousser. Le musicien fut conscient de son hostilité, mais s'il s'était senti fatigué jusqu'alors, maintenant à la vue d'un bon feu et d'une maison reluisante de propreté, ses jambes ne pouvaient plus le porter.

« Celles de la fille mouraient d'envie de danser. Quant à la mégère, elle n'en avait cure et ne voulait pas des rumeurs qu'aurait provoquées la présence d'un homme. Bref, elle chercha par tous les moyens à l'amadouer pour le renvoyer dehors, sous la pluie. Alors, il lui dit : "Ce n'est pas vous qui m'avez invité ici. Je suis croyant et je vous donne ma parole que je ne vous ferai aucun mal, ni à vous ni à votre fille."

« La mère comprit qu'il n'y aurait pas moyen de s'en débarrasser, mais elle avait plus d'un tour dans son sac. "Est-ce que vous n'êtes bon qu'à gratter du violon ou bien êtes-vous capable de faire un honnête travail ?" Quand il lui eut répondu qu'il n'était pas un fainéant, elle envoya sa fille chercher des brassées de foin. "On a besoin dans cette maison d'une longue corde", dit-elle. Alors le violoneux n'eut pas à prendre la fourche, mais il se mit à tordre la paille que tenait la fille, s'acharnant à montrer que ces bras étaient encore vigoureux, car il s'était entiché de la fille autant qu'elle de lui. Bientôt, la corde atteignit la longueur de la pièce, mais la mégère en voulait davantage et elle tint la porte ouverte pour qu'il continue de travailler. Il sortit donc dans la cour et tordit la plus belle des cordes de paille jusqu'au moment où il tomba brusquement en arrière, car la femme l'avait coupée avec un couteau à mi-chemin entre la fille et le violoneux avant de lui claquer la porte au nez. Alors, il se releva, prit son violon et joua l'air que vous venez d'entendre.

Quand les rires se furent calmés, le vieil homme reprit son violon et le porta à son menton.

– Jamais vous n'avez raconté l'histoire de cette façon, remarqua la femme.

– Eh bien, si je la racontais différemment, ce n'était tout de même pas un mensonge. *Casadh an tSúgáin* annonça-t-il, et il se mit à jouer sans me quitter des yeux.

Soudain, je sentis monter en moi la colère. Il était trop facile d'expliquer nos vies par un simple conte populaire sans mentionner que la fille avait été mise enceinte. Quelle que soit l'aversion de la mère, il n'avait pas le droit de composer cet air et de parcourir bourgs et campagnes en chantant ses gais lurons tant et si bien qu'il avait fallu le suivre à la trace pour lui apprendre la mort de sa femme.

Je décidai donc que j'avais retrouvé mon père et que j'en avais assez vu. Je lui écrirais de Londres qu'il était veuf dans un style précis et impersonnel. J'avais envie d'y retourner le plus tôt possible, mais auparavant, il me faudrait subir l'épreuve imposée par Brennan. Luke et moi nous étions querellés et je m'étais enfuie, bouleversée. Je ne savais rien. Je n'avais pas entendu l'assassin, je n'avais pas vu sa moto.

Je me levai pour quitter le pub quand ma voisine crut que je cherchais les toilettes et me désigna une porte, au bout de la salle. J'avais attiré l'attention et les gens s'écartaient pour me laisser passer. Il m'était désormais difficile de me diriger vers la porte d'entrée. Je passai tout près du violoneux qui ne leva pas les yeux, puis je soulevai le loquet et sortis dans la cour. J'espérais trouver un moyen de m'échapper sans avoir à repasser par le bar. Une lumière haut perchée sur le mur du fond éclairait le gravier. Un chien se leva et s'avança sans bruit vers moi pour me lécher la main. Je lui frottai le cou. Aussitôt, il remua la queue en remerciement de ma caresse avant de retourner dans son coin. Une pancarte avec le mot DAMES était clouée sur la porte de ce qui avait été jadis une étable à vaches. Un ruisseau qui descendait de la colline semblait disparaître sous la bâtisse.

Je me souvins d'une histoire que ma mère m'avait racontée en me câlinant dans mon lit et de son rire moqueur en évoquant un pub où les toilettes des dames étaient un simple trou dans une planche au-dessus d'un ruisseau. Par la porte ouverte, j'aperçus un sol bétonné et des toilettes modernes parfaitement installées et équipées d'un lavabo et d'une serviette. Mais je pressentais qu'il s'agissait du même endroit et que le ruisseau passait maintenant dans une canalisation souterraine. Au bout de la cour, une porte ouverte donnait sur un champ entouré d'un muret où seules poussaient des orties. J'aperçus des pavillons éclairés et j'en conclus que je pouvais m'enfuir en direction de la route. Depuis combien de temps m'observait-on ? Je n'en savais rien quand, en me retournant, je vis Mrs Cunningham debout derrière moi.

– Vous êtes Tracey, n'est-ce pas ? Ça me fait tout drôle de vous appeler ainsi parce que je connais le nom qu'il vous a toujours donné.

– Comment connaissez-vous mon nom ?

Sa présence m'effrayait.

– Trish, le diminutif de Patricia. C'est ainsi qu'il voulait vous appeler. Ils ont préféré Tracey. Ils l'ont trouvé plus beau, je suppose.

– De quoi parlez-vous ? Vous ne me connaissez pas.

J'avais l'impression d'être prise au piège.

– Effectivement, je ne vous avais pas reconnue. J'ai été surprise par votre tête rasée. Ce n'est qu'en vous voyant assise que je vous ai située. Vous ressemblez toujours à votre mère. Je sais que Trish est un diminutif, mais je ne peux pas penser à vous sous un autre nom. C'est ainsi qu'il vous appelait parfois, certains soirs.

– Il sait donc que je suis ici ?

– Ne soyez pas trop dure avec lui.

– Cela fait vingt ans qu'il ne nous a ni écrit ni rendu visite. Nous sommes la chair et le sang qu'il a abandonnés en échange de sa liberté.

– Je sais, et il le sait aussi, bien qu'il ne le dise pas. Quand il se lève de cette chaise, il parle rarement. Mais je suis certaine qu'il ne se passe pas un jour sans qu'il pense à vous.

– Penser ne sert à rien. Il serait venu à Londres si nous avions vraiment compté pour lui.

– Dieu sait s'il vous était attaché. Il était fou de vous. Trop même, mais il ne savait pas comment vous prouver son amour. Pourtant, il a essayé de toutes ses forces.

– Pendant les six malheureux mois à Londres, rétorquai-je.

– Et les six terribles semaines passées ici.

– Que voulez-vous dire ?

– Vous ne le saviez pas ?

– Quoi ?

Mrs Cunningham leva les yeux vers une chambre aux fenêtres obscures.

– C'était de la folie, Proinsías s'en est rendu compte après. Il a eu honte de ce qu'il avait fait, mais la famille de votre mère l'a traité comme un mendiant. Ils n'y ont rien compris. Proinsías n'en a jamais parlé, mais je l'ai lu sur le visage de votre grand-père quand il est venu ici.

– Mon grand-père n'est jamais venu ici, affirmai-je, avant de me rappeler qu'il avait voulu me dire quelque chose à Harrow et qu'il s'était arrêté comme effrayé de me perdre à nouveau.

– Je ne dis pas de mal de votre grand-père. Il avait l'air d'un brave homme. S'il avait été un peu moins patient, il aurait alerté la police, mais il a traîné un peu partout dans le Donegal jusqu'à ce qu'enfin il retrouve votre père. Ça n'a pas été facile. Proinsías avait peur à cause de ce qu'il avait fait et il ne séjournait que dans les endroits les plus isolés. À l'époque, peu de gens avaient le téléphone et ils ne s'en servaient que pour des petites conversations locales. Il aurait pu disparaître pendant des mois, mais finalement il avait quitté la montagne et il était descendu ici. Pendant tout ce temps, croyez-moi, il n'avait cessé d'espérer que votre mère le suivrait. Proinsías n'a jamais eu le sens pratique. Il pensait que la vie continuerait pour vous trois comme elle l'avait fait jusqu'à présent pour lui. Je ne critique pas vos grands-parents de lui en avoir voulu. Il était vieux et même les gens d'ici ne regardaient pas son mariage d'un bon œil. Mais je peux vous affirmer une chose, il ne vous a pas kidnappée. Votre famille a eu peur qu'il ne refasse pareille folie, mais elle a eu tort de le menacer de prison s'il remettait les pieds en Angleterre. Tout ce qu'il voulait, cet homme, c'était vous ramener au pays.

Je me retournai vers le flanc sombre de la colline où le vent soufflait. Il m'était impossible de m'en souvenir, et pourtant je nous revoyais traversant dans l'obscurité un vaste marécage qui menait à une route de montagne dominant la mer. Mon père était vêtu d'un long manteau qui abritait un violon et moi j'étais pelotonnée contre sa poitrine, sanglée dans un porte-bébé. Il avait sur le dos un grand sac de colporteur dont le poids, auquel s'ajoutaient la fatigue et la peur, le faisait tituber.

– Il s'est enfui avec moi ? Vous voulez dire que j'ai dormi ici ?

– Pendant quatre nuits, dans cette chambre, là-haut. (Elle désignait la fenêtre obscure, au-dessus de nous.) Vous aviez les fesses rouges, je m'en souviens. C'est moi qui vous ai donné à manger. Vous aimiez sa musique, je m'en souviens aussi. Elle vous calmait mieux que n'importe quel médicament. Vous avez dû dormir dans une demi-douzaine de maisons comme celle-ci dans le Donegal, des endroits où il y avait des femmes à qui votre père pouvait vous confier en toute sécurité. Je trouve bizarre qu'ils n'en aient jamais parlé, mais ils craignaient peut-être de vous effrayer quand vous étiez gamine.

Des hommes ouvrirent la porte et restèrent un moment à regarder mon père qui jouait.

– Pourquoi n'a-t-il jamais fait un enregistrement correct ?

– Personne ne devait s'intéresser à cette musique quand il était au mieux de sa forme. C'est seulement depuis peu que les Irlandais ont cessé d'en avoir honte. Maintenant, il dit qu'il n'est plus assez bon, qu'il ne peut plus jouer comme quand il était jeune. Je crois plutôt qu'il veut conserver sa musique pour lui quand il mourra. Il n'a personne ici à qui la transmettre.

Les hommes sur le seuil sortirent et se dirigèrent vers les

toilettes. En passant devant nous, ils nous firent un signe de tête. Par la porte restée ouverte, je voyais la salle comme envoûtée par ce que jouait mon père.

– Pensez-vous qu'il puisse m'apprendre à jouer ?

– Je ne sais pas, mais vous avez les mains qu'il faut, remarqua Mrs Cunningham. Il sait que vous êtes là, ajouta-t-elle en regardant la salle. Je l'entends à sa façon de jouer. On dirait qu'il ne peut pas s'arrêter. Il est nerveux. Il se demande si vous êtes sortie pour de bon ou si vous allez rentrer dans la salle et vous approcher de lui.

– Je n'en sais rien moi-même.

– Votre mère est au courant ?

– Elle est morte il y a seize mois. C'est ce que je suis venue lui dire. Voulez-vous lui faire la commission ?

– Je suis vraiment désolée de l'apprendre, mon enfant. La jeunesse de votre mère avait éclairé cette maison comme une flamme. Ils se sont rencontrés dans ce pub. Nous ne savions pas ce qui se passait, mais Proinsías n'était jamais resté aussi longtemps. Quant à votre mère, elle retardait chaque jour son départ. Ils parcouraient des kilomètres dans la vallée avant de se rejoindre. Ils étaient aussi naïfs l'un que l'autre, persuadés que personne ne les espionnerait. Mais, Dieu m'est témoin, elle a fait sourire Proinsías comme jamais je ne l'ai vu sourire ni avant ni après.

Elle s'arrêta pour écouter la musique, puis elle reprit :

– C'est cruel, la façon dont son père la lui a apprise. Jusqu'à ce que les cordes lui fassent saigner les doigts. Mais Proinsías ne savait rien du monde extérieur. Il ne connaissait que la montagne et les reels, car la musique était tout ce que possédaient les Mac Suibhne. Votre père m'a raconté qu'à douze ans, lorsqu'il se trouvait à Letterkenny et qu'il avait dû se louer à un fermier qui le battait et lui donnait à manger du lait tourné et des patates salées, il avait passé des heures à s'exercer sur un bâton en imaginant des airs dans sa tête. C'est ce qu'il a toujours fait chaque fois qu'il avait des ennuis. Il disparaissait dans un monde qui lui était propre. Votre mère a été la seule femme capable de le faire sortir de lui-même. C'était comme si on avait soulevé un voile ; je les ai vus se murmurer des choses à voix basse et rire quand il essayait de lui montrer comment tenir un archet. Ils formaient à la fois le plus étrange des couples et le mieux assorti. (De nouveau, elle regarda par la porte.) Proinsías a toujours espéré qu'elle reviendrait. Je lui ai souvent conseillé de se rendre à Londres ; aucune loi ne pouvait l'en empêcher. Mais ils l'avaient traité comme un vagabond et vous tous, les Mac Suibhne, vous avez toujours été fiers et obstinés.

Il cessa de jouer et posa le violon par terre. Sans prêter attention aux applaudissements, il tourna la tête vers Mrs Cunningham et moi, encadrées par la lumière.

– Il reste collé à sa chaise parce qu'il ne sait que faire. Vous êtes venue jusque-là pour lui apprendre la nouvelle, mais vous avez bien plus à lui raconter. Et lui, il y a tant de choses qu'il voudrait vous dire. Vous n'allez pas lui parler maintenant ?

Je fis signe que oui, non pas à elle, mais à mon père. Un moment plus tard, il se leva. Au bar, les consommateurs se mirent à bavarder, croyant qu'il faisait une pause. Il marchait d'un pas lent, attentif à l'endroit où il posait les pieds. Il s'appuya au chambranle de la porte avant de s'engager sur le gravier, le violon délicatement tenu au creux de son coude. Les paroles que nous allions échanger ne viendraient pas sans peine. Il attendit que je fasse un pas vers lui. Alors, il renonça au soutien de la porte et s'empara du bras que je lui tendais. Ses doigts étaient forts et chauds, je n'en avais jamais vu d'aussi longs. Je les touchai avec la curiosité silencieuse d'un enfant, puis levai les yeux et lui rendis son sourire. Nous nous mîmes à parler en même temps, sans savoir ni l'un ni l'autre ce que nous allions dire.

L'auteur est redevable à trois excellents livres : *The Irish Song Tradition,* de Sean O'Boyle, qui lui a fourni le texte de « The Knight on the Road » ; *The Stone Fiddle,* de Paddy Tunny, dans lequel il a trouvé le texte de « The Rollicking Boys around Tandagree » (écrit par son oncle Michael, cordonnier établi à Tunnyoran) ainsi que le récit beaucoup plus long et détaillé de « Casadh an tSúgáin » (tel qu'il lui a été raconté par un violoneux itinérant nommé Dickie Doherty) et la merveilleuse traduction que lui-même a faite de la chanson originale. L'ouvrage de Caoimhín MacAoidh *Between the Jigs and the Reels : The Donegal Fiddle Tradition* (qui contient aussi des détails concernant la version donnée par Doherty de « Casadh an tSúgáin ») s'est révélé une source écrite sur le Donegal d'une valeur aussi inestimable que l'a été Mr Anthony Glavin (de Glencolmcille) dans le domaine oral.

L'auteur tient à remercier tout particulièrement ceux qui lui ont permis d'utiliser l'endroit où il a pu écrire ce livre.

« LES GRANDES TRADUCTIONS »
(extrait du catalogue)

ALESSANDRO BARICCO
Châteaux de la colère
(Prix Médicis Étranger, 1995)
Soie
Océan mer
traduits de l'italien par Françoise Brun

JANE URQUHART
La Foudre et le Sable
Le Peintre du lac
traduits de l'anglais (Canada) par Anne Rabinovitch

ELIAS CANETTI
Le Collier de mouches
Notes de Hampstead
traduits de l'allemand par Walter Weideli

JOHN MCGAHERN
Les Créatures de la terre
Le Pornographe
traduits de l'anglais par Alain Delahaye

BOHUMIL HRABAL
Les Imposteurs
traduit du tchèque par Marianne Canavaggio

ANDREÏ BITOV
L'Attente des singes
traduit du russe par Christine Zeytounian-Beloüs

DORIS LESSING
L'amour, encore
Nouvelles de Londres
La Marche dans l'ombre
traduits de l'anglais par Anne Rabinovitch

BARRY UNSWORTH
Une affaire de moralité
traduit de l'anglais par Anne Damour

ERICO VERISSIMO
Le Temps et le Vent
Le Portrait de Rodrigo Cambará
traduits du portugais (Brésil) par André Rougon

MARIATERESA DI LASCIA
Passage dans l'ombre
traduit de l'italien par Thierry Laget

PATRICIA MELO
O Matador
traduit du portugais (Brésil) par Cécile Tricoire

JOÃO GUIMARÃES ROSA
Sagarana
Mon oncle le jaguar
traduits du portugais (Brésil) par Jacques Thiériot

WALTER MOSLEY
La Musique du diable
traduit de l'américain par Bernard Cohen

DIETER FORTE
Le Garçon aux semelles de sang
traduit de l'allemand par Nicole Casanova

JAMAICA KINCAID
Autobiographie de ma mère
traduit de l'anglais par Dominique Peters

CHRISTOPH RANSMAYR
Le Syndrome de Kitahara
traduit de l'allemand par Bernard Kreiss

DAVID MALOUF
Dernière Conversation avant la nuit
traduit de l'anglais par Robert Pépin

THOMAS BRUSSIG
Le Complexe de Klaus
traduit de l'allemand par Olivier Mannoni

MOACYR SCLIAR
Sa Majesté des Indiens
traduit du portugais (Brésil) par Séverine Rosset

ANDREW MILLER
L'Homme sans douleur
traduit de l'anglais par Hugues Leroy

MONICA MARON
Animal triste
traduit de l'allemand par Nicole Casanova

ANTHONY TROLLOPE
Peut-on lui pardonner ?
traduit de l'anglais par Claudine Richetin

ROD JONES
Images de la nuit
traduit de l'anglais par Hugues Leroy

ANTONIO SOLER
Les Héros de la frontière
traduit de l'espagnol par Françoise Rosset

BESNIK MUSTAFAJ
Le Vide
traduit de l'albanais par Elisabeth Chabuel

Cet ouvrage a été transcodé
et achevé d'imprimer sur Roto-Page
par l'Imprimerie Floch à Mayenne,
pour les Éditions Albin Michel
en mars 1999.

N° d'édition : 18111. N° d'impression : 45469.
Dépôt légal : avril 1999.
Imprimé en France.